오르부아르

3

옥루몽

3

남영로 씀

리헌환 고쳐 씀

보리

겨레고전문학선집을 펴내며

우리 겨레가 갈라진 지 반백 년이 넘어서고 있습니다. 그러나 함께 산 세월은 수천, 수만 년입니다. 겨레가 다시 함께 살 그날을 위해, 우리가 함께 한 세월을 기억해야 합니다.

예부터 우리 겨레가 즐겨 온 노래와 시, 일기, 문집 들은 지난 삶의 알맹이들이 잘 갈무리된 보물단지입니다.

그동안 남과 북 양쪽에서 고전 문학을 되살리려고 줄곧 애써 왔으나, 이제껏 북녘 성과들은 남녘에서 좀처럼 보기 어려웠습니다.

북녘에서는 오래 전부터 우리 고전에 깊은 관심과 사랑을 보여 왔고 연구와 출판도 활발히 해 오고 있습니다. 그 가운데 〈조선고전문학선집〉은 북녘이 이루어 놓은 학문 연구와 출판의 큰 성과입니다. 〈조선고전문학선집〉은 가요, 가사, 한시, 패설, 소설, 기행문, 민간극, 개인 문집 들을 100권으로 묶어 내어, 고전을 연구하는 사람들과 일반 대중 모두 보게 한, 뜻 깊은 책들입니다. 한문으로 된 원문을 현대문으로 옮기거나 옛글을 오늘의 것으로 바꾼 성과도 놀랍고 작품을 고른 눈도 참 좋습니다. 〈조선고전문학선집〉은 남녘에도 잘 알려진 홍기문, 리상호, 김하명, 김찬순, 오희복, 김상훈, 권택무 같은 뛰어난 학자분들이 머리를 맞대고 연구한 성과를 1983년부터 펴내기 시작하여 지금도 이어 가고 있습니다.

보리 출판사는, 조선민주주의인민공화국 문예 출판사가 펴낸 〈조선고
전문학선집〉을 〈겨레고전문학선집〉이란 이름으로 다시 펴내면서, 북녘 학
자와 편집진의 뜻을 존중하여 크게 고치지 않고 그대로 내는 것을 원칙으
로 삼았습니다. 다만, 남과 북의 표기법이 얼마쯤 차이가 있어 남녘 사람들
이 읽기 쉽게 조금씩 손질했습니다.

　이 선집이, 겨레가 하나 되는 밑거름이 되고, 우리 후손들이 민족 문화
유산의 알맹이인 고전 문학이 지니고 있는 아름다움을 제대로 맛보고 이
어받는 징검다리가 되기 바랍니다. 아울러 남과 북의 학자들이 자유롭게
오고 가면서 남북 학문 공동체가 이루어지는 날이 하루라도 앞당겨지기
바랍니다. 그리고 이 자리를 빌려, 어려운 처지에서도 이 선집을 펴내 왔고
지금도 그 작업에 몰두하고 있는 북녘의 학자와 출판 관계자들에게 고마
운 마음을 전합니다.

2004년 11월 15일
보리 출판사

차례

옥루몽 3

옥루몽 1

선관 선녀가 달구경하며 술에 취하였구나
압강정에서 지기를 만나니
양 공자와 홍랑, 항주에서 엇갈리다
강남홍이 사내도 되고 계집도 되는구나
질탕한 뱃놀이, 떨어지는 꽃 한 송이
죽을 고비 넘기고 아득한 바다를 떠도누나
하늘소 타고 오던 길, 살진 말 타고 돌아간다
윤 소저와 혼례하자마자 귀양 길에 올라
벽성산에서 새 인연을 얻다
임금이 양창곡과 황 소저를 중매하다
여인의 간계가 더없이 흉악하구나
양 원수, 천기를 읽어 흑풍산을 불태우니
"양 원수가 넷 있음을 모르는고?"
소년 장수 홍혼탈
봉황 암수가 서로 겨루는도다

옥루몽 2

홍혼탈이 연화봉에서 달을 바라보다
축융 왕이 귀신장수를 불러내다
쌍창 춤추며 달려 나온 여장수 일지련
싸움길 반년에 승전고를 울리고
자객, 한 점 앵혈을 보나니
봄바람에 미친 나비, 꽃을 탐하누나
선랑은 은인을 만나고, 창곡은 또 싸움길로
자고새 소리 처량하구나
"쌍검아, 나를 도우려거든 쟁강 소리를 내어라."

북소리, 나팔 소리 천지를 뒤흔드누나
바람결에 들려오는 생황 소리
뜬구름이 밝은 해를 가리도다
"저는 충신이고 짐은 나라 망친 임금인고?"
창곡, 세 번 죽을 고비를 넘기니

옥루몽 4

동짓달의 우렛소리
연왕이 물러나기를 청하니
보리밥에 들나물 산나물로 배부르고
풍채는 아비를, 곱기는 어미를 닮았구려
벗이 멀리서 찾아오니 이 아니 기쁠쏘냐
자개봉으로 산놀이 가십시다
오선암에 신선이 내리셨나
세 살 때 헤어진 아비를 예서 만났구나
충신은 효자 가문에서 구한다 하였으니
아들마다 요조숙녀와 맺어 주고
풍정에 몸을 맡겨 질탕하게 노는구나
매랑의 풍정과 빙랑의 지조
양기성, 청루 발길 끊고 벼슬길에 올라
양장성, 북방 오랑캐를 누르다
관세음보살이 다시 오시도다

■ 일러두기

1. 《옥루몽 3》은 북의 문예출판사에서 2003년에 펴낸 《옥루몽 3》을 보리 출판사가 다시 펴내는 것이다.

2. 고쳐 쓴 이와 북 문예출판사 편집진의 뜻을 존중하는 것을 큰 원칙으로 했으나, 맞춤 법과 띄어쓰기는 '한글 맞춤법'을 따랐다.

ㄱ. 한자어들은 두음법칙을 적용했고, 모음과 ㄴ 받침 뒤에 오는 한자 '렬'은 '열'로 '률'은 '율'로 고쳤다. 단모음으로 적은 '계'나 '폐'자를 '한글 맞춤법' 대로 했다.
예: 규률→규율, 련꽃→연꽃, 리치→이치, 페하→폐하, 핑게→핑계

ㄴ. 'ㅣ' 모음동화, 사이시옷, 된소리 따위의 표기도 '한글 맞춤법' 대로 했다.
예: 지팽이→지팡이, 동지달→동짓달, 리속→잇속, 나무군→나무꾼

3. 남에서는 흔히 쓰지 않는 표현이지만, 북에서 쓰는 입말들은 다 살려 두어 우리 말의 풍부한 모습을 살필 수 있게 했다.
예: 까드라지다, 꽝포, 답새기다, 둥두렷이, 발깃하다, 어방(어림), 일떠서다, 전쟁마당, 지내(너무), 쪼프리다, 회붐하다

4. 북의 문예출판사가 펴낸 책에 실려 있던 원문을 그대로 실었다. 다만, 오자를 바로잡 고, 표기를 지금 독자들이 알기 쉽도록 고쳤으며, 몇몇 낱말은 한자를 병기하였다.

옥루몽 3

남영로 씀
리헌환 고쳐 씀

"우리 임금 허황한 도를 믿으신다."

예부터 간사한 신하가 나라를 그르친 일을 살펴보면, 대체로 공명을 탐내고 부귀를 꾀한 자들이다. 허나 임금을 속이고 나라를 망친 자들이 어찌 부귀공명을 길이 누리리오.

어느 날 노균이 둘레 사람들을 물리고 동홍과 마주 앉았다. 땅이 꺼지게 한숨을 쉬며 매부 동홍의 손을 잡고 말하였다.

"내 자네와 이렇게 조용히 만나 이야기를 나눌 날도 얼마 남지 않았으니 참으로 한스럽구나."

"무슨 말씀이온지요?"

"내 연왕과 서로 원수 되어 함께 있을 수 없으니, 이는 자네도 아는 바라. 이제 폐하께서 연왕을 다시 쓰신다 하니 어찌 앉아서 멸족 당하는 화를 입겠나. 차라리 벼슬을 버리고 고향에 돌아가 선산에 뼈를 묻을까 하네."

목소리가 서글픔에 한껏 젖어 있다. 그러자 동홍이 위로하였다.

"제가 밤낮으로 폐하를 가까이서 모시고 아버지와 아들같이 지내고 있사오니 어찌 황제 폐하의 뜻을 모르오리까. 상공을 여전히 믿고 계시고, 연왕을 부르실 뜻은 아직 없으니 지내 상심 마소서."

노균이 웃었다.

"자네가 아직 젊어 세상 풍파를 채 겪지 못하였으니 어찌 그런 속내를 쉬이 알겠나? 속담에 '늙은 말이 길을 안다.' 하였네. 이 늙은것이 벼슬에 올라 임금을 모신 지 어느덧 사십 년에 벼슬살이의 온갖 풍파와 길흉화복을 고루 보고 겪으면서 이제는 머리가 허옇게 셌으니, 어찌 앞날을 헤아리지 못하겠나? 대체로 임금이 신하를 총애하는 것은 마치 남자가 여자를 사랑하는 것과 같아 매양 새것을 좋아하네. 자네가 본디 미천한 신분이었으나 풍류로 임금을 섬기니, 이는 미인이 남자의 사랑을 독차지하는 것과 무엇이 다르겠나. 황상께서 자네를 남달리 사랑하여 잠깐 사이에 벼슬이 높이 올랐지만, 조정이 시기하고 군자가 배척하네. 임금의 명이라 어쩌지 못하고 때를 기다리고 있는 그치들이, 만일 하루아침에 아름답던 얼굴이 미워지고 가무가 지루해지면 자네를 가만두겠나? 오늘 내가 자네와 더불어 처남 매부가 되어 기쁨도 슬픔도 함께하고 있으니 자네가 평안하면 나도 평안하고 자네가 위태로우면 나도 위태로울지라, 어찌 자네를 걱정하지 않겠나?"

동홍이 황송하여 자리에서 일어나 머리를 깊숙이 숙였다.

"상공께서 저를 이렇듯 극진히 사랑하시니 죽어서라도 은혜를 갚으오리다. 매사에 천만번 조심하여 조정에 죄를 짓지 않는다면 황제 폐하의 해와 달 같은 총명으로 어찌 그런 지경에 이르겠나이까?"

노균이 웃으면서 머리를 가로흔들었다.

"자네 말이 충성스럽기는 하나 세상 물정 모르는 소리일세. 사나운 범이 함정에서 나오면 더욱 사람을 해치는 법인데, 연왕은 범 같은 자일세. 오늘날 저리된 것은 터놓고 말하면 자네와 나 때문이 아닌가? 자네가 만 번 조심하여 조정에 죄를 짓지 않는다 하여도 이미 연왕에게 지은 죄는 어찌하겠나?"

말문이 막혀 한동안 머리만 숙이고 있다가 동홍이 다시 입을 열었다.

"제가 어리석어 살길을 찾지 못하오니 상공께서 밝히 가르쳐 주소서. 끓는 물이나 타오르는 불속에라도 기꺼이 뛰어들겠나이다."

노균은 동홍이 기특했다. 그리하여 그날 밤 동홍을 제집에 머물게 하고 조용한 방에서 머리를 맞대고 쑥덕공론으로 밤을 지샜다. 음흉한 계책에 산같이 높고 반석같이 튼튼하던 수백 년 왕업이 바람 앞 등잔불 신세가 되어 갔다.

　

황제는 노 참정과 동홍을 데리고 밤마다 의봉정에서 풍류를 즐기곤 하였다. 그러는 가운데 어느덧 황제 생일날이 되었다.

이날을 맞아 황태후는 못에 물고기를 놓아주어 자유롭게 노닐게 하고 옥에 갇힌 죄수를 풀어 주는 대사령을 내리면서 황제를 만났다.

"연왕 양창곡이 젊은 혈기에 임금께 간한 말이 조금 지나친 듯싶으나, 본뜻을 헤아려 보면 그 또한 애국 충정이 아니겠소? 머나먼 험지에서 벌써 잘못을 깨달았을 터이니 오늘 연왕의 죄를 용서하여 불러오는 것이 좋을까 싶구려."

황제가 머리를 조금 숙였다.

"제 어찌 창곡의 애국 충정을 모르리까마는 전장에 나가서는 장군이 되고 들어와서는 재상이 되어 젊은 나이에 권세와 명망이 높아지자, 저도 모르는 사이에 말과 행동이 지나치게 당돌해졌나 하옵니다. 하여 일부러 기를 꺾고자 함이옵니다. 아직 유배지에 도착하였다고 알려 오지도 않았고, 또한 형을 내린 지 몇 달 되지도 않아 서둘러 부르는 것은 좋지 않을 것 같나이다."

순간 황태후 얼굴에 노여움이 비꼈다.

"황상이 창곡을 생각하심은 극진하나 그것이 성덕에 흠이 됨은 생각지 않으시오?"

이날 황제는 신하들에게서 종일 축하 인사를 받다가 밤이 깊어지자 편한 차림으로 편전에 나가 앉았다. 동산에 둥근달이 둥두렷이 걸려 있고 고요한 밤하늘엔 뭇별들이 반짝였다. 서늘한 바람이 불어와 비록 동짓달이지만 가을밤같이 상쾌하였다.

황제가 노균과 동홍을 불러 의봉정에 잔칫상을 차리게 하고 밤잔치를 벌였다. 황제 일가붙이며 가까운 신하들이 다 모인 잔치 마당은 음악 소리와 춤가락으로 흥청거렸다. 쌍피리와 생황 소리는 하늘가로 울려 퍼지고 춤추는 궁녀들의 울긋불긋한 치맛자락이 달빛 아래 펄럭였다.

술이 몇 차례 돌자 황제는 술기운이 가득하여 비파를 당겨 들었다. 친히 두어 곡을 타자 환성이 터져 오르고 손뼉 소리가 자리를 뒤흔들었다. 황제가 기뻐 웃더니 동홍에게 생황 한 곡 불어 흥을 돋우라 하였다. 동홍이 황공해하며 생황을 들고 은은하고 아름답게 불었다. 황제가 눈을 슬며시 감고 가락에 취해 있다가 얼굴에 웃음을 가득 담고 동홍의 재간을 칭찬하였다.

"이 소리 참으로 맑고도 애달프고 끊어질 듯 이어질 듯하면서 가락이 처량하도다. 다만 음조가 예사로워 신선하지 못하니 다른 것을 불라."

동홍이 다시 음을 골라 바른 곡조를 낮추고 새로운 곡조를 돋우어 한 곡 불었다. 황제는 이윽히 듣다가 크게 감탄하며 손으로 탁상을 쳤다.

"풍류의 즐거움이 어찌 이렇듯 절묘한고. 내 마음이 취하고 정신이 무르녹아 어리둥절하니 이 곡은 과연 옛 명곡이로다."

동홍은 감격스럽고 흥이 올라서 다시 가운뎃소리를 울려 한 곡 부니 황제가 대단히 기뻐하며 좌우를 둘러보며 감탄하였다.

"대단하이, 참으로 대단해. 옛 당나라 현종이 양 귀비를 데리고 침향정에 올라 아름다운 여인들의 비파와 노랫소리로 질탕하게 놀았다는 그 곡이로다. 후세 사람들이 비록 현종을 두고 방탕하다 비난하긴 하였으나 온 세상 재부와 황제라는 높은 지위를 가지고 무엇이 모자라 평생 얽매여, 하고 싶은 것도 하지 못하고 보고 싶은 것도 보지 못하겠나? 오늘 밤 비빈 궁첩을 데리고 이렇게 의봉정에 올라 동홍의 풍류를 들으니 현종의 호방함 못지않도다. 경들은 황제가 젊어서 풍류를 너무 좋아한다 하지들 말고 이해하라."

황제는 궁첩들에게 술을 치라 하여 거푸 서너 잔을 마셨다. 얼굴이 벌겋게 달아올랐다.

이때 동홍은 노균 눈치를 슬쩍 살피고 나서 생황을 다시 한 곡 부는데, 그 소리 처량한 듯하면서 애달프고 쓸쓸한 듯 서글퍼서 선들바람이 일어나니, 새벽이 가까운 시간에 온 자리가 심란해지는 것을 어쩔 수 없었다.

황제가 두 손을 가로 흔들며 생황을 멈추게 하였다. 그러고는 노 참정에게 쓸쓸한 눈길을 돌렸다.

"경도 이 가락을 아느뇨? 얼마나 서글프오. 옛말에 이르기를 '좋은 일이 다하면 슬픈 일이 온다.' 하였으니 이것이 바로 오늘 밤 심회를 두고 말함인가 보오. 슬프도다, 세상 재부가 손안에 있고, 황제라는 높은 권세를 한 몸에 지닌들 무엇 하리오. 경이 옛글을 많이 읽고 고금의 흥망을 많이 들었을 것이니, 경 생각에는 나라를 어찌 다스려야 태평성대를 이루겠소? 오직 즐겁기만 하고 슬픔이 없으며, 태어나기만 하고 죽지 않고, 하늘땅과 더불어 영원히 늙지 않는 방법이 없겠소?"

노 참정은 기다렸다는 듯 바싹 다가섰다.

"신이 듣자오니 삼황三皇은 자연의 이치대로 다스리어 오래오래 임금 노릇을 하였고, 오제五帝는 예법을 정하고 음악을 지어 위로는 천지신명을 감동시키고 아래로는 복을 받아 오래도록 살았다 하옵니다. 이 어찌 근심 걱정 없이 오래 살면서 오직 즐겁기만

하고 슬픔이 없으며, 죽지 않고 영원히 살아 하늘땅과 더불어 늙지 않음이 아니겠나이까?"

그러자 황제는 느긋이 웃었다.

"짐이 듣건대 진시황과 한 무제가 아무리 영걸하다 해도 그 무덤엔 가을바람에 풀들만 쓸쓸하니 예부터 오래 사는 법은 없는가 하오."

"진시황과 한 무제는 정벌을 일삼고 형벌로 백성을 다스리면서 평생 물욕에서 벗어나지 못하였으니, 어찌 오래 사는 법을 얻을 수 있었겠나이까? 옛적 황제 헌원씨는 정치와 제도를 정하여 백성을 밝히 다스리다가 산에 올라 이레 동안 몸을 깨끗이 하고 정성을 드린 뒤 신선을 만나 대낮에 하늘에 올라갔기에, 활과 칼을 묻어 놓고 장사를 지냈다 하옵니다. 이제 폐하께서는 즉위하신 뒤로 덕을 베푸시어 해마다 풍년이 들고 백성들이 편안하니, 사람마다 공덕을 칭송하며 감사 드리고 있사옵니다. 그러니 폐하께서 하늘땅에 제사 지내고 오래 사는 방도를 구하신다면, 전설 속 용이라도 능히 잡아탈 수 있고 전설 속 팔준마도 쉽게 몰고 갈 수 있을 것이옵니다. 이로 보면 옛사람들이 찾던 신선 되는 술법과 전설 속 불사약을 어찌 앉아서 구하지 못하겠나이까?"

노 참정 말에 황제는 귀맛이 좋았다. 그리하여 노균을 자신전 태학사 겸 흠천관 지례관으로 임명하고, 하늘땅에 제사 지내는 절차와 술법 얻는 방법을 강의하라 하였다.

다음 날 노균은 곧 옛 기도 올리는 법을 아는 선비와 도술이 능한 방사를 널리 불러들였다. 그러자 온 나라 방방곡곡에서 괴이하고 허황한 무리들이 구름같이 모여들었다.

　노균은 자금성 안에 천여 칸 집을 새로 지어 이름을 태청궁太淸
宮이라 하고, 황제의 글씨로 현판을 써 붙였다. 벼슬은 다시 태청궁
태학사로 올라갔다. 태청궁은 규모가 크고 화려하여 한나라 궁궐
도 이에 댈 수 없었다.

　하루는 전국 곳곳에서 모인 자들 가운데서 어떤 방사가 노균에게
아뢰었다.

　"성상께서 삼황오제 옛 예법을 거행하시고 옛 신선들 자취를 좇
으려 하시니 이는 천고에 드문 일이옵니다. 마땅히 명망 높은 도
사를 청하여 먼저 하늘에 제사 지내고 장수와 복을 비는 것이 옳
을까 하나이다."

　노균이 그자 어깨에 손을 얹으며 말하였다.

　"나 또한 그런 생각을 하였으나 도술에 능한 도사가 없는 것이
걱정일세. 혹시 세상을 두루 다니며 들은 바 있으면 불러오도록
하게."

　방사가 머리를 숙이고 대답하였다.

　"넓고 넓은 이 세상천지에 어찌 도사 한 명 없겠나이까? 듣자오
니 요즘 남쪽 고을에 용한 도사가 있는데, 도호가 청운이라 하옵
니다. 도술에 능통하고 재주가 높아 천하를 떠돌아다니며 세상
구경을 한다 하니, 정성을 다하여 부르신다면 마다하지 않을까
하나이다."

　"내 황제 폐하 명을 받들고 폐하의 장수와 복을 빌려 하니 조금
도 소홀히 할 수 없는 일이네."

노균은 이레 동안 마음과 몸을 깨끗이 하고 정성을 드린 다음 예물을 든든히 준비해서 방사 둘에게 주어 남쪽 고을로 떠나보냈다. 방사들은 일이 다 된 듯이 노균더러 청운도사가 신통하여 온 세상을 굽어보고 앉아 있을 것이니 일단 몸을 깨끗이 하고 기다리라 당부하였다.

한편, 탈탈국 총황령 백운동에서 홍랑과 함께 백운도사를 모시고 있던 청운은 홍랑이 백운도사 명을 받고 떠나고 백운도사 또한 서천으로 가자, 다하지 못한 공부에 힘쓰면서 경망히 움직이지 말라던 스승 말대로 도술을 익히며 백운동을 지키고 있었다.

그러다 하루는 문득 생각하였다.

'내 일생 한 번도 절문 밖에 나가 보지 못하였구나. 배운 바를 시험할 곳이 없으니 참으로 허무하도다. 잠깐 인간 세상에 나가 견문을 넓혀도 해롭지 않으리라.'

하고 와락 떨쳐나섰다.

서쪽으로 서역국을 지나 해가 떨어진다는 약목若木도 구경하고, 동쪽으로 관상산에 올라 해가 솟는다는 부상扶桑도 바라보고 나니 청운은 세상천지가 제 손바닥 같아 보였다.

청운은 기세를 돋우어 북쪽 여러 나라를 다니면서 스스로 저를 청운도사라 하였다. 그러면서 때로는 화와 복을 말하여 길흉을 점치고 도술을 시험하여 재주를 자랑하니 가는 곳마다 소문이 드높았다.

어느 날 이곳저곳을 바라보던 청운은 명나라에서 눈길을 멈추고 웃으면서 머리를 끄덕였다.

"저곳이 천지 가운데 문명한 곳이니 분명코 인재가 있으리라."

청운은 가만히 몸을 바꿔 거지가 되었다. 청운은 명나라 서울 장안에 들어와 두루 풍속을 살피며 겨루어 볼 만한 인재를 찾았다. 그러나 명나라 실정은 생각과 달랐다. 간신 노균이란 자가 연왕을 쫓아내고 권력을 잡으니 조정에는 간사한 무리들이 가득 차 있었다. 청운은 명나라가 문명하고 강대한 나라라 들어왔는데 조정이 문란하고 지혜로운 자가 적으니 이름이 헛되다고 생각하였다. 그러다 문득 한번 배운 재간을 써 심심풀이나 해 볼 생각이 들어 가만히 몸을 바꾸어 방사가 되었다. 그리고 방사들 속에 섞여 태청궁으로 들어갔다.

그런데 들어가 보니 노균이 몸과 마음을 깨끗이 하고 방사들과 함께 자기를 불러올 방도를 의논하고 있지 않은가. 일이 저절로 되어 간다고 생각한 청운은 곧 몸을 빼어 성을 나왔다. 그리고 자기를 부르러 가는 방사들을 기다렸다. 얼마 뒤 방사 두 명이 수레에 비단을 가득 싣고 남쪽으로 떠나는 것이 보였다. 청운은 곧 뒤를 좇았다. 며칠을 가는데 하루는 두 방사가 의논하는 소리가 들렸다.

"여보게, 우리가 청운의 이름은 들었지만 얼굴도 모르고 어디에 있는 줄도 모르니 어찌 찾겠나?"

"내 들기에 청운이란 도사가 잡술을 좋아하고 도술은 그리 높지 못하다 하니 그런 도사를 찾아 헤매서 무얼 하겠나? 오히려 가다가 어느 도관을 뒤져 아무 도사라도 데려가서 청운도사라고 하는 게 좋겠네."

"옳아, 그 말이 그럴듯하네. 일이 그렇게 되면 이 비단은 우리 둘이 나누어 가지세."

이렇게 약속한 두 방사는 의기양양하여 걷기 시작했다. 수레 뒤에서 그 말을 다 들은 청운이 슬며시 웃더니 가만히 주문을 외웠다. 방사들이 말을 채쳐 서둘러 가려 하였으나 어찌 된 영문인지 수레가 앞으로 나아가지 못하고 제자리걸음만 하였다. 두 방사가 이상하여 얼굴만 마주 보는데 뒤에서 웬 거지가 절뚝이며 따라오다가 웃으며 말을 건넸다.

"그대들은 수레 모는 법을 모르는구려. 내가 대신 몰아 보리까?"

방사들이 머뭇거리는 사이에 거지가 말에 채찍질을 하니 말이 흠칫 놀라면서 앞으로 달렸다. 방사들이 뒤에서 따라가는데 수레와 방사들 사이는 차츰 멀어져 아무리 뛰어가도 따라잡을 수 없었다. 두 방사가 놀라 고래고래 소리를 질렀다.

"여보시오, 어서 수레를 멈추오! 우리는 황제 폐하 명을 받고 청운도사를 모시러 가는 길이오. 빨리 멈추오!"

그러자 뒤에서 대답 소리가 들렸다.

"수레가 여기에 있으니 덤비지 말고 가져가시오."

두 방사가 놀라 뒤를 돌아보니 거지가 수레를 몰고 뒤따라오는 것이다. 방사들은 그제야 그 거지가 예사 사람이 아니라는 것을 알고 땅에 엎드렸다.

"선생은 분명 예사 사람이 아니오니 높으신 도호를 알고자 하나이다."

거지가 껄껄 웃고 나서 문득 한바탕 시원한 바람이 되어 휘익 공중으로 솟아올랐다.

"너희는 부질없이 멀리 가지 말고 궁중에 돌아가 기다리라. 아무 날 아무 때 청운도사가 태청궁에 이르리라."

두 방사는 거지가 바로 청운도사임을 알고 그 자리에서 수레를 돌려 태청궁으로 돌아왔다. 그리고 노균에게 길에서 청운도사를 만났던 이야기를 상세히 고하였다.

노균은 크게 기뻐하면서 태청궁 북쪽에 여러 층대를 쌓으라 분부하였다. 그리고 대가 완성되자 이름을 망선대望仙臺라 짓고 그곳에서 청운도사가 나타날 날만을 손꼽아 기다렸다.

드디어 그날이 왔다. 황제가 친히 나와 망선대에 향불을 피우고 더운 차도 정갈하게 놓고 청운도사를 기다렸다. 그날 밤 삼경에 이르니 달과 별이 밝은 하늘에서 한 줄기 푸른 기운이 남쪽에서 망선대로 쭉 뻗쳤다. 방사들이 입을 모아 한결같이 청운도사가 강림하려고 공중에 다리를 놓는 것이라 말하였다.

아니나 다를까 조금 있다가 한바탕 맑은 바람이 향불 연기를 흔들더니 과연 도사 하나가 고운 구름에 싸여 대에 내렸다.

모두 놀라 눈을 크게 뜨고 바라보니 푸른 눈썹에 얼굴이 백옥 같고 세속을 벗어난 듯한 기상을 지녀 얼핏 보기에도 인간 세상 사람이 아니었다.

도사가 수정 막대를 들고 천자께 인사를 드리니 천자 역시 정중히 답례하였다.

"티끌세상에 사는 몸이 세상 밖에 살고 있는 선생과 이렇게 만날 줄은 생각지 못하였소."

"뜬구름 같은 신세인 이 빈도를 폐하께서 성심으로 부르시기에 감동하와 이렇게 왔사옵니다. 천하 부와 높은 권세를 지니신 폐하께서 심심하고 덤덤한 도술은 구하여 무엇 하시리까?"

"허허, 이슬 같은 인생이 뜬구름 같은 부귀를 어찌 바라리오마는 바라건대 선생의 도술을 빌려 삼신산 불사약을 구하고 하늘나라 옥경에서 벗을 찾아 옛사람들처럼 즐겨나 볼까 하오."

황제가 호방하게 말하자 청운도사는 황제의 얼굴을 힐끗 보고 웃었다.

"폐하는 보통 사람이 아니라 하늘나라 신선으로 잠깐 인간 세상에 귀양 오신 듯하옵니다. 지극한 도를 듣고자 하오면 빈도가 마땅히 날짜를 정하고 격식을 차려 선관 두엇을 불러오리니 그때 오래오래 장수할 방략을 듣도록 하소서."

그 말에 황제는 금세 제 소원이 풀리는가 싶어 기뻤다. 곧 도사를 태청궁에 모시라 하고 궁으로 돌아갔다.

한편, 태청궁에 들어온 청운은 노 참정에게 말하였다.

"폐하께서 신선을 만나 즐기실 마음이 불같으시나 천상 세계에 사는 선인들은 인간 세상에 내려오는 것을 좋아하지 않소이다. 그런 데다 이 태청궁이 좁고 초라하여 신선들을 맞아들이기 불편하니 수백 척 높고 화려한 누각을 지어 한 점 티끌도 없도록 해야 할까 하나이다."

노균은 도사가 하는 말이 그럴듯하여 곧 누각을 다시 짓는 공사를 크게 벌였다. 백옥으로 꾸민 난간에 구슬 대문을 달고 수정 발을 산호 갈고리에 꿰어 걸어 화려하게 치레하였다. 붉고 푸른 빛이 조화를 이룬 복도에는 비단으로 만든 신기한 꽃들을 펴 놓은 듯하고, 엄동설한에도 온갖 꽃이 핀 봄날같이 꾸몄다.

드디어 천상 세계 선관들과 만나는 날이 되었다. 황제는 태청궁에 거둥하여 통천관 쓰고 강사포 입고 손에 옥홀을 잡고 맨 첫자리에 가서 동쪽을 보고 앉았다. 두 번째 자리에는 관을 쓰고 연잎으로 만든 옷에 수정 막대를 든 청운도사가 앉고, 방사들은 깃털 옷을 입고 노 참정과 동홍을 비롯한 몇몇 벼슬아치들과 나란히 섰다.

의식이 시작되자 도사가 몸을 일으켜 북쪽을 보고 하늘에 빌었다. 이어 방사들과 함께 한참이나 땅에 엎드렸다가 일어서서 다시 자리에 나아가 황제에게 아뢰었다.

"오늘 밤 옥황상제께서 영소보전에서 잔치를 베풀어 선관들이 모두 잔치에 참석하러 갔다 하오이다. 마침 서왕모西王母와 적송자赤松子와 안기생安期生이 있어 폐하의 간절한 소원을 전하였더니 사경에 내려오셨다가 오경에 돌아가시겠다 하옵니다. 향불을 피우면서 때를 기다리소서."

황제가 노 참정에게 다락 위아래에 큰 향로를 팔방으로 놓고 불을 피우라 하니, 몽롱한 향내가 태청궁을 에워싸며 자욱이 퍼졌다.

북두칠성이 하늘 한가운데 떠 있고 물시계 소리가 사경을 가리키니, 갑자기 파랑새 한 쌍이 서쪽에서 펄펄 날아오더니 구름 사이로 내려와 태청궁 난간에 앉았다.

청운 도사가 황제에게 아뢰었다.

"저기 서왕모께서 오시옵니다."

말이 채 끝나기도 전에 공중에서 신선 풍악이 은은히 들리더니 선녀 둘이 난새를 타고 내려오는 것이 보였다. 맑은 옥패 소리가 구름 사이로 울리는데 어느덧 선녀들은 난새에서 내려 누각에 올라왔다. 황제가 몸을 일으켜 맞으려 하자 선녀들은 사양하였다.

"저희는 서왕모 낭랑을 모시는 시녀들로 쌍성과 비경이옵니다. 황제께서는 옥체를 삼가옵소서. 낭랑께서 저기 오시옵니다."

황제가 멀리 바라보니 상서로운 기운이 서리고 고운 구름이 뭉게뭉게 피어오르는 가운데, 여자 신선이 봉 모양 관과 달 모양 노리개로 치장하고 호화로운 수레에 앉아 있었다. 앞뒤 좌우에 화려한 부채와 펄럭이는 깃발이 쌍쌍이 옹위하고, 시녀 열 명이 난새와 봉황을 타고 하늘을 덮으며 내려오니 눈이 부시고 기이한 향내가 가득 풍겼다.

도사는 방사들을 데리고 황망히 누각에서 내려와 서왕모 일행을 맞았다. 황제가 길게 읍하고 자리를 권하자 여남은 시녀가 차례로 서왕모를 모시고 앉았다.

황제가 눈을 들어 서왕모를 보니 단정하고 엄숙한 자태에 고운 얼굴은 꽃같이 젊으며 윤기 도는 검은 머리에 봄기운이 무르녹고 맑은 눈은 정기가 어려 더욱 아름다웠다.

"서왕모 낭랑께서 일찍이 주나라 목왕과 백운요白雲謠를 화답한 지 벌써 천 년이 지났으나, 달 같은 자태와 꽃 같은 얼굴이 조금도 늙지 않으니 그것으로 신선 세계의 즐거움을 알겠사오이다."

서왕모가 낭랑히 웃었다.

"우리 집 복사나무 아래에 팔준마가 뜯던 풀들이 아직 다 자라지 않았는데 인간 세상의 세월은 이미 천 년이라니 정말 놀랍소이다."

서왕모의 말에 황제는 속으로 놀랐다.

이때 웬 아이가 약 광주리를 든 노인과 함께 사슴을 타고 내려와 가벼이 누각에 오르는 것이었다. 서왕모가 웃으며 황제에게 말하였다.

"저 소년은 이웃집 아이 안기생이고, 저 노옹은 태산에서 약을 캐는 적송자이온데, 오늘 밤 폐하의 부름을 받고 함께 왔나이다."

황제가 황송하여 그들을 자리에 앉게 하니 서왕모는 안기생과 적송자를 보며 물었다.

"그대들은 명나라 임금의 성의에 감동해 왔을진대 무엇으로 정을 보이려 하느뇨?"

그러자 먼저 안기생이 일어나면서 팔소매 안에서 빨간 열매 한 알을 꺼내어 황제에게 드렸다.

"이것은 신선들이 먹는 대추이옵니다. 한 알만 먹으면 배고픈 줄 모르고 오백 년은 살 것이오니 인간 세상에서는 볼 수 없는 희귀한 열매이옵니다."

뒤이어 적송자가 푸른 솔잎이 담긴 광주리를 황제에게 드렸다.

"이 늙은이는 산중 노인이온데 항상 솔밭에 부는 바람을 맞으며 잠을 자고 솔잎을 먹으며 살아서 나이 지금 만오천 살이 되옵니다. 제가 먹는 솔잎을 이 광주리에 담아 왔사오니 황제께 드리겠소이다."

이야기를 듣던 서왕모가 황제에게 말하였다.

"저희 집 뒤뜰에 복숭아나무 열 그루를 심었더니 여섯 알이 열렸는데 얼마 전 동방삭이란 녀석이 한 알을 훔쳐 가고 다섯 알이 남았기에 가져왔사오이다. 진품은 못 되오나 인간 세상 사람들은 한 알만 먹으면 아마 오천 년은 살까 하나이다."

그리고 쌍성을 시켜 하늘 복숭아를 가져오라 하니 쌍성이 마노로 만든 소반에 복숭아 다섯 알을 담아 황제에게 드렸다. 황제는 반가이 받아 앞에 놓고 기쁨을 감추지 못하였다.

"예부터 지금에 이르기까지 신선들의 도움으로 장생불사한 사람들이 얼마나 되오?"

"그 수 얼마인지는 다 모르나 신선도 위아래가 있어 상선, 중선, 하선이 있으오이다. 상선은 구한다고 되는 일이 아니고 중선도 쉽지 않나이다. 그렇지만 하선은 배우면 되나이다."

서왕모가 웃으며 주워섬기는 말에 귀가 솔깃해진 황제는 더욱 궁금증이 났다.

"옛날 한 무제나 진시황이 평생 신선이 되려고 하였는데, 어찌 소원을 이루지 못하였나이까?"

서왕모는 당황하며 안기생에게 진시황과 한 무제가 어떤 사람들이냐고 물으니, 진시황은 여정呂政이고, 한 무제는 유철劉徹이라고 대답하였다.

서왕모는 고개를 끄덕였다.

"그들은 다 평범한 사람들이온데, 어찌 그들과 신선의 법도를 말하리까. 온갖 수단을 다하고 승로반承露盤*을 만들어 신선이 되기를 바라다가 출렁이는 강물에 가을바람 건듯 불 때 지난 일을 뉘우쳤으니, 유철은 그래도 영걸하다 하려니와, 여정은 죄 없는 동남동녀 오백 명을 바다에 빠뜨리고 여산에 무덤을 만들어 백성의 힘을 허비하고 만년 장수를 바랐으니, 만고에 미련한 자가 진시황이오."

황제는 서왕모를 바라보았다.

"짐이 일찍이 들으니 서왕모 낭랑께서도 한 무제를 좇아 무제의 궁에 강림하여 복숭아 일곱 알을 주었다고 하는데, 그게 사실이오이까?"

그 말에 서왕모 낯빛이 순간 변하였다.

"그것은 다 방사들의 거짓말이옵니다. 정말로 복숭아를 주었다면 어찌 한 무제의 무덤가에 가을바람만 쓸쓸하겠나이까?"

"사실이 그러할진대 저도 신선 될 방도를 얻을 수 있나이까?"

서왕모가 웃으며,

"폐하는 세속 사람이 아니라 하늘나라 선관으로서 이 세상에 잠깐 귀양 왔으니 뒷날 옥경의 상선이 될 것이오이다."

하니, 황제는 몹시 즐거워하며 좌우에 명하여 차를 들여오라 하고 시녀들에게 풍악을 아뢰라 하였다. 그러자 시녀들이 비파와 퉁소와 생황을 불고 흥겨운 음악에 맞추어 아리따이 춤을 추니, 푸른빛 소매에서는 맑은 바람이 일고 풍악은 하늘로 울려 퍼졌다. 천자는 날개라도 돋쳐 가벼이 둥둥 떠 있는 듯 즐거움을 이기지 못하였다.

• 한 무제가 하늘에서 내리는 장생불사의 감로수를 받으려고 만든 쟁반.

이때 상서로운 기운이 피어오르는 가운데 물시계가 오경을 알렸다.

서왕모는 적송자와 안기생을 돌아보며 이제 그만 돌아들 가자고 하였다. 황제가 거듭거듭 말렸으나, 그들은 들으려 하지 않고 가벼이 다락에서 내렸다. 이어 한바탕 맑은 바람이 획 일더니 고운 구름을 거두어 가뭇없이 사라졌다. 공중에 신선들의 풍악 소리만 아득히 울려 퍼질 뿐이다.

황제는 하늘을 우러러 절하고 나서 한동안 멍하니 서 있었다. 이날부터 황제는 신선이니 술법이니 하는 것을 더욱 열심히 믿으면서, 정사를 돌볼 생각은 전혀 하지 않았다.

황제는 날마다 태청궁에 나와 방사들을 데리고 술법을 들었다. 그리고 청운도사에게 천자 사부 태청궁 진인眞人이라는 직첩을 주고, 조정의 고관들한테도 앉아서 인사를 받게 하였다. 이쯤 되니 조정이 더욱 어지러워 식견 있는 사람이라면 누구나 기울어 가는 조정을 통탄하면서 연왕을 생각하고, 지각없는 자들은 더욱 들떠서 저마다 신선이 될 꿈만 꾸었다.

민심은 더욱 흉흉해지고 허황한 놀음에 나라의 재부는 거덜이 났다. 아무리 세금을 늘려도 태청궁에서 날마다 쓰는 막대한 비용을 감당할 길이 없었다.

이렇게 되자 노균은 가만히 생각하였다.

'내 지금껏 일의 득실에 마음 쓰고 위엄과 권세를 탐내어 이런 일들을 만들어 내니, 황제는 나를 믿으나 민심이 따라오지 못하여 시비와 원망이 날로 높아지니 어찌하면 좋을꼬?'

그러던 노균은 방략을 하나 생각해 냈다.

"천하에 타일러 깨우치기 어려운 자가 백성이오이다. 이제 폐하께서 높은 도술을 들으려고 선생을 청하였건만 무지한 무리들이 선생을 알아보지 못하고 믿지 않으며 수군거리기를, '우리 임금 허황한 도사를 믿으신다.' 하니 이는 나라의 근심이요, 선술을 닦는 이들의 수치오이다. 바라건대 선생은 도술을 써서 인간 화복을 판단하고 길흉을 점쳐, 이를 의심하는 자들이 입을 다물게 할 방법이 없을지요? 그리하여 따르고자 하는 마음이 절로 우러나게 하는 것이 어떻겠사오이까?"

노균 말에 태청진인 청운이 가벼이 응낙하였다.

"그건 그닥 어렵지 않소이다. 천문 지리와 점술에 환히 통달하니, 천하 백성들이 흉한 것을 피하고 길한 것을 취하며, 화를 돌려 복이 되게 하리다."

노균은 몹시 기뻤다.

신랑이 음률로 임금을 깨우치누나

노균은 자금성 안팎 곳곳에 방을 써 붙이게 하였다.

　하늘이 나라를 도우시고 백성들을 위하여 태청궁 진인을 이 세상에 내려 보내셨으니, 천하 백성들 가운데 장수와 복을 구하고 재액을 피하여 길흉화복을 판단코자 하는 자 있거든 태청궁에 나아가 진인에게 정성을 다해 공양할지어다.

성 안팎 사람들이 방을 보고는 모두 믿기지 않아 눈치만 살피니 태청궁으로 오는 사람이 없었다. 이렇게 되자 바빠진 노균은 먼저 제 처첩을 보내어 자식들의 앞날과 부귀영화를 빌었다. 그러자 조정의 모든 벼슬아치들이 그 뒤를 이어 폐백을 든든히 갖추고 안해와 첩과 집안사람들을 차례로 태청궁에 보내 소원을 빌게 하니, 해괴한 소문과 더러운 말이 더욱 어지러이 나돌았다.

이때 소유경은 남해 근방으로 귀양 가고, 윤 승상은 파직되어 온 집안 식구들을 거느리고 고향에 돌아가니, 명나라 조정에 있는 자들은 거의 노균과 가까운 자들뿐이었다.

상장군 뇌천풍은 화가 나서 사직하고 물러가려 하였으나 황제가 허락지 않았다. 천풍은 하늘을 우러러 탄식하였다.

"끝없이 높고 높은 하늘아, 어찌 이리도 무심하냐. 충신은 물러가고 간신만 조정에 넘쳐 나니, 폐하의 한없는 은덕을 입은 내가 이제 일흔 살이라 해도 어찌 나라가 망하는 것을 앉아서 보고만 있겠느냐!"

천풍은 벌떡 일어나 벼락도끼를 메고 조정에 나아가 황제를 뵈었다.

"우리 태조 황제 나라를 세우시어 수백 년을 누려 오다가 오늘 간신들의 손에 들어 망하게 되었는데, 폐하께서는 깨닫지 못하시니 안타깝나이다. 신이 원컨대 이 벼락도끼로 요망스럽고 황당한 도사와 간악한 신하의 머리를 베어 천하 백성들에게 죄를 빌고자 하나이다."

그 말에 황제는 몹시 화가 나 소리를 질렀다.

"네 하찮은 무관이 이렇듯 오만무례하니 마땅히 군율로 다스리리라!"

황제를 모시고 있던 노균도 벌컥 성을 내었다.

"그래 장군은 연왕을 위해 이러는가, 나라를 위해 이러는가? 아무리 교만하고 거리낌 없어도 분수가 있지, 이 대체 무슨 짓이오?"

천풍은 크게 노하여 서리 같은 머리털을 거스르고 성난 눈을 부릅뜨고 외쳤다.

"노균 네 이놈! 임금의 은총을 탐내어 어진 사람을 모해하고 요망한 짓과 음흉한 꾀로 조정을 그르쳤구나. 이제 종묘사직이 끊어지고 나라가 망하면 네 어디로 가려고 하느냐?"

노균은 낯이 흙빛이 되어 아무 말도 못 하다가 황제에게 아뢰었다.

"저 뇌천풍은 연왕 심복이어서 연왕만 알고 임금은 몰라 무례하기가 이 지경에 이르렀사오니 그대로 둘 수 없나이다. 벼슬을 떼고 멀리 귀양 보내는 것이 옳을까 하나이다."

노균의 말대로 황제는 뇌천풍을 북방 돈황 땅의 군졸로 삼게 하였다.

뇌천풍은 눈물을 뿌리며 황제에게 하직을 고하였다.

"늙은 신하 불충하여 나라의 위기가 경각에 다다른 이때, 간신을 죽이지 못한 채 폐하를 외로이 간신들 손아귀에 두고 먼 길을 떠나자니, 뒷날 구천에 가 선왕 마마들을 뵈올 낯이 없나이다."

그 말에 황제는 더욱 노하여 뇌천풍을 귀양지로 빨리 보내라고 재촉하였다.

천풍은 궁에서 나와 남녘 하늘을 우러러 탄식하였다.

"내 늙은 몸이라 연왕이 돌아오는 것도 보지 못하고 북방 외로운 넋이 되리니, 아, 한스럽구나."

뇌천풍은 피눈물을 흘리며 돈황 땅으로 떠나갔다.

노균은 뇌천풍을 쫓아낸 뒤 더욱 기세가 등등하여 조정을 한 손에 쥐고 휘두르나, 민심이 따르지 않는 것이 걱정이었다. 그래서 태청궁 진인을 다시 부추겼다.

"요즘 미련한 백성들이 선생의 도술을 비방하여 시비가 멈추지 않는다 하오이다. 선생은 묘술을 써 비방하는 놈들을 꼼짝 못하게 눌러 놓으소서."

그러자 진인은 웃으며 말하였다.

"그것 참 재미있는 일이구려."

곧 그 자리에서 주문을 외우며 풀잎을 뜯어 공중으로 자꾸자꾸 던졌다. 그러니까 잎 하나하나가 다 포졸이 되어 성 안팎으로 흩어져 갔다. 그러고는 집집마다 들어가 뒤지며 조정을 비방하는 자가 있으면 영락없이 다 잡아 왔다. 이렇게 되자 모두 두려워서 입을 다물고 더는 말하는 사람이 없었다.

노균은 일이 잘되어 간다고 생각하며, 이번에는 제집 문객들과 집안사람들을 사방에 보내어 복되고 길한 징조를 보이는 글과 이상한 물건들을 구해 들이니, 눈치 빠른 지방관들이 어찌 그 눈치를 모르랴. 앞 다투어 길할 징조를 말하기를, 혹은 봉황이 내린다, 혹은 기린이 나타났다, 혹은 황하의 물이 맑아졌다 하며 표문이 빗발치듯 하였다. 노균이 백관을 거느리고 그것들을 모아 황제에게 표를 올렸다.

하늘이 복과 길할 징조를 내리시고 성덕을 격려하시니, 폐하께서 보답하시는 도리는 마땅히 명산에 단을 무어 하늘에 제사 지내고 옥을 묻어 천지 정기를 맑게 하고 몸과 마음을 깨끗이 한 뒤 바닷가를 순행하여 다시 신선을 맞아 장수와 복을 구하는 것이 옳을까 하나이다.

황제는 기뻐하며 좋은 날을 골라 태산에서 하늘에 제사 지내기로 하였다. 종실 대신들과 문무백관들에게 나라의 정사를 보게 하고 노균, 동홍과 내관 십여 명, 문무관 백여 명과 호위군 일만과 태청궁 진인과 방사들을 거느리고 떠나갔다.

짐을 실은 수레들이 수십 리에 이어졌고 이르는 곳마다 그 고장 군사들이 나와 맞이하였다.

춘삼월이라 농사일에 바쁜 백성들더러 보습을 던져두고 밭이랑을 메워 길을 닦게 하고, 닭과 개를 잡아 군사들을 먹이게 하고, 소와 말을 끌어내 짐을 운반케 하니, 가는 곳마다 민심이 흉흉해지고 원망 소리 높아 갔다.

황제 일행이 옛 노나라 땅을 지나면서 소도 잡고 양과 돼지도 잡아 공자 사당에 제사를 지냈다. 황제가 공자가 살던 마을을 둘러보고 음악 소리와 글 읽는 소리가 없는 것을 한탄하며 노균에게 물었다.

"짐이 들으니 성인은 백세의 스승이라. 만일 혼령이 계시어 오늘 짐의 행색을 본다면 어찌 생각할 것 같소?"

"천지신명께 제사 지내는 것은 옛 성인들이 한 바이니, 오늘 폐하께서 제사 지내는 것을 어찌 기뻐하지 않으시리까."

천자 일행이 어느덧 태산에 올랐다. 황제는 단을 뭇고 하늘에 제사한 뒤 옥을 새겨 공덕을 칭송하였다. 그리고 옥을 단 아래 고이 묻은 뒤 산을 내려오는데, 산허리에 이르러 황제와 신하들이 뒤를 돌아보니 단 위에 흰 구름이 일어나고 공중에서 만세 소리가 간간이 들려왔다.

그날 밤 황제가 쉬는데 문득 뒤에서 한 줄기 기운이 일어나더니 하늘에 닿았다.

태청진인 청운이 감탄하며 말하였다.

"이것이야말로 상서로운 기운이니, 그 아래에서 반드시 하늘이 내리는 글을 얻을 것이옵니다. 빨리 파 보소서."

노균이 아랫사람을 시켜 파 보니 과연 돌함이 하나 있고, 그 위에 아름다운 무늬와 글자들이 새겨 있는데 구불구불하여 알아볼 수가 없었다. 돌함을 여니 옛 신선들이 쓴 듯한 책 한 권이 들어 있다. 그 책에 쓰인 글자 또한 괴상하여 알아볼 수가 없었다.

진인이,

"이는 태곳적 글자여서 박식한 선비에게 보여야 알아볼 수 있겠소이다."

하니, 노균이 그 책을 받들어 들고 이윽히 보았다.

"신이 비록 이 책을 다 보지는 못하겠사오나 그 가운데 임금님 오래 사시라는 성수무강聖壽無疆이라는 넉 자만은 분명하오이다."

황제는 노균 말을 듣고 마음속으로 기뻐하면서 천지 신령을 더욱 굳게 믿었다.

이튿날 황제는 태청진인과 방사들을 데리고 동쪽으로 순행하면서 동해 바닷가에 이르러 해돋이를 구경하였다.

"바다 가운데 신선들이 사는 삼신산이 있다고들 하는데 그곳에 가 본 사람이 있느냐?"

태청진인이 손을 들어 가리켰다.

"이 길로 수만 리를 가면 큰 바다 가운데 큰 산이 셋 있사오니 봉래산, 방장산, 영주산이라고 하는데, 이 세 산을 일러 삼신산이라 하옵니다. 진나라, 한나라 뒤로는 가 본 이가 없는데, 폐하께서 구경코자 하시면 제가 마땅히 길잡이를 하겠나이다."

태청진인이 밤을 기다려 임금을 모시고 바닷가에 이르니 때는 바로 그믐이었다. 달은 없고 바다와 하늘이 어두컴컴한데 가물가물한 별들이 낱낱이 빛을 드리우니 물속에서 깜빡깜빡했다. 태청진인은 황제에게 말하였다.

"먼저 달을 불러 바다 위를 비추게 한 뒤 무지개다리를 놓아 폐하께옵서 삼신산을 굽어보시게 하겠나이다."

그러고는 소매를 한 번 떨치며 주문을 외웠다. 그러니 과연 둥근 달이 구름 사이에서 솟는데 어찌나 빛나는지 바다며 하늘이 대낮보다 밝았다. 진인이 다시 한 번 소매를 떨치며 주문을 외니 한 줄기 무지개가 허공에 뻗어 오색구름이 영롱하였다.

"어서 다리를 밟고 공중에 오르소서."

진인의 말을 듣고 무지개다리로 오르려 하다가 황제는 무서워 몸을 소스라뜨렸다. 그러자 진인이 웃으며 다시 소매를 떨쳐 주문을 외우니 붉은 구름이 일어나 황제와 진인을 받들어 무지개다리에 올려놓았다.

하늘에 떠 있는 무지개다리에서 진인은 손을 들어 동쪽을 가리켰다.

"폐하, 저쪽을 보소서."

황제가 진인이 가리키는 곳을 바라보니 넓고 넓은 큰 바다에 안개가 자욱하고 세 봉우리 푸른 산이 솥발처럼 벌여 있는데 누각이 영롱하고 기이한 꽃과 풀이 우거져 있다. 그 사이로 난새며 봉황이 쌍쌍이 날아예는데 선녀, 선관이 신선 옷을 떨쳐입고 오락가락하니 상서로운 기운이 가득히 떠돌았다.

"불가에서 천상 극락을 말하더니 이게 바로 천상 극락인가 하노라."

"이는 인간 세상의 아름다운 경치이옵니다. 신선 세계인 하늘나라 옥경을 어찌 여기에 대겠나이까."

그 말에 더욱 호기심이 나서 황제는 태청진인을 바라보았다.

"짐이 잠깐 그곳에 가 절승 경개도 구경하고 적송자와 안기생도 다시 만나고 싶구려."

그러자 진인은 웃으며 머리를 저었다.

"저곳이 보기에는 지척 같으나 여기서 팔만 리요, 사나운 미친바람에 세찬 풍파가 가로막아 나는 새도 깃을 펴지 못하옵니다. 도를 닦아 인간 티를 벗게 되면 절로 구경하시게 되옵나이다."

그리고는 손을 들어 서북쪽을 가리켰다.

"폐하, 저기가 보이시나이까?"

황제가 멀리 바라보니 아득한 바다에 손바닥 같은 섬이 하나 가

물가물 보이는데 티끌과 연기가 자욱하여 어두컴컴하였다.

"저기는 어디요?"

"저기가 바로 명나라니, 폐하께서 계시는 곳이로소이다."

황제는 머리를 숙이고 부끄러워하였다.

이어 진인이 다시 소매를 떨치니 눈 깜짝할 사이에 두 사람은 무지개다리에서 내려 바닷가에 이르렀다.

이 일로 더욱더 술법을 믿게 된 황제는 바닷가에 묵으면서 다시 신선을 보려고 애썼다. 바닷가에 임금의 나들이 거처인 행궁을 짓고는 거기 머물렀다.

그러던 어느 날, 황제는 행궁에 올라 옥제를 모시고 균천 광악을 듣다가 발을 헛디뎌 높은 데서 떨어지는 꿈을 꾸었다. 이때 한 소년이 날랜 동작으로 받들어 겨우 살았는데, 그 소년이 뽀얗게 단장한 얼굴에 붉은 옷을 입고 있으니 여자의 기상이 있고 손에 악기를 들고 서 있는 것으로 보아 노래 부르는 사람 같았다.

꿈에서 깨어나 보니 상서롭지 못하여 황제는 꿈 이야기를 노균한테 하였다.

노균은 그 꿈을 제꺽 저희들에게 이롭도록 풀이하였다.

"옛적에 진秦나라 목공穆公이 꿈에서 균천 광악을 듣고 나라를 다시 일으켰다 하오니 좋은 꿈이 틀림없나이다. 또 폐하 동홍을 얻으시어 예악을 닦아 성덕을 칭송하니, 꿈속에서 보신 소년이 틀림없이 동홍인가 하옵니다."

노균 말을 듣고 보니 동홍이 분명하다고 생각한 황제는 동홍의 벼슬을 높여 의봉정 태학사 겸 균천협률도위로 하였다. 그리고 이

원의 제자들을 균천제자들이라 하고, 민간에서 음률을 아는 미소년들을 뽑아 들여 균천제자를 삼아 좌우에 벌여 세우고 꿈에서처럼 하였다.

이때 동홍은 임금의 뜻을 받들어 균천제자들을 뽑는데, 급히 찾으려니 알맞은 자가 없었다. 아랫사람들을 나라 곳곳으로 보내 마땅한 자가 있으면 누구든지 잡아 오라 하였다. 이렇게 되니 항간의 소년들 가운데 나이 어리고 잘생긴 아이들은 감히 함부로 나다니지 못하였다.

한편, 선랑은 점화관에서 서러운 나그네 신세로 나날을 보내고 있었다. 날마다 북녘 하늘을 바라보면서 연왕이 다시 찾아 주기만 기다렸다. 그런데 뜻밖에도 연왕이 남방 먼 곳으로 귀양살이 갔다는 소식을 들으니 하늘이 무너지는 듯하였다. 제 신세를 생각하니 앞이 캄캄하여 그날부터 먹지도 자지도 않고 밤낮 울기만 하였다.

'우리 상공이 소인의 참소를 입어 언제 돌아오실지 모르고 나는 도관에 숨어 불안스러운 형편이니, 또 무슨 풍파가 들이닥칠지 어찌 알랴. 차라리 자취를 감추고 남방을 두루 돌아 상공이 계시는 운남 가까이에 있는 도관을 찾아가 때를 기다리는 것이 옳으리라.'

이윽고 선랑은 여러 도사들과 헤어지고, 소청을 데리고 남복으로 하늘소(나귀)에 올라 남쪽으로 떠났다. 그들의 차림은 서생이 동자를 데리고 가는 모양이었다.

여러 날 만에 충주라는 곳에 이르러 물으니, 거기서는 서울이 구백 리요, 산동성은 백 리라 하였다. 객점에 머무르는데 젊은이들 몇이 선랑의 용모를 유심히 살피더니 다가와 물었다.

"어디로 가는 사람이오?"

"산수를 찾아 정처 없이 떠다니는 사람이오."

젊은이들은 서로 마주 보며 눈웃음을 띠더니 말하였다.

"우리도 떠돌아다니는 사람들이오. 그대 얼굴을 보니 풍류남아 기상이 있는데 혹시 음률을 배운 바 있소? 내 마침 소매 속에 단소가 있으니, 오늘 밤 같은 나그네로 함께 불어 봄이 어떠하오?"

선랑은 속으로 생각하였다.

'저 젊은이들은 내 모양이 여자 같은 것을 눈치 채고 이러는 것이니 옹졸한 태도를 보이면 아니 되겠구나.'

그러고는 젊은이들에게 말했다.

"고루한 선비가 어찌 음률을 알겠소마는 노형들이 이리 놀자 하시니, 나무꾼 노래와 목동의 피리라 해도 그저 남들 부는 대로 흉내나 내 보겠소."

그러자 한 젊은이가 소매 속에서 퉁소를 꺼내 먼저 한 곡 불고는 선랑에게 주었다. 선랑은 사양하지 않고 몇 곡으로 대강 화답한 뒤 퉁소를 도로 주었다.

"내 본디 충분히 익히지 못한 터이나 노형들의 너그러운 뜻을 마다하지 못해서 불어 본 것이니 웃지나 마시오."

젊은이들이 웃으며 어디론가 나갔다.

얼마 뒤 갑자기 밖이 떠들썩하더니 무뢰배들 대여섯이 조그마한 수레를 문밖에 댔다. 그러더니 한 젊은이가 들어오는데 바로 아까 퉁소를 불던 이였다.

"우리는 황제 폐하 명을 받고 그대 같은 사람을 구하러 다니는 중이오."

젊은이는 말이 끝나기 바쁘게 선랑을 붙들어 수레에 태우고 바람같이 말을 몰아 어데론가 달렸다. 뜻밖에 변을 당한 선랑은 곡절을 알 수 없어 소청과 함께 수레에서 탄식하였다.

"이게 다 우리 운명인 것 같구나. 평지풍파 헤아리기가 이리도 어려울꼬?"

소청이 떨리는 손으로 선랑 팔을 잡았다.

"아씨, 마음을 눅잦히고 기회를 보소서."

선랑은 한번 죽기는 마찬가지라 생각하면서 맥없이 앉아 있었다. 수레는 종일 가더니만 어느 곳에 이르렀다. 선랑이 수레에서 내려 좌우를 둘러보니 넓고 큰 집이 있는데 젊은이들이 여럿 모여 있었다. 선랑이 소청과 함께 그 젊은이들이 있는 곳에 가니 한 사람이 저녁밥을 가져다주었다.

"걱정 말고 저녁이나 먹게. 이곳은 산동성이고, 우리는 노 참정을 모시는 사람들일세. 황제께서 지금 바닷가 행궁에 계시며 새로 균천제자를 뽑으신다 하여, 내일이면 동 협률과 노 참정이 그대들의 재주를 보고 나서 선발할 걸세. 그대들이 재주를 다하여 황제를 모시게 되면 얼마나 영광스러운 일이겠나."

선랑은 그 말을 듣고 속으로 생각하였다.

'동홍과 노균이 하는 일이니 내 만일 본색을 지레 드러낸다면, 어찌 치욕을 면하랴! 그러니 정체를 숨기고 시험 치를 때 풍류를

모른다 하리라. 그러면 자연히 놓아 보내리라.'

선랑이 한참 기다리는데, 아까 젊은이가 다시 오더니 사람들을 수레에 나누어 태우고 또다시 한동안을 갔다. 어느 곳에 이르러 몇 자 선랑은 수레에서 내렸다. 우중충한 산과 요란한 궁궐이 바닷가에 들어앉은 것을 보니, 전에 말하던 행궁이 분명하였다.

한편, 동홍이 노균에게 말하였다.

"제가 황명을 받고 곳곳을 돌며 음률 아는 소년 십여 명을 데려왔으니 오늘 밤 폐하를 모시고 그 솜씨를 구경할까 하나이다."

노균은 그 말에 얼마 동안 생각하다가 동홍을 보며 손을 저었다.

"그럴 필요 없네. 세상에 헤아리기 어려운 것이 사람이라는데 권력으로 생판 모르는 젊은이들을 모아 황제 폐하께 드리고자 하니 이 어찌 안심할 일이겠나. 어떤 일이 있어도 우리 두 사람이 믿을 만한 자가 아니면 임금을 가까이 모시게 하여서는 아니 되네."

동홍은 고개를 끄덕였다.

"상공 말씀이 옳사옵니다."

"균천제자를 뽑는 일은 자네의 일이니, 오늘 밤 사처에서 재주를 시험하여 그중 사람을 보아 우리 사람으로 만든 뒤 임금을 모시게 하게."

노균은 거듭 당부하더니, 동홍에게 젊은이들을 이끌고 제 처소로 오라 하였다.

선랑은 젊은이들을 따라 노 참정 처소에 이르렀다. 수십 칸이나 되는 집을 새로 지어 아주 깨끗한데, 처마마다 구슬 등을 별같이 달고 산호 갈고리에 수정 발을 곳곳에 걸었으니 틀림없는 신선 누각이었다.

웬 늙은 재상이 붉은 비단옷에 옥띠를 두르고 푸르뎅뎅한 얼굴로 동쪽을 보고 앉아 있는데, 바로 노균이다. 또 인물 좋은 이가 서쪽을 보고 앉아 있으니, 이는 동홍이다. 노균은 앞뒤와 양옆에 악기를 벌여 놓고 여러 젊은이들을 차례로 앉혔다.

"그대들이 어떠한 사람들인지는 다 모르겠으나 모두 황제를 모시는 신하로다. 방금 폐하께서 상서로운 기운을 받으시고 예악을 숭상하여 하늘에 제사 지내니 어찌 천고의 드문 일이 아니리오. 이제 이원 교방의 속된 음악을 고쳐 균천제자의 신선 음악을 아뢰고자 하니 그대들은 저마다 재주를 숨기지 말고 음률로 성덕을 칭송하라."

선랑이 조용히 자리에서 일어섰다.

"소생은 한낱 서생이라 음률을 배운 적이 없으니 삼가 뜻을 받들지 못할까 하나이다."

노균은 부드러운 목소리로 말하였다.

"젊은이는 너무 사양치 말라. 이건 임금을 섬기는 일이니, 궁에서 음악 한다 하여 수치로 여기지 말라."

노균은 젊은이들에게 저마끔 악기를 주어 있는 재간을 다 보이게 하였다.

이때 황제는 행궁에서 내관 두엇을 데리고 달빛 아래 뜨락을 거닐고 있었다. 어디선가 바람결에 은은한 소리가 들려왔다.

황제가 내관들에게 무슨 소리냐고 물으니, 내관이 대답하기를, 노 참정과 동 협률이 음악에 특별한 재능이 있는 젊은이들을 뽑아

다가 시험을 보이고 있는 중이라 하였다.

황제는 은근히 호기심이 동하였다.

"짐이 옷을 바꾸어 입고 몰래 가서 구경코자 하니 너희는 절대 누설치 말라."

황제는 변복을 하고 노 참정 처소에 이르렀다.

여러 젊은이들이 한자리에 모여 앉아 차례로 갖가지 악기를 들고 장내가 떠나갈 듯 음악을 울리고 있는데, 문득 한 귀인이 하인 서넛을 데리고 장내에 들어섰다. 선랑이 눈을 들어 보니 기상이 뛰어나고 인물이 환하게 잘생겨, 예사 인물이 아닌 듯했다.

귀인이 장내를 둘러보더니 노 참정에게 다가갔다.

"주인이 훌륭한 젊은이들을 데리고 오늘 저녁 혼자 즐긴다는 것을 알고 불청객이 왔으니 혹 즐거운 장내에 방해나 되지 않을까 싶구려."

그 목소리는 음악 소리를 누르며 우렁우렁하게 울렸다.

젊은이들은 혹시 황제 폐하께서 오신 것이 아닐까 하고 생각했으나 차림새와 하인을 보고는 머리를 기웃거렸다.

귀인이 이번엔 동홍에게 눈길을 돌렸다.

"주인인 동 학사의 곡을 한 곡 듣고자 하오."

그 말에 동홍은 바로 일어나더니 비파를 탔다. 선랑이 귀 기울여 들으니, 솜씨가 거칠고 음률이 조잡하여 제비가 천막에 깃들이고 물고기가 솥 가운데서 뛰노는 듯 아주 불길하였다.

"학사의 비파는 지루하여 신선하지 못하니 저 갈고羯鼓를 좀 가져오라. 내 가슴속 묵은 티를 한번 말끔히 씻어 보리라."

동홍은 제자를 시켜 갈고를 드렸다. 귀인이 하얀 손을 넌짓 들어 채를 쳤다. 비록 솜씨가 투박하고 곡조가 조금 거칠긴 해도 넓고 넓은 도량은 가없는 하늘과 땅 같았으며, 호방한 기세는 비바람이 세차게 몰아치는 가운데 용이 하늘로 오르려 하나 구름을 얻지 못하여 몸부림치는 듯하였다.

선랑은 놀라며 귀인이 바로 황제임을 알아차렸으나, 변복한 것을 보고 내색하지 않았다.

'내 비록 사람 볼 줄은 모르나 풍류와 목소리를 잠깐 들으면 그 사람의 기상과 속마음까지 환히 알 수 있으니, 우리 황제 폐하의 넓고 넓은 도량이며 거룩하심이며 문무에 능통하신 인품이 저 같으시구나. 소인배들이 뜬구름으로 임금의 총명을 가리는데 어이하여 한 조각 구름을 헤뜨릴 길이 없더란 말이냐. 내 비록 여자 몸이지만 나라를 생각하는 마음이 있거늘 이 기회에 폐하의 마음을 깨우쳐 보리라.'

선랑은 속으로 천 번에 한 번 오는 기회라 여기며 계교를 생각한 다음 황제의 동정만 살폈다. 황제는 갈고를 그치고 젊은이들을 둘러보다가 선랑을 가리키면서 솜씨를 보자고 하였다. 선랑은 사양치 않고 피리를 집어 들어 멋들어지게 한 곡 불었다.

황제가 환히 웃으며 동홍을 보고 말했다.

"솜씨가 예사롭지 않구나. 봉황이 아침 볕에 우니 맑은 소리 하늘가에 울려 듣는 이의 꿈을 깨운다는 '봉명곡鳳鳴曲'이로구나."

선랑은 황제의 총명이 뛰어남을 알고 슬쩍 돌려서 깨우쳐 드려도 알아들으시리라 생각하여, 다시 거문고를 들고 하얀 손으로 줄을 골라 절절하게 한 곡을 탔다.

"그 곡 참으로 아름답구나. 흐르는 물은 끝이 없고 떨어진 꽃잎은 흩날려 깊고 그윽한 흉금과 아득한 생각이 세상의 시비를 잊었으니 이는 '낙화유수곡落花流水曲'이로다. 그 수법이 단아하고 가락이 밝고도 처량하니, 참으로 오랜만에 듣는구나."

거문고의 음조를 바꾸어 또 한 곡을 타니 그 소리는 분노에 떨고 쓸쓸하며 구슬펐다. 황제는 무릎을 쳤다.

"이 곡이 참으로 뜻이 깊도다. 눈발이 흩날려 천지에 가득하니 따뜻한 봄철을 어느 때에 만나랴 하던, 바로 그 가락이로다. 이는 옛날 초나라 가곡 '백설조白雪調'라. 옛 곡조에 화답할 이 드물 것이나 어찌 알아주는 이가 없겠느냐."

다시 율려를 바꾸어 한 곡을 타니, 천자가 기쁘기도 하고 슬프기도 하여 책상을 손으로 치며 말했다.

"슬프구나, 이 곡이여. 변수汴水 강변의 버들이 푸르고 궁중의 비단버들 시들었으니, 풍류에 빠진 임금의 한때 즐김이 한바탕 꿈이로구나. 이른바 수양제隋煬帝의 '제류곡堤柳曲'이 아니냐? 화려하면서도 애달프고 산뜻하면서 상쾌하니 사람의 구슬픈 심사를 돕는구나."

선랑이 거문고를 놓고 비파로 또 한 곡을 타니 그 곡은 바로 한 태조의 '대풍가大風歌'였다.

황제가 선랑에게 물었다.

"이 곡조는 어찌 그리 장엄하고 슬픈고? '큰 바람이 일어나니 구름이 날리고, 위엄이 사해에 더하니 고향으로 돌아가노라.' 하니 이것은 한고조의 '대풍가'로구나. 영웅이 맨손으로 나라를 세웠으니 하늘의 뜻을 얻음인데, 어찌 그 속에 처량한 뜻이 있을꼬?"

선랑은 들뜬 마음을 가까스로 눌렀다.

"한나라 태조는 본디 지방 무관 출신으로 팔 년 바람 먼지 속에서 위험을 무릅쓰고 삼척검을 휘둘러 천하를 얻으셨으니, 그 노고가 어떠하였겠나이까? 후세 자손이 이 뜻을 알지 못하여 종묘사직의 부탁을 저버림이 있을까 하여, 어찌하면 용감한 군사를 얻을지 생각하고 천하를 걱정하시어 이 곡을 지었으니, 어찌 처량함이 없겠나이까."

황제는 더 말이 없었다.

이때 선랑은 황제의 마음을 읽은 듯 한 곡 더 탔다. 그 소리 맑고 시원하여 승로반에 이슬 떨어지고 가을바람에 성근 비 쓸쓸한 듯하니, 황제가 선랑더러 물었다.

"그 곡이 무슨 곡인가?"

"이는 당나라 이장길李長吉이 지은 노래이옵니다. 한 무제가 웅대한 재주와 책략으로 임금이 된 뒤 처음에는 정사를 힘껏 돌보아 어진 선비와 바른말 하는 신하를 쓰려 하더니, 좀 지나면서 간신들이 임금의 총애를 받으려고 아첨하여 저마끔 글을 올리고 허황한 말을 퍼뜨려 나라를 병들게 하니, 후세 사람들이 이 노래를 지어 무제의 성덕을 안타까이 여겼나이다."

황제는 또 잠자코 대답이 없었다.

선랑이 곧바로 철발을 들어 치성과 각성으로 서늘히 한 곡을 아뢰니, 그 소리 처음에는 방탕하더니 나중에는 구슬퍼지며 흰 구름이 뭉게뭉게 하늘가에서 일어나고 쓸쓸한 바람이 대숲을 울렸다.
황제가 처량하게 낯빛을 바꾸고 물었다.

"이것은 무슨 곡인고?"

"이는 주나라 목왕의 '황죽가黃竹歌'이옵니다. 옛날 목왕이 팔준
마를 얻어 요지에서 서왕모를 만나 돌아오기를 잊자, 모시던 신
하들이 고국을 생각하고 목왕을 원망하여 이 노래를 지었나이다.
마침 서자라는 이가 반란을 일으켜 나라가 위태로웠나이다. 또
한 곡이 있으니 마저 아뢸까 하나이다."

이윽고 거문고 소리가 또 울렸다.

첫 장은 호탕하여 철의 군마가 내닫는 듯하고 중장은 광대하여
설레는 바다같이 변화무쌍하니 모두가 격동하는데, 선랑이 문득
거문고 채를 바로잡고 하얀 손을 뿌리쳐 스물다섯 줄을 힘 있게 한
번 긋고는 뚝 끊으니 모두들 크게 놀랐다.

황제도 놀라 넋을 잃고 선랑을 바라보았다. 그러다가 몸을 한번
바로잡고는 무슨 곡이냐고 물었다.

"이른바 '충천곡衝天曲'이라 하온데 옛적 초나라 장왕이 즉위 삼
년에 정사를 돌보지 않고 풍류를 일삼으니 한 신하가 간하기를,
'나라에 신기한 새 한 마리 있어 삼 년 동안 울지 않고 날지 않으
니 이 무슨 새이겠나이까?' 하니, 초왕이, '삼 년 동안 울지 않았
으나 우는 날에는 사람을 놀랠 것이요, 삼 년을 날지 않다가 다시
날아오르면 하늘을 뚫으리라.' 하고 왼손으로 그 신하 소매를 잡
고 오른손으로 비파 줄을 끊고는 다시 덕을 닦으니, 몇 년 만에
나라가 평안해져 춘추 시대에 부강한 다섯 나라 가운데 으뜸이

되었나이다."

이때 노균은 선랑이 황제께 간한다는 것을 알아차렸다. 속으로 패씸하여 말재간으로 그를 눌러놓으리라 생각하고는 자리에서 한 걸음 나서며 선랑더러 물었다.

"내 그대의 음률을 들었으니 이제 말을 한번 들어 보고자 하노라. 그대 생각에는 풍류가 어느 때부터 나왔다고 보는고?"

"제가 외로이 지내다 보니 보고 들은 것이 없어 무엇을 알리오마는 일찍이 스승에게서 들으니 풍류란 천지가 생겨날 때 생겼다 하옵니다."

"그런즉 처음 나온 풍류는 이름이 무엇인고?"

선랑은 노 참정을 바로 쳐다보며 말하였다.

"상공께서는 다만 이름 있는 풍류만 풍류로 아시고 이름 없는 풍류는 모르시며, 소리 있는 풍류만 알고 소리 없는 풍류는 모르시오이다. 효성과 우애, 충성과 신의는 소리 없는 풍류요 희로애락은 이름 없는 풍류라, 사람이 희로애락에 지나침이 없으면 기상이 화평하고 효자 충신의 행실을 닦은즉 마음이 즐거울 것이니, 마음이 즐겁고 기상이 화평하면 가만히 앉아 있어도 소리 없는 아름다운 음률이 귀에 울릴 것이옵니다. 그러니 어찌 이름을 가지고 풍류를 논하리까?"

"그대 말이 당치 않도다. 천지 운수와 사람의 총명이 옛날과 지금이 다르거늘 어찌 풍류 음률이 예와 지금이 같겠나?"

선랑이 침착하고도 야무지게 대답하자 노균은 악이 받쳤다.

"그렇지 않사옵니다. 사람에게서 옛날과 지금이 있을지언정 세상천지가 어찌 옛날과 지금이 다르며, 총명에 고금은 있을지언정 음률이 어찌 옛날과 지금이 다르리오. 옥 소리는 맑고 쇳소리는 쟁쟁하며 대 소리는 한결같이 순수하며 현의 소리는 맑고 아름다워 불면 응하고 치면 소리가 나는 것이니, 옛날과 지금의 음악이 같은 줄로 아옵니다."

노균은 더 할 말이 없자 이번에는 말머리를 황제의 정사와 관련한 것으로 돌려, 선랑이 황제의 정사를 대놓고 말하도록 꾀하였다.

"옛 성인이 풍류를 지어 사람을 가르치는 것은 장차 그 덕을 칭송하여 하늘땅에 고하고 후세에 전하려는 것인데, 지금 황제께서 위에 계시어 요순을 비롯한 옛 임금들의 덕이 만방에 미치니 하늘이 상서로움을 주고 백성이 복을 받아 옛적의 태평성대에 견주어 모자람이 없을지라. 내 이제 황제 폐하의 명을 받고 명나라의 새 음악을 지어 성덕을 칭송하고 교화에 힘써, 요순 정치를 따르려 하노니 그대는 어찌 생각하는고?"

선랑은 뜻밖에 황제를 모시고 처음으로 그 높은 인품과 성덕을 우러러보았다. 노균과 동홍이 황제의 총명을 가린 것이 생각할수록 원통하였다. 가슴속엔 의분이 치밀어 올랐다. 그래서 거문고 몇 곡으로 에둘러 깨우쳐 말하였으나 좀처럼 울분을 누를 길 없는데, 노균이 그 주제에 황제 폐하의 성덕이 어떻니, 요순시절이 어떻니 하니 가만있을 수 없었다.

그래서 고개를 들고 옷깃을 여미었다.

"장하옵니다. 나라 위한 상공의 충성이 폐하께 술법을 아뢰어 높은 신임을 얻으려 하니 이는 상공의 지혜가 남달리 뛰어남을 말하는 것이옵니다. 현명한 신하들을 쫓아내고 바른말 아뢰는 언관들에게 죄를 주며 마음대로 권세를 휘두르니, 이 또한 상공의 수법이 뛰어남을 말하는 것이옵니다. 또한 하늘에 제사를 지낸다고 하면서 나라의 곳간을 비워 버리고, 민심이 소란스러워 곳곳에서 백성들의 원망이 일어나도 눈썹 하나 까딱하지 않으니, 이는 상공의 담력이 썩 뛰어남을 보여 주옵니다.

무릇 세상에 그른 일을 하면서도 그것이 그른 줄을 모르는 자가 많지만, 상공은 그른 줄 뻔히 알면서 단행하니 명철함이 남보다 뛰어나오이다.

더구나 요즘에 와서 다시 풍류를 지어 균천제자를 뽑는다고 하면서 명문거족과 세도재상의 처첩들까지 빼내 오며 지나가는 사람들을 협박하니 항간에 좋지 않은 소문이 자자하고, 한다는 일마다 해괴망측하여 백성들은 길가에서 수군거리고 군자는 방 안에서, '폐하께서 그렇게도 총명하신데 어찌하여 이런 지경에 이르렀느뇨?' 하며 탄식하니 바야흐로 나라의 운명이 위태로워지고 있으나, 상공의 부귀공명은 날로 더하여 감히 우러러볼 사람이 없으니 이 또한 신묘한 방법을 지니셨음이오이다.

그러니 어찌 저 같은 사람에게 물을 것이 있으리까? 물은 근원이 없으면 흐름이 끊어지고 나무에 뿌리가 없으면 말라 죽고 마옵니다. 나라는 백성의 근원이요 임금은 신하의 뿌리라, 상공이 다만 눈앞의 부귀만 알고 임금과 나라를 모르니, 근원 없는 물과 뿌리 없는 나무가 얼마를 더 견디겠나이까?"

선랑의 복사꽃같이 발그레한 양쪽 볼에 싸늘한 기운이 돌고, 봄

구름이 서린 듯한 귀밑머리에 원통한 빛이 어렸다.

노균은 말문이 막혀 한마디도 못 하고 고개를 숙이고 있었다. 황제는 깜짝 놀랐다. 그래서 선랑에게 물었다.

"임금과 신하가 한자리에서 어찌 속이겠나? 짐은 곧 대명 천자라. 그대는 대체 어떤 사람인고?"

선랑은 부리나케 섬돌 아래 내려가 엎드렸다.

"신첩이 폐하의 위엄을 모르고 당돌한 짓을 했사오니, 그 죄 만번 죽어도 아까울 것 없나이다."

황제는 '신첩'이란 말에 더욱 놀랐다.

"네 그러면 남자가 아니란 말인고? 여자라면 뉘 집 딸인고?"

선랑은 머리를 땅에 조아렸다.

"신첩은 운남 죄인 양창곡의 소실 벽성선이옵니다."

천자는 너무나도 놀라워 순간 얼떨떨해졌다.

"그러면 네가 전날 집안의 풍파를 만나 강주로 쫓겨 갔던 그 벽성선이란 말인고?"

"그러하나이다."

황제가 곧바로 몸을 일으켜서 당에 내려서더니 선랑을 보고 말하였다.

"짐을 따르라."

선랑은 소청과 함께 황제를 모시고 행궁에 이르렀다. 때는 이미 새벽이 가까웠다.

황제는 내관을 시켜 등불을 밝히고, 선랑을 가까이 불러 자세히 보고는 놀랐다.

"이 어찌 신기한 일이 아니겠나. 하늘이 너를 시켜 짐을 도우시는구나. 짐이 이미 네 얼굴을 꿈에서 보았노라. 전날 꿈에 아리따운 얼굴에 악기를 옆에 끼고 짐을 붙들어 구원하던 그 소년이 바로 너였구나."

황제는 좌우를 둘러보며 꿈 이야기를 죄다 하고는 침착하게 말하였다.

"그래, 글을 좀 아느냐?"

선랑은 황제의 물음에 문장이나 좀 해득한다고 말하였다.

황제는 선랑에게 종이와 붓을 갖추어 주면서 받아쓰라고 하였다.

짐이 눈이 어두워 충성된 말을 멀리하고 허황한 것을 믿으며 진시황과 한 무제의 몽매한 허물을 스스로 깨닫지 못하더니, 연왕 양창곡의 소실 벽성선이 열녀답고 사내 같은 기상과 충성된 마음으로 천 리 바닷가에서 자그마한 거문고를 안고 섬섬옥수로 줄을 튕겨 맑고 시원한 찬 바람으로 뜬구름을 쓸어버리니, 해와 달이 다시 빛을 찾았구나. 짐이 이제 지난 일을 생각하니 온몸에 소름이 끼치고, 그 위태함으로 말하면 하늘에서 떨어지는 것보다 몇 갑절 더하니, 만일 벽성선이 아니었다면 오늘이 어찌 있으리오. 벽성선에게 어사대부를 명하여 그 충성을 격려하고 연왕 양창곡은 좌승상을 돋우어 황성으로 부르며 윤형문, 소유경은 사면하여 며칠 안에 궁으로 돌아오도록 대책을 세워 올리도록 하라.

선랑이 쓰기를 마치자 황제는 글씨를 보며 칭찬하였다.

"짐이 조서를 특별히 너에게 쓰라 하는 것은 네 직간하던 충성을 천하에 알리고자 함이라."

그리고 붉은 종이에 친필로 '여어사 벽성선'이라고 써서 선랑에게 주자, 선랑은 머리를 깊이 숙여 사례하였다.

"신첩이 본디 지아비를 좇아 유배지로 가는 길이옵니다. 벼슬하고자 하지 않사오니, 바라옵건대 분에 넘치는 직책을 거두시고 그저 돌아가기만을 허락하신다면 천은이 더욱 망극할까 하나이다."

황제는 웃으며 타이르듯 말하였다.

"짐이 이제 내일 궁궐로 돌아갈 것이니 선랑은 뒤에 따르는 수레를 좇아 집으로 돌아가서 연왕을 기다리라."

선랑은 황제께 한사코 사양하였다.

"신첩이 옷을 바꾸어 입고 집을 나섰으니 시골로 다니기도 부끄럽사온데 어찌 존귀한 폐하의 행차를 좇겠나이까. 저에게 하늘소 한 마리와 동자가 있사오니 예전대로 청산에 들어 종적을 감추는 것이 소원이옵나이다."

황제는 선랑의 뜻을 기특히 여기면서 그러라고 승낙하고, 노자를 넉넉히 주면서 빨리 서울로 돌아오라고 하였다.

선랑은 하직하고 소청과 함께 하늘소를 몰아 길을 떠났다.

지난 일을 뉘우친 황제는 돌아갈 마음이 화살 같아 수레를 재촉하였다.

노균과 동홍은 저들의 간악함이 드러나 수습할 방책을 모색하였지만 좀처럼 떠오르지 않았다. 급한 짐승이 사람을 해치고, 궁한 도적에게 사나움이 생긴다고, 그들의 간악한 마음이 궁지에 빠지자 흉악한 심사가 머리를 들었다. 무릎을 마주하고 반역할 꾀를 의논하나 기회를 얻지 못해 속만 태우고 있는데 뜻밖에도 산동 태수의 표문이 들이닥쳤다.

빈 도성을 틈타 흉노가 쳐들어오니

북방 흉노의 추장이 오랑캐 군사 십만 기를 거느리고 안문 지방에서 태원 땅을 지나 이미 연주 지경에 이르렀나이다. 기세 몹시 강성하여 빠르기가 비바람 같은지라 머지않아 산동성을 침범하오리니 빨리 대군을 보내 흉노를 쳐 주시옵소서.

황제는 표문을 보고 크게 놀라 좌우를 둘러보며 탄식하였다.

"도성이 비었다는 것을 알고 북방 흉노가 갑자기 쳐들어온 것이 틀림없구나. 돌아갈 길은 멀고 황성 소식을 들을 길 없으니, 이곳에 외로이 앉아 누구와 더불어 이 일을 의논하리오."

신하들은 폐하를 위로하면서, 일이 급하니 노 참정을 불러 의논하시라 아뢰었다.

이때 노 참정은 병을 핑계로 자리에 누웠다가 이 소식을 듣고 벌떡 일어나 앉았다.

'하늘이 나를 도와 다시 살아날 기회를 주시는구나. 오랑캐 군사의 형세가 그렇게도 급하니, 내 마땅히 자원 출전하여 성공하면 자연 죄를 털고 일이 다 제대로 될 것이요, 형세가 불리하면 차라리 머리 풀고 옷깃 외로 여미고 북으로 가서 오랑캐의 부귀를 누려 보리라.'

노균은 행궁에 이르러 천자께 뵙고 땅에 엎드려 죄를 청하였다.

"신이 불충하여 폐하께서 이런 외지에서 변을 당하시게 하였으니, 마땅히 큰 도끼 아래 죽음을 면치 못할 것이옵니다. 하오나 당장 정세가 위급하여 좌우에 장수 한 명 없고 오랑캐 군사들이 황성으로 돌아갈 길을 막고 있으니, 신이 절월을 빌려 폐하를 모시고 있는 군사 중 일부와 이 고장 병사를 선발하여, 태청진인과 함께 전장에 나아가 선우의 머리를 베어 불충한 죄를 씻을까 하나이다."

황제는 한동안 잠자코 말이 없다가 다른 방도가 없다는 것을 깨닫고는 노 참정의 손을 잡고 말하였다.

"지난 일은 짐이 현명치 못한 탓도 있으니 어찌 경의 잘못뿐이리오. 오늘날에 이르러 뉘우치는 마음은 임금과 신하가 같구려. 어찌 서로 속에 품고 있겠소. 경은 지내 옹졸하게 생각하지 말고 다시 충성을 다하여 짐을 도우라."

노균은 황제 손을 받들고 흰 수염에 눈물을 떨어뜨렸다. 황제는 노균을 곧 정로대도독을 임명하여 호위군사 칠천에 그 고장 병사 오천을 주었다.

노균은 태청진인에게 제 마음을 털어놓았다.

"나라 운수가 불행하여 지금 오랑캐 군사들이 산동성으로 들어온다 하는데, 내 늙은 몸으로 황명을 받고도 적을 물리칠 방략을 세우지 못하고 있으니 부디 밝히 가르쳐 주소서."

진인은 웃으며 사양하였다.

"저는 뜬구름이요, 세상 사람이 아니옵니다. 옥경 청도로 가는 길을 묻거나 십주 삼신산 소식을 전하는 일이라면 몰라도 한 나라의 흥망과 전쟁에 관한 일은 진인이 알 바가 아니오이다."

그러자 노균은 눈물을 흘리며 꿇어앉아 애걸하였다.

"선생 말씀이 이 지경에 이름은 제 운이 다함이라 생각하나이다. 그러나 선생을 청한 것도 제가 한 바요, 황제 폐하를 도와 하늘에 제사를 지낸 것도 제가 한 바라, 옛말에 매듭은 맨 자가 풀어야 한다 하였으니 제발 제 낯을 보아서라도 다시 생각하소서."

진인은 난처한 듯 한동안 있더니,

"참정은 죄 없는 사람을 너무 괴롭히는구려. 사정이 그렇다면 마땅히 한쪽 팔이 되어 도우리다."

하였다. 노균은 기뻐하며 천자께 하직하고 곧 군사를 거느리고 산동으로 떠나갔다.

흉노 묵특은 북쪽 오랑캐 가운데서 강한 종족이다. 한고조가 백등산에서 포위되어 이레 동안이나 굶주리다 겨우 살아왔고, 한 무제가 뛰어난 재능과 원대한 지략으로도 휘어잡지 못하였으니, 그 강함은 더 말하지 않아도 알 수 있으리라. 당나라, 송나라 이래로 흉노족은 더욱 번성하였다. 명나라 때에 이르러 야율 선우는 힘이 남보다 견줄 바 없이 세고 성품이 사나워 제 아비 자리를 빼앗고 군사를 기르며 늘 명나라를 엿보고 있었다. 그런데 명나라가 마침 간신들이 조정을 어지럽히고 충신 연왕을 멀리 귀양을 보냈다 하니, 야율은 기뻐 날뛰었다.

'하늘이 명나라를 내게 주시도다. 양창곡이 조정에 없으니 내 누구를 두려워하겠는가?'

야율은 곧바로 군사를 징발하였다. 때마침 노균이 황제를 모시고 동쪽으로 제사 지내러 가고 명나라 곳곳에서 원성이 높으니, 선우는 창을 들고 분연히 일어섰다. 군사를 두 길로 나누어 장수 척발랄 拓跋剌에게 이만 군사를 주어 음산과 한양을 지나 요동, 광녕으로 갈석을 넘어 황성을 점령하라 하였다. 선우 자신은 삼만 대군을 거느리고 북방으로 해서 바로 산동성을 차지하여, 명나라 황제의 돌아가는 길을 막고 싸움의 승패를 결정지으려 하였다.

이리하여 흉노 장수 척발랄이 대군을 거느리고 요동, 광녕으로 갈석을 넘어 황성으로 호호탕탕히 밀려드니 어느 한 곳도 제대로 맞서 싸우는 곳이 없었다. 나라를 지키던 대신들이 뒤늦게서야 성문을 닫고 군사를 정비하려 하였다. 허나 황성을 지키던 장졸은 이미 다 도망가고, 문무백관은 처자를 데리고 피난하느라 길을 가득 덮었으며, 성중엔 울음소리 요란하였다.

황태후가 엄한 영을 내려 대신들을 꾸짖으나 무슨 소용이 있으랴. 오랑캐 군사들이 밤을 타서 몰래 침범하여 북문을 깨뜨리니, 황태후는 황후와 비빈, 궁인들을 데리고 가마조차 변변히 갖추지 못한 채 말 잔등에 올라 남문으로 나갔다. 따라나선 내관이며 하인이 고작 수십 명뿐이었다.

몇 리를 가서 뒤돌아보니 성중에 불길이 하늘을 찌르고 오랑캐 군사들이 이미 사방에 덮여 있는데, 앞에는 오랑캐 장수가 병사들을 거느리고 길을 막으며 사람들을 마구 죽이고 있었다. 태후의 하인들은 힘을 다해 싸웠으나 당해 낼 수 없었다. 태후 일행은 사람들 속에 섞여 겨우 오솔길을 따라 도망쳐 화를 면하고 보니 다만 하인 두엇과 궁녀 대여섯이 따르고 있었다.

궁인 가 씨가 태후께, 오랑캐 군사들이 깔려 있으니 평지를 버리고 산으로 들어가 날이 밝기를 기다려 몸 둘 곳을 찾는 것이 좋겠다고 하였다. 태후는 그 말을 따라 바로 산으로 올랐다.

새벽달이 희미하여 다행히도 산속 길을 가려볼 수 있었다. 피난민들이 산골짜기를 덮어 여기저기서 엎어지며 달리며 우는 소리가 물 끓듯 하였다. 그 속에 섞여 태후 일행은 겨우 수십 리를 더 갔다. 황태후는 오래 말을 타니 피로를 이기지 못하여 말을 천천히 몰라 하고는 둘레를 보며 말하였다.

"여기는 어느 지방인고? 내 목이 마르니 어찌하면 물 한 사발 얻어 마실 수 있겠느냐?"

가 궁인이 그 말을 듣고 눈물을 흘리며 말에서 내려 산골짜기의 흐르는 물을 찾으니 물은 있어도 그릇이 없다. 큰 나뭇잎으로 물을 떠 드리니 태후 두어 모금을 마신 뒤 탄식하였다.

"내 부질없이 오래 살아 뜻밖에 이런 고초를 당하니 어찌 죽어서 모르는 것만 하랴. 이제 정한 곳도 없이 어디로 가며 이러다 오랑캐 놈들을 또 만나면 어찌하겠나."

"신첩이 산속 지리를 잘 알지 못하오나 이곳 산세를 보니 머지않은 곳에 틀림없이 도관이나 옛 절간이 있을 것 같사옵니다. 태후마마께서는 옥체를 보중하시고 잠깐 액운에 지내 설워 마소서."

말이 채 끝나기도 전에 어데선가 풍경 소리가 들렸다. 가 궁인은 말고삐를 놓고 앞에 나서며 태후께 아뢰었다.

"틀림없이 암자가 있나이다."

길을 찾아 동구에 이르자 가 궁인이 기뻐 환성을 질렀다.

"이곳은 바로 황제 폐하를 위하여 사시절 기도를 드리던 산화암이옵니다."

태후도 다행히 여기고 암자 앞에 다가가 보니 문이 닫혀 있고 늙은 여승 서넛만 있었다. 곡절을 물으니 늙은 여승이 대답하였다.

"오랑캐 놈들이 쳐들어온다는 소식을 듣고는, 이 암자가 큰길에서 멀지 않기로 여승들은 모두 난리를 피하여 저마끔 달아났나이다. 저희는 늙고 병든 몸이라 암자를 지키다 죽기로 결심하고 남았나이다."

말을 마치고 일행을 보다가 곧 가 궁인을 알아보았다. 그리고 반겨 맞으며 태후와 황후 두 분이 왔다는 것을 알고 서둘러 방을 내어 자리를 정한 뒤 차를 올렸다.

태후는 잠시 뒤 정신을 진정하고 말하였다.

"세상일을 예측하기 어렵도다. 내 어찌 이 산화암에 올 줄 알았겠나. 내 황제를 위하여 이곳에서 해마다 기도를 하였건만 이제 황제 천 리 밖에 계시고 이런 환난을 당하니 생사 여부도 알 길이 없구나. 내 이제 부처의 힘을 빌려야겠다. 황제께서 길이 무사하기를 빌고자 하노라."

곧 향을 가지고 부처에게 절하고 빌면서 눈물을 머금었다. 태후를 위로하려고 가 궁인이 태후와 황후를 모시고 암자를 둘러보았다. 행랑채에 이르니 객실에 인적은 없는데 앓는 소리가 이따금 새어 나오기에 무슨 일인가 하여 문을 열고 보니 웬 소년이 동자와 같이 방 안에 누워 있었다. 지친 듯 누워 있는 소년의 얼굴을 찬찬히 들여다보던 가 궁인은 와뜰 놀랐다.

한편, 황제께 하직 인사를 드리고 나서 선랑은 소청을 데리고 다시 하늘소 등에 올라 길을 떠났다.

'천자 벌써 명령을 내리셔 상공을 부르시니 머지않아 상공이 돌아오시리라. 빨리 서울로 가자.'

선랑은 북쪽으로 하늘소를 재촉하였다. 그러다가 산동 지경에 이르러 뜻밖에도 피난하는 백성들을 만났다. 오랑캐 대군이 쳐들어온다고 했다.

선랑은 깜짝 놀라 밤낮으로 걷고 또 걸었다. 어느덧 서울 백여 리 밖에 이르러서 점화관에 몸을 맡길까 하였더니 점화관은 텅 비고 도사는 한 명도 없었다. 그리하여 다시 산화암에 찾아가니 거기 또한 소란하여 전날 알던 여승들은 한 명도 없고 늙은 여승 서넛이 남아 있을 뿐이었다. 손님방 하나를 빌려 먼 길에 지친 몸을 뉘어 잠이 들려 하는데 문득 문밖이 소란스러워졌다.

선랑은 피난하는 백성이 밀려드는가 하여 문을 더욱 단단히 닫고

누워 있었다. 그런데 뜻밖에도 가 궁인이 문을 삐걱 열고 들어오는
것이었다. 어슴푸레 눈을 뜨고 보니 처음에는 사람인가 싶고 이상
도 하다 싶었으나 다시 보니 가 궁인이 분명하였다. 둘은 서로 놀랍
고 반가워 손을 잡고 어쩔 줄 몰랐다.

가 궁인은 선랑의 귀에 대고 가만히 태후와 황후께서 와 계신다
고 말하였다. 선랑은 황망히 몸을 일으켜 바닥에 내려가 엎드렸다.
그러자 태후는 놀라며 물었다.

"그대는 어떠한 소년인가?"

선랑이 대답할 사이도 없이 가 궁인이 태후께 말하였다.

"신첩의 집안 친척 가 씨로소이다."

가 궁인이 이어 전날 암자에서 만난 뒤 몇 년 간 소식을 몰랐다가
오늘 뜻밖에 만났다고 아뢰니 태후는 신기하게 여기며 반겼다.

"내가 소년의 용모 어쩐지 특별히 아름답다고 의심하였더니 여
자였구먼. 가 궁인의 친척이라고? 오늘같이 어려운 때 이런 곳에
서 만나니 참으로 반갑구나."

태후는 선랑에게 자리에 올라오라 하여 다과를 권하였다.

"낭자야말로 절대가인이로다. 저렇듯 유순한 성품으로 무슨 환
난을 당하여 남복을 하고 산중에 떠다니는가?"

황태후가 가 궁인을 보고 웃으며 말하자 선랑은 고개를 숙이며
조용히 여쭈었다.

"제가 배운 것 없고 천성이 산수를 좋아하여 사방을 두루 돌아다
닐 뿐이오니, 어찌 홀로 환난을 피하자는 뜻이겠나이까?"

태후는 선랑을 이윽히 쳐다보더니 손을 다정히 어루만지며 사랑

함을 마지않았다.

이튿날 밤이다. 태후 일행이 암자에서 쉬고 있는데 백성들이 오랑캐 노략질을 피하여 밀려들었다. 산화암 앞뒤며 양옆으로 산에 사람이 한 벌 쭉 깔려 빈 곳이 없으니, 심부름꾼이 막대를 들고 모두 내쫓으며 말하였다.

"너희들이 이렇게 모여들면 태후 계신 곳에 오랑캐 놈들을 끌어들이게 되니 빨리 다른 곳으로 가라."

그러자 사람들은 모두가 울며 말하였다.

"우리 태후와 황후께서 여기 계시오니 마땅히 적을 물리치실 방략이 계실 것이 아니오이까? 우리가 여기를 버리고 어디로 가겠나이까?"

그 말을 듣고 보니 태후는 가엾은 생각이 들었다.

"가만히 놓아두어라!"

이렇게 되어 백성들이 산꼭대기에서 그날 밤을 새우게 되었다. 여기저기서 불을 피우는지라 연기와 불빛이 세차게 타올랐다. 그러니 북방 오랑캐 놈들이 불빛을 보고 산을 에워싸며 올라왔다. 한밤중에 암자를 에워싸고 함성이 크게 났다.

태후와 황후와 궁인들이 서로 붙들고 울며 어쩔 줄을 모르는데 적장 한 놈이 큰 소리로 외쳤다.

"명나라 태후와 황후 여기 있으니 우리가 모셔다가 장군께 바쳐 큰 공을 세우자!"

적들이 더욱더 죄어들었다.

태후는 황급히 가 궁인더러 말하였다.

"옛말에 이르기를, 살아서 욕을 당하느니 죽어 평안한 것이 낫다 하였다. 내 비록 변변치 못하나 당당한 천자의 어머니라, 어찌 흉노들 앞에 머리를 숙이고 살기를 빌겠느냐? 차라리 여기서 죽을 것이니, 너희들은 황후를 보호하여 황제 계신 곳을 찾아가 내 유언을 전하라."

유언을 쓰는데 이러하였다.

죽고 사는 것이 명에 달려 있고 나라의 운수는 하늘에 있으니 사람의 힘으로는 어쩔 수 없는 일이오이다. 어미와 자식의 정은 귀한 자나 천한 자나 같게 마련인데, 황제를 다시 뵙지 못하고 머나먼 저승으로 돌아가나, 내 넋이 우리 황상께 끝없는 슬픔을 안겨 주리니 땅속에 들어가서도 눈을 감지 못하겠소이다. 부디 폐하는 지내 슬퍼 마시고 옥체를 보중하사 간신 노균 머리를 베시고, 연왕을 바삐 불러 오랑캐를 멸하시어 원수를 갚아 주소서.

유언을 마치고 태후가 자결하려고 하니 황후와 궁인이 붙들고 통곡하였다.

"인자하신 우리 태후 마마께서 어찌 차마 이런 일을 하려 하시나이까! 한때의 어려움을 참지 못하고 자결하시어 이 모든 것을 감감 모르고자 하시나, 아득한 천 리 밖에 속절없이 앉아 계실 우리 폐하의 안타까운 처지를 생각이나 하시옵니까? 태조 고황제께서 덕을 높이 쌓으셨으니 수백 년 왕업이 덧없이 무너지지는 않을 것이옵니다. 황제 폐하께서 뒷날 오랑캐 놈들을 다 쫓아내고 도성으로 올라와 이 일을 아시면 그 심정이 어떠하시겠나이까?"

태후는 가 궁인을 부여잡으며 눈물을 비 오듯 흘렸다.

"낸들 어찌 생각하지 못하겠느냐마는 형세가 이처럼 위급한데 군사 한 명도 없으니 아무리 살길을 찾는다 해도 찾을 수 없지 않느냐."

태후의 말이 채 끝나기 전에 옆에서 소년 하나가 나서며 아뢰었다.

"신첩이 뛰어난 재간은 없으나 어떻게 해서라도 오랑캐를 속여 넘길 것이오니, 황송하오나 태후 마마께옵서 저와 옷을 바꾸어 입으시고 화를 피하시어 옥체를 보중하소서. 제가 기어이 태후 마마를 대신하여 오랑캐 군사들을 감당해 내겠나이다."

그리고 자기가 입었던 남복을 벗어 받들어 들고 태후께 드렸다. 모두가 소년을 보니 바로 선랑이었다. 태후는 슬며시 웃으며 머리를 가로저었다.

"그대의 충성이 지극하나 늙은 몸이 살면 얼마를 살겠다고 그렇듯 구차한 일을 꾀하겠느냐?"

그러나 선랑은 뜻을 굽히지 않았다.

"태후 마마께서 이렇게 생각하시는 것은 황제 폐하를 돌아보시지 않는 것이옵니다. 어찌 한때의 액운을 이기지 못하여 천추만대에 우리 황상께서 불효자라는 소리를 듣게 하려 하시나이까?"

말을 마치고 선랑은 태후께 남복을 입혀 드리며 다시 간곡히 아뢰었다.

"형세가 급하오니 더는 사양치 마소서."

그리고 이번에는 소청의 옷을 벗겨 황후께 드리며 입으시라 재촉하니 가 궁인과 여러 비빈들이 한꺼번에 두 분을 받들어 남복을 입혀 드렸다. 선랑과 소청은 황후와 태후 차림을 하였다. 그리고 나서 선랑은 가 궁인을 보며 말했다.

"어서 두 분 마마를 모시고 암자 뒤로 빠져나가 안전하게 모시오소서. 죽지 않으면 다시 만날 길이 있으리다. 어서 가소서."

가 궁인과 궁녀들이 눈물을 흘리며 태후와 황후를 모시고 암자 뒤로 하여 몰래 산을 타고 빠져나가자, 선랑은 소청과 함께 앞문을 든든히 닫아걸고 앉아 있었다. 이윽고 오랑캐 놈들이 문을 부수고 들이닥쳤다. 선랑은 수건으로 입을 가리고 크게 호령하였다.

"내 아무리 곤경에 이르렀기로서니 너희가 어찌 이다지 무례하단 말이냐?"

"절대로 태후 마마를 해치지 않겠으니 어서 우리를 따라가기만 하소서."

오랑캐 장수가 선랑의 말이 끝나기 바쁘게 다가서며 말하자, 병사들이 달려들어 수레에 강제로 태우고 오랑캐 진영으로 갔다.

이때 오랑캐 장수 척발랄은 황성을 점령하고 태후와 궁인들을 찾았으나 이미 간 곳이 없었다. 사방을 뒤지고 있을 때 한 떼의 군졸들이 작은 수레에 황태후와 황후를 사로잡아 왔다. 척발랄은 매우 흐뭇해하면서 군중에 인질로 잡아 두려 하였다.

선랑은 소청에게 탄식하며 말하였다.

"우리가 죽을 고비를 수없이 넘기며 죽을 곳을 얻지 못하더니 이제 나라를 위하여 충혼이 되겠구나. 비록 여기서 이대로 죽는다 해도 한이 없으나, 천한 몸으로 두 분 마마를 대신해 오랫동안 신분을 밝히지 않으면 도리어 그분들께 욕이 될까 한다. 내 이제 저 놈들을 꾸짖고 생사를 판가름하리라."

선랑은 마음을 다잡고 나서 수레 문을 열고 낭랑히 소리쳤다.

"무도한 오랑캐는 하늘 높은 줄 모르는구나! 우리 태후 마마는 천자의 어머니시라. 어찌 너희에게 잡히겠느냐! 나는 태후궁 시녀 가 씨라. 너희가 감히 죽이려거든 어서 죽여라!"

오랑캐 장수들은 그제야 비로소 속았다는 것을 알고 노발대발하며 죽이려 들었다. 그러자 척발랄이 말렸다.

"명나라가 예의지국이라 하더니 과연 빈말이 아니로다. 의리 있는 여인이구나."

척발랄이 병사들을 시켜 선랑과 소청을 군중에 두고 둘레를 단속하고 잘 대접하였다.

한편, 태후 일행은 다행히 화를 면하였으나 선랑이 살았는지 죽었는지 몰라 걱정 속에 눈물을 흘렸다. 얼마쯤 가는데 앞에서 또 요란한 함성이 일어나며 오랑캐들이 길을 에워싸고 사람들을 닥치는 대로 죽이는 것이었다. 먼지는 하늘에 자욱하고 창검이 빗발치며 달아나는 백성들을 사정없이 짓치니 남녀노소 할 것 없이 무리로 쓰러졌다. 통곡 소리는 하늘에 사무쳐 태양이 빛을 잃고 천지가 참담하였다. 태후가 하늘을 우러러 탄식하였다.

"천지신명이 돕지 않으시니 내 죽어도 아까울 바 없으나, 황후와 비빈들은 다 청춘이니 이 일을 장차 어찌한단 말이냐."

태후는 말 위에서 중심을 잃고 쓰러졌다. 가 궁인이 붙들고 태후를 부르며 소리치자 태후가 가 궁인의 손을 잡고 말하였다.

"내 이제 기운이 다해 몸을 말에 붙이지 못하노니 너희는 황후를
보호하고 나는 상관 말라."

모두들 태후를 붙들고 어쩔 줄 몰라 울고 있는데 문득 오랑캐 진
영에서 소란이 일었다. 젊은 장수 하나가 쌍창을 휘두르며 무인지
경으로 좌충우돌하며 놈들을 짓부수며 달려왔다.

이때 창곡의 아비 양 태공은 아들이 남으로 귀양 간 뒤 식솔들을
이끌고 윤 각로의 시골집에 가 있었다. 그런데 북방 오랑캐가 국경
을 넘어 서울을 침범하였다는 벼락 같은 소식을 듣고 몹시 분하여
눈물을 흘렸다.

"지금 황제 폐하께서 천 리 밖에 계시고 형세가 이렇게 급하니,
우리가 어찌 직책이 없다고 태후와 황후 두 분의 위태로움을 보
고만 있겠소이까. 당장 마을 젊은이들을 선발하여, 한번 죽더라
도 오랑캐를 물리치고 나라를 지키는 것이 어떻겠소이까?"

"나도 방금 그런 생각을 하였소. 우리 서둘러 일을 벌입시다."

윤 각로가 옷을 떨치며 일어서는데 황성에서 급한 소식이 이르렀
다. 지난밤 삼경에 오랑캐 병사들이 벌써 황성을 점령하자 태후와
황후가 말을 끌고 성 밖으로 나가셨는데, 간 곳을 모른다고 했다.
윤 각로는 털썩 주저앉아 가슴을 두드리며 북쪽을 보고 통곡하였
다. 양 태공도 눈물을 흘리며 어쩔 줄 몰라 하다가 윤 각로를 위로
하였다.

"나라가 불운하여 이 지경에 이르렀으니 오늘날 조정의 신하 된

자라면 반드시 힘을 다하여 두 분 마마를 찾아야 할지니 상공께서는 마음을 가다듬고 이 고장의 군사를 일으키게 하소서."

윤 각로가 두 집 하인은 물론 마을에서 젊은이들을 뽑아 보니 그래도 오륙백 명은 실하게 되었다.

태공이 일지련과 손야차를 불러 나라의 형편과 의병을 일으키는 뜻을 말하니, 두 사람은 선뜻 따라 나서겠다 하며 지난날 전장에서 쓰던 전포와 말, 활과 화살을 지니고 나왔다.

양 태공과 윤 각로 일행이 길을 가면서 태후와 황후 양전이 계신 곳을 물으나 아는 사람이 없었다. 다만 동남쪽으로 가면서 맞다드는 오랑캐 병사들을 호되게 족쳐 놈들을 깜짝 놀래곤 하였다.

하루는 한 곳을 바라보니 오랑캐 한 무리가 길 가는 사람들을 에워싸고 사방으로 달려들고 있었다. 이때 궁녀 옷차림을 한 여자 대여섯이 그 가운데 섞여 어찌할 바를 몰라 울고 있는 것이 보였다. 그러자 일지련이 손야차에게 말하였다.

"태후와 황후 마마가 분명하오!"

그리고 쌍창을 들고 적들 속으로 뚫고 들어가니 오랑캐 장수 하나가 달려들다가 쌍창을 맞고 넘어갔다. 놈들은 일지련의 기세에 겁을 먹고 말을 빼어 도망쳤다. 일지련이 놈들을 따라가며 쌍창을 휘두르는데 멀리서 찾는 소리가 들렸다.

"저기 가는 젊은 장군은 어떠한 사람인고? 태후 마마와 황후 마마가 여기 계시니 궁한 도적을 쫓지 말고 두 분을 호위하라!"

일지련은 말을 돌려 와서 태공과 윤 각로, 군사들과 함께 태후 앞에 엎드려 죄를 청하였다.

"경들은 어떠한 사람들인고?"

태후가 놀라며 물었다.

"신은 전임 각로 윤형문이옵고, 저 사람은 연왕 양창곡의 아비 양현이로소이다. 신들이 불충하여 두 분 마마가 욕을 당하시니 차라리 죽어 모르고자 하나이다."

태후는 그들에게 일어서라 하면서 눈물을 흘렸다.

"이 늙은이가 덕이 없고 국운이 불행하여 경들을 이렇게 만나니 볼 낯이 없소. 이는 다 경들이 조정에 없고 간신들이 들어앉아 권세를 부린 탓이오. 이제 천 리 바닷가에 있는 황상의 안부를 들을 길이 없으니 세상에 이처럼 비통한 일이 또 어디 있겠소?"

그러던 태후는 주위를 둘러보며 아까 쌍창으로 적진에서 싸우던 소년은 누구냐고 물었다. 태공이 나서며 대답하였다.

"남만 축융 왕의 딸 일지련이옵니다. 전날 창곡이 남만에서 싸울 때 사로잡았는데 우리 명나라에 귀순하였사옵니다. 창곡이 그 재주와 미모를 아껴 데려왔나이다."

태후는 그 말에 놀라면서 가까이 불러 보고 치하하였다.

"참으로 나라의 으뜸가는 미인이요, 나라 지키매 무적 장수로다."

나이도 묻고 쌍창을 들어도 보면서 다정한 목소리로,

"내 불행하여 나라를 망치고 한 몸 의탁할 곳이 없더니 하늘이 너를 내게 보내시었구나. 이제부터는 백만 적군이 달려들어도 두려울 것이 없겠다."

하였다. 이때 윤 각로가 걱정스러이 아뢰었다.

"오랑캐 군사가 사방에 쭉 덮였으니 서둘러 여기를 벗어나는 것이 좋겠나이다."

그러자 태후는 윤 각로에게 양 태공과 의논하고 갈 길을 정하라 이르니, 태공과 각로가 아뢰었다.

"오랑캐 군사가 동북에 꽉 찼으니 남쪽으로 가 진남성을 지키는 것이 옳을까 하나이다."

태후가 그 말을 좇아 일행을 이끌고 진남성으로 갔다. 진남성은 서울에서 남쪽으로 몇 리 밖에 있는 성으로, 산 위에 있어 요새가 든든하여 성을 지키기에 유리했다.

일행이 손야차로 선봉을 삼고, 태후와 황후와 비빈이 일지련과 말머리를 나란히 하여 중군이 되고, 윤 각로와 양 태공은 후군이 되어 진남성을 바라보며 행군하였다. 태후는 일지련이 볼수록 대견스러워 자주 돌아보며 한순간도 곁을 떠나지 못하게 하였다. 그러면서 태후는 이야기도 나누면서 한때나마 전란의 걱정을 덜었다.

이튿날 성안에 들어가 군기를 수습하고 주변 군사들을 불러 모으니 어느새 육칠천이나 되었다. 황태후는 장수와 군졸들을 편성하였다. 윤 각로에게 삼군 제독을, 양 태공에게 부제독을 임명하고, 일지련에게는 표기장군 겸 장신궁중랑장을, 손야차에게는 선봉장군을 임명하였다. 그리고 일지련과 손야차에게 군사를 훈련시켜 오랑캐를 막으라고 명령하였다.

황제는 노균을 떠나보내고 행궁에 홀로 누워 있자니 마음이 편치 않았다. 그래서 내관을 데리고 누각에 올라 바다를 내려다보았다.

멀리 수평선 위에 물결이 산같이 일어나더니 그 끝이 보이지 않고, 고래가 싸우는 듯 악어가 용솟음하는 듯 풍랑이 바다를 뒤집고 땅을 흔들었다. 자욱한 물 기운이 허공에서 안개가 되어 내리더니, 갑자기 둥근 해가 서쪽 하늘에 비끼고 석양이 물에 비치며 홀연 난데없는 층층 누각이 물 위로 솟아올랐다. 오색이 영롱하고 상서로운 기운이 서리어 기이한 현상이 천백 가지로 일더니, 문득 서풍이 불며 한 차례 풍랑이 모든 것을 거두어 가지고 가뭇없이 사라졌다. 다만 넘실대는 물결만이 우르르 몰려와 기슭을 쳤다.

황제는 하도 신기하여 내관에게 방금 나타났다가 사라진 것이 무엇이냐고 물었다. 내관은 그것이 바로 바다의 신기루라고 대답하였다. 황제는 묵묵히 있다가 한숨을 쉬었다.

"인생 백 년에 천만 가지 일들이 모두 저 신기루와 같도다. 허무한 일이지. 짐이 젊은 마음에 방사의 요사스러운 말에 넘어가 이곳에 이르렀으니, 바람을 잡고 그림자를 붙드는 것과 무엇이 다르리오. 연왕이 조정에 있었다면 짐이 이 지경에 빠지게는 하지 않았을 것이니, 어찌 한스럽지 않겠느냐?"

그러면서 황제는 남쪽 하늘을 바라보았다. 생각할수록 가슴이 답답하고 안타까웠다. 이때 문득 남쪽에서 두 젊은이가 행궁 쪽으로 말을 달려오고 있었다.

간신은 역신이라더니

연왕은 유배지에 온 뒤로 하늘가 만 리에 고국이 아득하고 세월은 살같이 흘러 계절이 바뀔 때마다 북쪽 하늘을 바라보며 눈물에 옷깃 마를 새 없었다.

서울 갔던 사내종이 돌아와 조정 소식과 집에서 보낸 편지를 전하며 황제가 서울을 떠나 바닷가에 있다고 하니, 연왕이 깜짝 놀라 얼굴빛이 해쓱해져 책상을 쳤다.

"노균의 간사함을 내 이미 근심하였으나 폐하의 총명으로 어찌 이 지경에 이르렀단 말인가!"

그날부터 연왕은 분을 이기지 못하여 끼니를 거르며 날마다 북쪽을 보면서 울고 가슴을 쳤다.

"예부터 신선이 되어 보자고 하늘에 제사를 지낸 임금이 많고, 간신이 조정 권세를 잡고 나라 그르친 일이 오늘뿐이 아니옵니다. 상공은 어찌 그토록 걱정하시옵니까?"

난성이 하는 말에 연왕이 머리를 흔들었다.

"모르는 소리 마오. 옛날 하늘에 제사 지낸 임금들은 그래도 다 나라가 부유하고 군대가 강하여, 안으로는 질서와 규율을 세우고 밖으로 멀리 정벌을 하였기 때문에 비록 나라의 재부가 바닥나도 급한 환란은 적었던 것이라오. 오늘의 조정을 보시오. 기강이 무너져 모든 권한이 임금을 떠났고, 민심이 뒤숭숭하여 백성들이 나라를 원망하고, 황당한 일로 임금이 서울을 떠나 천 리 밖을 돌아다니고 있으니, 백성들 사이에서는 소동이 일어나고 도성이 빈 틈을 타서 역적들이 외적을 끌어들이지 않으리라고 누가 장담하겠소. 만일 외적이 들어오면 임금이 궁성에 계신다 해도 저 간신 무리들은 기회를 엿보아 외적과 손을 잡고 반역하려 들 터인데, 하물며 황제가 천 리 밖에 계시는 데야 더 말해 무엇 하겠소? 오늘 나라의 운명이 칠성판에 올랐는데, 간신들 장난으로 임금과 신하가 만 리 변방에 갈라져 환란이 생겨도 서로 구할 길이 없게 되었으니 어찌 원통치 않겠소."

이때 문이 벌컥 열리며 두 젊은이가 불쑥 들어섰다. 동초와 마달이었다.

연왕은 놀랐다.

"이게 누구인가? 고향에 가 있는 줄 알았는데 어데서 이렇게 나타났소?"

"저희가 상공을 좇아 만 리 밖에 왔다가 어찌 저희만 먼저 돌아가겠소이까. 그동안 남쪽 고을 산천을 구경하고 사슴과 토끼 사냥이나 하면서 상공께서 황성으로 돌아가실 날만 기다리고 있는데, 요즘 들리는 소문에 황제 폐하께서 태산에서 하늘에 제사 지내고 신선이 되길 바라신다 하옵니다. 예부터 천자가 그리하시면 대사령을 내리는 법이라 한 가닥 희망은 혹시 상공께서 돌아가실 기회가 생길까 하여 이를 알고자 왔나이다."

"내 비록 이곳에서 죽어 돌아가지 못한다 해도 그런 사면은 기다리지 않으려네. 우리 성상의 해와 달 같은 밝으심이 잠깐 뜬구름에 가려 나라의 흥망이 몹시 위태로우나, 내 어찌 죄지은 몸이라고 가만히 있으면서 한마디라도 아뢰어 충성을 다하지 않겠나. 그래서 망령되다는 소리를 들을지라도 표문 한 장을 올리려고 하니, 장군들이 황제 계신 곳을 찾아가 받들어 올릴 수 있겠는가?"

두 장군은 기쁜 마음으로 그렇게 하겠다 맹세하였다. 연왕은 곧 표문 한 장을 지어 두 장군에게 주며 거듭 부탁하였다.

"이 일은 나라의 중대사이니 부디 성공하길 바라네."

두 장군은 연왕을 하직하고 글을 품에 깊숙이 넣은 채 말을 채찍질하여 밤낮으로 북쪽으로 달리고 또 달렸다. 동해에 이르러 황제가 계시는 곳을 수소문하였다. 소문을 듣자니, 황제는 아직 바닷가에 머물러 있으면서 노균에게 정로대원수를 시켜 오랑캐 군사들을 막으러 떠나보냈다 하였다. 두 장수는 달리는 말에 채찍을 더하여 행궁으로 떠났다.

황제는 신기루 현상을 하염없이 바라보다가 바람같이 달려오는 두 사람을 보고는 내관에게 물었다.

"저기 달려오는 자들이 어떤 사람들이냐? 저렇듯 급히 달려오는 것을 보니 그저 길 가는 사람은 아닌가 싶도다. 어서 불러오라."

호위 군사 두어 명이 명을 받고 나는 듯이 달려 나가 외쳤다.

"어데 가는 사람들인지 말에서 내려 성명을 아뢰어라!"

동초와 마달은 그제야 알아차리고 말에서 내려 물었다.

"어찌 전전좌우장군을 모르느냐?"

그러자 병사들은 비로소 그들을 알아보고 반기며 황명을 전하였다.

"장군들은 어데서 오시나이까?"

두 장군은 연왕 유배지에서 온다고 대강 말하고 어서 황제 폐하께 아뢰어 달라 재촉하니, 병사가 눈물을 흘리며 말하였다.

"우리 황제 폐하께서 한때 간신들의 참소를 들어 나라가 위태롭더니, 지금 연왕이 올린 상소가 도착하였으니 이제는 나라를 구하게 되었나이다."

바삐 황제께 아뢰니 황제는 놀랍고도 기뻐 두 장군을 급히 불러 만났다. 두 장군이 품에서 연왕이 올린 상소를 꺼내어 올렸다.

　운남 죄인 양창곡은 황제 폐하께 엎드려 아뢰옵나이다. 신이 충성이 모자라 망령된 말씀으로 폐하의 위엄을 거슬렀사오니 그 죄를 논하면 만 번 죽어도 오히려 가볍거든 성은이 망극하여 목숨을 오늘까지 보존하였사오니 신이 보답할 바를 알지 못하나이다. 신이 일찍이 듣사오니 임금과 신하, 아버지와 아들은 오륜에서도 으뜸이라 낳아 기른 은혜가 같나니, 자식 된 자는 부모에게 엄한 꾸중을 받고 눈앞에서 썩 사라지라 욕을 들을지라도, 부모가 위급한 화를 당할 때 부모를 구하지 않겠나이까?

신이 이제 죄 위에 또 죄를 지을까 두려워 말씀을 삼가면, 이는 부모의 엄한 꾸지람을 노엽게 생각하고 그 위급함을 돌아보지 않는 것과 같사옵니다. 이 어찌 하늘을 이고 땅을 밟고 다니는 사람으로서 할 바오리까.

신이 성은을 입사와 한 가닥 남은 목숨이 끊어지지 않아 세상 소문을 얻어듣고 있사온데, 그중에서 등골이 오싹하고 간담이 서늘한 것은 요즘 폐하께서 동해 바닷가를 순행하신다는 일이옵니다. 더구나 신선 놀이라니 황당하옵고 하늘에 제사 지낸다니 허망하기 짝이 없으니, 신이 여기서 한가로이 말할 바가 못 되옵니다. 허나 옛날 임금들도 지난 일을 돌이켜 보며 자신의 잘못을 뉘우쳤는데 폐하의 해와 달 같은 총명으로 어찌 끝까지 깨우치지 못하시겠나이까.

무릇 나라를 다스리자면 기강을 세우고 민심을 얻어야 하나이다. 오늘날에 와서 나라의 법이 무뎌지고 세상일이 그릇되어 인심이 각박하니, 폐하 비록 온 힘을 다해 정사를 잘 살피며 모든 벼슬아치들을 하나하나 단속하고 만백성을 무마하신다 하여도, 사달을 일으킬 마음을 품고 있는 자는 더욱 눈을 밝히고 귀를 기울여 때가 오기만 노릴 것이옵니다. 하물며 허황한 일을 만들어 내어 나라의 재부를 탕진하고, 백성들 원망을 일으켜 잠든 도적을 깨우는 자들이야 더 말해 무엇 하리까?

비록 무지렁이 백성들도 가장이 괜스레 별것도 아닌 일로 집을 버리고 나가 방탕하게 놀면서 돌아오지 않는다면, 처첩이 원망하고 하인들이 게을러져 집안이 어수선해지옵니다. 결국 집안에 주인이 없어 자주 도적맞는 일을 면치 못하리니, 이제 폐하는 세상의 온갖 부와 황제의 높은 지위를 가지고 일거일동을 신중히 하는 것이 어떠하시겠나이까. 문득 하루아침에 몇몇 방사의 허황한 말을 믿고 천 리 밖 바닷가로 가시어 돌아오기를 잊으시니, 비록 못난 사람이 얼핏만 생각해 봐도 궁궐이 허전하여 텅 빈 듯한데, 하물며 반역할 마음을 품고 지켜보는 자들은 어떠하겠사옵니까?

예부터 명나라의 큰 근심은 남북에 있는 오랑캐들이옵니다. 도성이 북방에 가까우니 비록 만리장성이 둘렸다 하여도 요동, 광녕 쪽으로 옛길이 있어 신이 늘 염려하는 바이옵니다. 신의 생각이 지나치다면 이는 나라에 다행한 일이요, 만일 그렇지 아니하다면 그 근심이 가까운 앞날에 있을까 하오니, 바라옵건대 폐하께서는 마음을 돌리시어 나라의 위태로움이 없게 하소서. 임금과 신하가 이토록 남북으로 갈라져 의논 한번 못 하고 나라의 흥망을 강 건너 불 보듯 하고 앉아 있사옵니다. 신은 오늘 신의 처지가 지은 죄에 다시 죄를 보태고 있음을 생각지 못하옵고 다만 원통하고 급한 마음에 당돌히 글월을 올리나이다.

황제는 연왕이 올린 상소를 다 읽고 나서 손으로 책상을 치며,

"짐이 눈이 어두워 이런 충신을 쫓아 버렸으니 어찌 나라를 지켜 내겠는가?"

하며 두 장군을 보고 물었다.

"그대들은 어찌 그 먼 운남까지 연왕을 따라갔는고?"

"신들의 머리에서 발끝까지 온몸과 터럭이 폐하와 연왕께서 주

신 바 아닌 것이 없으니 죽어도 같이 죽고 살아도 같이 살며, 달고 쓴 것을 같이하고자 하였나이다."

황제는 한숨을 쉬며 탄식하였다.

"연왕의 충성스런 일거일동은 천지신명이 내려다보고 있도다. 짐이 지난 일을 뉘우치나 그런다고 해결될 일이 아니구나. 지금 오랑캐 놈들이 눈앞에 이르렀고, 전장에 나간 노균이 이기고 있는지 지고 있는지 알 길이 없으니, 너희는 각기 본디의 직책을 띠고 여기에 머물러 짐을 도우라."

하고는, 빨리 운남에 사신을 보내어 연왕을 부르리라 생각하고, 다시 두 장군에게 물었다.

"지금 홍혼탈은 어데 있느뇨?"

"홍혼탈은 연왕을 따라 운남 유배지에 가 있나이다."

동초의 말에 황제는 더욱 크게 놀랐다.

"다 짐의 허물이로다. 혼탈이 황성에 있으려니 하였는데, 그 또한 만 리 밖에 가 있다 하니 도성이 더욱 허전하겠구나."

황제는 친필로 연왕에게 조서를 내렸다.

경의 글을 보니 짐은 부끄러워 얼굴을 들 수 없도다. 밝고 밝은 저 태양이 경의 충성을 비추니 지난 일을 깊이 뉘우치나 뉘우친들 어찌하리오. 슬프도다. 북쪽 오랑캐가 국경을 침범하고 짐이 아득한 바닷가에서 돌아갈 길이 막혔으니 경의 선견지명이 거울 같음을 깨닫는도다. 경은 홍혼탈과 함께 빨리 와서 짐을 구하라.

황제는 다 쓰고는 호위 군사들 가운데 말 잘 타는 사람을 뽑아 조서를 가지고 밤중으로 떠나라 재촉하였다.

한편, 노균은 대군을 거느리고 산동성으로 행군하고 있었다. 문득 한바탕 미친바람이 불어 대열 가운데 세운 황신기黃神旗의 깃대가 부러져 나갔다.

노균은 괴이히 여겨 태청진인에게 길한 징조인가 흉한 징조인가 물으니, 진인은 한동안 말없이 있다가 말했다.

"황신기는 중앙방의 깃발이고 중앙방은 군대의 심장인데, 그것이 부러졌으니 참정의 마음속에 무슨 동요가 있는 것 같소이다."

"그게 무슨 당치 않은 소리요?"

진인은 웃으면서 설명하였다.

"꺾인다는 것은 둘이 된다는 것을 뜻하는데, 참정이 혹시 두 마음을 먹은 게 아니오?"

노균은 얼굴이 흙빛이 되어 더 묻지 못하였다.

대오는 행군을 계속하였다.

어느덧 산동성에 이르러 노균은 성 아래 진을 쳤다. 이때 야율 선우는 이미 성안에 들어가 있으면서 명나라 대군이 도착하였다는 것을 알고 친히 나와 병사를 지휘하여 싸웠다. 십여 합에 이르자 노균 군사는 흉노 군을 당해 낼 수가 없었다.

형세가 위급해지자 태청진인은 진 위에 올라 주문을 외웠다. 문득 검은 비와 모진 바람이 돌과 모래를 날리며 수없이 많은 귀신장졸이 나타나 적진을 사방으로 에워쌌다.

선우는 깜짝 놀라 바로 군사를 거두고 성으로 들어가 급히 황성에 가 있는 척발랄을 불렀다.

척발랄은 장수 몇에게 황성을 지키게 하고 곧바로 정예병 오천 명을 뽑아 산동성에 이르렀다. 선우에게 군사들이 패한 곡절을 자세히 듣고 척발랄은 놀랐다.

"틀림없이 명나라 진영에 도술을 아는 자가 있어 군사들의 사기를 돋우는 것이니 내 계교를 써서 항복받아 오리다."

선우가 그 말에 귀가 번쩍 띄어 그 계교가 어떤 것이냐 묻자 척발랄은 천천히 말하였다.

"제가 황성을 점령한 뒤 공경 대신의 식솔들을 사로잡아 진중에 두었는데, 그 속에서 노 참정의 처자를 찾아 가지고 귀맛 좋게 달랠까 하오이다. 노균은 본디 반역할 뜻을 가지고 있는 자이니 반드시 항복할 것이오이다."

선우는 그 말이 그럴듯하여 곧 황성에서 포로로 잡은 공경 대신의 가솔들을 데려오라고 하였다.

진왕 화진은 본국에 있으면서 오랫동안 조정에 들어가지 못하고 있었다. 그런데 오랑캐가 궁궐을 점령하였다는 말을 듣고는 분을 참지 못해 안해인 공주더러 말하였다.

"간신 노균이 나라를 그르쳐 폐하는 천 리 밖에 나가 계시고, 적병이 황성을 빼앗아 태후와 황후께서 가신 곳을 모른다고 하니, 신하로서 어찌 앉아서 보고만 있겠소. 아무래도 우리 진국 군사를 거느리고 태후와 황후 마마를 찾아 보위해야겠소."

이 말을 들은 공주는 발을 동동 구르며 울었다.

"어마마마께서 늘그막에 이런 욕을 당하시니 높고 푸른 하늘아, 이 어인 일이냐. 제가 비록 아녀자이나 대왕을 좇아 생사 길흉을 같이할까 하나이다."

"진정하소서. 내 기어코 힘을 다해 오랑캐 놈들을 물리치고 뒷날 돌아와 부인을 대할 낯이 있게 하리다."

진왕은 부인을 달래고 곧바로 날랜 기병 칠천 명을 뽑아 그날 밤으로 행군하였다. 대오가 얼마쯤 갔을 때였다. 오랑캐 부대가 수레여러 대에 사람과 물건들을 가득 싣고 가는 것이 보였다. 명나라 여자들을 사로잡아 가는 것이 틀림없었다. 진왕은 병사들에게 명령하여 길을 막고 그들을 구하려고 하였다. 그런데 멀리 바라보니 그들 가운데 여자들 두세 명이 하얀 얼굴에 붉은 옷차림으로 수레 문을 열고 오랑캐 장수와 시시덕거리며 희롱하는 것이었다. 진왕은 놀랐다.

"저것들은 개돼지 같은 무리로다. 내가 어찌 저런 것들을 구해 준단 말인가?"

그러고는 여자들을 실은 수레 몇 대와 물건을 빼앗아 왔다. 그러는 사이에 오랑캐들은 미처 구하지 못한 여자들을 태운 수레를 바삐 몰아 살같이 달려갔다.

진왕이 진중에 이르러 구해 온 여인들을 심문하였다. 그 가운데 두 여자 옷차림이 항간의 부녀자들과 달랐다. 그중 한 여자를 보고 누구냐고 캐물으니, 자기는 태후궁 시녀 가 씨이고 저 여자는 제 몸종이라 하였다. 그들은 바로 선랑과 소청이었다. 오늘까지 제 신분을 숨기고 있었던 것이다.

진왕은 놀라면서 태후와 황후 두 분이 간 곳을 물었다. 그러나 누구도 아는 사람이 없었다.

"아까 오랑캐 진중에서 말을 주고받으며 희희낙락하던 여자들은 어느 집 식솔이오?"

"노 참정 부인이라 하옵니다."

소청의 말에 진왕은 격분하여 선랑더러 부탁하였다.

"내 군사를 거느리고 이 밤으로 떠나려 하니 함께 가지 못할 것이오. 그러니 진국에 가서 왕후를 모시고 있다가 전란이 평정된 뒤에 돌아오시오."

선랑은 마침 곤궁한 처지에서 갈 곳이 없던 차에 그 말을 듣고 다행이라 생각하며 진국으로 떠나갔다. 진왕은 날랜 기병 두어 명에게 선랑을 호위하게 하고 자기는 군사를 이끌고 황성으로 갔다.

오랑캐들은 사로잡은 여자들을 몰아 산동에 이르렀다. 선우는 황성에서 잡혀 온 공경 대신의 가솔들을 성 아래 모이도록 명령하였다. 그들 가운데 노균의 처자가 들어 있는 것을 다행으로 여기고 곧바로 그들을 성 위에 올려 세운 다음 큰 소리로 외쳤다.

"노 도독은 빨리 항복하라! 도독의 가솔이 여기 있으니 항복하면 살 것이요, 항복하지 않으면 죽으리라."

노균은 성 위를 바라보았다. 과연 처첩과 집안사람들이 주런이 나서서 자기를 부르며 울고 있었다. 노균은 차마 그 꼴을 바라볼 수 없었다. 징을 쳐서 군사들을 물리고 진중에 돌아와 가만히 생각하였다.

'내 이제 처자를 돌보지 않고 선우를 쳐 큰 공을 세우면 능히 연왕 권세를 빼앗을 것이요, 그리되면 부귀는 극에 이를 것이니 세상 천하 그 많은 여인들이 내 처가 되고 첩이 될 것이라. 허니 내어찌 공명을 버리고 처첩을 구하겠는가? 아니다. 다시 생각해 보자. 내 큰 공을 세운다 해도 폐하의 총명으로 지난날의 잘못을 뉘우치면 그 큰 공을 가지고도 지은 죄를 대신하지 못할 것이니, 그렇게 되면 허무하게 처자만 죽이는 꼴 아닌가.'

노균은 속이 떨리고 마음이 조급해져 한자리에 가만히 앉아 있지 못하였다. 그러다가 정신이 혼미해지면서 잠깐 쪽잠이 들었는데, 꿈에 한 신선이 머리에 찬란한 관을 쓰고 몸에 강사포를 입고 한 손으로 하늘을 받들고 한 손으로 보검을 들어 자기를 내려치는 것이었다. 깜짝 놀라 깨 보니 한바탕 꿈이다. 잔등에는 질벅히 식은땀이 흐르고 촛불은 희미한데, 장막 밖에서 기침 소리가 나며 진영 문을 지키는 군사가 들어와 보고하였다.

"오랑캐 군에서 비단 조각을 화살에 매어 진중에 쏘아 보내었나이다."

노균은 급히 받아 촛불 아래 펴 보았다.

대선우 휘하 장수 척발랄은 명 도독 앞으로 이 글을 보내오. 내들으니 지혜로운 사람은 실리를 밝게 보며 뜻있는 자는 화를 복으로 돌린다 하오. 도독이 지금 십만 대군을 거느려 기세 좋게 여기에 이르렀으나 도독의 밝음으로 어찌 자기 처지를 그렇게도 모르시오? 나라의 으뜸가는 신하를 참소하여 귀양 보내고 조정을 어지럽힌 자가 대체 누구이며, 임금을 농락하여 신선이 되기를 바라고 요란스레 하늘에 제사 지낸 자는 누구오이까? 임금의 마음을 어지럽혀 바다를 떠돌아다니게 하고 황성이 텅 비게 한 자는 또 누구며, 민심을 소동하여 전란을 불러온 자가 누구오이까?

만일 조정에 밝은 신하가 있고 천자 황성에 계시며 민심이 소란치 않았다면, 우리에게 억만 대군이 있더라도 어찌 하루아침에 이렇듯 이르겠소이까. 이로 미루어 보건대 오늘날 전쟁이 난 화근은 결국 도독이 스스로 빚어낸 것이 아니겠소. 스스로 지어 낸 화근을 스스로 막고자 하니 군자들이 비웃고 백성들이 원망할 것이오. 가령 도독이 지략이 뛰어나 큰 공을 세운다 하더라도 그 많은 죄를 다 없애지 못할 것이고, 만일 불행하여 패한다면 멸족의 화를 면치 못할 것이니 도독의 처지 한심하기 그지없소이다.

어찌 그뿐이겠소이까. 듣건대 명나라에서 지금 입을 가진 자가 한목소리로 말하기를 천자가 연왕을 쓴 뒤에야 나라가 망하지 않으리라 한다니, 하늘도 백성의 마음을 따른다 하는데 천자가 어찌 깨닫지 못하리까?

내 북방에 있어 명나라 소문을 자세히 듣지는 못하였으나 연왕이 돌아옴은 도독에게 복이 아니니 도독은 이제 진퇴양난이라 살길이 없거늘, 아직 뜻을 돌리지 못하니 안타깝기 그지없소.

돌이켜 보면 한나라 때에도 이소경李小卿이라는 장수가 흉노와 싸우다가 힘이 모자라 항복하고 흉노국의 큰 귀족이 되어 부귀영화를 누렸으니, 대장부 어찌 하찮은 절개를 지켜 망설이다가 앉아서 멸족의 화를 당하겠소이까? 하물며 그 높은 명망과 재능, 가문과 학문으로 선우를 따라 마음을 돌리면 어찌 벼슬이 참지정사에 그치겠소이까. 또 다행히 힘을 합쳐 명나라를 얻으면 땅을 떼어 주어 제후로 될 것이요, 불행히 낭패한다 해도 북으로 돌아가 큰 귀족으로 되면 부귀는 저절로 차례질 것이오. 처자와 한데 모여 평생을 편안히 즐기는 것이 좋겠소, 아니면 몸과 머리가 각각 따로 떨어져 멸족의 화를 당하는 것이 좋겠소? 이 일은 이해를 따져 보아서 재앙을 돌려 복을 받는 것이라 우물쭈물하여 기회를 놓치지 마소서. 때는 다시 돌아오지 않는 법이오.

노균은 편지를 다 읽고는 머리를 숙이고 반나절을 속으로 궁리하였다. 그러다가 다시 글월을 펴 보고는 멍하니 촛불을 바라보더니 갑자기 손으로 책상을 치며 분연히 일어나 앉았다.

'내 아까 꿈자리가 사납더니, 죽어서 치욕을 당하는 것이 살아서 영화를 누리는 것만 하랴.'

노균은 붓을 뽑아 들고 척발랄에게 당장 답장을 쓰려 하였다. 그러다가 다시 생각하였다.

'내 이제 항복하려고 하나 태청진인이 좋아하지 않을 것이니 어찌하면 좋으랴?'

또 머리를 싸쥐고 반나절을 생각하다가 문득 무릎을 치며 웃었다.

"세상만사가 어찌 이 노균 손에서 벗어나랴."

노균은 청운을 찾아갔다.

"선생은 요즘 사람들 사이에 도는 동요를 들으셨소?"

"동요라니 무슨 말이오?"

노균은 청운에게 바투 다가앉으며 말하였다.

"제비는 높이 날고 푸른 구름 사라지니 하늘이 장차 밝으리로다. 하늘이 장차 밝으리로다."

청운은 그게 무슨 뜻이냐며 노균을 바라보았다.

"제비가 높이 난다는 것은 연왕이 돌아옴을 이른 말이요, 푸른 구름이 사라진다는 것은 선생이 쫓겨남을 이르는 말이라 하오. 그리고 하늘이 장차 밝으리라는 말은 명나라가 다시 중흥한다는 뜻이라 하오."

태청진인은 머리를 끄덕일 뿐 놀라지 않았다.

"빈도는 본디 뜬구름과 같아서 문득 왔다가 문득 가는데 어찌 나라의 흥망에 끼어들어 남의 말밥에 오르리오."

노균은 태청진인의 말을 듣고 한숨을 길게 내쉬었다.

"이는 다 내 죄로소이다. 선생을 한사코 청하여 온 사람이 이 노균이건만 연왕 패거리들이 선생의 도술이 높음을 시기하여 이런 동요를 지어냈구려. 그 뜻은 연왕이 돌아오면 선생은 자연히 쫓겨나고 명나라는 다시 흥하리라는 것이니, 만일 그리되면 선생은 푸른 들 푸른 산 어디 가나 걸릴 것이 없겠지만, 이 노균 신세는 어찌 되겠소?"

그 말에 청운이 발끈 성을 내었다.

"이 청운이 오가는 것은 청운에게 달렸지 어찌 연왕에게 달렸겠소?"

그러자 노균이 청운의 귀에 대고 다시 말하였다.

"내 선생 앞에서 무얼 속이겠소. 연왕은 사실 예사 사람이 아니라 위로는 하늘의 조화와 땅의 이치를 통달하여 옛 병서를 모르는 것이 없고 바람과 비도 마음대로 불러오는 재주가 있으니, 연왕을 선생과 한 저울에 단다면 어느 한쪽도 기울지 않을까 하오."

태청진인은 그 말에 위세를 돋우며 눈썹을 쓸었다.

"내 십 년을 산중에서 도를 닦으면서, 장차 천하를 두루 돌아다니며 한다하는 도사를 만나 한번 도술을 겨루어 보자고 하였는데, 마침 연왕의 재주가 그리 비상하다 하니 어디 한번 겨루어 보리라."

이때라고 생각한 노균은 품에서 척발랄의 편지를 꺼내어 태청진인에게 보였다.

"내 명나라에서 나고 자랐으니 어찌 내 나라를 버리고 흉노에게 항복하리오마는 예부터 중국의 법도가 너그럽지 못하고 당쟁에만 눈이 어두워 인재를 용납지 않으니 내 지금 처지가 진퇴양난이오이다. 옛 성인들이 말하기를, '충성과 신의를 말하고 행동이 독실하고 공경스러우면 오랑캐 땅에서라도 살아갈 수 있으리라.' 하였소이다. 대장부로 태어나 하늘땅으로 집을 삼고 세상을 형제로 삼아 도학을 빛내고 재주를 나타내며 살아야 마땅하니, 어찌 구차히 한 나라만을 지키고 남의 통제를 받으며 죽어서도 묻힐 곳이 없게 하겠소.

오늘 나는 마음을 정했소. 부디 선생은 나와 같이 북으로 가시어 배운 바를 다하여 한번 연왕의 기세를 꺾어 보시오. 그리만 하

면 선생의 명성이 빛날 뿐만 아니라 내 분함도 씻을까 하오이
다.”

청운은 본디 어느 정도 재주는 있으나 덕이 얕은 자여서 흔쾌히
승낙하였다. 노균은 기뻐하면서 곧 척발랄에게 답서를 보내어 투
항할 뜻을 전하였다.

척발랄은 계책이 성공하였음을 기뻐하였다.

“노균은 벼슬이 높으나 식견이 낮으니 우선 귀한 손님으로 대접
하고 좌현왕을 봉하여 그의 마음을 위로하소서.”

척발랄은 왕에게 이렇게 말하고, 노균에게 다시 글을 보내어 약
속하였다.

이튿날 한밤중에 노균은 군사를 성 밖에 머물러 세우고, 가장 믿
는 장수 한 명과 청운을 데리고 가만히 흉노 진영 아래 이르렀다.
성문을 두드리니 기다리고 있던 척발랄이 문을 열며 맞이하였다.
척발랄은 좌우에 군사들을 숨겨 놓아 뜻하지 않은 사태를 막으려
대비하였으나, 노균이 겨우 두 사람만 데려온 것을 보고는 마음을
놓으면서 반가이 대했다.

“참정이 학식과 재주가 뛰어남을 산같이 우러렀더니, 오늘 보니
과연 지략과 전법이 뛰어남을 알겠소이다.”

노균은 척발랄의 살뜰한 대접에 그저 실성한 사람마냥 서서 맥없
이 대답하였다.

“이 늙은이는 명예와 지조에서 죄를 지은 사람인데, 장군의 말씀
이 이처럼 넘치시니 참으로 부끄럽소이다.”

척발랄은 곧 노균의 손을 이끌면서 선우에게 데려갔다. 선우도

반가이 대하였다.

"참정은 과연 귀인이오. 과인이 어찌 그대를 투항한 장수로 보겠소. 당당히 손님과 주인의 예로 맞이하며, 뒷날 성공하면 땅을 뚝 떼어 부귀를 함께 누릴까 하오."

노균은 황송해하면서 사양하였다.

"이 노균은 궁박한 사람이라 제 나라에서 몸 둘 곳을 찾지 못하고 대왕께 투항하니 어찌 부끄럽지 않으리까?"

선우는 노균을 좋은 말로 위로하고는 곧바로 좌현왕을 봉하고 처자를 불러 만나게 한 뒤, 노균 안해에게 좌현왕 연지(왕비)에 봉하였다.

노균이 속으로 기뻐하면서 선우에게 태청진인을 가리키며,

"이 선생은 청운도사로서 구름같이 널리 떠돌아다니는 몸인데 나를 쫓아 대왕의 군사들을 구경하려고 오셨소이다."

하니, 선우는 놀라며 태청진인을 바라보았다.

"그러면 이분이 바로 높은 도술로 천하를 두루 돌아다니는 청운도사란 말이오?"

선우는 청운에게 반갑다고 인사를 하였다.

"선생이 일찍이 북방에 계실 때 명성이 우레 같으시기에 한번 만나기를 바랐는데 오늘 이렇게 오셨으니 이는 과인의 복이로소이다."

청운도 사례하였다.

"빈도는 정처 없이 다니는 사람이라 푸른 하늘의 뜬구름이 바람 따라 무심히 가고 오니 동서남북에 걸릴 바 없소이다만, 오늘은

그저 대왕의 군사 쓰는 법을 잠깐 구경하고 싶어 왔소이다.”

선우와 척발랄은 이미 오래 전부터 청운의 이름을 들어 알고 있었지만 오늘 이렇게 직접 만나고 보니 기쁨에 겨워 스승으로 공경하면서 대접하였다. 융숭한 대접에 청운은 어깨가 으쓱하였다.

이어 노균은 선우에게 명나라 실정에 대하여 자세히 말하였다.

“명나라 군대가 아직 성 밖에 있으니 만일 저절로 흩어지게 한다면 이는 적을 도와주는 것이옵니다. 장수들이 정병을 거느리고 나가서 명나라 군대를 친다면 장수가 없는 군대이니 속수무책으로 떼죽음이 될 것이옵니다. 그 뒤를 이어 기병을 몰아 천자의 행궁을 엄습한다면 큰 성과를 거둘까 하나이다.”

그 말을 듣고 척발랄은 놀라면서 선우에게 간하였다.

“지금 명나라를 침입하여 속임수로 죄 없는 백성들을 그렇게 무찌른다면 어찌 하늘이 두렵지 않으리까.”

척발랄이 미처 말을 맺기 전에 노균은 다르게 말하였다.

“장군의 말은 옛날 군사를 쓰던 병법이오. 어찌 옛날과 지금이 같으리오. 전쟁 중에는 속임수를 쓰는 것도 꺼리지 않는다 하였소이다. 지금 명 천자 혼자 행궁에 있고 대군이 모두 나를 좇아왔으니 빨리 손을 쓰지 않으면 좋은 기회를 놓칠까 하오이다.”

선우가 두 사람 말을 주의 깊게 듣고 있다가 노균의 말을 옳이 여기고 바로 성문을 열고 한꺼번에 군사를 몰아 명군을 쳤다.

명군 진영에서는 장수들이 도독을 잃고 소란이 일어났다. 모두들 어찌할 바를 모르는데 문득 갑옷 입은 흉노 군사들이 말을 타고 내달아 달려들었다. 명나라 군사들은 큰 혼란에 빠져 깃발과 창검을 다 버리고 도망치다가 오랑캐들의 활과 칼에 맞아 쓰러지고 밟히니 죽은 자가 산을 이루었다.

선우는 기세가 드높아 대군을 몰아 동쪽으로 달려 행궁을 위협하려 하였다. 열 길 물 속은 알아도 한 길 사람 속은 모른다더니, 노균이 이러할 줄을 천자는 왜 미리 깨닫지 못했던가. 노균이 권세를 탐내고 세도 부리기를 즐기더니, 연왕을 시기하여 유배 보내고 충신들을 하나하나 다 제거하여 나라를 병들게 하였구나. 그것도 모자라 마침내는 외적을 이끌어 제 임금에게 칼을 들고 달려들게 하였다. 노균이 임금을 모시고 음탕한 풍류로 천자의 총명을 흐리고 신선이 되려는 허망한 생각에 날개를 달아 줄 때 얼마나 달콤하던가. 그 달콤한 말이 오래지 않아 씁쓸해져 사달이 날 줄을 천자는 어찌 그리도 몰랐더란 말인가. 참으로 후세 임금들이 교훈으로 삼아야 할 일이다.

노균의 꾀에 속아 넘어간 천자는 황성 소식도 변변히 듣지 못하였다. 노균이 싸움터에 나간 뒤 얼마 있다가 황성에서 사신이 이르러, 황성이 함락되고 태후와 황후도 피난하여 진남성에 가 있다는 소식을 전하였다. 황제는 비통해하며 통곡하였다.

"수백 년 왕업이 짐의 손에서 망할 줄 어찌 알았으랴!"

그러고는 사신에게 진남성의 형편을 자세히 묻고는 한탄하며 말했다.

"윤 각로의 충성심은 짐이 이미 아는 바라. 양 태공과 일지련이 벼슬도 없이 군사를 일으켜 태후와 황후를 보호하고 있다니, 짐의 은인이로다. 연왕 부자의 충성을 무엇으로 갚으리오."

그러는데 산동성에서 패한 군사들이 도망하여 돌아와 노균이 반역한 소식을 아뢰었다.

황제는 사색이 되어 한동안 말을 못 하였다. 동홍을 찾았으나 그자도 이미 간곳없고 일가붙이도 모두 도망쳐 남은 사람이 없었다.

"짐이 눈이 어두워 곁의 신하들이 저렇듯 딴마음을 품은 줄도 몰랐으니 나라가 어찌 망하지 않으랴."

황제는 탄식하면서 동초와 마달을 보며 눈물을 흘렸다.

동초와 마달 두 장군은 울분을 참을 수 없었다. 그들은 꿇어앉아 아뢰었다.

"신들이 어리석으나 있는 힘을 다하겠사오니 폐하께서는 어서 이 고장 남정들을 병사로 징발하여 주소서."

이때 북쪽에서 요란한 함성이 일어나며 먼지가 뽀얗게 바닷가를 덮었다. 오랑캐가 바람같이 밀려오고 있었다.

동초가 일천 군사로 수만 흉노에 맞서다

북방 오랑캐들이 물밀 듯이 들이닥치자 황제는 하늘을 우러러 탄식하면서 안절부절못하였다.

"짐에게 주 목왕의 팔준마가 있더라도 하늘이 고국으로 돌아갈 길을 열어 주지 아니하시니 어찌하리오."

이때 동초가 마달을 보며 단호히 말하였다.

"일이 급하니 장군은 빨리 폐하를 모시고 가오. 내 이곳에 남아 놈들을 막겠소."

모여 있는 군사를 세어 보니, 그래도 이천은 되었다. 일천은 동초가 거느려 선우와 맞서고, 일천은 마달이 이끌고 천자를 호위하도록 하였다. 동초가 말을 끌어 천자께 오를 것을 청하였다.

"형세 위급하여 예로 모시지 못하니 바라옵건대 폐하께서는 마달 장군을 데리고 남으로 가시옵소서. 하늘이 도우시고 선조의 영령이 위에 계시어 수백 년 왕업이 끊기지 않으리니 옥체를 보중하소서. 신들이 불충하와 폐하께서 이런 욕을 당하시도록 하였으니 우리 군사들을 대할 낯이 없사오나 맹세코 힘을 다해 선우의 군사들이 이곳을 지나지 못하게 하겠나이다."

그리고 마달에게 외쳤다.

"우리 두 사람이 임금의 은혜를 입은 것이 한이 없는데 오늘이야 말로 그 은혜에 보답해야 할 때요. 장군을 믿겠소. 만일 오랑캐 놈들이 이곳을 지나가면 동초가 이미 죽은 줄 아시오."

황제는 할 수 없이 말에 올라 마달과 군사들의 호위를 받으며 남으로 떠나갔다. 동초는 눈물을 뿌려 하직하고 행궁으로 돌아와 휘하의 일천 병졸들 앞에서 말하였다.

"그대들은 나라의 은혜를 입고 국록을 먹은 명나라의 신하들이다. 오늘날 이 같은 뜻밖의 변을 당하여 어찌 마음속에 충성의 피가 끓지 않겠는가. 내 그대들과 더불어 나라의 은혜를 힘으로 갚다가 힘이 다하면 죽어 마음으로 갚을 것이니, 그대들 가운데 힘과 마음을 아껴 죽기를 두려워하는 자 있거든 지금 이 자리에서 물러서라. 내 혼자서라도 오랑캐 놈들을 당해 내리라."

군사들이 모두 눈물을 흘리며 말하였다.

"저희가 심장이 있으니 어찌 장군의 충의에 감동하지 않으리까. 불속이든 물속이든 뛰어들겠소이다."

그런데 군사들 가운데 천자를 호위하던 병사 하나가 병이 있다며 물러가겠다고 하였다. 그는 바로 노균의 하인이었는데 천자의 은혜를 입어 특별히 천자의 호위병이 된 자였다. 동초는 그자의 머리를 베어 군사들을 호령하였다.

선우의 대군이 행궁 수백 걸음 밖에 이르렀다. 그러나 행궁 안의 형편을 몰라 진을 치고 있을 뿐 함부로 쳐들어오지는 못하고 있었다. 동초가 재빨리 군사를 수습하여 천자의 깃발과 의장을 행궁 앞에 세워 놓고, 일천 군사로 좌우에서 시위하여 북을 울리며 군령을 전하니 위엄이 엄숙하고 기상이 여유작작하여 조금도 다른 기색을 느낄 수 없었다.

선우는 의심스러웠다.

"명나라 사람들은 사람을 속이는 술책을 많이 쓴다더니, 여기에 날랜 군사들을 매복시키고 우리를 유인하는 것이 아니냐?"

선우는 반나절을 지켜보며 끝내 쳐들어가지 못하였다. 게다가 노균과 척발랄이 산동에 떨어져 있어 명나라의 실정을 아는 자가 없었다.

이윽고 해가 뉘엿뉘엿 서산에 지기 시작하였다. 동초는 행궁의 군기와 등촉들을 내어 불을 밝히고 깃발이며 창검을 전후좌우에 세워 놓았다. 그리고 깃대 끝에 등촉을 달아 하나하나 다 불을 밝혔다. 캄캄한 밤 불빛이 비치는 가운데 깃발과 창검이 늠름히 벌여 있으니, 보는 이마다 눈이 부시어 그 수를 헤아릴 수 없었다.

그런 뒤 동초는 일천 병사를 밖으로 빼내 열 대로 나누고 병사들마다 무기와 등불을 들고 궁을 빙 둘러 십 면으로 매복시켰다. 그러고는 행궁 뒤 자그마한 동산 위에서 고함 소리가 나거든 다 같이 내달아 포를 쏘면서 함성을 지르라 하였다. 그런 뒤 동초는 말에 올라 창을 들고, 언덕 위에서 적들의 동정을 살폈다.

밤이 깊자 선우가 장수에게 말하였다.

"명 천자가 어찌 이토록 대담한가? 깃발과 의장이 질서 정연하고 으리으리하여 끝내 행궁 안의 실정을 알 길이 없구나. 허나 내 십만 대병을 거느리고 무엇이 두려우리오? 단숨에 돌파하리라."

선우는 곧 돌격 명령을 내렸다. 그러자 흉노 군은 일제히 큰 소리를 지르며 행궁으로 달려들었다. 그런데 행궁에 들어와 보니 군사는 한 명도 없었다. 다만 적막한 궁궐에 거짓 깃발이 꽂혀 있고 등불만 깜빡거릴 뿐이었다. 어리둥절해진 선우는 그제야 함정에 빠진 줄을 깨닫고 급히 군사를 퇴각시켰다. 그 순간에 북쪽 언덕에서 고함 소리가 들렸다.

"야율 선우는 빨리 항복하라!"

그 소리와 함께 사방에서 매복해 있던 군사가 우렁찬 함성과 포소리를 울리니, 하늘땅이 진동하고 산이 흔들리며 동서남북이 서로 맞받아 그 수를 알 길이 없었다. 오랑캐들은 당황하여 대열을 수습하지 못하고 달아나 버렸다. 동초가 매복한 군사를 지휘하여 몇 리를 쫓아가니, 선우가 숨이 턱에 닿아 달아나며 말하였다.

"명 천자는 어데 갔으며 우리를 쫓아오던 장수는 누구인가? 아까 그 함성과 포성을 들으니, 천자가 지휘하는 군사가 몹시 많은 게 아닌가? 노 참정 말이 천자 홀로 행궁에 있다고 하더니, 도대체 어찌 된 일인가?"

그리고 장수 한 명을 보내면서, 산동성에 가서 좌현왕 노균을 청하여 명나라 실정을 자세히 들으라고 하였다.

한편, 동초는 선우를 쫓다가, 군사는 적고 오랑캐 수는 많으니 멀리 쫓아가는 것은 그리 좋은 병법이 아니라 생각하고는, 군사를 거두어 돌아왔다. 그리고 행궁에 이르러 다시 작전을 짰다.

"적이 행궁에 쳐들어왔다가 실정을 몰라 한 번 속았으나, 다시 쳐들어온다면 방도가 없다. 선우의 대군이 이곳을 지나간다면 폐하의 안녕을 보장할 수 없으니, 이는 곧 내 손으로 적병을 폐하 쪽으로 보내어 위태롭게 하는 것과 같도다. 내 이제 죽기로 막아 낼 터이니 그대들도 나와 생사를 같이할 수 있느냐?"

군사들은 모두 머리를 조아리며 응하였다.

동초는 북쪽 언덕과 동서 양쪽의 나무들 사이마다 거짓 깃발을 수없이 꽂고, 군사 백 명씩 매복시켜 나무를 끌고 다니며 먼지를 일으켜 군사들이 많은 것처럼 보이도록 하였다.

그리고 칠백으로 행궁 앞에 네모나게 방진을 치고 기다리라고 한 뒤 창을 들고 홀로 선우의 진영 앞에 나아가 싸움을 걸었다. 그러자 적장이 나왔다. 동초가 몇 합을 싸우고는 지는 척하며 달아나니, 적장은 기세를 올리며 쫓으려 하였다. 그러는데 징 소리가 울리며 선우가 적장을 불러들였다.

"이는 틀림없이 우리를 유인하는 것이니, 따라가지 마라."

이튿날, 좌현왕 노균이 산동성에서 오자 선우는 그동안 실태를 낱낱이 말하며 방략을 물었다. 그러자 노균이 선우에게 말했다.

"대왕께서 속은 것이옵니다. 분명 대군이 이른 것을 알고 명 천자는 행궁을 떠나 빠져나가고 장군 한 명으로 술책을 써서 대왕을 속인 것이니, 이제 대군을 몰아 치소서. 만일 그리하여 낭패를 보게 된다면 제가 군법대로 처벌을 받겠나이다."

선우는 노균 말에 반신반의하면서 그날 밤 은밀히 다시 행궁을 습격하였다. 행궁으로 들어가는 길에 선우는 갑자기 군사를 멈추고 노균을 돌아보며 북쪽 언덕과 좌우를 가리켰다.

"좌현왕은 저기를 보시오. 매복한 명나라 군사가 아니오?"

그러자 노균은 손을 저으면서 말했다.

"이는 거짓 군사로소이다. 깃발이 움직이지 않는데 저렇게 먼지가 이니 분명 계교이옵니다. 어서 치소서."

선우는 그제야 그 말이 옳은 듯하여 대군을 몰아 행궁을 에워쌌다. 그러자 동초는 형세가 급함을 알고 군사를 모아 방진을 친 뒤 적이 움직이기를 기다렸다. 마침내 적병이 사방에서 쳐들어와 창검이 빗발치듯 하였다. 동초는 창을 들고 말에 오르며 군사들에게 소리쳤다.

"그대들은 죽기를 두려워 말라! 나라를 위하여 죽음을 각오하고 싸우라!"

그리고 동쪽을 쳐서 적장 한 놈을 베고 서쪽을 막아 적장 몇 놈을 또 무찌르니, 창끝에서 찬바람이 돌고 말발굽에서 벼락이 내리는 듯 가는 곳마다 맞설 사람이 없었다.

"명나라의 막강한 군사요, 겨룰 짝이 없는 명장이로다."

선우는 놀라면서 노균에게 저 장수가 누구냐고 물었다.

그러자 노균은 그 장수를 보고 놀랐다.

'동초와 마달이 연왕을 따라 유배지로 갔는데 어느새 돌아왔을까? 연왕이 같이 왔다면 참으로 근심이리라.'

이렇게 생각하며 노균은 선우에게 말했다.

"저 장수는 전전장군 동초인데 하찮은 무인 나부랭이니 두려울 게 없나이다."

선우가 노균의 말을 듣고 군사를 호령하여 더욱 급히 치니, 일천 군사가 벌써 절반 나마 죽고 동초도 살에 맞아 창을 쓰는 힘이 떨어져 갔다.

노균은 선우와 함께 진 위에서 바라보며 외쳤다.

"동 장군은 그새 편안하신가? 나라 운수가 불행하면 사람의 힘으로 아니 되네. 예부터 망하지 않은 나라 없거늘, 장군이 혼자서 수고한들 무슨 소용이 있겠나? 이제 항복하면 부귀공명이 기다릴 것이네."

이 말을 듣고 동초가 적군을 보니 바로 노균이었다. 가슴속에서 말로 다 할 수 없는 불덩어리가 만 길이나 솟구쳐 올라 칼을 들고 가리키며 크게 꾸짖었다.

"이 역적 노균아! 네 늙은 나이에 벼슬이 참지정사에 이르렀거늘 무엇이 모자라 나라를 배반하고 흉노에게 굴복하였느냐! 이 개만도 못한 놈아, 개는 그래도 주인을 안다. 어찌 적국을 도와 임금을 해치려 든단 말이냐? 너 같은 무리와는 한 하늘을 이고 살수 없으니, 차라리 내 오늘 나라를 위하여 장쾌히 죽어 더러운 말을 듣지 않고 역적의 꼬락서니를 보지 않으리라."

그러자 노균은 낯이 뻘게지면서 고개를 돌렸다. 그러면서도 흉노 군사들을 부추겨 더욱 급히 치게 하였다. 분기가 하늘을 찌를 듯 치솟은 동초는 이를 갈며 창을 들었다. 새로운 기운이 백배로 솟아나 좌충우돌하며 오랑캐 장수 셋과 군사 오십여 명을 눈 깜짝할 사이에 베었다.

선우는 놀라지 않을 수 없었다.

"저 장수 용맹이 뛰어날 뿐 아니라 나라를 위해 생사를 돌보지 않으니, 성급히 치려다가는 상할 자 많겠구나. 군사를 잠깐 멈추고 다만 단단히 에워싸라."

이튿날 선우는 장수들에게 말하였다.

"명나라 장수가 죽기를 각오하니 그저 잡지는 못할 것이다. 여러 장수들이 둘러싸고 한꺼번에 달려들어 쳐 무찌르라."

한 장수가 명령을 듣고 명군에 대고 외쳤다.

"명나라 장수는 들으라! 네 목숨이 오늘로 마지막이니 살고 싶으면 말에서 내려 항복하고, 죽고 싶으면 목을 늘여 칼을 받으라."

적장 십여 명이 사방에서 달려들었다.

동초는 군사들을 돌아보며,

"내 그대들과 더불어 죽어도 충혼이 되겠으니 그대들은 부디 딴 마음 먹지 말고 목숨이 다할 때까지 싸우라."

외치고는, 창을 휘두르며 성난 사자처럼 적장 열 놈과 맞섰다.

흉노 진영의 북소리는 끊이지 않고 창검은 서릿발같이 날아왔다. 동초는 또다시 두어 군데 창에 찔려 피를 흘리며 말에서 떨어졌다. 그러면서도 칼을 휘둘러 적장 두어 명을 찔러 넘어뜨렸다.

이때 문득 흉노 진영 서남쪽이 요란하며 장수 하나가 언월도를 춤추듯 휘두르며 살같이 달려오며 외쳤다.

"오랑캐들은 명나라 장수를 괴롭히지 말라!"

임금도 군마도 굶주린 연소성 싸움

황제는 마달과 함께 일천 군사를 거느리고 남쪽으로 행군하고 있었다. 하루는 마달을 보며 눈물이 글썽하여 말하였다.

"동초가 아무래도 죽겠구나. 혼자서 군사 천을 가지고 흉노의 수만 대군을 어찌 막아 낸단 말인가."

자주 말을 멈추고 북녘 하늘을 바라보며 황제는 긴 한숨을 내쉬었다. 이때 문득 머리를 들어 멀리 바라보니 먼지구름이 하늘가에 뽀얗게 날리며 군마 한 떼가 달려오고 있었다. 황제는 놀라 물었다.

"저건 어떤 군사들인가?"

마달이 맨 앞에서 달려오는 장수를 보니 적군 같지는 않았다.

"옷 색깔을 보니 오랑캐 군사는 아니고 구원병인가 하옵니다."

조금 있으니 한 장수가 말을 달려 이르더니 말에서 내려 길가에 엎드렸다. 황제가 궁금하여 물었다.

"장군은 어떠한 사람인가?"

"신은 남해의 죄인 소유경이옵니다. 시운이 불행하여 나라가 위태롭다는 말을 듣고 황명도 없이 남해 군사를 일으켜 폐하를 구하고자 이르렀사옵니다. 신이 폐하의 은혜를 입고 죄는 용서받았지만 제 마음대로 군사를 일으킨 죄 크오니, 신의 죄를 다스리시어 나라의 기강을 세우소서."

황제는 그 말을 듣고 신하들을 시켜 그를 일으키라 하였다.

"짐이 오늘 이런 일을 당한 것은 경의 충언을 듣지 않은 탓이로다. 그래도 경은 눈 어두운 이 임금을 버리지 않고 충성을 다하여 이렇게 왔으니, 경의 충성은 저 하늘이 밝게 비추려니와 짐이 그대를 볼 낯이 없구나."

황제가 곧 말 앞에서 명을 내려 소유경에게 병부 상서 겸 익성분의정로대장군을 임명하니 소유경이 더욱 황송하여 머리를 조아렸다.

남방에서 병사를 모으는 데 서두르다 보니 겨우 오천에 지나지 않는다는 소유경의 말을 듣고 황제는 곧 마달 장군에게 그 오천을 이끌고 출전하라 명령하였다.

"사지에서 짐을 구하였는데 지금 그를 구하지 않는다면 도리가 아니로다. 짐은 이미 소 상서를 얻어 위험한 순간을 넘겼으니, 마달 장군은 남해 병사 이천을 거느리고 돌아가서 동초 장군을 구하라."

이리하여 마달은 급히 군사 이천을 거느리고 행궁으로 달렸다. 얼마를 가니 바람결에 함성 소리가 들려왔다. 마달은 적병이 가까이 있음을 알고 말을 달려 곧바로 적진 서남쪽을 치기로 하였다. 남해 병사들은 사기충천하여 함성을 지르며 오랑캐 군사들을 짓쳐 들어갔다. 이때 동초의 세력은 힘이 빠져 형세가 매우 위급하였다. 이런 때 뜻밖에 마달이 오니 동초는 정신을 가다듬고 힘을 합쳐 적의 포위를 꿋꿋이 맞서 싸웠다. 드디어 적의 포위진이 끊어져 동초와 마달은 진 밖에서 만났다. 마달은 동초의 상처를 치료해 주면서 더 머물러 있지 말고 폐하를 좇아가는 것이 좋겠다고 하였다. 이리하여 두 장군은 군사들을 이끌고 남쪽으로 말을 달렸다.

한편, 황제는 소 상서를 데리고 서주성에 올랐다. 성에 올라 보니 견고하지는 못하여도 군량과 무기가 넉넉하였다. 그 지방 병사들을 불러 성을 수리시키니, 이때 동초와 마달 두 장군이 도착하였다. 황제는 기뻐하며 동초를 거듭 치하하였다.

"짐이 오늘 이곳에 무사히 온 것은 다 장군의 공이로다."

그리고 옷에 핏자국이 낭자한 것을 보고 많이 다쳤느냐고 근심스레 물었다.

"신이 용맹이 모자라 적들에게 포위되어 두어 군데 창에 찔리긴 하였으나, 전쟁에서 예사로운 일이오니 걱정 마시옵소서."

동초가 황송하여 거듭 말해도 황제는 걱정을 놓지 못하며 그 자리에서 금창에 잘 듣는 약을 주고 친히 상처를 어루만졌다. 그러고 벼슬을 높여 동초를 표기장군에 임명하였다.

군사가 모두 칠천에 이르고 소유경, 동초, 마달 같은 장수들이 좌우에 있으니, 천자는 외롭고 조급하던 마음이 많이 누그러졌다. 그러나 날마다 북쪽 하늘을 바라보며 진남성의 소식을 몰라 걱정하였다. 그런 때 갑자기 기쁜 소식이 날아왔다.

"진왕이 군사 삼천을 보내어 황제를 호위하게 하고 표문을 올렸나이다."

황제는 허둥지둥 표문을 받아 보았다.

진왕이, 황태후와 황후 들이 진남성에 있다는 소식을 듣고 진남성에 가서 그들을 구원하고, 황제를 걱정하여 군사를 보내면서 표문을 올린 것이다.

　진왕 화진은 삼가 이 글월을 올리옵니다. 북쪽 오랑캐 세력이 강성하여 막지 못하고 도성을 잃었으니 이는 다 신들이 불충한 죄이옵니다. 신은 먼 곳에서 아무것도 모르고 있다가 갑자기 큰 변이 생겨 황태후께서 남으로 가셨다는 청천벽력 같은 변고를 들었사옵니다. 신이 분에 넘치게도 폐하의 매부 되온지라 그저 임금과 신하의 의리뿐이 아니온데, 소식이 늦어 고난을 같이하지 못하고 늦게야 이르니 황송하기 그지없사옵니다. 황태후께서 진남성에 계시니 신이 철갑 두른 병사 삼천을 거느려 진남성의 태후를 호위하고 또 삼천을 폐하께 보내어 군사를 보태 드리옵니다. 신이 직접 가 뵈옵지 못하여 깊이 머리를 조아리는 바이옵니다.

　신이 또 듣자오니 연왕 양창곡은 문무 겸비한 뛰어난 인재요, 충성스러운 신하라 하옵니다. 신이 오래 조정에 들어가지 못하옵고 연왕이 밖에 있어 만나 보지 못하였사오나, 들리는 말이 연왕을 쓰신 뒤에야 오랑캐들의 침략을 물리칠 수 있으리라 하오니, 바라옵건대 연왕의 죄를 용서하시고 바삐 부르시어 군사를 맡기소서.

표문을 다 보고 난 황제는 신하들에게 말하였다.

"진왕은 문무 겸비한 사람이요, 태후께서 총애하는 사위라. 이젠 곁에서 모시게 되었으니 외롭고 불안하던 심사를 가라앉히고 적이 안심이 되시겠구려."

그리고 진왕이 보내 온 철갑 군사를 흐뭇이 바라보면서 특별히 잘 돌봐 주라고 명령하였다.

한편, 선우는 동초와 마달 두 장군이 철통같은 포위진을 뚫고 순식간에 도망쳤다는 보고를 듣고 성이 머리끝까지 치밀어 올랐다.

"십만 대군이 고작 군사 몇을 거느린 장수도 사로잡지 못하니 어찌 명나라를 타고 앉겠는가?"

선우가 다시 대군을 이끌고 쫓아가려 하니, 좌현왕 노균이 말렸다.

"큰일을 하는 자는 작은 일을 생각지 않는다 하오니, 이제 산동성으로 가서 척발랄과 태청진인을 청하여 명 천자를 엄습하소서."

"산동성이야말로 중요한 지역인데 그곳을 지키지 않고 어찌하자는 게요?"

"황성이 점령되고 산동 이북에는 장수가 한 명도 없으니, 우리도 장수 몇 명과 군사 수천으로 지키게 하면 근심할 바 없사옵니다."

선우는 그 말이 그럴듯하여 장수 세 명을 보내어 산동성을 지키라 하고 진인과 척발랄을 부르니 그들이 함께 이르렀다. 선우는 그들과 함께 명 천자를 엄습할 계획을 세우고 남쪽으로 행군하였다.

이때 서주성에서는 천자가 동초와 마달 두 장수를 데리고 성을 돌아보았다. 활을 쏘고 창을 쓰고 하는 성가퀴가 너무 낮게 마련돼 있고 성문도 허전하여 미덥지 못하니 성을 지킬 형편이 못 되었다. 동쪽에 높은 산이 있고, 산 위에 작은 성이 있는데, 생김새가 제비 둥지 같아 연소성이라 하였다. 성을 돌아보니 지세와 성채는 두루 든든하나 좁고 군량이 없어 대군을 수용하기는 어려워 보였다. 임금과 신하들은 서로 마주보며 근심하였다.

그날 밤이었다. 문득 북풍이 불어오며 바람을 타고 함성이 일어 났다. 소 상서가 깜짝 놀라 동초, 마달 두 장군과 함께 성 위에 올라 가 아래를 굽어보니 어둠을 타고 수없는 적들이 들을 덮으며 달려 오고 있었다.

소 상서는 급히 성문을 닫고 중요한 곳에 군사를 보강한 다음 성 위로 올라가 군사를 지휘하였다. 그러나 홍수처럼 밀려드는 적들 의 기세에 맞설 형편이 못 되었다. 어느덧 성가퀴 몇 군데가 무너져 나갔다.

소 상서는 두 장군에게 말하였다.

"형세가 이리도 급하니 폐하를 먼저 연소성에 모시고 뒤에 다시 방도를 의논하기로 하세."

소 상서는 동문을 열고 천자를 모시고 군사 수천 기와 함께 성 밖 으로 나섰다. 동초와 마달이 적들을 막아 싸웠으나 곧 적들은 성을 무너뜨리고 안으로 밀려들었다. 동초와 마달은 군사를 수습하여 천자를 좇아 연소성에 올라 성문을 굳게 닫았다. 뒤따라온 적들은 더 따르지 않고 군사들을 두 갈래로 나누어 연소성을 철통같이 에워쌌다.

연왕은 동초와 마달을 보낸 뒤 소식을 기다리며 밤마다 잠을 이루지 못하고 있었다.

하루는 달빛 아래 난성과 함께 마당을 거닐다가 하늘을 바라보니 자미원의 주성이 검은 기운에 싸여 빛이 희미했다. 무슨 일인지 몰라 걱정하고 있는데 오랑캐 놈들이 황성을 점령했다는 소식이 들려왔다. 연왕은 그 자리에 주저앉으며 북쪽을 보고 통곡하였다. 그러다가 의식을 잃고 쓰러지니 난성이 연왕을 돌보며 위로하였다. 연왕은 음식도 못 넘기고 거적때기를 깔고 뜰아래 앉아 북쪽을 보고 울부짖을 뿐이었다.

난성이 연왕에게 말하였다.

"상공은 나라를 위하여 몸을 돌보셔야 하는데 이같이 바람과 이슬을 맞으시고 끼니를 끊으시니, 만일 객지에서 병이 나신다면 대문가에서 아들이 돌아오기만 간절히 기다리는 백발 부모님의 심정은 어떠하시며 또한 위험에 처한 나랏일은 어찌하려고 하시나이까?"

그 말에 연왕은 더욱더 목메어 눈물을 터뜨렸다.

"황성이 무너지고 임금과 부모의 안부를 모르니 내 어찌 편안히 밥을 먹으며 발 뻗고 잠을 자겠소? 또 아직 죄명이 몸에 있어 자유로이 움직이지 못하니 세상에 어찌 이런 망극한 일이 또 있단 말이오?"

이때 말 달려오는 소리 나더니 천자가 보낸 사신이 이르러 황명을 전하였다.

연왕은 절하고 폐하가 내린 글을 받았다. 조서를 펴는 연왕의 얼굴에는 눈물이 비 오듯 하여 상 위에 방울방울 떨어졌다. 이어 사신에게서 황제의 소식을 자세히 들은 연왕은 결연히 몸을 일으키며 말하였다.

"내 불충하오나 폐하께서 위태하시다는 소식을 듣고 어찌 꾸물대리오."

연왕은 난성에게 자기는 운남 고을에 가서 병사를 모으겠으니 하인을 데리고 뒤따라오라 하고는 말을 타고 고을 관아로 달렸다. 본현에 이르니 원은 아직 오랑캐가 황성을 침범한 소식을 모르고 있었다. 연왕은 원에게 급히 이곳 군사를 동원하라는 영을 내렸다. 그리고 격서 한 장을 주어 남방의 여러 고을에 다 보내니, 그 격서에는 이렇게 적혀 있었다.

연왕 양창곡은 남방 여러 고을에 격서를 보내노라. 시운이 불행하여 오랑캐가 궁궐을 침범하고 임금이 왕궁을 떠나 피란 중이니, 아, 슬프도다. 우리 나라는 예부터 예의지국이라 충효가 으뜸일진대 이 격서를 보고 피가 끓지 아니한다면 우리 백성이 아니로다. 아무 달 아무 날 아무 시에 병사를 모집하여 황제 계신 곳에 모이기를 약속하노니 만일 시간을 어긴다면 군율대로 처리하리라.

연왕은 붓을 들고 잠깐 사이에 격서를 써서 밤새 여러 고을에 보내고, 난성과 함께 하인들과 사신을 데리고 바삐 북으로 달렸다.

연왕의 격서를 받은 남방 여러 고을에서는 감사와 군수에서 백성에 이르기까지 다투어 떨쳐나섰다.

백성들은 한결같이 창과 칼을 들고 나서며,

"연왕은 충신이라 폐하가 이제 그분을 쓰시니 오랑캐 놈들이 아무리 세차게 달려든대도 근심할 바 없으리라. 우리 마땅히 이때를 타서 공을 세워 보자. 연왕은 명장이라 군령이 엄숙하니 조금이라도 어기면 죽음을 면치 못하리라."

하였다.

황제가 연소성에서 오랑캐의 포위 속에 든 지 이레가 지나갔다. 소 상서가 황제에게 아뢰었다.

"선우의 군사는 수를 헤아릴 수 없고 성 둘레가 겹겹이 포위되어 있으니 깨뜨릴 방도가 없사옵니다. 오직 성문을 굳게 닫고 힘을 다해 지키면서 연왕을 기다리는 수밖에 없는 줄로 아옵니다."

황제는 그 말을 옳게 여기고 싸움을 피하였다.

그러자 선우는 군사를 성 아래로 보내어 명나라 군사를 끌어내려고 온갖 수단을 다하였다. 그래도 안 되니 노균에게 명 군사를 끌어내라고 명령하였다. 노균은 성 아래에 이르러 황제를 꾸짖기도 하고 장수들을 달래기도 하였다.

그러자 마달은 참지 못하여 혼자 말에 올라 창을 비껴들고 성 아래에 이르렀다.

마달은 노균을 무섭게 꾸짖으면서 단번에 사로잡으리라 생각했으나, 노균은 맞서지 않고 요리조리 말을 빼어 달아났다. 마달이 더욱 노하여 쫓아가니, 오랑캐 놈들 속에서 북소리가 울리며 척발랄이 군사 한 부대를 내몰아 마달을 포위하려고 하였다. 그러자 소 상서가 급히 징을 쳐 마달을 불러들이고, 성문을 닫아 버렸다.

시간이 갈수록 포위는 더욱 죄어들었다. 성안에는 양식이 다 떨어지고 말조차 먹일 것이 없었다. 황제의 끼니도 제대로 마련하지 못하니 황제는 낯빛이 파리해져 말이 아니었다. 어느 날 군사들이 솔잎을 먹는 것을 보고 황제도 두어 잎 먹어 보더니 웃으며 말하였다.

"옛적 어떤 사람이 벌레 먹은 오얏을 먹고는 눈이 보이고 귀가 열렸다고 하더니 과연 거짓이 아니로구나. 짐이 아까 정신이 혼미해지고 기운이 없더니 솔잎을 씹어 침을 삼키니 한결 허기가 가시는구면."

좌우의 신하들은 송구하기도 하고 원통하기도 하여 눈물을 흘렸다. 동초와 마달 두 장군이 소리 내어 크게 우니 황제도 얼굴에 침통하고 슬픈 빛을 띠었다.

급보가 이르렀다.

"남쪽에서 군마 한 떼가 이르러 오랑캐 놈들을 마주하여 진을 치고 있나이다."

황제는 급히 소 상서, 동초, 마달과 함께 성 위에 올랐다. 과연 군사 한 떼가 오랑캐 진영 남쪽에 진을 치고 있는데, 그 진영 앞에 두 장수가 당당히 서 있는 것이 보였다.

"어떤 장수들인가 보아라."

동초와 마달 두 장수가 황제에게 아뢰었다.

"저 군사들이 바로 연왕의 군사들인가 하나이다. 왼쪽의 검은 모자에 붉은 옷을 입고 말 곁에 서 있는 사람이 연왕이요, 오른쪽에 갑옷을 입고 쌍검을 차고 있는 사람이 홍혼탈인가 하나이다."

황제는 얼굴에 기쁜 빛을 띠고 신하들도 모두 반가워하며 위기에서 벗어남을 기뻐하였다.

연왕은 운남에서 오다가 구강 땅을 지나며 사신에게 말하였다.

"우리 이제 한 필 말로 임금께 간들 무슨 방도가 있겠소. 구강은 예부터 군사가 강한 곳이니 아무래도 이 고을 군사들을 데리고 가는 것이 좋을 것 같소."

연왕은 곧 구강 태수를 만나 휘하 군사들을 넘겨 달라 하였다. 구강 태수는 노균의 일가여서, 군사를 청하는 연왕의 요구에 응하지 않았다.

"황명이 없으니 어찌 군사를 움직이겠소?"

연왕은 태수의 태도에 벼락같이 소리 질렀다.

"네 국록을 먹는 처지에서 임금이 위태롭다는 말을 듣고도 조금도 마음을 움직이지 않으니 어찌 신하라 하겠느냐! 폐하께서 보내신 사신이 여기 계시니 황명을 의논할 바 아니로다. 네 만일 병권을 넘기지 않으려거든 직접 군사를 거느리고 나를 따르라."

그래도 구강 태수는 빈정거릴 뿐 움직이려 하지 않았다.

"백만 오랑캐가 순식간에 들이닥쳐 나라를 절반 넘게 빼앗겼으니, 구강 병력은 고사하고 십강 병력이 있다 해도 무슨 방도가 있겠소이까?"

연왕은 사신이 허리에 찬 환도를 뽑아 들었다.

"내 일찍이 황명을 받아 지난날 정남도독의 벼슬이 아직 이 몸에 있으니, 어찌 군율을 쓰지 못하리오."

그 자리에서 태수의 머리를 베고는 좌우를 호령하여 군마를 바삐 모으니 어느덧 삼천이 되었다. 군용 창고를 열고 깃발과 창검을 내어 대열을 편성한 다음 밤낮을 쉬지 않고 달려서 서주성 십여 리 밖에 이르렀다. 그곳에는 이미 모여 온 남방 여러 고을의 군사들 칠팔천이 있었다.

연왕은 황제가 연소성에서 오랑캐에게 둘러싸여 있다는 말을 듣고 놀라지 않을 수 없었다.

'연소성은 지형이 높고 군량이 없으니 오래 머물면 불리하리라. 내 먼저 선우의 대군을 물리치고 다른 방도를 찾아내리라.'

연왕은 오랑캐 진영 남쪽에 일자진을 치고, 남방 군사 사천을 넷으로 나누어 배치하면서 말하였다.

"오늘 밤 삼경에 사방으로 매복하였다가 우리 진중에서 포성이 한 방 울리거든 제일대는 일제히 함성을 지르며 오랑캐 진 서쪽 제일각을 위협하되 다만 기세를 높여 오랑캐 놈들을 소란케 한 뒤 바로 뒤로 물러나라. 두 번째 포 소리가 나거든 제이대가 함성을 지르며 오랑캐 진 동쪽 제이각을 위협하되 또한 기세를 올려 오랑캐 놈들을 소란케 한 뒤 바로 물러나고, 세 번째 포 소리가 나거든 제삼대가 오랑캐 진 서쪽 제삼각을 위협하며, 네 번째 포 소리가 나거든 제사대가 오랑캐진 동쪽 제사각을 위협하되 다 각각 기세를 내어 적진을 소란케 하고는 섣불리 들어가지는 말라."

연왕과 난성은 남은 군사 칠천을 거느리고 뱀 모양의 장사진을 쳐 적진 중앙을 치기로 하였다. 그러면서 창과 칼을 가진 자를 앞세우고 활과 포, 총은 뒤에 세우고 북 한 번 칠 때 세 발자국씩 움직이며 만일 뒤를 보는 자는 목을 베리라 하였다. 연왕은 군사들을 단속하여 가만히 있게 하고 깃발과 무기를 뉘어 놓고 밤을 기다렸다.

날마다 연소성을 에워싸고 있던 선우는 수하 장수들에게 말하였다.

"외로운 성에 이제는 양식이 떨어졌을 것이니 이제 열흘만 에워싸면 명 천자가 항복 깃발을 꽂으리라."

그렇게 자신만만해 있는데 남쪽에서 명나라 구원병이 왔다는 보고가 들어왔다. 선우가 놀라 그 구원병을 살피니 군사들이 진을 치는데 동작이 민첩하지 못하고 창검도 눕혀 놓고는 인차 쳐들어올 기세를 보이지 않고 있었다.

선우는 쓴웃음을 지었다.

"저것들도 쓸모없는 구원병들이구나. 틀림없이 우리 동정을 떠보는 것이니 오늘 밤 삼경에 북소리 한 번에 무찔러 버릴 테다."

밤이 깊어 물시계 소리가 삼경을 알리자 명군에서 쿵 하고 포 소리 한 방이 울렸다. 그러자 요란한 함성을 지르며 군마 한 떼가 적진을 위협하며 서쪽 일각을 짓치니, 선우는 급해서 군사를 몸소 지휘하여 수습하였다. 그러자 두 번째 포성이 울리고 또다시 함성이 요란하게 일어나며 군마 한 떼가 동쪽 제이각을 짓치니, 선우는 또 황망히 군사를 이끌고 수습하면서 어쩔 줄 몰라 하였다. 연이어 세 번째, 네 번째 포성이 울리며 군사들이 떼를 지어 사방에서 위협하니 동쪽을 막으면 서쪽이 요란하고, 서쪽을 진정하면 동쪽이 요란했다. 선우는 대오를 수습하지 못하고 이리저리 뛰어다녔다.

이때 포 소리가 또 울리더니 군사 한 떼가 함성을 지르며 살같이 닥쳤다. 서릿발 같은 창검은 빗발치듯 날리고 연달아 울리는 북소리는 벼락같이 하늘땅을 뒤흔들었다. 선우의 대군은 정신이 쏙 빠져 소란스럽더니 진의 중간이 끊어져 앞뒤를 바로잡을 수가 없었다.

노균은 당황하여 선우에게 말하였다.

"대왕은 잠깐 군사를 물리소서. 예사로운 구원병이 아니오이다. 불빛에 피뜩 보니 명군을 지휘하는 자가 바로 연왕인가 하나이다."

말이 채 끝나기도 전에 연소성 위에서 또 포성이 일어나며 두 장수가 철기를 거느리고 나는 듯이 성 밖으로 나와 크게 외쳤다.

"야율 선우는 달아날 생각 말라! 우리는 연왕의 휘하 장수 마달과 동초다. 맞설 자 있거든 나오라."

두 장수는 좌우로 충돌하며 범같이 짓쳐 들어갔다. 그들은 연왕 군사들이 적진을 쳐들어가는 것을 보고 사기가 백배하였다. 진왕이 보낸 삼천을 거느리고 오랑캐를 무찌르던 동초와 마달이, 연왕의 군사와 손잡고 오랑캐 무리를 답새기니 선우가 어찌 당해 내랴. 선우는 패한 군사들을 거두어 몇 리 밖으로 물러갔다. 적들의 주검이 산을 이루고 피가 흘러 시내를 이루었다.

황제는 성 위에서 바라보다가 소 상서에게 말하였다.

"연왕은 하늘이 짐에게 주신 바라 충성과 지략이 제갈량도 당해 내지 못하리라. 오늘 연왕의 한 방 북소리에 군사들 사기가 다시 하늘을 찌르니 우물 속 목마른 고기가 물을 얻은 것 같도다. 이는 다 나라의 복이요 천지신명이 도우심이노라. 짐이 이제 성 밖에 나가 연왕을 몸소 맞으리라."

황제는 곧바로 성문을 나갔다. 연왕의 군사들이 일제히 땅에 엎드려 황제를 맞았는데, 군사들 눈에서는 눈물이 샘솟듯 하였다. 황제는 좌우에 명하여 연왕을 일으켜 세우고 친히 손을 잡았다. 용포 소매로 얼굴을 가리고 임금과 신하가 서로 우니 모두 감동하여 눈물을 흘렸다. 한동안 말이 없던 황제는 연왕 손을 놓으면서,

"짐의 끝없는 심사는 여기서 다 이야기할 수 없으니 성에 들어가 임금과 신하가 한자리에 앉아서 지난날의 정회를 풀어 볼까 하노라."

하고, 성안으로 들어갔다.

군마가 다 정돈되자 황제는 연왕을 불렀다. 소 상서와 동초, 마달 두 장군도 함께 모여 앉았다.

황제가 다시 연왕의 손을 잡으며 말하였다.

"예부터 아둔한 임금이 많았다 해도 어찌 나 같은 임금이 또 있겠소. 경의 충성과 노균의 간악함은 옥과 돌같이 또렷이 다르고 흑백이 분명커늘 하늘이 짐의 총명을 가리고 조물주가 나라를 희롱하여 이 지경에 이르렀으니 지난날을 생각하면 무슨 낯으로 경을 대하며 무슨 말로 경에게 사례해야 할지 모르겠구려."

연왕이 머리를 조아리며 아뢰었다.

"이는 다 신이 충성스럽지 못한 죄이옵니다. 폐하의 해와 달 같

은 밝으심이 아니었다면 어찌 오늘이 있었겠사옵니까?"

"짐이 어찌 노균의 간악함을 몰랐으리오마는 그 말이 달고 아첨이 기뻐 마침내 거기에 취해 버렸으니 천추만대에 걸쳐 못난 임금을 면치 못할 것이오. 심지어 경의 충성은 천하 백성이면 길거리에서 철없이 뛰노는 아이들이나 여염집 아낙네들도 모를 이 없거늘, 임금과 신하 사이에 내가 어찌 알지 못하였겠소. 다만 병이 깊으면 약을 써도 그 효과를 인차 깨닫지 못하는 것과 같은가 보오. 이제 우리 두 사람의 붉은 한마음을 천지신명이 밝히 살피시니, 경은 지난 일을 마음에 두지 말고 이제부터는 더욱 바른말로 간하여 짐이 미처 알지 못하는 것을 깨우치도록 도와 주오."

연왕은 깊이 머리 숙이며 말하였다.

"오늘의 하교 이에 미치시니 다시 여쭐 말씀이 없사오나 이는 신들이 불충한 죄이옵니다. 요임금과 순임금도 이름난 충신이 있어 역사에 빛나는 이름을 남겼사오니, 폐하의 해와 달 같은 밝으심으로 이 같은 환란을 당하시는 것은 조정에 신하가 없어서이옵나이다. 부디 지난 일을 뉘우치지만 마시고 앞일을 삼가시면 오늘의 낭패가 뒷날에 교훈이 될 것이니 어찌 나라의 복이 아니리까."

황제는 숭엄한 낯빛으로 소 상서를 돌아보며 말하였다.

"짐이 오랫동안 꿈에 취하여 깊이 잠들었다가 오늘 다시 연왕의 말을 들으니, 봉황이 아침 볕에 우는 듯 대뜸 정신이 돌아오는 것 같소."

그러자 연왕이 다시 아뢰었다.

"신이 급보를 듣고 필마단기로 오다가 구강 땅에 이르러 군사를 모으려 하니, 구강 태수가 순순히 따르지 않기에 형세가 급하여 군율에 따라 목을 베고 그곳 군사를 이끌고 왔나이다. 이 또한 여쭙지 않고 경솔히 한 처사라 죄를 청하나이다."

황제는 머리를 끄덕이며 말하였다.

"경이 정남도독이 된 뒤 벼슬을 갈지 않았으니, 한번 장수 되면 군령을 종신토록 쓰는 것은 우리 국법이 정한 바에 어긋남이 없소. 또한 경의 벼슬이 대신이요, 구강 태수가 임금의 위태로움을 보고 그리 처신하다니, 먼저 머리를 베고 나중에 보고한 것이 나라를 위한 올바른 결정이구려. 죄는 무슨 죄요."

황제는 옆에다 대고 구강 태수에 관해 물었다. 한 신하가 노균의 일가 되는 자라고 아뢰자 황제는 깊이 탄식하였다.

"옛말에 충신 집안에서 충신이 나고 소인 집안에서 소인 난다 하였으니, 노균 같은 역적 집안에서 역적이 나는 것이 무에 놀라우랴."

연왕이 또 여쭈었다.

"도성이 이미 함락되고 태후 마마와 황후 마마께서 진남성에 계신다 하온데, 진남성은 성이 튼튼하고 군량미가 넉넉한 곳이오니 다른 걱정은 없사오나, 나랏일의 망극함이 이 지경에 미쳤사오니 이 또한 신들의 죄이옵나이다."

그 말에 황제는 눈물을 머금고 말하였다.

"황태후께서 일찍이 짐에게 경을 다시 쓰라 하셨소. 태후께서 경을 믿는 것이 태산반석 같으셨거늘 짐이 불효하여 태후의 뜻을 제때 받들지 못하고 이제 외로운 성에서 풍상고초를 겪으시게 하니 죄가 크오. 다만 경의 아버지와 윤 각로와 일지련이 지극한 효성으로 보호하니 부자의 산 같은 은덕을 어찌 다 갚겠소."

연왕은 이 말을 듣고 놀라서 한동안 아무 말도 못 하였다.

황제는 연왕의 그 기색을 알고 위로하여 말하였다.

"양 태공 비록 나이가 많으나 사신 말에 따르면 정정하다 하니 경은 지내 걱정하지 마오."

"신의 아비 본디 병이 많고 체질이 허약하여 비록 조용히 지낸다 해도 불편한 날이 많거늘 이제 전란 속에서 고생하니, 신이 불충하와 폐하로 이런 욕을 당하시게 하고 늙은 부모를 편안히 모시지 못하옵니다. 이를 생각하면 가슴이 막혀, 차라리 죽어 이 모든 것을 모르고 싶나이다."

황제는 엄숙한 낯빛으로,

"이는 짐의 허물이니 위로할 말을 찾을 수가 없구려."

하더니, 홍 난성을 찾았다.

"경에 관한 이야기는 짐이 이미 들은 지 오래나, 만 리 오지에 아이종으로 모습을 바꾸어 남북으로 뛰어다니니 이는 다 어질지 못한 임금을 만난 탓이노라. 짐이 진실로 얼굴을 못 들겠구나."

"신첩은 아녀자라 옷을 바꾸어 입고 따라 나선 것도 지아비를 위한 것이요, 전란에 뛰어다닌 것도 지아비를 좇음이옵니다. 운수가 나쁘고 나라가 소란스러워 아녀자가 안방을 지키지 못하고, 이리 나와 폐하 용안을 지척에서 자주 뵈오니 분에 넘쳐 부끄럽사옵니다."

황제는 웃으며 다시 연왕에게,

"세상에 홍 난성 한 사람이 있는 것도 기이한 일인데 또 일지련, 벽성선의 뛰어난 충성이 있으니 이는 오랜 세월 동안 희귀한 일이 되리로다."

하며, 벽성선이 풍류로 간하던 일과 일지련이 태후를 보호하던 일을 하나하나 말하며 칭찬하니, 연왕이 놀라며 아뢰었다.

"벽성선은 천성이 약하오니 무슨 충신 열녀로 칭찬할 일이 있으리까? 이는 다 폐하께서 스스로 뉘우칠 기회를 맞으셨기 때문이옵니다. 다만 일지련은 홍혼탈이 데려온 사람이라 같은 여자로서로 의기가 맞고, 무예가 신묘하며 사람됨이 영민하고, 민첩함이 홍혼탈과 신통히 같아 누가 낫고 누가 못한 것을 가리지 못할 바이더니, 오늘날 이 같은 때를 당해 두 분 마마를 모시고 있으니 여느 장수로서는 당해 내지 못할까 하나이다."

황제는 거듭 칭찬하고 이어 군명을 내려 연왕에게는 평로대원수를, 홍혼탈에게는 부원수를 임명하였다. 그러자 홍 난성은 엎드려 아뢰었다.

"신첩이 지난날 남만 오랑캐를 정벌할 때 황명을 사양치 못한 것은 오히려 제 처지를 감추어 남자로 자처함이나, 오늘은 이렇게 한낱 아녀자에 지나지 않사오니, 아무리 조정에 신하가 없고 이 나라에 인재가 모자란다 하여도 어찌 여자로서 삼군을 호령하게 하시나이까. 이는 장수들과 군졸들의 수치일 뿐 아니라 북쪽 오랑캐에게 업신여김을 당할 수 있사옵니다. 폐하께서 만일 저를 총애하시어 병법을 다시 시험코자 하신다면 저는 지아비 휘하에서 있는 힘을 다할까 하나이다."

황제는 한동안 말없이 생각하다가 난성의 뜻을 허락하여, 소유경으로 부원수를 삼고 난성은 표요장군을 삼았다.

선우는 대군을 수습하여 몇 리 밖에 물러가 다시 진을 치고 척발랄과 노균에게 말하였다.

"과연 연왕의 군사 지휘는 듣던 바 그대로니 이제 어찌 대적해야겠소?"

노균이 나서며 말하였다.

"연왕을 당할 자는 태청진인밖에 없으나, 잘 구스르지 못하면 진인은 힘과 지혜를 다 내어 도와주려 하지 않을 것이옵니다."

노균의 말을 듣고 선우는 태청진인을 불러 간절히 말하였다.

"과인이 백만 대군을 거느려 명나라를 절반이나 타고 앉았으나, 뜻밖에 강적을 만나 큰 공을 이룰 길이 없이 되었으니 선생은 좋은 계책을 가르치소서."

태청진인은 강적이란 말에 호기심이 동하여 물었다.

"강적이 대체 뉘오이까?"

"과인이 북방에 있을 때 들으니, 연왕 양창곡은 당대 제일가는 위인이라 천문 지리와 풍운조화의 묘리를 모르는 것이 없고 육도삼략과 둔갑술에도 뛰어나 스스로 말하기를 천하에 적수가 없다고 하였다는데, 이제 군사 쓰는 것을 잠깐 보니 과연 신출귀몰하여 당할 자 없을까 싶소."

진인이 웃으며 말하였다.

"대왕이 지금 나를 어르려 하시는구려."

그러자 선우는 하늘을 우러러 탄식하였다.

"좌현왕 말이 옳도다."

"무엇이 옳다는 말이오이까?"

"선생은 한낱 도사라 연왕 재주를 당하지 못할 것이니 그저 돌아갈 생각을 하리라 말합디다."

이 말에 진인은 차갑게 웃었다.

"빈도가 십 년이나 산속에서 군사 부리는 병법도 닦았으니 대왕은 마음 놓고 먼저 싸움을 거소서. 일이 급하면 빈도가 수습하리다."

선우는 일어서서 거듭 고맙다고 절하고, 곧 군사 절반으로 본진을 지키게 하고 그중 정예병으로 연소성 아래에 나가 진을 치고 싸울 준비를 하였다.

"삼 년 산중 옛정을 생각할지어다."

대원수 연왕이 황명을 받고 남방 군사를 다 모으니 어느새 일만 칠천이 되었다. 연소성 아래 진을 베푸니 선우도 역시 대군을 거느리고 마주 진을 쳤다.

대원수는 홍혼탈을 거느리고 진 위에 올라 오랑캐를 바라보며 물었다.

"그대 보건대 저 흉노 놈들과 남만 군사들 가운데 어느 쪽이 더 강한 것 같소?"

"사람들이 사납고 날래며 지독하고 간악하기는 흉노를 당해 내지 못할 것이오며, 진법의 능숙함과 대열의 짜임새로는 남만을 당해 내지 못할 것 같나이다."

연왕은 고개를 끄떡였다.

"그래서 내 걱정하는 바요. 흉노는 본디 산짐승이나 들짐승과 같아 모였다 흩어졌다 하는 것이 예측할 수 없고 병법으로 헤아리지 못하겠으니, 다만 형세를 보아 군사를 써야겠소."

그리고 한 군사에게 적진에 전하라 하였다.

"명군 대원수가 선우와 잠깐 할 말이 있으니 진 앞에 나서라!"

얼마 안 있어 선우가 진 앞에 나섰다.

왼쪽엔 좌현왕 노균이 서고, 오른쪽에 척발랄이 섰다. 선우는 키가 팔 척 장신인 데다 위풍이 늠름하고, 오른손에 긴 창을 잡고 왼손으로 말고삐를 쥐고 서 있는 기상이 얼핏 보기에도 사나워 보였다.

연왕이 큰 소리로 꾸짖었다.

"네 비록 천명을 모르고 함부로 명나라를 침범하여 죄 없는 백성들을 살육하였으니, 그 죄를 아느냐?"

선우는 크게 웃으며 말하였다.

"과인이 북방에 살면서 소문을 들으니, 명나라에 귀한 보물이 있다 하여 빼앗으러 왔노라."

"우리 폐하는 문무에 밝으시고 백성들을 극진히 사랑하시니, 도탄에 든 백성들의 목숨을 보물과 바꾸자면 무엇을 아끼시겠느냐?"

선우는 머리를 가로저으며 다시 말하였다.

"과인이 어찌 보통 보배를 구하려 하겠느냐? 오직 천자의 옥새를 주기만 하면 과인은 이제라도 돌아가리라."

연왕은 분이 치밀었다. 그래서 동초, 마달 두 장수를 시켜 군마 삼천을 거느리고 쳐 죽이라 하였다. 그러자 선우는 웃으며 말을 돌려 달아났다.

　이와 함께 포 소리가 한 방 울리더니 진을 쳤던 만여 명 오랑캐들이 일제히 흩어져 산으로도 올라 뛰고 들로도 달아나는데, 사람과 말이 바람같이 날래 화살을 쏠 수가 없었다. 연왕이 이 모습을 보고 곧바로 징을 쳐 동초, 마달 두 장군을 불러들였다.

　다시 포 소리가 울리자 흩어졌던 오랑캐들이 한데 모여 처음같이 진을 쳤다. 그러더니 선우가 진 앞에 나섰다.

　"양 원수의 지략이 뛰어나나 오늘은 쓸 곳이 없을 것이니, 과인이 말 달리는 솜씨나 구경하라."

　그러더니 손에 쌍창을 들고 두 발로 말 옆구리를 차니, 범 같은 말이 번개같이 달아나 높은 언덕과 깊은 구덩이도 평지같이 달렸다. 또 말 위에서 춤을 추며 앉았다 누웠다 일어섰다 하기를 마음대로 하였다.

　오랑캐 장수 하나가 또 말을 달려 나오며 선우를 쫓는 체하니, 선우가 두어 바퀴 쫓겨 다니다가 문득 몸을 뒤쳐 뒤로 떨어지며 훌쩍 뛰어 오랑캐 장수를 안고 그 말에 같이 타더니, 두어 바퀴를 달린 뒤 다시 몸을 뒤치며 수십 걸음 밖에서 달리는 제 말에 올라 도리어 그 오랑캐 장수를 쫓아갔다. 또 오랑캐 장수 두엇이 한꺼번에 말을 달려 나와 말 네 필이 한데 어우러져 달아나며 서로 말을 바꾸어 타니, 속도가 바람 같았다.

　이때 갑자기 모든 오랑캐 군사들이 우르르 말을 타고 나오는데, 말 위에 가로누워 달리는 놈도 있고, 빈 말을 채쳐 앞에 놓고 다투어 몸을 솟구쳐 타는 놈도 있으며, 또 몸을 뒤치며 말 다리 사이에 숨는 자도 있었다. 옆의 말을 빼앗아 두 말을 타는 자 하며 천태만상으로 한바탕 돌아치니, 양 원수 바라보고 표요장군 홍 난성에게 말하였다.

"저게 바로 북방 오랑캐의 특기라. 모두 강한 군사들이니 근심 걱정이 적지 않소."

"제가 보니 아이들 장난에 지나지 않사옵니다. 범이나 표범을 사냥한다면 모를까 적과 병법으로 싸우려고 한다면 도리어 흩어지기 쉬울 것이옵니다. 저에게 방법이 있사옵니다. 적의 꾀를 이용하여 계략을 써 볼까 하나이다."

양 원수는 기뻐하면서 계략을 물었다.

"제가 일찍이 백운도사를 따라다니며 진을 격파하는 법을 배웠는데, 굉천포轟天砲라 하옵니다. 땅을 깊이 파 열두 방위에 맞게 큰 가마를 묻고 화약과 처란을 가마에 가득 채우고 뚜껑을 덮은 다음, 양옆으로 구멍을 통해서 도랑을 파고 도화선을 늘여 십여 걸음씩 큰 그릇에 물을 담아 부어 놓으면, 불 기운이 물 기운을 얻어 꺼지지 않고 또 물 기운은 불기운을 이끌게 되옵니다. 다시 백여 걸음 밖에 토굴을 묻고 도화선 끝을 도랑으로 연결시켜 토굴로 통한 뒤 군사 수백 명을 토굴에 숨겨 두었다가 때를 맞추어 불을 붙이는 것이옵니다. 이 방법은 쓸 곳이 적으나 만일 오랑캐 군사가 다시 진을 비우고 나오면 우리 군사를 옮겨 그곳에 진을 치고 다시 계교를 써 볼까 하나이다. 그러자면 화약과 처란을 너끈히 마련해야 하옵니다."

원수는 곧 성안 창고를 열어 보았다. 다행히도 처란 수십 석과 화약 수천 근이 있었다. 동초와 마달 두 장군에게 각각 삼천을 주어 이리이리하라 하고, 소 부원수와 홍 표요에게 함께 대군을 몰아 다시 적진을 치도록 명령하였다.

그런데 이상하게도 적들은 맞받아 싸울 생각은 하지 않고 흩어져 달아나기만 하였다. 원수가 곧바로 적들이 진을 쳤던 곳에 진을 치니 선우가 비웃으며 말했다.

"명 원수의 계교도 알 만하구나. 우리 진을 빼앗는 것을 보니 우리를 멀리 쫓고 다시 오지 못하게 하려는 것이 분명하다. 그러니 밤을 기다렸다가 몰래 와서 습격하자."

선우는 흩어진 병사들을 모아 가지고 돌아갔다.

원수는 홍 표요와 더불어 진중에 굉천포를 곳곳에 묻어 놓고, 군사들에게는 미리 알려 주어 창검을 뉘고 진지를 떠나 군율이 풀어진 듯하게 하였다. 선우는 그것을 보고 크게 기뻐하였다.

"우리 군사가 싸우려 하지 않으니 명나라 군사들이 마음 놓고 긴장을 풀었구나. 이때를 타서 북소리 한 방에 다 쳐 없애리라."

하고는, 정예병 칠천을 거느리고 두 길로 나뉘어 한밤중에 요란한 함성을 지르며 명군 진영으로 달려들었다.

원수는 몇 번 맞서 싸우다가는 패하여 달아나는 척하였다. 척발랄이 군사를 몰아 쫓으려고 하였으나 선우가 말렸다.

"명나라 사람들 계교가 헤아릴 수 없으니 이곳에 진을 치고 형세를 보아서 처리하리라."

선우는 군사를 지휘하여 진을 치고 명진 동정을 살피었다. 그날 밤 삼경에 문득 포 소리가 한 방 땅에서 일어나자 불덩어리 하나가 솟으며 잇따라 포 소리가 사방팔방에서 연거푸 터지니 하늘이 꺼져 내리고 땅이 쪼개지는 듯하였다. 불이 흩어지고 방향 없는 처란이 튀는 곳마다 사람과 말들이 차례로 엎어지니 칠천 명 오랑캐 군사 가운데 살아 도망간 자가 겨우 천여 명뿐이었다.

선우가 황망히 말에 올라 진문을 빠져나가는데 날아온 처란이 말 머리를 부수어 말이 쓰러졌다. 말에서 떨어진 선우는 몸을 날려 다른 놈의 말을 빼앗아 타고 혼자 도망하였다. 산모퉁이를 돌아서는데, 또 포 소리가 한 방 울리며 군사 한 떼가 길을 막아서며 소리쳤다.

"명나라 표기장군 동초가 여기서 기다리고 있으니, 선우는 달아날 생각을 말라!"

선우는 다급하고 싸울 생각도 없어 말 머리를 돌려 달아나려는데, 또 왼쪽에서 함성이 크게 일어나며 군마 한 떼가 길을 막았다.

"명나라 전전장군 마달이 여기 있으니 야율은 꼼짝 말라!"

이때 척발랄이 군사 수백 명을 거느리고 와서 선우를 구하려 하였다. 동초와 마달 두 장군이 양쪽에서 공격해 다시 백여 명을 무찌르는데, 선우는 틈을 타 겨우 몸을 빼 도망쳤다. 자기 진영으로 돌아간 선우는 태청진인에게 사태를 상세히 말하였다.

"그게 바로 굉천포라는 것인데 그 계교에 빠지면 모든 군사가 다 죽고 마오. 다만 포를 땅에 묻는 법이 비밀스러워 자칫 방위를 뒤바꾸어 놓으면 불이 꺼져 폭발하지 못하거늘 명 원수가 어찌 알아냈는지 모르겠소. 내일 빈도가 대왕을 좇아 명진 동정을 살핀 뒤 힘자라는 대로 도울까 하니 대왕은 너무 괴로워 마소서."

진인이 위로하자 선우는 마음이 놓여, 이튿날 진인과 함께 대군을 거느리고 다시 연소성 아래로 와서 진을 치고 싸움을 걸었다.

표요장군 홍랑은 꾕천포를 시험하여 적을 물리치고는 선우의 동정을 살피고 있었다.

새벽 물시계 소리가 끊어지고 고요가 깃드니, 홍 표요는 정신이 혼미해지며 책상에 기대어 깜빡 잠이 들었다. 꿈결에 웬 노인이 갈건에 깃털 부채를 들고는 두 손을 마주 잡고 올렸다 내리면서 인사를 하는 것이었다. 자세히 보니 백운도사였다. 홍 표요가 반기며 절을 하였다.

"스승님, 어데서 오시나이까?"

도사는 대답을 못 하고 이윽히 홍 표요 손을 잡고 눈물을 흘리며,

"삼 년 산중 옛정을 생각할지어다."

하고는 어디론가 사라졌다.

홍 표요가 서운하여 스승님을 부르다가 놀라 깨니 동녘이 희붐히 밝아 오고 있었다. 어쩐지 마음이 구슬퍼져서 원수더러 꿈 이야기를 하고는 덧붙여 말하였다.

"스승님께서 일찍부터 제 꿈에 자주 오시어 웃는 얼굴로 반겨 주곤 하시더니, 이번에는 구슬피 눈물을 머금으시니 틀림없이 길한 징조가 아니오이다. 오늘은 진문을 닫고 선우와 싸우지 않는 것이 좋을까 하나이다."

양 원수는 웃으며 그리하자 하였다. 그러는데 한 장수가 들어와 보고하였다.

"선우가 다시 대군을 거느리고 도전해 오고 있나이다."

원수는 곧 진을 고쳐 무곡진武曲陣을 치고 진문을 닫은 뒤 움직이지 않았다.

이때 동초, 마달 두 장군이 와서 보고하였다.

"선우가 두 차례나 군사를 보내어 도전하다가 이쪽 움직임이 없으니, 이제 노균을 보내어 도전하나이다."

이 말을 듣던 원수는 분이 치밀어 올랐다.

"내 마땅히 역적의 머리를 먼저 벤 뒤 흉노를 물리치리라."

연왕이 몸소 진 위에 올라 보니 노균이 오랑캐 군사 여남은 명을 이끌고 진 앞에 이르러 외쳐 대고 있었다.

"연왕은 내 말을 들어라. 옛글에, '날던 새가 다 없어지면 좋은 활을 거두고, 약은 토끼를 잡은 뒤에는 사냥개도 삶아 먹는다.' 하였노라. 예부터 명나라는 인재를 알아주지 못하였는데, 연왕이 젊은 혈기만 믿고 남방을 치고 북방을 토벌하면서 은총을 탐하다가 오래지 않아 어떤 장검이 제 머리에 내릴 줄을 모르니 참으로 한심하구나. 내 비록 선견지명이 없으나 한나라 이소경을 본받아 호강하며 살고 있으니, 슬프도다. 그대 만일 뒷날 오랑캐를 잡으려다가 도리어 오랑캐에게 잡혔다고 탄식할 때 옛 친구 말이 진심이었음을 알게 되리라."

그러자 양 원수는 크게 노하여 노균을 꾸짖었다.

"역적 노균은 듣거라! 네 비록 흉악한 심보와 역심을 품은 자로서 낯판대기가 뻔뻔스러우나 하늘이 내려다보고 있노라. 네 어찌 네 죄를 모르느냐! 네 할애비 노기는 당나라 쓰레기로 자손 대대로 씨종자를 퍼뜨려 네 몸에 미치었건만, 그러한 처지에 너는 또

군자를 배척하고 나라를 버렸구나. 평소 우리 폐하께서 덕으로 너를 믿고 사랑하시어 벼슬이 참지정사에 올랐으니 마땅히 충성을 다하여 나라의 은혜를 갚고 고상한 품성을 닦아 집안의 수치를 씻어야 하건만, 이렇듯 나라를 그르쳐 임금을 저버리고 오랑캐에게 투항하여 더러운 가풍을 더욱더 더럽게 하니, 이게 네 큰 죄 하나이다.

사람이 짐승과 다른 것은 오륜이 있는 것이로다. 임금과 신하 사이의 의리는 오륜 가운데 으뜸이거늘 네 이제 간사한 말과 아첨으로 임금을 농락하여 천 리 밖 바닷가에 외로이 버리고 적에게 투항하여 도리어 임금을 위협하니 어찌 차마 할 짓이겠느냐! 이것이 또한 네 죄 둘이다.

네 부모의 무덤이 명나라에 있거늘 돌아보지도 않고 오랑캐 땅에서 떳떳지 못하게 살고 있으니, 풀이 우거지고 백양나무가 무덤 가에 쓸쓸할 때 소 먹이는 늙은이와 나무하는 아이들이 손가락질하며, '이것이 역신 노균의 조상 무덤이다.' 하고 도끼를 휘둘러 나무를 찍고 소와 양을 놓아 무덤을 짓밟으리니, 한식이며 청명에 주린 혼이 구슬피 울며 자손을 생각하고 의탁할 곳 없어 슬퍼할 때 네 어찌 오랑캐 나라 부귀를 달게 누리겠느냐! 이것이 네 죄 셋이다.

공명과 부귀는 장차 문호를 빛내고 제 몸을 영화롭게 하고자 함이라. 네가 재주를 시기하고 권세를 탐내어 시비를 누르고 공평한 의견을 받아들이지 않으니, 명나라에서 간사한 사람으로 손가락질 당하고, 오랑캐 땅에서는 나라를 버리고 간 신하를 어느 누가 공경하겠느냐? 이것도 모르고 스스로 잘난 체하니, 이것이 네 죄 넷이다.

예부터 죄를 모르고 저질렀다면 용서할 수 있으나, 알고 저지른 자는 용납할 수 없다 하였노라. 네 일찍이 성인들의 글을 읽고 그분들의 말을 들으며 선비의 갓을 쓰고 선비의 옷을 입었으니, 어찌하면 간신이고, 또 이렇게 하면 나라가 평안하고 저렇게 하면 나라가 위태롭다는 것을 뻔히 알리라. 그러면서 반역죄를 범하였으니, 이것이 네 죄 다섯이다.

네 임금을 가까이에서 모시면서 예악을 말하였는데, 그래 과연 동홍의 생황이 옛날 임금들의 음악에 가까우며, 아무 때고 하늘에 제사 지내면 그것이 선왕들의 행적과 부합하는 줄로 알았느냐? 속으로 웃으며 겉으로 농락하니 네 죄 여섯이다.

폐하께서 의봉정에서 풍류를 들으실 때 바른말하는 간관에게 죄를 주고 대신 벼슬을 떼어 내쫓았으며, 나라 흥망이 눈앞에 닥쳤는데도 임금을 부추겨 그릇된 행동을 부채질하니 이것이 네 죄 일곱이다.

동홍은 경박한 자에 지나지 않거늘, 네 음흉한 수법으로 달래고 부추겨 조정을 어지럽혔으니 네 죄 여덟이요, 황성이 무너진 뒤 황제를 속여 두 분 마마의 안부를 전혀 모르게 하였으니 네 죄 아홉이요, 계교가 바닥이 드러나자 반역할 마음을 품고 스스로 싸움터까지 나왔으니 네 죄 열이다.

적에게 투항하였으면 마음속으로는 즐겁다 해도 조금이라도 부끄러운 줄 알아 제 몸을 감추는 것이 옳거늘, 오히려 흰 수염을 흩날리며 흉노의 신하가 되어 적병을 거느리고 와 싸움을 거니 어찌 병사들 앞에 부끄럽지 않느냐? 이것이 네 죄 열한 번째이다.

사사로운 원망을 말하는 것은 구차하나 내가 과거에 급제했을 때 폐하 앞에서 내 죄를 따지던 것이 과연 나라를 위함이냐? 다 재주를 시기하여 은총을 다투는 것이었으니 네 죄 열둘이다. 유가를 하는 날에 제 누이와 혼인시키려다가 뜻대로 되지 않자 앙심을 품고 동홍과 처남 매부 간이 되니 네 죄 열셋이라. 내 황명을 받고 운남으로 귀양 갈 때도 만 리 험지라 살아 돌아올 기약이 막막한데, 그만하면 네 마음이 시원하련만 그것도 모자라 간인과 자객을 보내어 온갖 험한 수단으로 나를 죽이려 하였으니 네 죄 열넷이다. 내 비록 불충하나 네 말에 눈썹 하나 까딱할 내가 아니거늘 흉악한 무리들과 함께 위협하고 공갈하려 드니 네 죄 열다섯이라.

푸른 하늘이 위에 있고 하늘땅의 신령이 곁에 있으니 철없는 아이가 한 가지 죄를 지어도 두려워서 몸 둘 바를 알지 못할 터이거늘, 네 이제 하늘에 사무친 열다섯 가지 큰 죄를 무릅쓰고 장차 어디로 가려느냐? 지금 오랑캐 왕의 명을 받고 진 앞에 나타난 그 몰골이 무엇이냐?

빨리 돌아가 선우에게 전하라. 어리석은 오랑캐들이 비록 예법을 모르나 북방에도 마땅히 하늘이 있고 땅이 있으며 임금이 있고 신하가 있으며 부모가 있고 자식이 있을 것이다. 노균 같은 자는 나라를 어지럽히고 임금과 부모에게 충성치 못하고 효성스럽지 않은 자이니, 당장 머리를 베어 북방 풍속을 징계할지어다."

양 원수의 꾸짖음이 얼마나 준열하였던지, 노균은 겁에 질려 낯빛이 새까매지더니 기운을 잃고 외마디소리를 지르며 말에서 떨어졌다. 오랑캐 군사들이 그를 부축하여 본진으로 돌아갔다. 노균은 반나절 동안 넋 빠진 사람같이 있다가 문득 정신을 차리고는 소리질렀다.

"내 연왕을 죽이지 못하면 세상에 있지 않으리라!"

그리고 진인과 선우에게 말하였다.

"양 원수가 대왕과 진인을 우습게 알고 무례하게 무도한 오랑캐라 이르고, 한다하는 도사를 한칼에 베겠다고 하니, 대왕과 진인은 어찌 치욕을 씻고자 하시나이까?"

진인이 웃으며 말하였다.

"좌현왕은 지내 걱정 마소서. 빈도가 오늘 명 원수와 자웅을 결판내리다."

진인은 직접 진 위에 올라 북을 쳐 진을 바꾸어 방진을 치고 중앙방에 검은 기를 꽂아 가만히 술법을 부리니, 홍 표요가 멀리서 바라보고 놀라 원수에게 보고하였다.

"적이 문득 진을 바꾸어 잠깐 사이에 방진을 치는 것을 보면 아마도 가르쳐 주는 자가 있는 것이 틀림없사옵니다. 또한 진중에 검은 기를 꽂은 것을 보면 앞으로 도술을 부려 우리를 위협하려는 것이 분명하옵니다."

그 말에 무엇인가 생각나는 것이 있어 동초가 머리를 기웃거렸다.

"제가 들으니 일찍이 노균이 청운이라 하는 도사를 천자에게 청하여 드렸다 하더이다. 도술이 비상하여 하늘의 신선을 궐 안에 청해 오고 귀신장졸들을 불러 백성들 속에서 저를 두고 시비하는 자들을 낱낱이 찾아내어 처벌하였다 하옵니다. 그자가 오늘 노균을 좇아 선우를 돕고 있는 것 같사옵니다."

홍 표요는 그 말에 크게 놀랐다.

"그렇다면 그가 바로 청운이 아닌가? 천성이 요망하여 스승님께서 늘 근심하시더니, 오늘 이렇듯 장난을 한단 말이냐?"

문득 오랑캐 진중에서 북소리 요란스레 울리며 수많은 오랑캐 군사들이 푸른 깃발에 푸른 옷을 입고 쌍쌍이 나왔다. 손에 제가끔 작은 호리병을 들어 한꺼번에 공중에 대고 한번 흔드니, 천만 줄기 푸른 기운이 일어 낱낱이 창검으로 변하여 하늘을 덮으며 명진을 짓치려고 하였다.

홍 표요는 마음을 다잡고 급히 북을 쳐 둥그런 원진을 하나 쳤다. 그리고 붉은 기를 진중에 꽂고 손에 든 쌍검으로 공중을 가리켰다. 한 줄기 서리 같은 기운이 칼끝에서 일어나 미친바람을 일으키며 그 많은 창검들을 몰아 진중에 떨어뜨리니 그것이 낱낱이 푸른 잎으로 변하였다. 홍 표요가 사람을 시켜 그 잎새를 가져오라 하여 보니 잎새마다 칼자국이 뚜렷하였다. 잎새들을 바로 봉하여 적진으로 보냈다.

한편, 진인은 도술을 쓰려다가 이루지 못하자 이상스러웠다.

'내 삼 년 산중에서 스승님을 좇아 도술을 배워 온 세상을 활개치며 다녔어도 당할 자 없었는데, 여기서는 성공치 못하니 분명

곡절이 있도다.'

진인이 머리를 기웃거리고 있는데 명군 쪽에서 무엇인가 종이에 싼 것을 진 앞에 던지고 갔다. 군사들이 집어 진인에게 주니 그것은 칼자국이 나 있는 풀잎사귀들이었다. 진인은 가만히 골똘하였다.

'이는 범상한 장수의 소행이 아니라 우리 스승께서 왕림하시어 명나라 천자를 돕는 것이리라. 오늘 밤 명군 진영에 가서 동정을 살핀 뒤 겨루어야겠다.'

청운은 선우에게 고하였다.

"오늘은 천존께서 재계에 드시는 날이어서 군사를 부릴 수 없소 이다. 내일 다시 계책을 세워 보겠소이다."

홍혼탈 홀로 수천 적병을 물리치누나

그날 밤 삼경에 태청진인이 몸을 바꾸어 한 줄기 푸른 기운이 되어서 명나라 진영에 이르렀다. 이때 홍 표요가 불을 밝히고 책상에 기대 홀로 앉아 있었다. 문득 한바탕 서늘한 바람이 장막을 밀며 안으로 살같이 들어왔다. 그러자 홍 표요는 손을 들어 책상을 치며 꾸짖었다.

"청운아, 네 이제 나를 속이려느냐?"

진인은 크게 놀라면서 곧 본디 모습을 드러내더니, 홍랑 손을 잡으며 눈물을 흘렸다.

"사형은 어찌 이곳에 계시오? 제가 사형과 헤어진 지 벌써 두세 해가 되었구려. 자나 깨나 사형 생각이 떠날 줄 몰랐으나 남북 어느 하늘 끝에서도 소식 한 장 없으니, 오늘 여기 계실 줄을 어찌 알았겠소?"

홍랑은 청운을 꾸짖었다.

"스승님이 서천으로 가실 때 너를 경계하시며 인간 세상에 망령되이 나서지 말라고 하신 것은 네 천성이 가벼워 잡술을 즐기기에 하신 말씀이 아니었느냐! 네 이제 요망한 술법으로 천지신명께 큰 죄를 짓고 맑고 깨끗한 우리 스승님의 공덕에 흠을 내니, 내 어찌 지난날 형제간의 정이 있다 하여 너를 용서하겠느냐? 내 손에 부용검 한 쌍이 있으니 마땅히 네 머리를 베어 스승님께 사죄해야겠다."

그러자 청운은 울며 꿇어앉아 빌었다.

"사형, 제가 어찌 나쁜 짓을 하고 싶어 하였겠소? 제발 노염을 풀고 제 말을 들어 보소. 사형이 만왕을 따라 산을 내려가고 스승님도 서천으로 가시니 적막한 백운동에서 어디에 마음을 붙이겠소? 청산에 꽃이 떨어지고 향로에 불이 사라지니 인생 백 년에 답답하고 심심함을 견디지 못하여 잠깐 천하를 구경하려고, 동쪽으로 부상을 보고 서쪽으로 약목을 찾아 북쪽을 밟아 명나라에 이르니 도무지 꿈속 같은 세상이고 인생이 우습다 느꼈소. 아무리 보아도 뛰어난 인물이 없고 재능과 궁량이 우리 사형만큼 탁월한 이 없는지라, 제가 짧은 생각으로 한번 도술을 빛내어 인간 세상을 놀래 볼까 하였더니, 뜻밖에 사형을 이곳에서 만났구려. 이도 인연이고 운수라 하늘이 주는 인연이니 사형은 용서해 주소서."

홍랑은 본디 다정한 여인이라 청운의 손을 잡고 눈물이 글썽하여 말하였다.

"내 평생에 부모 형제의 정을 모르고 정처 없이 떠다니다가 산중에 의탁하여 스승님을 아버지로 알고 너를 동생으로 여겨 정붙이며 살았으니, 비록 험한 세상에 남북으로 흩어져 있지만 뒷날 서천에서 만나거든 따뜻이 사랑해 주리라 하였더니라. 그런데 네 어찌 스승님의 가르침도 잊고 이렇듯 세상을 어지럽히며 다니느냐? 내 어젯밤 꿈에 스승님을 뵈오니 한마디 말씀도 않으시다가 슬퍼하시며 삼 년 산중의 옛정을 잊지 말라고 하시니 이는 너를 부탁하신 것이 틀림없구나. 그러니 내 어찌 너를 저버리겠느냐. 어서 돌아가 산중에서 도를 닦으며 망령된 마음을 없애고 공부에 힘쓰거라."

그러자 청운은 웃으며 홍랑에게 물었다.

"사형은 누구를 따라 이곳에 오시었소?"

"나 또한 공부를 채 못 하고 잠깐 속세와 인연이 있어 지아비를 따라 여기에 이르렀노라."

"지아비가 뉘시오?"

"지금 명 원수 연왕이시니라."

그러자 청운은 놀라며 말하였다.

"연왕이 장략 출중하여 천하에 일인이라 하기에 청운이 한번 재주를 겨루어 볼까 하였더니, 이제 사형이 지아비로 섬긴다니 재주와 궁량이 마땅히 사형보다 뛰어나시겠구려. 청운이 잠깐 뵈옵고자 하나이다."

청운은 돌연히 일어나 작은 파리로 변하여 양 원수의 장중으로 날아가더니 곧 돌아왔다.

"사형, 양 원수는 예사 인물이 아니라 하늘나라 문창성군이오이다. 책상에 기대 무곡병서를 읽다가 청운이 날아 책상머리에 앉으니 한번 눈을 흘겨보는데, 두 눈에 해와 달의 빛발이 눈부시어 마주 보기가 두렵고 떨려 더 보지 못하고 왔소이다."

홍랑이 청운을 보고 웃으며 말하였다.

"네 다만 외모를 보고 어찌 십분의 일인들 알아낼 수 있겠느냐? 문장을 논한즉 온 세상이 다 가슴속에 들어 있고, 장략으로 말하면 백만 병사를 뱃속에서 부리니 어찌 네 사형에게 견줄 바이겠느냐."

청운은 갑자기 한숨을 짓더니 벌떡 일어섰다.

"제가 사형을 위하여 선우의 머리를 베어 죄를 씻겠나이다."

그러자 홍랑이 말렸다.

"그것은 옳지 못한 처사이니라. 양 원수가 황제의 명을 받으시고 백만 대병을 거느렸는데 어찌 그리 구차한 일을 하겠느냐. 선우를 그렇게 죽이려고 한다면 내 이 쌍검이면 족할 터이다. 그러니 너는 어서 돌아가 자취를 감추어라."

청운은 홍랑의 말에 눈물이 글썽해졌다.

"제가 이 길로 돌아가면 언제 다시 뵈오리까?"

홍랑도 손을 잡고 슬퍼하며,

"네 도를 깨달은 뒤 옥경 청도에서 스승님을 같이 모시고 천상 극락을 누리리라."

하였다. 이어 청운은 울며 거듭 돌아보더니 가뭇없이 사라졌다.

홍랑은 등불 아래 홀로 앉아 한동안 서운한 생각에 잠겨 있었다.

청운은 적진으로 돌아가 가만히 생각하였다.

'내 이제 노균과 선우를 작별하려면 인정상 헤어지기가 몹시 어려울 것이니, 차라리 말없이 가리라.'

풀잎을 뜯어 던지며 주문을 외우니 신통하게 저와 똑같은 가짜 청운이 생겼다. 청운은 웃으며 몸을 솟구쳐 한 줄기 서늘한 바람이 되어서 백운동으로 돌아갔다.

홍랑이 원수에게 청운의 일을 낱낱이 이야기하자, 원수는 얼굴을 바로 하며 말하였다.

"내 백운도사를 세상일에 끼지 않는 고결한 사람으로 알았는데, 어찌 이런 요망한 제자를 두었느뇨? 내 알았다면 한칼에 목을 베었으리라."

"청운이 천성이 요망하나 술법에 정통하니 마음을 바로 닦으면 신선이 될 방도를 깨칠 것이옵니다. 이게 다 나라의 운수이니, 어찌 청운의 죄이겠나이까."

"괜히 두둔하지 마시오."

이튿날 이른 새벽 선우는 태청진인을 찾아 장막으로 갔다. 그런데 장막이 닫혀 있고 안은 괴괴하였다. 장막을 걷고 보니 진인이 혼자 말없이 앉아 있었다.

선우는 그 앞으로 다가갔다.

"밤새 평안하셨소이까?"

진인이 대답이 없자 선우는 다시 말했다.

"오늘 싸움에서 선생은 어찌 지휘하고자 하시나이까?"

그래도 대답이 없자 선우는 의아하여 한동안 있다가 장막 밖으로 나와 노균에게 그 말을 하였다. 노균이 한동안 생각하다가 무슨 곡절이 있는 것 같다고 하면서 바로 장막 안으로 들어갔다. 진인에게 절하고 어디 불편하냐고 물었더니 여전히 대답이 없다.

"선생은 노균을 좇아 이곳에 오셨으니 마뜩찮은 일이 있으면 이 노균에게 말씀해 보소서."

진인은 여전히 대답이 없었다. 다시 장막 밖으로 나와서 선우와 노균이 어찌할 바를 몰라 하고 있으니, 척발랄이 나서며,

"조그마한 도사 나부랭이가 어찌 이같이 거만한고! 내 어디 한번 들어가 보리다."

하고 칼을 잡고 들어갔다.

"내 들으니 도술이 높은 자는 목을 베어도 털끝도 흔들리지 않는다 하니 한번 시험해 보리라."

그리고 칼을 들어 진인을 치니, 칼이 쟁강 떨어지며 진인은 간데없고 한 조각 풀잎만 두 동강 났다. 선우가 달려가서 보고는 크게 노하여 노균을 형장 아래 꿇리고 꾸짖었다.

"나라를 배반한 이 늙은 놈아, 네 무슨 뜻으로 풀잎을 가지고 과인을 속이는고! 빨리 내다가 목을 베라!"

노균은 놀라 혼이 빠져 애걸하였다.

"도사가 노균을 속인 것이지, 노균이 대왕을 속인 것은 아니로소이다."

이때 곁에 서 있던 척발랄이 선우에게 간하였다.

"노균을 죽이면 적이 항복하는 길을 막는 것이니 죄를 용서하소서."

그 말에 한참 동안 말이 없더니 선우가 노염을 누그러뜨리며 노균에게 말하였다.

"그러면 과인에게 방략이 있으니 좌현왕은 과인을 도와 공을 세워 죄를 씻을 뜻이 있는가?"

노균이 그러마 하니, 선우는 노균을 장막 안으로 데리고 들어갔다.

"명 원수의 장략을 보니 힘으로는 대적하기 어렵도다. 과인이 들으니 천자는 위로 태후가 있어 효성이 지극하다 하니, 태후를 가지고 계교를 쓰면 어떻겠소?"

말이 끝나자마자 노균은 아첨기가 뚝뚝 흐르게 발라 맞추었다.

"참으로 그럴듯하오나 태후가 진남성에 있으니 어찌하오리까?"

"가짜 태후를 만들면 되지 않겠소?"

그리고 노균의 귀에 대고 가만히 말하니 노균이 히히 웃으며 극구 추어주었다.

"대왕의 신통하신 계교와 기묘한 계책은 여느 사람이 미칠 바가 아니옵니다."

노균은 곧바로 태후의 복색과 의장을 만들어 자기 첩과 사로잡힌 여자들에게 입히고 진 앞에 세웠다. 그리고 격서를 써서 살에 매어 연소성으로 날렸다.

과인이 이미 진남성을 함락하고 태후와 비빈을 사로잡아 왔으니, 명 천자 항복하면 곧바로 돌려보내려니와 그렇지 않으면 후회가 있으리라.

천자는 격서를 보고 깜짝 놀라면서 대원수를 바삐 불렀다.

"이는 흉노의 간악한 계교로소이다. 진남성은 튼튼한 성지라 깨뜨릴 수가 없으며, 진왕의 장략과 일지련의 용맹과 윤 각로의 충성으로 보호하여 조금도 빈구석이 없으리니, 이는 선우의 흉측스러운 모략이옵니다. 대군을 이끌고 선우의 머리를 베어 이 수치를 씻겠나이다."

황제는 눈물을 흘리며 탄식하였다.

"짐이 불효하여 어머니와 남북에 나뉘어, 난리 통에 소식 한 장 없다가 불길한 말을 들으니 간담이 서늘하였노라. 이제 경의 말을 그대로 믿을 뿐이로다."

그리고 대원수와 부하들을 데리고 성문에 높이 올라 오랑캐를 바라보니 철통같이 진을 친 가운데 명나라 여자들이 한곳에 모여 앉아 있었다. 사로잡혀 온 사람들이 분명하였다. 그 속에서 햇빛에 빛나는 곳을 보니 궁중 차림이 있었다. 황제는 낯빛이 해쓱해지며 연왕 손을 잡고 눈물로 옷자락을 적셨다.

"짐은 이미 선왕께 죄를 지은 몸이라 어찌 천하를 가지고 모자간의 정을 버리리오."

황제가 투항할 것을 재촉하니, 양 원수는 엎디어 간하였다.

"신이 비록 불충불효하오나 어찌 자그마한 의심으로 오늘 지극하신 폐하의 효성을 상하게 하겠나이까. 신의 생각에는 오늘 일이 분명코 간악한 계략이옵니다. 반신반의하여 이렇게 마음이 흔들리심은 도리어 선우에게 약점을 보이는 것이옵니다. 신이 짐작가는 바가 있으니 부디 폐하는 놀라지 마시고 다만 수치를 씻을 마음을 다지소서."

황제는 그 말을 믿지 않고 흐느껴 울면서 수레를 재촉하여 곧 적진으로 가려 하였다. 이때 문득 한 젊은 장군이 반열에서 썩 나서며 여쭈었다.

"신이 적진을 보니 태후와 황후 마마 입으신 옷 빛깔이 새로 장만해 입은 것이지 전부터 입으시던 옷이 아닌 듯하옵니다. 믿지 못하시겠거든 잠깐만 계시옵소서. 신이 마땅히 필마단기로 적진에 가서 먼저 진짜인지 가짜인지를 알아내고, 거짓이 아니라면 신이 죽기로 모셔오겠나이다. 만일 선우가 속인 것이라면 선우의 머리를 베어 오늘 이 치욕을 씻을까 하나이다."

황제가 보니 바로 홍 표요라. 황제는 눈물을 머금으며 홍 표요 손을 잡고 말하였다.

"경의 충성은 지극하나 한낱 아녀자가 어찌 혼자 그 위험한 곳에 들어가리오."

홍 표요는 결연히 아뢰었다.

"옛글에, 임금이 욕을 당하면 신하는 죽어 마땅하다 하니, 임금이 욕을 당하는 지금 제가 죽음은 떳떳한 일이옵니다. 폐하 이제 투항하실 것을 결심하시고 수레를 선우에게 향하시면, 연왕의 지극한 충성으로 조금도 더 살아 있을 마음을 두지 않을 것이니, 신첩이 위로는 임금이 욕을 당하는 것을 보고 아래로는 지아비의 사생을 판단 못 할 때를 당하리니, 어찌 위험한 곳에 들어감을 사양하리까. 신첩 본디 한낱 창기라 죽고 사는 것이 무섭지 않사오니 수레를 잠깐 멈추소서."

말을 마치고 임금께 절하고 나오니 당당하고 기운이 넘쳐흘렀다.

양 대원수가 뒤따라 나오며 홍랑에게 물었다.

"그대 무슨 일을 저지르려 하는고?"

홍 난성은 연왕을 바라보며 의연히 말하였다.

"제 천성은 상공이 아시는 바이니 부부간에 어찌 다른 말씀이 있으리오. 다만 상공은 대군을 준비하여 위급한 정황을 보시거든 구하소서."

연왕은 더 말리지 못하고 정 가겠으면 군졸을 거느리고 가라고 거듭 말하였다.

홍 난성은 웃으며 정예병도 필요 없으니 걱정하지 말라며 쌍검을 들고 말에 올라 유유히 적진으로 갔다.

이때 선우는 명군에 격서를 보내고 나서 군사를 지휘하여 겹겹이 진을 치고 동정을 살폈다. 그때 문득 소년 장군이 홀로 진 앞에 이르러 말을 세우고 소리쳤다.

"나는 명나라 장수다! 황명을 받고 두 분 마마의 안부를 알고자 왔으니 선우에게 전하라."

적병이 창을 들어 막으려 하자 소년 장군이 큰 소리로 꾸짖었다.

"두 나라가 진을 마주하고 있으면서 이처럼 필마단기로 오가는 사신을 막는 법이 없으니 빨리 전하라!"

선우가 그 말을 전해 듣고 진 앞에 나와 보니, 그 장수 머리에 별 모양 관을 쓰고 몸에 갑옷을 입었는데, 키는 오 척에 지나지 않고 가느다란 허리와 낭랑한 목소리가 용맹스러워 보이지 않으나, 별 같은 눈에는 불이 일고 빼어난 눈썹에 살기를 띠었으니, 노균에게 물었다.

"어떤 장수요?"

노균이 그 모습을 보고 놀라면서 가만히 말하였다.

"저자는 전날 정남부원수 홍혼탈이니 명군에서 제일 명장이요 양 원수 평생 총애하는 여자이오이다. 저 장수를 없앤다면 저들의 어금니를 빼는 것이며 양 원수의 날개를 자르는 것이오이다. 양 원수 비록 지금은 튼튼하지만 홍혼탈이 잠깐이라도 없으면 밥을 달게 못 먹고 잠을 편히 못 자 결국 목숨을 부지하지 못할 것이외다."

선우는 대단히 기뻐하며 힘센 병사 십여 명을 매복해 두고, 모든 장수들에게 창검을 잡고 전후좌우로 겹겹이 둘러서도록 한 뒤 짐짓 문을 열고 홍 표요를 들였다.

홍 표요는 조금도 두려워하는 기색 없이 좌우를 거들떠보지도 않고 성큼성큼 기운차게 들어가 태후 계신 곳을 물었다.

선우는 머리를 뒤로 젖히며 호탕하게 웃었다.

"명 태후가 어찌 과인의 진중에 있겠느냐? 과인이 잠깐 명 천자를 희롱한 것이거늘, 장군은 괜히 목숨을 바치러 들어왔구나."

홍 표요는 차갑게 웃으며 선우를 쏘아보았다.

"나 또한 당신을 농락하려 하오. 실은 황명을 받고 당신 머리를 베러 왔으니 어찌 괜히 왔겠소?"

그러자 선우는 곧 좌우에 대고 소리쳤다. 매복한 군사 열 명이 한꺼번에 칼을 들고 달려들자 홍 표요는 박힌 듯이 서서 두 손의 쌍검을 바람같이 휘둘러 동쪽을 막으며 서쪽을 치니, 다만 한 줄기 푸른 안개가 칼끝에 일어나고 서늘한 기운이 사람을 엄습하였다. 적장들과 장사 십여 명이 죽을힘을 다해 어지러이 치나 돌과 쇠를 찌르는 듯 조금도 다치지 않고 병기만 부러져 나갔다.

선우는 성이 나 갑옷 입은 기병을 풀어 에워싸고 일제히 활로 쏘라 하였다. 홍 표요가 손에 든 쌍검을 번득이자 문득 간 곳이 없었다. 갑자기 진중이 소란해지며 천백의 홍 표요가 동에 가서 장난하고 서에 가서 충돌하며 북에 번쩍 남에 번쩍 나타나니, 동서남북에 보이는 것이 온통 홍 표요라. 적들이 눈을 이리저리 돌리며 지껄이다가 이리저리 우왕좌왕 몰려다녔다.

"예사 장수가 아니로구나. 괴이한 일이로다. 과인이 백만 대군을 거느려 명나라에 나왔다가 어린 여장수 하나 당해 내지 못하고 패하여 돌아간다면 무슨 낯으로 백성들을 대하리오. 과인이 나서서 사생을 결단하리라."

그리고 좌우에 호령하였다.

"과인의 창과 칼을 가져오라!"

선우는 창을 들고 말에 올랐다. 워낙 선우는 철창을 쓰는데 그 무게가 천오백 근이라, 한번 던지면 수백 걸음 밖에 있는 사람을 찔러 창 한 번에 수십 명을 무찌르니, 평생 그 힘을 믿고 웬만한 일에는 눈 한번 꿈쩍하지 않았다. 선우가 홍 표요의 검술을 보고 분기가 치받쳐 크게 외쳤다.

"저기 가는 저 장수는 죄 없는 군사를 어지러이 죽이지 말고 나와 함께 자웅을 판가름하라."

홍 표요는 바로 쌍검을 거두고 말을 잡았다. 그러기 바쁘게 선우는 끔찍스런 눈을 부릅뜨고 우레같이 고함치며 철창을 들어 홍 표요 쪽으로 던지니 산악이 무너지고 벼락이 치는 듯 홍랑 머리 위로 떨어졌다. 창이 내리꽂히며 홍 표요 머리에 명중한 듯하였으나 순간 홍 표요는 간데없고 공중에서 쟁강 칼 부딪는 소리만 들렸다. 선우는 더욱 악에 받쳐 말을 달려 철창을 빼 들고 뒤를 돌아보니 홍 표요가 뒤에서 웃으며 쫓아왔다.

"부질없이 뛰지 말고 목을 늘여 내 칼을 받으라! 네 그물에 든 고기요, 독 안에 든 쥐니라. 어찌 벗어나리오?"

홍 표요는 또랑또랑한 목소리로 외쳤다.

선우는 머리끝까지 성이 나 철창을 다시 던지며 돌아서니 홍 표요는 간데없고 또다시 쟁강 하는 칼 소리만 허공에서 울렸다. 선우 크게 소리를 지르며 다시 철창을 빼어 들고 뒤돌아보니 홍 표요가 뒤에 있고 앞을 바라보니 앞에 있었다. 왼쪽을 보아도 홍 표요요, 오른쪽을 보아도 홍 표요다. 철창을 들고 던질 곳을 몰라 동쪽으로 겨냥하면 동쪽에 있던 홍 표요가 간곳없고, 서쪽을 겨누면 서쪽에 있던 홍 표요가 보이지 않았다. 다만 흰 눈이 여기저기 날리고 구름과 안개가 자욱한 가운데 칼 소리만 사방에서 들렸다. 홍 표요 검술이 이러하니 선우가 목 놓아 울다가 철창을 말 앞에 던졌다.

"과인의 창법이 일찍이 누구한테도 져 본 일이 없더니 이는 반드시 요물이 과인을 놀리는 것이로구나."

선우가 이렇게 탄식하는데 그 소리가 끝나기도 전에 공중에서 낭랑한 말소리가 들려왔다.

"선우는 이래도 항복하지 않겠느냐?"

선우가 넋 나간 사람마냥 멍하니 있다가 그것이 홍 표요 소리인 줄 알고 다시 철창을 잡으며 부르짖었다.

"과인이 술법에 속은 것이요, 창법이 모자란 것이 아니다! 그러니 어찌 항복하겠느냐!"

홍 표요는 크게 웃더니 꾸짖었다.

"미련한 오랑캐가 아직도 창법을 자랑하니 내 또한 칼 쓰는 법으로 맞서리라."

그리고 곧장 쌍검을 내렸다.

"내 너와 더불어 삼 합을 겨루어 내 칼이 네 머리에 세 번 지나가면 이는 네 나를 이기지 못한 것이요, 네 창이 한 번 내 몸에 닿으면 내 너를 당하지 못한 것으로 하자."

이렇게 약속하고 창검이 어우러져 싸우는데, 선우의 흉악함은 사나운 범이 철창을 박차는 듯하고, 홍 표요의 교묘함은 넘노는 봉황이 대나무 열매를 쪼는 듯하였다. 한번 물러서고 한번 나아가기를 삼 합에 미치니 선우가 홀연 말을 빼어 달아났다. 벌써 홍 표요 칼이 서너 번 선우 머리를 지나간 것이다.

홍 표요가 말을 달려 쫓고자 하는데 홀연 함성이 크게 일더니 양원수가 대군을 몰아오며 소리쳤다.

"홍 장군은 궁한 도적을 쫓지 말라!"

그러자 홍 표요가 곧 칼을 거두고 말을 달려 원수의 대군과 더불어 적병을 사살하니 적의 시체는 헤아릴 수 없었다.

십 리를 쫓아가다가 돌아오니 임금이 성에 내려와 홍 표요 손을 잡고 치하하였다.

"경의 검술을 일찍이 들었으나 어찌 혼자서 수천의 적병을 이렇 듯 물리칠 줄 알았으리오. 경의 충성과 의기가 남보다 뛰어나 생 사를 돌보지 않으니, 오늘 명나라가 흉노에게 욕을 당하지 않는 것은 경의 공로로다."

홍 표요는 황제에게 거듭 사례하였다.

"제가 용맹치 못하여 선우의 머리를 폐하 앞에 바치지 못하였으 니 죄를 면치 못할까 하나이다."

"오늘 싸움은 선우가 머리를 보존하였으나 정신과 넋을 잃은 지 오래이니 그 공로가 어찌 머리를 벤 것만 못하리오."

황제의 치하를 받고 물러 나온 홍 난성은 양 원수를 만났다.

"상공은 어찌 대군을 그렇게 빨리 이끌고 왔나이까?"

양 원수는 홍 난성을 다정히 바라보며 말하였다.

"약한 기질로 오래 싸우니 걱정이 되었소. 내 멀리서 바라보니 쌍검이 여러 번 선우의 머리 위에 미쳤는데도 그대가 머리를 베 지 않은 것은 무엇 때문이오?"

"무릇 검술은 사람을 가벼이 죽이지 아니하옵니다. 그 기운과 재 주가 다하고 난 뒤 틈을 보아 벨 것이온데, 만일 상공의 대군이 한 시각만 참았더라도 선우의 놀란 넋을 공중에서 찾을 뻔하였나 이다."

홍 난성이 시무룩하였다.

한편, 선우는 십여 리를 쫓겨 가다가 함성 소리가 서서히 멀어지 자 말에서 내려 길가에 쓰러졌다. 그때 함께 쫓겨 달아났던 척발랄 과 노균이 이르렀다. 모인 군사가 육칠천밖에 되지 않았다.

"과인이 평소 스스로 강대하다 믿었더니 홍혼탈의 검술은 간담이 서늘하여 다시 맞설 마음이 없으니 바로 산동성으로 가 형편을 보리라."

선우는 군사를 수습하여 북으로 갔다.

이때 양 원수는 선우가 패하여 달아나는 것을 보고 천자께 고하였다.

"저들의 기세가 한번 꺾였으니 걷잡지 못할 것이옵니다. 이때를 타서 쳐 없애는 것이 옳을까 하나이다."

천자는 곧 승낙하고 동초와 마달로 선봉을 삼고, 원수와 홍 표요로 중군을 삼고, 천자는 소유경을 데리고 후군이 되어 나아갔다. 그러면서 양 원수는 산동 여러 고을에 격문을 보내어 군사를 불렀다.

흉노는 군사를 재촉하여 산동성으로 가면서 지나는 곳마다 민가에서 닭이며 개며 소와 말을 빼앗고, 관아를 습격하여 군량과 병기를 도적질하니 민심이 더욱 소란하였다.

드디어 산동성에 이르러 선우가 성 위를 바라보니 명나라 깃발이 꽂혀 있고 그 옆에 웬 사람이 당당히 서 있었다.

"과인은 진왕이라! 태후의 명을 받고 산동성을 지킨 지 오래니, 쥐 같은 오랑캐 어디로 가려 하느냐?"

선우가 깜짝 놀라 어찌할 바를 모르고 서 있는데 또 등 뒤에서 함성이 천지를 뒤흔들며 양 원수의 대군이 천자를 모시고 따르는 것이었다.

선우는 당황하여 노균과 척발랄더러 말하였다.

"하늘이 과인을 돕지 않아 산동성을 잃었으니 앞에는 진왕이요 뒤에는 연왕이라. 이제 어디로 간단 말이오?"

"사세 위급하니 바삐 북으로 달아나 양 원수의 대군을 피하는 것이 옳을까 하나이다."

선우는 척발랄의 말대로 황망히 산동성을 버리고 북으로 가는데, 몇 리를 가니 한 방 포 소리에 군마 한 떼가 길을 막고, 웬 장수가 나서며 크게 꾸짖었다.

"내 여기서 기다린 지 오래니 선우는 달아날 생각을 말라!"

선우가 눈을 들어 보고는 외마디 비명을 지르며 말에서 떨어졌다.

"아, 과인이 이곳에서 죽을 줄 어찌 알았으랴!"

때는 이미 저물녘이었다.

돈황성의 괴이한 적수

선우가 놀라 말에서 떨어지자 척발랄은 급해맞아서 선우를 부축하며 위로하였다.

"어찌 한낱 여장수를 보고 그리 놀라시나이까?"

그러자 선우는 풍이 든 사람처럼 벌벌 떨며 말하였다.

"과인이 이곳에 와서 저 장수를 또 만날 줄 어찌 알았으랴? 저게 바로 귀신같은 홍혼탈이로다."

"대왕은 다시 보소서. 홍혼탈이 아니오이다."

선우가 척발랄의 말을 듣고 다시 보니 홍혼탈이 아니었다. 그 여장수는 바로 일지련이라, 태후의 명령으로 진왕을 좇아 산동성을 되찾고 선우가 달아나는 길을 막고 있었다.

선우는 어둡고 급한 가운데 쌍창을 든 일지련을 쌍검을 든 홍혼탈로 잘못 보았던 것이다.

선우는 그제야 분하고 부끄러워 철창을 들고 일지련과 두어 합을 싸웠으나, 맹호 같은 일지련을 어찌 대적할 수 있으랴. 일지련이 쌍창을 들어 번개같이 찌르니 선우가 다리를 맞고 말을 빼내어 달아났다. 그러자 척발랄도 싸울 생각을 잃고는 군사들을 거느리고 달아나 버렸다. 일지련은 군사를 이끌고 달아나는 적을 답새겨 다시 적병 천여 명을 베었다.

이런 때 황제가 산동성에 들어가니 진왕이 문밖으로 나와 맞으며 대군을 쉬게 하였다.

황제는 진왕더러 우선 황태후와 황후의 안부를 물은 다음 어찌 이곳을 지키고 있느냐고 물었다.

"적병이 모두 남으로 가고 산동 이북은 근심이 없기 때문에 신이 태후께 아뢰고 일지련과 함께 먼저 산동성을 되찾았사옵니다. 곧 산동의 군사를 징발하여 남으로 가서 폐하를 호위하려 하였나이다."

"짐이 아둔하여 이처럼 고생을 시키니 부끄럽도다."

그리고 연왕에게 진왕을 인사 붙였다.

"이 사람은 짐의 매부 진왕이오. 두 왕이 다 문무를 겸비하였고, 나라를 위하는 마음도 같으니 인사들 나누오."

연왕은 눈을 들어 진왕을 보았다. 몇 년 전 과거에 급제할 때 한 번 보기는 했으나, 자세히 보니 보름달 같은 얼굴에 젊음이 넘쳐 호남아다운 기상이 있고, 잘생긴 눈썹과 눈동자에는 맑은 빛이 어려 참으로 영리하고 슬기로운 인물임을 알겠더라.

진왕이 먼저 허리를 굽혀 인사를 하였다.

"연왕이 급제하였을 때 벌써 문장과 무예가 뛰어남을 알았으나, 바로 머나먼 진국으로 돌아오는 바람에 인사도 못 드렸소. 부끄럽기 그지없소이다."

연왕이 공손하게 답례하였다.

"저는 시골 선비로서 천은이 망극하여 분에 넘치게 벼슬이 대신들 사이에 끼었으나, 지혜며 궁량이 모자라고 아는 것도 변변치 못하여 오늘 나라가 이 지경에 이르렀사옵니다. 합하를 이곳에서 뵈오니 어찌 부끄럽지 않겠소이까?"

진왕은 연왕이 풍채가 의젓하고 뛰어남을 공경하고 연왕은 진왕의 멋스럽고 깨끗함을 사랑하여, 보자마자 오랜 벗처럼 가까워졌다.

이어 황제가 말하였다.

"일지련은 짐의 은인이라. 짐이 친히 만나 볼까 하니 어서 부르라."

곧 일지련이 황제 앞에 이르러 엎드렸다.

"네 벼슬도 없이 아녀자로서 의기를 내어 태후마마와 황후를 모셨으니, 오늘 짐이 천지간의 불효자가 됨을 면케 하였도다. 짐이 무엇으로 그 공을 표창할꼬?"

일지련이 부끄럽고 황송하여 감히 대답을 올리지 못하고 있으니, 진왕이 웃으며 아뢰었다.

"창을 들고 말을 달리며 사내대장부도 당하지 못할 기상을 가졌으나, 신이 나이를 보오니 남모르는 사이에 창문 앞에 매화꽃 떨어지고 언덕 위에 버들잎이 새롭거늘 어찌 근심이 없겠나이까.

폐하는 좋은 자리를 골라 훌륭한 가문의 부귀를 누리게 하시어 공을 표창함이 좋을까 하나이다."

황제는 호탕하게 웃으며 눈을 흘기어 연왕을 자주 보았다. 그러더니 다시 홍 표요를 불렀다.

"이 사람은 짐이 새로 얻은 장수인데 혼자서 적병 수천을 물리쳐 나라를 위기에서 구한 영웅이니, 경은 인사를 나누라."

진왕은 홍 표요와 인사를 나누고 폐하에게 아뢰었다.

"신이 일찍이 들어 알고는 있나이다. 연왕이 남방을 정벌하고 돌아올 때 무예 뛰어나고 인물 절색인 부인을 데리고 왔다던데, 그 유명한 여장수 아니옵니까? 오늘 이렇게 만나 보니 소문이 결코 틀리지 않사옵니다."

"경이 어찌 대장부를 아녀자로 보는가! 홍 표요는 연왕의 소실이 아니라 짐의 충신이로다. 어찌 동서고금에 이런 인물이 또 있으리오."

진왕이 다시 홍랑을 살펴보고는 또 말하였다.

"인물 잘나고 재주 있는 사람을 더러 옛말에서나 옛 책에서 듣고 보기는 하였으나, 이렇게 직접 보니 신기하나이다. 세상에 드문 미인이며 당대에 가장 뛰어난 무예를 지닌 여장수라니요! 이는 반드시 하늘이 조화를 부려 폐하께 주는 상인가 보옵니다."

기쁨과 웃음이 흘렀다. 이어 양 원수가 황제에게 아뢰었다.

"적이 이미 패하여 돌아갔으나 아직 국경을 넘지 못하였고 두 분 마마께서 밖에 오래 계시는 것을 차마 볼 수 없사오니, 폐하는 이제 진왕을 데리고 태후마마와 황후 마마를 모셔 황성으로 돌아가소서. 신이 대군을 거느려 나라를 평정한 뒤 돌아갈까 하나이다."

진왕이 또 황제에게 아뢰었다.

"신의 나라가 오랑캐 땅을 이웃하여 요즘 동정을 살펴보니 몽고와 토번족, 여진족이 함께 쑥떡거리며 황제 폐하의 덕을 모르고 명나라를 호시탐탐 노리고 있나이다. 폐하 궁궐로 돌아가시어 황성을 정돈하신 뒤 군대를 뽑아 연왕의 대군과 연합하여 북방의 여러 나라들을 친히 평정하심이 좋을까 하나이다."

황제는 그 말을 옳이 여기고 진왕을 데리고 진남성으로 갔다. 양 원수는 소 부원수, 홍 표요, 일지련, 동초, 마달과 대군을 거느리고 선우를 쫓아 북으로 갔다.

한편, 태후는 진남성에서 지내면서 진왕과 일지련을 보내어 산동성을 되찾게 하고는 천자의 안부를 몰라 날마다 소식 오기만 기다렸다. 그러던 어느 날, 문득 북소리, 나팔 소리가 하늘땅을 뒤흔들고 깃발이 하늘을 덮으며 천자가 진왕과 더불어 성 밖에 이르는 것이었다. 윤 각로가 양 태공과 같이 성안 군사들을 거느리고 나가 황제를 맞았다. 황제는 이 사람 저 사람을 하나하나 위로하고 특별히 양 태공 손을 잡고 말하였다.

"경은 공명을 사양하고 부귀를 하직하여 세상일을 등지고 한가한 선비로 지내다가 불행하게도 아둔한 임금을 만나 거문고와 책을 던지고 세상에 나섰구려. 짐이 참으로 부끄럽소. 이제 또 연왕은 싸움길에 나서 북으로 갔으니, 경의 부자가 보여 준 충성심이 역사에 길이 빛날 것이오. 눈먼 짐은 경을 볼 낯이 없구려."

"신이 재주와 궁량이 얕고 충성이 모자라 북쪽 오랑캐를 한칼로 베어 폐하의 한없는 은혜에 보답하지 못하고, 버젓이 성안에 앉아서 폐하께서 머나먼 천 리 위험한 곳에서 홀로 욕을 당하시게 하였사오니 열백 번 죽은들 그 죄를 다 갚지 못하겠나이다."

황제는 양 태공을 위로하고 성안으로 들어가 태후를 뵈었다.

황제는 구슬 같은 눈물로 용포를 적시면서 땅에 엎드려 죄를 청하였다.

"소자 불효 불초하와 모후 연로하신 몸으로 평안히 지내지 못하고 이처럼 고초를 겪으셨으니, 무슨 낯으로 즐겁고 기쁜 빛을 지어 뱃속에서부터 가르치신 덕을 위로하리까?"

태후는 황망히 내려와 황제의 손을 잡고 목 놓아 울었다.

"내 오래 살아 이같이 괴변을 당하여 남북으로 오가며 죽을 고비를 수없이 넘기면서 임금의 얼굴을 다시 뵙지 못할까 불안하더니, 하늘이 도우시고 나라의 복이 많아 오늘 모자가 이렇듯 만났구려. 이제는 죽어도 한이 없소이다."

황제는 바로 태후를 모시고 그동안 걱정하던 마음을 낱낱이 말하고 태후 또한 자나깨나 근심하며 기다리던 마음을 다 이야기하니, 여염집 살뜰한 어머니와 아들 사이와 다를 바 없더라.

이튿날이었다. 황제가 태후와 황후와 비빈과 신하들을 데리고 궁궐로 돌아갈 채비를 하니, 양 태공이 하직하며 말하였다.

"신이 전란 때문에 집안 소식을 모르오니 이만 돌아가겠나이다."

황제는 헤어짐을 슬퍼하며 흔쾌히 허락하였다. 태공은 그길로 집으로 돌아갔다.

황제가 황성에 이르러 보니 궁궐은 예와 같으나 백성들의 살림집들이 텅 비어서 사람 자취가 드물고, 닭 우는 소리며 개 짖는 소리도 들을 수 없었다. 방을 써 붙여 백성을 부르고 성문을 열어 놓고 오는 사람들을 맞아들이니, 피란 갔던 백성들이 돌아왔다.

어느 날 진왕은 황제에게 아뢰었다.

"북방 오랑캐들의 준동이 예부터 많았사오나 이번같이 쳐들어오기는 처음인가 하나이다. 그 치욕스러움이 종묘사직에 미쳤으니, 폐하께서는 마땅히 대군을 선발하여 친히 정벌하시어 북방 오랑캐들이 대명 천자의 덕을 알게 하소서. 이제 성안이 안정되고 민심이 예전 같으니 지금 대군을 뽑아도 이르지는 않을 것이옵니다."

"짐이 어찌 적들에게 포위당했던 그 수치를 잊겠는가. 허나 불쌍한 백성들이 이제 겨우 안정을 찾았는데 다시 군사를 모아 싸움터로 내보내는 것이 차마 못할 일이라 결정짓지 못하였노라. 이제 경으로 정로좌제독을 삼겠으니 군중 대소사를 맡아보고 곧 떠나도록 하라. 짐이 장차 몸소 나아가리라."

진왕이 곧 오만 군사를 선발하고 또 지방 군사들도 부르니, 어느새 대오가 십만에 이르렀다.

황제는 날을 받아 종묘에 아뢰고 사직에 제사를 지낸 뒤, 융복을 갖추고 진왕과 함께 대군을 거느리고 나아갔다. 깃발이 해를 가리고 북과 나팔 소리는 하늘땅을 뒤흔들며 엄숙한 군령과 질서 정연하게 발 구르는 소리가 천지를 울렸다. 황제가 대군을 거느리고 지나는 곳마다 백성들을 위로하고 사는 형편을 보살폈다. 백성들은 황제의 은덕에 감복하여 대군을 환영하며 지성으로 음식도 내왔다.

"나라가 불행하여 오랑캐가 쳐들어오니 우리 모두 전란에 죽었구나 하였는데, 다시 임금님의 위풍당당한 모습을 보니 마음이 놓이는구려."

군사들이 태원 땅에 이르러 산서의 군사를 부르니 삼만이 되었다.

어느 날 황제가 연왕에게 특사를 보내 안문 땅에서 기다리라 하고 북방을 지날 때였다. 가는 곳마다 폐허에다 시체들이 쌓여 있어 여우와 까마귀가 들을 덮고 있었다. 황제는 지방관을 불러 곡절을 물었다. 곡절인즉, 선우가 이곳에 이르러 구원병과 합세하여 양 원수 부대와 사흘 날 사흘 밤을 싸웠는데, 십만 적병이 양 원수의 손에 다 죽고 겨우 수백 명만 살아 도망하였다고 했다. 진왕은 원수가 머물러 싸운 진터를 돌아보며 탄복하였다.

"참으로 연왕은 천하를 제대로 다스리는 인재로다."

황제 일행이 안문 땅에 이르니, 양 원수는 미리 대군을 대기시키고 황제를 맞았다. 황제가 두 군사를 합하여 친히 이끌었다. 연왕으로 우원수를 삼고 진왕으로 좌원수, 홍 표요로 우사마, 소 상서로 좌사마, 동초와 마달로 좌우 장군을 삼은 뒤, 북방에서 다시 군사를 뽑으니 모두 오십만이 되었다. 수레와 말과 군수 물자가 이백 리에 늘어서고, 깃발과 창검이 해를 가리니, 호탕한 기세와 엄숙한 군율이 참으로 드문 광경이었다.

대군이 돈황성을 지날 때였다. 문득 바람결에 괴상한 울음소리가 들려왔다. 어머니를 잃은 효자의 통곡 소리도 아니요, 지아비 잃은 지어미의 통곡 소리도 아니었다. 슬프고 원통하며 울분에 찬 듯한 소리에 황제가 수레를 멈추고 지방관에게 물었다. 그러자 돈황 태수가 수레 앞에 엎드려 아뢰었다.

"이 가까이에 감옥이 있는데 죄수 하나가 이렇게 울부짖나이다."

천자는 괴이하여 옥 앞에 이르러 수레를 멈췄다. 곧장 옥문을 열게 하고 죄수를 끌어내 보니, 목에 쇠사슬을 걸고 다리에 자물쇠를 찼는데 백발이 귀밑을 덮고 때 묻은 얼굴에 눈물자욱이 얼룩덜룩하였다. 옷은 다 해지고 얼굴에는 원통한 기색이 넘쳐나 사람이 아니라 귀신 같았다. 그는 황제를 보자 한 손에 벼락도끼를 들고 땅에 엎드려 목을 놓아 울었다. 황제는 놀라며 이름을 물었다.

"전 상장군 뇌천풍이로소이다."

황제는 뇌천풍이라는 말에 깜짝 놀랐다. 자세히 보니 과연 죽기를 각오하고 충간하던 뇌천풍이 분명하였다. 황제는 머리를 숙이고 한동안 말이 없더니 좌우를 둘러보며 물었다.

"예부터 유배 온 죄인을 다 이렇듯 다루는고?"

황제가 묻자 돈황 태수가 대답하였다.

"전 참정 노균이 특별히 황명이라 하며 엄하게 다루라고 분부하여 이리되었나이다."

황제 크게 노하여 태수의 목을 베라 명하자, 연왕이 옆에서 간하였다.

"태수는 조정의 명령을 들을 따름이니, 부디 밝히 살피소서."

황제가 어서 풀어 주라 하여 쇠사슬을 벗기고 의관을 갖추 내린 뒤 탄식하였다.

"노장이 이런 고초를 당한 것은 짐의 탓이로다. 장군을 다시 볼 낯이 없으니, 어찌 이 지경에 이른 줄 알았으리오."

뇌천풍은 눈물을 거두고 말하였다.

"신이 나이 일흔에 이 고초를 겪으며 어찌 해를 다시 볼 줄 알았겠나이까? 다만 저 혼자 분한 마음에, '죽어 귀신이 되어 노균 머리를 베리라. 그리하여 우리 폐하의 해와 달 같은 총명을 깨우치리라.' 하며 이 벼락도끼를 잠시도 손에서 놓지 않았사옵니다. 이제 망극하신 은혜를 다시 입으니 신이 오늘 죽는다 해도 한이 없을까 하나이다."

"노균은 짐을 배반하고 흉노에게 항복하였노라. 짐이 이제 대군을 거느리고 선우를 친히 정벌하고자 하는데, 장군을 다시 쓰려 해도 몸이 이러하니 어찌하겠느냐?"

황제 말이 끝나자마자 뇌천풍은 황제 앞에 무릎 꿇고 앉았다.

"오랑캐 군사들이 궁궐을 침범하였다는 말을 듣고 분함을 견디지 못하여, 죄를 무릅쓰고 한 필 말로 황성으로 가 생사를 같이하고자 하나 철창에 갇힌 범이 어찌 벗어나리까? 신이 이리된 것은 노균이 이 고장에 명령하여 죽 한 그릇으로 목숨을 이어 가게 하였기 때문이오니, 다시 배불리 먹는다면 하늘이 준 용맹이 다시 살아날까 하나이다."

말을 마치고 뇌천풍은 보란 듯이 벼락도끼를 들어 한 바퀴 휘두르고는 좌우를 보며,

"노장의 용맹이 이만하면 흉노와 역적 노균의 머리를 어찌 베지

못하리오."

하며 주먹을 흔들었다.

　황제 웃으며 칭찬하고 술 한 말과 삶은 돼지다리를 주니, 천풍이
받아 들고 벼락도끼로 찍어 순식간에 다 먹어 치웠다. 황제가 놀라
서 술을 더 마시겠느냐 묻자 뇌천풍이 사양치 않으며 말하였다.

　"신이 늙었으나 말 술과 열 근 고기를 어찌 사양하겠나이까?"

　황제가 술과 고기를 더 주라고 명하자 천풍이 맛있게 다 먹었다.
황제는 천풍에게 말과 갑옷과 투구, 활과 화살을 내려 주고 선봉을
삼았다.

　연왕이 황제에게 아뢰었다.

　"선우가 하란산賀蘭山에 웅거하고 있다 하옵니다. 그곳은 험한
산으로서 북쪽 오랑캐의 요충지이오니, 대군을 이곳에 오래 머물
게 하지 못할 것이옵니다. 서둘러 농서, 노관, 돈황, 금성의 군사
를 다시 뽑아 하란성을 에워싸고 선우를 잡는 것이 좋을 듯하옵
니다."

　진왕이 또 아뢰었다.

　"폐하께서 이미 대군을 거느리시고 이곳에 이르시었는데, 선우
를 베지 않으시면 사방의 오랑캐를 어찌 호령하시리까? 연왕 말
씀을 좇아 빨리 치소서."

　황제는 그 말을 옳이 여기고 군사를 징발하니 모두 백만에 이르
렀다.

　황제가 지휘하여 하란산에 이르자 연왕이 홍 사마를 데리고 진을
쳤다. 대군을 삼백육십 무리로 나누어 열두 방위에 매복하도록 하

고, 또 한 방위의 군사를 삼십으로 나누어 각각 진을 치되 좌우익을 벌리면 새가 날개를 펼친 듯 조익진을 이루고, 합치면 고기비늘이 벌어진 듯 어린진이 되게 하였다. 그리고 여러 장군들에게 명령하였다.

"진 위에서 북을 치면 순식간에 좌우익을 벌려서 열두 방위를 이어 꼬리와 머리를 합치라. 또 징을 치거든 빨리 좌우익을 거두어 각각 제 방위를 지키도록 하라."

이름하여 혼천진渾天陣이라. 그리고 남은 군사로 하란산 아래 중앙방에 무곡진을 쳐 황제를 호위하게 하였다. 멀리서 바라보면 엉성해 보여도 철통같이 단단하였다.

이때 적진에서는 선우가 하란산 위에 올라 명나라 진 친 모양을 보고 있었다. 선우는 자신만만해하면서 지껄였다.

"아득한 들판에 군사를 나누어 진을 저리 널리 쳤으니, 어찌 패배하지 않겠는가?"

그러고는 가만히 몽고 군사를 불러 그날 밤 삼경에 산에서 내려와 명군을 습격하였다. 처음에 명군 진영에서는 그다지 방비하는 기색이 없더니, 선우가 진을 엄습하려고 하자 갑자기 진 위에서 북소리 울리며 열두 방위 삼백육십 무리 군사들이 한꺼번에 좌우익을 벌려 조익진을 치고 꼬리와 머리를 서로 합쳤다. 적들은 이미 포위진에 둘러싸였다. 선우는 그것도 모르고 군사를 지휘하여 중앙방 황제 있는 곳을 치려 하였다.

노군은 두 쪽 나고, 선우는 목이 베이고

선우는 몽고 병사까지 합하여 밤새 황제 있는 곳을 치려 하나, 명군의 진은 축융의 도술로도 깨뜨리지 못하였거든 어찌 선우가 침범할 수 있으랴. 창검이 서리 같고 수레와 방패로 성을 이루었으니, 어느 곳도 손써 볼 방도가 없었다.

어느덧 날이 밝으니 선우가 그제야 포위된 것을 알고, 바로 몽고의 타호군打虎軍 일천 명을 가려 진을 뚫으려고 하였다. 타호군은 몽고군 가운데서 가장 강한 군사로서 맨손으로 범을 때려잡는다 하여 타호군이라 불렀다.

홍 사마가 양 원수를 보고,

"몽고는 천하 강병이오니 먼저 그 날카로운 기세를 꺾은 뒤라야 선우를 잡을 수 있을까 하옵니다. 잠깐 진을 바꾸어 팔문진을 베푸소서."

하자, 원수가 기정팔문진奇正八門陣으로 바꾸고 네 문을 열어 놓았다.

이것을 알 리 없는 타호군 일천 명이 동서남북 네 문으로 와락 달려들었다. 그러자 문득 진문이 닫히며 전후좌우에 칼과 창이 서리같이 일떠섰다. 그리고 진중에서 북소리 울리더니 동문이 열렸다. 타호군은 때를 놓칠세라 그쪽을 치려 하는데, 금세 동문이 닫히고 다시 서문이 열렸다. 서쪽으로 가면 서문이 닫히고 다시 북문이 열려, 북문으로 가면 또 북문이 닫히는지라, 한참 들락날락해도 나갈 길은 열리지 않고 얼이 빠져서 구름과 안개 속을 헤매는 것 같았다.

"우리 일찍 첩첩산중에서 사나운 범을 좇아 갈 길이 막혔을 때에도 정신을 잃은 적이 없는데, 오늘은 분명 요망한 술법에 들었도다."

타호군이 이렇게 중얼거리며 쩔쩔매는데, 진 위에서 크게 외치는 소리가 들렸다.

"몽고 병사는 들으라! 너희는 독 안에 든 쥐 신세이니, 날개가 있어도 도망치지 못할 것이라. 다만 우리 천자께서 너희들 남은 목숨을 살려 주고자 한 가닥 살길을 내주실 터이니, 빨리 돌아가 선우의 머리를 베어 바치라."

그 소리가 채 끝나기도 전에 남쪽 문이 열렸다. 타호군 일천은 그제야 우르르 빠져나올 수 있었다. 그들은 돌아와 선우에게 말하였다.

"명 원수 장략은 하늘에서 신이 내린 듯하옵니다. 힘으로는 당해 내지 못하리니 빨리 항복하소서."

그러는데 명군 쪽에서 다시 포 소리가 한 방 울리더니 열두 방위에서 군사들이 한꺼번에 새로운 포위진을 치고 차츰 사방에서 죄어들었다.

선우는 노균과 척발랄을 돌아보며,

"과인이 치밀하지 못하여 다시 곤경을 치르게 되었으니 있는 힘을 다하여 죽기로 결판을 내리라."

하고, 창을 들고 말에 올랐다. 그리고 군사들과 함께 명나라 병사와 맞서 싸우는데 등 뒤에서 웬 늙은 장수가 벼락도끼를 휘두르며 우레 같은 소리를 질렀다.

"대명국 선봉장군 뇌천풍이 여기 있도다! 선우는 어디로 가느냐?"

선우는 성이 독같이 올라 말을 돌려 맞받아치러 나갔다. 뇌천풍과 맞서 몇 합을 싸우는데 오랑캐 장수가 달려오며 소리쳤다.

"대왕은 그자와 용맹을 다투지 마소서! 뒤에 홍혼탈이 오나이다."

뇌천풍이 돌아보니 노균이었다. 뜻밖에 철천지원수를 만나니 분노가 더욱 솟구쳤다. 뇌천풍은 더 큰 소리를 지르며 노균을 좇아갔다.

"이 역적 놈아! 내 벼락도끼를 갈며 오늘을 기다린 지 오래니 마땅히 네 가슴팍을 쪼개어 간신의 오장 육부를 구경하리라!"

노균이 도리어 꾸짖었다.

"어디 하찮은 놈이 무례히 구는고?"

천풍은 눈에서 불이 펄펄 일었다. 벼락도끼를 들어 번개같이 내려치니 노균이 머리부터 온몸이 두 조각 나서 말 아래로 떨어졌다. 뱃속에 가득 찼던 몹쓸 생각이 놀란 넋을 따라 벼락도끼 끝에 흩어지니, 적막한 무덤 속에서 하소연할 수도 없이 되었구나. 이 어찌 하늘이 정한 운명이 아니랴.

천풍은 다시 말을 돌려 선우와 싸우는데 과연 북소리 요란히 울리며 홍 사마가 대군을 거느리고 짓쳐 들어오고 있었다. 선우가 황급히 말을 빼어 동북쪽으로 들이치려 하나 겹겹이 에워싼 포위진을 어찌 헤칠 수 있으랴. 설상가상으로 동초, 마달, 소 사마의 대군이 또 세 길로 나누어 들이닥치니 선우가 척발랄을 보며 탄식하였다.

"일이 급하여 과인이 장군을 돌아볼 길이 없으니 아무래도 홀로 도망하여 이 원수를 갚으리라. 장군은 과인을 원망하지 말라."

"하늘을 거스르는 자는 망하고 하늘을 따르는 자는 흥한다 하였나이다. 우리 일찍이 명나라를 침범한 것이 분수에 어긋난 것이요, 싸움마다 낭패하면서도 항복하지 않으니 이는 하늘을 거스르는 것이옵니다. 대왕은 아무 짝에도 쓸모없는 생각을 버리고 투항하여 군사들의 목숨을 구하소서."

선우가 성이 나 철창으로 척발랄을 치려 하자, 척발랄은 어느새 달아나 버렸다. 선우는 곧 외마디소리를 지르며 철창을 의지하여 몸을 솟구치더니 공중에서 두 번 곤두박질하면서 포위진을 헤치고 빠져나가 곧바로 하란산으로 올라갔다. 척발랄은 그것을 보고 하늘을 우러러 탄식하고 말에서 내려 명군에 투항하였다.

황제는 친히 장막을 걷고 척발랄을 잡아들여 꾸짖었다.

"네 하늘의 뜻을 모르고 선우를 도와 명나라를 침노하다가 또 무슨 흉계를 부리려 거짓 항복을 하는고?"

척발랄이 머리를 조아리고 울며 고하였다.

"신이 어리석은 오랑캐이오나 그래도 중국의 혈통으로 채옹蔡邕의 딸 채문희蔡文姬의 후손이옵니다. 한 가닥 핏줄이 끊어지지 않고 이어졌으니, 비록 오랑캐 땅에서 태어났으나 어찌 명나라를 저버리겠나이까. 제가 일찍이 선우에게 간하였으나 선우가 말을 듣지 않고 군사를 일으키기에 그를 좇아 하늘에 사무친 죄를 범하였사옵니다. 이제 명나라를 침노하여 의리 없는 사람이 되고 선우를 배반하여 충성 없는 신하로 되었으니, 이 세상에서 어찌 살기를 바라겠나이까."

그 말을 들은 황제가 한편 가엾은 생각이 들었다.

"네 진심으로 투항한다면 죄를 용서하겠노라."

척발랄은 눈물을 흘리며 하늘을 우러러 맹세하고 손가락을 깨물어 항복하는 글을 써서 바쳤다.

황제는 양 원수에게 말하였다.

"사람이란 참으로 혈통을 벗어나지 못하나 보오. 척발랄의 말과 기색이 한결 유순하고 사나운 기색이 적으니 참으로 기특하구나."

황제는 척발랄의 결박을 풀어 주고 휘하에 들게 하였다. 양 원수가 황제께 고하였다.

"선우 이제 혼자서 하란산에 들어갔으니, 그물에 든 고기요 조롱 속에 든 새와 같사옵니다. 이제 대군을 움직여 골짜기며 길목을 에워싸 잡을까 하나이다."

양 원수는 열두 방위의 군사를 돌려 하란산을 뺑 돌며 요충지마다 군사를 매복해 두고 대군을 호령하여 불을 놓으며 급히 치게 하였다. 함성이 천 리를 뒤집고 포 소리가 산골짝을 뒤흔드니 하란산 십 리에 날짐승 길짐승 한 마리조차 얼씬하지 못하였다.

문득 중턱에 이르니 미친바람이 크게 일면서 나무가 뿌리째 뽑히고 돌이 굴러 내리고 독한 기운이 몰아쳐 군사들이 눈을 뜨지 못하였다.

"이는 반드시 귀신의 장난이니 어쩌면 좋으리까."

홍 사마가 양 원수를 바라보는데 척발랄이 옆에 있다가 말하였다.

"소장이 자세히 알지는 못하오만, 이 하란산 꼭대기에 흉노 하란왕 사당이 있은 지 오래이옵니다. 팔구 년 전부터 요귀 수십 마리가 무덤에 살고 있으니, 그중 하나는 얼굴이 썩 잘나서 제 스스로 이름을 소보살이라 하옵니다. 선우 야율이 한번 보고 매혹되어 안해를 죽이고 소보살을 안해로 삼았다 하나이다. 또 선우가 소보살의 말을 듣고 계교를 부린다 하는데, 소보살은 사당 안에서 한 번도 나오지 않고 선우를 이리저리 호리니 큰 화근이옵니다. 선우가 명나라에 나올 때 소보살더러 함께 가자 하였으나 끝끝내 산을 떠나지 않았다 하니, 이 장난이 반드시 그 요귀 소행인가 하나이다."

양 원수는 그 말을 듣고 홍 사마에게 말하였다.

"홍도국을 요란케 하던 그 요귀구려. 그대가 그때 인심 좋게 살려 보낸 탓이오."

"소보살이 일찍이 백운동 초당 앞에서 불법을 듣고, 홍도국이 어지러운 틈을 타 액운을 끼치더니, 오늘 다시 이같이 나쁜 짓을 하오니 용서치 못할 요물이옵니다. 다행히 제게 백운도사가 주신 신기한 염주가 있으니 그것으로 이 요물을 잡겠나이다."

홍 사마는 곧바로 부용검을 들고 동초, 마달, 척발랄과 함께 하란산 중턱에 이르렀다. 또다시 미친바람이 일어나며 괴이한 기운이 엄습해 왔다. 홍 사마는 부용검을 휘두르며 공중을 향하여 꾸짖었다. 그러자 바람이 더욱 세차게 일어나며 모래와 흙을 날려 지척을 분간할 수 없었다.

홍 사마는 더욱 크게 노하여 부용검을 들어 하늘을 가리켜 두 번 휘두르고 가만히 입속으로 주문을 외우니, 어느덧 미친바람이 잦아들고 요귀 몇이 산중에서 나오는데 손에 병기를 들고 있었다. 그중 한 요귀는 빛 좋은 옷을 곱게 차려입고 분단장을 한 것이 소보살이 틀림없었다. 홍 사마는 쌍검 한 번에 승부를 결정지으리라 하고 소보살 쪽으로 쌍검을 추켜드는데 홀연 공중에서 웬 소리가 들렸다.

"홍 장군은 수고하지 말고 칼을 거두소서. 제가 스승님의 명을 받고 요물을 잡으러 왔나이다."

동초와 마달과 홍 사마가 공중을 보니, 한 여자가 손에 작은 호리병을 들고 내려와 홍 사마더러 절을 하며 말하였다.

"장군은 그동안 안녕하시옵니까?"

홍 사마가 자세히 보니 바로 소보살이었다. 홍 사마는 주머니 속에서 염주를 꺼내 손에 들고 크게 꾸짖었다.

"요물이 어찌 감히 나를 농락코자 하는고?"

소보살이 웃으며 말하였다.

"장군의 총명하심으로 어찌 참과 거짓을 가려보지 못하시나이까? 제가 마땅히 요물을 잡아 장군께 보이리다."

그리고 한번 곤두쳐 푸른 여우로 변하더니 바위에 올라앉아 휘파람을 불었다. 한바탕 미친바람이 다시 모래를 날리더니 수십 마리 요귀가 바위 아래 모여 머리를 조아렸다. 소보살은 요귀들에게 호령하였다.

"못된 짐승은 빨리 제 모습을 드러낼지어다!"

그러자 수십 요귀가 일제히 몸을 곤두쳐 수십 마리 여우로 변하더니 꼬리를 흔들며 살려 달라고 애걸하였다. 소보살은 여우들 앞에다 호리병을 기울이며 또다시 크게 꾸짖었다.

"못된 짐승들은 빨리 이 병으로 들어갈지어다!"

그러자 모든 여우들이 슬피 울며 병 속으로 들어갔다. 소보살은 곧 호리병을 거두고 홍 사마 앞에 꿇어앉으며 말하였다.

"제가 지난날 홍도국 싸움 때 장군의 자비심을 입은 뒤 망령됨을 깨치고 공덕을 닦아 서천에 돌아가서는 짐승의 허물을 벗고 영영 극락을 누리오니 이는 다 장군 덕분이옵니다. 제가 어찌 감히 다시 인간 세상에 나타나 못된 짓을 하리까. 저 수십 마리 못된 짐승은 지난날 제 동료로 제가 서천으로 가면서 골짜기를 지키며 장난치지 말라고 신신당부하였는데, 저것들이 오히려 제 이름을 빌려 이곳에 와 못된 행패를 부리니 이는 저희들의 수치이옵니다. 스승님의 명을 받아 이것들을 잡아가오니, 장군은 큰 공을 세우시고 인간 공덕을 닦으신 뒤 서천으로 오시면 다시 뵈올까 하나이다."

말을 마치고 소보살은 어디론가 사라졌다.

홍 사마가 다시 대군을 지휘하여 하란산을 에워싸고 오르는데, 양 원수가 노기가 올라 소리 질렀다.

"백만 대군이 고작 궁한 도적 하나를 잡지 못하니 이는 군령이 엄하지 못함이로다!"

그러고는 친히 진왕과 여러 장수들을 이끌고 북을 치며 더욱 기세를 돋우니, 활이며 창이며 칼이 바람같이 날아가고 외치는 소리가 벼락 치듯 하여 당장 하란산을 흔들어 뽑을 듯하였다.

선우는 힘이 다하고 계교가 궁해져 발악만 할 뿐이었다. 철창을 손에 들고 고함을 우레같이 지르며 말하였다.

"과인이 힘이 모자란 것이 아니라 하늘이 돕지 않는 것이니, 명나라 원수와 한번 싸워 이기든 지든 간에 결판을 내고자 하노라!"

뇌천풍이 그 소리를 듣고 크게 노하여 외쳤다.

"우리 원수 어찌 너같이 더러운 오랑캐와 겨루겠느냐? 늙은 장수의 벼락도끼나 맛보아라."

곧바로 선우 쪽으로 달려드니 선우는 성난 눈을 부릅뜨고 철창을 던졌다. 천풍은 선우의 철창 쓰는 법을 파악하지 못하여 그저 벼락도끼를 돌려 막으려 하는데, 천 근이 넘는 긴 창이 살같이 날아와 벼락도끼 자루를 순식간에 꺾고 말 머리에 떨어지니, 말이 쓰러지고 천풍도 말에서 떨어졌다. 그러자 선우가 달려와 천풍과 엉겨붙으며 서로 주먹으로 치고받으니, 선우의 흉악함은 주린 여우가 범과 다투는 것 같고, 천풍의 용맹함은 사자가 코끼리에 맞서 싸우는 것 같았다. 한번 밀치고 한번 뛰놀며 앞으로 달려들고 뒤로 물러서니, 그 두 사람 기세가 하늘을 뚫을 듯하였다.

연왕이며 진왕이며 여러 장수들이 함께 그 싸움을 보다가 천풍이 당해 내지 못할 듯한 낌새를 보고 불안하여 서로들 뛰어나가 구하려 하였다.

이때 홍 사마가 일지런더러 말하였다.

"장군은 나이 젊어 눈이 밝을 것이니 저 거동이 보이느냐? 늙은 뇌 장군은 손에 맥이 없어 선우를 자꾸 놓치고 선우는 한번 붙든 즉 놓지 아니하니, 내 마땅히 선우의 손을 쏘아 뇌 장군을 도우리라."

그러자 진왕이 펄쩍 놀라 말하였다.

"과인이 홍 장군의 활 쏘는 솜씨를 모르나, 저렇듯 서로 붙들고 때리면서 어지러이 오가는 손을 멀리서 어찌 분간하리오. 잘못 맞히면 낭패할까 하오."

홍 사마는 웃으며 가만히 허리에 찬 살을 빼내 활에 메고 하얀 손을 번뜩였다. 그러자 흐르는 살이 별같이 들어가 천풍을 붙잡고 있는 선우의 오른손을 맞혔다. 선우가 놀라서 천풍을 놓고 손을 뿌리치며 왼손으로 살을 뽑으려 하였다. 그러자 홍 사마가 쏜 다음 화살이 왼손을 또 맞혔다. 모여 선 진왕과 장수들이 환호성을 질렀다. 선우는 두 손에 살을 맞고 분이 치올라 펄펄 뛰었다.

뇌천풍은 이 틈을 타서 자루 부러진 벼락도끼를 잡아 선우의 정수리를 치니, 선우가 다시 철창을 들려다가 두 손을 이미 다쳐 들지 못하고 외마디소리를 지르며 엎어졌다. 양 원수는 대군을 몰아 곧 선우의 머리를 베어 말 앞에 달고 돌아와 황제께 고하였다.

황제는 붉은 도포에 금빛 갑옷을 입고 동개살을 찬 뒤, 선우대에 올라 선우의 머리를 대 위에 걸어 놓고 북방 여러 나라들에 조서를 내렸다.

너희 흉노, 토번, 몽고, 여진 왕들은 하늘의 뜻을 모르고 대국을 업신여기나, 짐의 백만 대군이 곰과 범같이 용맹스러워 지나는 곳마다 떨지 않는 자 없어 흙이 무너지고 기왓장이 깨져 바람에 흩어지듯 하도다. 오늘 야율 선우의 머리를 이미 선우대에 달았으니 너희 왕들 가운데 또 흉한 마음을 먹고 명군에 항거할 자 있거든 어서 와 대결하고, 그렇지 않다면 죄를 빌라. 빌러 오는 자 죄를 용서해 계속 부귀를 누릴 것이요, 항거하면 장차 대군을 몰아 북소리 한 번에 무찔러 선우와 같은 신세를 면치 못하리라.

황제의 조서를 본 왕들은 두려워 서둘러 달려와 머리를 조아리며 사죄하였다. 그러나 몽고 왕만은 병을 핑계 대고 오지 않았다.

진왕이 황제에게 아뢰었다.

"몽고는 북방에서 강한 오랑캐이옵니다. 이처럼 무례하니 그저 두면 주변의 많은 오랑캐를 어찌 호령하리까? 신에게 정예병 일만을 주시옵소서. 신이 몽고 국경을 깨뜨리고 북해까지 이르러 오랑캐 소굴을 쳐부수고 돌아올까 하나이다."

그러자 연왕이 다른 의견을 아뢰었다.

"진왕의 말씀이 마땅하오나 넓은 세상천지가 임금의 땅 아닌 곳이 없고 나라 안 백성 모두가 임금의 신하이옵니다. 북방 백성 또한 폐하의 자식이거늘, 다시 전쟁을 일으켜 그 희생을 돌아보지 않는다면, 백성을 사랑하며 기르는 폐하의 은덕에 흠이 될까 하옵니다. 또한 몽고 왕은 선우의 이웃 나라로 일찍이 군사를 빌려주어 조정에 죄를 지었으니, 조서를 보고 어찌 스스로 겁내는 마음이 없사오리까?

옛날 어진 임금들은 덕으로 다스리고 군사로 치지 아니하였나니, 봄에 살려 내고 가을에 죽이며 한 번 죄었다가 한 번 풀어 주는 것이 먼 지방을 다스리는 떳떳한 도리이옵니다. 이미 위엄으로 선우를 베었으니 다시 은덕으로 여러 나라를 감화하시어, 그들에게도 은혜와 위력을 똑같이 내리소서. 바라옵건대 다시 몽고 왕에게 조서를 내리시어 그 죄를 용서하시고 알아듣게 타일러 보신 뒤, 그래도 계속 맞서려 든다면 그때 대국의 위엄을 보임이 옳을까 하나이다."

황제가 끄덕이더니 연왕 말을 좇아 곧바로 조서를 내렸다. 그러자 몽고 왕은 휘하 군사들을 끌고 와서 진 앞에 이르러 인장을 목에 매고 항복하며 죄를 청하였다. 황제가 위의를 갖추고 몽고 왕을 꿇린 뒤 양 원수에게 명하여 죄를 묻게 하였다.

"네 북방에 살고 있으면서 명나라에 원망할 일도 없는데 선우를 도와 군사를 내주어 천하를 요란케 하였으니 그 죄 하나요, 황제 너그러운 마음으로 군사를 쓰지 않고 은혜로 부르시었으나 병을 핑계로 오지 않았으니 그 죄 둘이라. 이제 야율 선우를 베던 칼이 아직도 무디지 않았으니 네 본심을 말하라."

몽고 왕은 머리를 조아리며 세 번 절하고 사례하였다.

"신 몽고 왕은 북방 작은 나라의 왕이라, 어찌 대국에 항거하오리까. 다만 이웃 나라의 의리를 무시하지 못하고 또한 선우의 위세에 겁을 먹어 군사를 빌려 주었던 것이오니 어찌 그 죄를 알지 못하리까. 스스로 처분을 기다리고 있던 차에 뜻밖에 조서로 부르시니, 한편 겁이 나고 한편 의심스러워 감히 조회에 나오지 못했나이다. 이제 두 번 천은을 베풀어 진정으로 부르시니 신이 오랑캐 족속이나 어찌 감동하지 않으리까? 죄를 용서해 주시고 북방을 진압하라 하신다면 신은 대대손손 잊지 않고 딴마음을 두지 않을까 하나이다."

몽고 왕이 무릎을 꿇고 사죄하자, 황제는 몽고 왕의 죄를 용서하여 보내며 명을 기다리라고 하였다.

이때 황제가 친히 선우를 베고 몽고, 토번, 여진 세 나라가 들어와 조회하니, 북방 멀리에 있는 수많은 작은 나라들은 모두 겁이 나서 밤낮을 가리지 않고 들어와 조회하였다.

십여 나라들이 제가끔 소와 양이며 낙타며 특산물을 가지고 황제께 뵈니, 황제는 다시 융복을 입고 대에 올라 여러 왕들을 군례로 맞이하였다. 갖가지 의장들이 황제가 앉은 자리를 에워싸고 깃발과 창검이 좌우에 벌였는데, 황제를 가운데 모시고 연왕, 진왕, 우사마 홍혼탈, 표기장군 일지련, 좌사마 병부 상서 소유경, 전부선봉 뇌천풍, 전전좌우장군 동초와 마달이 서고 그 나머지 장수들도 각각 융복에 활을 차고 차례로 모시고 서니, 갑옷들이 햇빛에 번쩍여 눈이 부시고 깃발들은 세차게 휘날렸다.

이때 원수가 북을 치며 깃발을 휘둘러 진을 바꾸니 오방진이 되는데, 남쪽을 지키는 붉은 기는 남방 군사를 거느리고 정남방에 진을 치고, 북쪽을 지키는 검은 기는 북방 군사를 거느리고 정북방에 진을 쳤다. 동쪽을 지키는 푸른 기는 산동 군사를 거느리고 정동방에 진을 치고, 서쪽을 지키는 흰 기는 산서 군사를 거느리고 정서방에 진을 쳤다. 중앙의 누른 기는 황성 군사를 거느리고 천자를 호위하였다. 황룡기를 대 앞에 세우고 선우의 머리를 그 위에 달았으니, 군령이 자못 위엄 있고 진문이 장엄하였다.

이윽고 한 방 포 소리를 울려 진문을 열고 십여 국 오랑캐 왕들을 차례로 불러들였다.

연왕의 진법과 홍 사마의 검술

명나라 천자가 진문을 활짝 열어 놓고 오랑캐 왕들을 군례로 하나하나 맞이하고는 말하였다.

"야율 선우가 천명을 거슬러 스스로 죽음을 당하였으니 이제 그 나라를 다스릴 자가 없도다. 다만 그 수하 장수 척발랄이 명나라에 귀순하여 충성스럽고 공순하며 재주가 능히 북방의 소란을 가라앉힐 만하니, 척발랄로 선우를 삼노라."

척발랄은 머리를 조아리며 사양하여 마지않았다. 천자가 더욱 기특히 여기면서 군례를 재촉하니, 척발랄 이하 몽고 왕, 토번 왕, 여진 왕을 비롯한 십여 종족 왕들이 차례로 들어와 천자에게 하례 드렸다.

군례를 마치고 동서 두 쪽으로 갈라 앉자 대군이 군악에 맞추어 개선가를 부르니 천지가 울리고 산천이 화답하여 맑은 하늘에 바람이 일렁이듯, 맑은 날에 우레가 울듯 하였다.

천자가 앉아 칼을 앞에 놓고 위엄을 풍기며 오랑캐 왕들에게 하교하였다.

"짐이 천명을 받아 천하를 다스리고 만백성을 거느리니 해는 하나라. 경들이 짐을 거스르는 것은 하늘을 거스르는 것이요, 짐에게 공순하면 하늘에 공순한 것이로다. 짐은 다만 천명을 받들어 공순한 자를 표창하고 거스르는 자를 벨 것이니 경들은 삼갈지어다."

오랑캐 왕들은 머리를 조아리며 감히 우러러보지 못하였다. 곧 큰 잔치를 차려 대군을 배불리 먹이고 군례를 마치면서 천자가 다시 하교하였다.

"짐이 오늘은 여러 왕들을 군례로 보았는데, 내일은 하란산 아래 사냥터를 닦아 놓고 사냥 놀이를 크게 벌이고자 하노라."

이튿날 천자가 융복에 대완마大宛馬를 타고 하란산에 이르니, 양 원수가 이미 사냥터를 닦고 대군을 모아 놓았다. 천자는 왕들을 곁에 불러 앉히며 말하였다.

"짐이 오늘은 경들과 종일 놀며 서로 마음을 나누고자 하노라."

여러 왕들이 황공하여 사례하니, 몽고 왕이 자리에서 일어나 청하였다.

"신들은 북쪽 오랑캐 나라에서 나서 큰 나라의 기풍을 자주 보지 못하였나이다. 일찍이 듣자오니 연왕과 홍 난성은 천하 명장이라 남만이 지금까지도 홍 부원수 이름만 꺼내도 가슴이 놀라고 기가 죽는다 하옵니다. 황송하오나 연왕이 쓴 진법과 홍 부원수 무예를 한번 구경하고 싶나이다.”

천자가 웃으며 연왕과 난성을 보니, 연왕이 여러 왕들에게 몸을 굽혀 사례하면서 말하였다.

“저는 변변치 못한 재주밖에 없소이다. 우리 나라에 저와 같은 인재가 얼마든지 있는데, 다만 남방 사람들이 저와 홍 부원수만 보았을 뿐 명나라 인재들을 다 보지 못했기 때문에 그리 소문난 것이오이다. 폐하께서 인재를 기르시니 조정으로 말하면 모두가 어진 관리요, 장수로 말하면 다들 병법과 지혜와 용맹을 갖추었소이다. 저는 겨우 깃발을 휘두르고 북이나 치는 변변치 못한 장수라, 어찌 여러분들이 말할 거리나 되겠소이까.”

몽고 왕이 놀라며 말하였다.

“과인이 명나라를 구경할 날이 없사오니 원수의 진법을 한번 보고자 하나이다.”

양 원수는 사양치 못하고 홍 사마에게 깃발과 신호 화살을 빼 주며 진을 치라고 하였다. 홍 사마가 대열 앞에 나아가 깃발을 휘두르니 포 소리 울리며 네모난 방진이 이루어졌다.

“대왕은 이 진을 아시오이까?”

몽고 왕은 진법을 제법 알고 있는지라 원수 소문을 듣고 짐짓 진법을 한번 보고자 하였던 것이었으니, 흔연히 웃으며 홍 사마의 물음에 대답하였다.

“이는 옛날 한나라 장수 위청衛靑의 무강진武強陣이구려. 북방의 병사들도 다 아는 진법이니 내 어찌 모르리오.”

홍 사마가 다시 깃발을 들어 일자진을 치고 대왕에게 물으니, 대왕은 제격 조익진이라고 대답하였다.

또다시 홍 사마는 깃발을 휘두르고 북을 치며 육육 삼십육 여섯 곳 진을 치니 몽고 왕이 감탄하며 말하였다.

"과인이 일찍 이 진의 이름이 육화진六花陣이라는 것은 들었으나 진 치는 법을 구경하지 못하였는데, 진실로 기이한 진이로소이다."

몽고 왕은 홍 사마가 친 진을 놀라서 바라보았다. 그때 홍 사마가 북을 치며 팔팔 육십사 팔방으로 진을 치니, 몽고 왕은 얼떨떨하여 한참 보더니 무슨 진이냐고 물었다. 홍 사마는 웃으며 말하였다.

"이 진의 이름은 기정팔문진이라 하는데, 팔괘 음양의 이치와 천지조화의 묘한 이치를 담고 있나이다. 곧 기정문, 동정문, 음양문, 생사문이 있으니 대왕이 진 안을 구경하려면, 다만 저 붉은 기 꽂은 문으로 들어가 푸른 기 꽂은 문으로 나가야 하는데, 자칫 잘못하여 검은 기나 흰 기 꽂은 문으로 들어가거나 나간다면 낭패를 보리다."

몽고 왕은 신기하여 여러 왕들에게 함께 들어가서 구경하자고 하였다. 하여 각각 군사 백여 명씩 거느리고 붉은 기를 찾아 진 안으로 들어갔다. 그 형세를 보니 대오가 엄숙하고 깃발이 정연한데, 각각 방위를 응하여 진문을 이루고 있으나 묘한 이치를 다 해득할 수 없었다. 그들은 다 보고 진 밖으로 나와서 머리를 기웃거리며 말하였다.

"이 진이 비록 정연하고 엄숙하여 질서 있으나 별로 신통한 것은 볼 수 없으니, 다시 검은 기나 흰 기 꽂은 문으로 들어가 보는 것이 어떻소?"

척발랄이 놀라며 말하였다.

"홍 사마가 검은 기나 흰 기 꽂은 문으로 들거나 나면 낭패할 것이라 하였으니 들어가면 아니 되오."

몽고 왕은 웃으며 토번 왕의 귀에 대고 가만히 속삭였다.

"명나라 사람들이 본디 꽝포가 많고, 홍 사마를 보니 얼굴에 재주 가득하여 우리를 놀리려는 것이외다. 무슨 낭패가 있겠소?"

모두 척발랄더러 겁이 많다고 비웃으며 검은 기 꽂은 문으로 들어섰다. 얼마쯤 들어가서 뒤를 돌아보니 진문은 없고 창과 칼들이 서리같이 솟아 있었다. 다시 앞을 보니 또한 깃발과 창검이 빼곡히 들어서 있어 나갈 길은 없고 삼엄한 기운만 서려 있다.

당황하여 동쪽을 보니 문이 하나 열려 있기에 그곳으로 들어갔다. 그랬더니 문득 그 문은 닫히고, 예순네 방위를 돌아 서른두 문으로 아무리 들어가도 나갈 길이 없었다. 몽고 왕은 성이 나서 말하였다.

"이는 명 원수가 교묘한 속임수로 과인을 죽이려 함이로다."

그러고는 제가끔 데려온 군사들로 여기저기 들쑤셔 보나, 명나라 군사들이 창을 들고 맞받아치니 꼼짝할 수가 없었다.

"우리는 천자의 명을 받고 진을 구경하러 온 사람들인데 어찌 이처럼 무례한고?"

몽고 왕이 명군에게 소리치며 야단하자 군문 출입을 맡은 장수가 꾸짖었다.

"군사들은 자기 장군의 명만 듣게 되어 있소이다! 대왕이 잘못하여 죽을 곳에 들었으니, 문 하나만 더 들어가면 몸에 날개가 있다 해도 살아 돌아가지 못할 것이오이다.”

그러자 여러 왕들이 눈물을 흘리며 서로 손을 잡고 어쩔 줄 몰라 하였다.

“우리가 작은 나라의 힘 없는 왕들이나, 객지에서 이렇게 죽을 줄 어찌 알았겠소.”

이러고 있을 때 홍 사마가 동초와 마달에게 말하였다.

“왕들이 아직까지 돌아오지 않는 것으로 보아, 아마 들어가지 말 아야 할 곳으로 들어간 듯하오. 장군들이 가서 데려오시오.”

두 장군이 곧 말을 달려 진중에 들어가니 왕들이 서쪽 진문에 갇 혀 쩔쩔매고 있었다. 두 장군이 크게 소리쳐 말하였다.

“헛되이 뚫으려 하지 말고 깃발을 잘 보고 나오시오.”

그러자 왕들은 두 장군의 깃발을 보면서 앞을 다투어 다시 육십 사 방위를 지나 삼십이 문을 나섰다. 그러자 문득 진 밖으로 나온지 라, 왕들이 놀라고 한숨 쉬며 돌아와 양 원수와 홍 사마에게 사례하 였다.

“과인이 변방 작은 나라에 나서 자라 안목과 견문이 우물 안 개 구리나 같더니, 오늘 원수의 진법을 구경하고 비로소 명나라가 대국임을 알았사옵니다.”

원수가 웃으며 말하였다.

“이는 보통 진법이니, 칭찬 들을 만한 진법이 아니오이다. 북방 사람이 사냥을 잘한다 하니, 왕들은 군사를 거느리고 재주를 다 하여 폐하를 즐겁게 해 드리는 것이 어떠하오이까?”

그러자 왕들이 모두 사냥터에 나가 사냥 준비를 서둘렀다.

황제도 단에서 내려 구경하는데, 연왕은 홍 난성, 뇌천풍, 일지련, 동초, 마달을 거느리고 군사 삼천을 이끌며 오른쪽에 서고, 진왕은 군사 삼천을 거느리고 왼쪽에 섰다. 여러 왕들도 저마다 제 군사를 움직여 좌우로 갈라선 뒤 대군을 풀어 하란산 앞뒤 수십 리를 에워싸고 짐승을 모니 깃발과 창검이 들을 덮고 우레 같은 고함 소리 산을 뒤흔들어, 위로 나는 새와 아래로 기는 짐승이 모두 놀라 곳곳에 가득하였다.

문득 고니 한 쌍이 구름 사이로 높이 날아 지나갔다. 동초가 말하였다.

"북방 사람들 새 쏘는 법이 신통하다 하던데 구경하고 싶소이다."

몽고 왕이 웃으며 말에 올라 달리다가 새를 겨누어 쏘았으나, 고니는 맞지 않고 더욱 높이 날아올랐다. 그가 돌아와 말하였다.

"과인이 활 쏘는 법이 모자란 것이 아니라 고니가 나는 속도가 빠르도다."

그러자 홍 사마가 나서서 두 눈을 쪼프리고 흰 구름 사이를 바라보았다. 허리에서 새 깃 꽂은 화살을 빼어 한번 손을 번뜩이니 고니가 공중에서 떨어졌다. 오랑캐 왕이나 병사들이 놀라서 말하였다.

"우리가 새 쏘는 일로 늙었으나 저처럼 높이 나는 고니를 쏘아 맞힐 생각은 못 하는데, 과연 홍 장군의 활 재주는 옛 명장도 당하지 못할 바이오이다."

홍 사마는 다시 말을 달려 나가며 공중으로 또 한 대 쏘았는데 새와 살이 도무지 어디로 갔는지 알 수가 없었다. 몽고 왕이 웃으며 말하였다.

"장군의 궁법이 아무리 신통하다 해도 이번만은 헛쏘았도다."

홍 사마도 함께 웃으며 말을 돌려 오는데, 군사 하나가 오더니 고니를 홍 장군에게 바쳤다.

"저희는 짐승 모는 군사인데 갑자기 공중에서 고니 한 마리가 떨어지기에 달려가 보니 화살이 꼬리 밑에 맞았사옵니다. 화살을 뽑아 보니 홍 원수님 것이라 이렇게 가져다 바치옵니다."

홍 사마가 말을 달리며 공중으로 쏜 살에 고니가 날아가다 맞고 떨어진 것이다.

"내 눈이 밝지 못하고 고니는 높이 날기에 어방 대고 쏘았더니 요진통을 맞히지 못하였노라."

홍 사마가 이렇게 말하며 고니를 집어 드니 오랑캐 왕과 장수 들이 놀라지 않는 사람이 없었다.

이때 또 하늘 높은 데서 바다제비 한 떼가 바람을 따라 오르내리며 날고 있었다.

몽고 왕이 그 모양을 보고 여러 왕들과 쑥덕이더니, 홍 사마에게 저 제비도 쏘아 떨어뜨릴 수 있느냐고 물었다. 홍 사마가 하늘을 바라보다가 허리의 화살을 빼 쏘려고 하자 몽고 왕이 소매를 잡으며 말하였다.

"과인과 내기를 합시다. 장군이 저 제비를 쏘아 잡으면 이 말을 바칠 것이요, 잡지 못하면 장군이 찬 쌍검을 과인에게 주오."

홍 사마는 잠깐 생각하다가 허락하고 허리에 찬 쇠 활을 내어 쇠

화살을 메웠다. 정신을 모으고 별 같은 눈을 굴리다가 하얀 손을 한 번 번뜩이니 바다제비 한 마리가 말 앞에 떨어졌다. 계속하여 화살 일곱 개를 연거푸 날리니 바다제비 예닐곱 마리가 차례로 떨어졌다. 몽고 왕이 멍하니 서서 한동안 말을 못 하다가 홍 사마 앞에 꿇어앉으며 사죄하였다.

"장군은 귀신이지 예사 사람은 아니로소이다. 이 제비는 여느 제비가 아니라 바닷가 돌제비이오이다. 북해 바닷가에 제비돌이라 하는 돌이 있는데, 바람이 불면 공중에 날아올라 마치 제비가 나는 듯하오이다. 그리하여 석연石燕이라고도 하오니, 장군은 집어 보소서."

홍 사마가 병졸에게 명하여 집어 오라 하였다. 과연 검은 돌로 단단하기가 쇠 같은데 돌마다 살촉 지나간 자국이 뚜렷하였다. 몽고 왕이 거듭 감탄하였다.

"활 잘 쏘기로 이름난 한나라 장군 이광李廣도 북평 땅에서 사냥을 하다가 수풀 속 바위를 큰 범인 줄 알고 쏘아, 화살이 바위 속까지 뚫고 들어가 그 자국이 지금까지 남아 있소이다. 북방에선 그 일을 놓고 천고에 둘도 없는 궁법이라 자랑하여 왔는데, 홍 장군 재주는 이 장군보다도 열 갑절은 더 뛰어나시오. 수풀 속 바위는 그래도 깨뜨릴 수 있겠으나, 공중에 나는 돌이야 어찌 낱낱이 쏘아 뚫을 수 있겠소이까?"

그러면서 자기가 탔던 말을 데려와 바치니 홍 사마가 웃으며 말렸다.

"제가 대왕의 부귀에 견줄 바 못 되오나 그래도 대완마 열 마리가 있으니 한때 농담을 두고 지내 고집 부리지 마소서."

몽고 왕이 말에서 내려 손수 고삐를 넘겨주며 말하였다.

"과인이 이제부터 장군께 진심으로 항복하노니, 이 말이 귀중해서가 아니라 제가 아끼던 말인지라 이 말로 사모하는 정을 표하오이다."

홍 사마는 할 수 없이 고맙다 인사하고 말을 받았다.

군사들은 한나절 동안 짐승을 모느라 온 하란산을 다 뒤졌으나 토끼 한 마리도 보이지 않았다. 몽고 왕은 원수에게 분명 범이나 표범 같은 맹수가 산속에 도사리고 있어 다른 짐승들이 얼씬 못하고 있는 것이라고 말하였다.

문득 하란산 꼭대기에서 휘익 바람이 일더니 "따웅!" 하는 소리가 온 산을 뒤흔들었다. 군사들이 놀라서 고함을 지르며 사방으로 흩어졌다. 큰 범 한 마리가 불이 펄펄 이는 눈을 굴리며 아가리를 쩍 벌리고 사냥터로 달려들었다. 여러 왕과 군사들이 무리 지어 서서 활과 총으로 범을 겨누자 바람같이 내닫던 범은 다시 한 번 "따웅!" 소리를 지르더니 간곳없이 사라졌다.

"저 범이 바로 지난날 야율 선우의 철창을 삼키던 그 큰 범이옵니다. 북방의 큰 화근이온데 사람의 힘으로는 도저히 당해 내지 못하오이다. 하란산 동북에 음산陰山이라 하는 흉악한 산이 있는데, 그 산속에 사천 년 묵은 사나운 범이 살고 있다 하오이다. 한번은 야율 선우가 힘과 재주를 믿고 이 범을 잡으려고 세 번씩이나 쫓아가 철창을 던졌지만, 범이 천여 근이나 되는 철창을 검불같이 씹어 버리고 수많은 장수와 병졸들을 앞뒤로 물어 메치어

다친 자가 수를 헤아릴 수 없다 하오이다. 그래서 하릴없이 북방 사람들은 서로 의논하여 음산에 단을 무어 봄과 가을에 소와 양을 잡고 큰 범에게 제를 지내는데, 조금만 소홀히 치러도 산에서 내려와 사람을 해친다 하오이다. 그 뒤로 북방 사람들이 사냥을 그만두고 비록 다른 범이라 해도 함부로 잡지 못하여 한동안 조용하였는데, 오늘 포 소리와 북소리를 듣고 다시 나왔나 보오이다."

오랑캐 왕들이 서로 쳐다보며 두려워하였다.

그러자 홍 사마가 웃으며 말하였다.

"북방에 장수들이 그리도 많은데 어찌 범 한 마리를 잡지 못하오이까?"

"이 범은 보통 흉물이 아니라 이른바 날아다니는 범이오이다. 창으로 찔러도 창이 튕겨 나오고 불을 질러도 타지 않으며, 바람같이 빠르고 벼락같이 급한지라 언제 가고 언제 오는지 알 길이 없소이다."

몽고 왕이 탄식하며 말하였다. 황제가 이 말을 듣고 좌우에 명하였다.

"북방 백성도 짐이 자식같이 여기는 백성이거늘, 죄 없이 맹수의 밥이 되는 것을 보고 어찌 구하지 않으리오. 짐과 대군이 곧 돌아가야 하나, 이 범을 잡아 사람들을 구하고 돌아가리라."

연왕은 천자 명령을 받고 왕들과 명나라 장수들을 불러 범 잡을 방법을 의논하였다.

이때 대군이 또다시 고함을 지르며 사방으로 흩어졌다. 하란산

중턱에서 모래와 돌들이 공중을 날며 몰아쳐 오고 있었다.

몽고 왕이 놀라며 말했다.

"그놈이 또 장난하는구나."

군사들 속에서 기병 몇이 말과 함께 간곳없이 사라졌다고 여기저기서 소리치고 있었다.

홍 사마는 급히 일지련을 불렀다.

"우리 구태여 창법과 검술을 자랑하려는 것은 아니나, 저 짐승의 기세가 너무도 사나워 사람을 많이 해치니 그저 보고만 있을 수 없구려. 그러니 장군의 창법을 내 이미 알고 있는 바요, 우리 둘이 마음과 힘을 합치면 어찌 범 한 놈을 못 잡으리오."

일지련은 웃으며 머리를 끄덕였다. 홍 사마는 곧 양 원수 앞으로 나아가 말하였다.

"이렇듯 짐승의 장난이 심하니 보통 수법으로는 잡지 못할까 하옵니다. 원수께서는 폐하를 호위하여 모시고 군사들과 장수들이 사냥터에 얼씬하지 못하게 하여 주소서. 그러면 일지련과 함께 그 짐승을 없애겠나이다."

연왕은 놀라며 홍 사마를 바라보았다.

"장군은 어찌하려는가?"

"조그마한 늙은 범 한 마리를 이미 손아귀에 넣었으니 근심치 마소서."

홍 사마는 징을 쳐 군사들을 한곳에 모아 놓았다. 그리고 연왕과 진왕을 비롯한 장수들에게 폐하를 모시고 단에서 내려서지 말라 당부하였다. 그러고는 사냥터로 가면서 일지련에게 말하였다.

"장군은 혼자서 범을 유인하여 사냥터에 넣으라."

홍 사마가 일지련을 바래 주고 다시 돌아와 단에 오르니, 일지련이 쌍창을 들고 사냥터를 한 바퀴 돌고는 곧바로 하란산으로 들어갔다. 둘러서 있는 사람들은 정신이 아찔하고 간이 콩알만 해져서 숨도 제대로 쉬지 못하였다.

이윽고 맑은 하늘에서 벼락 치는 듯한 괴상한 소리가 하란산을 뒤흔들더니, 산속에서 일지련이 쌍창을 들고 달려 나오고 그 뒤로 범이 흰 이빨을 드러내고 벼락같이 소리 지르며 쫓아왔다. 범이 산같이 일떠서서 일지련을 덮치는데 차마 눈 뜨고 볼 수 없었다. 한순간 범은 일지련을 어르고 일지련은 범을 어르면서, 범이 물러서면 일지련이 달려들고 일지련이 물러서면 범이 달려들다가, 어느덧 사냥터에 함께 들어서니 홍 사마가 외쳤다.

"표기장군은 어서 물러서라!"

그러자 일지련이 말을 돌려 달려와 단 위로 올라갔다.

순간 바람이 불고 눈이 날리며 사방이 안개 속같이 자욱해졌다. 그 속에 갇힌 범이 동서로 뛰놀고 남북으로 솟구치며 울부짖으니 하늘이 무너질 듯 요란하였다. 끝내 사냥터를 벗어나지 못하더니만 홍 사마 검술에 걸렸다. 한동안이 지나서 푸른 기운이 사냥터를 덮더니 쟁강쟁강 칼 소리가 울렸다. 문득 외마디소리가 벼락같이 울리더니, 범이 앞발로 땅을 두 길이나 파고는 사냥터 가운데 쭈그리고 앉아 꿈적하지 않았다. 보는 사람 누구나 가슴이 서늘하고 속이 한 줌만 해서 궁금히 여기는데, 단 위에서 홍 사마의 낭랑한 목소리가 울렸다.

"어서 가서 저 범을 끌고 오라."

모두 소리 나는 쪽을 바라보니, 홍 사마가 제자리에 와 있는지라 다가가서 서로들 물었다.

"장군은 그사이 어디를 갔다가 오시며, 저 범은 왜 저렇게 앉아 꿈쩍하지 않고 있소이까?"

"저는 잠깐 뒷간에 갔다가 왔을 뿐이오이다. 저 범은 이미 죽은 지 오래니 끌어 오라 하여 보소서."

모두들 그 말을 듣고 놀라며 오랑캐 병졸을 시켜 범을 끌어 오라 하니, 겁이 나서 누구 하나 감히 가까이 다가가지 못하였다. 오랑캐 왕이 노하여 재촉하니, 수십 명이 한꺼번에 달려들어 끌었으나 산 같은 범이라 어찌할 수 없었다. 그래서 수십 명이 더 달려들어 끌어 오니 왕과 장수들이 다 같이 내려가 보았다. 범의 털은 하나하나가 바늘 끝 같아 손만 닿아도 피가 흘렀다. 허리에 한 조각 군살이 달려 있는 것을 보더니 누군가 외쳤다.

"이것이 범의 날개이옵니다. 과연 비호가 맞사옵니다."

몸에는 칼자국이 가득하여 한 군데도 성한 가죽이 없고 뼈들이 저절로 물러난 듯 형체가 무너져 있었다. 홍 사마는 동초와 마달 두 장군더러 말하였다.

"이는 천지간 모진 기운을 받아서 생긴 짐승이라 쇠와 돌보다 더 단단하니 제 부용검이 아니라면 결코 잡지 못했을 것이오. 장군 들은 한번 창으로 찔러 보시오."

몽고 왕이 나서며 허리에 찼던 환도를 빼어 치니 환도가 쟁가당 부러졌으나 범은 털끝 하나도 다치지 않았다. 왕들이 저마다 신기하여 창을 들고 여기저기 찔러 보았으나 창날이 죄다 구부러졌다.
왕들이 손을 모아 쥐고 홍 사마를 치하하였다.

"장군의 영웅스러움은 마치 하늘에서 내린 귀신장수 같사오니
감히 말씀으로 칭송할 바 아니오이다. 이제 이 괴물을 잡아 북방
백성의 근심을 없애 주시니 이 크나큰 은덕을 어찌 다 갚사오리
까?"

홍 사마가 사양하며 말하였다.

"이는 다 우리 폐하의 은덕이요 여러 왕들의 복이니, 제가 무슨
공이 있사오리까."

날이 저물어 천자는 사냥을 끝마치고 군사들에게 음식을 푸짐히
베풀고, 십여 국 왕들더러 단 위로 오르라 하여 술과 음식을 내리고
환하게 웃으며 말하였다.

"경들이 오늘 명나라 군대를 보니 여기 북방에 대면 어떠한고?"

그러자 오랑캐 왕이 머리를 조아리며 말하였다.

"신들이 변방에서 나서 자라 폐하의 위엄을 보지 못하더니 오늘
뒤로는 하늘 높은 줄을 알겠나이다. 서리와 눈을 내리고 비와 이
슬을 내려 봄에 만물이 돋아나게 하고 가을에는 사라지게 하나
니, 이 모든 것이 폐하의 성덕과 가르침이옵니다."

천자는 기뻐 말하였다.

"진시황은 다시없을 미련한 임금이라. 부질없이 만리장성을 쌓
아 남북을 막으니 풍속이 다르고 정이 통하지 못하여 명나라와
북방이 자주 싸움을 일삼아 백성들이 그 해를 받으니 짐이 통탄
하는 바라. 경들은 이 마음을 알아 다시 배반하지 말고 왕으로 부

귀를 대대로 누리도록 하라."

왕들이 머리를 깊숙이 숙여 사례하였다. 이때 몽고 왕이 천자께 청을 올렸다.

"폐하, 이제 북방에 몸소 오시어 은혜와 위엄이 세상에 빛나니 북방 백성이 인자한 부모를 뵈옵는 것 같사옵니다. 신들이 사당에 폐하의 얼굴을 받들어 모시는 일은 감히 할 수 없거니와 양 원수와 홍 사마 초상이라도 그려 천추에 빛나는 공적을 기록하여 둘까 하나이다."

천자가 허락하니, 몽고 왕은 양 원수와 홍 사마에게도 같은 말을 하였다. 연왕이 엄하게 사양하나 몽고 왕은 듣지 않고 화공들을 불렀다. 화공들에게 연왕과 홍 사마의 초상을 그리라 하니, 화공들이 연왕의 초상을 그리고, 홍 사마의 초상을 그리는데 세 번을 그려도 세 번 다 그대로 그려 낼 수가 없었다. 화공들이 붓을 던지고 몽고 왕에게 말하였다.

"신들의 재주가 모자라 홍 사마의 모습을 제대로 그릴 길이 없사옵니다."

왕이 크게 노하여 칼을 들어 머리를 베려 하니 한 화공이 아뢰었다.

"신이 재능 있는 화공을 천거할까 하나이다. 천하에 뛰어난 재주꾼으로 나이가 벌써 백 살 넘었는데, 얼굴만 보고도 수명과 화복을 판단하옵나이다."

몽고 왕이 대단히 기뻐하며 빨리 불러들이라 하여 보니, 긴 눈썹이 희고 눈이 맑아 첫눈에도 예사 화공이 아님을 알 수 있었다.

그는 홍 사마를 이윽히 보더니 탄식하듯 말하였다.

"고운 얼굴이 아깝도다. 여자로 났으면 부귀영화가 천세만세 빛날 것을 불행히도 남자로 태어났으니 수명이 짧겠도다."

홍 사마는 웃으며 말했다.

"화공이 어찌 관상법도 아는가?"

그러자 화공이 말하였다.

"저는 본디 명나라 사람으로 북방에 사로잡혀 와 돌아가지 못하고 대대로 화상 그려 먹고사는 처지이옵니다. 제 손으로 얼굴을 그려 낸 이 수를 다 헤아리지 못하나이다. 그러다 보니 자연히 사람의 얼굴을 하도 많이 보고 꼼꼼히 보게 되는지라, 어찌 그 관상을 알아보지 못하리까."

홍 사마가 다시 화공에게 물었다.

"내가 여자로 났으면 어떻고 남자로 났으면 어떠하다는 말인지, 자세히 말해 보게."

"장군의 얼굴은 여자라면 벼슬이 왕후에 미칠 것이요 수명은 아흔아홉에, 일곱 아들을 두어 모두가 왕후장상에 이를 것이옵니다. 허나 남자로 났으니 공명이 한참 빛나시나 기껏 사신다 해도 마흔은 넘지 못할까 하나이다."

홍 사마가 웃고 나서 연왕 초상을 가져다 보이니, 화공이 몸을 일으켜 물러나면서 말하였다.

"이는 사람의 얼굴이 아니라 참으로 신선의 풍채요 도인의 골격이옵니다. 귀함이 천자 다음으로 될 것이요 수명 또한 아흔아홉이로소이다."

모두가 연왕과 난성을 치하하는데 동초, 마달, 뇌천풍이 또한 차례로 자기에 관하여 물었다.

화공이 그들을 보더니, 이 자리에 부귀 수복을 겸한 사람이 어찌 이렇게 많으냐고 외려 되물었다. 그때 일지련이 밖에서 들어왔다. 그러자 화공은 그의 얼굴을 이윽히 보더니 말하였다.

"장군은 어떠한 귀인이시온데 모습이 홍 장군과 그리도 비슷하시오? 다만 두 볼에 붉은 빛이 너무 많으니 공명이 홍 장군을 당하지 못하리다."

몽고 왕이 홍 장군의 초상을 빨리 그리라 하니, 그 화공이 다른 화공들에게 웃으며 말하였다.

"그대들은 다 눈이 없는 화공들이오. 북방에서 나고 자라 어찌 저 용모를 모르고 먹을 허비하오이까? 홍 장군 초상은 벌써 북방에 있으니 새로 그려서 무엇 하리오?"

모두가 그게 무슨 소리냐고 물으니 화공이 싱긋이 웃었다.

추자동으로 쫓겨난 위 씨 모녀

화공이 오랑캐족 왕과 다른 화공들더러 말하였다.

"호왕성 북쪽 푸른 들판에 명비묘明妃廟라 하는 옛 사당이 있는데, 거기에 한나라 왕소군王昭君 초상이 있사옵니다. 이제 홍 장군을 보니 왕소군과 조금도 다르지 않소이다. 다만 왕소군은 미간에 조금 찡그린 흔적이 있으니, 두 눈에 어린 정기며 두 볼에 웃는 모양은 암만 해도 홍 장군을 당해 내지 못할 것 같소이다."

모두 반신반의하며 곧 왕소군 화상을 가져오라 하였다. 홍 사마와 동서로 마주 걸어 놓고 보니 두 송이 꽃을 대한 듯 무르녹은 봄빛과 아리따운 모습이 한 판에 박아 낸 듯하다. 동쪽 사람을 보면 팔월 못 속에 피어오른 연꽃이요, 서쪽 그림을 보면 십 리 서호에 반쯤 피어난 부용이라. 부용이 연꽃이요, 연꽃이 부용임을 모르는 이 혹 부용을 연꽃에 비기고 연꽃을 부용에 비기니 어찌 낫고 못함이 있으리오. 다만 북쪽으로 뻗은 가지는 파리하여 찬바람을 머금고, 남쪽으로 뻗은 가지는 번화하여 봄빛이 차 넘칠 뿐이다. 홍 사마는 본디 강건하면서도 다정한 여자라, 예와 오늘이 아득히 멀기는 하나, 같은 여자로 옥 같은 얼굴을 지적에서 마주하여 말을 나누는 듯하다. 홍 사마는 슬픈 빛을 띠고 몽고 왕더러 말하였다.

"내 소군과 남녀가 다르나 다 같은 중국 사람에 똑같은 얼굴로, 왕소군이 고국의 궁궐을 하직하고 낯선 땅에 와 사막에 묻히니 안타깝소이다. 타고난 아름다운 자질이 지기知己를 만나지 못하여 천추의 원한을 비파로 달래는 화상을 대하니 어찌 아깝지 않으리까?"

"과인이 보니 왕소군의 화상은 아깝지 않으나 홍 사마가 남자 된 것이 아깝소이다. 만일 여자로 났더라면 연왕이 비록 저렇듯 태연하나 반드시 황금으로 집을 짓고 장군을 깊이 간직해 두고 남이 볼세라 들을세라 보물처럼 품을 것이오이다. 어찌 그저 휘하 장수로 남들과 휩쓸리게 하리오."

말을 마치고 껄껄 웃으니 연왕도 따라 웃었다.

오랑캐 왕이 화공에게 명령하여 왕소군의 화상을 모사하여 생사당에 두게 하니, 홍 사마가 적지 않은 돈과 비단을 내어 명비묘를 중수하라 하였다.

다음 날 천자가 연연산燕然山에 올라 비를 세워 공덕을 기록한 뒤 군사를 이끌고 돌아오니 오랑캐 왕들이 돈황성까지 따라와 천자를 바랐다. 왕들은 거듭 천자께 사례하고 양 원수와 홍 사마의 손을 잡고 헤어짐을 아쉬워하였다.

천자는 대군을 재촉하여 황성으로 돌아왔다. 오는 길에 상군 땅에서 북방 군사를 집으로 돌려보내고, 태원 땅에 이르러서는 산서 군사를 해산하였다. 이르는 곳곳마다 백성들을 위로하고 황성에 들어서서는 남방 군사를 모두 돌려보냈다. 그리고 여러 고을에 조서를 내려 부역과 부세를 탕감하니, 막 전쟁을 겪었어도 백성들의 생활이 안정되어 임금의 성덕을 칭송하는 소리가 드높았다.

천자는 돌아와 종묘사직에 제사를 지내고 대사면령을 내린 뒤 공에 따라 상을 내렸다. 연왕과 진왕은 벼슬이 이미 높아 더 올리지 못하니 식읍 삼만 호를 더 주고, 홍 사마도 연왕과 함께 표창하였다. 소유경은 여음후汝陰侯에 봉하고 동초, 마달도 관동후關東侯, 관서후關西侯를 봉하였다. 손야차는 황금 이만 사천 냥을 주고, 일지련은 아직 시집가지 않은 여자라 벼슬은 혼인 뒤 남편 직위를 보아 내리기로 하고 태후가 준 표기장군의 칭호를 그대로 두었다. 그리고 특별히 탕목읍湯沐邑* 일만 호와 황성 안에 집을 내리고 노비 백여 명에 황금과 비단을 넉넉히 주었다. 전부선봉 뇌천풍은 관내후關內侯를 봉하였다. 연국 태공 양현은 벼슬하지 않은 사람으로 나라가 위급할 때 의병을 일으켜 태후를 보호하였으니 벼슬을 주어야겠으나, 본디 공명에 뜻을 두지 않는 사람인 데다 벌써 태공의 지위를 가진지라 탕목읍 오천 호를 주었다. 좌승상 윤형문은 원로대신으로 공로를 말할 바 아니나, 태후를 보호하는 데 큰 공을 세웠기에 탕목읍 일만 호를 더하여 주었다.

---

* 나라에서 개인에게 주어 거기서 나는 조세를 받아서 쓰게 해 주는 고을.

천자는 자신전에 나와 전쟁에서 임금을 따라 공을 세운 신하들을 만나 보고, 단서 철권丹書鐵券*에 이름을 기록하고, 백마를 잡아 피를 찍어 맹세한 뒤 대대로 전하도록 하였다. 그리고 태청궁을 풍운경회각이라 고치고 친히 현판을 써 주면서, 연왕 이하 신하들의 화상을 그려 걸어 두고 성스러운 공적을 천추에 길이 전하도록 하였다.

이튿날 황제는 신하들을 모아 놓고 성대한 잔치를 차렸다. 모두 황제가 내린 술을 받아 들고 만세를 불렀다. 황제는 좌우를 둘러보며 말하였다.

"짐이 덕이 없어 수백 년 왕업이 하루아침에 끊어질 뻔하였는데, 경들의 충성으로 종묘사직이 보존되고 수천 년 왕업이 다시 반석같이 다져졌으니, 그 빛나는 공적이 나라의 중흥을 이루었도다. 돌이켜 보면 나라 운수는 사람의 힘으로 어찌지 못할 바이거늘, 아둔한 오랑캐가 때를 모르고 스스로 제 죽을 곳에 드니 어찌 우습지 않겠는가."

모두가 황제 만세를 또다시 부르는데, 연왕이 일어나 아뢰었다.

"옛 책에 쓰여 있기를, '하늘은 진실로 헤아리기 어려우니 임금 노릇 하기 쉽지 않도다.' 하였으니 천명을 믿을 바는 아니나 다만 덕을 닦을 뿐이옵니다. 정사가 늘 편안한 가운데 위태로움이 생기고 위태로운 가운데 편안함이 생기는 고로 옛적 황제들은 편

▪ 공로를 기록해서 본인에게 주는 문서를 단서라 하고, 쇠에다 이력과 공적 또는 죄를 주고 더는 조목들을 새겨 넣어 반쪽은 본인에게 주고 반쪽은 국고에 보관하는 것을 철권이라 한다.

안한 때도 언제나 위태로움을 잊지 아니하였나이다. 바라옵건대 폐하는 지난날 연소성에 머물던 때를 잊지 마시고 오늘 모인 신하들을 대하소서."

황제는 기꺼이 머리를 끄덕였다.

"경의 충언은 짐에게 귀한 약과도 같으니 마땅히 잊지 않겠노라."

여음후 소유경이 아뢰었다.

"오늘날 조정의 형편을 보면 나라를 세운 처음과 다를 바 없사온데, 간신 노균 무리들이 조정에 틀고 앉아 당론을 굽히지 않고 외려 물 끓듯 하옵니다. 그러하오니 노균 잔당을 모두 벼슬에서 떼어 냄이 옳을까 하나이다."

그러자 연왕이 아뢰었다.

"임금의 정사는 공명정대하여 치우침이 없다고 하였나이다. 하오니 폐하는 다만 착한 자를 쓰시고 어리석은 자를 멀리하실 것이라, 어찌 당론으로 어진 사람과 어질지 못한 사람을 가리겠나이까? 무릇 임금이 인재를 쓰는 것이 목수가 재목을 쓰는 것과 같사온데, 재간 있는 목수는 버릴 재목이 없다고 하나이다. 그러니 폐하께서 어찌 옛적 충신들처럼 충성스럽고 공맹처럼 도학을 하고 백이숙제처럼 청렴하고 믿음직한 자들만 쓰시겠나이까. 그 누구든 한 가지 능한 것이 있은즉 그 능한 것을 취하고 능하지 못한 것을 용서하시며, 한 가지 재주가 있은즉 그 재주 쓸 곳을 생각하시면 무슨 소임을 주든 그르치지 않을 것이옵니다. 지난날 노균이 권세를 잡아 생사와 화복이 그 손아귀에 있어, 약한 자는 두려워하고 강한 자는 자리 지키기에 급급하였으며 곤궁한 자는 그 부귀를 사모하여 욕됨을 무릅쓰고 뜻을 굽혀 그 문하에 출입하였으나, 이는 다 그럴 수도 있는 일이옵니다. 어찌 당파를 가지고 명예와 지조를 따지어 사람들을 하나하나 갈라 보시겠나이까. 바라옵건대 인재를 고를 때 청당인지 탁당인지 묻지 마시고 노균과 가까운지 먼지도 묻지 마시어, 어질고 어질지 못함만 살피소서."

황제는 모두를 보며 말했다.

"연왕 말이 옳구나. 노균 문하 사람들 가운데 노균 때문에 저도 죄를 입을까 두려워 도망친 자 있거든 죄를 묻지 말라."

또 연왕을 보며 말하였다.

"경의 소실 벽성선의 소식을 들었소? 행궁에서 짐에게 하직하고 떠난 뒤 종적이 묘연하여 그다음에 어찌 되었는지 알 길이 없구려. 그 높은 충성을 잊지 못하오."

"전쟁으로 나라가 위급한 때에 사삿일을 생각할 겨를이 없어 아직 생사를 모르옵니다."

"벽성선의 지조와 절개는 한 가지로도 미루어 짐작할 바이니 나라를 위하여 충성을 다하는 사람이 어찌 조금이라도 부끄러운 일이 있겠소. 짐이 눈이 어두워 왕세창의 근거 없는 말을 듣고, 절개 있는 여자가 뜻을 얻지 못한 채 정처 없이 떠돌아다니게 하였으니 참으로 미안하구려. 짐이 이제 벽성선을 위하여 흑백을 밝히어 애매한 허물을 벗겨 주리라."

황제는 곧 왕세창을 엄히 꾸짖고 자객을 찾아 잡아 오라 재촉하었다.

세창은 겁이 나서 위 씨를 찾아가 선랑 문제로 큰 화가 있을 것 같다고 가만히 말하였다. 위 씨가 놀라면서 춘월을 불러 꾸짖었다.

"네 벌써 선랑을 죽였다고 하더니, 아직까지 살아 있어 일이 뒤집히게 되었구나! 이를 어찌하면 좋겠느냐?"

그러자 춘월이 입가에 웃음을 띠며 말하였다.

"세상만사가 헤아리기 어려운 법이옵니다. 죽었던 사람도 더러 살아날 수 있으니, 살아 있다고 하여 다시 죽이지 못한다는 법이 있으리까?"

그러더니 위 씨 귀에 대고 가만히 말하였다.

"자객을 급히 잡아 오라 하신다니 이야말로 참으로 묘한 기회가 아니겠나이까. 마님이 천금을 다시 쓰신다면 제게 계교가 있어 이리이리할 것이니, 선랑이 비록 천만번 살아 입이 열이라도 어찌 발명하리까?"

위 씨는 한숨을 내쉬었다.

"폐하께서 선랑을 그토록 기특히 여기시고 돌보아 주시니, 천금이 있다 한들 무슨 소용이겠느냐? 황제 명이 지엄하니 잘못하다가는 큰 변이 닥치지 않겠느냐?"

춘월이 다시 위 씨 앞으로 바투 다가앉으며 말하였다.

"일이 누설되면 그 재앙이 제게 먼저 미칠 터이온데, 제가 어찌 소홀히 생각하리까?"

위 씨가 곧바로 천금을 내주었다.

하루는 천자가 조회를 받는데 왕세창이 아뢰었다.

"신이 폐하 명을 받들어 자객을 찾아 잡고자 하였으나 자취를 알 길이 없더니, 어제 자금성 동문 밖 주점에서 수상한 여자를 잡았나이다. 모양새를 보니 틀림없는 자객이라 문초하였사오나, 끝내 이름도 대지 않고 선랑의 일도 모른다 하옵니다. 그래서 신이 혹 죄 없는 사람을 잡았나 의심스러워 황 각로 댁 여종 춘월이를 불러 그 여자를 보이니, 틀림없이 전날 왔던 자객이라 하기에 신이 특별히 엄히 문초할까 하나이다."

황제는 노하여 왕세창에게 명하였다.

"이 일이 조정 대사는 아니나 풍속 교화에 관계되고 황씨 집안은 짐의 외가 쪽 친척이 아니냐! 법관이 심문하는 것은 옳지 못하니 따로 가두어라. 짐이 직접 물어보겠노라."

곧 기구를 갖추고 그 자객을 잡아들여 물으니, 곤장 한 대 치지 않았는데도 낱낱이 아뢰었다.

"소인의 성은 장이요 이름은 오랑이옵니다. 자객으로 장안에서 놀다가 연왕 양 승상의 소실 벽성선이 천금을 주며 황 각로 댁에 가서 위 씨 모녀를 살해하고 오라 하기에 밤을 타서 황 각로 댁에 들어갔다가 계집종 춘월이에게 들켜 도망쳤나이다. 천금을 탐하여 시킨 대로 하였으나, 죽어도 할 말이 없사옵니다."

천자는 노하여 형벌을 안기라 하려는데, 왕세창이 나서며 아뢰었다.

"죄인이 자백한 말이 소문과 하나하나 들어맞으니, 어찌 지나친 형벌을 내리시어 인명을 상하게 하겠나이까."

이때 대궐 문밖에서 신문고 치는 소리가 울리더니 곧 수문장이 들어와 아뢰었다.

"웬 늙은 여인이 한 여자를 잡아와서 억울한 일을 밝히겠다 하옵니다."

황제가 궁금하여 불러들이라 하니, 과연 머리 하얀 여인이 들어왔다. 키가 오 척에 지나지 않으나 맹렬한 기운이 양미간에 가득하였다. 여인은 코 없는 여자를 끌고 들어와 엎드려 아뢰었다.

"저는 평생에 의로움을 좋아하여 사람들을 위해 원수를 갚아 주는 자객으로 살아가고 있었나이다. 그런데 하루는 황 각로 부인 위 씨가 계집종 춘월이에게 천금을 들려 가지고 온갖 요사한 수단으로 저를 속이며, 양 승상 소실 벽성선의 머리를 가져오라 하였사옵니다. 위 씨 용모와 말씨를 보니 좋은 사람이 아니라 의심스럽긴 했으나 일을 맡았사옵니다. 정작 양 승상 댁에 이르러 창밖에서 가만히 엿보니, 선랑이 허름한 옷차림으로 베 이불에 풀자리 깔고 누워 있는데, 조금도 간악한 태도가 없었나이다. 하여 칼을 멈추고 망설이는데, 문득 촛불 아래 선랑이 돌아누우며 소매를 움직이니 팔에 붉은 점이 또렷이 찍혀 있었사옵니다. 신이 창에 구멍을 크게 뚫고 다시금 자세히 살펴보니 분명한 앵혈이었나이다. 가슴이 서늘해지며, 한창 젊은 미인의 빙설 같은 지조를 똑똑히 알고는 가슴이 서늘했나이다.

제가 분을 참지 못하여 그길로 달려가 위 씨 모녀를 죽이려 하자, 외려 선랑이 처첩 간 의리는 임금과 신하 사이나 마찬가지라 하면서 그래서는 절대로 아니 된다며 오히려 꾸짖었사옵니다. 아, 제가 칠십 년 협객으로 천하를 돌아다녔사오나, 어찌 음탕한 여자가 앵혈이 있으며 간사한 사람에게 의리가 있다 생각하겠나 이까.

제가 선랑 얼굴을 보아 위 씨 죄악을 용서하고 다만 춘월이를 겁주고 물러났사옵니다. 뉘우치고 새사람이 될까 믿어 보았기 때문이옵니다. 헌데 도리어 제가 저지른 죄를 선랑에게 덮어씌우려 하니 하늘 아래 어찌 이러한 일이 있사옵니까. 춘월이가 도망쳐 버릴까 하여 잡아 왔사오니 낱낱이 문초하여 옳은 것과 그른 것을 가리소서."

그리고 장오랑을 보며 꾸짖었다.

"네 우격의 누이 우이랑이 아니냐! 위 씨의 천금이 탐나 황제를 속이고자 하니 어찌 한심치 않으랴!"

신하들이 놀라 얼굴이 하얗게 질렸다. 황제가 크게 노하여 춘월과 우이랑을 엄히 국문하니 죄다 털어놓았다. 황제는 자객 여인에게, 비록 자객이나 자수하였으니 그 의기는 칭찬할 만하다 하며, 죄를 용서하고 특별히 놓아주었다. 또한 우이랑과 춘월을 병부에 넘겨 관련된 죄인들을 하나하나 조사하여 죄상을 밝히라고 영을 내렸다.

법을 맡은 벼슬아치들이 황명을 받고 춘월과 우격을 네거리에서 목매달았고, 춘성과 우이랑은 인적 없는 외딴곳에 귀양 보냈으며, 왕세창은 벼슬을 떼고 지방으로 쫓아 보냈다.

그 뒤 황제는 연왕을 불러 어두운 얼굴로 말하였다.

"옛말에 이르기를, '여자가 한을 품으면 오월에도 서리가 내린다.' 하였노라. 짐이 눈이 어두워 선랑을 산속 도관으로 떠돌며 숨어 살게 하여 오늘까지도 살았는지 죽었는지도 알지 못하니 평화롭고 화목한 기운을 해쳤노라. 나라를 위해 충성을 다한 선랑의 공을 짐이 아직 갚지 못하였는데, 선랑이 잘못되었다면 어찌 슬프지 않으리오."

천자는 안타까움과 슬픔을 가누지 못했다.

연왕은 천자를 위로하고 집에 돌아와서 부모님에게 말하였다.

"황 씨 죄악이 드러나고 폐하 처분이 명백하고 통쾌하시니, 이제 황 씨를 제집으로 돌려보내려 하나이다."

연왕은 곧바로 황씨 집안에 관계를 끊는다는 기별을 보냈다. 황 부인은 그만 하늘이 무너지는 듯 정신이 아뜩한데, 위 부인은 오히려 살점을 도려내는 듯 아프면서도 악한 마음이 곱절이나 늘어난 듯했다. 얼굴이 푸르락붉으락하더니 푸들푸들 떨면서 딸을 보고 웃으며 말하였다.

"내 딸이 생과부가 된단 말이냐? 눈먼 네 아버지가 사위를 잘못 골라 네 신세를 망쳤으니 누구를 탓하겠느냐!"

이럴 때 황 각로가 소식을 듣고 바삐 들어섰다. 위 부인은 딸을 가리키며 말하였다.

"상공은 딸자식 혼처나 다시 구하소서."

"도대체 무슨 말이오?"

황 각로가 놀라며 물으니, 위 부인이 쓴웃음을 지으며 말하였다.

"쫓겨나 돌아오면 다시 시집가는 것이야 예부터 있는 일이오이다. 게다가 상공이 시작을 잘못하였으니 어찌 그 결과가 좋으리까?"

각로가 대답을 못 하고 한숨만 쉬자, 위 부인이 방바닥을 두드리며 발악하였다.

"내 딸이 얼굴이 못생겼소, 성품이 어지럽소, 가문이 보잘것없소? 한낱 천기 손안에 들어 평생 신세를 망치니 상공의 부귀는 두었다 무엇에 쓰며, 승상 권세는 어데다 쓴단 말이오? 차라리 우리 모녀를 한꺼번에 죽여 이 욕됨을 모르게 해 주소서."

황 각로는 말없이 밖으로 나가 버렸다.

위 부인은 분하다 못하여 머리를 싸매고 벽을 보고 반나절 누워 있더니, 갑자기 일어나서 사나운 기색으로 말하였다.

"내 아무래도 태후를 뵈옵고 원통한 이 심사를 죄다 말씀드리리라."

위 부인은 곧 가마를 타고 궁궐로 들어갔다.

이때 황제는 선랑 일을 처리하고 연춘전에 이르러 태후께 고하였다.

"황 씨 모녀의 죄악이 탄로 나 소자 이미 일을 다 처리하였으나 다만 그 주변 사람들을 죄주었을 뿐, 정작 한가운데서 죄를 범한 자더러는 아무것도 묻지 못하였나이다. 황 씨 모녀는 대신의 가솔일 뿐 아니라 모후께서 사랑하시는 바라 다스리기가 참으로 곤란하나이다. 바라옵건대 모후께서 엄히 가르치시어 허물을 징계하소서."

태후는 그 말을 듣고 몹시 불쾌해 있는데, 가 궁인이 들어와서 위 부인이 이르렀다고 말하였다. 태후는 바로 섬돌 아래 꿇리고 죄를 따졌다.

"내 네 어머니를 친동기같이 알아 너를 딸같이 사랑하고 돌봐 주었거늘, 네 벌써 나이 지긋하고 대신의 안해 된 이로 덕은 닦지 못할망정 피를 보는 죄를 저지르니 이 무슨 도리냐! 무릇 투기란 추악한 행실이라. 스스로 범하여도 남을 대할 낯이 없거늘, 하물며 자식을 도와 칠거지악을 스스로 범하게 한단 말이냐!"

태후가 죄를 따지자 위 부인은 뻔뻔스레 말하였다.

"궁중이 깊고 깊어서 바깥 동정을 듣지 못하신 것이옵니다. 푸른 하늘이 내려다보니 저희 모녀는 흰 구슬에 티 한 점 없사옵니다. 신첩이 명이 기박하여 어머니를 일찍 잃고 태후 마마를 하늘같이 믿고 살았나이다. 이제 한없는 원한을 살피지 않으시고 이렇듯 엄히 꾸짖으시니 신첩은 누구를 의지하고 사오리까."

말을 마치고 위 부인은 비녀를 뽑아 머리를 섬돌에 부딪치며 눈물을 비 오듯 흘렸다.

태후는 더욱 노하였다.

"네 비록 나를 속이나 어찌 천지신명을 속이며, 또 천지신명을 속이나 어찌 네 몸이 스스로 부끄럽지 않으리오! 내가 이런 줄도 모르고 조금이라도 잘못을 뉘우치기를 바랐더니, 오늘 네 행실을 보니 더욱 한심하구나. 저승에 먼저 간 네 어미 넋이 있어 오늘 너를 본다면, 너를 바로 이끌어 주지 못했다고 나를 나무라며 슬퍼하리로다."

태후는 위 씨 모녀를 추자동楸子洞에 가두어 죄를 깨닫도록 하라고 하교하였다. 추자동은 위 씨 어머니 마 부인의 무덤이 있는 곳이다. 태후는 눈물을 흘리며 가 궁인에게 위 씨를 빨리 끌어 내치라고 하였다. 위 씨는 분에 겨워 통곡하며 집으로 돌아왔다.

집에서는 가 궁인과 궁궐 노비들이 태후의 엄명을 받고 서두르라 재촉하였다. 위 씨는 어쩔 수 없이 딸과 계집종 도화를 데리고 수레에 올라 추자동으로 갔다. 추자동은 서울에서 오십 리 거리였다. 상서 황여옥은 어머니를 모시고 뒤를 따르고, 황 각로는 기를 펴지 못하며 위 씨 모녀의 손을 잡고 말하였다.

"다 내 죄이구려. 부인과 딸아이 둘 다 아무쪼록 몸을 돌보면서 때를 기다리시오."

위 씨가 차갑게 웃으며 말하였다.

"기다리면 무엇 하겠소? 첩이 한 나라 원로의 안해요 상서의 어미로, 그깟 천한 기생에게 곤욕을 당하고 원통한 죄수가 되니, 지옥에 가더라도 굶주린 아귀밖에 더 되겠소?"

그러고는 수레와 짐꾼들을 재촉하여 추자동에 이르렀다.

마 부인 무덤에 다다라 통곡하고 나서 처소를 물으니, 산은 깊고 바람이 쓸쓸한데 산에 의지하여 있는 한 칸짜리 흙집을 가리켰다. 흙벽에 구멍을 내어 창문을 달았으나 가시로 울타리를 높이 쌓으니 햇빛을 볼 수 없었다. 궁중 하인 둘이 태후 명을 받고 문을 지키며 오가는 사람들을 단속하니, 황 부인이 눈물이 가랑가랑 맺힌 얼굴로 가마에서 내려 어머니와 함께 방 안으로 들어갔다. 거적때기에서 축축한 기운이 올라와 뼈마디를 파고드니 앉아 있기도 힘들었다. 모녀는 서로 붙안고 목을 놓아 울었다. 그러다가 위 부인이 갑자기 도화에게 호령하여, 침구를 풀고 비단 자리와 수놓은 방석을 겹겹이 포개어 깔라 하더니 그 위에 올라앉으며 웃었다. 그리고 딸에게 말하였다.

"나라에 큰 죄를 지은 것도 아니고 대역죄를 저지른 것도 아닌데, 비단옷에 쌀밥으로 호화롭게 자란 내가 어찌 하루아침에 이런 고초를 감당하리오."

황 부인은 아무 대답도 하지 않고 다만 눈물이 글썽하여 가만히 비단 자리를 밀어내고 거적에 앉았다. 그러자 위 씨는 딸을 꾸짖으며 말하였다.

"네 그토록 청승스러우니, 그 기상으로는 평생 생과부를 면치 못하겠구나."

선랑은 진왕의 도움으로 무사히 진국에 도착하였다. 진왕의 안해, 곧 공주는 선랑의 사람됨과 아름다움을 보고 자연히 마음이 끌려 반가워하였다.

"그대가 태후궁 시녀라니 오랫동안 조정에 들어가지 못했겠구먼. 그런데 어찌 홀로 적병에게 사로잡히게 되었느냐?"

선랑은 더 속이고 싶지 않았다. 그래서 한동안 잠자코 앉아 있다가 사실대로 말하였다.

"저는 사실 궁인이 아니라 연왕 양 승상의 소실 벽성선이옵니다. 운명이 기구하여 양씨 댁에 머무르지 못하고 산속을 떠돌아다니다가 산화암에 머물고 있었는데, 두 분 마마께서 전란을 피하여 암자에 이르셨나이다. 이때 적병들이 암자를 에워싸 형세가 다급한지라 제가 태후 마마의 몸을 대신하여 적병을 잠깐 속였다가 적들 손에 잡히게 되었나이다. 다시 살아 돌아가지 못할까 하였는데, 하늘이 불쌍히 여겨 뜻밖에 진왕 전하가 은덕을 베푸시어 다시 하늘의 해를 보게 되었나이다. 하오나 떠돌아다니는 처지라 많은 사람들을 속였사옵니다. 허나 어찌 공주 마마를 속이리까."

공주는 선랑의 손을 잡으며 눈물을 흘렸다.

"그렇다면 선랑은 나의 은인이로다."

그리고 태후와 황후의 안부와 가신 곳을 자세히 묻고는 선랑과 소청을 각별히 사랑하였다. 선랑이 또한 공주의 현숙한 덕과 풍류 번화한 기상에 감동하니 손님과 주인 간의 정이 날로 두터워졌다.

하루는 공주가 조용히 물었다.

"선랑 기색을 보니 늘 마음속에 근심이 있는 듯한데, 무슨 곡절이 있기에 그처럼 아름다운 자색으로 집안에 머물지 못하고 떠돌아다니는가?"

선랑은 머리를 숙이고 부끄러워할 뿐 끝내 털어놓지 못했다.

하루는 공주가 선랑과 쌍륙을 놀다가 주사위를 다투면서 선랑의 팔을 잡게 되었다. 그때 소매가 들리면서 한 점 앵혈이 드러났다. 공주는 마음속으로 더욱 놀라 곡절을 알아보리라 하고 소청을 불러 조용히 물어보았다. 소청이 속이지 못하고 앞뒤 곡절을 대강 말하니, 공주는 그제야 선랑 처지를 알고 불쌍히 여기며 황 씨 모녀를 원망하였다.

황제가 북방을 평정하고 궁중에 들어오자, 공주는 태후를 뵈러 선랑과 같이 길을 떠나 황성에 이르렀다.

선랑은 공주에게 총애를 입고 다시 고국에 살아 돌아왔으니 이 길로 집으로 가겠노라고 하였다. 그러자 공주가 선랑의 손을 잡으며 말하였다.

"그대가 여러 해 산중에서 집을 잊고 다닌 처지인데 무슨 그리 급한 일이 있소? 태후께서 선랑이 살아 돌아왔다는 소식을 들으시면 빨리 보자고 하실 것이니, 나를 따라 궁궐로 들어가 먼저 태후와 황제를 뵈옵고 돌아가는 것이 옳소."

선랑이 하릴없이 공주를 모시고 궁중에 이르니, 태후는 공주와 정회도 풀기 전에 선랑의 손을 잡으며 눈물을 흘렸다.

"선랑아, 하늘이 무심치 않구나. 이 늙은것이 너를 적진에 보내고 혼자 살아와 떠받듦을 받으나, 한시도 네 생각이 떠나지 않더구나. 혹 네 그 따뜻한 충정으로도 화를 면치 못하는가 걱정하였느니라. 이제 서로 살아 얼굴을 다시 보니 이 어찌 하늘의 도움이 아니겠느냐."

황후와 비빈과 가 궁인 또한 손을 잡고 반기는데, 천자가 공주 온 것을 알고 진왕의 소매를 이끌어 내전으로 들어오다가 선랑을 보고 놀라며 물었다.

"저기 서 있는 여자가 연왕의 소실 벽성선이 아니냐?"

천자 말에 공주 또한 놀라서 물었다.

"폐하께서 어찌 재상집 깊숙이 있는 여인을 아시나이까?"

"짐의 충성스러운 신하라. 짐이 먼저 알고 공주가 나중에 알았겠는데, 어찌 공주를 좇아왔는가?"

진왕이 길에서 만나 도와주고 진국으로 보내던 이야기를 하나하나 아뢰니, 천자는 기이하게 여기며 진왕더러 말하였다.

"경은 어찌 이제껏 그 일을 말하지 않았는고?"

그러자 진왕이 웃으며 대답하였다.

"태후궁 시녀인 줄만 알았지 연왕 소실인 줄은 몰랐나이다."

황제가 말하였다.

"선랑은 우리 남매에게 크나큰 은인이구려. 무엇으로 다 갚으리오."

그러면서 행궁에서 허망한 꿈을 꾸던 것과 선랑이 풍류로 간하여 노균을 꾸짖던 일을 이야기하니, 태후가 탄복해 마지않았다.

"한낱 연약한 여자로 동분서주하며 우리 모자를 구하였구나. 이는 옛 책에서도 보고 듣지 못하던 일이로다."

선랑은 태후께 사례하며 말하였다.

"공주께서 신첩을 각별히 사랑하시어 바로 집으로 가지 못하고 당돌히 먼저 궁궐에 들어 태후 마마를 뵈었사옵니다. 이제 살아 돌아왔다는 소식을 집에 알리는 것이 옳을 것이라 물러감을 청하나이다."

그러자 진왕이 싱글벙글 웃으며 태후께 말하였다.

"신이 평생 벗이 없삽더니 연왕과 전란 중에 고생을 같이하여 지기로 사귀었으나, 나랏일이 바쁘다 보니 언제 한번 조용히 마주 앉아 술 한잔 하며 정회를 나누지 못하였더이다. 오늘 마침 별일이 없고, 연왕이 잃었던 안해를 찾아다가 그냥 말없이 주기도 아까우니, 한번 신이 놀려 주어 태후 마마를 기쁘게 해 드리겠나이다."

태후가 웃으며 물었다.

"진왕이 어떻게 연왕을 놀려 주려 하는가?"

진왕은 태후에게 선랑을 보내지 말고 연왕을 불러 달라고 하였다. 태후가 허락하니, 진왕은 공주에게 술을 갖추고 선랑을 숨겨 이리이리하라고 하였다.

그날 밤 황태후가 연왕을 대궐로 부르니, 연왕이 들어와 먼저 황제를 뵈었다.

"모후께서 경을 자식처럼 여기시고 매양 사랑하시는 중 오늘 밤 진왕과 같이 만나 보고자 하시니, 태후 마마와 함께 즐겨 보도록 하오."

연왕이 황송하여 거듭 사례하는데, 태후궁 시녀가 태후의 명을 받들고 연왕을 모시러 왔다.

지옥을 구경하고 오장을 씻어 내니

연왕이 연춘전에 이르니, 진왕이 태후를 모시고 구슬발 밖에 앉아 있었다.

태후가 연왕을 가까이 앉히고 말하였다.

"내가 경을 다른 신하들과 달리 생각하기에 매양 만나 보고자 하였건만 체모에 매여 못하였으니 미안하오. 오늘 밤 진왕을 만나고 보니 연왕 생각이 더욱 간절하여 청하였으니, 경은 늙은이의 이 번잡스러움을 용서하시오. 경이 남방에 귀양 가고 북방에 출전하여 고생이 많았으니, 한창 젊은 몸이기는 하나 어디 불편한 데는 없으시오?"

연왕은 머리를 조아렸다.

"천은이 망극하여 나서 자라도록 보살펴 주시는 은덕이 갈수록 바다 같사와 무탈하나이다."

그러자 진왕이 웃으며 연왕더러 말하였다.

"양 형은 오늘 밤 이렇게 태후께서 만나 보시는 뜻을 알겠소? 형의 소실 선랑이 태후 마마를 위하여 끝까지 충성을 다한 의로운 여인인데, 아직까지 소식이 없다니 살아 돌아오지 못하려나 보다 하시며, 당신 일로 하여 연왕이 총애하던 첩을 잃었다고 탄식하시었소. 그래 특별히 궁녀들 가운데서 가장 아름다운 여자를 골라 선랑을 대신케 하여 형의 마음을 풀어 주고자 하시는데, 형 생각은 어떻소?"

연왕은 입가에 웃음을 띠며 말하였다.

"은혜는 극진하나 뜻을 받들지 못하겠나이다. 벽성선이 나라 위해 충성을 다하였으니 제 어찌 조금이라도 섭섭하겠나이까. 하물며 처첩이 이미 여럿 있어 분수에 넘치니 더 주신다 하여도 반갑지 않사옵니다. 또 전란을 겪은 지 얼마 안 돼 흩어진 백성들이 미처 집으로 돌아오지 못하였으니 그 수를 헤아릴 수 없는데, 선랑이 죽었는지 살았는지 누가 알겠나이까. 하늘이 무너져도 솟아날 구멍이 있다고 구사일생으로 나중에 집에 돌아오면, 선랑이 비록 질투하는 마음을 품을 사람은 아니라 해도 제가 무슨 낯으로 대하겠나이까. 이것이 받들지 못하는 까닭이옵니다."

그러자 진왕은 억지로 누르다시피 말하였다.

"형의 말이 지나친 듯하오. 선랑을 위하여 수절하겠다는 말이오? 이 화진이가 매파가 되어 궁녀를 정하여 두었으니, 거절한다면 미인에게 한이 되지 않겠소?"

연왕이 웃으며 머리를 가로저었다.

"형은 정말로 수단이 없는 매파로구려. 바라지도 않는 혼인을 억지로 중매하니 형의 입만 아프지 않을까 하오."

진왕은 다시 태후에게 아뢰었다.

"연왕이 겉으로는 사양하는 척하나 제가 그 속셈을 가늠해 보니, 혹시 아름답지 못한 여인을 중매할까 봐 망설이는 것 같사옵니다. 잠깐 불러내어 얼굴을 보이는 것이 좋을까 하나이다."

그리고 그 미인을 부르라 하니 공주가 선랑을 어여쁘게 단장시켜 구슬발 밖으로 내보냈다. 선랑은 부끄러워 태후 앞에 나아가 공손히 섰다. 태후는 그 손을 잡고 웃으며 연왕을 보며 말하였다.

"이 늙은이가 주장하고 진왕이 중매 서는데 설마 곱지 않은 여인을 권하리오? 이 사람은 내가 친딸처럼 사랑하는 사람이라 경에게 자랑하거니와 부끄러울 바 없을까 하오."

연왕이 억실억실한 눈을 흘겨 보니 남북 전란에 자취가 묘연하여 자나 깨나 잊을 수 없던 선랑이다. 하늘에서 떨어진 듯 땅에서 솟아난 듯 연왕이 속으로 놀라고 반가웠으나 겉으로는 태연히 웃으며 말하였다.

"형이 말을 요란하게 하기에 난생 처음 보는 미인을 중매하는가 하였더니, 이제 보니 내 거울 반쪽을 찾아 주었소그려."

그러자 진왕은 크게 소리 내어 웃으며 말하였다.

"날도 좋고 때도 좋아 혼사가 순조롭게 이루어졌으니, 이 자리에 어찌 술이 없으리오."

그리고 술상을 재촉하니, 공주가 궁녀들을 시켜 한 상 가득히 차려 들여왔다. 진왕이 커다란 잔에 술을 남실남실 부어 들고 태후에게 아뢰었다.

"연왕이 잠깐 사이에 말과 행동이 달라 아까는 엄명을 어기며 굳이 사양하더니, 지금은 대단히 좋아서 외려 얻은 것을 잃을까 겁내는 것 같소이다. 이는 공경하는 도리가 아니니 벌주를 주지 않을 수 없나이다."

연왕이 잔을 받아 들고 단숨에 들이켠 뒤 잔에 술을 남실남실 부어 들고 태후에게 아뢰었다.

"하늘이 감동하여 미인을 보내시거늘, 진왕이 무례하게도 자기 공이라 자랑하니 진왕 또한 벌주를 주지 않을 수 없나이다."

이렇게 되어 술잔이 즐거이 오고 갔다. 차츰 자리에 술기운이 무르녹고 두 왕이 다 취하였다.

이때 좌우가 갑자기 뒤설레며 천자가 들어왔다. 천자가 웃으며 태후를 모시고 자리에 앉으니, 태후가 진왕과 연왕이 농질하던 이야기를 자세히 말했다. 그러고 나서 선랑을 칭찬하며 말하였다.

"예부터 충신열사가 많으나 여인들 가운데 선랑 같은 사람이 또 있으리오. 바야흐로 오랑캐들이 사방을 에워쌀 때 담 큰 장부라도 간담이 떨리고 손발이 까드러져 저마다 살길을 찾을 생각만 할 터인데, 하물며 가녀린 여자야 더 말할 것 있겠소. 그런데 선랑은 태연히 죽을 곳으로 나아갔으니, 이런 일은 억지로 지어서는 못하는 일이라오. 옛적에 기신紀信이가 한 고조 대신 죽어 이름이 크게 났으나, 그는 당당한 장부요 나라의 녹을 먹는 신하니 당연하다 할 수도 있소이다. 허나 오늘날 선랑은 벼슬도 없는 아녀자로 평소 충절을 품지 않았으면 어찌 한순간에 이런 일을 할 수 있었으리오. 충신을 효자 가문에서 구한다 하였으니, 선랑의 충성심이 뛰어날 뿐 아니라 평소 연왕이 이끈 결과인가 싶구려.”

태후의 말을 다 듣고 천자가 진왕을 돌아보며 말하였다.

“선랑의 기질이 저렇듯 연약하나 거문고를 밀치고 늙은 역적 노균을 꾸짖을 때는 두 눈썹에 매서운 바람이 일고 서늘하여 보는 사람 정신을 번쩍 들게 하였노라. 그래 의봉정 앞에서 연왕의 충성으로도 돌리지 못하던 이 눈먼 임금을 거문고 몇 곡으로 부드럽고 조용히 간하여 환히 깨닫게 하였으니, 이는 진실로 고금에 없는 일인가 하노라.”

모두가 황제의 말을 들으며 선랑의 충성에 탄복하여 마지않았다.

어느새 날이 저물어 두 왕은 태후에게 물러간다고 인사하였다. 태후는 궁녀를 시켜 취한 사람들을 부축하여 전각을 내려서는 것을 보고서야 선랑을 집으로 돌려보냈다. 태후와 공주며 비빈이 다 선랑의 손을 잡고 아쉬워하며, 나중에 다시 들어오라 하면서 먼 길 떠나는 사람처럼 바래 주었다.

연왕이 선랑을 데리고 부중에 이르자 모두가 놀라며 반겨 맞았다. 늙은 시부모는 죽었던 사람이 되살아온 듯 선랑의 손을 잡고 무척 기뻐 어쩔 줄 몰라 했다.

날이 흘러 위 부인과 딸 황 씨가 추자동에 온 지 벌써 한 달이 지났다.

황 씨는 음식은커녕 물 한 모금 마시지 않았다. 밤낮으로 울기만 하니, 얼굴은 서리 앉은 꽃처럼 해쓱해지고 해진 옷과 거적 위에는 눈물 자국이 마를 새 없었다. 그러는 딸을 보며 위 씨는 가슴이 아팠다.

"시집에서 쫓겨난 것이 서러워 그러느냐, 나라의 죄인 됨을 한탄하는 것이냐? 남은 목숨을 절로 끊어서 그 천한 것의 소원을 이루어 주자고 그러느냐? 차라리 어서 죽어 이 어미 간장을 태우지나 마라."

황 씨는 아무 대답도 없이 그저 울기만 하였다.

하루는 가을바람이 일며 날씨가 으스스한데 적막한 강산에 슬피우는 두견새 소리와 처마 끝에 흐르는 반딧불이가 처량한 근심과 구슬픈 회포를 더욱 자아냈다. 어머니와 도화는 이미 잠들고 황 씨 홀로 베개를 의지하여 깜빡이는 등잔불을 바라보며 신세를 한탄하고 있었다. 그러다 살포시 잠이 들었다.

잠결에 어느 곳에 이르니 웬 누각이 허공에 솟아 있다. 뜰이 깊숙하고 담장이 웅장하여 인간 세상의 궁궐과 비슷한데, 선녀들이 난새를 타거나 봉황을 타고 쌍쌍이 오가는 것이었다.

황 씨가 한 선녀를 보고 물었다.

"이곳은 어떤 곳이며 저 누각은 무슨 집이오이까?"

선녀는 의아한 기색으로 황 씨를 보더니 말하였다.

"이곳은 하늘나라 옥경이며, 저 누각은 상청궁으로, 안에 상청부인上淸夫人이 계시오이다."

그러자 황 씨는 상청부인이 어떠한 부인이냐고 다시 물었다. 선녀가 웃으며 말하였다.

"그대는 어떠한 사람인데 상청부인도 모르오이까? 그 부인은 주

나라 문왕의 부인 태사太姒이시옵니다. 옥황상제 명을 받고 상청
궁에 살면서 선녀들을 가르치신다오."

황 부인이 그 말을 듣고 속으로 생각하였다.

'내 일찍이 들으니 그 부인은 아름다운 덕이 있어 부인들이 따라
배울 스승이라 하던데 어떠한 사람인지 가서 보리라.'

문 앞에 이르러 만나 뵙기를 청하니 시녀 하나가 길을 인도하였
다. 궁중에 들어가니, 열두 난간에 구슬발을 높이 걸고 기이한 향내
가 풍기는 가운데 삼천 궁녀들이 달같이 둥근 노리개를 울리며 상
청부인을 모시고 있었다. 부인은 단정하고 부드러운 얼굴에 몸가
짐이 여유로웠다. 봉황을 그린 부채와 구름 같은 깃발이 서 있는데
부드러운 목소리가 울렸다.

"그대는 어떠한 사람인가?"

황 부인은 몸가짐을 바로하고 대답하였다.

"저는 명나라 연왕 둘째 부인 황 씨로소이다."

그러자 상청부인은 황망히 자리에서 내려서며 두 손을 잡고 반가
워하였다.

"인간 세상과 천상이 어찌 다르리오. 연국 왕의 부인이니 귀한
분이신데, 어찌 이리 서 있으리오."

시녀를 시켜 칠보 방석을 깔아 놓고 앉으라 청하니, 황 부인은 사
양치 않고 자리에 앉으며 말하였다.

"부인의 현숙하신 덕을 듣고 가르침을 얻을까 하여 왔나이다."

"내 무슨 덕이 있겠소? 부인은 벼슬 높고 이름난 집안의 자손인
데다 이미 연국 왕의 부인으로 존귀함을 겸하시니 분명 규방의

도덕을 듣고 본 것이 많을 것인데, 어찌 이같이 겸손하시오?"

상청부인이 말하니, 황 부인이 말하였다.

"제가 다른 말씀을 듣고자 하는 것이 아니라, 부인이 인간 세상에 계실 적에 여러 첩들이 관저關雎며 규목樛木의 시를 지어 집안의 화목을 노래하고 번성을 격려하며 부인의 성덕을 칭송하고, 조금도 투기하는 마음을 가지고 있지 않았다 하옵더이다. 이는 꾸며 내신 것이 아니면 예사 부인들과는 칠정七情이 다른가 하나이다."

상청부인은 무슨 말인지 몰라 하며 급히 물었다.

"투기란 것이 무엇을 말하는 것이오?"

황 부인은 이상하게 여기며 말하였다.

"여자 한평생이 지아비에게 달렸는데 지아비가 첩들을 두어 정을 옮기면 어찌 시기하는 마음이 생기지 않으리까? 이것을 투기라 하옵니다."

상청부인이 이 말을 듣더니 갑자기 성을 내며 몸을 일으켜 의자에 올라앉았다. 그러고는 좌우에 호령하여 황 부인을 잡아 내려 섬돌 아래 꿇리고 크게 꾸짖었다.

"네 어떠한 더러운 물건이기에 감히 내 귀를 더럽히는고! 내 사람 세상에서 구십 년을 살았어도 일찍이 투기란 말을 듣지 못하더니, 네 이제 음란한 마음과 깨끗지 못한 말을 혀끝에 올려 내 속을 떠보자 하는 것이 아니냐! 너 같은 것은 옥경 청도에 잠시라도 머물지 못할지니 어서 돌아가라. 그리고 세상 여자들에게 전할지어다. 무릇 부인은 성질이 유순하고 품행이 단정하며 한

가지 일에만 전념하여 딴생각은 두지 말아야 하느니라!"

상청부인은 시녀를 호령하여 황 부인을 쫓아냈다.

황 부인은 분하기도 하고 부끄럽기도 하여 길을 찾아 나오다가 문득 한 곳을 바라보았다. 음습한 기운이 사방에 자욱하고 구슬픈 울음소리가 은은히 들려오는데, 가까이 가 보니 깊은 웅덩이에 더러운 것이 가득 차 있어 냄새가 코를 찔렀다. 그 속에 숱한 여자들이 빠져 허우적거리고 있었다. 여자들은 머리를 내밀고 팔을 휘저으며 황 부인을 보고 살려 달라고 울부짖었다. 황 부인은 냄새를 피하여 멀찍이서 물었다.

"그대들은 어떠한 사람들인데 이 지경에 처하였소?"

그러자 한 여자가,

"저는 한고조의 안해 여후인데, 전생에 투기하여 첩과 첩의 아들을 살해한 죄로 이 고초를 받으오."

하니, 또 다른 한 여자가,

"저는 진나라 때 충신 왕도王導의 부인 마 씨로, 전생에 투기하여 여러 첩들을 모함하고 남편을 욕되게 한 죄로 이 고초를 당하오."

하였다. 또 한 여자가 말했다.

"저는 진나라 가충賈充의 안해 왕 씨이온데, 첩들을 투기하고 그 자식을 독살한 죄로 이 고초를 받으오."

그 뒤를 이어 여자들이 차례로 울며 하소연하는데, 죄다 부귀를 누리던 집안 여자들이나 투기를 일삼아 집안 법도를 어지럽힌 죄로 고초를 당하고 있었다.

황 부인은 이들을 보고 마음에 찔리는 데가 있어 등골이 오싹하였다. 한마디도 못 하고 소매로 얼굴을 가리고는 돌아서서 달아났다. 여자들이 뒤에서 일제히 소리쳐 불렀다.

"연왕 부인은 달아나지 말라! 부인도 우리와 같은 여자이니 마땅히 이 고초를 함께 겪어야 하리로다."

그러더니 더러운 것을 손에 움켜쥐고 던지며 쫓아왔다.

무서워 소리치며 일어나니 꿈이었다. 온몸에 식은땀이 흘러 베개와 이부자리가 다 젖어 있었다. 부끄럽고 분한 마음을 가누지 못하여 이리 뒤척 저리 뒤척 잠들지 못하며 생각하였다.

'나는 어떠한 사람이고 상청부인은 어떠한 사람인가? 고대광실 높은 집에 사는 왕후장상의 안해이기는 마찬가지요, 이목구비와 오장 육부도 다 같은 사람인데, 상청부인은 어찌 그토록 존귀하여 천상 선녀 가운데 으뜸이 되고, 나는 어찌하여 더러운 욕을 당하는가? 더욱 원통한 바는, 그 많은 여자들이 더러운 오물을 뒤집어쓰고 나더러 자기들 무리로 들어오라 하니 내 평생 부귀한 집안에서 금이야 옥이야 귀히 자란 몸으로 내 어찌 그 무리가 되겠는가? 내 이제 귀를 씻고 뼈를 갈아 그 더러움을 씻으려니와 어찌해야 한다?'

그러다가 문득 다시 소스라쳐 깨달았다.

'웅덩이 속 숱한 여자들 또한 화려한 집에서 살던 왕후장상 부인들이니 본디 나보다 못한 이들이 아니로다. 그런데 그런 욕을 당하고 있으니, 사람이 귀하고 천함은 지위나 겉모습에 있는 것이 아니고 마음속에 있구나. 고대광실에 높이 앉으나 마음이 낮으면

제 몸이 낮아지고, 비단옷에 좋은 음식 먹으며 귀하게 자라도 마음이 천하면 제 몸도 천한 것이려니.'

머리에서 계속 이 생각 저 생각이 끊이지 않았다.

'상청부인이 저렇듯 존귀한 것도 마음이요, 그 많은 여자들이 저같이 더러운 것도 마음이구나. 내 이제껏 용모의 더러움만 알고 마음의 더러움을 몰라, 외모의 존귀함만 흠모하고 마음의 존귀함을 보지 못하였으니 어찌 눈 뜬 소경이 아니랴. 슬프구나, 내 궁중 부녀로 죄가 많아 마침내 외딴 산중에 죄인의 몸이 되었으니 뉘 탓이랴. 하늘이 내린 벌이다. 부모 은덕으로 부귀한 집안에 나서 자라 안하무인으로 어려움을 모르다가, 시집에 들어간 뒤 부덕은커녕 교만한 천성을 드러내어 첩들을 업신여기고 지아비의 은총을 혼자 누리려 하였으니, 이것이 바로 더럽고 천한 마음이 아닌가. 선랑은 티 없는 옥이요 빙설 같은 여자인데, 내가 모함하여 달밤에 춘성으로 놀래고 산화암에서 우격으로 위협하여 일 년이나 행랑채에서 거적때기를 깔고 지내게 하였으니, 그 고초 어떠하였으랴. 천도가 돌고 돌아 내 오늘 그 값을 치르는구나.

그 가운데서 더욱 등골이 오싹한 것은 자객을 보낸 일이로다. 흉악한 몰골로 서릿발 같은 칼을 옆에 끼고 한밤중에 창틈으로 엿볼 때 선랑의 위태로움이 한순간에 달려 있었으니, 그 죄를 무엇으로 갚는단 말인가?'

이렇게 스스로를 꾸짖느라 몸이 절로 떨렸다. 이때 한 줄기 서늘한 바람이 창틈으로 들어와 등이 꺼질듯 깜빡이더니 창밖에서 사람 그림자가 얼른거렸다. 황 부인은 깜짝 놀라 악 소리를 지르며 기절하였다. 그러나 부인을 놀랜 것은 서산에 지는 달에 비친 나무 그림자였다.

위 씨와 도화가 황 씨 소리에 놀라 깨어 보니 황 씨가 혼절해 쓰러져 있었다. 서둘러 얼굴을 비비고 팔다리를 주물러 주니 한참 만에야 겨우 의식을 차렸다. 황 씨가 눈을 뜨고 말하였다.

"어머니, 어머니, 창밖에 자객이 왔나이다."

위 씨가 황 씨를 꾸짖었다.

"네 무슨 끔찍한 소리를 하느냐? 자객이라니 무슨 당치 않은 소리야?"

황 씨는 다시 대답이 없고 정신이 혼미해지더니 갑자기 다시 소리를 질렀다.

"어머니, 선랑은 죄가 없으니 죽이지 말고 자객을 물리소서!"

위 씨가 촛불을 들어 딸애 얼굴을 가까이 비추며 다시 말하였다.

"애야, 어서 정신을 차려라. 네 어미 여기 있다. 자객이 어찌 예까지 오겠느냐?"

이때부터 황 씨는 계속 자는 듯하다가는 놀라 깨고 깨어나서는 우니 얼굴 살이 차츰 빠지고 몸은 쇠약해져, 어느덧 병석에서 일어나지 못하게 되었다.

하루는 밤이 깊었는데 황 씨가 문득 어머니를 부르며 말하였다.

"제 병이 심상치 않은 것 같사옵니다. 죽어도 아깝지 않사오나 백발 늙으신 부모를 두고 가려니, 또 시집에 죄를 짓고 쫓겨나 그 죄를 씻지 못하였으니 한이 되옵니다. 부디 어머님은 저를 생각지 마시고 귀한 몸 돌보소서. 이 딸이 불효하여 고결한 덕을 쌓기는커녕 허물이 크니 지하에 가서도 눈을 못 감을까 하나이다."

다시 외마디소리를 지르며 혼절하니 위 씨가 그 손을 잡고 딸을 부르며 울었다.

"내 너를 낳아 사람됨이 민첩하고 재치 있어 남달리 부귀영화를 누려 볼까 하였더니, 지아비 잘못 만나 이 지경을 당하는구나. 차라리 내 먼저 죽어 모르고자 하노라."

황 씨는 눈을 뜨고 어머니를 이윽토록 바라보다가 눈을 찡그리며 말하였다.

"제가 실낱같은 목숨이 한번 끊어지면 세상만사를 영영 잊으려니와 다만 두 가지 소원이 있사옵니다. 하나는 연왕이 저를 저버린 것이 아니라 제가 연왕을 저버린 것이요, 선랑이 저를 모해한 것이 아니라 제가 선랑을 모해하였으니, 어머님은 이제부터 연왕과 선랑 이야기를 입에 올리지 마시어 제 혼이 조금이라도 부끄러움을 면하게 하소서.

또한 제가 죽은 뒤에 황씨 가문의 선산에 묻으려 하신다면 출가한 여자의 떳떳한 일이 아니옵니다. 또 양씨 가문의 선산에 장사 지내려 한다면, 비록 시부모 어지시고 연왕이 너그러워 저를 가엾이 여겨 허락하신다 해도 제 넋이 부끄러울 것이옵니다. 저는 천지간의 죄인이라 영혼이 돌아갈 길이 없사오니, 부디 제가 죽은 뒤 시체를 화장하여 더러운 뼈를 세상에 남기지 말아 주소서. 그것이 둘째 소원이옵니다."

말을 마친 황 씨는 긴 한숨을 쉬더니 다시 혼절하고는 더는 숨소리가 없었다. 위 부인도 가슴을 두드리며 울다가 혼절하고 말았다.

정신이 혼미하여 취중인 듯 꿈속인 듯한 가운데 웬 부인이 나타나 위 부인을 꾸짖었다.

"이 미련한 짐승아, 얼굴을 들어 나를 보라!"

그 소리에 위 씨가 머리를 들어 보니, 어머니 마 부인인지라 반가워 물었다.

"어머니, 이게 꿈인가요, 생시인가요?"

위 부인은 눈물을 흘리며 말하였다.

"제가 어머니와 헤어진 지 벌써 마흔 해가 넘었나이다. 어머니 모습이 늘 눈앞에 어리더니 이제 어디서 오시나이까?"

"그래도 제 어미는 용케 알아보는구나."

"낳아 주고 길러 주고 품어 주시고 들며 날며 안아 주셨으니, 어찌 어머니를 모르리까?"

위 부인이 눈물이 글썽하여 말하니 마 씨는 위 부인을 노려보며 엄히 말하였다.

"내 전생에 무슨 죄를 지어 한 점 혈육도 없다가 너를 낳아 아들 같이 길렀으리오? 세 살에 말을 가르치고 너댓 살에 바느질을 가르치며 밤낮으로 가르친 것은 뒷날 네가 출가하여 큰 허물이 없기를 바랐음이다. 사람들이 '마 씨 비록 아들이 없으나 딸을 잘 가르쳐 다른 집안을 번성하게 하였구나.' 하면 캄캄한 무덤 속 의탁할 곳 없는 넋이라도 즐겁고 안심할까 하였는데, 오늘 이 지경을 당하니 부질없이 너를 낳았구나 싶다. 괜히 혈육을 인간 세상에 두어 눈을 감지 못해 잊자 해도 잊을 길이 없구나. 네가 문벌이 빛나는 집안 자녀로 비록 규방의 법도에 좀 허물이 있긴 하여도 간특한 마음으로 자식까지 그르쳐 남의 집안을 그다지도 어지럽힐 줄을 내 어찌 알았으리오. 내 지은 죄가 크도다. 네 모녀 간 정을 알진대 어찌 어미를 욕되게 하며, 인륜 도리가 중함을 알진대 어찌 제 자식을 잘못된 길로 이끈단 말이냐!"

어머니가 호되게 꾸짖어도 위 씨는 울며 변명하려 들었다. 그러자 마 씨가 더욱 노하며,

"이 불효막심한 것이 천지신명을 속이더니 이제는 제 어미를 속이고자 하는구나!"

하고 막대를 휘둘러 수십 번을 치니 위 씨가 아픔을 참지 못하여 "아이쿠!" 소리치며 깨어났다. 깨어나 보니 도화는 옆에 앉아 울고 있고, 딸아이 또한 가느다랗게 숨을 쉬고 있었다.

위 씨가 그제야 정신을 차리고 제 몸을 만져 보니, 매 맞은 독이 몸에 어려 있어 곳곳이 아파 몸을 움직일 수 없었다. 위 씨는 야속하기도 하고 부끄럽기도 하여 가만히 생각하였다.

'이상하구나. 사십여 년 전 황천으로 가신 넋이 어찌 이같이 분명하실꼬? 분명히 혼령이 계실진대 어찌 나를 돕지 않고 도리어 이렇듯 매를 안기실까? 내 마음이 약하여 꿈자리가 어지러운가 보다.'

이윽고 정신이 혼미하여 눈을 감으니, 마 부인이 또 흰옷 입은 노인 한 명을 데려와 위 씨를 가리키며 말하였다.

"저것이 제 못난 여식이오이다. 천성이 사납고 악하여 말로 가르치지 못할 것이니 선생은 그 심장을 고쳐 성품을 바로잡아 주옵소서."

노인이 위 씨를 한참 보더니 주머니 속에서 단약 한 알을 꺼내 주며 먹으라 재촉하였다. 위 씨가 받아 삼키니 문득 가슴이 찌르는 듯 아프고 입으로 오장이 쏟아져 피가 질벅하였다. 놀랍고 아파서 위 씨가 슬피 울며 빌었다. 노인이 소매에서 작은 호리병을 꺼내더니 그 호리병에 담긴 맑은 샘물로 위 씨의 오장을 하나하나 씻고는 다시 본대로 넣고 마 씨더러 말하였다.

"몸속의 악한 병이 오장뿐 아니라 뼈마디에도 사무쳤으니 뼈를 갈아 독기를 뽑아 버려야 하리로다."

그리고 허리춤에서 작은 칼을 꺼내어 위 씨의 살을 헤치고 뼈마디를 끊으며 서걱서걱 소리를 내니, 위 씨 몹시 아프고 무서워 어머니를 소리쳐 부르며 일어났다. 또 꿈이었다.

가슴과 뼈마디가 아파 구름과 안개 속에 떨어진 양 어지러웠다. 이날부터 위 씨 성품이 홀연 변하여, 지난 일을 생각하면 어찌하여 그리했는지 아득히 꿈만 같았다. 무슨 일이라도 당하면 겁을 내고 마음 여린 사람이 되었다.

세상 사람들이 제 허물을 어찌 제가 모르리오마는 혹 천성이 나약하여 알고도 못 고치며, 혹은 물욕에 빠져 부러 고치지 않으며, 혹은 억지가 심하여 고집하는 자도 있고, 혹은 간교하여 우정 일을 교묘하게 꾸미는 자도 있다. 이러한 자는 몹시 놀랍고 곤란한 일을 당한 뒤라야 마음을 고치나니, 어찌 뒷사람들이 삼갈 바가 아니랴.

위 씨의 꼼꼼한 천성과 황 씨의 총명하고 지혜로운 자질로 한번 허물을 깨쳐 덕을 닦으니 사람이 달라졌다. 다만 황 씨 병세가 뼛속까지 사무쳤고 위 씨는 매 맞은 데가 낫지 않으니 모녀의 참혹한 정상은 차마 눈 뜨고 볼 수 없었다.

태후가 이 소문을 듣고 가 궁인을 가만히 보내 사실인지 알아 오라 하였다. 가 궁인이 추자동에 이르러 보니 쓸쓸한 산속에 거친 흙집이 비바람을 가리지 못하는데, 가시울타리에는 새들이 깃들이고 처마에는 거미줄이 얽혀 사람 사는 곳 같지 않았다. 방 안에 들어가니, 거적자리 깔고 베 이불에 누워 위 씨가 앓는 소리를 내고 황 씨는 흩어진 머리와 더러운 얼굴로 정신이 혼미한 채 누워 있었다.

가 궁인이 눈물을 머금고 모녀의 두 손을 잡으며 탄식하였다.

"부인은 오늘 이런 고초를 당하시는 것이 무슨 곡절인 줄 아시나이까?"

위 씨는 앓는 소리로 조용히 말하였다.

"이는 다 내 잘못이라. 남을 모함한 자가 어찌 재앙을 면하리오. 내 지난 일을 생각하면 꿈같이 아득하여 곡절을 알지 못하나니, 그대가 이리 찾아와 묻는 것도 어찌 부끄럽지 않겠소."

가 궁인은 낯빛을 고치며 위로하였다.

"부인께서 사리에 통달하시어 한때의 잘못을 깨닫고 뉘우치시니 하늘이 마땅히 감동하실 일이옵니다. 잠깐 고초를 겪는 것을 지내 서러워 마소서. 듣건대 부인과 따님의 병환이 심상치 않다 하오니, 무슨 병환이며 지금은 좀 어떠하시나이까?"

"그대는 한집안 사람이나 같거늘 어찌 숨기리오."

위 부인은 가 궁인에게 모녀의 꿈 이야기를 하나하나 다 말하고 매 맞은 자리를 어루만지며 눈물을 흘렸다. 가 궁인이 놀라면서 말하였다.

"여느 상처는 때 되면 나으려니와 귀신의 매가 지나간 자리는 흔적이 가시지 않는다 하더이다. 어서 약을 써 고치소서."

그러자 위 부인이 눈물을 머금고 말하였다.

"우리 몸이란 머리터럭 한 오라기라도 부모가 주신 바라 비록 살을 베고 뼈를 깎는다 해도 그 은덕을 갚기 어렵소. 하물며 사십년 그리던 얼굴을 꿈속에서 잠깐 보고 그 낯빛과 목소리도 가물가물한데, 어머님의 올바른 가르침과 연연한 정이 다만 매 맞은 자리에 남아 있거늘, 어찌 차마 약을 붙여 인차 없어지기를 바라겠소."

가 궁인은 더 말하지 않고 한숨만 쉬었다. 이때 황 씨가 이불로 얼굴을 싸고 벽 쪽으로 돌아누워 있으니, 위 씨가 가 궁인더러 말하였다.

"딸애 병세가 무거운 데다가 꿈이 괴이하여 상서롭지 아니하니 한번 치성을 드려 조금이라도 재액을 덜어 볼까 하오. 이 가까이에 혹 오래된 절이 있소?"

가 궁인이 말하였다.

"여기서 북으로 십여 리 가면 산화암이라는 암자 하나가 있나이다. 삼불제석을 공양하고, 절 뒤에 시왕전이 있어 아주 영험하오이다."

다음 날 가 궁인은 태후에게 돌아가 위 씨 모녀가 허물을 고쳐 딴사람이 되었다고 자세히 아뢰었다. 위 씨 모녀가 흙집에서 고생하니 이제 집으로 보내어 몸조리를 하도록 해 달라고 눈물을 머금고 청하였다. 태후가 가 궁인을 보며 말하였다.

"내 어찌 위 씨를 위하는 마음이 너만 못하겠느냐. 이젠 허물을 깨달았다 하나 그 딸아이야 시집에서 쫓겨난 신세를 장차 어찌하겠느냐. 고초를 더 겪는 것이 연왕의 마음을 움직이는 데 보탬이 될 것이니라."

신랑과 창곡 운우의 즐거움이 무르녹아

선랑은 죄명을 씻고 임금의 총애를 받아 집으로 돌아왔다. 집안 위아래 사람이 모두 반기고 기뻐하니 그 영화로움과 귀함이 더할 나위 없으나, 한편으로 황 부인이 고생하는 것이 가슴에 걸려 내려가지 않았다.

하루는 연왕이 정사당政事堂에 나아가 해종일 정무를 처리하고 날이 저물어 돌아와 동별당에서 홍랑과 술상을 놓고 마주 앉았다. 그런데 난성이 시무룩해서 조금도 즐거운 빛이 없었다. 연왕이 왜 그러느냐고 묻자, 홍랑이 말하였다.

"상공께 잠깐 의심스러운 일이 있나이다. 상공이 선랑을 첩으로 두신 지 벌써 몇 해째로 그 지조와 자색을 사랑하는 마음 극진하시나, 아직 팔에 앵혈이 그대로 있으니 부부간 정이 없으신 것으로밖에 볼 수 없나이다. 혹 다른 곡절이 없다면 이는 제가 부끄럽소이다."

연왕은 머리를 끄덕이었다.

"선 숙인이 내 집에 온 뒤 고난을 당하여 그 처지 괴이한 고로 첫
날밤을 맞지 못하였는데, 나랏일이 바빠서만이 아니라, 선랑이
뜻을 굽히지 않아 그런 것이오. 오늘 마침 조정과 집에 큰일이 없
고 나도 한가하니, 그대 말을 들어 숙인의 십 년 절개를 깨뜨려
보리다."

그러자 홍랑이 기뻐하며 연옥에게 상공의 잠자리를 서별당에 펴
라 하고, 곧 연왕을 모시고 선랑 처소에 이르렀다.

숙인은 그들을 맞이하고 자리를 정한 뒤 쓸쓸한 낯빛으로 난성에
게 말하였다.

"옛사람들이 벗을 사귀는 데서 심교心交를 말하니, 무엇을 심교
라 하나이까?"

"마음을 아는 것을 심교라 하지요."

"그렇다면 벗이 되는 것이 다만 한 조각 마음에 달렸는데, 어찌
구태여 손을 잡고 어깨를 치며 다정한 빛과 무람없이 지낸 뒤라
야 벗이라 하겠는지요? 듣건대 부부도 역시 벗과 같다고 하는데,
다정하게 마주 누운 것으로 부부의 정을 논한다면 이 또한 부끄
러운 일이 아니옵니까?"

홍랑이 웃으며 선랑에게 말하였다.

"숙인의 뜻을 그만하면 알겠소. 아마도 황 부인 일이 마음에 걸
려 하는 말인 듯하구려. 숙인 뜻을 상공께서 아시고 상공 뜻을 숙
인이 아는데, 그러면 됐지 무엇을 더 바라리오. 나는 천성이 방탕

하여 장부가 한번 멀리하거나 가까이해도 온갖 생각에 스스로 평안치 못하니, 어찌 세존이 보살 대하듯 보살이 세존 모시듯 서로 만난 지 몇 년이 지나도 이름만 부부고 실상은 전혀 없는 부부로 살겠소?"

홍 난성이 쾌활하게 웃었다. 연왕도 웃으며 오른손으로 난성을 이끌고 왼손으로 숙인의 손을 잡으며 누각에 올랐다. 동산에는 온갖 꽃이 활짝 피어 향기 그윽한데 밝은 달이 둥실 솟으니, 수풀에 잠들었던 새들이 놀라 날아가고 꽃 그림자 섬돌에 비껴 있다.

세 사람이 난간에 기대어 황홀한 밤경치를 구경하는데 문득 옥패 소리 맑게 울리며 윤 부인이 오다가 꽃밭 앞에서 걸음을 멈추고 머뭇거렸다. 난성이 웃으며 누각에서 내려 윤 부인을 맞으니, 윤 부인이 부끄러워하며 말하였다.

"내 심심하기에 달빛을 이고 홍랑을 찾아 동별당에 갔더니 문이 닫혀 있고 인적이 없기로 다시 이리로 오니, 상공이 와 계신 줄은 몰랐소."

연왕이 웃으며 윤 부인을 보고 말하였다.

"부인 또한 이러한 흥취가 있소이까? 내 방금 꽃과 달을 대하고 보니 이 자리에 사람이 적은 것이 한스럽더니, 부인이 어찌 알고 청하지도 않았건만 오시었소?"

연왕을 모시고 세 부인이 자리를 잡고 앉았다. 맑은 자질에 티 없는 연꽃 송이가 물속에서 솟은 듯 달빛을 받아 영롱하니 바로 윤 부인이요, 천연한 태도와 무르녹은 풍정이 한 가지 해당화가 이슬에 젖어 꽃향기를 시기하여 아름답게 빛나는 듯한 이는 난성후 홍랑이요, 봄바람에 실버들이 하느적거리고 뺨은 복사꽃 같아 저녁 빛에 반쯤 진 듯 아리땁고 수줍은 듯한 이가 선 숙인이라. 달빛이 빛나 광채를 돕고 꽃 그림자 어지러우니 아리따움을 더하였다.

"예부터 충신이 참소를 만나 혼자 죄를 뒤집어쓰는 일이 있긴 하나 어찌 선랑 같은 사람이 있겠소? 내 강주서 선랑을 처음 만나 빙옥 같은 마음과 백설 같은 지조를 알고 털끝만큼도 잡됨이 없음을 사랑하여 부부의 정을 강요하지 않았으니, 이는 선랑을 사랑하고 아낌이었소. 그런데 어찌 이것이 오늘날 누명을 벗기는 일등 공신이 될 줄 알았으리오?"

연왕 말에, 난성이 탄식하며 선 숙인 팔을 당겨 소매를 걷고 붉은 점을 가리키며 말하였다.

"귀하구나. 저 붉은 점이 본디는 궁중 풍속으로 전해 왔으나 지금에 와서는 앵혈을 찍지 않는 사람이 없거늘, 세간에 장부 된 자들은 그저 팔에 있는 붉은 점만 알고 마음의 붉은 점은 모르는구나. 비록 선 숙인의 탁월한 절개도 이 붉은 점이 아니었다면, 우리 상공의 마음이 깊고 깊다지만 어찌 오해를 면할 수 있었겠나이까?"

선 숙인은 부끄러워 소매를 내리며 말하였다.

"제가 몸을 닦아 다른 사람들에게 믿음을 보이지 못하고, 구구한 한 점 앵혈로나 군자의 의심을 모면하니 부끄러워 할 말이 없나이다."

조금 있으니 술상이 차려졌다. 서로 즐겁게 놀다 보니 밤이 깊었다. 윤 부인과 난성은 제가끔 돌아가고 연왕은 화촉을 물린 뒤 문에 친 휘장을 내렸다. 푸른 물에 원앙새 나래를 마주하듯 운우雲雨의 즐거움이 무르녹아 새벽 북이 둥둥 울리고 동쪽 하늘이 훤히 밝는 것도 깨닫지 못하더라.

선 숙인이 먼저 일어나 옷매무시를 바로 하며 스스로 팔을 들어 보니 붉은 점이 간데없다. 속으로 놀라며 한편 서운한 마음을 금치 못하였다. 이때 문득 창밖에서 기침 소리 나며 연옥이 종이를 주기에 펴 보니 절구 한 수가 있었다.

벽성산의 기우는 달이
강물 위에 솟았구나.
하늘 선녀 내려오니
인간 세상의 봄이 어떠한고.

선 숙인이 엷게 웃으며 곧 붓을 들어 화답하였다.

하늘 나는 난새에게 무슨 말로 사례하랴.
까막까치 대신하여 다리 놓아 주었구나.
따사로운 봄빛인 줄 내 익히 알건만
구태여 어떻다 말하지 못하리로다.

선 숙인이 붓을 던지는 소리에 연왕이 잠을 깨어 물었다.

"무엇을 쓰고 있소?"

선 숙인이 부끄러워 종이를 감추려 하니 연왕이 웃으며 빼앗아

보았다. 그러더니 선 숙인을 놀리며 말하였다.

"봄빛이 어떠하기에 '말하지 못하리로다.' 하였소?"

선 숙인이 얼굴을 붉히며 고개 숙이고 대답지 않으니, 연왕도 한 수를 지어 그 아래에 썼다.

하늘 중천 걸린 달이 밝기도 한데
은하수 나룻가에 난새교 놓였도다.
누에 올라 달을 보고 난새교 바라보니
마음속에 달이 뜨고 은하수 흐르도다.

연왕은 쓰기를 마치고 연옥에게 주어 보냈다.

조금 있더니 창밖에서 신 끄는 소리 나며 홍랑이 웃으며 들어오거늘, 연왕은 짐짓 돌아누워 자는 척하였다. 난성은 시를 쓴 종이를 들고 선 숙인더러,

"내가 시 볼 줄은 모르나 세 시를 놓고 보면, 내가 쓴 시는 인간 세상의 기상이 없어 짐짓 신선의 말버릇이요. 그대가 쓴 시는 재주 빛나고 생동하여 문장이 격이 높구려. 우리 두 사람 글을 상공이 쓴 글과 견주어 보니, 상공이 우리를 놀리는 글이지만 이는 호방한 남자로서야 뭐 예사 글이라 하겠으니, 우리가 못하다 할 것은 없겠구려."

난성이 낭랑히 웃었다. 자는 척하던 연왕이 그 웃음에 참을 수 없어 기지개를 켜고 돌아누웠다.

"그대들이 자화자찬하며 떠드니 한가한 사람의 봄잠이 달지 못

하구려. 홍혼탈은 한낱 무관 장수라 어찌 시를 논하리오? 내 마땅히 차례를 정하리라. 난성이 쓴 글은 문장이 아름답기는 하나 시샘하는 마음이 있어 여자의 본색을 감추지 못하였구려. 선 숙인의 글은 정묘하고 기이한 속에 감정의 깊이가 있어 아리땁기는 하나, 내 글은 도량이 넓어 여러 첩을 다 감싸려는 뜻이 있으니 어찌 그대들과 비기리오?"

세 사람이 서로 마주 보며 즐거이 웃었다.

며칠 지나 연왕이 갑자기 자리에서 일어나지 못하였다. 만 리 티끌 속에 바람과 추위와 더위와 습기를 맞으며 생긴 병이다. 온 집안이 어쩔 줄을 몰라 하며 들끓었다.

하루는 웬 노파가 향 피우는 상을 메고 입으로 시왕보살을 외며 부처에게 시주하라 청하니, 선랑이 심란히 앉았다가 노파를 불러 말하였다.

"차림을 보니 길흉화복을 점치는 분이구려. 내 점을 한번 쳐 주실 수 있소?"

그러자 노파는 선랑을 이윽히 보다가 산가지를 던지고 괘를 내어 말하였다.

"올해 귀댁에 좋은 운수가 크게 통하겠으나 잠깐 살이 끼었으니 바삐 없애야겠소이다."

선랑은 그 살을 어찌하면 없앨 수 있느냐 다그쳐 물었다.

"무병장수를 빌고 복을 구하는 것은 북두칠성이 으뜸이요, 남의 훼방을 막고 뜻밖의 재앙을 멀리 쫓기는 시왕보살이 제일이니 시왕전에 공양하소서."

선랑은 노파에게 값을 넉넉히 주고 시어머니 허 부인에게 말하였다.

"세상에 믿을 수 없는 것이 무당과 점쟁이라 하나, 지성이면 감천이라 하옵니다. 상공의 병세 저렇듯 심하니 제가 지난날 머물던 산화암에 가서 상공을 위하여 기도하고 올까 하나이다. 산화암은 부처가 영험하여 태후께서 황제 폐하를 위하여 해마다 기도하시는 곳이옵니다."

허 부인은 그 말을 듣고 몹시 기뻐하였다.

"내 아들을 낳을 때 관음보살의 도움을 받았으니 늘 부처님께 제를 올릴 생각을 하면서도 정작 하지 못하였구나. 네 마음이 기특하다."

이튿날 숙인이 소청과 연옥을 데리고 산화암에 이르니, 푸른 산발과 깨끗한 솔바람이 귀에 익고 눈에 반겨 지난 일들이 떠오르며 잠깐 서글픈 생각에 잠겼다. 숙인 일행이 암자 앞에 이르니 비구니들이 달려 나와 손을 잡고 반겨 맞았다.

숙인이 인사를 나눈 뒤 옷매무시를 바로 하고 시왕전에 나아가 향을 사르고 빌었다. 또 관음전에 이르러 공손히 절하고 마음속으로 빌었다. 그리고 나서 상을 보니 비단 조각이 놓여 있고 그 비단 위에 두어 줄 축원하는 글이 쓰여 있다. 숙인이 그것을 집어 들어 보았다.

제자 황 씨는 육근六根이 다 흐리고 오욕五慾에 가리고 막혀 있어 이 세상에 지은 죄악이 산같이 크나니, 공덕을 닦아 극락에 칠보로

탑을 쌓는다 해도 어찌 죄를 면하리오. 잠시 인간 세계와 인연을 끊고 불전에 돌아와 여생을 마칠까 하오니 부처님과 보살님들은 자비를 베푸소서.

글을 보니 글씨가 퍽 눈에 익고 사연이 몹시 슬퍼 예사로운 축원이 아니었다. 그래서 비구니들에게 누구 글이냐고 물었다. 여승들은 손을 모아 잡고 눈물을 머금으며 말하였다.

"세상에 불쌍한 사람이 있더이다. 여기서 남으로 십 리를 가면 추자동이라고 하는 골짜기가 있소이다. 몇 달 전 서울서 두 부인이 몸종을 데리고 와 산 아래 한 칸 흙집에서 살고 있는데, 행색이 참혹하고 신세 처량하여 거적자리와 베 이불에 죄인 모양으로 지내옵니다. 노부인은 어질고 찬찬하며 낯빛이 다정하고, 젊은 부인은 총명하고 민첩하며 얼굴이 빼어나게 아름답사옵니다. 그런데 병이 뼛속까지 사무쳐 스스로 죽으려 하니 그 곡절은 모르오나 대강 비는 소리를 들으면, 노부인이 말하기를 평생 나쁜 일을 많이 하여 이 지경이 되었으니 불전에 공을 들여 속죄하노라 하고, 젊은 부인은 아무 말 없이 다만 글 몇 자 써 주며 불전에 이대로 드리라 하며 눈물이 글썽하더이다. 우리 불법은 자비심으로 불쌍한 중생을 구제하는지라 지성으로 빌고 있나이다."

선랑은 이 말을 듣고 놀랐다.

'황 부인이 틀림없구나. 글씨가 눈에 익고 스님들이 전하는 말이 조금도 의심할 여지가 없으니, 황 부인 모녀가 허물을 뉘우치고 있음이 틀림없도다. 스님들 말과 같다면 애당초 죄악이 다 나와

관련된 것이니 내가 구하지 않으면 누가 하랴.'

선랑은 불전에 기도 드리고 곧 돌아와 시어머니에게 갔던 일을 하나하나 이야기하였다. 선랑의 정성 때문인지 연왕은 병세가 차츰 좋아졌다. 그 뒤 선랑은 황 부인을 생각하며 구할 방도를 찾아 애썼다.

한편, 황 부인은 한번 허물을 깨닫자 부끄러운 마음을 가누지 못하여 더욱더 끼니를 소홀히 하고 어머니와 도화도 상대하지 않으니, 몸이며 감각이 재같이 사그라져 하루에도 몇 번이나 기절하곤 하였다. 어느 날 황 씨는 스러져 가는 목소리로 어머니에게 말하였다.

"제 실낱같은 목숨이 아무래도 몇 날 더 지탱할 것 같지 못하나이다. 바라는 바는 이미 말씀 올렸으니 저버리지 마시고 슬픈 마음 참고 오래오래 사시옵소서."

말을 마치고 황 부인은 바람 맞은 촛불같이 맥없이 스러졌다.

위 씨가 어이없어 우는데 눈물도 나지 않았다.

황 각로와 오라비 황 상서가 급보를 받고 와 보니, 꽃송이가 떨어져 마지막 향기조차 사라져 버렸고 옥이 깨어진지라 기울 수도 없었다. 위 씨가 딸의 말을 생각하며 시체를 화장하려고 도화를 산화암에 보내어 스님을 청하니, 비구니들이 놀라서 달려왔다. 도중에선 숙인에게 잠깐 들러 황 씨가 죽었다고 알렸다. 선 숙인은 눈물을 머금고 생각하였다.

'황 부인이 총명하고 재주가 용한 인물로 다만 투기하는 병이 있으나 만일 이 벽성선이 없었던들 어찌 오늘이 있으리오. 내 평생에 악덕을 쌓은 일이 없더니 나 때문에 황 부인이 무덤 속 원혼이 되는구나. 더욱이 황 부인이 마음을 돌려 지난 일을 뉘우치다 조용히 사라졌으니 이는 내 죄악을 드러내는 일이로다. 세상에 어찌 이렇게 참혹한 일이 있으랴.'

그리고 별당에서 쌍륙을 치던 일과 때때로 찾아와 진심은 아니나 다정히 말하던 모습을 그려 보았다. 원수같이 지내던 일들이 도리어 정분으로 깊어지는지라 울려고 하면 사람들이 겉만 발린 행동이라 비웃을 것이요, 태연하고자 하나 슬픔을 참기 어려워 눈물로 옷깃을 적시고 있었다.

이때 난성이 들어왔다. 숙인은 난성에게 황 부인 이야기를 하며 눈물을 흘렸다.

"내가 황 부인의 죽음을 슬퍼하는 것이 아니라 내 구차한 삶을 탄식하는 것이오이다. 인생이 풀숲의 이슬 같고 모든 일이 한순간일진대, 다 같은 청춘으로 한 사람은 원한을 품고 저세상의 침침한 곳으로 처량히 돌아가고, 다른 한 사람은 고대광실에서 부귀를 누려 행복할지니, 사람이 나무나 돌이 아닌 다음에야 어찌 괴롭지 않겠나이까. 어찌 마음이 가벼울 수 있겠나이까. 오늘 내 처지야말로 떳떳지 못하여 낯을 들 수 없으니 차라리 깊은 산에 들어가 세상을 등지고 남은 생을 보낼까 하나이다."

선랑의 얼굴에 애달픈 빛이 돌았다. 난성은 잠시 잠자코 앉았더니 탄식하며 말하였다.

"황 부인 병의 근원을 들으니 대강 짐작 가는 것이 있구려. 내가 일찍이 백운도사를 좇아 배운 바가 있다오. 태식진결太息眞訣이라 하는데, 하늘에 일곱 가지 기운이 있어 바람과 구름, 비와 이슬과 서리, 눈과 안개이고, 또 사람에게 일곱 가지 성정이 있어 기쁨과 노함, 슬픔과 즐거움, 사랑과 미움, 그리고 욕심이오. 하늘의 일곱 가지 기운이 서로 부딪치면 재앙이 되고 절기의 순서가 바뀌지만, 사람의 일곱 가지 감정이 서로 부딪치면 괴상한 병이 생겨 숨을 쉴 수 없다오. 지금 잘은 모르나 황 부인도 정신이 혼란스러워 기가 막힌 것 아닐까 싶소. 그렇다면 잠깐 기절한 것이 분명하오."

선랑은 난성의 손을 잡아 흔들며 말하였다.

"사람이 지기知己를 귀히 여긴다는 것은 그의 걱정과 즐거움을 같이하는 것이니, 오늘 내 처지가 내가 먼저 죽는 것만 못하오. 부디 나를 보아서 재주를 다하여 한 사람을 살려 두 사람의 신세가 피어나게 해 주소서."

그러자 난성은 그러마 약속하면서 말하였다.

"내 행색을 상공이 아시면 불쾌히 여기겠으나, 사람이 죽고 사는 문제니 어찌하겠소?"

난성의 말을 들으니 선 숙인은 조금 마음이 놓였다.

"나를 알아주는 사람도 난성이고 나를 사랑하는 사람도 난성이오. 오늘 황 부인이 불행하면 나 또한 깊은 산에 들어가 자취를 감추고 더러운 허물을 벗을 것이니, 내 낯을 보아서라도 황 부인을 살려 주소서."

난성은 선 숙인의 두 손을 잡고 말하였다.

"이게 어찌 숙인만을 위하는 것이겠소? 상공이 젊은 나이에 앞길이 구만리 같거늘 황 부인을 깊디깊은 무덤 속 원혼이 되게 하면 어찌 애처롭지 않겠소. 내 직접 가 보고 죽고 살고를 판단하리니 이리이리하십시다."

덕으로 원수를 갚나니

황 부인이 숨이 넘어가 살아날 가망이 없는 지 벌써 이틀이나 지났다. 그런데 낯빛이 보통 때와 같아 마치 자는 듯하니 차마 입관할 수가 없었다. 보는 사람마다 슬퍼하는데, 문득 한밤중에 산화암 스님이 와서 위 씨에게 가만히 말하였다.

"저희 암자에 도사 두 분이 구름과 안개 모양으로 지나다가 잠깐 머물러 있사온데, 도술이 신통하여 비명에 간 사람도 이레 안에 약을 쓰면 살려 낸다 해서 청하여 왔나이다. 따님을 잠깐 보이시겠나이까?"

위 씨 탄식하며 말하였다.

"죽은 사람이 어찌 다시 살아나리오마는 스님의 지극한 정성을 보아서라도 잠깐 보이겠소."

여승이 다시 위 씨에게 말하였다.

"두 도사가 여도사이온데, 다른 사람이 있으면 아니 된다 하옵니다. 잡인을 꺼리니 계집종이라 해도 물려 달라 하옵니다."

조금 있더니 과연 도사 두 사람을 데리고 들어오는데, 위 씨가 촛불 빛에 보니 한 사람은 얼굴이 맑고 행동거지가 단정하여 규중 여자인 듯한데 인물이 별나게 뛰어났다. 다른 도사는 곱게 그린 눈썹과 발그레한 볼에 봄빛이 무르녹는 듯한데, 눈길을 들어 별같이 흘리며 주위를 살피는 것이 정신이 또렷하고 지혜로운 게 분명했다. 두 도사 다 말 그대로 경국지색이요, 이 세상 사람이 아니었다. 위 씨는 황홀하고 고마워 도사들에게 진심으로 인사하였다.

"선생들이 불쌍한 생명을 살리시려고 누추한 곳에 오셨으니 이 은덕을 무엇으로 다 갚사오리까."

두 도사는 그저 말없이 고개를 끄덕이고는 황 부인에게 가까이 다가갔다. 앞에 선 도사가 먼저 이불을 들추고 그 얼굴을 자세히 살피더니 문득 안색이 창백해지며 두 눈에 눈물이 글썽해졌다. 위 씨는 놀랍고 이상스러웠다.

"선생은 어떠한 사람이기에 처량히 죽어 하소연할 곳 없는 이 아이를 보고 이렇듯 서러워하시옵니까?"

뒤에 있는 도사가 대답하였다.

"저 도사는 천성이 착하고 어질어 비록 만난 적은 없으나 다 같은 청춘이라 슬프고 놀라워 그러하나이다."

그러더니 앞에 있던 도사를 옆으로 밀고 그 자리에 앉아 황 부인의 손을 들고 이윽히 맥을 짚었다. 그러고는 다시 황 부인 가슴에 손을 넣고 전신을 만져 보더니, 안주머니에서 알약 세 알을 꺼내어 위 씨에게 주었다.

"제가 무엇을 알리오마는 이런 경우를 본 적이 있사오니 이 약을 갈아 입속에 넣고 동정을 살피소서."

그리고 몸을 일으켜 밖으로 나갔다. 위 씨는 반신반의하며 곧 약을 갈아 한번 먹였다. 그러나 별반 차도가 없었다. 두 번 쓰니 명치 끝에 온기가 들고, 세 번째 먹이니 문득 한숨을 길게 쉬며 맥이 약하게 뛰놀기 시작했다.

위 씨는 크게 놀라서 도화를 불러 일렀다.

"네 어서 산화암에 가 그 두 도사님이 있거든, 살아날 가망이 보인다 알리고 다시 약을 얻어 오너라."

그러자 도화가 웃으며 말하였다.

"마님이 속으셨나이다. 그분들은 진짜 도사가 아니옵니다."

위 씨는 깜짝 놀랐다.

"무어? 그러면 어떤 사람들이냐?"

"제가 피하는 척하고 숨어 보니 앞에 선 도사는 선랑이요, 뒤에 선 도사는 홍랑이더이다."

위 씨는 깜짝 놀라 말을 못 하고 멍하니 천장만 쳐다보며 얼 나간 사람마냥 서 있었다.

한편, 난성은 황 부인을 보고 집으로 돌아가 윤 부인에게 탄식하며 말하였다.

"내 비록 잘 볼 줄은 모르지만 황 부인은 부귀 다복할 상인데 한때 액운을 피하지 못하여 잠깐 고초를 겪으나, 이제부터는 현숙한 부인이 될 것이오이다. 우리 상공의 복이오이다."

"병세는 어떠하던가?"

"그 병은 병이 아니라 이른바 심장이 바뀌는 것이옵니다. 사람이 천지 음양의 기운을 받아 오장 육부가 생기니 음기 성한 자는 마음이 악하고 양기 성한 자는 마음이 착한 고로 능히 착한 기운을 가져 나쁜 기운을 누르되, 나쁜 기운이 다하고 착한 기운은 미처 돌아오지 못하는 때가 있나이다. 기운과 혈맥이 잠깐 걸렸으나 오장 육부와 골육이 상하지 않았기 때문에, 첩이 혼이 돌아오게 하는 환혼단還魂丹 세 알을 주어 타고난 정기가 다시 돌도록 하였으니 다른 걱정은 없을까 하나이다."

"두 사람이 도사가 되어 갔다가 본색은 탄로 나지 않았는가?"

난성이 웃으며 말하였다.

"아닌 게 아니라 도사 한 사람이 마음이 약하여 하마터면 탄로 날 뻔하였지요."

그러면서 선 숙인이 울던 모양을 낱낱이 고하니, 선 숙인이 부끄러워하며 다시 눈물을 머금고 말하였다.

"몇 해 동안 원수처럼 지낸 것 또한 연분이오이다. 황 부인이 하루아침에 그 곱던 말소리와 얼굴이 딱하게 된 걸 보니……. 이런 경우를 홍랑이 당하면 눈물이 한 방울도 아니 나려나?"

"나는 본디 우직한 사람이어서 겉으로 눈물을 보인다거나 일부러 간사한 태도를 꾸미지 않소."

난성이 대답하자 모두 자리가 떠나갈 듯 웃었다.

그날 저녁 연왕은 부모님께 황 씨 이야기를 하였다. 그러자 늙은 부모는 목이 메어 말하였다.

"그 아이가 시집에 들어온 뒤 시부모에게 불손한 적 없고 민첩한 성품과 총명한 자질을 지니고 있어 지금까지 잊지 못하고 있었느니라. 이제 제 잘못을 깨닫고 고치었다니 옛정을 다시 이을까 하였는데, 세상에 어찌 이렇듯 슬픈 일도 있는가."

연왕은 부모들을 위로하려고 낯빛을 고치고 부드러운 목소리로 말하였다.

"죽고 사는 것은 하늘에 달려 있으니 세상에 이런 사람이 한둘이리까. 황 씨를 생각하면 허물을 고치고 죽는 것이 허물을 못 고치고 사는 것에 대면 훨씬 낫사옵니다. 황 씨가 진심으로 잘못을 고치고 죽었다면 비록 돌아가는 혼이라도 기꺼울까 하나이다."

연왕이 말을 마치는데, 한 미인이 섬돌 앞에 수놓은 띠를 끄르고 비녀를 빼며 땅에 엎드려 죄를 청하였다. 슬픔에 잠겨 눈물을 함뿍 머금고 말하였다.

"제가 청루의 천한 몸으로 행실이 원만치 못하여 군자의 문중에 고난이 거듭 일어나니 이는 다 제 죄이옵니다. 어찌 홀로 황 씨만 탓하겠나이까. 하물며 황 씨 이제 덕을 닦은 현숙한 부인이 되었으나, 산중 움막에서 해도 변변히 보지 못하고 처량한 심회와 궁박한 신세가 스스로 병이 되어 쇠잔한 명이 경각에 달렸으니 마땅히 군자가 불쌍히 여기실 바이옵니다. 집안의 큰일을 어찌 감히 당돌히 말씀하리까마는 만일 제가 없었다면 오늘 일도 없을 것이라 아뢰옵니다. 황 씨가 잘못을 뉘우치지 못하고 깊고 깊은 무덤 속에서도 선랑 때문에 이리되었다 탄식한다 해도 제가 몸 둘 바를 알지 못하겠거든, 이제 지난 일을 뉘우치고 착한 사람이 되었는데도 홀로 죄인으로 원혼이 되려 하니, 제가 어찌 뭇사람들 손가락질을 면할 수 있으리까. 상공이 황 씨의 죄를 용서하지 않으신다면 저는 머리를 풀고 산에 들어가 차라리 아무 일도 모르고자 하나이다.”

허 부인이 그 뜻을 기특히 여기며 선랑을 마루 위로 올리고 칭찬하였다.

“네 말이 몹시 간절하여 군자의 마음을 움직일 만하구나. 허나 황 씨가 살아날 가망이 없으니 어찌하겠느냐?”

“미처 말씀드리지 못한 것이 있사옵니다. 물에 빠진 사람을 건지지 않는 것은 옛 성인들이 꾸짖을 바라, 난성과 의논하고 어찌어찌하여 끊어지는 목숨을 돌렸사옵니다. 하오나 죄명이 무거워 안으로 마음이 상하고 밖으로 거처가 누추하여 병을 조섭할 길이 없사옵니다. 누가 보살펴 주지 않으면 살아나지 못할까 하나이다.”

허 부인이 이 말을 듣더니 놀라 낯빛을 고치고 말하였다.

“너희들 마음이 이 같으니 우리 집안의 복이로다.”

허 부인이 연왕을 보며 말하였다.

“허물을 고치고 착하게 되는 것은 옛사람들이 가르치는 바라. 주저하지 말고 병든 사람의 마음을 위로하여라.”

연왕은 말없이 생각하다가 머리를 저었다.

“황 씨 모녀의 간특한 천성은 하루아침에 고치지 못할 바이니, 소자는 절대로 믿지 않나이다.”

그러자 양 태공이 엄히 꾸짖었다.

"이 아비가 변변치 못하나 옳지 않은 도리를 가르치지 아니하였
노라. 늘 마음을 널리 가져 사람을 껴안아야 하거늘 어찌 속 좁은
말로 다사로운 기운에 흠을 내는고?"

황 부인이 달라졌음을 반신반의하는 연왕은 아버지의 꾸중에 잘
못을 뉘우치고 추자동에 가겠노라 하였다.

선 숙인은 제 방으로 돌아와 다시 생각하였다.

'상공의 너그러운 처분을 얻었으나 황태후가 노하신 것이야 뉘
능히 돌리랴. 내 이미 임금의 남다른 신임과 은총을 받아 한집안
식구나 다름없이 사랑받고 있으니 오늘 마음에 품은 생각을 우러
러 아뢸 사람은 나밖에 없으리로다. 당돌함을 무릅쓰고 말씀드려
보리라.'

곧 글을 적어 궁인을 통해 태후께 올렸다.

신첩 벽성선은 태후 사랑하심을 믿고 외람됨을 무릅써 구구하게
품은 생각을 태후 폐하께 절하고 여쭙나이다. 듣사오니 허물을 고
치고 착하게 되는 것은 선왕이 허락하는 바라 하였사온데, 저희 양
씨 집안의 둘째 부인 황 씨가 총명하고 슬기로운 데다 민첩한 자질
을 갖추었으나, 사람을 잘못 만나 억울한 죄명을 쓰고 그 말이 조정
에 이르렀사옵니다. 허나 사실을 보면, 삼강오륜에 죄지은 것 없고
한때 허물이란 것도 여인의 좁은 성품에서 온 것이옵니다. 지나간
일을 첩이 구태여 말할 바는 아니오나 황 씨 이제 새로 덕을 닦아
현숙해지고 지난 잘못을 뉘우쳤으니 천지신명 도움이 있으려니와,
다만 죄명이 중하고 병이 뼛속에 사무쳐 산중 오막살이 흙집에서

실낱같은 목숨이 급하옵니다.

　엎드려 생각하옵건대, 태후께서는 세상의 부모이시니 태후 마마 아니면 뉘 다시 돌아보리까? 첩이 의지할 곳 없는 홀몸으로 정처 없이 떠돌다가 복록이 분수에 넘쳐 부귀해지고 군자 문중에 외람히 몸을 맡기어 편안히 지내나, 한낱 천한 몸인지라 부끄러운 점이 많았사옵니다. 하물며 풍파와 환란이 닥쳐 첩 때문에 본부인이 무덤 속에서도 원한을 품게 되니, 어찌 부끄럽지 않겠나이까. 오늘 신첩이 구구히 바라는 바는, 황 씨를 위함이 아니라 스스로 첩의 신세를 설워할 뿐 아니라, 조정의 밝고 어진 정사가 빛을 잃고 화가 미칠까 함이로소이다. 신첩이 천한 몸으로 존엄함을 모르옵고 태후의 총애하심을 믿사와 구구한 사정을 번거로이 아뢰오니 그 당돌한 죄는 만 번 죽어도 아깝지 않나이다.

　태후는 선랑이 올린 글을 받아 보고 진국 공주에게 탄복하며 말하였다.

　"이 얼마나 기특한 일이랴. 이 글을 보니 위 씨 모녀 일이 더욱 괘씸하구나. 그쯤 고초를 당해 마땅하지."

　그러자 공주가 말하였다.

　"선랑이 진국에 있을 때 저와 함께 자고 함께 지내도 서로 다정했고, 말이나 낯빛이 한 번도 황 씨를 원망하는 마음이 없으니 속으로 삭인 것이 분명하나이다. 이는 법도 있는 집안에서 자라난 양반집 부녀한테서도 찾아볼 수 없을까 하나이다."

　태후는 거듭 칭찬하며 가 궁인에게 말하였다.

"내 어찌 선랑 소원을 들어주지 않겠느냐. 네 이 글을 가지고 추자동에 가서 위 씨 모녀에게 보인 뒤 내 말을 전하여라. '이런 요조숙녀를 음란하고 투기하는 여자로 모함하고자 하였으니, 너희 모녀 오늘까지 살려 둔 것은 하늘이 오히려 무심하다 할 일이니라. 몇 달 흙집에서 겪은 작은 고초를 어찌 감히 원통하다 하겠느냐. 산 같은 죄악을 용서할 마음이 없으나 선 숙인 낯을 보아 특별히 집으로 돌아가도록 허락하니, 앞으로는 조심하여 지난날의 허물을 갚으라.' 하고 전하거라."

가 궁인이 명을 받고 곧 추자동으로 갔다.

황 부인은 차츰 정신이 돌아왔다.

"네 오늘 어찌 살아났는지 아느냐? 평생 원수로 알던 사람이 오늘 도리어 은인이 될 줄 어찌 생각이나 하였겠느냐."

위 씨는 딸에게 홍랑과 선랑이 도사로 꾸미고 왔던 일을 낱낱이 전하였다. 황 부인은 놀라고 부끄러워 아무 말도 못 하였다.

이때 가 궁인이 와서 선랑이 올린 글을 보이고 태후 명을 전하니 위 씨 모녀 목 놓아 울더라.

"우리 모녀 살점을 베어 허물을 갚고 터럭을 뽑아 죄악을 세고자 하나 이것으로도 갚지 못하고 세지 못할 것이니, 차라리 죽어 모르고자 하여도 그럴 수 없구나."

위 부인은 눈물을 흘리며 가 궁인에게 홍 난성과 선 숙인이 도사 모양으로 와서 황 부인을 구원한 일을 말하였다.

"세상에 선 숙인 같은 사람은 천성을 어찌 타고났기에 저리 착하며, 우리 모녀는 천성을 어찌 타고났기에 이렇게 악한가? 지난 일을 생각하면 마디마디 분하고 곳곳이 애달파 배를 가르고 간장을 꺼내 보고 싶으나 이는 다 내 죄이지, 딸애의 타고난 버릇이 결코 아니라오. 어미를 잘못 만나 앞길이 만 리 같은 여자로 천고에 누명을 씌웠으니 이게 무슨 꼴이오. 그대는 태후 마마께 돌아가 우러러 아뢰어 주시라. '우리 모녀 죽어 마땅할 목숨이나 살려 주신 은덕을 입사와 다시 하늘의 해를 보고 집에 돌아가오나 참으로 보답할 말씀이 없사옵니다. 다만 앞으로 남은 시간은 삼가고 또 삼가 다시 뉘우치는 일이 없도록 하겠나이다.' 하고 말이네."

이때 문득 밖이 소란스러웠다. 황 각로 부자가 연왕을 이끌어 들어서고 있었다. 위 부인과 황 부인은 몸 둘 바를 몰라 하였다. 연왕이 방 안에 들어서며 좌우를 둘러보니, 네 벽에 젖은 흙이 덩이덩이 떨어지고, 황 씨는 거적때기 베 이불에 누워 있다. 위 씨는 허름한 옷차림으로 앉아 고개를 수그리고 눈물을 흘리면서 부끄러워 말을 못 하였다.

연왕이 앞에 나아가 인사하였다.

"제가 어질지 못하여 처첩을 잘 가르치지 못하여 장모님께 걱정을 끼쳤으니, 부끄럽기 그지없소이다."

위 씨는 벌겋게 단 화로를 뒤집어쓴 듯 얼굴이 뜨거워 간신히 대꾸하였다.

"태후 은혜가 한없이 크고 천지신명이 용서하시어, 승상을 이렇게 다시 보니 무슨 말을 하리오."

연왕이 웃으며 대답했다.

"지나간 일은 쏟은 물과 같사옵니다. 인생 백 년에 고락이 서로 짝이라 하니, 이리 고생하심이 기쁨을 누릴 근원인가 하나이다. 듣자오니 황 부인 병세 중하다 들었는데 좀 어떠하옵니까?"

위 씨는 그제야 베 이불을 들추며 가리켰다.

"모두 내가 저지른 일인데 이같이 물으니 고맙구려."

연왕이 눈길을 돌려 황 부인을 보니 환하던 얼굴이 간곳없고 피골이 붙었는데, 숨소리 고르지 못하니 의식이 없는 듯하였다. 연왕이 가까이 다가가 하얀 손목을 잡고 맥을 보니, 황 씨 두 눈에서 소리 없는 눈물이 흘러내렸다.

연왕이 감격하여 얼굴을 바로 하며 말하였다.

"제가 어리석으나 옛글도 읽고 옛사람의 말씀도 들어 장부의 속이 좁지 않사오니, 어찌 지나간 일을 새겨 두고 앞날을 보지 않으리오. 부인의 밝음으로 이제 허물을 씻었으니, 제게 복이오이다. 부인은 본가에 부모 계시고 시가에 시부모 계시니 마땅히 넓게 생각하고 병조섭을 잘 해야겠거늘, 어찌 애를 태워 이 지경에 이르렀소?"

황 부인은 눈물만 흘리면서 대답을 못 하였다.

연왕은 황 상서를 보고,

"누이 병세가 이러한데, 이곳이 누추하여 조섭하기 어려울 것이니 태후께 아뢰어 집으로 돌아가는 것이 좋을까 싶소."

하니, 황 상서가 말하였다.

"아까 태후 마마께서 분부 내리시어 집으로 돌아가는 것을 허락하셨으니, 이제 어머님과 누이동생을 데려갈까 하오이다."

그러자 위 씨는 머리를 들지 못하고 말하였다.

"이는 다 승상의 주신 바요, 선 숙인의 덕이오. 덕으로 원수를 갚는 일은 성인도 못하신 바이어늘, 이제 선 숙인은 원수를 은혜로 갚으며 이미 난성과 같이 와서 우리 아이 목숨을 구했소이다. 그리고 다시 태후께 글을 올려 용서한다는 말씀을 받았으니, 우리 모녀 무엇으로 이 은혜를 갚겠소이까?"

"선랑과 홍랑이 부인을 구했다는 말은 벌써 들었으나 태후께 글을 올렸다는 것은 전혀 알지 못했사오이다. 이는 다 장모님과 부인이 마음을 돌이킨 결과이니 어찌 모두 선랑의 공이라 하겠사오이까. 무릇 사람이란 착한 마음을 한번 먹으면 좋은 일이 생기고 좋은 일이 생기면 도와주는 사람이 많은데, 이것이 다 하늘과 땅이 감동해서 응하는 이치인가 하나이다."

연왕이 웃으며 위 씨 손을 잡았다.

황 각로는 죄를 용서한다는 말씀을 받고 돌아와 집을 깨끗이 거두고 부인과 딸을 데려왔다. 황 부인은 부모를 좇아 본가에 이른 뒤로 더욱 사람들 볼 낯이 없어 다른 사람을 만나지 않고 뒤뜰 매설정 梅雪亭에서 지냈다. 매설정은 깊고 아늑해서 사람들이 드나들지 않기 때문에, 부인은 몸종 두엇을 데리고 얼굴에 분단장도 하지 않은 채 책상머리에 옛 책을 펴 놓고 잡생각 없이 여생을 보내려 하였다.

상춘원 꽃놀이

황 부인이 돌아왔다는 말을 듣고 연왕이 황 각로 집에 이르니, 위 부인이 넘어질 듯 달려 나와 반가이 맞이하였다. 술상을 내어 따뜻이 대접하니 연왕이 부드러운 얼굴에 취흥을 띠고 말하였다.

"안사람 병세를 묻고자 왔사온데, 지금 어디 있나이까?"

위 부인은 괴이쩍어하면서 말하였다.

"그 애가 병을 앓고 난 뒤 천성이 변하여 사람 보기를 꺼리는지라 작은 뜨락을 치우고 혼자 있소."

연왕이 웃으며 곧 계집종더러 길을 안내하라 하고 매설정을 찾아 갔다. 몇 굽이 담장을 지나니 돌층계에 꽃나무 우거지고 백학 쌍이 그늘에 잠들어 있다. 참으로 넉넉한 재상집 뒤뜰답다. 돌층계를 올라 꽃나무 숲으로 몇 걸음 더 나아가니, 푸른 대와 소나무가 빙 둘러서 있고 붉고 푸른 이끼엔 사람 자취가 끊긴 듯했다. 수풀의 새소리와 대 떨기 찬 바람도 꿋꿋하니 산속에 들어온 듯 정신이 맑아져 참으로 세상 밖 진경이더라. 대로 엮은 문을 흔드니 계집종이 나와 문을 열었다.

연왕이 바로 정자 앞에 이르러 보니, 두어 칸 초당에 갈대로 엮은 발을 드리우고 삼층 흙 계단에 이끼가 가득한데, 앞뒤 옆 어디나 매화나무에 꽃이 활짝 피어 향기가 뜰에 가득하였다. 정자 위에 올라 방문을 여니, 황 부인이 무심히 앉아 있다가 놀라 일어나면서 얼굴이 발그레하여 연왕을 맞았다.

연왕이 방 안을 돌아보니 아무것도 없고 다만 책상에 책 한 권과 향로 하나가 놓여 있다. 황 부인 수척한 얼굴에 귀밑머리 쓸쓸히 흩어지고 병든 얼굴이 더욱 파리하여 불도를 닦는 부처가 속세 인연을 벗고 요대 신선으로 모습을 바꾼 듯하다. 고운 팔자 눈썹에 은은한 정이 어렸는데, 두 눈은 물욕을 찾아볼 수 없게 깨끗하여 참으로 맑다. 연왕이 자리에 앉으며 웃었다.

"앓는 부인을 문병하러 왔다가 길을 잘못 들어 어느 절간에 온 것 같소이다."

황 씨의 하얀 손목을 잡고 위로하며 말하였다.

"오늘 부인이 전날 부인이 아니니 오늘 양창곡이 어찌 지난날 양창곡이리오? 부인이 머무는 곳을 보니 무슨 뜻을 머금었는지 알겠소이다. 지난 일을 뉘우치며 스스로 부끄러워 세상일을 잊고자 하는데, 그것은 허물이 부끄러워 또다시 잘못을 짓는 것이오. 시집과 남편을 멀리하고 제 몸을 깨끗이 하려는 것은 절간에 사는 중들이나 하는 풍속이오이다. 부인이 밝은 지혜로 이런 생각을 두는 것은 나를 믿지 않는 것이오. 그렇지 않다면 지난 일을 생각하고 뜻을 굽혀 다시 양씨 집 사람이 됨을 부끄러워하는 것이라오. 어찌 한 허물을 깨닫고 또 한 허물을 새로 만들려 하오?"

황 부인은 눈물을 머금고 서러워하면서 대답하였다.

"제가 돌이나 나무가 아니온데 어찌 상공을 의심하며, 지난 일을 가지고 어찌 감정을 품으리까? 다만 병이 깊어 쉬이 온전한 사람이 되기 어려우리니, 남편을 받들어 안해의 소임을 다하고자 하여도 감당할 방략이 없사옵니다. 부디 상공은 제 처지를 불쌍히 보시어 그 뜻을 용서하시고 그 몸을 용서하시어 세상일을 잊고 이같이 살게 두소서. 다시 인간 세상에 나아가는 부끄러움이 없게 하소서."

연왕은 정색하여 물러앉아 말하였다.

"내가 눈이 어두워 부인이 허물을 씻었나 보다 하였는데, 이제 보니 예전 버릇을 버리지 못하였구려. 부인이 부모 늘그막에 본 딸로 그저 사랑으로만 자라 교만해질 대로 교만해져 털끝만치도 삼가지 않고, 나아가고 물러가는 것을 마음대로 하려고 하니 이 무슨 도리요?"

황 부인은 고개를 숙이고 아무런 대답도 하지 못하였다.

"부인이 나를 지아비로 안다면 어서 와서 안타까이 기다리는 시부모를 위로하도록 하오."

연왕은 몸을 일으키며 말하였다.

늦은 봄, 좋은 철이다. 나라가 태평하고 백성이 편안하니 번화한 서울 안 집집마다 풍악이 잦고 남쪽 언덕과 동쪽 성터에 꽃과 버들이 우거져 찬란히 빛나니 사람들 마음도 흥겹다.

하루는 연왕이 조회를 마치고 돌아와 어머니를 뵙고 웃으며 말하였다.

"요즘 봄 날씨가 따스하고 꽃과 버들이 한창인데, 어머님은 뒷동산에 오르시어 꽃구경도 아니 하시나이까?"

"나도 마침 생각하고 있었는데 네가 말하니 더더욱 흥이 돋는구나. 내일 며느리들을 데리고 뒷동산에 올라 놀자 해야겠구나. 황 씨 댁에서 며늘아기를 데려와야겠다."

연왕은 어머니 말씀을 받들어 곧 여종 두어 명과 좋은 가마를 황 씨 댁에 보내어, 시어머니가 이튿날 뒷동산 놀이에 부른다고 전하였다. 그러자 황 씨가 감히 사양하지 못하고 연한 분단장과 수수한 차림새로 와서 시부모를 뵈었다. 유순한 태도와 공순한 거동이 어찌 전날 보던 황 부인이겠는가. 시부모 기뻐하는 것은 말할 것 없고 아랫사람들도 놀라 칭찬하였다.

시어머니가 따뜻이 말하였다.

"사람이란 잘못을 하여 허물이 있은 뒤에야 앞길에 힘쓰는 법이니라. 아가, 오늘부터는 부덕을 쌓기에 더욱 힘쓰거라."

황 부인이 시부모를 뵙고 물러 나와 제 방에 들어가 있는데, 난성과 선 숙인이 들어왔다. 황 부인은 먼저 선 숙인에게 사례하였다.

"천지간 죄인이 숙인의 지극한 정성과 도움으로 다시 이 집안에 들어와 서로 만나는구려. 참으로 부끄럽소."

선 숙인이 답례하였다.

"이는 다 제가 어리석은 탓이옵니다. 부인 말씀이 이에 미치시니 제가 더욱 몸 둘 곳을 알지 못하겠나이다."

말이 채 끝나기 전에 윤 부인이 방에 들어섰다. 윤 부인은 황 부인에게 눈인사를 하며 말하였다.

"지나간 일들은 다 한바탕 꿈같이 여기면 되지, 다시 말할 필요가 있겠소? 새로 사람이 왔으니 인사나 나누시오."

황 부인이 먼저 난성을 보며 인사하였다.

"홍랑의 이름을 많이 들었으나 내 지은 죄가 있어 인사를 못 하겠소이다. 참으로 볼 낯이 없소."

그러자 난성이 말하였다.

"저 또한 떠돌아다니는 신세로 풍파를 숱하게 겪은 몸이옵니다. 어찌 이 댁에 들어와 부인과 여러 첩들 가운데 낄 줄 알았겠나이까?"

황 씨가 이리 말하는 난성을 보며 속으로 그 자색이며 빼어난 인물에 탄복하였다. 이때 윤 부인이 난성을 가리키며 황 부인에게 물었다.

"저 도사는 부인과 구면이 아니오?"

황 부인이 부끄러워 선 숙인을 보며 말하였다.

"두 분이 고맙게도 선술을 써서 끊어진 목숨을 살려 주었으니 그 고마움을 무슨 말로 다 하겠소?"

난성이 낭랑히 웃으며 말하였다.

"저는 부인에게 사랑도 원망도 없사오니 다만 술법을 자랑하고자 한 것인데, 저 착하고 마음 약한 도사는 인정을 누르지 못하여 슬픈 기색과 몇 줄기 눈물로 노부인의 의심을 샀나이다. 그때 자취를 감추느라 땀 빼던 일을 생각하면 지금도 웃음이 나 견딜 수가 없나이다."

황 부인이 그 말을 듣고 눈물을 머금었다. 선 숙인이 웃으며,

"오늘 이 자리에 우리 두 사람과 두 부인이 한뜻으로 모였는데, 무슨 할 얘기가 없어 그 이야기뿐이리까?"

하니, 난성이 다시 황 부인 마음을 위로하였다.

"이런 이야기는 옛날부터 아름다운 것이지요. 부녀자 투기는 저마끔 있는 바이나 허물을 씻는 일은 쉬운 일이 아니옵니다. 이제 부인이 지나치게 면목 없다 하시며 기운이 떨어져 세상에 욕심이 없는 것을 뵈오니, 추자동에서 부처가 되었나 보옵니다. 거기다 다시 매설정의 깨끗한 마음을 본받으려고 하시니 어찌 지나치다 하지 않사오리까?"

이때 연왕이 들어와 말하였다.

"내일 어머님께서 뒷동산에서 꽃구경하시겠다 하시는구려. 요새 음식이 신선한 맛이 없으니, 그대들이 저마다 한 가지씩 별찬을 가져와서 흥취를 돋우시면 좋을 듯하오."

이에 모두들 좋다 하였다.

연왕 집 뒤에 동산이 하나 있으니 이름이 상춘원賞春園이다. 신기한 화초며 진귀한 새들이며 신비로운 돌들은 서울 장안에서 첫째로 손꼽혔다. 그 안에 별당이 하나 있으니 이름은 중향각衆香閣으로, 난성이 연왕에게 청하여 일지런 처소로 삼은 곳이다.

이튿날 연왕이 어머니를 모시고 상춘원 중향각에 잔치를 벌였다.

어머니가 자리에 앉으니, 연왕이 단건單巾에 붉은 도포 차림으로 곁에 앉고, 윤 부인과 황 부인, 홍 난성과 선 숙인이 양옆에 앉았다. 일지련은 시집가지 않은 몸이라, 잔치 자리에 오기를 부끄러워하여 방에서 나오지 않았다.

설파, 손야차, 연옥, 소청, 자연, 도화를 비롯한 아랫사람들도 양옆으로 섰고, 동산에 온갖 꽃이 활짝 피어 한바탕 봄바람이 꽃향기를 실어 왔다.

시어머니가 웃으며 며느리들을 보고 말하였다.

"세상에 온갖 꽃이 아름답다 하나 저마다 사랑하는 꽃이 다를 터이니, 모두들 어떤 꽃을 가장 사랑하는지 생각나는 대로 말해 보아라."

먼저 윤 부인이 대답하였다.

"단정하고 정숙한 모양과 바탕이 변하지 않고 또 꾸밈이 없사오니, 저는 연꽃을 사랑하나이다."

황 부인이 머리를 숙이고 생각하다가,

"모란은 꽃 중의 왕이라 부귀 번화한 기상을 띠었으니, 저는 모란꽃을 사랑하나이다."

하였다. 그러자 홍 난성이 쾌활하게 웃으며 말하였다.

"가지가 창밖에 봄빛을 알리고 저물녘에 그윽한 향기 아름다우니, 저는 홍매화를 사랑하나이다."

선 숙인이 조용히 말하였다.

"맑고 깨끗한 향기로 속된 티를 벗어나 한 점 티끌도 침범치 못하오니 수선화를 사랑하나이다."

모두가 말을 마치자 시어머니가 일지련을 오라 일렀다. 일지련이 오자 일지련더러 또 물었다.

"너도 생각나는 대로 말하여 이 늙은이 심심풀이를 도우라. 그래, 너는 무슨 꽃을 좋아하느냐?"

일지련이 부끄러워 대답을 못 하다가 거듭 물으니, 겨우 웃으며 대답하였다.

"저는 남쪽 사람이어서 남쪽에 많이 피는 복사꽃을 사랑하나이다."

그 말이 끝나자 난성이 웃으며 말하였다.

"《시경》에 이르기를, '어여쁜 복사꽃 그 꽃이 곱구나. 처녀는 시집가서 그 집안을 화목하게 하라.' 하였으니 연랑은 진실로 그 뜻을 말함이로다."

모두가 한바탕 웃으니 일지련이 얼굴이 빨개져 다시 제 방으로 돌아갔다.

노부인이 다시 연옥을 보며 말하였다.

"너는 무슨 꽃이 좋으냐?"

"소녀는 살구꽃이 좋나이다."

"어째서 좋아하느냐?"

"멀리 바라보면 더욱 또렷해 좋사옵니다."

그러자 노부인은 연옥이 한 말을 되씹더니,

"네 말이 참으로 활발하니 평생 번화하리라. 소청은 무슨 꽃을 좋아하느냐?"

하고, 다시 소청에게 물었다.

"앵두꽃이 좋나이다."

"어째서 좋아하느냐?"

"봄빛을 간직하여 온 정신이 열매에 있기 때문이옵니다."

그러자 노부인이 소청이 한 말을 되씹더니,

"네 말이 온화하고 흠이 없으니 앞날이 무궁하리로다. 자연은 무
슨 꽃이 좋더냐?"

하고 자연에게 물었다.

"봉숭아꽃이 좋사옵니다."

노부인이 웃으며 말하였다.

"네 비록 소견이 깊지 못하나 일생이 안온하여 넘침이 없으리로
다."

그리고 도화에게 물었다.

"분꽃이 좋사옵니다."

"왜 그러느냐?"

"한 나무에 갖가지 꽃이 피니 더욱 좋사옵니다."

그러자 노부인이 말하였다.

"네 말이 가장 번화하니 앞날이 화려하리로다."

손삼랑에게 물으니 손삼랑은 씩씩하게 말하였다.

"저는 강남 어부라 강가 갈꽃이 좋더이다."

노부인이 웃으며,

"그 꽃이 깨끗하나 갈대는 소리 나는 풀이니, 이름이 세상에 나
리라."

하고, 설파에게 또 물었다.

"설파는 무슨 꽃이 좋은가?"

설파가 그 말을 잘못 알아듣고 머리를 흔들며 눈살을 찌푸리고 말하였다.

"좋다니 무엇이 좋으리까? 늙으니 갈수록 세상이 귀찮더이다."

그러자 연옥이 깔깔 웃으며 소리쳐 말하였다.

"세상은 말하지 말고 꽃이나 말하소서."

설파 또한 웃으며 연옥에게,

"철모르는 소리 마라. 말이 병이니라. 남을 말한즉 남 또한 너를 말하는 법이란다."

하고 말하니 연옥이 웃음을 참지 못하여 돌아서 버렸다.

그러자 설파가 따라 웃으며,

"너 바른말을 듣기 싫어하는구나."

하여, 모두가 배를 그러안고 한바탕 웃었다.

노부인이 연왕을 보며 물었다.

"자네는 무슨 꽃이 좋은가?"

"소자는 세상 온갖 꽃이 다 좋으니, 봄바람에 나비가 되어 이 꽃 저 꽃 구경하며 다 사랑할까 하나이다. 하지만 꽃한테도 낫고 못함이 있으니 소자가 하나하나 평하고자 하나이다. 연꽃은 깨끗하고 준수하면서 연약하여 규중 부인의 본색이고, 모란은 화려하니 부귀 재상의 딸로 부귀 재상 안해가 된 기상이요, 홍매화는 일 년 봄빛을 독차지하여 아리따운 태도와 무르녹은 자태로 낮은 가지는 창 앞에 그림자를 던져 주인 사랑을 얻는 한편 높은 가지는 담 머리 너머로 엿보는 자들마저 넋을 잃게 해 애끓는 마음이 일어나게 하며, 수선화는 맑고 깨끗하여 맑은 향기가 방문 밖으로 새어 나가지 아니하니, 소자는 수선화의 산뜻함을 사랑하고 홍매화의 고움을 미워하나이다."

노부인이 크게 웃으며 말하였다.

"아서라, 자네 아무리 홍랑을 놀리려 하나 지난날 말과 오늘 말이 어찌 다른가? 우리 옥련봉 아래 살 때 자네 나이 겨우 예닐곱이었는데, 집 뒤 언덕에 올라 동무들을 모아 놓고 꽃싸움하며 하던 말이 아직도 생생하구려. '저는 이름난 꽃이 아니면 꺾지 않을 것이니, 깨끗한 절개를 지닌 서호 매화에 조는 듯한 침향정 해당화, 호화로운 기상을 지닌 낙양 모란을 모두 겸한 꽃이 이름난 꽃이옵니다.' 하였거늘, 이 어찌 홍매화를 말하는 것이 아니리오? 이렇게 보니 우리 연왕이 평생 사랑하는 꽃은 홍매화인가 하노라."

또다시 웃음꽃이 피는데, 문득 난간 아래 지팡이 끄는 소리가 나더니 양 태공이 오르며 노부인에게 말하였다.

"부인은 어찌 그리 좋아하오?"

그러자 노부인은 금방 일을 낱낱이 말하였다.

양 태공이 웃으며,

"모든 말이 다 아름다우니 그 기상을 엿볼 수 있구나."

하며 또 노부인에게 물었다.

"그래 부인은 무슨 꽃을 가장 사랑하오?"

노부인은 살짝 웃더니 말하였다.

"제가 본디 시골 늙은이라, 울 밑에 호박을 심어 꽃을 보며 열매를 따 먹으니 호박꽃을 사랑하나이다.”

“미련한 늙은이, 말 또한 미련하나 호박은 넝쿨진 풀이어서 복이 길이 가리라.”

그러자 이번에는 노부인이 태공에게 물었다.

“상공은 무슨 꽃을 사랑하시오이까?”

“우리 두 늙은이 다 늙어 쇠약한 나이에 아들애와 며느리들을 데리고 고운 빛이 눈앞에 가득하니 이것이 바로 뭇꽃이라, 나는 사람꽃을 사랑하오.”

이럴 때 며느리들이 차린 음식상이 들어왔다.

윤 부인과 황 부인은 본가에서 차려 오고, 난성은 난성부에서, 선 숙인은 연왕부에서 차려 오는데, 모두가 훌륭한 진수성찬이었다.

이윽고 날이 저물고 술이 여러 차례 돌아가자 태공이 일어서며,

“불청객이 오래 앉아서 부인과 며느리들 흥을 깨뜨릴까 싶소.”

하면서 나갔다. 모두 자리에서 일어서 배웅하고 다시 자리에 앉았다.

연왕이 곧 홍랑과 선랑을 보며 말하였다.

“내 들으니 강남 풍속이 음식을 장려하여 그 솜씨가 천하에 이름 높다 하는데, 그대들이 솜씨 있다면 소담한 음식으로 강남 풍속도 빛내고 저물녘 술자리에 못다 한 홍취를 다시 돋우어 보시구려.”

연왕 말이 끝나기도 전에 선 숙인이 눈짓하자 소청이 백옥 소반에 농어회를 받들어 올렸다. 눈 같은 생선을 실오리같이 곱게 썰어 놓았는데, 솜씨가 공교하고 황홀하였다. 연왕은 크게 기뻐하며 말

하였다.

"이는 여느 때는 못 먹는 강남 은설회구려. 내 일찍 들으니 은설
회는 천하에 다시없는 음식이라 송강에 나는 고기를 병주의 연엽
도蓮葉刀로 쳐야 한다 들었는데, 선 숙인이 아무리 민첩해도 어
찌 이럴 줄이야 알았겠소이까."

그 말에 난성이 불쾌해하며 윤 부인과 황 부인에게 탄식하며 말
하였다.

"세상에 믿지 못할 것은 이간질이오이다. 저나 선랑이 다 같이
청루 천한 신분으로 귀한 집에 들어온 뒤 털끝만큼도 시기하는
마음을 둔 적이 없었는데, 선랑이 오늘 상공 뜻을 맞추어 제 솜씨
를 뽐내 저를 무색하게 할 줄이야 어찌 알았겠나이까?"

홍랑이 골을 내니 연왕이 웃으며,

"난성은 성내지 마오. 별것도 아닌 우연한 일을 가지고 어찌 크
게 성을 내오?"

하니, 선 숙인은 무안하여 내막을 까밝히느라 땀을 뺐다.

"이는 우정 상공이 난성의 거동을 보고자 하여 저와 약속하고 한
일이지, 제가 어찌 음식 솜씨를 자랑하고 사랑을 독차지하려 한
일이겠나이까?"

난성은 더욱 불쾌한 듯 말하였다.

"저는 본디 민첩하지 못한 사람이니 어찌 상공 뜻을 미리 짐작할
수 있겠나이까? 다만 맛없는 떡을 준비하였으니 선랑은 솜씨 없
다 비웃지 마오."

그리고 연옥을 시켜 가져오라 하니 연옥이 푸른 소반을 받들어

들여왔다. 청강석으로 만든 연잎 대접에 연꽃 백여 송이를 담았는데, 송이송이 피어나는 듯하여 기이한 재주와 영롱한 솜씨를 말로 다 이르기 어려웠다.

윤 부인이 웃으며 노부인에게 말하였다.

"이것이 바로 강남 특식으로 연밥으로 만든 떡, 연자병蓮子餠이라 하옵니다. 옛날 아버지를 따라 항주에 갔을 때 먹어 보았으나, 만드는 방법이 까다로워 강남 사람들도 아무나 못 한다고 들었사옵니다."

시어머니가 감탄하며 난성에게 만드는 법을 물었다.

"연꽃의 열매를 연밥이라 하나이다. 연밥을 보드랍게 가루 내어 단물에 넣고 저어서 잡물을 없애고 석류 물에 반죽한 다음, 충분히 찧어 연꽃잎 모양으로 곱게 빚어서 백옥 시루에 백단향을 피워 놓고 찌되, 잘못하면 열 송이에 한 송이도 건지지 못하옵니다. 성한 것을 골라 다시 석류 물에 찌고 단물에 담가 저리 만드옵니다."

노부인이 그 말을 듣고 연 송이를 집어 맛보고는 칭찬하며 말하였다.

"이는 여자들이 먹을 것이 아니로다."

그리고 연왕에게 주어 아버지께 보내고 두어 송이씩 나누어 옆에 있는 사람들과 윤 부인과 황 부인, 또 아랫사람들에게도 맛을 보이니, 여종들이 한 송이씩 들고 꽃 속으로 흩어져 이야기하며 서로 좋아하는지라 마치 팔월 물가에서 여인들이 연을 따는 것 같았다.

윤 부인이 연왕을 보며,

"상공이 부질없이 난성을 놀리자 하시더니 도리어 난성에게 놀림을 받았나이다."

하니, 그게 무슨 소리인가 하여 노부인이 연왕을 바라보았다.

"난성은 당돌하여 누구라도 이기고자 하며, 선랑은 가냘프고 겸손이 지나쳐, 소자 선랑과 약속하고 난성이 무안해하는 거동을 구경하려 하였다가 이렇게 낭패했나이다."

옆에 있던 난성이 웃으며,

"상공이 백만 대군을 쓸 때는 지략이 남들보다 뛰어났으나 홍혼탈이 부리는 잔꾀를 당하지 못하실 것이니, 제가 어찌 그 뜻을 몰랐겠나이까?"

하니, 연왕이 크게 웃었다. 난성이 또 선 숙인을 보며 말하였다.

"오늘 이 자리에서 위아래 다 함께 즐기나 오직 한 사람만이 심심하고 쓸쓸해하니 걱정스럽구려."

선 숙인이 일어나 방으로 들어가더니 일지련을 이끌고 나와 자리에 앉히며 말하였다.

"연랑이 전쟁마당에서는 장수로 맹활약하고 만리타국에 지기知己를 좇았으니 녹록한 장부도 당하지 못할 의지와 소견을 품은 사람인데, 오늘 어찌 이리 부끄러워하오? 나를 푸대접하는 것이 아니라면 오랜 벗이 주는 술이니 사양치 마오."

일지련이 내내 연왕이 한자리에 앉아 있는 것이 부끄러워 잔을 받지 않으니, 숙인이 또 말하였다.

"이 자리에 남도 없거늘 낭자가 이처럼 부끄러워하니 이는 나를 꺼리는 것이구려. 내가 마땅히 피하여 어색함과 부끄러움을 덜도록 하겠소."

그러자 일지련이 말하였다.

"제가 만리타국에 와서 친척 하나 없으니 남으로 말하자면 제가 바로 남이옵니다. 어찌 특별히 숙인을 서먹서먹해하겠나이까?"

"그 말은 진심이 아니오. 이 자리를 둘러보오. 어머님께서 계시나 늘그막에 심심하시기로 연랑 같은 젊은이도 허물없이 만나 보고자 하시니 그도 부끄러울 것이 없을 것이요, 두 부인은 벌써 손님과 주인으로 만나 이제는 한집안 같은 사람들이고, 난성은 오랜 지기이니 더욱 말할 바 아니며, 밖으로 연왕 상공이 저기 앉아 계시나 연랑이 벌써 항복한 장수로 꿇어앉아 한번 수치를 겪었으니 무슨 부끄러움이 남았겠소? 오직 이 선 숙인 한 사람만이 뜻이 통하지 않고 속마음을 몰라 언제나 한결같이 속생각을 드러내지 않으니, 내 어찌 이 자리에 앉아 연랑에게 미운 사람이 되겠소?"

선 숙인이 노여워하니 일지련은 곧 잔을 받아 마셨다. 그러고 나서 웃으니 이번에는 난성이 투덜거렸다.

"옛말 그른 것 하나 없도다. '늙도록 사귀어도 처음 만난 것 같고, 오가다가 만났어도 오래된 사이 같다.' 하였으니, 연랑이 이 홍혼탈과 만리풍진에 생사고락을 같이하고도 오히려 마음을 터놓지 않아 술 한잔도 마시지 않더니, 어떤 사람과는 초면에 구면처럼 저렇게 다정한가?"

그러자 일지련이 웃으며 난성에게 말하였다.

"술 한잔 권하지도 않고 마시지 않는다고 꾸짖으시어요?"

난성이 웃고 큰 술잔에 가득 부어 권하니, 일지련이 사양하지 않고 받아 마셨다. 워낙 연랑은 남달리 주량이 뛰어났다.

연이어 연왕이 웃으며 두 부인에게 말했다.

"나야 바깥사람이니 체면을 차려야겠지만, 부인들은 주인으로서 손님에게 어찌 술 한잔 권하지 않소이까?

윤 부인과 황 부인도 연랑에게 술을 권하니, 연랑이 거푸 넉 잔을 마셨다. 술기운이 올라 고운 눈에 봄빛이 무르녹으니 탐스러운 복사꽃이 저녁 빛에 젖은 듯하였다.

선 숙인은 연랑을 이윽히 보면서 새로이 사랑스러워 연랑 손을 꼭 잡았다.

"친구 사이에 지기를 중히 여기는 것은 서로 그 마음을 속이지 않기 때문이오. 그대가 여기 온 지 이미 오래나 한 번도 이런 흥겨운 자리에 끼지 않으니, 친구의 마음을 어찌 알 수 있겠소?"

연랑은 슬픈 빛을 띠며 선랑을 보며 말하였다.

"제가 천성이 옹졸하여 말로 마음을 터놓지 못하나이다. 오늘 풍경이 이토록 아름답고 지기가 자리에 가득하니, 풍류 한가지로 위로는 노부인을 즐겁게 하고 아래로는 제 속마음을 털어놓을까 하나이다."

선랑은 물론 모두가 기뻐하였다. 선랑이 무슨 풍류를 좋아하느냐고 물었다.

"미개한 남방 지역에 어찌 여러 가지 풍류가 있으리오마는, 제가 이십오현을 몇 곡 배워 둔 게 있사오니 웃지나 마소서."

연랑의 말에 숙인이 소청을 시켜 슬을 가져오라 하여 연랑에게 주었다. 연랑은 곧 줄을 골라 타며 남방의 노래 세 곡을 불렀다.

들뛰는 말발굽에 풀 한 포기 돋지 않고
화살이 바람같이 내리니 강물도 울부짖네.
용과 용이 서로 맞서 허공에서 번개 칠 제
물기둥은 하늘에 솟고 불구름 땅을 덮네.
하늘가 의지하여 북두칠성 바라보니
님 계신 황성이 눈물 속에 어려 오네.

흰 용은 뒤에 서 뒤를 지키고
붉은 표범 앞에 서 앞을 살피네.
축융 왕 좇아 사냥 길에 올랐건만
눈썹을 찡그리고 즐거운 줄 몰랐도다.
고루한 오랑캐 티 언제면 벗어 보랴.
넋 잃고 하염없이 북쪽 하늘 우러르네.

쓸쓸한 가을바람 비 끝에 찬데
외기러기 무리 찾아 북으로 날아가네.
가슴속 서린 회포 무슨 말로 풀어 보랴.
만 리 먼 곳 부모 생각 하염없는 눈물인가.
부모님도 딸 생각에 눈물이 말랐으리.
이 딸은 뉘를 위해 돌아갈 길 잊었던고.

곡조가 구슬퍼 무엇을 원망하는 듯 하소연하는 듯하니, 듣는 이마다 처량하다. 선 숙인이 눈물이 그렁해서 연랑에게 말하였다.

"노래는 마음이라는데, 연랑이 아름다운 자질로 구슬픈 탄식이 이 지경에 이르렀구려."

그러더니 거문고를 가져오라 하여 화답하는데, 그 소리가 질탕 화려하고 듣는 사람마다 즐거움에 잠기니 세상의 모든 걱정을 다 잊게 하였다. 또 난성이 옥퉁소를 한 곡 불자, 지는 해 서산에 걸리고 아름다운 꽃 그림자가 머리에 드리웠다. 이어 연왕이 함께 풍류를 아뢰니, 연왕 얼굴에 봄바람이 일고 세 여인의 달 같은 자태 꽃 같은 얼굴은 꽃 빛을 시기하더라. 옥퉁소 소리, 슬 소리며 거문고 소리가 흐드러지니, 봄은 정녕 모두 이 자리에 와 있는 듯하였다.

날이 어두워 잔치를 마칠 때 노부인이 즐거운 얼굴로 말하였다.

"이 늙은이가 오늘 구경 잘하였도다."

모두가 제가끔 흩어져 갈 때 노부인이 연왕에게 말하였다.

"내 오늘 연랑을 자세히 보니 빼어나게 아름답고 무예 뛰어날 뿐 아니라 지혜로움이나 활달한 기상이 예사 인물이 아니구먼. 난성과 비슷한 데가 많더구나. 자네는 연랑을 어찌할 생각인가?"

"소자 방탕하여 만 리 절역에서 데려왔사오니 어찌 다른 집에 보내겠나이까? 다만 세 첩이 너무 분에 넘치니 감히 부모님께 말씀드리지 못하였나이다."

연왕이 이리 말하자 노부인이 웃으며 말하였다.

"아까 자네 아버지께 말을 하였더니, '나이 젊은 것이 첩을 여럿 두는 것은 부모가 바라는 바는 아니나 일이 벌써 물리지 못하게

되었으니, 빨리 수습하여 연랑에게 억울함이 없게 하라.' 하셨으
니 곧 그리하시게."

연왕이 어머니 말씀을 듣고 난성의 방에 이르니, 난성이 아까 중
향각으로 연랑을 찾아갔다고 연옥이 전하였다. 다시 선 숙인 방에
이르니 숙인이 술이 깨지 않아 촛불 밑에서 책상에 기대어 졸고 있
었다.

"선랑은 술 석 잔 마시고 이때까지 그러고 있소?"

연왕이 다가가자 선 숙인은 놀라면서 일어나 앉았다.

"오늘 놀이가 즐거웠소?"

연왕이 부드럽게 묻자 선 숙인이 낯빛을 고치며 말하였다.

"사람 마음이 각각이요, 천지 또한 저마끔이어서 꽃을 보고 웃는
사람도 있고 통곡하는 사람도 있으니, 상공은 어찌 오늘 놀음에
서 좋아하는 사람만 보고 서러워하는 사람은 보지 못하시나이
까?"

연왕은 선 숙인의 말에 의아해하며 물었다.

"그래, 그 서러워하는 사람이 누구요?"

연왕과 일지련 혼례를 올리누나

선 숙인이 연왕에게 차근차근 물었다.

"저 사람이 나를 알고 있는데, 내가 저 사람을 모른다면 어떠하시겠나이까?"

"옳지 않지."

"임금이 신하를 문벌로 고르고, 재주와 품성을 묻지 않으면 어떠하시겠나이까?"

"그것도 옳지 않지."

숙인은 낯빛을 고치며 말하였다.

"그렇다면 제가 한 말씀 드리겠나이다. 일지련은 영용무쌍한 인물이요, 의심할 바 없는 미인인데, 부모를 떠나 만리타국까지 상공을 좇아온 것은 상공을 우러러 공경하고 지기로 믿었기 때문이옵니다. 하온데 집안에 들어온 지 몇 해가 지나도록 상공이 주저

하시며 결정을 아니 하시니, 이는 반드시 미개한 고장 사람이라 업신여기시는 것이옵니다. 이 어찌 연랑은 상공을 알고 상공은 연랑을 모름이 아니며, 임금이 신하를 문벌로 쓰고 그 재주와 덕을 묻지 않는 것과 다르겠나이까. 제가 보건대 오늘 자리에서 모두 흥이 나서 즐기나 연랑은 혼자서 외롭고 쓸쓸해하더이다. 어찌 상공만 모르시나이까?"

연왕이 웃으며,

"연랑이 난성을 남자로 알고 따라온 것이니, 그게 어찌 나를 사모하여 따라온 것이겠소?"

하니, 선 숙인이 안타깝다는 듯 얼굴을 찌푸렸다.

"세상에 사람을 알기가 이리 어려운 것이오이까? 상공도 그렇게 밝으신 분이 어찌 연랑을 이다지 모르시나이까? 연랑이 뛰어난 총명으로 어찌 남녀를 가려보지 못하고 일생을 의탁하기로 정하겠나이까? 그러기에 오늘 놀이에서 연랑이 노래 삼장으로 속마음을 털어놓은 것이오이다. 그 첫 장은 처지를 서러워함이요, 둘째 장은 속마음을 털어놓은 것이고, 마지막 장은 불우함을 탄식하는 것이 아니오이까? 첩이 그 마음을 위로하려고 질탕하게 거문고를 타고 난성 또한 옥통소를 분 것이옵니다. 상공은 다시 생각하시어 이 집안의 화목한 기운이 상하지 않게 하소서."

연왕은 웃기만 하고 아무 대답이 없었다.

이때 난성이 연랑을 찾아 다시 중향각에 이르니, 해는 서산에 넘어가고 달이 동산에 떠올랐다. 은은히 비치는 달빛이 난간 허리에 가득한데 연랑은 봄 동산의 몇 잔 술에 몸이 곤하여 난간에 기대 졸고 있었다. 난성이 다가가서 가만히 살펴보니, 발긋한 두 볼에 봄빛이 무르녹고 고운 눈썹엔 수심이 어렸는데 점점이 눈물 자국이 어려 있다.

난성은 조금 기다리다가 일부러 큰 소리로 말하였다.

"연랑은 아름다운 달을 보며 졸지 말지어다!"

연랑이 깜짝 놀라며 일어났다.

"제가 아직 젊은 혈기에 부인들께서 한사코 권하는 두터운 마음을 저버리지 못했더니, 취하여 넘어질 지경이옵니다. 부끄럽사옵니다."

난성이 손을 저으며,

"아닐세. 인생 백 년이 풀끝의 이슬 같으니 취하지 않고 무엇 하리오?"

하고 함께 난간에 기대어 달과 꽃을 구경하였다.

"연랑은 저 하늘 둥근달과 돋아 오르는 반달 가운데 어느 쪽이 좋은고? 아침 이슬에 절반 핀 꽃과 저녁볕에 활짝 핀 꽃 가운데서 어느 꽃을 더 사랑하는가?"

"저는 절반 둥근 달과 절반 핀 꽃을 사랑하나이다."

"그것은 사람마다 다르겠으나 꽃이 어찌 평생 절반만 피고 달이 어찌 한 모습 반달로만 있으리오? 봄날에 즐거움도 때를 놓치면 홍안과 백발이 사람을 속이나니, 연랑이 이렇게 쓸쓸한 뒤뜰에서 중향각이나 지키니 어찌 무료한 수심에 잠기지 않으리오?"

연랑이 머리를 숙이고 대답이 없자, 난성은 연랑 손을 잡으며 말하였다.

"연랑이 어린 나이에 부모며 일가붙이를 다 버리고 여기 왔으니 내 어찌 그 뜻을 모르겠나. 오늘 밤 마침 조용하니 아무것도 숨기지 말고 마음을 터놓고 말하여 좋은 기회를 그르치지 말게."

연랑은 한동안 아무 말이 없다가 난성을 은근히 바라보며,

"벌써 제 뜻을 아신다면서 무얼 더 말하라 재촉하시나이까?"

하니, 난성이 웃으며 말했다.

"그만하면 뜻을 알겠네. 내 이제 연왕께 말하려 하니 그대 생각은 어떠한가?"

연랑은 더욱 부끄러워하며 대답을 못 하였다.

"연랑이 끝내 나를 믿지 못하는가? 혼인은 인륜대사라, 평생 고락이 여기 달려 있네. 그대가 부모를 떠나 의논할 곳도 없는 처지에 어찌 한마디도 말을 않는가? 그대 말을 듣지도 않고 내 마음대로 하는 것이 옳은가?"

난성이 얼굴빛을 달리하며 말하자 연랑이 그제야 가만히 대답하였다.

"제 뜻이 홍랑의 뜻이옵니다. 제가 미개한 지방에 나서 자랐으나 홍랑을 좇아 여기에 이른 것은 장차 평생을 맡겨 홍랑과 더불어 생사고락을 같이하려 한 것이온데, 무슨 별다른 생각이 있으리까? 다만 세 가지 약속할 것이 있으니 알아 처리하소서. 연왕 상공이 만일 제 마음을 모르고 다만 자색을 취하는 것이라면 첫째로 옳지 않음이요, 제 처지를 불쌍히 여겨 억지로 혼인하시면 그 또한 둘째로 옳지 않으며, 옆 사람들이 한사코 권하는 말을 듣고 마지못해 따르시면 그 또한 옳지 못하옵니다. 만일 이 세 가지 가

운데서 한 가지라도 걸린다면, 저는 굳이 구차하게 살지 않겠나이다."

난성이 그 말을 듣고 칭찬하고는 윤 부인 처소로 갔다. 연왕과 선 숙인이 함께 앉아 있었다.

연왕이 난성을 보며 농으로 말하였다.

"요즘 난성이 바쁘고 겨를이 없어 편안히 앉아 있지 못하니, 무슨 좋은 일이 있는 것 같구려."

그러자 난성이 활달히 말하였다.

"저에게 좋은 일은 곧 상공께 좋은 일이니 어찌 속이겠나이까? 구슬이 진흙 속에 묻히고 이름난 꽃이 뒷간에 떨어지니, 옛사람들이 안타까이 여기는 바이옵니다. 제가 연랑을 잠깐 보니 참으로 귀한 구슬이요 이름난 꽃이라, 남만 땅에서 헛되이 시들어 감을 불쌍히 여겨 데려온 것은 상공도 이미 아시는 일이옵니다. 만리타국에 그 아이 자리가 분명치 못하여 제가 걱정하였더이다. 만일 상공이 거두어 곁에 두신다면 좋은 자질로 지아비를 모실 터이니, 저희와 견줄 바가 못 될 줄 아옵니다."

연왕이 머리를 돌려 윤 부인더러 말하였다.

"여자들이 투기하는 것은 좋은 일이 아니나 지아비더러 여색을 권하는 것 또한 온당치 못한 일 아니오? 내가 아는 난성이 맞소?"

"제가 어리석으나 방탕한 일로 상공의 덕에 흠을 내지는 않을 것이옵니다. 상공 말씀이 그러시다면 그 또한 연랑이 바라는 바가 아니오이다."

연왕이 난성에게 웃으며 물었다.

"연랑이 바라는 바가 무엇이오?"

"연랑 말이 상공이 제 마음을 모르고 다만 자색만 취한다면 제 소원이 아니라 하더이다. 또한 제 처지를 불쌍히 여겨 억지로 취한다면 그 또한 소원이 아니며, 사람들 권고에 못 이겨 마지못해 따른다면 그도 바라는 바 아니라 하더이다. 또 이 세 가지 가운데 어느 한 가지라도 있다면 싫다 하옵니다. 구차히 살고 싶지 않다 하더이다."

연왕이 난성에게 낯빛을 바로 하며 말하였다.

"연랑 말이 그러하나 세상에 그 마음을 아는 자가 몇이나 되겠소? 내 본디 여색을 멀리 못 하는 사람인데, 머나먼 땅에서 경국가인을 데려다 어찌 다른 남자한테 보내겠소? 벌써 부모님께 아뢰고 마음을 정하였으니 난성은 매파라, 우리 인연을 맺어 줄 좋은 기회를 마련해 보시오."

난성이 그 말에 대답하지 않고 윤 부인을 보며 말하였다.

"세상에 저같이 쓸모없는 사람이 없나이다. 첩을 하나 구해 드리면서도 도리어 꾸지람을 들으니 이 어찌나 번잡스러운지."

그러자 연왕이 웃으며 말하였다.

"난성의 충성이야 어찌 오늘뿐이겠소? 이 자리에 앉은 부인 또한 난성이 중매한 바이니 너무 공을 내세우지 마오. 시작과 끝을 같게 하시구려."

난성도 농하며 말하였다.

"나이 찬 규수와 늙은 신랑이 혼인날을 손꼽아 기다리니 어찌 성례를 천천히 하겠나이까? 이달은 늦은 봄 삼월이요, 삼월 보름날이 좋은 날이니 이날 혼례를 올리소서."

그러자 연왕은 부인들에게 말하였다.

"이것이 내 마지막 혼인이니 부인들은 톡톡히 부조할 준비나 하오."

이리하여 윤 부인과 황 부인은 옷을 맡아서 귀한 비단으로 호화롭게 옷을 꾸미고 홍랑과 선랑은 진수성찬을 준비하였다.

연왕이 표기장군 일지련과 혼인한다는 소문이 퍼지니, 황제와 황태후는 비단이며 여러 좋은 물건들을 갖추 보내고 조정 벼슬아치들이 연왕 집에 이르러 다투어 축하하였다.

좋은 날을 맞아 중향각에 잔치를 베풀고 연왕과 연랑의 혼례식을 차리는데, 황성의 고관대작들과 그 식솔들이며 항간의 부녀자들이 상춘원을 덮고 여기저기서 구경하는 자 물 끓듯 하였다. 가 궁인이 태후의 명으로 궁녀들과 함께 혼례식을 구경코자 하여 이르니 뒷동산 가득 울긋불긋 젊은 여인들로 꽃밭을 이루고 저저마다 연왕의 풍채와 연랑의 아리따움을 칭찬하였다.

난성이 잔을 받들어 연왕에게 권하였다.

"오늘 좋은 때 좋은 날 새사람을 맞으시니 상공은 이 잔을 받으시고 백년해로하시며 아들딸 많이 낳으시고 새 정은 옛정 같고 옛정은 새 정 같으소서."

연왕이 술잔을 받아 마시며,

"난성은 남의 즐거움을 자기 즐거움같이 여기는구려."

하고 말하자, 모두가 크게 웃었다.

난성은 또 잔을 들어 연랑한테 권하며 말했다.

"그대는 이 잔을 받아 군자를 모시고 백년해로하되, 청춘 홍안이 평생 늙지 말고 나처럼 푸대접받는 일이 없도록 하소서."

하니, 장안이 떠나가라 웃음이 터져 나왔다.

연왕은 결혼식을 마치고 연랑을 부모님께 보였다. 양 태공과 허 부인은 연랑을 가까이 앉히고, 그 총명스러운 자질과 어린 태도를 귀애하시며 즐거워하였다.

이날 밤 연왕은 중향각에 불을 밝히고 난성과 선 숙인을 시켜 새 사람을 위로하라 하며 부모님께 편히 주무십사 인사 올리러 갔다. 난성과 숙인이 연랑을 보니 촛불 아래 눈물을 머금고 앉아 있었다.

"연랑은 무엇을 생각하며 이같이 슬퍼하오?"

난성이 묻자 연랑이 말하였다.

"남만 출신으로 명나라에 손으로 와 여생을 군자 문중에 의탁하게 되었으니 한은 없사오나, 부모님과 일가친척을 떠나 소식이 끊어졌사옵니다. 인륜대사인 혼인을 부모께 고하지 못하고 스스로 정하니 서럽사옵니다."

난성은 연랑의 손을 잡고 말하였다.

"나 또한 부모 정을 모르는 사람이라오. 오늘 밤 이 자리에 모인 우리 세 사람의 처지와 신세가 신통히 같구려. 게다가 한사람과 백년가약을 맺음도 같으니, 크나큰 영화를 누리든 걱정하고 슬퍼하든, 어찌 다름이 있으리오."

난성은 이렇게 말하며 선 숙인과 연랑에게 남은 술과 남은 달을 가지고 서로 평생을 맹세하고 형제처럼 살자고 하면서, 곧 술 한 병을 가지고 동산에 올랐다. 세 사람은 달을 보며 술잔을 들고 조용히 빌었다.

"여기 강남홍은 나이 스물 항주 사람이요, 벽성선은 열아홉 강주 사람이며, 일지련은 열일곱 남만 사람이오니 함께 손을 모으고 향을 사르며 달빛에 비나이다. 우리 세 사람은 제가끔 다른 곳에서 모였으나 한마음 한뜻으로 한사람을 섬겨 사생고락을 한가지로 하오리니, 이미 맹세한 뒤에 딴마음 두는 자 있거든 한 조각 밝은 달이 거울같이 밝히 비추소서."

세 사람은 다 빌고 나서 술을 들어 꽃 수풀에 부으며 한꺼번에 합장 배례하였다.

돌아오면서 난성이 말하였다.

"우리가 인간 세상의 인연을 마치고 옥경 청도에 다시 이렇게 모인다면, 그때도 오늘 밤 이 맹세를 서로 잊지 마십시다."

동산에서 내려와 꽃 숲을 지나는데 문득 수풀 뒤에서 웃음소리가 들려왔다. 난성이 걸음을 멈추고 가만히 들으니, 소청과 연옥이 꽃 수풀에 앉아 서로 손을 잡고 말하는 것이었다.

"소청아, 저 꽃가지에 비치는 달빛을 보아라. 봄빛을 헛되이 보내어 빛이 더욱 고와지는 것 같아. 내 전날에는 달만 보면 즐겁더니, 요즘에는 밝은 달을 보면 까닭 없이 서글퍼지며 정든 사람과 이별하는 것 같으니 어찌 된 까닭일까?"

"나도 달 밝은 밤이면 괜히 잠은 오지 않고 쓸쓸하니 무슨 병인지 모르겠다."

그러다가 연옥이 밝은 목소리로 소청에게 물었다.

"사람이 죽어 다음 생이 있다고 하는데, 너는 다음 세상에서 무엇이 소원이냐? 고관대작이니 왕후장상의 안해 되는 것이 소원이냐? 청루의 명기 되어 풍류랑을 제 눈으로 골라 평생에 은총을 잃지 않고 애첩 되는 것이 소원이냐? 네 생각대로 말하려무나."

"네가 먼저 말하렴. 나는 연 낭자가 부럽구나."

소청이 부끄러워하며 말하자, 연옥이 웃으며 놀려 주었다.

"네 오늘 연 낭자 혼례식을 구경하고 속으로 부러워하는구나?"

그러더니 제 생각을 마저 이야기하였다.

"세상에 육례를 갖추고 혼인하는 것이 떳떳한 일인 듯도 하지. 그런데 우리 아씨는 상공을 만나실 제 풍류로 희롱하고 수단으로 농락하여 압강정 잔치 자리에서 노래로 언약하고, 달밤에는 남복 입고 글을 지어 화답하니, 은근한 정과 끝없는 운치는 듣는 사람도 넋이 나가고 간장이 녹게 하더라. 그러니 이 어찌 가인재자의 소원이 아니겠느냐. 나는 우리 아씨보다 못났지만, 다음 생에는 우리 아씨 같은 사람이 되고 싶구나."

두 아이가 말을 마치고 좋아라 웃으니, 난성이 선 숙인을 보고 물었다.

"소청이와 연옥이 말은 창기의 말이구려. 달을 바라보고 한숨 쉬며 봄빛을 재촉하니 이 일을 어쩌면 좋을지요?"

선 숙인이 웃으며, 지난번 마달이 자기를 구할 때 소청에게 살갑게 대하던 일과 동초가 꿩을 쏘아 연옥을 놀리던 일을 난성에게 말하였다. 그 말을 듣고 난성은 뜻있게 웃었다.

연왕이 부모님께 가서 인사하고 다시 중향각에 이르니, 구슬과 은으로 꾸민 병풍을 두르고 연꽃무늬 수놓은 비단 장막을 사방에 드리운 가운데 자리에 원앙금침이 펴 있는데, 사람은 간 곳이 없다. 계집종에게 물어보니 모두 달구경 나갔다고 하였다.

연왕이 뒷동산으로 가는데 밝디 밝은 달빛이 꽃 그림자를 던지고 꽃향기가 코를 찌르는 가운데 패물 소리가 꽃 수풀에서 났다. 연왕이 걸음을 멈추고 조용히 바라보니 세 사람이 서로 손을 잡고 도란도란 이야기하며 오고 있었다.

달빛을 밟아 오던 그들은 연왕이 서 있는 것을 보고 놀라 손을 놓으며 웃었다.

"오늘 밤의 달빛은 온통 그대들을 위해 밝구면."

연왕의 말에 난성이 대답하였다.

"저희가 지기로 만나 마음을 나누느라 상공의 잠자리가 늦어진 줄 생각지 못했나이다."

연왕은 기꺼이 꽃 수풀에 자리 잡고 앉으며 소청과 연옥더러 술을 가져오라 하였다. 그리고 연랑에게 술을 따르라 하니, 난성이 선숙인을 보며 한탄하였다.

"사람의 마음은 새것을 좋아하는 법이어서 꽃도 피는 꽃을 곱다 하고 달도 반달을 사랑하는데, 우리는 묵은 무리라 다만 돌아오는 술잔을 받아 배를 채울 뿐이니, 어찌 다시 술잔을 들어 군자의 사랑을 받아 볼까."

연랑이 부끄러움을 이기지 못하여 잔을 들고 어쩔 줄 몰라 하니, 연왕이 난성을 흘겨보며 말했다.

"난성은 새사람을 너무 놀리지 말라."

그러는 가운데 어느새 밤이 깊었다. 모두가 술에 얼근히 취하자 연왕이 일어서며, 새사람이 초례를 치르느라 피곤할 터인데 돌아가자고 말하였다.

홍랑과 선랑이 인사하였다.

"밤이 깊고 술도 꽤 하셨으니 몸 잘 가누시고 편히 쉬소서. 저희는 바로 가나이다."

그러고는 제가끔 흩어지니, 연왕은 연랑 손을 잡고 중향각으로 돌아와 휘장을 내리고 촛불을 밝힌 뒤 자리에 들었다. 마치 옥을 안고 향을 품은 듯 정이 깊어 가니 몽실몽실 끝이 없었다.

"그대는 만왕의 딸이요, 나는 여남 지방 가난한 선비라. 머나먼 타향에서 우연히 만난 것이 그저 운이라 할 수 있으나, 내 아직 그대 뜻을 알 수 없구려. 그대가 명나라에 온 것은 누구를 위해서요? 누구를 따라온 것이오?"

연랑은 연왕의 물음에 부끄러워 잠잠히 있다가 대답하였다.

"상공이 진심으로 물으시니 어찌 속마음을 숨기겠나이까. 저는 축융 왕의 일곱 번째 딸이온데, 부왕이 북해에서 사냥하다가 제 어머니 야율 씨가 빨래하는 것을 보고 얼굴이 아름다워 한번 가까이한 뒤, 안해 척발 연지(왕비)가 투기하는 것을 꺼려 다시 찾지 않았사옵니다. 너덧 살 때 어머니가 저를 안고 부왕을 찾아갔나이다. 부왕이 제 어머니를 불쌍히 여겨 궁궐 외진 데라도 두려고 하니, 어머니가 한사코 사양하였나이다. 이미 대왕이 버린 사람이니 그 같은 일은 바라지 않는다 하였나이다. 그저 불행히 혈육을 하나 낳았기에 천륜을 찾아 주자고 왔노라 하며 저를 궁궐에 두고 가신 뒤 지금까지 어디 계신지 모르옵니다. 혹 전하는 말이 산중에 의탁하여 비구니가 되었다 하나 사실인지 알 길은 없사옵니다.

궁중에서 자라면서 척발 씨의 손에서 갖은 고초를 겪다가 여남은 살에 어머니를 찾으러 남쪽 산천을 두루 밟았으나, 끝내 찾지 못하고 신인을 만나 쌍창 쓰는 법을 배우게 되었나이다. 제가 천성이 남달라 어려서부터 그 고장에서 늙을 생각이 없고 명나라를 한번 구경해 보자 하던 차에 뜻밖에 홍 난성을 잠깐 보니 마음이 통하겠구나 싶어 은근히 사모하는 마음이 간절하였나이다. 그래서 창법을 다 못 쓰고 짐짓 사로잡혔삽더니, 진중에 이르러야 그분이 여자임을 깨닫고 후회하나 어찌하겠나이까. 그러다 다시 상공을 뵈오니 제가 평생에 바라던 바라 부끄러움을 무릅쓰고 멀리 따라왔나이다.

세속 사람들의 눈이 다만 여인의 얼굴만 취하고 마음은 몰라 위태롭기 짝이 없고 신세 궁색함이 날로 더한지라, 밤마다 등불 앞에서 시퍼런 칼날을 보며 구차한 인생을 그만 끝낼까 하였더니, 상공이 이같이 거두어 주셨나이다.

저 또한 의심스러운 것이 있으니, 상공은 저의 자색을 취하시나이까? 신세를 불쌍히 여기셨나이까? 혹 조금이라도 제 마음을 알고 지기로 마음을 허락하시나이까?"

연왕은 말을 다 듣고 나서 연랑의 처지를 탄식하며 말하였다.

"세상에 남자로서 어찌 얼굴 고운 것을 좋아하지 않으리오마는 내 평생에 마음 모르는 여자를 안해로 맞지 않소. 홍 난성의 군건하고 의협심 넘치는 기풍과 선 숙인의 담박한 지조를 알기에 맞은 것이오. 어찌 홀로 그대의 예사롭지 않은 심정을 모르리오. 다만 남방을 평정하고 돌아와 조정에 일이 많고 부모님께 미처 고하지 못하였기 때문에 혼례 치를 겨를을 내지 못했던 게지 무슨 다른 뜻이 있었겠소?"

연랑은 진심으로 고마워했다.

연왕은 사흘 동안 혼례를 마치고 다시 처소를 넓혔다. 가운데 안채에는 어머니가 거처하고, 동쪽 백자당엔 윤 부인, 서쪽 백화당에는 황 부인이 자리 잡게 하였다. 그리고 뒤뜰의 취봉루에는 홍 난성이, 그 밑 벽운루에는 선 숙인이, 그리고 연랑은 중향각에 거처하였다.

봄이 가고 바야흐로 여름이 오고 있었다. 꽃다운 풀이 곳곳에 우거지고 숲엔 녹음이 짙은데, 관동후 동초와 관서후 마달이 조회를 마치고 나오다가 말 머리를 가지런히 하고 걸으며 말하였다.

"우리가 본디 강남 청루에서 방탕히 놀던 자들인데, 오늘날 부귀공명이 얽어매니 청춘의 즐거움을 마음대로 누릴 수 없구먼. 이 아니 우스운가. 오늘은 마침 날씨가 맑고 아름다운데 별로 일도 없으니, 술이나 두어 잔 마시며 울적한 마음을 달래 보세나."

두 사람은 웃으며 관복을 벗고 준마에 올라 서울 장안 큰길로 달렸다. 술집과 청루를 돌며 술을 몇 잔 마시고 가무와 자색을 구경하고는 취흥이 무르익어 돌아왔다.

"황성의 인물이 아무리 잘났다 해도 우리 강남을 당하지 못하는 군. 우리는 장수들이라, 이렇듯 변방에 아무 탈이 없으면 평생 한 가할 테니 흐르는 세월을 어찌 심심하게 보내리오. 아무래도 젊 은 첩을 구하여 젊음을 누려야 할까 보네."

동초의 말에 마달이 웃으며 말하였다.

"청루 미인들을 대강 보았으나 신통함이 없거늘, 자네는 어떤 첩 을 얻고 싶나?"

"세상에서 처첩을 구하는 법이 저마끔 다르다네. 점잖은 가문에 서 태어나 예법에 밝고 부덕 갖춘 여인을 찾는 자는 여중군자를 구할 것이요, 담박하니 살림 튼실히 가꾸고 싶으면 길쌈 잘하고 물 긷고 방아 찧는 것을 즐기며 밤이면 잠이 없고 낮이면 병 없는 건강한 여인을 구할 것이요, 자식 낳이를 잘하여 아들딸 낳기를 바라는 사람은 성품이 좀 모자라도 살집 있고 곡절 없는 웃음에 재미없는 말을 할지라도 복 많은 집 딸을 구해야 마땅하지. 나야 뭐 청춘소년이요, 방탕 호협한 사람이라 부덕을 갖춘 여인이야 도리어 골칫거리가 될 것이니, 민첩하고 슬기로운 여인이 낫겠 네. 외려 기녀처럼 달 같은 자태 꽃 같은 얼굴을 갖춰, 구슬로 꾸 민 화려한 누각에 발을 늘이고 앉아, 흰 말 타고 금 채찍 두르며 걸음을 멈추고 말을 붙여도 쉽게 친할 길 없는 어여쁜 여자를 구 하노라."

동초의 말을 듣고 마달은 크게 웃으며 말했다.

"그러다가 자네는 방탕하고 요사스러운 첩을 구하겠구먼. 내 자 네를 위해 어여쁜 여자 하나를 중매하려는데, 자네 생각은 어떠한가?"

그러자 동초는 머리를 흔들며 말하였다.

"자네는 안목이 없으니, 길가의 술 파는 집에서 분단장 곱게 하고 행인을 속이는 여자에게 정신이 홀려, 그 여자를 내게 보내고자 함이 아닌가?"

마달이 동초에게 손을 휘저으며 말했다.

"자네 나를 당최 믿지 않으니 그만두겠네. 내 벌써 첩을 둘이나 마음에 정하였는데 뒷날 혼자 즐긴다고 나무라지나 말게."

그러자 동초가 바싹 다가서며 말하였다.

"그래 어떠한 여자인지 빨리 말하게."

"풀숲에 숨은 옥이요 찬 이슬에 피지 않은 꽃이라. 알아보는 자 있어 한번 주워 말끔히 닦으면, 꽃이 필 뿐 아니라 어찌 절대가인인들 되지 않겠나?"

동초는 마달의 소매를 잡고 빨리 말하기를 재촉하였다.

"홍 원수네 연옥이와 선 숙인네 소청이는 타고난 아름다운 자질에 몸가짐도 민첩한 여자들로, 알아보는 이 적고 나이 채 차지 않아 자색이 다 피지 못한 꽃과 같으니, 자네가 어찌 마다하리오."

동초가 무릎을 치며 기뻐하였다.

"마달 자네가 용케도 사람을 알아보누나. 나 또한 마음속에 품은 지 오래나 원수와 숙인의 뜻을 몰라 말을 꺼내지 못하였네. 자네가 먼저 말하니, 그래 자네는 누구를 마음에 두었나?"

그러자 마달은 전날 남방에서 첩서를 가지고 오다가 선랑과 소청을 구할 때, 소청이 마음을 끌었다고 말하였다.

"이 흉측한 사람! 자네가 충심으로 주인을 구한 것이 아니라 은근히 어여쁜 계집을 낚은 것이었구나. 나는 마땅히 정당하게 얻을 테니 자네는 내 수단을 보게."

동초가 마달을 놀리며 말하니, 두 사람은 호탕하게 웃으며 다시 술집으로 들어갔다. 동초는 잔뜩 취하여 나오면서 마달 소매를 끌며 말하였다.

"대장부는 맹세를 장쾌하게 펼쳐 보이리니, 우리 당당히 연왕 댁에 가서 연왕께 뵈옵고 청하여 보세나."

"지금 자네나 나나 술에 너무 취하였으니, 나중에 형편을 보아서 청하는 것이 좋겠네."

마달이 말려도 동초는 뜻을 굽히지 않았다.

"연왕이 공명정대하고 위엄 있으나 풍류남아요 청년 호걸이라 다 꿰뚫어 아실 것이니, 허물치 않을 걸세. 또한 우리를 사랑하시니 아랫사람 하나를 아끼지 않을 것이로다."

두 사람은 말을 달려 연왕 집에 이르렀다.

동초, 마달이 연옥, 소청과 맺어지고

동초와 마달은 준마를 달려 바람같이 양씨 댁으로 들이닥쳤다. 그리고 연왕 뵙기를 청하였다.

연왕은 마침 뒤뜰 석대에서 홍 난성, 선 숙인, 연랑과 함께 풀빛을 구경하고 있었다. 동초와 마달이 뵙기를 청한다는 말을 듣고, 연왕은 말했다.

"두 장군은 싸움터에서 함께 고생하던 사람이요, 또한 마달은 선 숙인의 은인이니, 그대들이 구태여 꺼릴 것이 없으리라."

그러더니 계집종에게 일렀다.

"이리 들어오라 하여라."

동초와 마달이 들어오자, 연왕은 석대에 오르라 하면서 살뜰히 대하였다.

"이 자리에 있는 사람들이 장군들과 모두 구면이구면. 내 오늘 심심하기로 바람을 쐬고 있는데, 마침 장군들도 시간이 있는 것 같으니 함께 소풍이나 하세."

두 장군이 황송해하면서 사례하였다.

연왕이 소청과 연옥에게 술을 가져오라 하였다. 동초가 먼저 술을 두어 잔 마시고 나서 갑자기 떠들썩하게 말하였다.

"소장들이 오늘 아뢸 말씀이 있사와 자애로우심을 믿고 당돌히 왔나이다."

연왕이 무슨 말이냐고 물으니, 동초는 붉은 얼굴로 내쳐 말하였다.

"소장들이 본디 강남 청루에서 방탕히 놀던 자들로 천은이 망극하고 상공의 사랑과 믿음이 크시어 분에 넘치게도 벼슬이 공후의 지위에 이르고 부귀가 넘치옵니다. 헌데 명예와 잇속으로 세상에 매이고 보니 꽃 피는 아침이나 달 밝은 저녁에 마음 붙일 곳이 없사옵니다. 옛날에 놀던 대로 말 달리고 계집 바꿔 가며 심심함을 달래 보려 하나, 분 바르고 눈썹 그린 이 가운데 마음에 드는 자 없기로 홍 원수, 선 숙인 두 분께 저희 속을 털어놓으려 하나이다. 소청과 연옥이 말이옵니다. 천금으로 몸값을 치르고 자유로운 몸으로 되게 하여 좋은 집에서 부귀영화를 함께 누리고 싶나이다. 상공께서는 저희의 당돌함을 용서하소서."

연왕은 껄껄 웃고 나서 동초와 마달을 보며 말하였다.

"장군들은 세운 공과 이루어 놓은 업적이 세상에 빛나지 않는가? 두 사람 같은 청춘 남아는 따르는 처녀도 많을 것인데 하필이면 아름답지 못한 아이를 취코자 하는가?"

"음식과 여자를 놓고는 사람마다 생각이 다르옵니다. 기름지고 맛있는 음식을 마다하고 나물국에 맛 들인 자도 있사옵니다. 소청과 연옥은 하늘이 주신 자질이 있으니, 분명코 계집종 신세로 늙지 아니하리다."

연왕은 두 사람의 굳은 결심에 웃으며 홍 난성과 선 숙인더러 말했다.

"주인들이 마주 앉아 있으니 상의하여 보구려."

그러자 선 숙인이 마달을 보며 말하였다.

"내 일찍이 위급한 때 장군의 구원을 받고 살려 준 은혜를 갚을 길이 없어 근심하던 바인데, 이제 간절히 바란다 하니 어찌 허락지 않겠소?"

그 말에 동초는 홍 원수를 보며 또 청하였다.

"저희가 문하에 출입하여 나고 드는 것을 같이하는데, 마달은 이미 소청을 승낙받아 소원을 풀고, 저만 홀로 뜻을 이루지 못하니 불공평하옵니다."

홍 원수가 동초에게 말하였다.

"관서후는 선 숙인이 은혜로 갚은 것이니 말할 바 없으나, 연옥이는 내가 특별히 생각하는 아이라 어찌 백년고락을 말 한마디로 가벼이 처리하겠소?"

그러자 동초는 자신 있게 홍 원수의 말에 대답했다.

"말씀드리기 황송하오나 저도 원수께 은공이 없지 않나이다. 상공께서 나 어린 선비로 과거 보러 가시다가 소주 땅에서 녹림객을 만나 낭패하셨을 때, 제가 압강정으로 이끌지 않았던들 어찌 두 분이 만났겠나이까. 이로 말할진대 오늘 원수께서 이렇게 되신 것은 다 제 공인가 하나이다."

그 말에 모두가 웃었다. 홍 원수 또한 웃으며,

"장군이 이렇듯 간청하니 어찌 들어주지 않으리오. 또 연옥이가 본디 일가붙이도 없고, 나와 그 아이가 주인과 종 사이이긴 하나 정리로 말하면 친형제나 같으니, 장군이 나서지 않는대도 중매를 서 부귀영화를 누리게 하려 하였소. 지금 장군이 연옥이를 곁에 두고자 하니 저 아이의 복이구려. 허나 내 두 가지 약속을 받은 뒤에야 허락하리다."

동초는 제격 응하여 말하였다.

"두 가지가 아니라 열 가지 약속이라도 받들겠나이다."

"연옥이가 종이라는 천한 이름이 있으나 내 이미 흔쾌히 자유로운 몸으로 이끌겠다 하였으니 장군은 천첩으로 대하지 못할 것이오. 날을 받고 예를 갖추어 떳떳이 성례함이 그 한 가지요, 다른 하나는 연옥이를 곁에 두고 다른 첩을 구하여 우리 연옥이가 소박맞은 여인이 되게 해서는 아니 된다는 것이오. 장군은 잘 생각해 보시오."

동초는 두 손을 모아 잡고 대답했다.

"이는 제 소원이니, 원수 앞에서 어찌 두말하리까."

홍 원수는 낯빛을 달리하며 동초에게 다시 말하였다.

"나와 저 아이는 장군과도 한 고향 사람이오. 죽을 고비를 넘기고도 신의를 잃지 않고 끊겼던 인연을 다시 이었으니, 그 정리로 말할진대 여느 종과 주인 사이에는 댈 것이 못 되오이다. 앉아도 누워도 나아가도 물러가도 잠시도 떨어지지 아니하여 저도 나를 떠날 뜻이 없고 나도 저를 잊을 길이 없으나, 여자의 품행에는 귀천이 따로 없는지라, 이 순간 장군을 위하여 자유로운 몸이 될 것을 허락하고 나니, 자연 슬퍼서 말이 장황해지는구려. 부디 외로운 신세를 불쌍히 보살펴 특별히 사랑하시오. 그 애 천성이 그리 미련하지 않고 둔하지도 않으니, 분명 장군의 사랑을 잃지 않을 게요."

동초가 홍 원수 말에 결연히 대답하였다.

"원수 말씀이 마디마디 뼈에 사무쳐 돌덩이라도 감동할 바이옵니다. 연옥이 이 뜻을 받들지 않는다면 복을 누리지 못할 것이옵니다. 또한 소장이 이 말씀을 저버린다면 몹쓸 놈이옵니다."

홍 원수는 술을 더 내오라 하여 두 장군을 대접하였다.

이윽고 동초와 마달은 물러감을 고하고 뒤뜰 문을 나섰다.

"홍 원수 뜻이 저러하시니 우리 마땅히 혼례를 위엄 있게 차려 뜻을 저버리지 마세."

동초가 마달에게 말하니 마달도 그러자 하며 마음을 합쳤다.

다음 날 난성은 손삼랑을 불러 동초와 마달 장군의 일을 알리며 좋은 날을 받아 혼례 치를 준비를 하라고 일렀다. 이어 동초와 마달이 위엄 있게 의식을 차리고 여러 가지 패물과 고운 비단으로 같은 날 신부 집에 예장을 바치니, 난성은 선 숙인과 함께 난성부를 정돈하고 예식을 차렸다.

비단 장막과 수놓은 자리에 원앙침을 겹겹이 펴고 난성부의 하인들이 연두저고리에 다홍치마 입고 향촉을 받들어 쌍쌍이 세워 놓으니, 고관대작의 육례도 이에서 더할 바 없었다.

게다가 난성이 연옥을 꾸며 주고 선 숙인이 소청을 차려 주느라 있는 재간과 열성을 다하니, 연옥의 아름다움은 해당화 한 가지가 이슬에 젖은 듯하고, 소청의 고움은 눈 속에 핀 매화가 향기를 내뿜는 듯하여 구경꾼들이 저마끔 감탄하였다.

대장군 뇌천풍이 장군들 한 무리를 거느리고 와 앉으니 싸움터에서 함께 고생한 장수들이 모두 이르렀다. 골목마다 말과 수레 물 끓듯 하고 오영 군졸들이 문밖에서 군악을 울리니, 서울 장안의 남녀 노소가 구름같이 모여들었다.

동초와 마달 두 장군이 융복을 입고 대완마를 타고 아랫사람들 이끌어 난성부에 이르렀다. 혼례 마당에 들어서는데 밖이 떠들썩하여 돌아보니, 기녀들 수십 명이 분단장에 화려한 옷차림으로 줄지어 들어오고 있었다. 청루에서 놀던 호방한 젊은 장수들이 혼례를 올린다는 소문에 황성의 기녀들이 몰려온 것이다. 기녀들은 잔치 자리에 빙 둘러서서 소청과 연옥의 자색을 보더니 저마끔 칭찬해 마지않았다.

"참말로 타고난 고운 자질이니, 우리 같은 것은 발끝에도 못 가겠구나."

이럴 때 난성이 여러 기녀들 가운데 두 사람을 시켜 신랑과 신부에게 축하 인사를 드리라 하였다. 두 기녀가 커다란 술잔 한 쌍을 들고 술을 남실남실 부어 주며 교태 넘치는 웃음과 재치 있는 말로 멋을 돋우었다. 잔을 받아 마신 동초가 기쁨을 이기지 못하여 마달에게 말하였다.

"여보게 마달, 자네 색시는 타고난 성품이 겁이 많아서 자네를
보면 떨기를 잘한다 하니, 뒷날 마땅히 집안 범절이 엄숙하겠구
먼. 우리 색시는 너무 괄괄하여 삼백예순날 중 어느 하루도 나를
거들떠보지 않을 것이라 벌써부터 나는 걱정일세."

그 말에 모두가 와 하고 웃었다.

소청과 연옥이 초례를 마치고 사랑에 나아가니, 난성이 대장군
이하 모든 손들을 대접하며 술과 안주를 권하였다. 또 악기를 들고
한 곡 타며 노래도 불렀다. 구경하는 사람들 모두 난성의 솜씨를 감
탄해 마지않았다.

두 장군이 소청과 연옥을 데리고 떠나겠다고 알리니, 난성이 섬
돌 아래까지 내려와 바래 주며 말하였다.

"내 너와 같은 미천한 태생으로 천은이 망극하고 연왕 상공의 사
랑과 믿음이 있어 다행히 오늘 부귀영화 극진하나, 너 또한 부모
가 없어 따뜻한 가르침 한마디 들을 길 없으니 내 대신 일러 주
마. 여자가 도리를 다하며 지아비의 뜻을 어기지 아니함은 귀한
사람이나 천한 사람이나 다르지 않느니라. 평생을 조심하여 몸에
욕됨이 없게 하여라. 우리 두 사람의 종과 주인이란 이름은 오늘
로 마지막이나 옛정을 저버리지 말자꾸나."

연옥은 홍 난성의 말에 눈물을 머금고,

"제 온몸과 머리카락 한 오리라도 죄다 아씨께서 주신 것이니 이
은덕을 죽는 날까지 어찌 잊으리까."

하면서 거듭 절하였다.

이날부터 연옥과 소청은 귀한 집 소실이 되었으나, 양씨 댁에 오

면 여종들과 함께 팔을 걷고 궂은 일도 거리끼지 않고 하니, 윗사람이나 아랫사람이나 모두 칭찬하며 연옥을 옥랑이라 하고 소청을 청랑이라 불렀다.

나중에 연왕이 난성에게 옥랑과 청랑의 혼례를 어찌 그리 요란하게 하였느냐고 물으니 난성이 대답하였다.

"저는 미천한 출신이요 그 애들은 미천한 중에서도 더욱 미천한 인생이옵니다. 제가 평생에 혼례식을 못한 한을 그 두 애들에게 풀려고 하였나이다."

연왕은 그저 웃기만 하였다.

세월은 빨리도 흘러서 때는 벌써 팔월 보름날이 다가왔다.

보름날은 태후의 탄신일이다. 진국에서 공주가 며칠 전에 그곳 기녀와 악공들을 데리고 이르렀다. 워낙 공주는 성격이 호방하여 남자 같은 기상이 있으니, 늘 말하기를 부녀들이 투기하는 것은 장부의 기상을 꺾는 것이라 하였다. 그러고는 진왕을 위하여 비빈 궁첩 여럿을 뽑아 좌우에 두게 하였다. 그중에 가무와 문장에 뛰어나고 활 쏘고 말 타는 재주까지 지닌 자가 수십 명이었다. 그중 세 사람이 특별하였는데, 한 사람은 반 귀비요, 다른 사람은 곽 귀비고, 또 다른 사람은 철 귀비였다. 공주는 모후 탄신일에 흥을 돋고자 하여 진국 악공들과 이들을 잔치에 데려온 것이다.

황제는 공주의 이러한 모습을 보고, 감탄하듯 말하였다.

"누이의 지난날 취미가 아직 늙지 않았구먼."

"그저 효성을 다하여 모후를 한번 기쁘게 해 드리고자 함이옵니다."

공주가 대답하니, 태후는 황제와 공주 사이에 오가는 말을 듣고 말하였다.

"저 애가 어려서부터 총명하고 재주가 많아 돌아가신 부왕께서 사랑하시며 늘 품에 안고 글을 가르쳤느니라. 그런 데다가 궁녀를 따라다니며 후원에서 무예를 연습하고 궁중에서 풍류놀이하는 것을 보고 하나하나 배워 놀기를 좋아하더니, 이젠 나이 벌써 스물이 되었는데도 어릴 때 버릇을 고치지 못하는구나."

태후의 말이 끝나기 바쁘게 공주는 태후에게 물었다.

"진왕이 황성에서 돌아와서는 연왕의 소실 홍혼탈과 만왕의 딸 일지련의 무예와 자색을 몹시 칭찬하였는데, 그들은 어떠한 사람들이옵니까?"

"그들은 여중호걸이라 문장이며 자색에 무예와 가무까지 통달하지 않은 것이 없으니, 너희 세 귀비로는 당해 내지 못할까 하노라."

공주는 그들을 빨리 보고 싶어, 탄신일을 손꼽아 기다렸다.

이튿날 천자는 조회를 끝마치고 특별히 연왕과 진왕을 불러 술자리를 마련하였다. 그리고 두 왕에게 말하였다.

"경들이 짐보다 나이가 아래이니 마땅히 아우로 대하려니와 경들은 임금과 신하의 의리를 벗어나 한집안 형제같이 사이가 없게 하라. 짐이 경들과 더불어 허물없이 만나지 못하고 늘 체모를 돌아보며 격식대로만 대하니, 속마음 한번 터놓고 이야기하지 못한 것을 안타까이 여기노라."

두 왕이 황송하여 머리를 숙였다. 천자가 계속해서 말하였다.

"태후께서 나이 잡숫고야 자녀 둘을 두었는데 짐이 맏이요 진국 공주가 둘째라. 이제 공주가 풍악대를 데려와서 지극한 효성을 다하려 하네. 내일은 황족들과 고관대작의 부인들까지 참석하게 할 터이니 진왕은 사위 자리에 앉고, 연왕 또한 남이 아니라 태후께서 마 부인과 사촌 형제로 동기와 매한가지니, 태후의 손자사위로서 진왕과 함께 모후께서 총애하시는 뜻을 저버리지 말라."

진왕이 나서며 천자에게 말하였다.

"신이 듣자오니 연왕부 기악이 서울 장안에서 유명하다 하오이다. 내일 잔치 자리에 청함이 좋을까 하나이다."

천자는 진왕의 말에 웃으며 말하였다.

"짐이 의봉정을 없앤 뒤 궐내에는 풍류를 장려하지 않아 변변치 못하니 밖에서 악공이나 기녀를 부를 수밖에 없겠네. 연왕부에서 풍악을 준비하라."

연왕이 물러나 집에 돌아오니, 가 궁인이 태후의 명을 받들고 노부인을 찾아왔다.

"우리는 늙은이라 허물할 바 없으니, 편한 차림으로 궁에 들어와 정이나 나누시라."

태후의 명을 받은 노부인은 사양치 못하고 절하였다.

이때 연왕은 취봉루에 와서 난성과 선 숙인에게,

"황제께서 태후의 생신날 우리 집에 풍악을 청하시는데 마다할 수 없구려. 우리 집 기악이 어느 정도요?"

하며 걱정하였다.

그러자 난성이 물었다.

"가 궁인이 와서 하는 말을 들으니, 진국 공주께서 세 귀비와 일
등 악공을 데리고 와서 장차 연왕부의 기악과 겨루고자 한다 하
니 그게 사실이오이까?"

연왕은 진왕이 임금 앞에서 하던 말을 이야기하였다.

"이는 그대들의 일이오. 그대들이 강남 청루의 이름난 명기로 풍
류 문장이 당대 으뜸임을 듣고 진왕이 한번 겨루게 한 것이니, 내
일 나아가 이기지 못하면 그대들의 수치요 승전고를 울리는 것도
그대들의 재주일까 하오."

그러자 난성은 곧 기생 수십 명을 뽑아 취봉루에서 온밤 내 연습
하게 하였다. 선 숙인이,

"풍류라 하는 것은 한때 즐기면 되는 것이지 남을 이겨서 무엇
하겠소?"

하자, 난성은,

"선랑은 젊은 사람이 너무 노숙한 체 마오. 내 평생 이기기 좋아
하는 버릇은 없으나, 남에게 양보할 마음 또한 없다오."

하면서, 기세등등하여 박자를 치고 노래며 악기를 가르치니 기생
들도 사기가 올라서 열성을 다했다. 난성은 또 분부하여 수십 필 고
운 비단으로 기생들 옷을 새로 장만하여 입히고 하나하나 살피면
서 강남 풍속을 살려 내니, 그 호화로움이란 황성 교방으로는 당해
내지 못할 일이었다.

이튿날 천자는 연춘전에 백관을 거느리고 들어가 태후께 장수하
시기를 축원하고는, 용을 그린 술통에 든 유하주를 옥잔에 찰찰 부

어 올리며 만세를 불렀다. 궁중에 만세 소리가 길게 울렸다.

이어 황제는 전 위에 올라 태후를 모시고 앉았다. 진왕이 태후에게 절하자 진국의 풍악이 울리며 진왕의 만세 소리에 화답하였고, 연왕이 나아가 절을 올리며 만세를 부르니 연왕부의 풍악이 또 요란스레 아뢰었다.

진왕과 연왕이 태후를 모시고 동쪽에 앉자, 문무백관이 다 같이 태후께 절을 올리고 벌여 서서 만세를 불러 축하하고는 예식을 마쳤다. 문무백관이 엎드리자 황제가 좌우에 명하여 잔치를 베풀고 기녀들을 시켜 술을 따르게 하였다. 그리고 궁중의 법악과 두 집안 풍류를 아뢰게 하니 궁궐 안이 떠들썩하였다.

문무백관이 물러가자 황후가 종실 사람들과 비빈들을 거느리고 태후께 절을 올렸다.

여인들이 풍류를 겨루누나

황후가 태후에게 잔을 들어 인사를 올린 뒤 동쪽에 서자, 이번에는 공주가 나아가 인사를 드리고 서쪽에 섰다. 그 뒤를 이어 윤 부인과 황 부인이 들어서고 차례로 홍 난성, 선 숙인, 일지련 그리고, 위 부인과 소 부인을 비롯 종실 비빈들이 동서로 나뉘어 만세를 부르며 잔을 드니, 옥패 소리 쟁쟁하여 풍류 소리에 합쳐지고 향기로운 바람이 일었다.

예를 마치고 태후가 모든 부인들에게 전 위로 오르라 하니, 가 궁인이 태후에게 연왕의 어머니 허 부인이 도착하였다고 알렸다.

태후가 반가워하며 어서 들어오라 재촉하자, 허 부인이 곧 인사를 드리고 전 위에 올라 태후를 모시고 앉았다.

태후는 웃으며 허 부인에게 말하였다.

"우리는 서산에 지는 해와 같은 인생이라, 늘 만나 보고 싶었는데 오늘에야 이렇게 만나니 오히려 서먹서먹하지 않소이까?"

"신첩은 옥련봉 아래서 나물 캐던 시골 늙은이로, 폐하의 은혜가 망극하여 분에 넘치게도 이런 성대한 잔치에 앉고 보니 몸 둘 바를 모르겠나이다."

태후는 또 좌우를 둘러보며 홍 난성과 선 숙인, 일지련을 특별히 불러 가까이 오라 하여 손을 잡고 말하였다.

"선랑과 연랑은 전쟁 때 풍상고초를 함께 겪어 구면이나, 홍 난성은 이름만 들었을 뿐 얼굴은 오늘에야 보는구나."

그러자 공주가 태후께 물었다.

"누가 홍 난성이옵니까?"

"네가 늘 난성을 보지 못해 한탄하더니, 어디 맞혀 보아라."

공주는 웃으며 자리를 둘러보다가 바로 난성을 가리키며,

"이 어찌 홍혼탈이 아니겠나이까?"

하고 말하였다. 태후는 크게 소리 내어 웃으며,

"사람을 가려보는 눈이 뛰어나도다. 서로 인사 나누어라."

하고 난성과 공주를 보며 말하였다. 난성이 눈길을 들어 잠깐 공주를 보니, 빼어난 눈썹에 꽃 같은 얼굴이 달처럼 환한데 지혜로운 기상과 남달리 뛰어난 자색이 과연 공주다웠다.

"내 홍 난성 이름을 진작부터 들었는데 과연 듣던 대로구려."

공주가 홍 난성을 치하하자 난성이 황송하여 사례하였다. 공주는 일지련, 선 숙인과 차례로 인사한 뒤, 또한 세 귀비와 그들을 인사 붙였다.

난성이 세 귀비들을 보니 반 귀비와 괵 귀비는 생김생김이 참으

로 아름답고, 철 귀비는 키가 팔 척으로 헌헌장부의 기상이었다. 난성은 일지련, 선 숙인과 함께 그들과 인사를 나누었다.

태후는 다시 선 숙인더러 소청은 왜 보이지 않느냐 물었다. 가 궁인이, 소청이 그사이 관서후 마달의 소실이 되어 이제는 연왕부 하인이 아니라고 아뢰니, 태후는 크게 웃으며 곡절을 물었다. 가 궁인은 앞뒤 사연을 하나하나 아뢰었다.

"첩이 바깥 소문을 듣사오니, 난성부에서 혼례식을 할 때 난성과 숙인이 연옥과 소청을 보란 듯이 차려 내세워, 찬란하고 위엄스러움이 천고에 드물었다 하나이다."

그러자 태후가 명했다.

"이는 난성의 통 큰 소행이로구나. 동초와 마달은 나라에 공을 세운 당당한 신하인데, 어찌 오늘 이 자리에 앉지 못하겠나. 어서 불러오라."

조금 있다가 두 장군과 청랑, 옥랑이 들어서니 태후가 그들을 자세히 보다가 말하였다.

"너희는 이미 공후의 소실이 되었는데 어찌 옛날 옷차림을 고치지 않았는고?"

"태후 마마께옵서 위에 계시고 여러 부인과 공주께서 이 자리에 계시오니 저희가 어찌 감히 전과 다르게 차리오리까."

그 말에 태후가 더욱 기특히 여겼다.

한편, 황제는 조정 신하들이 올리는 축하를 받은 뒤 진왕과 연왕의 소매를 이끌고 연춘전에 다시 이르렀다.

"경들은 한집안 사람들이니, 오늘 함께 모후를 모시고 기쁘게 해 드리라."

그리고 궁녀를 시켜 태후의 전각에 발을 드리우고, 비빈과 부인들을 들어서 태후를 모시게 하였다. 그러고 나서 황제가 구슬발 밖에 앉으니 진왕과 연왕이 그 양옆으로 앉았다.

황제가 연왕에게 말하였다.

"칠촌이면 멀지 않은 친척이니 경이 진국 공주를 못 볼 바 아닌데, 예법이 지나치게 번거로워 여염집과 다르니 어색함이 많겠구나."

진왕이 또한 연왕에게 말하였다.

"공주는 금지옥엽이라 내 마음대로 못 하거니와, 저에게 첩이 셋 있는데 둘은 본디 장안 기녀이고 한 사람은 양가 여자요. 가무며 문장이며 말 타고 활 쏘는 재주가 뛰어나 형의 가희들을 능히 대적할 터이니, 구경해 보겠소?"

연왕이 사양하니 진왕이 웃으며 황제에게 아뢰었다.

"신이 듣자오니 연왕은 전장에서는 장군이요, 조정에서는 대신으로, 또 청년 호걸로 풍류가 뛰어나다 하는데, 오늘은 괜히 옹졸하니 장부의 기상은 어디 갔소이까?"

황제가 진왕과 연왕에게 말하였다.

"짐이 경들을 좌우에 두었으니 조정에 오르면 나라의 기둥이요 사사로이는 친구며 형제라. 오늘 풍류를 겨루는 자리에서 자웅이 판가름 나는 것을 구경코자 하니 너무 사양치 말라."

먼저 진왕이 세 귀비를 불러 옆에 세우고 연왕에게,

"형의 젊고 예쁜 여인은 내 전쟁터에서 다 보았으나 그래도 다시 자랑하시구려."

하며 재촉하니, 연왕이 궁녀에게 세 사람을 부르라 하였다.

홍 난성, 선 숙인, 연 숙인 곧 일지련이 구슬발 밖으로 나와 연왕을 모시고 서니, 진왕이 연왕에게 말하였다.

"형의 소실이 아름다우나 우리 철 귀비의 쾌활함을 당하지 못할 것이오이다. 그는 평생에 공치기와 말달리기를 좋아한다오. 형은 누구를 내세워 대적하겠소?"

"자랑이 요란스러운 걸 보니 속으로 떨리니까 괜히 그러시는 것 아니오?"

연왕의 말에 진왕이 크게 웃었다.

황제는 두 왕의 기녀들을 부르며 말하였다.

"짐이 음률에 밝지는 않으나 대강은 아노니, 이제 풍류를 듣고 우열을 정하되, 자웅을 겨뤄 지는 쪽 왕이 큰 잔으로 벌주를 마시게 되리라."

황제는 먼저 진국 기녀들에게 예상우의무霓裳羽衣舞를 추라 하였다. 진국의 기녀들이 풍류와 춤을 아뢰니, 맑은 가락이 하늘가에 울려 퍼지고 늘어진 소매가 바람에 나부껴 선녀들이 노니는 것 같다.

"진국의 가무와 풍악이 높은 수준이로다. 황성의 궁중 예인들도 당하지 못할 것이노라."

황제는 이어 연왕부의 기녀들에게도 예상우의무를 추라고 하였다.

워낙 그 춤은 가락이 느릿하여 춤추기 지루하고 재주를 나타내기 어렵기 때문에 황제는 우정 같은 춤을 추게 한 것이다.

연부의 기녀들은 옷차림을 바로 하고 나아가 소매를 드리우고 동서로 나누어 먼저 보허사步虛詞를 아뢰니, 황제는 말없이 보고만 있다. 보허사를 마친 뒤 예상곡霓裳曲을 아뢰며 푸른 소매를 떨쳐 신선의 춤을 추는데, 기녀들의 옥패 소리는 월궁항아가 허공을 거니는 듯하고 나부끼는 치맛자락은 광한전 선녀들이 바람결에 내리는 듯하니, 황제는 황홀하여 손으로 상을 치며 칭찬하였다. 예상곡을 다 마치지 못하고 기녀들이 다시 줄을 울려 황성별곡皇城別曲을 아뢰니, 그 소리 질탕하고 춤사위 화려하여 보는 이들마다 장단을 치며 어깨를 들썩였다.

천자는 크게 기뻐하며 연왕부 기녀들에게 물었다.

"짐이 아까 우의무를 추라 하였는데, 너희가 보허사를 먼저 부른 까닭은 무엇인고?"

"우의무는 옛적 당나라 현종이 팔월 보름날 달밤에 양 귀비를 데리고 무지개다리에 올라 광한전을 구경할 때, 월궁 선녀들의 우의무를 보다가 찬 기운이 뼈에 사무치기에 다 보지 못하고 돌아와서는 그 모양을 흉내 내 만든 것이옵니다. 처음 보허사는 무지개다리에 오르면서 지은 것이요, 다음 우의무는 광한전에 이른 것이요, 마치지 못함은 추워서 오래 보지 못한 것이요, 황성별곡으로 마친 것은 선경이 비록 좋다 하나 궁중에 돌아와 백성들과 더불어 즐김을 더 좋아함이라, 하는 뜻이옵니다."

황제는 낯빛을 고치고 칭찬하며 난성을 보고 웃었다.

"풍류와 춤이 아름다울 뿐 아니라 풍류로 간하는 뜻이 그 속에 있으니, 이는 분명 가르친 사람이 있구나."

황제가 곧 술을 가져오라 하여 큰 잔으로 진왕을 벌하고, 다시 한 잔 부어 연왕에게 주었다.

"벌이 있으면 상도 있는 법이니 경은 사양치 말라."

그리고 음식을 내어 사람들을 먹였다.

"신의 나라가 북방에 가까워 거리의 아이들과 길 가는 심부름꾼들이 싸움터 나간 장정들을 애달파하는 시를 노래하고 여염 부녀는 만리장성을 노래하여 화답하옵니다. 굳세고 강한 풍속에 아리따운 기상이 조금도 없으니, 우의곡은 가장 뛰어나다 말할 수 없사옵니다. 바라건대 반 귀비, 괵 귀비와 홍 난성, 선 숙인으로 제가끔 한 가지 악기를 가지고 재주를 겨루고자 하나이다."

진왕이 아뢰자 황제가 쾌히 승낙하였다. 진왕은 두 귀비에게 말하였다.

"과인이 열아홉에 토번을 쳐 항복받고 평생 지략이 누구한테도 꿀리지 않더니, 오늘 풍류 대결에 크게 져 연왕에게 항복하는 기를 들었으니 이는 그대들의 수치요. 그러니 재주를 가다듬어 이 수치를 씻으시오."

괵 귀비가 웃으며 말하였다.

"제가 무능하여 머릿수만 채울 뿐이니 그저 장수의 지휘를 따르기만 하겠나이다. 싸움터에서 자웅을 결정함은 군사에게 있는 것이 아니라 장수에게 있지 않사옵니까?"

황제와 진왕이 큰 소리로 웃었다. 연왕은 진왕을 놀리며 말하였다.

"강한 장수에게 약한 군사 없다 하니 대왕은 너무 분해하지 마소서. 분이 뻗친 군사는 패하는 법이니, 다시 본국에 돌아가 지략을 배우고 재주를 닦아 가지고 오소서."

이때 이미 황혼이 깃들고 팔월 보름달이 동쪽 하늘에 솟아오르니, 황제는 궁궐 뒤뜨락으로 자리를 옮겼다. 태후를 모시고 여러 부인들이며 비빈들과 함께 풍류를 들으려 하는데, 진왕이 먼저 아쟁을 들어 한 곡 탔다. 그 소리가 호방하고 쾌활하여 흥취를 한껏 돋우었다. 황제가 웃으며 말했다.

"경의 솜씨가 화려하면서도 타는 수법이 신선하니, 과연 귀인의 풍류로다."

진왕이 아쟁을 밀어 연왕에게 주며 한 곡 청하자, 연왕이 사양하였다.

"제 본디 솜씨가 거칠고 음률에 재간이 없어 그 청을 받들지 못하겠나이다."

그러자 진왕은 술을 가져오라 하여 큰 잔에 가득 부어 들고 황제에게 아뢰었다.

"연왕이 체면을 지키느라 재주를 아껴 폐하께 기쁨을 드리지 않으니, 벌을 내리지 않을 수 없는지라 벌주를 먹이나이다."

황제가 웃으며 그리하라 하니, 연왕이 두 손으로 받아 마시고 다시 한 잔 술을 부어 들고 말하였다.

"진왕이 무례하여, 거칠고 어지러운 솜씨에 비할 데 없는 풍류로 임금의 귀를 시끄러이 하오니, 벌하지 않을 수 없는지라 벌주를 먹이겠나이다."

황제는 그리하라 하고 나서 궁녀들에게 명령하였다.

"두 왕이 벌주를 핑계로 서로 마시며, 이 사람에게는 한 잔도 권하지 않으니 벌하지 않을 수 없도다. 두 왕에게 벌주를 내리라."

두 왕은 동시에 쭉 들이켰다. 홍 난성은 옆에 섰다가 나아가 다른 잔을 가져다가 술을 부어 올렸다.

"달 기운이 차고 가을밤이 서늘하오니, 술을 한 잔 하오심이 좋을 듯하옵니다."

황제는 흔연히 웃으며,

"난성은 지아비의 허물을 잘 깁는구려. 두 귀비는 어찌 권하지 않느뇨?"

하고 반 귀비와 괵 귀비에게 말하니, 괵 귀비 잔을 들어 황제에게 드렸다.

자리가 술기운으로 무르익어 임금과 신하들이 모두 얼근히 취하였다. 황제가 풍류를 아뢰라고 재촉하니 반, 괵 두 귀비가 먼저 비파와 슬을 들고 한 곡씩 아뢰었다. 작은 줄은 은은하고 큰 줄은 맑고 시원하여 옥쟁반에 구슬 구르는 듯한데, 삼경 창밖에는 방울방울 비가 떨어진다. 젊은 여인이 구슬픈 심정을 하소연하니 화려하면서도 구슬프고 질탕하면서도 강건한 것이, 솜씨가 공교롭기 짝이 없고 음률이 맑고 새로워 기녀들이 흉내 낼 수 있는 것이 아니었다. 황제가 크게 칭찬하고 홍랑과 선랑도 탄복하니 진왕이 몹시 기뻐 연왕에게 자랑하는 빛이 뚜렷했다.

두 귀비가 타기를 마치자 홍 난성과 선 숙인이 옥피리 한 쌍을 나눠 들고 달을 보며 조용히 한 곡 불었다. 낮은 소리는 청아하여 사람들을 감아 돌고 높은 소리는 격렬하여 공중에 사무치니, 단산의 아름다운 봉황새 암수가 서로 화답하는 듯, 푸른 하늘 흰기러기가 구슬피 우는 듯하다. 모든 궁녀가 감탄하고 황제는 쾌활하다 칭찬하니, 난성과 숙인이 다시 눈썹을 올리고 붉은 입술을 모아 낮은 소리와 높은 소리를 합하여 한 쌍 옥피리가 한소리로 섞여 세 번째 가락에 이르렀다. 맑은 가락이 가늘게 이어지며 끊이지 않으니 산천이 서로 응하고 바람과 구름이 일어나 아름다운 노랫소리 푸른 하늘에 내리는 듯하고 구슬픈 소리 달빛에 울려 가니, 뒤뜰에 잠든 학이 길게 울며 흰 저고리 검은 치마로 사푼사푼 내려와 쌍쌍이 노닐어 춤춘다. 황제가 아무 말 없이 있다가 두 왕을 보며 감탄하였다.

"짐이 천 리 먼 바다에서 부질없이 신선을 구하려 하였도다. 두 사람이 부는 옥피리는 사람 세상의 소리가 아니로다. 짐에게 날개 달고 신선 되어 하늘로 올라갈 뜻을 품게 하니, 오늘 밤 가벼이 올라 하늘나라 옥경 요대에 앉아 있는 것 같구나."

난성과 숙인 옥피리를 놓았으나 남은 소리가 공중에서 울리며 한동안 그치지 않았다.

"두 귀비의 풍류 아름다우나 옛적에 하는 말이, '순임금의 음악을 베푸니 봉황이 와서 춤추더라.' 하였거늘 풍류가 신선을 감동시키지 못하면 어찌 짐승이 함께 춤을 출 수 있겠느냐. 두 사람의 옥피리는 짐이 평할 바가 못 되는구나. 허나 저 학 한 쌍이 와서 춤을 춘 것이 증거로다. 다시 진왕을 벌하라."

황제가 궁녀들에게 말하니 진왕이 잔을 받아 손에 들고 아뢰었다.

"신이 이 자리에서 연왕을 벌주지 못하고는 고국에 돌아가지 못하옵니다. 다시 풍류로 겨루지 못하리니, 이번엔 시를 짓게 하여 견주어 보고자 하나이다."

황제는 기뻐하며 그리하라 하니 연왕이 아뢰었다.

"가을 달이 서늘하고 밤이 이미 깊으니 자리를 다시 전각 안으로 옮기는 것이 좋을까 하나이다."

모두가 연춘전으로 자리를 옮기고 시험 칠 장소를 마련하였다. 진왕이야 한번 놀아 보자는 생각이지 자웅을 겨루자고 함은 아니다. 그러나 두 번을 지니 젊은 기분에 속으로 분하였다. 가만히 생각해 보니 홍 난성이 재간은 있겠으나, 장수로서 무예를 일삼았을 것이니 시엔 그리 뛰어나지 못할 것 같았다. 진왕은 잔꾀를 내어 반 귀비, 곽 귀비와 몰래 약속하였다.

"폐하 분명 두 귀비와 홍 난성, 선 숙인에게 글을 지으라 하실 테니 귀비들은 미리 생각하여 낭패하는 일이 없게 하라."

"글제를 모르오니 어찌 미리 짓사오리까?"

"어전 금련촉金蓮燭을 두고 칠보시七步詩˙를 지을까 하노라."

약속을 하고 다시 자리에 앉으니, 황제가 고운 종이와 붓과 먹을 주어 글을 지으라 하며, 두 왕에게 글 제목을 물었다. 진왕이 짐짓 생각하는 척하다 아뢰었다.

"달 아래 풍류를 그치고 촛불 아래 시험장을 꾸며 놓았으니, 어전에 놓은 금련촉으로 글제를 내심이 좋을까 하나이다."

황제 그럴듯이 여겨 기녀 한 명을 불러내고, 홍취를 돕고자 하여

˙일곱 걸음 걷는 동안 짓는 시.

전 위에 북을 달고 한 번 쳤다. 기녀가 일곱 걸음을 천천히 걸어 들어가니, 시험지가 이미 돌상에 연달아 떨어졌다.

곽 귀비가 여섯 걸음에 시를 지었다.

깊은 밤 달빛은 오히려 밝고
늦은 봄꽃은 시들지 아니한데
금란전 불빛 아래 그 몇 번이더냐,
문인재사 골라 학사 반에 보냄이.

반 귀비는 일곱 걸음에 지었다.

구중궁궐 깊은 밤 캄캄도 한데
한 조각 붉은 마음 금련촉에 비꼈어라.
나랏일 바로잡고 이제 좀 한가하니
새벽바람 서늘한데 밤새우지 마소서.

홍 난성은 여섯 걸음에 지었다.

밤이 깊어 조서를 쓰니
금련촉 불빛이 장막에 비꼈어라.
실을 꿰어 들고 한 뜸 두 뜸 수를 놓네.
만년 장수 축원하여 임금 옷에 수를 놓네.

선 숙인은 일곱 걸음에 지었다.

빛이 옮기니 물시계도 구을고
바람이 건듯 불어 사향내 풍기도다.
밤마다 임금을 가까이 모시니
한 조각 작은 마음 저렇듯 붉었더라.

이름을 가리고 봉하여 드리니, 황제는 하나하나 보고 나서 글이 다 아름다우나 그중 한 편이 특히 잘 되었기에, 속으로 점찍어 놓고 두 왕에게 주며 차례를 정하라 하였다.

진왕이 받아 보니 한 편이 재주 있는 말이 생동하고 뜻이 깊어 짧은 시간에 급히 쓴 글 같지 않고 또한 여섯 걸음에 지었는지라, 분명 곽 귀비가 미리 지어 놓은 글이 분명하다 생각하고 연왕을 보며 말하였다.

"과인의 어리석은 생각에는 이 시가 으뜸일 것 같소."

연왕이 받아 보니 과연 지혜로운 생각이 아름답고 뜻이 기발하여 틀림없이 난성이 지은 것 같아, 속으로 이번에는 양보하는 것이 좋으리라 하고 대답하였다.

"이 글이 아름다우나 금련촉과 직접 이어지지 못하였으니 어리석은 소견으로 보건대 '금란전 불빛 아래 그 몇 번이더냐, 문인재사 골라 학사 반에 보냄이' 한 글이 제목과 알맞아 으뜸일까 하나이다."

진왕은 이 말을 듣고 더욱 의심하며 생각하기를,

'연왕이 그 총명함으로 어찌 이 글이 으뜸임을 모르랴. 난성이나 숙인이 지은 것이 아님을 알고, 이기려는 마음으로 일부러 트집을 잡는 것이리라.'

하면서 말하였다.

"예부터 시는 묵은 소리를 꺼리고 신선함을 취하나니 그 시에서 '문인재사 골라 학사 반에 보냄이' 한 것이 늙은 선비들이 예사로 하는 소리거늘 무엇이 신통하겠소?"

두 왕이 시를 놓고 서로 다투기를 그치지 않자, 천자는 그 두 시를 가져오라 하여 이윽히 보다가 말하였다.

"진왕 말이 옳도다. 오늘 밤 금련촉을 놓고 지은 시 가운데에서 '한 뜸 두 뜸 수를 놓네.' 하는 시가 으뜸일까 하노라."

그러면서 필묵을 들어 일등을 매기고 이름을 떼어 보니, 바로 홍난성이 지은 글이었다. 진왕이 크게 웃으며 이쪽 글을 떼어 보니 괵귀비가 지은 글이었다. 천자와 두 왕은 모두 크게 웃었다. 천자가 궁녀를 시켜 큰 잔을 가져오라 하여 진왕을 벌하니 진왕이 벌주를 받아 들고,

"신이 이 잔을 또 먹으면 더욱 분하오이다."

하면서 두 귀비와 미리 약속했다는 말을 고하였다. 그러자 사람들이 한바탕 웃음을 터트렸다.

이때 새벽 물시계 소리 끊어지고 북두칠성이 동쪽으로 기울어 새벽이 밝아 오니 천자는 잔치를 끝마쳤다.

진왕은 나서며 황제에게 아뢰었다.

"신이 오늘 밤 삼전 삼패 한 수치를 씻을 길이 없사오니, 내일 다

시 상림원에 격구장을 닦고 재주를 겨룰까 하나이다.”

황제는 웃으며 허락하였다.

벌주라도 즐거이 마시리

진왕이 젊은 혈기에 세 번 내기하여 세 번 지니 어찌 분하지 않으랴. 진왕은 태후를 뵈옵고 청하였다.

"신이 오늘 음악과 시와 술로 여인들의 재주를 겨룬 것은 자웅을 가르려고 한 것만이 아니라, 경사스러운 잔치에 흥을 도우려 한 것이옵니다. 하오나 세 번 겨뤄 세 번 다 지고 나니 어찌 부끄럽지 않겠나이까. 내일 다시 뒤뜰에서 격구를 하여 수치를 씻고자 하오니, 궁녀들 가운데서 말 잘 타는 이 수십 명을 빌려 주소서."

"그 아이들이 격구 하는 솜씨 서툴까 하노라."

"진국 풍속이 격구를 일삼고 철 귀비는 그 솜씨가 뛰어나오니, 궁녀들을 잠간 가르치면 쉽게 익히리다."

진왕은 태후에게 허락받고 다음 날 일찍 격구장을 닦았다.

황제와 태후, 황후가 대 위에 나와 앉으니, 장막과 구슬발을 드리우고 부인들과 비빈들이 모두 구경하는데, 수천 궁녀가 화려한 차림으로 격구장을 구름같이 둘렀다. 울긋불긋한 옷들이 아침 햇빛에 빛나고 옥패 소리 바람 타고 쟁그랑거렸다.

모두들 공 치기 좋은 옷을 차려입고 기구를 들고 격구장에 나섰다. 철 귀비는 진국 기녀들과 반 귀비, 곽 귀비를 거느리고 서쪽에 서고, 홍 난성은 연왕부 기녀들과 선 숙인, 연 숙인을 거느리고 동쪽에 섰다. 진국 공주는 다시 궁녀 수십 명을 뽑아 철 귀비를 돕게 하였다.

황제는 대 위에서 구경하며 연왕에게 물었다.

"격구라는 놀이는 어느 때에 났으며 무엇을 본뜬 것인가?"

"남방에 사자라는 짐승이 있사온데, 날 때부터 목 아래 털이 한 뭉치 달려 있어 그 이름을 '구'라 하였나이다. 사자 새끼는 어려서부터 밤낮으로 구를 희롱하며 발로 차고 움켜쥐며 사냥하는 법을 연습하옵니다. 하여 짐승 가운데서 사자의 용맹을 말할 때 힘뿐만 아니라 수단이 날래기로 이름났사옵니다. 뒷날 사람들이 이것을 본떠서 격구를 지었는데 다리로 차는 것이 각구脚毬요, 손으로 받는 것이 격구擊毬이옵니다. 이로부터 다시 창검 쓰는 법을 만들어 당나라 때 성행하였사옵니다. 재상이나 귀인들이 때때로 격구장에 올라 재주를 다투다가 실수하여 얼굴이나 눈을 다쳐서 죽기도 할 뿐더러 움직임이 퍽 위험하고 보는 사람도 끔찍하니 점잖은 이가 할 바가 아닐까 하나이다."

황제가 그 말을 듣고 좌우에 명하여 격구 기구들을 가져오라 하여 살펴보았다. 나무를 둥글게 깎아 수놓은 비단으로 곱게 쌌으니 이는 곧 채구彩毬요, 막대는 아로새겨 붉은빛 푸른빛으로 단장한 뒤 끝에 상모를 달았으니 이는 곧 채봉彩棒이다. 동서로 편을 갈라 채봉으로 채구를 받아 서로 치다가 받지 못하고 땅에 떨어지면 지는 것이니 참으로 신기하였다.

이때 격구장에서 연 숙인이 난성에게 물었다.

"홍랑은 격구 솜씨가 어떠하나이까?"

"거칠게 조금 배웠으나 낯설기는 마찬가지일 듯하이."

"격구는 남방 놀이옵니다. 저도 배우지 못하였으니 이번은 양보하여 철 귀비 솜씨를 빛내 주는 것이 좋을까 하나이다."

"나도 그럴 마음이 있으나 늘 아무 일이든 당해 놓고 보면 이기고픈 마음이 앞서니 어찌하오?"

두 사람이 소리 내어 웃었다. 그러자 철 귀비가 바라보며 말하였다.

"두 사람은 무엇 때문에 그렇게 웃나이까?"

홍랑이 둘러대었다.

"연 숙인이 격구하는 법을 묻기에 대강 가르쳐도 전혀 알아듣지 못해 웃었나이다."

"쌍창 쓰는 사람이 어찌 격구를 할 줄 모르겠소? 난성이 다른 사람은 속여도 나는 속이지 못하리다."

철 귀비가 말하고 나서 저도 웃었다.

드디어 북소리 울리며 경기 시작을 알렸다. 북을 한 번 치니 모두 말에 올라 동서로 갈라서고 두 번 치니 한번에 소매를 걷고 채봉을 받들어 올리며 달릴 기세로 날뛰었다. 세 번째 북소리 울리자 한 명이 말을 달려 나오며 왼손에 채구를 높이 들고 오른손에 든 채봉으로 치고 달리는데 빠르기가 바람 같았다. 채구가 공중에 날아 난성의 머리 위에 떨어지려 하자 난성이 말을 돌려 두어 걸음 물러섰다. 그러니 연왕부 기생 하나가 채봉을 들고 달려 나와 떨어지는 채구를 받아쳤다.

난성의 노련한 솜씨를 보고 철 귀비가 속으로 감탄하였다. 채구가 다시 솟아 꾁 귀비 머리 위로 넘어가니 뒤에 섰던 궁녀가 받아쳤다. 서로 받고 치며 한동안 놀아 대니 채봉이 북소리에 맞추어 빗발치듯 하고 바삐 오가는 채구가 공중에서 별같이 흩날렸다.

철 귀비가 이윽히 보다가 마음이 조마조마하여 달려 나오면서 한 기녀에게서 채봉을 빼앗아 양손에 채봉을 쥐고 날아오는 채구를 받았다. 그리고 왼손으로 채구를 치고 오른손으로 받으면서 한참 희롱하더니 문득 실버들 같은 허리를 굽히면서 좌우 쌍봉을 번득이니, 채구가 허공으로 백여 길이나 솟아올랐다. 곤풍구鯤風毬라 하는 수법인데, 바람같이 일어나는 공을 이르는 말이다.

백여 길이나 뛰어오른 공이 내려오려 하자 연 숙인이 말을 달려 나오며 손에 든 채봉을 공중에 휘둘렀다. 숙인이 공중에서 내려오는 채구를 받아치니 채구가 그길로 다시 솟아 구름 사이에 가려 어디로 갔는지 알 수 없는지라, 기녀들이 한꺼번에 소리치며 칭찬하였다. 유성구流星毬라 하는데, 흐르는 별 같은 공이라는 말이다.

철 귀비가 놀랍고 분하여 말을 달려 나오며 두 손에 든 쌍봉으로 채구를 받아 동에서 치고 서쪽으로 달려가 받으며 하다가 홀연 쌍봉을 비껴들고 힘차게 치니, 채구가 난성 앞으로 살같이 건너왔다.

이는 벽력구霹靂毬로 벼락같이 빠른 공이다.

난성은 웃으며 말고삐를 거슬러 잡고 채봉을 높이 들어 떠오르는 채구를 번개같이 때려 말 앞에 떨어뜨리니, 채구가 다시 뛰어 두어 길을 솟아올랐다. 난성이 채봉으로 다시 한 번 잽싸게 채구를 치니 공이 공중에 아득하다. 이는 춘풍구春風毬라, 봄바람이 땅에서 일어나는 것 같다는 뜻이다.

철 귀비가 홍 난성과 연 숙인 솜씨가 뛰어난 것을 보고 소매 속에서 채구를 하나 더 꺼내어 공중에 던지고 쌍봉으로 치니, 채구 한 쌍이 난성 쪽으로 날아오는데, 하나는 옆으로 들어가고 다른 하나는 높이 솟아 머리 위로 내리고 있었다. 난성이 곧 기녀에게서 채봉을 빼앗아 두 손 쌍봉으로 내려오는 채구를 때려 땅 위에 떨어뜨리면서 말하였다.

"약속 없는 채구를 어떻게 받소?"

그러자 철 귀비가 웃으며 쌍봉을 거두고 말하였다.

"난성의 격구 솜씨는 제가 당해 내지 못할 바인데, 옆에서 민첩한 사람이 돕기까지 하니 어찌 맞서겠소? 이제 다른 사람들을 물리고 우리 두 사람이 쌍구를 받는 것으로 자웅을 가르는 것이 어떠하오이까?"

난성이 그러자 하고 철 귀비와 함께 두 손에 채봉을 들고 격구장에 나아가 말을 달리며 평생 배운 실력을 다 보였다.

난성은 민첩하기가 날랜 제비 꽃송이를 덮치는 듯하고, 철 귀비는 쾌활하기가 바람이 휘익 불어왔다가 휘익 사라지듯 하였다. 채구 한 쌍이 해같이 솟았다가 달같이 떨어지며 한참을 다투나 승패가 나지 않았다. 황제와 두 왕이 대 위에서 바라보며 감탄하는데, 어느덧 철 귀비 쌍봉 쓰는 법이 차츰 서툴러지고 반면 난성은 더욱 민첩해졌다. 철 귀비는 격구하는 법을 익혔을 따름이요, 난성은 격구에 더하여 쌍검 쓰는 법으로 쌍봉을 쓰니, 철 귀비가 어찌 당해 내랴. 철 귀비가 스스로 걷잡지 못하여 헤덤비며 치는데, 문득 난성이 손에 들었던 쌍봉을 말 앞에 던지며 말하였다.

"스스로 물러서는 자가 지는 것이라 하였을진대 내 힘이 다하고 재주 궁하니 아무래도 귀비의 솜씨를 당해 내지 못할까 하나이다."

"난성의 재주는 사람 힘으로는 당할 바 아닌데, 겸손하게 양보하면서 나를 위로하니 내 어찌 그 뜻을 모르겠소이까?"

이때 진왕이 난성이 양보하는 마음을 알고 감동하면서도, 일부러 큰 잔에 술을 가득 부어 연왕을 벌주었다.

"통쾌하고 통쾌하도다. 과인이 이제 수치를 씻었도다."

그러자 바빠난 것은 철 귀비였다. 철 귀비가 앞에 나아가 고하였다.

"그렇지 않사옵니다. 이것은 난성이 일부러 패한 것이니 자랑할 바 없을까 하나이다."

"거짓 패한 것도 패한 것이요, 진짜 패한 것도 패한 것이니라. 이긴 것은 이긴 것이로다."

진왕은 이렇게 말하며, 진국 기녀들을 시켜 승전곡을 울린 뒤 격구를 끝마쳤다.

진국 공주는 다시 놀이판을 펼쳤다.

"그대들이 용맹함이 없어 여러 차례 졌으나, 내 이제 쌍검을 잡고 격전장에 나아가 수치를 씻으리라."

공주가 시녀를 시켜 쌍륙을 가져오라 하여 윤 부인과 편을 갈랐다. 윤 부인은 홍 난성, 선 숙인, 연 숙인을 거느려 한편이 되고 공주는 철 귀비, 반 귀비, 괵 귀비를 데리고 한편이 되었다. 공주가 윤 부인과 약속하였다.

"부인이 이기면 술 한 잔으로 나를 벌주고, 내가 이기면 나 또한 술 한 잔으로 부인을 벌주겠소."

두 편이 서로 판을 가운데 놓고 마주앉았다.

공주가 먼저 주사위를 던지면 철 귀비가 말을 쓰고, 이쪽에서 윤 부인이 던지면 홍 난성이 말을 쓰면서 차례로 주사위를 던지니, 판의 형세가 이리저리 바뀌어, 하는 사람은 물론 보는 사람들도 어느 편이 이기고 질지 가늠할 수 없었다.

이때 문득 공주가 높은 곳을 얻자 철 귀비가 크게 소리치고 번개같이 말을 쓰며 기세등등하더니, 윤 부인 또한 주사위를 묘리 있게 던져 높은 곳을 얻자 난성이 크게 소리치며 말하였다.

"철 귀비는 너무 기승부리지 마오. 남북에서 적을 쳐부수어 적들이 벌벌 떨던 양 원수 부인이 어찌 쉽게 항복 깃발을 꽂으리오."

그리고 재빠르게 말을 쓰니 옆에서 구경하던 사람들이 웃음을 터뜨렸다. 그러자 철 귀비가 또한 주사위를 집어 들고 말하였다.

"육국을 통일하던 진나라 철 귀비가 여기 있으니, 홍 난성은 물러갈지어다!"

주사위를 굴리니 과연 높은 곳이 나왔다. 그러니 형세가 변하여

윤 부인 편이 위태로웠다. 승패는 한 번의 주사위에 달렸는지라 난성이 주사위를 쥐고,

"하늘이 홍혼탈을 내어 번번이 위급한 일을 혼자서 당하게 하시는도다."

하며 던졌다. 모두가 주사위를 보고 소리를 질렀다. 높은 끗이 나온 것이다. 이리하여 윤 부인 편이 보기 좋게 이겼다.

난성이 낭랑히 웃으며 앵무 잔에 포도주를 가득 부어 철 귀비에게 주며, 공주더러 말하였다.

"공주는 금지옥엽이시고, 철 귀비가 말을 잘못 써서 졌으니 벌하나이다."

그러자 공주가 잔을 잡으며,

"군중에는 헛말이 없나니 이 잔을 내가 마시리라."

하고 마시니, 다음번에 윤 부인에게 권할 셈이다.

공주 판을 새로 벌이고 주사위를 던져 말을 쓰니, 절반도 못 가서 윤 부인 쪽이 그야말로 위태로워졌다. 난성이 웃으며 주사위를 잡고,

"내 쌍검과 말을 내오라. 홍혼탈이 아니면 이 난국을 깨뜨리지 못하리라."

하며 힘차게 던졌다. 그러자 높은 끗이 나오는지라 판세는 다시 공주 편이 몰렸다. 한 번 던지는 것으로 승패가 나게 되었다. 공주는 웃으며 소매를 걷고 반 귀비에게 가 있는 주사위를 빼앗았다.

"형세 다급하면 천자도 흉노를 친히 정벌하시니 내 마땅히 스스로 장수 되어 승패를 가르리라."

주사위를 높이 던지고 무릎을 치며 낭랑히 웃었다. 구경꾼들이 모두 보니 과연 높은 끗을 얻었다. 이번에는 공주 편이 크게 이겼다.

공주 손수 한 잔 들어 윤 부인에게 권하니, 윤 부인은,

"저는 주량이 없어 벌을 감당하지 못할까 하나이다."

하며 사양하였다.

"벌주 마시는 자 어찌 주량을 말한단 말이오? 나도 취한 술이 지금껏 깨지 않았으니 부인은 부질없이 사양하지 마소서."

윤 부인은 할 수 없이 잔을 받아 잠깐 입술만 대었다 떼고 난성에게 주니 난성이 웃으며 말하였다.

"저는 공이 있고 죄는 없는데 벌주를 마시라니 어찌 원통치 않으리까."

모두가 웃고 좋아하는데, 공주가 또 술상을 차려 권하였다. 모두가 크게 취하였다. 그런 가운데 철 귀비 다시 쌍륙판을 당겨 놓으며 난성에게 말하였다.

"제가 재주는 없으나 난성과 내기를 하고 싶나이다. 두 판을 쳐서 자웅을 정하는 것이 어떠하오이까?"

난성도 취한 김이라 넘치는 기운이 얼굴 가득하여 말하였다.

"귀비는 먼저 내기를 말하소서."

"제가 지면 난성이 요구하는 대로 다 들어주고, 난성이 이기지 못하면 그 유명한 검술을 잠깐 구경하고자 하오이다."

그 말에 난성이,

"제가 귀비의 숨은 재주를 모르니 무엇을 청하여야 하나이까?"

하니, 옆에 있던 곽 귀비가 대답하였다.

"철 귀비의 '장성곡長城曲'은 진국에서 유명하니 그 장성곡을 청하소서."

두 사람은 서로 판을 마주하고 앉았다. 철 귀비의 든든한 기세와 난성의 민첩한 솜씨는 어느 쪽도 기울지 않았다. 한참 동안 승패가 나지 않으니 구경하던 사람들은 이미 쌍륙판은 보지 않고 철 귀비의 쾌활함과 홍 난성의 재치 있는 거동만 보며 즐거워하였다. 문득 난성이 크게 소리 지르며 주사위를 던졌다.

"귀비는 '장성곡'을 빨리 부를지어다."

모두 보니 높은 끗을 얻은지라 철 귀비는 지고 말았다. 철 귀비는 다시 판을 잡으며 난성에게 말하였다.

"'장성곡'은 제 가슴속에 있으니, 다시 한 판을 쳐서 난성의 검술을 보고자 하오이다."

그리하여 다시 두 번째 판을 겨루는데, 난성의 형세 더욱 왕성한지라 공주 이하 모든 궁녀들이 난성의 검술을 구경하려고 일제히 철 귀비를 응원하였다. 그러나 난성은 조금도 기세가 줄지 않고 다시 높은 끗을 얻으니 반 귀비와 곽 귀비가 함께 소리치며 말하였다.

"난성은 검술을 너무 아끼지 마오!"

그럴 때 주사위가 다시 굴러 철 귀비가 높은 점수를 얻으니, 이번에는 철 귀비가 이겼다.

난성이 웃으며 모두에게 말하였다.

"만 사람이면 하늘도 이긴다 하였거늘, 선랑과 연랑 둘 다 고운 체만 하고 나를 돕지 않으니, 난성이 질 수밖에 다른 도리가 있겠나이까."

그러자 모두 떠나갈 듯 웃었다.

철 귀비가 몸을 일으키며 끽 귀비와 반 귀비에게,

"두 귀비가 내 추한 거동을 놀리고자 하나, 본디 연지분으로 단
장했을 뿐 당당한 대장부가 어찌 아녀자의 수줍은 태도를 보이리
오."

하고 여러 기녀들에게 큰 북을 매달라 하였다. 그리고 북채를 들고
소매를 떨쳐 한 번 들어가며 북을 치고 한 번 물러서며 '장성곡'을
부르니, 북소리는 연연하고 노랫소리는 우렁찼다.

> 만리장성 쌓은 장사
> 흙도 지고 돌도 지고
> 황하수를 메웠건만
> 봉래 바다 못 메웠네.

> 동남동녀 싣고 간 배
> 한번 가고 아니 오네.
> 두어라, 막아도 못 막을 건
> 흐르는 세월인가 하노라.

> 삼척장검 손에 들고
> 만리장성 올라 보니
> 만고영웅 큰 업적이

한눈에 안겨 오네.

장성 밑에 집을 짓고
장성 아래 뽕을 따니
북방이라 찬 바람에
얼굴 고운 저 각시야.

양도 몰고 돼지 몰며
약대(낙타) 타고 시집갈 젠
천하절색 왕소군도
곁에 왔다 웃고 가리.

철 귀비는 노래를 마치고 북채를 던지며 말하였다.

"이는 진나라 여자들이 뽕을 따며 서로 부르고 답하는 노래인데, 저 또한 시골에서 나고 자라 어려서 부르던 노래로 지금까지 잊지 않고 부르곤 하옵니다. 이 자리에 모인 여러분들의 웃음거리가 될 줄 알면서도 난성의 검술을 한번 보고자 사양치 아니하였나이다."

난성은 철 귀비의 쾌활함을 칭찬하고, 아랫사람더러 집에 가서 부용검을 가져오라 하였다.

때는 벌써 서산에 해 넘어가고 궁중에 등불이 휘황히 밝았다. 난성은 공주에게 말하였다.

"오늘 밤 밝은 달이 참으로 다정하니, 잠깐 뒷동산에 올라 걸으면서 회포를 푸는 것이 좋을까 하나이다."

공주는 흔쾌히 허락하고 일어서서 다시 동산에 이르렀다. 달빛은 누리에 가득한데 나뭇잎엔 찬 이슬이 날려, 가을 경치 시원하고 머리도 맑아졌다.

이때 연왕부의 기녀가 와서 쌍검을 받들어 난성에게 올렸다. 모두가 쌍검을 보며 감탄하였다. 금옥으로 단장하고 조개껍질로 꾸몄는데 길이는 삼 척이되 가볍기가 풀잎 같았다.

난성이 달을 바라보며 쌍검을 빼어 드니, 서릿발 같은 칼 빛이 달빛과 다투며 한 줄기 상서로운 기운이 공중에 비꼈다. 눈이 어지럽고 서늘한 기운이 사람을 엄습하자, 공주는 낯빛을 고치며 탄복하였다.

"이 칼은 정말 대단한 보배로구나. 하늘이 난성에게 준 것이로다. 그 빛이 사람을 움직이니 난성의 재간이요, 범접 못할 기상은 난성의 위엄이로다. 난성이 아니면 이 칼이 주인 없는 칼이 될 것이요, 이 칼이 아니면 난성의 재주도 빛을 내지 못하리로다."

철 귀비가 부용검을 어루만지며 차마 손에서 놓지 못하자, 괵 귀비가 웃으면서 말하였다.

"쓸 줄 모르는 칼을 저렇듯 욕심내니 귀비가 얻은들 무엇 하려오?"

그러자 철 귀비가 대답하였다.

"내 이 칼을 먼저 얻었던들 남으로 남만을 항복받고 북으로 흉노 머리를 베어 위훈이 나라에 빛나 난성후에 봉해졌을 것이니, 어찌 구차스레 괵 귀비와 같은 반열에서 은총을 다투고 서로 잘났다고 싸우며 시샘을 달갑게 받으리오."

모두가 또다시 한바탕 웃었다.

홍 난성이 칼을 받아 들고 달을 바라보며 오락가락하더니 문득 간 곳이 없고 한 줄기 맑은 바람만이 수풀 끝에 일어났다. 그러더니 쟁강 하며 맑은 칼 소리가 공중에서 들리는지라 모두 크게 놀라 달빛 아래를 바라보니 몽롱한 푸른 안개가 공중에서 일어나며 나무 끝을 두르고 있었다. 이어 나뭇잎이 눈 날리듯 떨어져 풀 바다가 펼쳐졌다. 공작새 한 쌍이 나무 사이에 잠들었다가 놀라서 훨훨 날아 동쪽으로 가니 동쪽에서 또 칼 소리 울리고, 서쪽으로 나니 서쪽에서 또 칼 소리가 울렸다. 동서남북에서 부용검이 나니 한둘이 아니고 여럿이라, 서리같이 날리며 쟁강쟁강 소리가 끊이지 않거늘, 공작새가 형세 다급하여 비단 날개를 펼치고 갈 바를 몰라 슬피 울며 사람들 앞으로 날아들었다. 철 귀비가 이를 보고 푸른 소매를 들어 공작새를 가리자 번뜩이는 칼날이 철 귀비의 머리 위에 왔는지 쟁강 소리가 났다. 철 귀비가 크게 놀라 온몸에 소름이 돋는지라 공작새를 버리고 허둥지둥 공주한테 달려드니, 공주가 웃으며 말하였다.

"여느 때는 그리도 담대하더니 어찌 놀란 공작새 신세가 되었소?"

모두가 손뼉을 치며 크게 웃었다.

난성이 쌍검을 들고 가벼이 공중에서 내려서니, 모두가 두려워 말을 못 하였다.

"귀비는 머리 위에 꽂은 오색 꽃을 내려서 한번 보소서."

난성이 웃으며 철 귀비에게 말하니, 철 귀비 더욱 놀라며 꽃을 내려 자세히 보았다. 꽃잎마다 칼자리가 아로새겨 있었다. 모두가 크게 놀라며 감탄하였다.

난성이 또 모두더러 뜨락의 나무를 보라 하니, 나뭇잎마다 칼에 맞아 두 조각씩 갈라져 있었다.

철 귀비는 난성의 손을 잡고 놀라움을 감추지 못하였다.

"내 난성을 그저 대단한 미인으로만 알았는데, 지금 보니 천지조화의 미묘한 지략을 지녔으니 하늘 선녀가 귀양 온 것인가 하나이다."

공주 또한 난성을 보며 말하였다.

"내 일찍 검술 이야기를 여러 차례 들었으나 이렇게 직접 보기는 처음이오. 한 칼로 만 사람을 대적함이 이상할 것 없으려니와 삽시간에 숱한 나뭇잎을 낱낱이 베고 가르다니 아무리 생각해도 모를 일이오. 몸이 무게가 있는데 공중에서 훨훨 날아오고 날아가며 형체와 그림자도 볼 수 없으니 술법이 아니면 눈속임이라, 이 무슨 조화인지 자세히 듣고자 하오."

호기심에 찬 공주에게 난성이 알기 쉽게 이야기해 주었다.

"무릇 세상에 세 가지 도가 있으니 유교, 도교, 불교라 하는데, 유교는 정대하여 도리를 주장하고 도교, 불교는 신묘하여 허황한 데 가깝나이다. 검술은 도교를 숭상하는 자들이 하는 일이니, 사람이 정대한 도리를 닦아 한평생을 즐길 수만 있다면 검술을 배워 무엇 하겠나이까. 그래서 성인군자는 검술 같은 것은 상관하려 하지 않나이다. 저는 떠돌아다니는 몸으로 운명이 괴이하여

총명한 정신을 온갖 잡술에 써 없앴으니, 지금 도리어 후회하는
바인데 어찌 들을 만하겠나이까."

공주는 즐거이 들으며 그 말이 뜻 깊고 논리가 당당함에 탄복하
였다.

옥루몽 3 원문

제29회 망선대에 노균이 도사를 맞고
태청궁에 천자 왕모를 모으다
望仙臺盧均迎道士　太淸宮天子會王母

각설却說, 자고로 소인小人의 오국誤國[1]함이 근본을 말할진대 불과 공명을 탐하고 부귀를 도모함이라. 임금을 미혹하여 국가를 그르친 자 부귀공명을 어찌 장구長久히 누리리오?

차시, 노균盧均이 동홍董弘을 청하여 좌우를 물리고 허희탄식歔欷歎息하며 동홍의 손을 잡아 왈,

"노부老夫 학사로 더불어 이같이 종용從容 상대할 날이 오래지 못할지니, 어찌 한심치 않으리오?"

홍이 경 왈,

"이 어쩐 말씀이니이까?"

참정이 다시 탄 왈,

"노부 연왕으로 더불어 세불양립勢不兩立[2]함은 학사의 아는 바라. 이제 황상皇上이 연왕을 다시 쓰신다 하니 어찌 멸족지화滅族之禍를 감수하리오? 차라리 벼슬을 일찍 버리고 고향에 돌아가 해골을 선산에 묻게 하리라."

동홍이 위로 왈,

"홍이 주야 근시近侍하여 가인 부자家人父子같이 수작하오니 어찌 천의天意를 모르리까? 합하閤下를 향하여 제우際遇[3]가 융숭하시고 연왕을 부르실 뜻이 아직 아니 계시니 합하는 번뇌치 마소서."

노균이 소 왈,

---

1) 나라를 그릇되게 인도함.
2) 강한 세력 둘이 함께 있을 수는 없음.
3) 임금과 신하 사이에 뜻이 잘 맞음. 여기에서는 임금이 신임하고 대접하는 것.

"학사는 소년이라 세사世事를 열력閱歷[4]지 못하였으니 어찌 이러한 기미를 알리오? 속담에 하였으되, '늙은 말이 길을 안다.' 하니, 노부 입조사군立朝事君[5]한 지 사십여 년이라. 환해풍파宦海風波를 무수히 경력하고 길흉화복의 득실을 친히 보아 금일 백발이 성성하니 어찌 전정前程 휴척休戚[6]을 생각지 못하리오? 대범 임금이 신하를 총애함이 비컨대 남자가 총첩寵妾을 사랑함 같으매 매양 새것을 좋아하나니, 군이 본디 미천한 종적으로 풍류를 가져 임금을 섬기니, 이 어찌 홍안가인紅顔佳人의 전총專寵[7]함과 다르리오? 성상이 비록 사사로이 권애眷愛하사 수월지간數月之間에 벼슬이 저같이 휜혁烜赫[8]하나 조정이 시기하고 군자가 배척하여 가만히 그때를 기다리니 만일 일조一朝에 새것이 쇠하여 홍안紅顔이 투색渝色하고[9] 가무歌舞가 지리支離한즉 시기하는 참소와 배척하는 말씀이 어찌 군을 용대容貸하리오? 노부 군으로 더불어 남매지의를 맺어 통양 휴척痛痒休戚이 동공일체同功一體[10]라, 군이 평안한즉 노부도 평안하고 군이 위태한즉 노부도 위태할지니, 어찌 군을 위하여 염려치 않으리오?"

동홍이 일어 재배 왈,

"합하의 홍을 사랑하심이 이에 미치시니 홍이 마땅히 결초結草하여 갚으려니와 홍이 종금이후로 천만 조심하여 조정에 득죄치 아니한즉 성상의 일월지명日月之明으로 어찌 이에 미치리꼬?"

노균이 소 왈,

"군언君言이 비록 충직하나 또한 시세를 모르는도다. 맹호가 함정에서 뛰어나온즉 사람을 더욱 상하나니 연왕은 범 같은 자라. 금일 저리됨은 군과 노부의 한 바라. 군이 비록 만 번 조심하여 조정에 득죄치 아니하나 그 이미 연왕께 득죄함을 어찌하리오?"

홍이 머리를 숙이고 묵묵 양구良久에 왈,

"홍이 불민하여 생도生道를 알지 못하오니 합하는 밝히 가르치소서. 비록 부탕도화赴湯蹈火[11]라도 오직 명대로 하오리다."

노균이 대희하여 차야此夜에 동홍을 머물러 암실暗室을 치우고 비밀히 수작하니, 슬프다 소인의 마음 씀이여! 태산반석같이 단단한 수백 년 종사宗社를 일조에 번복翻覆하여 한

---

4) 세상일을 두루 겪음.
5) 벼슬에 올라 조정에서 임금을 섬기는 것.
6) 앞날의 기쁨과 걱정.
7) 미인이 총애를 독차지하는 것.
8) 밝게 빛남.
9) 아름다운 얼굴이 빛을 잃음.
10) 가려움과 아픔, 기쁨과 걱정 따위를 한가지로 함께함.
11) 끓는 물이나 뜨거운 불도 가리지 않고 밟고 감.

터럭같이 위태케 하니 어찌 임금의 살피고 경계할 바 아니리오?

이때 천자 매일 노 참정, 동 협률을 데리시고 밤이면 의봉정에서 풍류를 들으시더니, 차일此日은 황상 탄일誕日이라. 황태후 방생지放生池[12]에 방생하시고 옥수옥囚를 방송放送하신 후 황상께 고 왈,

"연왕 양창곡은 면절정쟁面折廷爭[13]하여 사기辭氣의 과함이 있는가 싶으오나 본심을 말할진대 일단 지극한 충성이라. 이미 절역絶域에 찬배竄配하여 족히 속죄贖罪할지니, 금일 또한 사赦하여 부르심이 좋을까 하나이다."

상이 소 왈,

"소자 어찌 창곡의 충성을 모르리꼬마는 그 벼슬이 과하고 출장입상出將入相하여 소년 대신으로 명망 위권名望威權이 너무 과하기에 짐짓 한번 꺾고자 함이오나 아직 도배到配한 회보回報[14] 이르지 아니하고 또한 수월지간에 이같이 사함은 불가하오니 쉬이 풀어 쓰고자 하나이다."

황태후 기뻐 아니하사 왈,

"폐하의 창곡을 위하심은 비록 극진하시나 어찌 성덕의 하자瑕疵 됨을 생각지 않으시나이까?"

하시더라.

상이 종일 하례賀禮를 받으시고 야심夜深 후 편복으로 편전에 전좌殿座하셨더니, 일륜명월이 동천東天에 돌아오며 경경耿耿 성한星漢이 요량 소슬하여 비록 중동仲冬 천기天氣이나 가을 같은지라. 이에 노 참정, 동 협률을 부르사 의봉정儀鳳亭에 연석宴席을 배설하고 야연夜宴하실새, 종친 근시近侍와 비빈妃嬪 궁첩宮妾을 참예하라 하시고, 이원제자梨園弟子로 풍류를 아뢰며 수삼 궁녀로 예의무霓衣舞를 춤추라 하시니, 봉관용생鳳管龍笙[15]은 운소雲霄에 솟아나고 취수홍삼翠袖紅衫[16]은 월하에 나부껴 술이 수배數盃에 지나매 용안에 춘풍이 가득하사 친히 보슬寶瑟을 다리어 두어 곡조를 타시니, 좌우 일시에 만세를 부르거늘 상이 흔연히 웃으시고 동홍을 보시며 앞의 생황을 주사 왈,

"군은 왕자 진王子晉의 옛 곡조[17]로써 인간 진루塵累를 씻게 하라."

동홍이 즉시 받자와 알연戛然히 한 곡조를 아뢰니, 상이 미소 왈,

---

12) 특별한 날을 기려, 사람에게 잡힌 물고기를 놓아서 살려 주는 연못.

13) 사람 면전에서 허물을 거리낌 없이 간함.

14) 귀양살이 할 사람이 귀양지에 이르렀다는 보고.

15) 봉황을 새긴 피리와 용을 그린 생황.

16) 비췻빛 소매와 붉은 적삼.

17) 왕자 진은 주周 영왕靈王의 태자인 왕자 교王子喬. 평소 생황을 잘 불었으며 나중에는 신선이 되었다고 한다.

"차성此聲이 요량 애원嘹喨哀怨하고 단속 처절斷續凄切하여 고시古詩에 운云하되, '강적하수원양류羌笛何須怨楊柳라.'[18] 하니, 이는 이른바 양류곡楊柳曲이라. 다만 음조가 범상하여 시속에 가까우니 다른 곡조를 부르라."

동홍이 즉시 율려律呂를 변하여 다시 한 소리를 아뢰니, 상이 칭찬 왈,

"이 소리 청화 요량淸和嘹喨[19]하고 담탕 완연淡蕩蜿蜒[20]하여 고시에 운하되, '만성명월하양주滿城明月下楊州라.'[21] 하니, 이는 이른바 양주곡楊州曲이라. 재주 소조蕭條하여 화창和暢치 못하니, 다른 곡조를 부르라."

동홍이 이에 율려를 골라 다시 정성正聲을 낮추고 신성新聲을 돋우어 한 소리를 아뢴대 상이 이윽히 들으시다가 이연怡然[22]히 웃으시며 옥수로 서안書案을 치사 왈,

"풍류의 즐거움이 어찌 이에 미치리오? 내 마음이 취하고 정신이 무르녹아 그 둘 곳을 알지 못하노니, 이는 이른바 옥수후정화玉樹後庭花[23] 아니냐?"

동홍이 웃고 인하여 중성中聲을 울려 또 일곡을 부니, 상이 화열和悅하사 좌우를 보시며 왈,

"쾌재快哉 쾌재라, 차곡此曲이여! 양태진楊太眞을 데리고 침향정沈香亭에 올라 화노華奴의 비파와 염노閻奴의 소리로 질탕 호방하니[24], 이는 이삼랑李三郎[25]의 풍류 과인過人하여 이원梨園 갈고羯鼓[26]로 백화百花를 재촉하던 갈고최화곡羯鼓催花曲이라. 후인이 비록 삼랑을 죄 주어 방탕함을 책하였으나 사해지부四海之富와 만승지존萬乘之尊으로 어찌 일생 구속하여 한번 심지지욕心志之欲과 이목지락耳目之樂을 임의로 못하리오? 짐이 금야에 비빈 궁첩을 데리고 의봉정에 올라 동 협률董協律의 풍류를 들으니 족히 이삼랑의 호방함을 양두讓頭치 않을지라. 소년 천자의 풍류 과실을 경 등은 용서하라."

언필言畢에 궁첩을 명하사 술을 가져오라 하여 연하여 삼사 배杯를 마시고 옥면玉面 취

---

18) 당나라 현종玄宗 때 시인 왕지환王之渙이 쓴 시의 한 구절로, '오랑캐의 피리 소리 어찌 하필 버들을 원망하는가.' 라는 뜻.

19) 소리가 맑고 평화로우며 낭랑함.

20) 담박하면서도 아련히 퍼져 나감.

21) '온 성에 달빛이 가득 차니 양주로 내려가노라.'

22) 기쁘고 즐거움.

23) 남북조 시대 진陳나라 마지막 왕 후주後主가 사치하고 놀기를 좋아하여 항상 연회를 베풀고 불렀다는 음란한 노래. 그래서 후대에는 나라를 망하게 한 음악으로 알려졌다.

24) 양태진은 양 귀비. 화노는 고운 계집종, 염노는 젊은 계집종.

25) 이씨 집안 자손 중 세 번째 아들이라는 뜻으로, 당 현종.

26) 악기 이름. 장구같이 생겼고 두 손에 채를 잡고 친다.

훈취훈醉暈[27]이 구중 선도九重仙桃의 춘색을 띠어 군신 상하와 비빈 궁첩이 차례로 잔을 받들어 만세를 부르더니, 동홍이 홀연 생황을 들어 율律을 변경하여 일곡을 아뢰니, 그 소리 처창 비양淒愴飛揚하고 소슬 강개하여 습습蟄蟄한 바람이 좌상座上에 일어나고 점점點點 옥루玉漏는 효색曉色을 재촉하여 성월星月이 참담慘淡하고 풍로風露 처량하니 일좌一座 추연悽然함을 깨닫지 못하거늘, 상이 급히 손을 저어 그치라 하시고 묵묵히 달을 향하여 망연자실하시더니, 노 참정을 보시며 왈,

"경이 그 곡조를 아느뇨? 백일이 서으로 지고 유수流水는 동으로 흐르니 부귀 향락이 일편 부운一片浮雲이라. 어찌 한漢 무제武帝의 북산조北山調 아니리오? 고담古談에 운하되, '흥진비래興盡悲來하고 낙극애생樂極哀生이라.' 하니, 정히 금야 심회를 이름이로다. 슬프다, 아침의 녹발綠髮이 저녁에 백설이 되니 청춘 홍안이 도시 꿈이라. 사해지부四海之富와 만승지귀萬乘之貴를 장차 무엇 하리오? 경이 고금 서적을 널리 보고 전대 흥망을 많이 들었을지니, 무슨 도가 있어 천하를 화하여 춘대수역春臺壽域[28]에 오르게 하랴? 유락무애有樂無哀하고 유생무사有生無死[29]하여 천지로 더불어 같이 늙게 하리오?"

노균 왈,

"신은 듣사오니 삼황三皇은 무위無爲[30]하여 향국享國 일만팔천 세 하고 오제五帝는 제례 작악制禮作樂[31]하여 위로 천지 신기天地神祇[32]를 감동하고 아래로 상서 복록祥福祿을 받아 황제黃帝는 재위 백 년에 수壽 일백십 세요, 소호少昊는 재위 구십 년에 수 일백사십 세요, 전욱顓頊은 재위 팔십 년에 수 구십팔 세요, 제곡帝嚳은 재위 칠십 년에 수 백오십 세요, 제요帝堯는 재위 구십팔 년에 수 일백십팔 세요, 제순帝舜은 재위 오십 년에 수 일백십 세요, 주 목왕周穆王은 재위 백 년에 수 일백칠십 세라. 신이 고적古蹟에 몽매蒙昧하여 해비該備치 못하오나[33] 이 어찌 춘대수역에 유락무애하여 천지와 같이 늙음이 아니리꼬?"

상이 소 왈,

27) 왕의 얼굴에 취한 기운.
28) 근심 걱정 없이 오래 살 수 있다는 곳.
29) 즐겁기만 하고 슬픔이 없으며 태어나기만 하고 죽지는 않음.
30) 중국 고대 전설에 나오는 세 명의 임금 곧 천황씨天皇氏, 지황씨地皇氏, 인황씨人皇氏 또는 복희씨, 신농씨, 황제黃帝 들은 자연 그대로를 따름.
31) 중국 고대 중국의 다섯 성군聖君인 소호少昊, 전욱顓頊, 제곡帝嚳, 요堯, 순舜이 예를 제정하고 음악을 만듦.
32) 천지의 모든 신들.
33) 옛 기록에 대해서 어둡고 잘 알지 못하여 모든 것을 넉넉히 갖추어 알지 못하오나.

"짐은 들으니 교산喬山에 황제총黃帝塚이 있고 진황秦皇, 한무漢武의 영걸英傑함으로도 여산驪山 무릉茂陵에 추초秋草가 소슬하니[34] 자고이래로 장생지술長生之術이 없는가 하노라."

노균 왈,

"진황, 한무는 정벌을 일삼고 형정刑政[35]을 힘써 평생 물욕에 벗어나지 못하였으니, 어찌 장생지술을 얻으리꼬? 황제 헌원씨는 치성 제정治成制定[36]한 후 공동산崆峒山에 칠 일 재계하고 광성자廣成子를 만나 백일 비승白日飛昇하였으니 교산喬山에 궁검弓劍을 허장虛葬함[37]이라. 이제 폐하는 즉위 이래로 인심을 얻으사 우순풍조雨順風調[38]하고 민생이 안락하니 마땅히 공덕을 칭송하여 천자께 고하시고 태산에 봉선封禪[39]하사 장생지술을 구하신즉 정호鼎湖의 나는 용을 가히 명에할 것[40]이요 요지瑤池의 팔준마八駿馬를 가히 어거馭車할지니[41] 선문, 안기羨門安期의 비승지술飛昇之術[42]과 봉래蓬萊 방장方丈의 불사지약不死之藥을 어찌 앉아 이루지 못하시리꼬?"

상이 대열大悅하사 노균을 자신전 태학사紫宸殿太學士 겸 흠천관 지례관欽天館知禮官을 배拜하시고 봉선封禪하는 절차와 구선求仙하는 거조擧措를 강론講論하여 드리라 하신대, 노균이 이에 고례古禮 아는 선비와 도술 높은 방사方士를 부르니 연제지간燕齊之間의 우괴황탄迂怪荒誕한 무리[43] 구름같이 모이니 노균이 자금성 내에 천여 간 집을 짓고 이름을 태청궁太淸宮이라 하여 천자가 친필로 제액題額[44]하시고 노균의 벼슬을 고쳐 태청궁 태학사를 배拜하시니, 제도의 굉걸宏傑함과 누관樓觀의 장려함이 한나라 비렴계관蜚廉桂觀[45]에 더하더라.

---

34) 교산의 황제총은 송나라 흠종欽宗의 무덤이고, 여산은 진시황秦始皇의 무덤이며, 무릉은 한무제漢武帝의 무덤.
35) 형벌을 엄히 하여 정치를 시행하는 일.
36) 정치와 제도가 안정됨.
37) 도를 닦아 신선이 되어 대낮에 하늘에 올라갔으므로, 교산에 그가 쓰던 활과 칼로 장사지냈음.
38) 비가 때 맞추어 오고 바람이 알맞게 부는 것. 농사에 맞게 날씨가 고르다는 말.
39) 임금이 흙으로 단을 쌓아 하늘과 산천에 제사 지내는 일.
40) 황제黃帝가 정호에서 용을 멍에 메워 타고 하늘로 올라갔다는 전설이 있다.
41) 어거는 수레 메운 소나 말을 부리는 일. 요지는 신선계에 있는 연못. 주 목왕周穆王이 요지의 말을 타고 돌아다녔다 한다.
42) 중국 고대의 신선인 선문과 진나라 때 신선이 되었다는 안기생의 날아오르는 술법.
43) 연 땅과 제 땅 어름에 사는, 물정에 어둡고 괴상하고 허황된 무리.
44) 편액에 그림을 그리거나 글씨를 쓰는 것.
45) 한 무제가 지었다는 도관.

모인 중의 일개 방사가 노균을 대하여 왈,

"성상이 삼황오제의 고례를 행하시고 선문, 안기의 종적을 좇고자 하시니 이는 천고에 드문 일이라. 마땅히 물외物外의 높은 도사를 청하여 먼저 하늘께 치례致禮하고 수복壽福을 빎이 옳을까 하나이다."

노균이 대희 왈,

"내 또한 이 뜻이 있으나 근일 도술 있는 도사 없으니 군이 혹 방외方外[46]에 놀아 들은 바 있거든 청케 하라."

방사 왈,

"광활한 세계에 어찌 일개 도사가 없으리오? 근일 남방에 신인神人이 있으니 도호道號는 청운도사靑雲道士라. 도술이 정통하고 재주가 높아 사방에 운유雲遊하나니 만일 청코자 하실진대 정성을 드려 예로 부르신즉 혹 올까 하나이다."

노균 왈,

"내 성지聖旨를 받자와 국가를 위하여 수복과 상서를 빌려 하거늘 일호 태만함이 있으리오?"

하고, 이에 칠 일 재계하고 예폐禮幣[47]를 후히 하여 수개 방사를 보내어 떠날새 방사 등이 다시 고 왈,

"청운도사 십분 신통함이 있어 시방을 굽어보고 앉았으니 합하는 일단 성심으로 목욕하고 기다리소서."

노균이 허락하니라.

차설, 청운이 백운도사를 모셔 총황령叢簧嶺 백운동白雲洞에 있더니 홍랑이 하산한 후 백운도사 서천西天으로 돌아갈새 청운더러 왈,

"네 공부를 이루지 못하였으니 노부를 좇지 못할지라. 아직 차처此處에 처하여 도를 더 닦으라."

다시 일러 왈,

"네 심지 경輕하고 조금 재주 있으니 노부의 근심하는 바라. 부디 잡술을 믿고 민간에 출각出脚[48]하지 말라."

청운이 재배再拜 수명受命하고 사부를 배별拜別한 후 백운동을 지키고 있더니, 일일은 홀연 생각하되,

'일생 종적이 산문 밖에 나지 못하고 배운 도술을 시험할 곳이 없으니 잠깐 사방에 놀아 문견을 넓히리라.'

---

46) 세속의 테두리 밖. 조정도 아니고 재야도 아닌 곳.
47) 존경하는 뜻을 표하기 위하여 주는 예물.
48) 세상에 발을 내디딤.

하고 드디어 서으로 서역국西域國을 지나 약목若木[49]을 구경하고 동으로 관상산觀桑山에 올라 부상扶桑[50]을 바라보고 북으로 현상문玄象門에 올라 반목盤木[51]을 굽어본 후 장탄長歎 왈,

"천지 크다 하나 불과 내 손바닥 같거늘 어찌 평생을 구속하여 겁할 바 있으리오?"

하고, 북방 제국諸國을 편답遍踏하여 스스로 청운도사라 하고 혹 화복을 말하여 길흉을 점치며 도술을 시험하여 재주를 자랑하니, 북방 제국에 이름이 진동하더라.

청운이 소 왈,

"북녘 오랑캐 더불어 말할 바 없도다."

하고, 다시 중원을 바라보고 소 왈,

"이 가장 천지 문명지기文明之氣를 얻었으니 반드시 재주 있는 자 많으리라."

하고, 가만히 몸을 변하여 일개 걸인이 되어 황성에 들어와 풍속을 살피며 인재를 만날까 하더니, 차시 마침 노균이 당국當局하여 연왕을 내치고 소인이 조정에 가득한지라. 청운이 웃고 심중에 생각하되,

'내 일찍 들으니 천하 구주九州에 중원이 으뜸이라 하더니, 이같이 요란하여 지혜 있는 자 적으니 내 마땅히 술법을 빛내어 한번 파적破寂[52]하리라.'

하고, 다시 몸을 변하여 한낱 방사로 되어 방사에 섞여 태청궁에 들어가니 노균이 바야흐로 목욕재계하고 방사와 더불어 자기를 청할 방략을 의논하니, 청운이 웃고 즉시 몸을 빼어 성외城外에 나와 바장이며 방사의 도사 청하러 감을 기다리더니, 과연 수일 후 수개 방사가 거마車馬와 폐백幣帛을 가지고 남을 향하여 가거늘 청운이 가만히 뒤를 좇아 수일을 행하더니, 일일은 수개 방사 의논 왈,

"우리 일찍 청운의 이름을 들었으나 얼굴과 거주居住를 모르니 장차 어찌 찾으리오?"

일개 방사 왈,

"내 일찍 들으매 청운이 다만 잡술을 좋아하고 십분 높은 도술이 없다 하니, 구태여 청운을 구하여 무엇 하리오? 마땅히 가다가 도관을 뒤져 일개 도사를 만나거든 청운도사라 일컫고 데려오리라."

일개 방사 차언此言을 듣고 박장대소 왈,

"묘재妙哉 묘재라, 이 계교여! 이미 그러할진대 이 폐백 예물을 우리 둘이 나눠 가지리라."

하고 서로 의기양양하여 행하거늘, 청운이 미소하고 즉시 가만히 변하여 다시 걸인이 되어

---

49) 전설에 해가 지는 곳에 서 있다는 나무.

50) 해가 돋는 동쪽 바다에 있다는 뽕나무.

51) 《산해경》에서 형천산衡天山에 있다고 하는 나무. 그 가지가 천 리나 뻗었다 한다.

52) 심심함을 깨뜨림.

수레 뒤에 모르게 따라오며 입으로 은근히 진언眞言을 염하니, 차시此時 수개 방사 비록 수레를 바삐 몰아 반일을 행하나 촌보를 더 감이 없고 그곳에 섰는지라, 서로 대경大驚하여 뒤를 돌아보니 일개 걸인이 한 다리를 절며 따라오다가 소笑 왈,

"그대 수레 모는 법을 모르는도다. 내 마땅히 대신 몰리라."

하고 말을 채쳐 몰거늘, 모든 방사 수보를 따르더니 차차 떨어져 따를 길이 없는지라. 방사 또한 말을 채쳐 아무리 좇고자 하나 그 걸인이 돌아보고 미미히 웃으며 완완緩緩히[53] 완보緩步하되 이미 수리를 떨어져 차차 간 곳이 없거늘, 방사 대경하여 가슴을 치며 불러 왈,

"저 걸인은 수레를 잡으라. 우리 천자의 명을 받자와 청운도사를 청하러 가오니 길이 바쁘도다."

언필言畢에 등 뒤에서 답 왈,

"그대의 수레 여기 있으니 가져가거라."

하거늘, 방사 놀라 돌아보매 그 걸인이 수레를 몰고 뒤에 오는지라. 방사 바야흐로 범상한 사람이 아님을 알고 복지사례伏地謝禮 왈,

"선생은 반드시 속인이 아니시라. 높으신 도호를 알고자 하나이다."

걸인이 흔연히 웃고 홀연 일진청풍一陣淸風이 되어 공중에 솟으며 왈,

"너희는 부질없이 남방에 가지 말고 돌아가 기다리라. 모일 모시에 청운도사 태청궁太淸宮에 이르리라."

언필에 간곳이 없으니 방사 더욱 대경하여 바야흐로 청운임을 깨닫고 거장車仗을 돌려 태청궁에 돌아와 노균을 보고 중간에서 청운을 만나 여차여차함을 고하니, 노균이 대희大喜하여 태청궁 북편에 수층 대臺를 무어 이름을 망선대望仙臺라 하고, 그날을 당하매 향화香花, 다탕茶湯[54]을 정결히 준비하고 천자 태청궁에 친림親臨하사 도사를 기다리시더니, 시야是夜 삼경에 천색天色이 청랑하고 성월星月이 교결皎潔한데 한줄기 푸른 기운이 남으로조차 망선대에 뻗쳤거늘, 모든 방사 고 왈,

"이는 장차 도사가 강림코자 하여 공중에 다리를 이룸이라."

하더니, 아이오(이윽고) 일진청풍이 향연香煙을 불며 과연 일위 도사 채운彩雲을 타고 공중에 날아 대에 내리니, 푸른 눈썹에 얼굴이 백옥 같고 표일飄逸한 기상과 청수淸秀한 자질이 짐짓 진세塵世 인물과 다르더라. 도관道冠, 도의道衣로 파리玻璃 채를 들고 빈주지례賓主之禮로 천자께 뵈오니, 천자 공경 답례하시고 왈,

"짐은 진세塵世에 처하고 선생은 물외에 오유遨遊[55]하니, 어찌 이같이 만남을 기약하였으리오?"

---

53) 천천히.

54) 향과 꽃, 뜨거운 차.

55) 마음껏 노닒.

도사 소 왈,

"빈도는 부운종적浮雲蹤跡이라. 폐하의 성심으로 부르심을 감격하여 왔사오나 폐하는 천하지부天下之富와 만승지귀萬乘之貴로 청정 담박淸淨淡泊한 도를 구하여 무엇 하시리꼬?"

상이 탄 왈,

"초로인생草露人生이 부운 같은 부귀를 어찌 족히 말하리오? 원컨대 선생의 도술을 빌어 십주十洲 삼산三山의 약을 구하고 옥경玉京 청도淸道에 벗을 찾아 헌원씨 주 목왕의 옛 일을 효칙코자 하노라."

도사 눈을 흘려 천안天顔을 보고 소 왈,

"폐하는 인간 범골이 아니라 상계 신선으로 잠깐 적강謫降하심이니, 만일 지극한 도를 듣고자 하실진대 빈도 마땅히 택일 설법하고 수삼 선관仙官을 청하여 연년익수延年益壽[56]할 방략을 전게 하리이다."

상이 대열大悅하사 도사를 태청궁에 공양하라 하시고 환궁하시니, 도사 노 참정을 대하여 왈,

"성천자聖天子 만년지계萬年之計를 구하사 주 목왕, 서왕모의 고사를 효칙코자 하시나, 상계上界 선인仙人이 진계塵界에 강림함을 즐겨 아니하나니 태청궁이 협착狹窄하여 족히 접대치 못할지라. 마땅히 수백 척 비루 채각飛樓彩閣[57]을 지어 일점一點 진애 부도不到[58]한 후 신선이 하강하리이다."

노균이 그 말을 옳이 여겨 다시 누각을 지을새 백옥 난간에 구슬 지게와 수정 발을 산호 갈고리에 걸었으며 교창 복도交窓複道에 주취朱翠 영롱하고 기화이초奇花異草를 비단으로 아로새겨 비록 심동深冬이라도 의연히 삼월 춘풍에 백화가 만발한 듯하더라.

청운도사 길일을 가리어 도량道場을 배설할새 천자 태청궁에 거동하시니, 도사 모든 방사와 존호를 올려 상이 '태청궁 교주 도군 황제太淸宮敎主道君皇帝' 되시고, 궁중에 삼 일 재계하신 후 도장에 나아가시니 천자 통천관通天冠에 강사포絳紗袍[59]를 입으시고 손에 옥홀玉笏을 잡으사 제일위에 동향東向하여 앉으시매, 청운도사 도관을 쓰고 하의荷衣를 입고 파리 채를 들고 제이위에 동향하여 앉으니, 여러 방사 우의羽衣를 입고 노 참정, 동 협률과 수개 환시로 좌우에 모셨더라.

시일是日 황혼에 도사 몸을 일어 북향 축천祝天하고 모든 방사와 부복俯伏 양구良久에 다시 좌座에 나아가 천자께 고 왈,

---

56) 해를 이어 더욱 오래 삶.
57) 날 듯이 높고 화려한 누각.
58) 한 점의 먼지도 앉지 않게 함.
59) 임금이 신하들에게 하례받을 때 입는 붉은빛 예복.

"금야今夜 옥황이 영소보전靈霄寶殿에 잔치하사 선관仙官, 선군仙君이 모두 부연赴宴[60]하고 마침 요지 왕모와 적송자 안기생이 있어 마땅히 사경 삼점四更三點에 강림하여 오경 오점에 파연罷宴하고 돌아갈지니, 박산로博山爐에 강진향降眞香을 살라 때를 기다리소서."

상이 노 참정을 보사 누상樓上 누하樓下에 큰 향로를 팔방으로 놓고 향을 사르니, 몽롱한 향연香煙이 태청궁을 둘러 운무 자욱한 듯하더라.

아이오 북두北斗는 중천으로 옮기고 경경耿耿 옥루玉漏는 사경을 보報하매 홀연 일쌍 청조靑鳥가 서으로조차 편편翩翩히 날아 운간雲間으로 내려 태청궁 난간에 앉거늘, 도사 상께 고 왈,

"서왕모 오시나이다."

언미필言未畢에 공중에 선악仙樂 소리 은은하며 양개 선녀 청란靑鸞을 타고 칠보운환七寶雲鬟[61]에 예상霓裳을 입고 쟁쟁한 환패環佩[62] 소리 녹운綠雲 간에 요량嘹喨하며 누하에 이르러 청란靑鸞을 머물고 바로 누상에 올라오니 천자 몸을 일어 맞고자 하시거늘, 선녀 낭연琅然히 소 왈,

"첩 등은 왕모 낭랑의 시녀 쌍성雙星, 비경飛瓊이라. 대명 천자는 옥체를 자중하옵소서. 낭랑이 저기 오시나이다."

천자 멀리 바라보시니 서기瑞氣 영롱하고 채운이 애연藹然한 중 일위 여선女仙이 봉관鳳冠 월패月佩[63]로 오운거五雲車를 명에하여 전후좌우에 보선寶扇 운번雲旛[64]이 쌍쌍이 옹위하고 십여 개 시녀 각각 청란을 타며 봉황을 타고 공중을 덮어 이르니, 광채 휘황하고 이향異香이 촉비觸鼻[65]하더라.

도사 여러 방사를 데리고 황망히 누에 내려 길을 인도하여 누상에 오르니, 천자 길이 읍揖하사 제이위第二位에 서향西向하여 앉으매 십여 개 시녀 또한 차례로 시립한 후 천자 눈을 들어 왕모를 보시니 단엄端嚴한 태도와 선연嬋娟한 얼굴이 꽃같이 젊었는데 녹발綠髮은 춘운春雲이 무르녹고 맑은 눈은 추수秋水가 어리어 십분 아리땁거늘, 천자 흔연欣然 문왈,

"낭랑이 일찍 주 목왕과 백운요白雲謠를 화답한 지 이미 일천 년이라. 월태화용月態花容이 오히려 쇠하지 아니하오니 비로소 옥경 요대玉京瑤臺의 즐거움을 알리로소이다."

---

60) 잔치에 나아감.
61) 일곱 가지 보석으로 꾸민 구름 같은 머리.
62) 허리에 차는 둥근 옥.
63) 봉황새 모양으로 꾸민 관과 달 모양으로 만든 옥 노리개.
64) 화려한 부채와 펄렁거리는 기.
65) 기이한 향기가 코를 찌름.

왕모 낭연 소 왈,

"첩의 집 반도蟠桃 나무 아래 팔준마 뜯던 풀이 오히려 자라지 아니하였거늘 인간 광음光陰이 이미 일천 년이 된다 하니 어찌 한심치 않으리오?"

천자 차언을 들으시고 심중에 더욱 대경하시더니, 홀연 일개 소년이 사슴을 타고 일개 노옹이 약 광주리를 이끌어 표연히 누에 오르거늘, 서왕모 웃고 천자를 보아 왈,

"저 소년은 첩의 이웃집 아이 안기생이요, 저 노옹은 태산 아래 약을 캐는 적송자라. 금야 청하심을 인연하여 옴인가 하나이다."

상이 공경 예필에 제삼, 제사위에 앉히매, 서왕모 안기생과 적송자를 보아 왈,

"그대 명 천자明天子의 성의를 감동하여 왔으니 장차 무엇을 가져 구구한 정을 표하고자 하느뇨?"

안기생이 웃고 소매로조차 붉은 실과를 내어 천자께 드려 왈,

"이 실과 이름은 화조火棗[66]라. 한 번 맛본즉 배고픔이 없고 가히 오백 년을 살지니 인간의 희귀한 실과 될까 하나이다."

적송자 소 왈,

"노부는 산중 늙은이라. 다만 송풍松風에 잠자고 송엽松葉을 먹어 일생 무병하고 일신이 강건하니 노부의 나이 지금 일만오천 세라. 남은 잎새 광주리에 있나이다."

하고 푸른 솔잎을 드리거늘, 왕모 소 왈,

"첩의 후원에 십여 주株 반도蟠桃를 심었더니 근일 요망한 아이 동방삭이 일 개를 도적하고 다만 다섯 개 남았는지라. 가져왔거니와 비록 진품 반도는 아니나 세간 사람이 한 번 먹은즉 오천 년은 살까 하노라."

하고 쌍성雙星을 명하여 가져오라 하니, 쌍성이 마노반瑪瑙盤에 다섯 개 반도를 받들어 천자께 드리니 천자 받으사 앞에 놓으시고 흠신欠身[67] 문 왈,

"자고이래로 선술仙術을 좋아하여 능히 장생불사한 자 몇이나 되니이꼬?"

서왕모 소 왈,

"선가의 품수는 삼층이니 상선上仙은 구하여 할 바 아니요 중선中仙은 혹 선분仙分이 있은즉 되고 하선下仙은 배워서 되나이다."

천자 우문又問 왈,

"한 무제, 진시황은 평생을 구선求仙하나 어찌 이루지 못하니이까?"

서왕모 당황하여 안기생을 보며 왈,

"진황, 한무는 어떠한 사람이뇨?"

안기생 왈,

---

66) 도교에서 신선이 먹는다는 대추. 이것을 먹으면 날아다닌다고 한다.
67) 공경함을 나타내기 위하여 몸을 굽힘.

"진황은 여정呂政이요, 한무는 유철劉徹이니이다."

왕모 미소 왈,

"이는 다 범골凡骨이라, 어찌 족히 선도仙道를 말하리오? 연제燕齊의 우괴지사迂怪之士를 모으고 금동 선인金銅仙人의 승로반承露盤[68]을 만들어 신선을 바라다가 변수 추풍汴水秋風[69]에 왕사往事를 추회追悔하니 유철은 오히려 영걸하다 하려니와, 무죄한 동남동녀 오백 인을 해중海中에 표몰漂沒하고 여산驪山에 뫼를 이루어 민력民力을 허비하고 만년계萬年計를 생각하니, 만고에 미련한 자는 진황 여정인가 하노라."

천자 의아하사 왈,

"짐이 일찍 들으니 왕모 한 무제를 좇아 승화전承華殿에 강림하사 반도 일곱 개를 드리셨다 하니 과연 그러하시니이까?"

왕모 대로大怒 왈,

"이는 다 방사의 속임이라. 만일 진실로 반도를 얻었을진대 어찌 무릉 추풍茂陵秋風[70]이 있으리오?"

천자 소 왈,

"그러할진대 짐 같은 자도 선술을 얻으리까?"

왕모 흠신欠身 대 왈,

"폐하는 진세塵世 인물이 아니라, 상계 선관으로 인간에 적강謫降하시니, 타일 옥경 청도의 상선이 되오시리이다."

천자 흔연히 웃으시고 좌우를 명하사 차를 드리라 하시니, 모두 먹지 아니하고 시녀를 보아 왈,

"풍류風流를 아뢰라."

하니, 모든 시녀 일시에 운문지슬雲門之瑟과 자운지소紫雲之簫와 자진지생子晉之笙을 아뢰며 예상지곡霓裳之曲과 우의지무羽衣之舞를 춤추니, 추수翠袖는 선연하여 청풍이 일어나고 사죽絲竹은 질탕하여 벽공碧空에 요량하니 천자 표연히 우화羽化하시는 듯 즐거움을 이기지 못하시더니, 아이오 서기 등등騰騰하고[71] 오경 삼점五更三點을 보報한대, 서왕모, 적송자와 안기생을 보며 돌아감을 재촉하니 천자 재삼 만류하시나 어찌 들으리오? 표연히 하루下樓하여 일진청풍이 채운彩雲을 거드쳐 간 곳이 없고 다만 공중에 선악仙樂이 들리

---

68) 한 무제가 하늘에서 내리는 장생불사의 감로수를 받아먹기 위하여 만들었다는 쟁반. 금동으로 만든 신선상이 쟁반을 들고 있는 모습이라 한다.

69) 변수에 부는 가을바람. 한 무제가 지은 '추풍사秋風辭'를 가리키는 말로, 늙음을 한탄하는 내용.

70) 무릉에 부는 가을바람이라는 뜻으로, 무릉은 한 무제의 무덤.

71) 상서로운 기운이 높이 피어오르고.

며 만세를 부르더라.

천자 공중을 향하여 사례하고 망연자실하시고 차일此日부터 선술仙術을 더욱 믿으사 정사를 듣지 아니하시고 매일 태청궁에 거둥하사 방사方士를 데리시고 선술을 강론하실새 청운도사를 배拜하여 천자 사부師傅 태청궁 진인眞人의 직첩職牒을 주시고 삼공육경三公六卿 이하로 배례를 앉아 받게 하니, 차시此時 조정이 해이하여 유식자有識者는 은근히 탄식하며 연왕을 생각하고 무식자는 망풍望風에 혹하여 저마다 신선 됨을 바라더니, 자연 민심이 오오嗷嗷[72]하고 국용國用이 부족하여 벼슬을 팔고 부세賦稅를 더하나 태청궁 일용지비日用之費를 이을 길이 없더니, 노균이 가만히 생각하되,

'내 득실을 조심하고 위권威權을 탐하여 이 거조를 창출하니 천자 비록 믿으시나 민심이 불복不服하니 시비와 원망이 장차 일어날지라. 어쩌면 좋으리오?'

하고, 다시 한 방략을 생각하여 태청 진인을 보고 왈,

"천하에 효유曉諭하기 어려운 자는 백성이라. 이제 황상이 높은 도를 듣고자 하사 선생을 청하시니 무지한 무리 선생의 법술을 모르고 모두 믿지 아니하여 서로 말하되, '우리 천자 허황한 도사를 믿으신다.' 하니, 이는 국가의 근심이요 선가仙家의 수치라. 바라건대 선생은 도술을 빛내어 인간 화복을 판단하고 길흉을 점쳐 그 의심하는 자로 입을 봉하고 심열성복心悅誠服[73]하여 존경지심尊敬之心 유연히 생기게 함이 어떠하뇨?"

진인이 소 왈,

"가장 어렵지 아니하니 빈도가 마땅히 천문 지리와 의약복서醫藥卜筮를 소소昭昭히 판단하여 천하 백성으로 하여금 피흉취길避凶就吉[74]하고 전화위복하게 하리다."

노균이 대열하여 즉시 자금성 성외城外 성내城內에 방을 써 붙이니, 그 방문榜文에 무엇이라 한고? 하회를 보라.

---

72) 여러 사람이 원망하고 떠듦.
73) 마음속으로 기뻐하여 복종함.
74) 흉한 일을 피하고 좋은 일로 나아감.

제30회 태산에 올라 천자 봉선하고
행궁에 들어가 선랑이 탄금하다
登泰山天子封禪 入行宮仙娘彈琴

각설, 노균이 자금성 성 내외에 방을 써 방방곡곡에 붙였으니, 그 방문榜文에 왈,

"하늘이 국가를 도우시고 사해 창생을 위하사 태청 진인太淸眞人을 인간에 강림케 하시니, 너희 백성은 수복壽福을 구하고 재액災厄을 피하여 길흉화복을 판단코자 하는 자 있거든 태청궁에 나아가 진인을 치성공양致誠供養하라."

차시此時 성외 성내의 방문을 보는 사람이 다 의심하여 오는 자 없거늘, 노균이 먼저 자기 처첩을 보내어 자식과 복록을 비니 조정 백관이 그 뒤를 이어 처첩 가인家人을 보내어 차례로 태청궁에 나아가 폐백을 후히 하여 기도 발원發願하니 해괴한 소문과 더러운 말이 낭자하더라.

차시 소유경蘇裕卿은 찬배지전竄配之典[1]을 입어 남해로 적거謫居하고 윤 승상은 사직하여 혼가渾家[2]를 거느리고 향원鄕園에 돌아가니, 조정에 벌여 있는 자 무비無非 노균의 문인門人이라. 상장군 뇌천풍이 홀홀불락忽忽不樂하여 또한 사직하고 물러가고자 하나 천자 허락지 아니하시더니, 천풍이 이 거동을 보고 앙천仰天 탄식 왈,

"유유창천悠悠蒼天아! 우리 명나라를 돕지 않으심이라. 충신은 물러가고 간신은 만조滿朝하니 내 칠십지년七十之年에 천은天恩을 망극히 입고 이제 나라의 망함을 어찌 앉아 보리오?"

하고, 도채(도끼)를 메고 조반朝班[3]에 올라 천자께 뵈옵고 복지 통곡伏地慟哭 왈,

"우리 태조 황제 천하를 창업하사 수백 년을 누리다가 오늘 간신 수중에 들어 망하게 되었거늘 폐하 망연히 깨닫지 못하시니, 신이 원컨대 이 도채로써 요탄妖誕한 도사와 간악한 신하의 머리를 베어 천하 백성에게 사죄코자 하나이다."

상이 대로大怒 왈,

"요마幺麼 무부武夫 이같이 무례하니 마땅히 군율軍律을 쓰리라."

하신대, 차시 노균이 전상殿上에 모셨다가 노질怒叱 왈,

"노장老將이 연왕을 위함이냐, 국가를 위함이냐? 어찌 방자무기放恣無忌함이 저 같으냐?"

천풍이 대로하여 서리 같은 털을 거스르고 노안怒眼을 부릅떠 왈,

---

1) 유배하는 형벌.
2) 온 가족.
3) 조정.

"노균아, 네 은총을 탐하여 현인賢人을 모해하고 요탄한 경륜과 궁흉窮凶한 계교로 조정을 그르쳐 종사宗社가 끊어지고 나라가 망한즉 네 장차 어디로 가려 하는다?"

노균이 면여토색面如土色하고 어색語塞하여[4] 상께 주奏 왈,

"뇌천풍은 연왕의 심복이라. 다만 연왕을 알고 군부를 몰라 그 무례함이 이 같사오니, 그저 두지 못할지라. 삭관 원찬削官遠竄[5]함이 옳을까 하나이다."

상이 의윤依允하사 즉시 뇌천풍을 북방 돈황燉煌 땅에 충군充軍[6]하라 하시니, 뇌천풍이 눈물을 뿌리며 천자께 하직 왈,

"노신이 불충하와 간신을 죽이지 못하고 군부를 외로이 간신 수중에 넣어 안위를 모르고 원행遠行하오니, 타일 지하에 가 선왕을 뵈올 낯이 없을까 하나이다."

상이 더욱 진노하사 발배發配[7]함을 재촉하시니 천풍이 즉시 하직하고 창연히 남천南天을 향하여 탄 왈,

"소장은 노의老矣라. 간신의 머리를 베어 연왕의 환국함을 보지 못하고 북방 고혼孤魂이 될지니 어찌 한이 아니리오?"

하고, 필마단기匹馬單騎로 돈황을 향하여 가니라.

차설且說, 노균이 뇌천풍을 방축放逐한 후로 권세와 기염氣焰이 더욱 등등하여 조정을 기울이나 오직 민심이 불복不服함을 근심하여 태청 진인을 달래어 왈,

"근일 우미愚迷한 백성이 선생의 도술을 훼방하여 은근히 시비함을 마지아니한다 하니, 선생은 신통한 술업術業을 내어 그 비방하는 자를 겸제箝制[8]하소서."

진인이 소 왈,

"이 가장 기이하도다."

하고 즉시 진언을 염하여 풀잎새를 뜯어 공중을 향하여 무수히 던지매 낱낱이 화하여 무수한 귀졸鬼卒이 성내, 성외에 흩어져 가가호호이 조정을 시비하는 자은즉 일일이 잡아오니, 모두 크게 두려워하여 입을 봉하고 다시 말하는 자 없더라.

노균이 대회하여 이에 문객 가인을 사방으로 놓아 기이한 상서祥瑞와 이상한 물건을 구하여 들이니 자사刺史, 수령守令이 어찌 기미를 모르리오? 다투어 상서를 말하여 혹 왈 '봉황이 내린다.' 하며, 혹 왈 '기린麒麟이 생긴다.' 하며, 혹 왈 '황하수가 맑았다.' 하며 표문이 빗발치듯 이르니, 노균이 백관을 거느려 진하進賀[9]하고 표표를 올려 청 왈,

---

4) 몹시 놀라 얼굴이 흙빛이 되고 말문이 막혀.

5) 벼슬과 품계를 빼앗아 벼슬아치 명부에서 이름을 지우고 먼 곳으로 귀양 보냄.

6) 죄가 있는 사람을 하급 병졸로 복무하게 함.

7) 유배지를 향해 출발함.

8) 말에 재갈을 물림. 자유를 앗고 억누름을 말함.

9) 나라에 경사가 있을 때 벼슬아치들이 조정에 모여 임금에게 나아가 하례 드림.

"하늘이 상서를 내리오사 성덕을 포장褒獎하시니 폐하의 보답하시는 도리 마땅히 명산에 봉선封禪하사 옥을 묻어 천지 신기天地神祇를 제제祭祭하시고 인하여 명당明堂에 재계하신 후 해상海上에 순행巡行하사 다시 신선을 맞아 수복을 구하심이 가할까 하나이다."

상이 대회大喜하사 길일을 택하여 태산泰山에 봉선하실새 종실 대신과 문무백관을 머물러 감국監國하라 하시고, 노균, 동홍과 환시宦侍 십여 인과 문무관 백여 원員과 전전 갑사殿前甲士 일천 명과 우림군羽林軍[10] 일만 기騎로 태청 진인과 여러 방사方士를 거느려 발행할새, 거기 치중車騎輜重이 백여 리에 낙역絡繹[11]하고 이르는 곳마다 본군 병마를 또한 조발調發[12]하여 맞게 하니, 차시此時는 춘삼월이라 백성이 쟁기를 던지고 전묘田畝를 메워 길을 닦으며 계견鷄犬을 잡아 군사를 접대하고 우마牛馬를 탈취하여 거장車仗을 수운輪運하니, 자연 민심이 오오嗷嗷하여 원망이 일어나더라.

노국魯國을 지날새 천자 친히 태뢰太牢[13]로 공자 사당에 배례拜禮하시고 궐리厥里[14]를 지날새 현송지성絃誦之聲[15]이 없음을 차탄嗟歎하시며 노균을 보사 왈,

"짐은 들으니 성인은 백세의 스승이라. 만일 정령이 계시사 오늘 짐의 행색을 보신즉 어떻다 하시리오?"

노균 왈,

"봉선은 옛 성인이 행한 바라. 황제 요순이 또한 이를 행한 바이며 성인이 고삭존양告朔存羊[16]함도 오히려 사랑하셨거든 금일 봉선하심을 어찌 기뻐하지 않으시리꼬?"

상이 미소하시더라.

태산에 오르사 단을 무어 하늘께 제하시고 옥을 새겨 공덕을 칭송하여 단하壇下에 묻은 후 뫼에서 내려오실새 중봉中峰에 이르러 군신이 돌아보매 단상壇上에 백운이 일어나고 공중에서 만세 부르는 소리 완연하더라.

명당明堂에 전좌殿座하사 좌개 청양左个靑陽을 여시고[17] 노균이 제신諸臣을 거느려 잔

---

10) 좋은 집안 자제들을 뽑아 말을 잘 타고 활을 잘 쏘도록 훈련시켜 황제를 호위케 한 군대.

11) 군대에서 필요한 물품을 실은 수레 행렬이 끊이지 않고 계속됨.

12) 사람들을 강제로 뽑아 모음.

13) 나라의 큰 제사 때에 소, 양, 돼지를 갖춰 제물로 드리는 것.

14) 공자가 태어나서 자란 마을.

15) 거문고를 타며 시를 읊는 소리.

16) 천자가 늦겨울에 다음해 달력을 제후들에게 주면 제후들은 그 달력을 종묘에 두고 매달 초하루에 양을 제물로 바치면서 종묘에 고한 뒤 나라에 달력을 널리 편 일. 나중에는 양을 바치는 일만 남았음.

17) 명당은 임금이 정사를 보는 곳. 명당 동쪽에 있는 방을 좌개라 하는데, 그 방에 또 세 개의 방을 두어 왼쪽에 있는 것을 청양이라 한다.

을 받들어 재배 헌수再拜獻壽한 후 차야此夜에 명당에서 주무실새 시야장반是夜將半에 홀연 한 줄기 기운이 명당 정실 뒤에서 일어나 하늘에 닿으니, 태청 진인이 주奏 왈,

"이 이른바 명기明氣라. 그 아래 반드시 천서天書를 얻을지니 바삐 파 보소서."

노균이 좌우를 명하여 파니, 과연 일개 석함石函이 있고 석함 위에 글자를 새겼으되, 용장봉전龍章鳳篆이 힐굴오아詰屈聱牙하여[18] 알 길이 없더라. 석함을 열매 단서丹書 일 권이 그 속에 들었으나 또한 글자 기괴하여 속인이 알 바 아니더라. 태청 진인이 주 왈,

"이는 선천先天 과두蝌蚪 문자[19]라. 해박한 선비를 뵈온즉 알까 하나이다."

노균이 이에 단서를 받들어 이윽히 보더니, 주 왈,

"신이 비록 다 보지 못하였사오나 그중에 성수무강聖壽無疆[20] 넉 자는 완연하여이다."

하더라.

익일翌日, 동으로 순행하사 동해 가에 이르러 해돋이를 보시고 방사方士를 보사 왈,

"해중海中에 삼신산三神山이 있다 하니 자고로 통한 자 있느냐?"

진인이 대 왈,

"이 길로 수만여 리를 지나 섬라국暹羅國, 자랍국刺臘國, 부상국扶桑國 모든 나라를 건너 대해大海 중에 큰 산이 있으니 일은 봉래산蓬萊山이요 이는 방장산方丈山이요 삼은 영주산瀛洲山이니, 이 이른바 삼신산이라. 진한秦韓 이후로 통한 자 없사오나 폐하 이제 구경코자 하실진대 빈도貧道 마땅히 길을 인도하리다."

하고 밤을 기다려 상을 모시고 해변에 이르니 차시는 그믐날이라. 달이 없고 해천이 혼흑昏黑한데 중성衆星이 뇌락磊落하여 낱낱이 광채를 드리워 수중에 조요照耀하거늘, 진인이 소 왈,

"빈도 먼저 달을 불러 해상海上에 비치게 한 후 홍교虹橋를 놓아 삼신산을 굽어보시게 하리이다."

하고, 소매를 한번 떨치며 진언을 염하매 과연 일륜명월이 운간雲間에 솟아 해천海天 만리에 터럭을 헤일러라.

진인이 다시 소매를 떨치며 진언을 염하매 한줄기 무지개 반공半空에 이루어 오채五彩 영롱하거늘 상께 고 왈,

"홍교가 이미 이루었사오니 다리를 밟아 공중에 오르소서."

상이 송연竦然[21]하여 자저趑趄하신대 진인이 웃고 다시 소매를 떨치며 진언을 염하니

---

18) 용과 봉황 무늬를 새긴 듯한 글자 서체가 구불구불 막혀서 읽기가 매우 어려워.

19) 중국 고대에 쓰던 문자. 글자 획이 머리는 굵고 끝은 가늘어 마치 과두, 곧 올챙이처럼 생겨서 과두 문자라 한다.

20) 임금의 나이가 끝이 없음. 임금이 오래 살기를 기원하는 말.

21) 두려워 몸을 옹송그릴 정도로 오싹 소름이 끼침.

홍운紅雲이 일어나 천자와 진인을 받들어 이미 홍교에 올라 반공에 솟은지라. 진인이 손을 들어 동편을 가리켜 왈,

"폐하 저기를 보시니이까?"

상이 정신을 거두사 천천히 바라보시매 망망대양茫茫大洋에 운무는 은은한 중 세 봉우리 푸른 산이 솥발같이 벌였는데 누각이 영롱하고 서기가 어리어 기화이초奇花異草와 난조봉황鸞鳥鳳凰이 쌍쌍 왕래하고 선녀 선관이 우의 예상羽衣霓裳으로 홀왕홀래忽往忽來하여 지척에 임함 같거늘, 상이 진인을 보사 왈,

"불가에서 천상 극락을 말하더니 이를 이름이 아니냐?"

진인이 소 왈,

"이는 하계下界 선경仙境이라 옥경玉京 청도淸道에 상선上仙 있는 곳을 보신즉 어찌 이에 비할 바리오?"

상이 망연茫然 양구良久에 왈,

"짐이 이제 잠깐 저곳에 가 경개를 구경하고 적송, 안기를 다시 만나고자 하노라."

진인이 소 왈,

"이제 비록 바라보시매 지척 같으나 여기서 팔만 리요 흉한 바람과 악한 물결이 나는 새라도 통섭通涉[22]지 못하나니 만일 도를 닦아 정근情根이 청정하고 환골탈태換骨奪胎한즉 자연 구경하시리이다."

언필言畢에 진인이 다시 손을 들어 서북간을 가리켜 왈,

"폐하 저기를 보시나니이까?"

상이 멀리 바라보시매 또한 망망대해에 손바닥 같은 한 섬이 있으되 티끌과 연기가 자욱하여 혼혼몽몽昏昏濛濛[23]하거늘 상이 웃고 문 왈,

"저기는 어느 곳이뇨?"

진인이 왈,

"이는 중국이라. 폐하의 계신 곳이로소이다."

상이 머리를 숙이고 난연赧然[24]하시거늘 진인이 다시 소매를 떨치더니 이미 홍교에서 내려 해변에 이르신지라. 상이 더욱 선술을 믿으사 해상에 두류逗留하시며 고쳐 신선을 보려 하시니 슬프다! 일월지명日月之明과 천지지광天地之光으로 어찌 일개 요탄한 도사에게 미혹한 바 되시리오마는 이 또한 국가의 운수요 일란일치一亂一治[25]할 기회라 어찌하리오?

---

22) 통하여 왕래하거나 건너는 일.

23) 안개 따위가 자욱하여 어두움.

24) 얼굴이 붉어짐.

25) 한 번 어지럽고 그다음에 한 번 다스림. 곧 어지러움과 조화로운 정치가 반복되는 이치.

차설且說, 차시此時 천자 해상에 행궁을 지으사 장차 신선을 모으고 인하여 주 목왕周穆王, 진시황秦始皇의 팔방八方을 주유周遊하며 바다를 다리 놓으려 하던 뜻이 계시더니, 일일은 행궁에 오르사 옥제玉帝를 모시고 균천광악勻天廣樂[26]을 들으시다가 우연히 실족失足하여 공중에 떨어지니 일개 소년이 받들어 구하거늘 돌아보매 그 소년이 분면 홍장粉面紅粧[27]으로 여자의 기상이 있어 수중에 악기를 들고 있는 영인伶人[28]의 모양이라.

꿈을 깨치매 상서롭지 아니하여 노균더러 몽조夢兆를 말하신대, 노균 왈,

"옛적에 진 목공이 균천악을 꿈꾸고 나라를 중흥하였사오니 이 어찌 길몽이 아니오며 폐하 동홍을 얻으사 예악을 닦아 성덕을 찬양하매 몽중에 뵈신 바 소년이 혹 동홍을 응함인가 하나이다."

천자 또한 홍을 뜻하시더니 차언此言을 들으시고 홍의 벼슬을 더하여 의봉정 태학사儀鳳亭太學士 겸 균천협률도위勻天協律都尉를 하이시고(하게 하시고) 이원제자를 고쳐 균천제자라 하고 민간의 음률 아는 미소년을 뽑아 들여 균천제자를 삼아 좌우에 모셔 몽조를 응하게 하니, 차시 동홍이 성지를 받자와 균천제자를 뽑을새 창졸에 충수充數[29]할 길이 없는지라. 홍이 이에 좌우지인左右之人을 원근에 놓아 만일 합한 자 있거든 묻지 말고 잡아 오라 하니, 여항閭巷 소년이 연소 미묘美妙한 자는 감히 현형見形치 못하더라.

차설, 차시 선랑仙郞이 점화관點化觀에 있어 서어齟齬[30] 객적客跡이 일일삼추一日三秋라. 날마다 북천北天을 첨망瞻望[31]하여 연왕이 다시 찾음을 고대하더니, 뜻밖에 천애天涯 적객謫客이 되어 음신音信[32]이 묘연杳然한지라. 신세를 생각하니 갈수록 괴이하여 식음을 전폐하고 주야 호읍號泣하더니 홀연 탄 왈,

"우리 상공이 소인의 참언을 입으사 졸연 환차還次[33]하실 가망이 없고 나는 도관道觀에 처하여 종적이 얼올齟齬[34]할 뿐 아니라 또한 무슨 풍파가 다시 생길지 알지 못하니 차라리 종적을 감추어 남방 산천을 구경하고 운남 적소謫所에 가까운 도관을 찾아 때를 기다림이 옳도다."

---

26) 천상의 음악. 춘추 시대 진 목공秦穆公이 병 때문에 혼수상태에 빠졌다가 옥황상제와 신선들이 있는 곳에 가서 균천광악을 들었다고 한다.

27) 얼굴에 분을 바르고 붉게 화장을 함.

28) 악공이나 광대.

29) 필요한 사람 수를 채움.

30) 모든 것이 낯설어 손이 서툰.

31) 높은 곳을 멀거니 바라봄.

32) 먼 곳에서 전하는 소식이나 편지.

33) 웃어른이 돌아오심.

34) 일이 어그러져서 마음이 불안한 것.

하고, 이에 일필一匹 청려靑驢[35)와 남복을 개착改着하고 모든 도사를 작별한 후 남으로 행할새 노주奴主 양인이 일개 서생과 일개 서동의 모양이라. 여러 날 만에 충주 땅에 이르니 황성이 구백 리요 산동성이 백여 리라.

일일은 점중店中에 들매 수개 소년이 선랑의 용모를 보고 눈 주어 숙시熟視하며 문 왈,

"그대는 어디로 가는 사람이뇨?"

선랑 왈,

"나는 산수를 찾아 정처 없이 다니노라."

그 소년이 서로 보며 미소 왈,

"그대의 얼굴을 보매 풍류남자의 기상이 있으니 혹 음률을 배움이 있느냐? 우리도 역시 방탕히 다니는 사람이라. 마침 소매에 단소가 있으니 금야今夜 객중에 서로 소견消遣코자 하노라."

선랑이 차언을 듣고 생각하되,

'저 소년이 반드시 내 모양이 여자 같음을 의심하여 이같이 힐난함이니 내 졸한 태도를 노출함이 불가하도다.'

하고 소 왈,

"나는 썩은 선비라. 어찌 음률을 알리오마는 양위兩位 선생이 이같이 놀고자 하실진대 초창 목적樵唱牧笛의 효빈效顰[36)함을 사양치 않으리라."

그 소년이 대희하여 소매 속으로부터 퉁소를 내어 먼저 일곡一曲을 불고 선랑을 주거늘 선랑이 사양치 아니하고 수곡數曲으로 초초草草히 화답한 후 퉁소를 도로 전하여 왈,

"내 본디 숙공熟工[37)이 없고 다만 양위 선생의 후의를 괄시치 못함이니 선생은 웃지 마소서."

그 소년이 가장 기뻐 밖으로 나가더니 아이오 밖이 요란하며 오륙 개 한자漢子들이 소거小車를 문밖에 닿고 그 소년이 크게 소리쳐 왈,

"우리는 황명皇命을 받자와 그대 같은 자를 구하려 다니노라."

하며 붙들어 수레 속에 넣고 풍우같이 몰아 어디로 가거늘, 선랑이 또 불의지변不意之變을 당하여 곡절을 모르고 거중車中에 앉아 소청을 보아 왈,

"이는 우리 노주의 명이로다. 평지의 풍파가 이같이 난측難測하뇨?"

소청 왈,

"낭자는 관심寬心하사 차차 사기事機[38)를 보소서."

---

35) 청노새.

36) 나무꾼들이 흥얼거리는 노래와 소몰이들이 부는 피리를 흉내냄.

37) 숙련된 솜씨.

38) 일이 되어 가는 형편.

선랑이 또한 하릴없이 다만 한번 죽기로 자처하고 앉았더니, 종일 행하여 한 곳에 이르러 수레를 놓고 내림을 청하거늘 선랑 노주 태연히 내려 좌우를 보니 제택第宅이 굉걸宏傑[39]한데 무수한 소년이 자기 모양으로 둔취하여 앉아 면면상고面面相顧[40]하거늘 선랑이 또한 여러 소년을 좇아 앉으매 일개 관인이 석반夕飯을 가지고 와 권하며 위로 왈,

"그대는 근심치 말고 석반을 먹으라. 이곳은 산동성이요, 우리는 노 참정 노야老爺의 가인이라. 천자 방금 해상海上 행궁行宮[41]에 계시나 새로 균천제자를 뽑으실새 명일明日은 동 협률과 노 참정이 그대 등을 취재取才한다 하니, 그대들은 재주를 다하여 천자께 근시近侍한즉 어찌 영화롭지 않으리오?"

선랑이 차언을 듣고 심중에 생각하되,

'이는 반드시 동홍, 노균의 소위로다. 내 만일 본색을 지레 노출한즉 노균은 우리 상공의 수인讐人이라. 어찌 욕봄을 면하리요? 마땅히 종적을 숨기고 취재取才하는 자리에 나아가 재주를 은휘하고 풍류를 모르노라 한즉 자연 놓아 보내리라.'

하고 계교를 정한 후 동정을 기다리더니, 과연 그 관인이 다시 수십 척 수레를 가져 소년을 데리고 어디로 가거늘, 선랑이 거중에서 바라보매 층층한 성궐城闕이 해변에 임하였으니 묻지 않아도 행궁임을 알러라.

차설且說, 차시 동홍이 노 참정을 보고 왈,

"홍이 이제 황명을 받자와 사면에 광구廣求하여 음률 아는 소년 십여 인을 잡아 왔으니 금야 황상을 모시고 그 재주를 구경할까 하나이다."

노균이 침음양구沈吟良久에 손을 저어 왈,

"불가하다. 세상에 난측難測한 바는 사람이라. 그대 권력으로 평생에 낯모르는 소년을 모아 천자께 드리고자 하니, 이 어찌 우리의 복이리오? 만일 우리 양인의 심복이 아니어든 종금이후로 근시近侍케 말라."

동홍이 사례 왈,

"합하의 말씀이 밝으심은 홍의 미칠 바 아니로소이다."

노균 왈,

"수연雖然이나 균천제자를 뽑음은 군의 직책이라. 금야 사실私室에서 취재取才하여 그 중 사람을 보아 우리 사람을 만든 후에 천자를 모시게 하라."

하고, 즉시 모든 소년을 자기 처소로 인도하라 하니, 선랑이 소년을 따라 노 참정 처소에 이르러 보매 수십 칸 집을 새로 지어 극히 정치精緻한데 처마마다 구슬 등을 별같이 달았고 산호 갈고리에 수정 발을 곳곳이 걸었으니 짐짓 신선 누각일러라.

---

39) 저택이 웅장하고 훌륭함.
40) 아무 말도 못하고 서로 얼굴들만 물끄러미 바라보는 것.
41) 임금이 바닷가로 나들이할 때에 머무는 별궁.

좌우를 보매 일위一位 재상이 자비 옥대紫緋玉帶로 푸른 얼굴에 살기를 띠어 동향東向하여 앉았으니 이는 이에 노균이요 일개 소년이 홍포 야대紅袍也帶[42]로 용모가 아름답고 서향하여 앉았으니 이는 이에 동홍이라. 전후좌우에 악기를 벌여 놓고 제 소년을 차례로 정좌定座한 후 노균이 미소 왈,

"그대는 다 어떠한 사람임을 모르나 동시 황상皇上의 신자臣子라. 방금 황상이 상서를 얻으시고 예악을 중수重修하사 태산에 봉선封禪하시니 이는 천고에 희귀한 일이라. 이제 이원 교방梨園敎坊의 속악俗樂을 고쳐 균천제자의 신악新樂을 이루고자 하노니, 그대 등은 각각 재주를 숨기지 말아 성덕을 찬양하라."

선랑 왈,

"소생은 일개 서생이라 음률의 공부 없사오니 가르치시는 뜻을 봉승치 못할까 하나이다."

노균이 미소 왈,

"소년은 너무 사양치 말라. 이 또한 사군事君하는 일이라, 황문皇門 영인伶人이 수치 될 게 없을까 하노라."

말을 마치고 각각 풍류를 주어 소장所長대로 시험할새, 차시此時 천자 행궁에 계시사 수삼 근시近侍를 데리시고 월하에 거니시더니 홀연 풍편에 사죽絲竹 소리 의의依依히[43] 들리거늘 좌우더러 물으시니, 좌우 왈,

"노 참정 동 협률이 새로 균천제자를 뽑아 사습私習하나이다."

상이 흔연 소 왈,

"짐이 이제 미행微行으로 가 구경코자 하노니, 좌중에 약속하여 누설치 말라."

하시니라.

차시 제 소년이 차례로 풍류를 아뢰어 관현管絃이 방장方將 질탕하더니, 홀연 일위 귀인이 장중으로 수개 시자侍者를 데리고 이르거늘, 선랑이 우러러보매 기상이 출중하고 풍채 준수俊秀하여 융준일각隆準日角에 용장봉표龍章鳳表[44]라. 광채 휘황하여 다시 보니 심상한 귀인貴人이 아니라. 귀인이 웃고 노 참정을 보시며 왈,

"주인이 가객佳客이 있어 금야 독락獨樂함을 듣고 불청객이 자래自來하였으니 혹 패흥敗興됨이 없을쏘냐?"

언필言畢에 옥음玉音이 또한 율려에 합하여 정녕 천자가 임하신가 의심하되, 복색과 시위 증험할 바 없더니, 그 귀인이 소 왈,

"동 학사는 주인이라. 먼저 일곡을 듣고자 하노라."

---

42) 붉은 도포에 야자띠. 야대也帶는 과거 급제한 사람이 증서를 받을 때 매던 띠.
43) 은은하게.
44) 높은 코와 번듯한 이마에 용과 봉과 같은 모습.

동홍이 즉시 몸을 일어 비파를 집어 수곡을 타거늘 선랑이 자세히 들으매 수법이 황잡荒雜[45]하고 음률이 착란錯亂한 중 그 소리가 십분 불길하여 제비 막상幕上에 깃들고 고기 정중鼎中에 뛰놀듯 하거늘 선랑이 심중에 의아하더니, 그 귀인이 다시 소 왈,

"학사의 비파는 너무 지리하여 생신生新치 못하니 이삼랑李三郎의 갈고羯鼓를 빨리 가져오라. 내 마땅히 흉중胸中 진루塵累[46]를 한번 씻으리라."

하시고, 옥수玉手를 들어 한번 채를 울리며 비록 수단手段이 생소生疎하고 곡조는 소루疎漏하나 광대한 도량은 천지 가없고 호방한 기세는 풍우가 번복飜覆하여 비컨대 창해 신룡滄海神龍이 변화불측하여 운소雲霄에 오르고자 하나 구름을 얻지 못함 같거늘, 선랑이 바야흐로 대경大驚하여 그 귀인이 이에 천자심을 아나 이미 미행하신 기미를 보고 감히 기색을 노출치 못하여 다만 심중에 생각하되,

'내 비록 조감藻鑑[47]이 없으나 풍류와 음성을 잠간 들은즉 그 사람의 기상과 수복을 소연昭然히 알지라. 우리 황상의 광대하신 덕량과 신성문무神聖文武하신 자품姿稟이 저 같으시거늘 소인의 무리 천총天聰을 가려 일편 부운浮雲을 헤칠 길이 없으니, 내 비록 일개 여자나 또한 충의지심忠義之心을 품은지라. 이러한 기회를 당하여 어찌 풍류로 한번 풍간諷諫[48]치 않으리오.'

하고 계교를 정한 후 동정을 기다리더니, 천자 갈고를 그치시고 소년을 취재하여 선랑에게 이르매 선랑이 사양치 아니하고 죽적竹笛을 집어 알연戛然히 일곡을 아뢴대 천자 미소하시며 동 협률을 보사 왈,

"이는 심상한 수단이 아니로다. 봉황이 조양朝陽에 울매 맑은 소리 운소雲霄에 사무치니 듣는 자로 하여금 취몽醉夢을 깨어 인간 백조百鳥의 범상한 소리를 씻을지니, 이 어찌 이른바 봉명곡鳳鳴曲이 아니냐?"

하시거늘, 선랑이 바야흐로 천자의 총명이 출중出衆하사 족히 풍간할 줄 짐작하고 이에 죽적을 놓고 거문고를 다리어 옥수로 줄을 골라 일곡을 타매, 천자 혼연 소 왈,

"한가하도다, 차곡此曲이여! 유수流水는 묘연渺然하고 낙화落花는 표탕飄蕩하여 유유悠悠한 흉금과 망망한 생각이 세간世間 시비를 잊었으니, 이는 이른바 낙화유수곡落花流水曲이라. 수법의 단아함과 음조의 담탕淡蕩[49]함이 근일 처음 듣는 바로다."

선랑이 즉시 율려를 변하여 다시 일곡을 타니, 그 소리 강개 격렬慷慨激烈하여 우량 처창踽凉悽愴[50]하거늘, 천자 격절 차탄擊節嗟歎[51]하사 왈,

---

45) 거칠고 잡됨.

46) 마음속 세상살이에 찌든 때.

47) 사람을 겉만 보고도 인격을 알아보는 눈.

48) 남의 잘못에 대하여 넌지시 에둘러서 깨우쳐 말하는 것.

49) 매우 맑고 넓음.

"유심재有心哉라, 차곡此曲이여! 백설이 분분하여 천지에 가득하니 양춘陽春 세계를 어느 때에 만나리오? 이는 영문객郢門客의 백설조白雪調라. 창고蒼古[52]한 곡조를 회답할 자 적을지라. 어찌 불우지탄不遇之歎이 없으리오?"

선랑이 다시 율려를 변하여 정성正聲을 낮추고 신성新聲을 돋우어 일곡을 아뢰매, 천자 일희일비一喜一悲하사 옥수로 서안을 치시며 왈,

"슬프다, 차곡此曲이여! 변수汴水의 버들이 푸르고 궁중의 비단버들이 이우니 풍류 천자의 편시행락片時行樂[53]이 일장춘몽이라. 이 이른바 수양제隋煬帝의 제류곡堤柳曲이 아니냐? 번화繁華한 중 애원哀怨하고 청신淸新한 중 쇄쇄灑灑하니 무단히 사람으로 하여금 초창불락怊悵不樂한 심사를 돕는도다."

선랑이 이에 거문고를 밀치고 보슬寶瑟[54]을 다리어 이십오 현을 줄줄이 골라 소현을 누르고 대현을 울려 다시 일곡을 아뢰니, 천자 홀연 개용改容하사 왈,

"이 곡조 어찌 그리 장려 비창壯麗悲愴하뇨? 대풍大風이 일매 구름이 날리고 위엄이 사해에 더하매 고향에 돌아온다 하니, 이 이른바 한 태조漢太祖의 대풍가大風歌라. 영웅 천자의 적수 창업赤手創業[55]이 천고의 뜻을 얻었거늘 어찌 그중에 처량한 의사가 있느뇨?"

선랑이 대對 왈,

"한 태조 고황제 본디 패상沛上 정장亭長[56]으로 삼척검三尺劍을 이끌고 팔 년 풍진風塵의 위태함을 무릅써 천하를 얻으시니 그 신고辛苦로우심이 어떠하리꼬? 후세 자손이 이 뜻을 알 자 없어 종묘사직의 부탁을 저버릴까 하여 맹사猛士를 생각하고 사방을 염려하여 이 곡조를 지으시니, 어찌 처창함이 없으리이까?"

천자 묵묵부답하시거늘 선랑이 다시 줄을 떨쳐 대소 현을 거두고 중성中聲을 울려 또 일곡을 아뢰니, 그 소리 영령정정泠泠丁丁하여 승로반承露盤에 이슬이 떨어지고 무릉武陵 추풍秋風에 성근 비 소소蕭蕭하니, 천자 선랑을 자로 보시며 문 왈,

"이는 무슨 곡조뇨?"

선랑이 대 왈,

"이는 당나라 이장길李長吉의 지은바 금동선인사한가金銅仙人辭漢歌[57]라, 한 무제의

---

50) 외롭고 쓸쓸하여 몹시 구슬프고 애달픔.

51) 두들겨 박자를 맞추며 한탄함.

52) 오래되어 예스러움.

53) 잠시 동안 즐거움을 즐김.

54) 비파.

55) 그저 평범한 사람이 맨손으로 나라를 세우는 일.

56) 패수 가의 낮은 벼슬아치인 정장. 유방이 젊어서 패상 정장을 하였다.

웅재대략雄才大略으로 즉위지초卽位之初에 정사를 힘써 현량지사賢良之士와 직언지신直言之臣을 쓰고자 하시더니 공손홍公孫弘, 장탕張湯 배輩가 천총天寵을 아당阿黨하여 상서祥瑞를 말씀하고 봉선封禪을 칭송하니, 승화 청조承華靑鳥[58]의 괴설怪說을 신청信聽하고 구성 적석緱城赤舄[59]의 황탄함을 믿어 마침내 나라를 병들이매 후인이 이 노래를 지어 무제의 성덕을 차석嗟惜하니이다."

천자 또 묵묵히 부답不答하시거늘 선랑이 즉시 철발鐵撥[60]을 들어 치성徵聲과 각성角聲으로 삽삽颯颯히[61] 또 일곡을 아뢴대 그 소리 처음은 방탕하고 나중은 애원하여 애애靉靉[62]한 백운은 천변에 일어나고 슬슬瑟瑟한 바람은 죽총竹叢[63]을 울리거늘, 천자 측연惻然 개용改容 왈,

"이는 무슨 곡조뇨?"

선랑이 대 왈,

"이는 주 목왕周穆王의 황죽가黃竹歌라. 옛적에 주나라 목왕이 팔준마를 얻어 요지瑤池에 서왕모를 만나 돌아옴을 잊으매 시종侍從 제신諸臣이 고국을 생각하고 목왕을 원망하여 이 노래를 지었더니, 마침 서자徐子의 장난함을 인하여 나라가 거의 위태할 뻔하니이다. 수연雖然이나 또 일곡이 있으니 마저 아뢸까 하나이다."

하고 주현을 다시 골라 일곡을 타니, 초장初章은 호장하여 철기鐵騎를 달리는 듯, 중장은 광대하여 바다가 널렸는 듯 변화무궁하고 뇌롱난측牢籠難測[64]하여 일좌一座를 경동驚動하더니, 선랑이 홀연 철발을 바로잡고 옥수를 뿌리쳐 이십오 현을 맹렬히 한번 그어 일시에 다 끊으니, 좌우 대경실색大驚失色하고 천자 악연변색愕然變色하사, 선랑을 숙시熟視 양구良久에 문 왈,

---

57) 이장길은 이하李賀. 삼국시대 위 명제魏明帝가 한나라 효무제 때 금동으로 만든 선인을 궁궐 앞에 세우려 하자 신하들이 반대해 금동 선인의 승로반을 뜯어 수레에 옮기자 명제가 눈물을 흘렸다는 고사가 있다. 이하가 그것을 시로 썼다.

58) 승화전에 왔던 파랑새. 한 무제가 승화전承華殿에서 제를 올리는데 파랑새가 날아오자 동박삭이 서왕모가 올 조짐이라 했는데, 조금 있자 서왕모가 왔다는 이야기가 있다.

59) 구성은 구씨산緱氏山으로 왕자 교가 신선이 되었다는 곳이다. 적석은 예식 때 신는 붉은 신발로, 신선 안기생安期生이 진시황秦始皇을 만나 사흘간 이야기하고서 진시황이 내린 옥을 모두 두고 또 책과 적석 한 짝을 남겨두고 떠났다 한다.

60) 거문고 같은 것을 탈 때 쓰는, 쇠로 만든 술대.

61) 바람이 쌀쌀하게 부는 듯.

62) 구름이 뭉게뭉게 일어남.

63) 대나무가 떨기 지어 빽빽이 우거진 숲.

64) 휘어잡아서 제 마음대로 놀리는 것.

"이 곡조의 이름은 무엇이뇨?"

선랑이 대 왈,

"이는 이른바 충천곡衝天曲이라. 옛적에 초 장왕楚莊王이 즉위 삼 년에 정사를 듣지 아니하고 풍류를 일삼으매 대부 소종蘇種이 간諫 왈, '국중國中에 한 새 있으되 삼 년을 울지 아니하고 삼 년을 날지 아니하니 이 무슨 새니이꼬?' 초왕 왈, '삼 년 불명不鳴이나 명장경인鳴將驚人하고 삼 년 불비不飛하나 비장충천飛將衝天이라.' 하고, 좌수左手로 소종의 소매를 잡고 우수右手로 종고지현鐘鼓之絃을 끊어 다시 덕을 닦으매 불과 수년에 초국이 대치大治하여 오패五霸의 으뜸이 되나이다."

천자 묵묵 무어默默無語하시니, 차시此時 노균이 선랑의 풍간諷諫함을 알고 심중에 불쾌하여 말로 꺾고자 하여 좌座에 나앉으며 왈,

"내 그대의 음률을 들었으나 다시 그 의논을 듣고자 하노라. 그대는 써 하되 풍류 어느 때로부터 났다 하느뇨?"

선랑이 소 왈,

"생이 고루 과문孤陋寡聞[65]하여 무엇을 알리오? 일찍 스승께 들으니 풍류 천지와 같이 났다 하더이다."

노균이 소 왈,

"연즉 그 처음 난 풍류 이름이 무엇이뇨?"

선랑 왈,

"공이 다만 이름 있는 풍류만 풍류로 알고 이름 없는 풍류를 모르며 소리 있는 풍류를 풍류로 알고 소리 없는 풍류는 모르시는도다. 효제충신孝悌忠信은 소리 없는 풍류요 희로애락喜怒哀樂은 이름 없는 풍류라. 사람이 희로애락의 과함이 없은즉 기상이 화평하고 효제충신의 행실을 닦은즉 마음이 즐거울지니, 마음이 즐겁고 기상이 화평한즉 비록 가만히 앉았으며 고요히 처하여도 무성대악無聲大樂이 내 귀에 있을지니 어찌 이름으로써 풍류를 의논하리오?"

노균이 냉소 왈,

"그대의 말이 우활迂闊하도다. 천지 운수와 사람의 총명이 고금이 다르니 어찌 풍류 음률이 고금이 같으리오?"

선랑 왈,

"불연不然하다. 사람이 고금은 있을지언정 천지 어찌 고금이 다르며 총명의 고금은 있을지언정 음률이 어찌 고금이 다르리오? 석성石聲은 청월淸越하고 금성金聲은 갱장鏗鏘하고[66] 죽성竹聲은 정일精一하고 사성絲聲은 요량嘹喨하여 불면 웅하고 치면 소리 남

---

65) 보고 들은 것이 적음.

66) 경쇠나 쟁 같은 쇠로 만든 악기가 웅장하고도 맑은 소리를 내고.

은 고금이 일반이라. 또 들으니 함지咸池 운문雲門은 황제黃帝의 풍류요 대장大章 소소簫韶는 요순堯舜의 풍류요[67], 은지대호殷之大護와 주지상무周之象武는 이 이른바 고악古樂이며, 상간복상桑間濮上은 정위鄭衛의 음악이요[68], 기모 검극旗旄劍戟은 만이蠻夷의 음악이요, 한지당하漢之堂下와 당지이원唐之梨園은 이 이른바 금악今樂이라. 가령 요순으로 금세에 부기復起하사 덕화를 행하시고 풍류를 이르신즉 한지당하를 가히 변하여 대장大章이 될 것이요 당지이원을 가히 변하여 소소簫韶로 될지니, 어찌 강구康衢의 양壤[69]으로 제력帝力을 노래하여 포판蒲坂[70]의 들이 특별히 백수白首를 춤추게 하리오?"

노균이 어색語塞하매 다시 시무時務를 의논하여 촉휘觸諱[71]함을 보려 하고, 이에 개용정색改容正色하고 왈,

"옛 성인이 풍류를 지어 사람 가르침은 장차 그 덕을 형상形象하여 천지에 고하고 후세에 유전코자 함이라. 방금 성천자 위에 임하사 요순지덕과 문무지화가 만방에 미치사 하늘이 상서를 내리시고 백성이 수복을 누려 당우삼대唐虞三代[72]에 부끄릴 바 없을지라. 노부 이제 황명을 받자와 대명大明 신악新樂을 지어 성덕을 칭송하고 교화를 형상하여 요지대장堯之大章과 순지소소舜之簫韶를 의방依倣코자 하노니 그대는 써 하되 어떻다 하느뇨?"

선랑의 대답이 무엇이라 하뇨? 하회를 보라.

---

67) 운문은 황제黃帝의 음악, 함지는 요임금의 음악, 소소는 순임금의 음악을 가리킴. 아래 모두 음악의 이름.
68) 상간은 정鄭나라의 땅 이름이고 복상은 위衛나라의 땅 이름. 여기에서는 정나라와 위나라의 음란한 노래를 가리킴.
69) 사방 팔방으로 통하는 번화한 거리.
70) 순임금의 도읍지.
71) 법이나 시속에 어긋남.
72) 당우는 요순이 다스리던 시대, 삼대는 하夏, 은殷, 주周. 모두 태평성대를 뜻하는 말.

제31회 노기 광녕성에 길이 몰아오고
호병이 산화암에 크게 들레다
虜騎長驅廣寧城　胡兵大鬧散花菴

각설却說, 선랑이 의외에 천자를 모셔 신성 문무神聖文武하신 성덕을 우러러보매, 노균, 동홍의 천총을 가림이 더욱 통하여 충분지심忠憤之心[1]이 우연히 생기니 수곡數曲 탄금彈琴으로 비록 풍간함이 있으나 오히려 분울憤鬱한 회포를 금치 못하더니 노균의 말을 듣고 이에 아미蛾眉를 쓸고 웃깃을 여미어 왈,

"선재善哉라, 공의 위국진충爲國盡忠함이여! 선술仙術을 말씀하여 성주聖主의 제우際遇를 요구하니 이는 공의 지혜 과인過人함이요, 현신賢臣을 방축放逐하여 당론을 세우고 언관言官을 죄 주어 위권威權을 천단擅斷하니, 이는 공의 수단이 출중出衆함이요, 봉선封禪을 청하여 국용國用을 탕갈蕩竭[2]하고 민심을 소동하여 원망이 일어나나 조금도 요동치 아니하니, 이는 공의 담략이 뇌확牢確[3]이요, 천하 사람이 그른 데 들어가매 스스로 모르는 자 많거늘 이제 공은 알고 범犯하니, 이는 그 밝음이 절인絶人함이라. 이제 다시 풍류를 지어 균천제자를 뽑되 고문 대족高門大族의 처첩을 빼어오며 행인 과객行人過客의 종적을 겁박하여 소문이 낭자하고 거조가 해연駭然하여 백성이 노변路邊에서 의논하고 군자는 실중室中에서 탄식하여 왈, '우리 성천자 총명하심으로 어찌 이러하신고.' 하여 위로 황태후의 심려를 돕고 종묘사직의 위태함을 끼치나 공의 부귀공명은 날로 더하여 감히 우러러볼 자 없으니, 이 또한 묘리妙理 있는 경륜이라. 어찌 족히 생더러 물을 바 있으리오? 물이 근원이 없은즉 끊어지고 나무 뿌리 없은즉 죽나니 나라는 백성의 근원이요 임금은 신하의 뿌리라. 공이 이제 다만 목전目前 부귀를 알고 임금과 나라를 모르니 근원 없는 물과 뿌리 없는 나무가 며칠을 지탱하리오?"

언필言畢에 도화 양협桃花兩頰에 찬 기운이 돌고 춘운 쌍빈春雲雙鬢에 강개한 빛이 있거늘, 노균이 기운이 막혀 다시 일언一言을 부답不答하고 고개를 숙이고 앉았으니, 천자 크게 경동驚動하사 선랑의 종적을 알고자 하사 왈,

"군신일석君臣一席에 어찌 행지行止를 은휘하리오? 짐은 이에 대명 천자라. 너는 어떠한 사람이뇨?"

선랑이 황망히 계하階下에 내려 복지伏地 주奏 왈,

"신첩이 천위天威를 모르고 당돌함이 많사오니 그 죽을 바를 알지 못하나이다."

---

1) 충의로 인하여 일어나는 분한 마음.
2) 나라의 재물을 다 써 버림.
3) 견고하고 확실함.

천자 더욱 놀라 문 왈,

"네 이미 남자 아니요 여자일진대 어떠한 집 부녀뇨?"

선랑이 돈수頓首 왈,

"신첩은 이에 운남雲南 죄인 양창곡楊昌曲의 천첩賤妾 벽성선碧城仙이로소이다."

천자 당황 양구良久에 다시 문 왈,

"네 향일向日 가중家中 풍파風波를 만나 강주로 축송逐送하던 벽성선이 아니냐?"

선랑이 황공 왈,

"그러하니이다."

천자 즉시 몸을 일어 당에 내리시며 선랑을 보시고 왈,

"짐을 따르라."

하신대, 선랑이 소청과 더불어 천자를 모셔 행궁에 이르매 밤이 이미 오경이 지났더라.

천자 환시宦侍를 명하여 촉촉을 밝히고 선랑을 탑전에 가까이 부르사 얼굴을 들라 하시고 자세히 보시더니 대경 왈,

"어찌 기이한 일이 아니리오? 하늘이 너로써 짐을 도우시도다. 내 이미 네 얼굴을 몽중에 보았으니 향일 분면 홍장粉面紅粧으로 풍류를 옆에 끼고 짐을 붙들던 자 아니뇨?"

하시고, 인하여 행궁에 꿈꾸신 말씀을 일일이 설파說罷하신 후 재삼 보시며 사랑하사 문 왈,

"네 능히 글자를 아는다?"

선랑 왈,

"조박糟粕[4]을 해득하나이다."

천자 지필紙筆을 주사 선랑으로 하여금 전교傳敎를 쓰라 하시고 친히 부르시니, 그 전교에 대강 왈,

짐이 혼암昏暗하여 충언을 멀리하고 허황함을 믿어 진황秦皇, 한무漢武의 어두운 허물을 스스로 깨닫지 못하더니, 연왕 양창곡의 소실 벽성선이 열협지풍烈俠之風과 충의지심忠義之心으로 천리 해상에 삼척三尺 금琴을 안아 섬섬옥수로 주현珠絃을 한번 떨치매 영령泠泠 칠현에 한풍寒風이 일어나 부운浮雲을 쓸고 일월지명이 옛 빛을 찾으니, 이는 왕첩소무往牒所無요 전고미문前古未聞[5]이라. 짐이 근일 일몽一夢을 얻으니 몸이 공중에 떨어져 십분 위태하다가 일개 소년이 붙들어 구함을 보았더니 이제 벽성선의 얼굴을 본즉 꿈에 본 것과 조금도 어긋남이 없으니 이 어찌 하늘이 주신 바 아니리오? 짐이

---

4) 찌꺼기. 옛사람들이 이미 밝혀 놓았으므로 지금에 와서는 아무런 새로운 의의가 없는 것을 이르는 말.

5) 옛 기록에 없던 것이요 전날에 듣지 못하던 것.

이제 왕사往事를 생각하매 모골이 송연하여 그 위태함이 천상에서 떨어질 뿐 아니라 만일 벽성선이 아닌즉 어찌 오늘이 있으리오? 벽성선은 어사대부를 명하여 충성을 표하고 연왕 양창곡은 좌승상을 돋우어 부르고 윤형문, 소유경 제인諸人은 일병一竝⁶⁾ 죄를 사하고 명일 내로 환궁할 절차를 마련 입품入稟⁷⁾하라.

선랑이 쓰기를 마치매, 상이 좌우를 보사 필법을 칭찬하시며 왈,

"짐이 이 조서를 특별히 너로 쓰라 함은 네 직간直諫하던 충성을 천하에 반포코자 함이라."

하시고, 다시 친필로 '여어사女御使 벽성선碧城仙' 육 자를 홍지紅紙에 쓰사 선랑을 주시니, 선랑이 돈수頓首 사謝 왈,

"신첩이 본디 가부家夫를 좇아 적소謫所⁸⁾로 가는 길이라. 구태여 위국효충爲國效忠코자 함이 아니오니, 복원伏願 폐하는 남직濫職⁹⁾을 거두시고 그 돌아감을 허하신즉 천은이 더욱 망극할까 하나이다."

천자 소 왈,

"짐이 장차 명일 환궁할지니 낭은 후거後車를 좇아 부중으로 돌아가 연왕의 환가還駕함을 기다리라."

선랑이 돈수 왈,

"신첩이 변복 출문하여 산수 간에 다님도 오히려 참괴慙愧하거든 이제 어찌 천승만기千乘萬騎를 좇아 행지行止의 억울함을 돌아보지 아니하리까? 신첩이 일필 청려青驢와 일개 동자 있사오니, 의구依舊히 녹수청산에 종적을 감추고 촌촌전진寸寸前進하여 돌아감이 구구 소원이로소이다."

천자 더욱 그 뜻을 기특히 여기사 쾌히 허락하시고 행자行資를 후히 주시며 초창怊悵 면계面戒¹⁰⁾하사 빨리 황성으로 옴을 하교하시니 선랑이 즉시 천자께 하직하고 노주 양인이 나귀를 몰아 표연飄然히 행하니라.

차시 천자 왕사往事를 한번 추회追悔하시매 돌아가실 마음이 살 같으사 법가法駕를 재촉하시니, 노균, 동홍이 간상奸狀이 탄로하여 다시 경륜이 없는지라. 곤한 짐승이 사람을 상하고 궁한 도적에게 악심惡心이 생기나니 간악한 마음이 궁진窮盡한 지경에 미쳐 흉역凶逆한 심사를 포장包藏하고 둘이 상대하여 반反할 꾀를 미리 의논하나 창졸에 기회를 얻

---

6) 한꺼번에. 모두.
7) 임금에게 아뢰는 것.
8) 귀양지. 유배지.
9) 분수에 넘치게 받은 직분.
10) 상대를 앞에 두고 타이름.

지 못하더니, 의외에 산동 태수의 급한 표문表文이 이르니, 그 표문에 왈,

북北 선우單于[11]가 호병胡兵 십만 기騎를 거느려 안문雁門으로부터 태원太原 땅을 지나 이미 연주兗州 지경에 이르니 기세 강성하여 그 빠름이 풍우 같은지라. 미구未久에 산동성을 범할까 하오니, 빨리 대군을 발하여 바삐 치소서.

천자 보시고 대경하사 좌우를 보시며 탄 왈,
"이는 반드시 도성이 빔을 알고 북 흉노가 이같이 급히 몰아 들어옴이라. 짐이 이제 돌아갈 길이 멀고 황성 소식을 들을 길이 없으니 외로이 이곳에 앉아 누구와 더불어 의논하리오?"
좌우 왈,
"일이 급하오니 노 참정을 불러 의논하심이 가할까 하나이다."
차시, 노균이 천자의 미타未妥하신 모양을 알고 칭병稱病하고 처소에 누웠더니 이 소식을 듣고 희색이 만면하여 궐연蹶然히[12] 일어나 앉아 생각하되,
'이는 하늘이 노부를 도우사 재생할 기회를 빌리심이로다. 호병의 형세 이같이 급하니 내 마땅히 자원 출전하여 만일 성공한즉 자연 속죄하고 사업이 다시 빛날 것이요 사기 불행한즉 차라리 피발좌임被髮左衽[13]하고 선우를 좇아 북으로 돌아가 호왕胡王 부귀를 누리리라'
하고 계교를 정한 후 행궁에 이르러 천자께 뵈옵고 복지 청죄伏地請罪 왈,
"신이 불충하와 폐하로 차지此地에 병兵을 당하시게 하니, 마땅히 부월지주斧鉞之誅를 도망치 못하려니와 목금目今 사세 위급하와 좌우에 일개 장수도 없고 호병이 돌아가실 길을 질렀사오니 실로 묘방이 없는지라. 신이 원컨대 절월節鉞을 빌어 시위한 우림군과 이 근처의 토병土兵을 조발調發하여 태청 진인을 데리고 나가 선우의 머리를 취하여 불충한 죄를 속할까 하나이다."
천자 침음양구에 또한 다른 경륜이 없는지라. 이에 노 참정의 손을 잡으시고 탄 왈,
"기왕지사旣往之事는 짐의 불명不明한 연고라. 어찌 한갓 경의 죄뿐이리오? 금일을 당하여 추회하는 마음은 군신이 일반이라. 어찌 서로 개회介懷[14]함이 있으리오? 경은 과도히 자인自引치 말고 다시 충분忠憤을 내어 짐을 도우라."
노균이 옥수玉手를 받들고 백수白鬚에 누수淚水를 떨어치며 왈,

---

11) 흉노匈奴의 추장을 높여 이르는 이름.
12) 벌떡.
13) 머리를 흩뜨리고 옷깃을 왼쪽으로 여밈. 오랑캐의 머리 모양을 하고 옷을 입음.
14) 마음에 두고 생각하거나 신경을 씀.

"성교聖敎 이에 미치시니 어찌 견마지력犬馬之力을 다하지 않으리꼬?"

천자 위로하시고 즉시 노균으로 정로대도독征虜大都督을 배배拜拜하사 우림군 칠천 기와 청주 토병 오천 기를 거느려 가게 하시니, 노균이 즉시 태청 진인을 보고 왈,

"국운이 불행하여 이제 호병이 산동성에 이른다 하니, 만생晩生이 황명을 받자와 그 물리칠 방략을 깨닫지 못하오니 복원伏願 선생은 밝히 가르치소서."

진인이 소 왈,

"빈도는 부운종적浮雲蹤跡이요 물외한인物外閑人이라. 옥경 청도에 길을 묻고 십주 삼산十洲三山에 소식을 전함은 혹 능함이 있으려니와 국가 흥망과 시석 풍진矢石風塵은 진인의 알 바 아니로소이다."

노균이 눈물을 흘리고 꿇어 고告 왈,

"선생의 말씀이 이에 미치심은 만생의 명이 진盡할 때라. 금일 선생을 청함도 만생의 한 바요 천자를 도와 봉선封禪함도 만생의 한 바라. 만생은 들으니 결자해지結者解之라 하니, 바라건대 만생의 낯을 보아 다시 생각하소서."

진인이 소 왈,

"참정은 무단한 사람을 너무 괴롭게 하는도다. 사세 이미 이러할진대 빈도 마땅히 일비지력一臂之力을 도우리라."

노균이 대희하여 즉시 태청 진인과 천자께 하직하고 군사를 거느려 산동성으로 가니라.

차설, 흉노 묵특冒頓은 북호北胡 중 강한 종락種落[15]이라. 한 태조 고황제 백등白登 칠일의 곤함을 겪고 한 무제의 웅재대략雄才大略으로도 평성지치平城之恥[16]를 신설伸雪치 못하니 그 강함을 알지라. 당송 이래로 종락이 번성하더니 명나라에 이르러 야율 선우耶律單于는 여력膂力이 과인하여 힘이 능히 철구鐵鉤[17]를 끊고 성품이 흉녕하여 아비를 찬탈하고 군사를 길러 매양 중원을 엿보더니, 간신이 조정을 탁란濁亂하여 연왕의 원찬遠竄함을 듣고 야율이 대희 왈,

"하늘이 중원 일국으로써 나를 주시도다. 양창곡이 조정에 없으니 내 누구를 겁하리오?"

하고 즉일에 군사를 발하여 중국을 침노코자 하더니, 노균이 천자를 모셔 동으로 봉선封禪하고 민심이 이산離散하여 나라를 원망함을 보고 선우 창을 들고 일어서며 왈,

"이 정히 중국을 취할 때로다."

하고 군사를 두 길로 나누어 호장胡將 척발랄拓跋剌은 이만 기를 거느려 음산陰山 한양漢

---

15) 종자. 종족.

16) 한고조가 평성의 백등산에서 흉노군에 포위된 채 이레 동안 굶주리다 뇌물을 주고서야 포위망 한쪽을 뚫고 후퇴한 창피스러운 사건.

17) 쇠갈고리.

陽으로 몽고퇴蒙古堆를 지나 요동遼東 광녕廣寧으로 갈석碣石을 넘어 황성을 범하라 하고 선우는 스스로 삼만 대군을 거느려 몽고병蒙古兵을 합하여 마읍馬邑 삭방朔方으로 바로 산동성을 취하여 천자의 귀로歸路를 막고 자웅雌雄을 결하려 하니라.

차설且說, 호장 척발랄이 대군을 거느려 광녕 요동으로 갈석을 넘어 바로 황성을 향하고 호호탕탕히 돌아오니 한 곳도 방비함이 없는지라. 감국대신監國大臣이 바야흐로 깨닫고 성문을 닫고 군사를 조발코자 하나 다섯 영營 장졸이 이미 다 도망하고 문무백관이 처자를 보전하여 피난하는 자 길을 덮어 성중城中에 곡성이 진동하거늘, 황태후 비록 엄교嚴教를 내리사 감국대신을 책하시나 무슨 방략이 있으리오? 호병이 승야함매乘夜銜枚[18]하고 북문을 깨치매 황태후 비빈妃嬪과 궁인을 데리시고 봉련鳳輦[19]을 갖추지 못하고 말께 오르사 남문으로 나시매 환시宦侍, 액례掖隷의 좇는 자 불과 수십여 인이라.

수리數里를 행하사 뒤를 돌아보시니 성중에 화광이 충천하고 노략하는 호병이 이미 사면에 편만遍滿하였더라.

일개 호장胡將이 일대 호병胡兵을 거느리고 길을 막아 시살廝殺하거늘 액례 비록 힘을 다하여 싸우나 어찌 저당抵當하리오? 태후 양전兩殿이 말을 채쳐 분산하여 백성에게 섞이어 간신히 일조一條 소로小路를 좇아 화를 면하시고 다시 뒤를 돌아보시니 다만 액례 수인과 오륙 개의 궁녀가 따르더라.

궁인 가 씨 태후께 고 왈,

"호병이 이같이 미만彌滿[20]하였사오니 평지를 버리고 산중을 향하사 날이 밝음을 기다려 안신安身하실 곳을 구함이 가할까 하나이다."

태후 그 말을 옳이 여기사 즉시 길을 버리고 산에 오르시니 이때에 새벽달이 의희依俙하여 다행히 산중 길을 분별할지라.

피난하는 사람이 산곡山谷에 덮이어 창황蒼黃한 기상과 수란愁亂한 곡성이 물 끓듯 하니 겨우 수십여 리를 다시 행하사 태후 양전이 안마鞍馬에 노독路毒하심을 이기지 못하여 옥체 심히 불평하시니 말을 서서히 몰라 하시고 좌우를 보사 왈,

"이곳은 어느 땅이뇨? 내 목이 마르니 어쩌면 한 그릇 물을 얻어 마시리오?"

하시거늘, 가 궁인이 이 말씀을 듣고 눈물을 흘리며 말께 내려 산중의 유수流水를 찾으니 비록 물이 있으나 그릇이 없는지라. 목엽木葉을 따 물을 움키어 태후께 드리니 태후 두어 모금을 마시고 탄 왈,

"노신이 부질없이 오래 살아 의외에 이런 고초를 만나니 어찌 합연溘然히 모름만 하리오? 이제 향방이 없이 행하여 장차 어디로 가며 만일 호병을 만난즉 어찌하리오?"

---

18) 밤을 타 소리를 내지 않으려고 작은 막대기를 입에 문 채 잠잠히 침범하는 것.

19) 임금이나 왕비가 타는 가마.

20) 널리 가득 참.

가 궁인 왈,

"신첩이 비록 산중 이수里數를 기억지 못하오나 이곳 산세를 보매 반드시 도관 고찰道觀古剎이 있을까 하오니, 낭랑은 옥체를 보중하사 일시 액운을 설워 마소서."

언미필言未畢에 홀연 풍경 소리 들리거늘 가 궁인이 말을 놓아 앞에 서며 태후에 고 왈,

"이 반드시 암자로소이다."

하고, 길을 찾아 동구에 이르러 가 궁인이 홀연 놀라며 반겨 왈,

"이곳이 다른 곳이 아니라 황상을 위하여 사시四時 기도하던 산화암이로소이다."

태후 역시 다행히 여기사 암전菴前에 다다라 보시매 암문菴門이 닫혀 있고 다만 서른네 개 이고尼姑[21]가 있거늘 곡절을 물은대 이고 왈,

"모든 여승은 호병이 이르러 옴을 듣고, 이 암자는 길에서 멀지 아니한지라 화란을 피하여 각각 도주하고 빈도 등은 노병老病하와 암자를 지키고 죽기를 자처함이로소이다."

이고가 말하며 일변 가 궁인을 보고 반겨 맞으며 태후 양전이 이르심을 알고 암중菴中에 좌정한 후 차를 드리거늘, 태후 바야흐로 정신을 진정하사 왈,

"세사世事를 알 길이 없도다. 노신이 어찌 산화암에 올 줄 알았으리오? 내 황상을 위하여 차처此處에 연년年年 기도함이 있더니 이제 황상이 천 리 밖에 계시사 이러한 환난을 당하니 안위 길흉을 측량치 못하리라. 노신이 마땅히 불전佛前에 축수하여 만세 무양萬歲無恙하심을 발원코자 하노라."

하시고, 즉시 일주一炷 향을 가지사 예불 심축心祝하시며 추연惆然 함루含淚하시더라.

가 궁인이 태후의 심회를 위로코자 하여 모시고 암중을 구경하실새 행각에 이르러 객실에 인적이 없고 신음하는 소리 나거늘 문을 열고 보니 일개 소년이 일개 동자와 방중에 누워 병든 모양이라. 가 궁인이 그 소년을 보고 대경하니 어떠한 사람인고? 하회를 보라.

---

21) 비구니. 여승.

제32회 기이한 꾀를 써 선랑이 오랑캐를 속이고
큰 의를 뽐내어 태야 군사를 일으키다

用奇計仙娘詀胡 奮大義太爺起兵

각설却說, 선랑이 천자께 하직하고 노주奴主 양인이 다시 나귀를 몰아 행할새 심중에 생각 왈,

'천자 이미 사명赦命[1]이 계시사 상공을 부르시니 영화榮華로 돌아오실지라. 내 이제 남으로 가 무엇 하리오? 마땅히 황성으로 가리라.'

하고 북향하여 산동 지경地境에 이르니, 분찬奔竄[2]하는 백성이 길을 덮어 선우單于의 대병이 장차 이른다 하거늘, 선랑 노주 대경하여 주야로 행하여 황성 백어 리 밖에 미쳐 다시 점화관點花觀에 탁신托身할까 하였더니 관중觀中이 비고 일개 도사도 없거늘 갈 바이 없어 산화암을 찾아 이르매, 또한 암중菴中이 소란하여 전일 알던 여승이 없거늘 객실을 빌어 경야經夜[3]할새 행역 풍로行役風露에 촉상觸傷[4]한 바 되어 종야終夜 고통하더니 홀연 밖이 요란하며 피난하는 백성이 모여드는가 하여 더욱 문을 단단히 닫고 누웠더니 의외에 가 궁인이 문을 열매 처음은 의회依俙하다가 다시 보매 고인故人이라. 서로 놀라며 반겨 손을 잡고 미처 수작지 못하여 가 궁인이 선랑의 귀에 대고 가만히 태후 양전兩殿이 임하심을 통하니, 선랑이 황망히 몸을 일어 하당 부복下堂俯伏[5]한대 태후 경 왈,

"이는 어떠한 소년인고?"

가 궁인이 대對 왈,

"신첩의 동성지친同姓之親 가賈 씨로소이다."

하고 인하여 전일 암중菴中에서 만나 수년 소식을 몰랐다가 금일 다시 상봉한 사연을 일일이 주달하니, 태후 신기히 여기사 왈,

"노신이 그 남자의 용모 아리따움을 의심하였더니, 이미 여자요 또한 가 궁인의 동성이라 하니 금일 궁도窮途에 상봉함이 더욱 다정하도다."

하시고, 당에 오르라 하사 다과를 주시며 가 궁인을 보사 왈,

"이는 짐짓 절대가인이로다. 저같이 유순한 자질로 무슨 환난을 당하여 남복을 입고 산중에 표박하느뇨?"

---

1) 죄를 용서한다는 명령.
2) 급히 달아나 숨음.
3) 밤을 보냄.
4) 찬 기운을 쐬어 병이 생기는 것.
5) 당에서 내려가 엎드림.

선랑 왈,

"신첩이 배움이 없고 천성이 산수를 좋아하여 사방에 주류周流하여 다니오니 어찌 홀로 환난을 피함이리꼬?"

태후 이윽히 보시며 그 손을 어루만지사 각별히 사랑하시더라.

익일 암중에 쉴새 도성 백성이 호병胡兵의 노략함을 피하여 산화암 전후좌우 언덕과 산이 빈 곳이 없으니, 액례 막대를 들고 일병一迸 구축驅逐[6] 왈,

"너희 이같이 모여든즉 도리어 호병을 인유引誘함이니 빨리 다른 곳으로 가라."

하니, 모두 울며 고 왈,

"우리 태후 양전이 이곳에 계시니 응당 적병을 물리치실 방략이 계실지라. 우리가 여기를 버리고 어디로 가리오?"

하거늘, 태후 측연 왈,

"가만히 두라."

하시니, 모든 백성이 산상山上에서 경야할새 자연 곳곳이 불을 놓아 연기와 화광이 자욱하더라.

차시, 호병이 멀리서 화광을 보고 이르러 시야是夜 삼경에 암중菴中을 에워싸고 함성이 대작大作하니, 태후 양전과 비빈 궁인이 서로 붙들고 울며 아무리 할 줄 모르더니 일개 호장胡將이 크게 외쳐 왈,

"명 태후 이곳에 계시니 우리 마땅히 모셔다 장군께 드려 공을 청하리라."

하고 철통같이 에워싸 들어오거늘, 태후 이 거동을 보시고 가 궁인을 보사 왈,

"고언古諺에 운云하되, '살아 욕됨이 죽어 쾌함만 못하다.' 하니, 내 비록 불사不似하나 당당한 만승천자萬乘天子의 모후母后라. 어찌 북호北胡를 대하여 살기를 빌리오? 차라리 이곳에서 죽을지니 너희는 황후를 보호하여 천자의 계신 곳을 찾아 노신老身의 유언을 주달奏達하라."

하고 유언을 하시니, 유언에 왈,

사생死生이 유명有命하고 국운國運이 재천在天하니 인력으로 못할 바라. 모자지정母子之情은 귀천이 일반이라. 천안天顔을 다시 뵈옵지 못하고 명명冥冥 야대夜臺[7]에 돌아가는 혼이 우리 황상으로 무궁지통無窮之痛을 품게 하니 지하에 눈을 감지 못할지라. 바라건대 폐하는 과도히 슬퍼 마시고 옥체를 자보自保하사 노균을 베시고 연왕을 바삐 풀어 호병을 멸하시고 평성지치平城之恥를 갚게 하소서.

---

6) 몰아서 쫓아냄.

7) 어둡고 어두운 저승.

태후 언필에 자결코자 하신대 황후 비빈이 일시에 붙들고 서로 통곡하니, 가 궁인이 울며 고 왈,

"우리 태후 낭랑의 지인지자至仁至慈하심으로 어찌 차마 이 거조擧措를 하시나니이까? 비록 일시지욕一時之辱을 참지 못하사 합연溘然히 모르고자 하시나 천 리 밖에 망연히 모르고 앉으신 우리 황상의 정지情地를 생각하소서. 태조 고황제 적덕누인積德累仁하심으로 수백 년 종사宗社가 이같이 덧없이 마치 아니할지니, 만일 타일 호병을 멸하고 천자 환국하사 이 일을 아신즉 효자지심孝子之心에 장차 어떠하시리오?"

태후 눈물을 흘리시며 탄 왈,

"내 어찌 이를 생각지 못하리오마는 정세 이같이 위급하고 수하에 한 군사도 없으니 아무리 생로生路를 구하나 얻지 못할까 하노라."

언미필言未畢에 홀연 좌중의 일개 소년이 나서며 태후께 고 왈,

"일이 급한지라. 신첩이 비록 한나라 기신紀信의 충성[8]이 없으나 마땅히 호병을 한번 속일지니 낭랑은 첩의 옷을 바꾸어 입으시고 피화避禍하사 옥체를 보중하소서. 첩이 마땅히 낭랑의 몸을 대신하여 호병을 당하리다."

하고, 자기의 입은 남복을 벗어 받들어 태후께 드리거늘 모두 그 사람을 보니 이에 객실에 누웠던 소년 가 씨라. 태후 소 왈,

"낭의 충성이 극진하나 노신이 이제 여년餘年이 불원不遠한 인생으로 어찌 이같이 구차한 일을 행하리오?"

그 소년이 개연慨然 왈,

"낭랑이 이같이 생각하심은 만세 야야萬歲爺爺[9]를 돌아보시지 않음이로소이다. 구차한 행로를 두고 한번 불행함을 쾌히 여김은 여항閭巷 천인賤人의 편협한 일이라. 옛적의 한 태조 고황제는 백등白登 칠 일의 욕을 보았으나 수치를 참고 권도權道를 행하여 화를 면하였사오니, 어찌 일시 액운을 인연하여 천추만세에 우리 황상으로 불효지명不孝之名을 들으시게 하려 하시나니이까?"

언필言畢에 남복男服으로 태후 신상에 더하며 다시 조용히 고 왈,

"사기事機 점점 급하오니 낭랑은 자저趑趄치 마소서."

하고, 다시 소청의 옷을 벗겨 황후께 입으심을 재촉하니, 가 궁인과 모든 비빈이 일시에 양전을 받들어 남복을 개착改着하신 후 선랑 노주 이에 양전의 복색을 장속裝束하고 선랑이 가 궁인을 보며 왈,

"그대는 빨리 양전을 모셔 암후菴後로조차 탈신脫身하여 보중保重할지어다. 만일 죽지

---

8) 한나라 고조의 신하. 항우項羽가 형양성에서 유방을 포위하였는데 기신이 유방과 옷을 바꾸어 입고 항우를 속여, 유방을 대신하여 죽었다.

9) 황제.

아니한즉 다시 상봉할까 하노라."

가 궁인과 좌우 시녀들이 일시에 눈물을 뿌려 작별하고 양전을 모셔 암후로조차 산을 타 가만히 행하니 선랑 노주 의구依舊히 앞문을 닫치고 앉았더니, 호병이 문을 깨치고 돌입하거늘 선랑이 짐짓 수건으로써 얼굴을 가리고 크게 호령 왈,

"내 아무리 곤경에 이르렀으나 네 어찌 감히 이같이 무례하리오?"

호장이 고 왈,

"우리 구태여 낭랑을 해치지 않을지니 다만 빨리 행하게 하소서."

하고, 작은 수레를 가져 선랑 노주를 겁박하여 호진胡陣으로 가니, 차시 호장 척발랄이 황성을 함몰하고 태후와 궁속宮屬을 찾으니 이미 간 곳이 없는지라. 사면으로 구하더니 호병이 일량一輛 소거小車에 선랑 노주를 사로잡아 이르거늘 척발랄이 대희하여 군중에 볼모 잡아 두려 한대 선랑이 소청을 보며 탄 왈,

"우리 노주 만사여생萬死餘生으로 죽을 곳을 얻지 못하더니 이제 나라를 위하여 충혼이 될지라. 비록 여한이 없으나 천한 몸으로 양전을 대신하여 오래 명호名號를 밝히지 못한즉 욕됨이 적지 않을지니 마땅히 한번 쾌히 꾸짖고 사생을 결단하리라."

하고, 즉시 수레 문을 열고 낭랑히 소리쳐 왈,

"무도한 오랑캐 하늘 높음을 모르는도다. 우리 태후 낭랑은 당당한 만승천자의 모후시라. 어찌 너희 진중에 임하시리오? 나는 이에 태후궁 시녀 가 씨라. 네 감히 죽이고자 할진대 빨리 죽이라."

한대, 모든 호장이 이 말을 듣고 바야흐로 속은 줄 알고 대로하여 해치려 하니, 척발랄이 말려 왈,

"내 들으매 중국은 예의지방禮義之邦이라 하더니 과연 허언虛言이 아니로다. 이는 의 있는 여자라."

하고, 인하여 군중에 두고 좌우를 단속하여 극진히 공경하더라.

차설且說, 태후 일행이 차시此時를 타 이미 화를 면하였으나 선랑의 사생을 모르사 차마 잊지 못하여 가 궁인 이하 모두 눈물로 행하더니, 홀연 또 함성이 대작하며 일대 호병이 길을 에워 엄살掩殺하니 풍진風塵이 창천漲天하고 창검이 빗발치듯 하여 분찬奔竄하는 백성을 어지러이 짓치니 남녀노소 엎더져 통곡지성痛哭之聲이 물 끓듯 하며 백일白日이 무광無光하고 천지 참담하더라.

태후 앙천仰天 장탄長歎 왈,

"신명이 돕지 아니하시니 노신은 비록 합연溘然하여도 아까울 바 없으나 황후 비빈은 청춘지년靑春之年이라. 장차 어찌하리오?"

하고, 가 궁인을 보사 왈,

"내 이제 기운이 없어 몸을 말께 붙이지 못하노니 너희는 다만 황후를 보호하고 노신老身을 고려치 말라."

하시고 마상에서 떨어지고자 하신대, 모두 울며 일시에 붙들어 아무리 할 줄을 모르더니

홀연 호병이 요란하며 일개 소년 장군이 쌍창을 춤추어 무인지경같이 좌충우돌하니, 이는 어떠한 사람이뇨?

차설, 양 태야楊太爺는 연왕이 남행南行한 후에 윤 각로의 향장鄕庄을 빌어 혼가渾家를 데리고 나가 있더니 불의에 호병이 범궐犯闕한 소식을 듣고 개연慨然 유체流涕하며 윤 각로와 상의 왈,

"이제 황상이 천 리 밖에 계시고 적세敵勢는 이같이 급하니 우리 어찌 직책이 없으므로 가만히 앉아 태후 양전의 위태하심을 보호치 않으리오? 마땅히 동중洞中 장정을 조발하여 한번 죽기로써 망극하신 천은天恩을 일분一分이나 갚사올까 하노라."

윤 각로 궐연蹶然히 일어나며 왈,

"양 형아, 노부 바야흐로 이를 생각하더니 어찌 시각을 지체하리오?"

언미필에 황성으로 급보急報가 이르러 왈,

"거야去夜 삼경에 호병이 이미 도성을 함몰하고 태후 양전이 필마로 성외에 나사 가신 곳을 모른다."

하니, 윤 각로 발을 구르며 가슴을 두드려 북향 통곡하고 분함을 이기지 못하여 한대, 양 태야 개연 위로 왈,

"나라가 불행하여 이미 이 지경에 미쳤으니 금일 우리 황상의 신자 된 자 마땅히 진력하여 양전 가신 곳을 찾아 죽기로써 보호할지니 합하는 정신을 가다듬어 동병洞兵을 빨리 일으키게 하소서."

하고, 양부楊府 창두와 동중 백성을 뽑으니 오히려 오륙백 명이라.

태야가 일지련, 손야차를 불러 의병을 일으키는 뜻을 말하여 같이 감을 말하니, 양인이 개연 응명應命하고 즉시 전일 전장에 쓰던 전포와 마필馬匹, 궁시弓矢를 장속裝束한 후 황성으로 향하여 나아갈새 양전 계신 곳을 물을 데 없는지라. 다만 동남간을 바라보고 행하며 호병 둔취屯聚한 곳을 충살衝殺하더니, 한 곳을 바라보매 일대 호병이 행인을 에워싸고 사면으로 짓치는 중 오륙 개 여자들이 궁녀의 복색으로 그중에 섞여 창황 호읍號泣하거늘, 일지련이 손야차를 보아 왈,

"이 어찌 태후 양전 계신 곳이 아니리오?"

하고 쌍창을 들어 중간을 충돌하니, 일개 호장이 맞아 대전 수합數合에 어찌 연랑蓮娘을 대적하리오? 말을 빼어 도망하거늘 연랑이 창을 들고 쫓더니 홀연 멀리서 외쳐 왈,

"저기 가는 소년 장군은 어떠한 사람이뇨? 태후 양전이 여기 계시니 궁한 도적을 따르지 말고 양전을 호위하라."

하거늘, 연랑이 바야흐로 말을 돌려 태야와 군사를 맞아 일제히 태후께 뵈옵고 복지 청죄伏地請罪하니, 태후 문 왈,

"경은 어떠한 사람이뇨?"

윤 각로 주 왈,

"신은 전임 각로閣老 윤형문이요 저 신하는 연국燕國 태야太爺 양현이로소이다. 신 등

이 불충하와 양전으로 욕을 당하시게 하오니 차라리 죽어 모르고자 하나이다."

태후 탄 왈,

"노신이 덕이 없고 국운이 불행하여 경 등을 이같이 보니 참괴慚愧치 않으리오? 이는 다 경 등이 조정에 없고 간신이 용권用權한 연고라. 천 리 해상海上에 황상의 안부를 들을 길이 없으니 세간에 이같이 망조罔措한 일이 다시 어디 있으리오?"

인하여 문 왈,

"아까 그 소년 장군은 누구뇨?"

태야 왈,

"이는 남만南蠻 축융왕의 딸 일지련이라. 향일向日 창곡이 남방에 출전하와 생금生擒하여 그 재주를 아껴 데려오니이다."

태후 대경大驚하사 즉시 불러 마전馬前에 손을 잡으시고 좌우를 보시며 왈,

"이는 짐짓 경국지색傾國之色이요 간성지재干城之材로다."

나이를 물으시고 쌍창을 친히 들어 보시며 애연히 사랑 왈,

"노신이 불행하여 나라를 버리고 일신을 의탁할 곳이 없더니 하늘이 너를 주시니 종금 이후는 백만 호병이 당전當前하나 겁할 바 없으리로다."

하시더라. 윤 각로 주 왈,

"호병이 점점 사면에 흩어졌사오니 바삐 행하심이 가할까 하나이다."

태후 왈,

"경은 양 태야와 상의하여 갈 곳을 정하라."

윤 각로 주 왈,

"호병이 동북에 편만遍滿하니 남으로 진남성嶺南城을 지킴이 가할까 하나이다."

태후 좇으사 진남성으로 가실새 진남성은 황성 남편으로 수리 밖에 있는 성이라. 산상山上의 성첩城堞이 견고하여 족히 수성守城할 만하더라.

손야차로 선봉을 삼고 양전과 비빈이 일지련과 말 머리를 연連하여 중군이 되고 각로와 태야는 후군이 되어 진남성을 바라보고 행할새 태후 연랑을 자로 보사 일시 곁을 떠나지 못하게 하시며 바야흐로 담소談笑 미미媚媚[10]하사 일행이 자못 수란愁亂[11]함을 면할러라.

익일 성중에 드사 군기를 수습하고 근방의 군사를 부르시니 오히려 육칠천 기騎라. 황태후 이에 윤 각로로 삼군 도제독三軍都提督을 하이시고(하게 하시고) 양 태야로 부제독을 하이시고 일지련으로 표기장군驃騎將軍 겸 장신궁 중랑장長信宮中郎將을 하이시고 손야차로 선봉장군先鋒將軍을 하이시니, 연 표기, 손 선봉이 날마다 삼군을 조련하여 호병을 방비하더라.

---

10) 이야기하며 웃는 형세가 아름다움.

11) 근심스럽고 어지러움.

차설且說, 차시此時 천자 노균을 보내시고 행궁行宮에 홀로 누우사 심회 불락心懷不樂하시매 환시宦侍를 데리시고 누루樓에 오르사 해색海色을 굽어보시니 하늘에 닿은 물결이 뫼같이 일어나 그 가를 보지 못하고 고래의 싸움과 악어의 풍랑이 바다를 뒤집고 땅을 움직여 자욱한 물 기운이 반공半空에 내리어 안개와 비를 이루더니, 아이오 일륜 홍일一輪紅日이 서편 하늘에 비끼고 점점한 석양이 물 얼굴에 비치며 홀연 난데없는 층층 누각이 수상에 일어나 오채영롱하고 서기가 어리어 기형괴상奇形怪狀이 천백 가지로 변하더니 서풍이 일어나며 한번 풍랑을 거드쳐 간 곳이 없고 다만 유유 망망한 물결이 동으로 흐를 따름이라. 천자 망연히 보시고 왈,

"이 무슨 기운이뇨?"

좌우 왈,

"이는 해상 신루蜃樓니이다."

상이 묵묵 양구에 탄 왈,

"인생 백 년에 천만 가지 경영이 도무지 저 신루와 일반이라. 어찌 허황 맹랑치 않으리오? 짐이 소년지심少年之心으로 방사方士의 요언妖言을 신청信聽하고 이곳에 이르니 바람을 잡고 그림자를 붙듦과 어찌 다르리오? 만일 연왕이 조정에 있은즉 짐으로 이 지경에 미치게 아니하였으리라."

하며 남천南天을 바라 읍읍 불락悒悒不樂하시더니, 홀연 남으로 양개 소년이 말을 달려 행궁을 향하여 오니, 그 어떠한 사람인고? 하회를 보라.

제33회 항서를 던져 노균이 나라를 배반하고
철기를 몰아 흉노가 경필警蹕[1]을 범하다
投降書盧均叛國 驅鐵騎匈奴犯蹕

각설却說, 연왕이 적소謫所에 온 후로 천애天涯 만 리에 고국이 창망蒼茫하고 광음光陰이 훌훌하여 절서節序의 바뀜을 보매 날마다 북천北天을 첨망瞻望하여 군친君親을 사모함이 자연 간장肝腸이 사라지고 옷끈이 너그러움을 깨닫지 못하더라. 황성 갔던 창두가 돌아와 조정 소식과 가서家書를 보고 천자의 해상에 계심을 알고 악연실색愕然失色하여 서안書案을 치며 왈,

"노균의 간사함을 내 비록 근심하였으나 성상의 밝으심으로 어찌 이 지경에 미치시리

---

1) 임금이 거둥할 때 앞에서 통행을 금하는 것. 여기서는 임금이 머물러 있는 곳을 말한다.

오?"

하고, 앙천仰天 탄식하며 분함을 이기지 못하여 식음을 전폐하고 북향北向 호읍號泣함을 마지아니하거늘, 난성이 위로 왈,

"자고이래로 구선 봉선求仙封禪한 임금이 많고 소인이 조권朝權을 잡아 일장풍파一場風波를 지음이 또한 금일뿐 아니어늘 상공이 어찌 저다지 용려用慮하시나니이까?"

연왕이 탄 왈,

"이는 난성의 알 바 아니라. 옛적 봉선한 임금은 반드시 국부 병강國富兵强하여 안으로 기강을 세우고 밖으로 정벌을 멀리한 고로 비록 국용이 탕갈蕩竭하나 오히려 급한 환난이 적거니와 낭은 금일 조정을 보라. 기강이 무너져 위권威權이 임금께 있지 않고 민심이 오오嗷嗷하여 나라를 원망하거늘 황탄荒誕한 일을 위하사 법가法駕 천여 리를 순행하시니, 그 민간에 소동함이 어떠하며 도성이 빈 기회를 타서 도적을 인유引誘치 않으리오? 만일 도적이 이른즉 비록 천자가 계시더라도 반복反覆한 소인의 무리 나라를 돌아보지 아니하려든 하물며 천자 밖에 계심이리오? 금일 사기事機 십분 위태하여 종사宗社 흥망이 한 터럭 끝 같으니 내 칠 세에 글을 배우고 십 세에 부모께 교훈을 받자와 십육 세에 우리 성주를 만나니, 요순지덕堯舜之德과 탕무지재湯武之才로 풍운어수風雲魚水에 제우際遇 상합相合하여 스스로 써 하되 뜻을 이룰까 하였더니, 이제 소인의 저희沮戲한 바 되어 천애 만 리에 군신이 낙락落落하여 환난 흥망에 서로 구할 길이 없이 되니 어찌 원통치 않으리오?"

하더니, 홀연 양개 소년이 들어오거늘 보니 이에 동초, 마달이라. 연왕이 경 왈,

"향일向日 초료점草料店에서 만나 다만 장군이 이미 고향으로 간가 하였더니, 금일 어디로 오나뇨?"

양인 왈,

"소장 등이 합하를 좇아 만 리 밖에 와 어찌 감히 먼저 돌아가리꼬? 그간 남중 산천을 구경하고 사슴과 토끼를 잡아 상공의 환차還次하심을 기다리더니, 근일 풍편에 들으매 천자 태산에 봉선封禪하시고 신선을 구하신다 하오니, 자고로 천자 봉선하신즉 대사천하大赦天下[2]하는 법이라. 구구 소망이 차시를 인연하여 상공의 회환回還하실 기회 있을까 하여 알고자 함이로소이다."

연왕이 개연慨然 탄 왈,

"창곡이 비록 이곳에서 죽고 돌아가지 못하나 국가의 이러한 일을 기다리지 아니하리라. 우리 성상의 일월지명日月之明으로 잠깐 부운浮雲에 가린 바 되사 국가 흥망이 조석에 있으니 내 어찌 죄명이 있으므로 묵묵히 일언을 아뢰어 충곡衷曲을 다하지 않으리오? 이제 마땅히 죄를 무릅쓰고 망령됨을 돌아보지 않고 일장 표를 올리고자 하노니,

---

2) 온 나라의 죄인을 풀어줌.

장군은 능히 천자 계신 곳을 찾아 표를 받들어 주달奏達할쏘냐?"

양장兩將이 응낙하니, 연왕이 즉시 일장 표를 지어 친히 봉하여 양장을 주며 재삼 부탁 왈,

"이는 국가 대사라. 장군은 십분 삼갈지어다."

양장이 하직하고 즉시 상소를 품에 품고 말을 채쳐 주야로 북향하여 오다가 바로 동해 가를 좇아 천자 계신 곳을 탐정探偵하니 오히려 해상海上에 머무사 노 참정으로 정로대원 수征虜大元帥를 배拜하여 호병胡兵을 막으러 갔다 하거늘, 양장이 곧 말을 달려 행궁을 바라보고 오더니, 차시 천자 신루蜃樓를 보시다가 왈,

"저기 오는 자 어떠한 사람이뇨? 그 행색이 총망悤忙하여 심상한 행인의 모양이 아닌가 싶으니 바삐 불러오라."

하신대, 전전갑사殿前甲士 수인數人이 명을 받자와 나는 듯이 맞아 가 크게 외쳐 왈,

"저기 오는 사람은 빨리 하마下馬하여 성명을 아뢰라."

한대, 양장이 이미 짐작하고 황망히 하마하며 왈,

"갑사는 어찌 전전殿前 좌우장군을 모르느뇨?"

갑사 일변 반기며 황명을 전하여 왈,

"장군이 어디로 오시나니이까?"

양장이 연왕 적소謫所로 옴을 대강 말하고 빨리 탑전榻前에 고함을 재촉하니, 갑사 눈물 을 뿌리며 왈,

"우리 성천자 잠깐 소인의 참언을 들으사 국가가 위태하더니 연왕 노야의 상서上書 이른 다 하니, 이제는 대명大明이 망치 아니하리로다."

하고 다투어 먼저 주달하니, 천자 또한 차경차희且驚且喜하사 바삐 인견引見하실새, 양장 이 회중懷中으로조차 연왕의 상소를 올리매 천자 친히 받아 보시니, 그 소에 왈,

　　운남 죄인 양창곡은 복이伏以 신이 불충 무상不忠無狀하와 광망狂妄한 말씀으로 존엄 함을 모르옵고 천위天威를 거스렸사오니 그 죄를 의논하면 만사유경萬死猶輕이어늘 성 은은 홍대弘大하사 그 다름없음을 살피시고 우직함을 용서하사 성명을 금일까지 보존하 오니 신이 그 도보圖報할 바를 알지 못하나이다.

　　신이 일찍 듣사오니 군신 부자는 오륜의 으뜸이라. 생육지은生育之恩과 생성지택生成 之澤이 다름이 없나니 자식 된 자 비록 부모의 엄책嚴責을 받자와 목전目前에 뵈지 말음 을 명하시더라도 부모 만일 급한 화를 당하실진대 그 자식이 어찌 명을 거스리고 노함을 무릅써 구치 않으리오? 신이 이제 죄상첨죄罪上添罪함을 자처하여 구구한 소회를 다하 지 아니하온즉 이는 부모의 엄책을 노하여 그 급함을 돌아보지 않음이라. 이 어찌 하늘 을 이고 땅을 밟아 병이지심秉彛之心[3]을 가진 자의 할 바리오?

　　신이 성은을 입사와 일루 잔천一縷殘喘[4]이 부절不絶하고 세상 소문을 오히려 얻어 듣 사오니 그중 모골이 송연하고 간담이 서늘한 바는 금일 폐하의 동순東巡하신 일이라. 지

어至於 선술仙術의 황탄함과 봉선封禪의 무실無實함은 신이 이제 겨를하여 의논치 못하오나 변수 추풍沔水秋風에 한 무제의 추회追悔한 바를 우리 성천자의 일월지명으로 필경 깨치지 못하시리꼬? 다만 목전의 시급한 염려와 송구한 사기事機는 주실周室의 공허함을 승시乘時하여 서자徐子의 작란함이 생길까 하나니, 대범大凡 국가의 부지扶持하는 바는 인심과 기강이 있음이라.

근년 이래로 법구폐생法久弊生[5]하와 기강이 무너지고 세강속말世降俗末하여 인심이 효박淆薄하니[6], 폐하 비록 여정도치勵精圖治[7]하사 백관을 조속操束하시어 만민을 무마撫摩하시나 오히려 화심禍心을 포장包藏한 자는 눈을 밝히 하고 귀를 기울여 기회를 관망할지니, 하물며 허황한 일을 인연하여 국용을 탕갈蕩竭케 하고 민원民怨을 일으켜 잠든 도적을 깨움이리오? 비록 여항閭巷 소민小民이라도 집을 지니고 사는 자가 무단히 불긴지사不緊之事[8]를 인연하여 집을 버리고 방탕 오유放蕩遨遊하여 돌아오지 아니한즉 처첩은 원망하고 비복은 해태懈怠하여 가중이 수란愁亂하고 문호에 주인이 없어 왕왕 천유지변穿窬之變[9]을 면치 못하나니, 이제 폐하는 사해지부四海之富와 만승지존萬乘之尊으로 그 일동일정一動一靜의 중대함이 어떠하시리꼬? 홀연 일조一朝에 수개數個 방사士의 요탄妖誕한 말을 믿으사 천 리 해상에 돌아오심을 잊으시니, 비록 무심히 보는 자라도 성궐城闕이 허소虛疎[10]하여 빈 듯하거늘 하물며 적심賊心을 두고 유의하여 봄이리오?

삼대 이래로 중원의 큰 근심은 남만 북적南蠻北狄이라. 방금 도성이 남경南京과 달라 북방에 가까우니 비록 일대 장성長城을 격하였으나 요동, 광녕으로 검각 고도劍閣古道[11] 있음을 신이 매양 염려하는 바라. 가령 신의 말씀으로 과함이 있은즉 이는 국가의 다행한 일이요, 만일 그렇지 아니할진대 그 근심이 조석에 있을까 하오니, 복원伏願 폐하는 요지瑤池의 팔준마八駿馬를 돌리사 종묘사직의 위태함이 없게 하소서. 군신 남북에 간담肝膽이 조격阻隔하여[12] 안위흥망安危興亡에 진월秦越[13]같이 앉았사오니, 신의 금일

---

3) 타고난 천성을 지키고자 하는 마음.
4) 끊어지지 않고 겨우 붙어 있는 한 가닥 숨.
5) 좋은 법도 오랜 세월이 지나면 폐단이 생김.
6) 세상이 그릇되어 풍속이 어지러지고 인심이 각박하니.
7) 온 힘을 다하여 정치에 힘씀.
8) 꼭 필요하지 않은 일.
9) 벽에 구멍이 뚫리는 변고. 도적을 맞는 변을 말한다.
10) 궁궐이 비어서 허술함.
11) 서촉에서 장안으로 들어오는 중요한 길목. 험준하기로 이름난 곳이다.
12) 마음이 막혀서 서로 통하지 못하여.

처지 죄상첨죄罪上添罪함을 돌아보지 못할지라. 불승원박不勝冤迫 당돌지지唐突之至[14)
하노이다.

천자 남필覽畢에 옥수玉手로 어탑御榻을 치시며 왈,
"짐이 불명不明하여 이 같은 신하를 방축放逐하니 어찌 나라를 보전하리오?"
하시고, 양장兩將을 가까이 인견하사 문 왈,
"너희 등이 어찌 운남 만 리에 연왕을 좇아갔더뇨?"
양장 왈,
"신 등의 정종모발頂踵毛髮[15)이 무비無非 폐하와 연왕의 생성 성취하신 바라. 사생 환난
에 감고甘苦를 같이하고자 함이니이다."
상이 허희탄식歔欷歎息하시고 다시 하교 왈,
"연왕의 충성과 경륜은 천지신명이 조림照臨하시니 짐이 비록 왕사往事를 추회追悔하
나 미칠 바 없는지라. 목금目今 호병胡兵이 지척에 이르고 노균의 승패를 알 길이 없으
니, 너희는 각각 본직을 주노니 차처此處에 머물러 짐을 도우라."
하시고, 천사天使를 명하여 성야星夜로 운남에 보내어 연왕을 부르게 하라 하시고, 다시
양장더러 문 왈,
"금일 홍혼탈이 어디 있느뇨?"
양장 왈,
"혼탈이 가부家夫를 따라 가동家僮으로 변복하고 적소謫所에 있나이다."
상이 더욱 대경 왈,
"이는 다 짐의 허물이로다. 혼탈이 황성에 있는가 하였더니 이제 또한 만 리 밖에 있다
하니 도성이 더욱 허소하리로다."
하시고 친필로 연왕에게 조서詔書하시니, 그 조서에 왈,

경의 상소를 보니 짐의 얼굴이 두껍도다. 소소昭昭한 저 백일白日이 경의 충성을 비추
니, 왕사往事를 추회하나 어찌 미치리오? 슬프다, 호병이 범경犯境하여 창망한 해상에
돌아갈 길이 막히니, 경의 선견지명이 거울 같음을 깨달을지라. 경은 홍혼탈과 바삐 와
짐을 구하라.

천자 쓰기를 다하신 후 우림羽林 갑사甲士 중에 말 잘 달리는 자를 뽑아 조서를 가지고

---

13) 진나라와 월나라. 두 나라가 남쪽 끝과 북쪽 끝에 있는 것처럼 서로 거리가 멀다는 말.
14) 원통하고 급박한 마음을 이기지 못하여 매우 당돌한 말을 함.
15) 정수리부터 발뒤꿈치, 온갖 터럭까지. 곧 온몸.

성야星夜로 행함을 재촉하니, 갑사 하직하고 단기單騎로 밤을 도와 남으로 가니라.

차설, 노균이 대병을 거느려 산동성을 향하여 행군할새 홀연 일진광풍一陣狂風이 불어 황신기黃神旗를 꺾으니 노균이 심중에 기뻐 아니하여 태청 진인을 보며 길흉을 물은대, 진인이 침음沈吟 왈,

"황신기는 중앙방中央方의 기치旗幟라. 중앙방은 마음이니 참정이 무슨 요요撓撓한 심사가 있음이로다."

노균 왈,

"깃대의 꺾어짐은 무슨 징조뇨?"

진인이 소 왈,

"꺾어진즉 둘이 될지니 참정이 혹 두 가지 마음을 먹음이 아니냐?"

노균이 차언此言을 듣고 면여토색面如土色하여 다시 묻지 못하더라.

노균이 산동성에 이르러 성하城下에 진陣을 치니, 차시 야율 선우 이미 성중에 들어 대병이 이름을 알고 친히 와 호병을 지휘하여 대전對戰 십여 합에 노균의 군사 어찌 당하리오? 태청 진인이 그 급함을 보고 진상에 올라 진언을 염하여 작법作法하니, 홀연 검은 비와 모진 바람이 돌과 모래를 날리며 신장 귀졸神將鬼卒이 호진胡陣을 향하여 사면으로 에워싸매, 선우 대경하여 군사를 거두어 성에 들고 급히 척발랄을 부르니 척발랄이 수개 호장으로 황성을 지키라 하고 즉시 정병精兵 오천 기騎를 뽑아 산동성에 이르러 패한 곡절을 자세히 듣고 경 왈,

"이는 반드시 명진明陣 중에 도술 있는 자가 있어 병세兵勢를 도움이니, 가히 계교로써 항복받게 하리라."

선우 그 계교를 물은대, 척발랄 왈,

"소장이 황성을 겁탈한 후 공경 대신의 가권家眷을 생금生擒하여 군중에 두었더니 이제 노 참정의 처자를 이해로 달랜즉 노균은 본디 반복反覆한 소인이라 반드시 항복하리다."

선우 그 말을 옳이 여겨 즉시 황성에 생금한 공경 대신의 가솔을 옮겨 오라 하니라.

차설, 진왕秦王 화진花珍이 본국에 있어 오래 입조入朝치 못하더니 호병이 범궐犯闕함을 듣고 불승분울不勝憤鬱하여 공주를 보고 탄 왈,

"간신 노균이 나라를 그르쳐 천자 천 리 밖에 계시고 북 선우는 도성을 겁박하여 태후 양전의 가신 곳을 모른다 하니 금일 신자 된 자 어찌 앉아 보리오? 이제 본국 군사를 거느려 양전을 보호코자 하노라."

진국 공주 차언을 듣고 발을 구르며 울어 왈,

"모후 쇠경衰境에[16] 이 같은 욕을 당하시니 유유창천悠悠蒼天아, 이 어인 일이니이꼬?

---

16) 늘그막에.

첩이 비록 아녀자이나 모자지정母子之情은 남녀가 없나니 마땅히 대왕을 좇아 생사 길흉을 같이할까 하나이다."

진왕이 위로 왈,

"공주는 관심寬心하소서. 화진이 마땅히 진력하여 타일 돌아와 공주를 대할 낯이 있게 하리이다."

하고 즉시 철기鐵騎 칠천 명을 조발調發하여 성야星夜로 오더니, 중간에 일대 호병이 무수한 거장車仗을 몰고 가거늘, 진왕이 그 중국 여자를 사로잡아 감을 알고 철기鐵騎로 막고 구코자 하더니, 멀리 바라보매 그중 수개 여자가 분면홍장粉面紅粧으로 수레 문을 열고 호장胡將과 희학戱謔이 난만하거늘, 진왕이 해연駭然 탄 왈,

"이는 개와 돼지 같은 무리로다. 내 어찌 저를 구하리오?"

하고, 다만 수척數隻 거장車仗을 탈취하여 데리고 오매 호병이 남은 여자를 몰아 살같이 가더라.

진왕이 진중陣中에 이르러 그 진중 여자의 거주居住를 물은대, 그중 양개 여자의 복색이 수상하여 여항 부녀와 다른지라. 누구임을 힐문한대 그 여자 왈,

"첩은 태후궁 시녀 가 씨요, 저 차환은 첩의 수하 천비니이다."

하니, 이는 원래 선랑 노주라. 종시 종적을 노출코자 하지 않음이라. 진왕이 놀라 태후궁전의 가신 곳을 묻고 또 물으되,

"아까 호진胡陣 중에서 담소 희학하던 자는 어떠한 여자뇨?"

소청 왈,

"이는 노 참정의 가권家眷이라 하더이다."

하니, 진왕이 분하여 하더라.

진왕이 선랑을 대하여 왈,

"내 군사를 거느려 성야로 행하니 낭이 따르지 못할지라. 아직 진국秦國에 가 공주를 모시고 있다가 평란平亂한 후에 돌아오라."

하니, 선랑이 역시 궁도窮途에 갈 곳이 없어 그 말을 좇아 진국으로 갈새 진왕이 철기鐵騎 수명數名을 주어 호송하고 진왕은 황성으로 가니라.

차설, 호병이 생금生擒한 여자를 몰아 산동에 이르러 진병秦兵을 만나 낭패한 연유를 고하니, 선우 오히려 노균의 가솔이 있음을 다행하여 즉시 성상城上에 세우고 크게 외쳐 왈,

"노 도독은 빨리 항복하라. 도독의 가권이 여기 있으니 항복한즉 살 것이요 아니한즉 죽이리라."

노균이 성상을 우러러보니 과연 자기의 처첩과 가인이 완연宛然히 나서서 부르짖어 울거늘 노균이 차마 보지 못하고 기운이 저상沮喪하여 쟁을 쳐 퇴군하고 진중에 돌아와 가만히 생각하되,

'옛적의 오기吳起는 살처구장殺妻求將[17]하였으니 내 이제 처자를 고련顧戀[18]치 말고 선우를 쳐 대공을 이룬즉 족히 연왕의 권세를 앗을 것이요 정녕 부귀 극할지니 천하의 무

수한 미인이 무비 가솔이 될지라. 내 어찌 공명을 버려 가속을 구하리오?'

하더니, 홀연 다시 탄 왈,

'내 비록 대공을 세우나 황상의 밝으심으로 왕사往事를 한번 추회追悔하신즉 그 공을 가져 죄를 속하지 못하리니, 이는 다만 무죄한 처자를 죽일 따름이로다.'

하고, 의사意思 착급着急하여 좌불안석하더니, 정신이 취하여 잠깐 잠들매 사몽비몽 중 일위一位 선관이 머리에 통천관通天冠을 쓰고 몸에 강사포絳紗袍를 입고 한 손으로 하늘을 받들고 한 손으로 칠성검七星劍을 들어 자기를 치거늘 놀라 깨치니 남가일몽南柯一夢이라. 땀이 흘러 등에 젖었고 촛불이 희미한 중 홀연 장외帳外에 기침소리 나며 군문도위軍門都尉 고 왈,

"호진胡陣에서 한 조각 비단을 살에 매어 진중에 떨어뜨리므로 집어오나이다."

노균이 의아하여 촉하燭下에 펴보니, 십여 행 글월에 하였으되,

대선우 휘하 편장 척발랄은 글월을 명 도독 장전帳前에 붙이노니, 복僕은 들으니 지혜 있는 자는 이해득실을 밝히 보며 경륜 있는 자는 전화위복하나니, 도독이 이제 비록 십만 대군을 거느려 백모 황월白旄黃鉞로 호호탕탕히 이르나 도독의 밝음으로 어찌 이를 모르느뇨? 현신을 참소하여 조정을 탁란한 자 누구며 군부를 농락하여 구선 봉선求仙封禪한 자 누구이며 순행함을 권하여 황성을 비게 한 자 누구며 민심을 소동하여 병화兵禍를 자취自取한 자 누구뇨? 만일 조정에 현신賢臣이 있고 천자가 황성에 계시며 민심이 소동치 아니한즉 우리 비록 억만 강병이 있으나 어찌 일조일석에 이같이 이르렀으리오? 이로 보건대 금일 병화는 이에 도독의 부른 바라. 스스로 병화를 지어 내고 스스로 막고자 하니, 군자는 비소鼻笑[19]하고 백성은 원망할지라. 가령 도독이 장략將略이 과인過人하여 대공大功을 이루나 그 공이 족히 죄를 속하지 못할 것이요 만일 불행하여 한번 패한즉 반드시 멸족지화滅族之禍를 도망치 못하리니, 도독을 위하여 그윽이 한심하여 하노라.

또 들으니, 중국에서 입 있는 자는 만구일담萬口一談이 천자 연왕을 쓰신 후에야 나라 망하지 아니하리라 하니, 중인지심衆人之心을 하늘도 좇으시나니 명 천자明天子 어찌 깨닫지 못하리오? 복僕이 비록 북방에 처하여 중국 소문을 자세히 듣지 못하였으나 연왕의 쓰임은 도독의 복이 아니라. 도독이 이제 진퇴좌우에 생도生道가 없거늘 오히려 생각과 경륜을 돌리지 못하니 복의 개탄하는 바라. 옛적 한나라 이소경李小卿은 농서隴西

---

17) 제나라가 노나라를 침범하자 노나라에서 오기를 장수로 삼으려 했으나, 안해가 제나라 사람이라 의심을 받으므로 오기가 안해를 죽인 후 노나라의 장수가 된 일이 있다.

18) 마음에 걸리어 애틋하게 잊지 못함.

19) 코웃음을 침.

화족華族이요 한가漢家 세신世臣인데 북방에 투항하여 좌현왕左賢王을 봉하여 부귀를 누렸으니[20] 대장부 어찌 구구세절區區細節을 자저하여 앉아서 멸족지환滅族之患을 기다리리오? 하물며 명망 재국名望才局과 지벌 문학地閥文學으로 한번 선우를 좇아 놀진대 어찌 벼슬이 참지정사에 그치리오? 다행히 힘을 같이하여 중원을 얻은즉 땅을 베어 제후로 될 것이요 불행히 낭패하나 북으로 돌아가 좌현왕의 부귀 자재自在할지니, 처자와 단취團聚하여 평생을 안락함이 몸과 머리가 각각 나서 멸족지환을 당함과 어떠하리오? 이 일은 이해를 보아 앙화殃禍를 돌려 복을 받음이라.

복은 또 들으니, 대사를 경영하는 자는 유예미결猶豫未決한즉 후회함이 생기고 자저 관망赶趑觀望한즉 때를 놓치나니 시호시호時乎時乎 부재래不再來[21]라.

노균이 남필覽畢에 머리를 숙이고 반상半晌을 침음하더니 다시 글월을 펴 보고 정신없이 촛불을 바라보며 서안書案을 의지하여 눈을 감고 자는 듯하다가 홀연 손으로 서안을 치며 궐연蹶然히 일어앉아 탄 왈,

'내 아까 몽조 불길하니 죽어 욕됨이 어찌 살아 영화함만 하리오?'

하고 붓을 빼어 호장에게 답장을 쓰려 하더니, 다시 생각 왈,

'내 이제 항복코자 하나 태청 진인이 즐겨 아니할지니 어쩌면 좋으리오.'

하고 또 반상을 침음沈吟하다가 홀연 무릎을 치며 소笑 왈,

"세간 만사가 어찌 노균의 경륜에서 벗어나리오?"

하고, 즉시 진인을 보고 왈,

"선생은 근일 낭자한 동요童謠를 들으시니이까?"

진인 왈,

"동요는 무엇이뇨?"

노균 왈,

"제비는 높이 날고 푸른 구름 사라지니 하늘이 장차 새리로다! 하늘이 장차 새리로다! 〔燕飛高 靑雲消 天將曉 天將曉〕"

진인이 듣고 소笑 왈,

"이 무슨 뜻이뇨?"

노균이 탄 왈,

"연비고燕飛高, 제비가 높이 난다는 것은 연왕을 이른 말이요, 청운소靑雲消, 푸른 구름이 사라진다는 것은 선생을 이른 말이요, 천장효天將曉, 하늘이 장차 밝으리란 말은 명나라가 다시 중흥하리란 말이라 하더이다."

---

20) 이소경은 한나라 때 장군 이릉李陵으로, 흉노와 싸우다 고립되어 흉노에게 투항하였다.
21) 기회는 두 번 다시 오지 않음.

진인이 소 왈,

"빈도는 본디 부운종적으로 홀왕홀래忽往忽來하니 어찌 국가 흥망에 참섭參涉하여 남의 입에 오르내리리오?"

노균이 탄 왈,

"이는 다 만생晩生의 죄라. 선생을 무단히 청하여 도술이 고명함을 보고, 청당淸黨이 심회 불울怫鬱하여 이 동요를 지어냈으니, 그 뜻은 연왕이 만일 들어온즉 선생이 스스로 쫓기고 명나라가 다시 흥하리라 함이라. 만일 그런즉 선생은 녹수청산에 걸릴 것이 없거니와 슬프다! 노균의 신세는 어느 곳에 죽을 줄 알리오?"

진인이 냉소冷笑 왈,

"청운靑雲의 거래去來는 청운에게 달렸으니, 어찌 연왕에게 쫓겨 가리오?"

노균이 다시 꿇어 개용改容 사謝 왈,

"만생이 실로 선생을 기망欺罔치 않으리니 연왕은 진개眞個 범인凡人이 아니라 상통천문上通天文하고 하달지리下達地理[22]하며 육도삼략과 호풍환우呼風喚雨하는 재주 있으니, 만일 선생과 저울대를 다툴진대 그 무거움이 어디 있음을 모를까 하나이다."

진인이 차언此言을 듣고 앙연昂然하여 눈썹을 쓸며 왈,

"내 십년 산중에 수도修道 성공하니, 장차 천하를 주류周流하여 한번 높은 재주를 만나 우열을 질정質定코자 하였더니, 연왕의 재국才局이 이 같을진대 빈도 한번 재주를 겨루어 보리라."

노균이 이에 수중手中으로 척발랄의 편지를 내어 진인을 보이며 왈,

"만생이 생어중국生於中國하여 장어중국長於中國하니 어찌 부모지국父母之國을 버리고 흉노에게 굴슬屈膝[23]하리오마는, 자고로 중국이 규모 박애迫隘하여 당론과 시비를 주장하고 인재를 용납지 아니하니 만생의 금일 처지는 진퇴 무책無策이라. 옛 성인이 말씀하시되, '충신忠信을 말하고 독경篤敬을 행할진대 만맥지방蠻貊之邦이라도 가히 살리라.' 하시니, 대장부 마땅히 천지로 집을 삼고 사해로 형제 하여 도학道學을 빛내고 재주를 나타내리니 어찌 구구히 일천一天을 지키어 타인의 절제함을 받아 죽어 묻힐 곳이 없으리오? 금일 만생의 뜻이 이미 정하였으니 바라건대 선생은 만생을 쫓아 다시 북으로 놀아 그 배운 바를 다하고 한번 연왕의 예기銳氣를 꺾으신즉 선생의 도술이 천하에 독보獨步할 뿐 아니라 또한 만생의 분함을 씻을까 하나이다."

청운은 본디 재승덕박才勝德薄한 자라. 이에 쾌락快諾한대 노균이 듣고 대열大悅하여 즉시 척발랄에게 답서答書를 보내어 투항할 뜻을 고하니, 척발랄이 대회하여 선우와 의논 왈,

---

22) 위로는 천문에 대해 잘 알고, 아래로는 지리에 대해 잘 앎.

23) 무릎을 꿇고 절함. 남에게 복종함을 뜻한다.

"노균의 벼슬이 높고 지견知見이 천단淺短하니 객례客禮로 대접하고 우선 좌현왕을 봉하여 그 마음을 위로하소서."

선우가 허락하고 척발랄의 편지를 보내어 가만히 상약相約한 후 익일翌日 삼경에 노균이 군사를 성외城外에 머무르고 심복지장心腹之將 한 사람과 태청 진인을 데리고 가만히 성하城下에 이르러 문을 두드리니, 척발랄이 이미 문을 열고 서로 맞을새 오히려 좌우에 호병胡兵을 매복하여 불우지변不虞之變을 방비하였더니, 그 초초草草히 옴을 보고 웃으며 손을 잡아 왈,

"복복僕이 참정의 고명高名을 산두山斗같이 우러렀더니 금일지사今日之事를 보매 지략과 경륜이 과인過人하심을 알리로다."

노균이 무연憮然 답답答 왈,

"노신은 명절名節에 득죄한 사람이라. 장군의 말씀이 이에 미치시니 어찌 부끄럽지 아니하리오?"

척발랄이 일변 위로하며 일변 손을 이끌어 선우께 보일새 선우 소 왈,

"참정은 귀인貴人이라. 과인이 어찌 항장지례降將之禮로 보리오? 마땅히 빈주賓主로 맞아 타일 득의得意한즉 땅을 베어 부귀를 같이하리라."

노균이 사양 왈,

"노균은 궁박한 종적이라. 고국에 몸을 용납지 못하고 휘하에 투항하니 어찌 부끄럽지 않으리오?"

선우 위로하고 즉시 좌현왕左賢王을 봉封하고 가솔을 불러 상면相面한 후 노균의 처는 좌현왕 연지閼氏[24]를 봉하여 주매 노균이 심중에 대열하여 이에 태청 진인을 가리켜 왈,

"이 선생은 청운도사라. 운유雲遊 종적이 노균을 좇아 대왕의 군중을 구경코자 하여 오셨나이다."

선우 대경 왈,

"이 어찌 천하를 주류하여 도술이 고명하신 청운도사가 아니시냐?"

노균 왈,

"연연然하니이다."

선우 공경 예필禮畢에 왈,

"선생이 일찍 북방에 놀으사 성명이 우레 같으시므로 과인이 한번 배알拜謁하기를 원하였더니, 금일 이같이 강림하시니 이는 과인의 복이로소이다."

청운이 소 왈,

"빈도는 정처 없이 다니는 사람이라. 청천靑天의 부운浮雲이 바람을 따라 무심히 가고 무심히 오니 동서남북에 걸릴 바 없으나 금일 대왕의 용병用兵하심을 잠깐 구경코자 하

---

24) 흉노가 왕비를 일컫는 말.

와 이름이니이다."

선우와 척발랄이 본디 청운의 이름을 익히 들었더니 기쁨을 이기지 못하여 십분 공경하며 사부로 대접하니 청운이 또한 양양자득揚揚自得더라.

차시此時 흉노 좌현왕 노균이 선우께 고 왈,

"명병明兵이 오히려 성외城外에 있으니 만일 스스로 흩어지게 한즉 이는 적국을 자뢰資賴함[25]이라. 제장諸將을 보내어 일대 정병精兵을 거느려 한 북에 무찌른즉 이는 이에 무장지졸無將之卒이라 반드시 장평 갱졸長平坑卒[26] 됨을 면치 못하리니, 그 뒤를 이어 철기鐵騎를 몰아 천자 행궁을 엄습한즉 대공을 이룰까 하나이다."

척발랄이 간諫 왈,

"우리 바야흐로 중국을 경영하며 먼저 궤술詭術로 무죄한 백성을 이같이 무찌른즉 어찌 복에 해롭지 않으리오?"

노균이 소 왈,

"장군의 말씀은 삼대의 용병하던 도라. 고금이 다르니 병불염사兵不厭詐[27]라. 이제 명 천자明天子 혼자 행궁에 있고 대군이 모두 나를 좇아왔으니 기회를 놓치지 못할까 하나이다."

선우 노균의 말을 옳이 여겨 즉시 정병을 조발調發하여 성문을 통개洞開하고 일시에 내달아 치매, 차시此時 명진明陣 제장諸將이 도독을 잃고 자연 요란하여 어찌할 바를 모르더니, 홀연 호병胡兵이 철기鐵騎를 몰아 출기불의出其不意[28]하니 명병이 대란大亂하여 각각 기치창검을 버리고 목숨을 도망하여 서로 밟아 죽는 자 뫼 같더라.

선우 인하여 대병을 몰아 동향東向하여 행궁行宮을 겁박하려 하니 이는 다 노균의 꾀라.

슬프다! 하늘이 사람을 내시매 오장육부는 다름이 없나니 노균이 불과 탐권낙세貪權樂勢하여 연왕을 시기하다가 마침내 역심逆心이 맹동萌動하여 제 섬기던 군부를 어찌 이같이 저버리느뇨? 반드시 소인의 간장은 다름이 있음이라. 만일 임금이 그 간장을 보고자 하실진대 마땅히 평일 언행을 살필지니 무릇 언행은 간장에서 나타난 바라. 노균이 천자를 모셔 구선 봉선求仙封禪함을 권할 즈음에 그 말씀이 너무 달아 금일 변하여 쓴 것이 될 장본이 있거늘 천자 깨닫지 못하였으니, 이 어찌 후세 인주人主의 징계할 바 아니리오?

차설且說, 이때 천자 노균의 환롱幻弄함을 인연하여 진적眞的한 황성 소식을 듣지 못하셨더니, 노균이 출전한 후 바야흐로 황성 사신이 이르러 황성이 함몰하고 양전이 파천播遷

---

25) 밑천을 보태 줌.

26) 장평에서 진秦나라 장수 백기白起가 조趙나라 군대를 크게 이겨 조나라 군졸 사십만 명을 산 채로 묻은 일.

27) 전쟁을 할 때에는 속임수를 쓰는 것도 꺼리지 않음.

28) 예상하지 못한 때에 나옴.

하사 진남성鎭南城에 계신 소식을 일일이 주달奏達하니, 천자 발을 구르시며 북향北向 통곡 왈,

"수백 년 종사宗社가 내 손에 망할 줄 어찌 알았으리오?"

하시며, 다시 사신을 보사 진남성의 안위를 자세히 물으시고 탄 왈,

"윤 각로의 충심은 짐이 이미 아는 바나 양 태야와 일지련은 백의白衣로 기병起兵하여 태후 양전兩殿을 이같이 보호하니 이는 짐의 은인이라. 연왕 부자의 향국지성向國之誠을 장차 무엇으로 갚으리오?"

하시더니, 홀연 패한 군사들이 산동성으로조차 도망하여 돌아와 노균의 반叛한 소식을 고한대, 천자 천안天顔이 저상沮喪하사 양구 무언良久無言하시며 동홍을 찾으시니 홍이 이미 간 곳이 없고 좌우에 모셨던 친척 붕당이 모두 도망하여 시위侍衛에 일인도 없거늘, 천자 앙천仰天 탄 왈,

"짐이 불명不明하여 좌우지신左右之臣이 이같이 이심二心을 포장包藏함을 몰랐으니, 나라가 어찌 망치 아니하리오?"

하시고 동, 마 양장을 보시며 함루含淚하시니 양장이 또한 강개 불울慷慨怫鬱함을 이기지 못하여 귀밑의 창대 같은 터럭이 일어서며 탑전榻前에 꿇어 왈,

"신 등이 비록 불충 무상하오나 견마지력犬馬之力을 다할지니, 폐하는 속히 동해 토병土兵을 조발調發하소서."

상이 좇으사 미처 군사를 부르지 못하여, 북으로조차 함성이 대작하며 나는 티끌이 해변을 덮어 호병이 바람같이 몰아오니 천자 어찌 피하신고? 하회를 보라.

제34회 명 천자 몸을 벗어 서주에 들어가고
동 장군이 신의를 펴 선우와 싸우다
明天子脫身入徐州 董將軍伸義鬪單于

각설却說, 차시此時 천자 호병胡兵이 이름을 보시고 앙천仰天 탄식하사 왈,

"짐이 비록 주 목왕周穆王의 팔준마가 있더라도 하늘이 이제 고국에 돌아갈 길을 빌리지 아니하시니 어찌하리오?"

하신대, 동초가 마달을 보며 왈,

"일이 급하니 장군은 천자를 모셔 행하라. 내 마땅히 이곳에 있어 호병을 당하리라."

하고, 시위한 군사를 세어 보니 오히려 이천여 기騎라. 일천 기는 스스로 거느려 선우를 대적하고 일천 기는 마달을 주어 천자를 보호하게 한 후 동초 친히 말을 끌어 천자께 오르심을 청하여 왈,

"사세 위급하와 의장儀仗을 갖추지 못하오니 복원伏願 폐하는 마달馬達을 데리사 남으로 행하소서. 창천蒼天이 도우시고 선제 신령先帝神靈이 위에 임하시니 수백 년 종사가 끊기지 아니하리니 옥체를 보중하소서. 신 등이 불충하와 폐하로 이 욕을 감수하시게 하니 호병을 대할 낯이 없사오나 마땅히 진력하여 선우로 이곳을 지나가지 못하게 하리이다."

다시 마달을 향하여 왈,

"우리 양인兩人이 천은을 망극히 입어 정히 오늘 도보圖報할 때라. 장군은 삼갈지어다. 만일 호병이 이곳을 지나거든 동초는 죽은 줄 알라."

한대, 천자 하릴없어 말께 오르사 마달과 일천 기를 거느려 남으로 가시니 동초 눈물을 뿌려 하직하고 행궁에 들어와 휘하 일천 기騎를 불러 약속 왈,

"너희는 천은을 입어 국록을 먹은 신자臣子라. 금일 이 같은 불의지변不意之變을 당하여 어찌 충분忠憤이 없으리오? 내 너희로 더불어 망극한 천은을 힘으로써 갚다가 힘이 진할진대 마땅히 한번 죽어 마음으로 갚을지니 너희 만일 힘과 마음을 아껴 죽기를 겁怯하는 자 있거든 빨리 물러나라. 내 마땅히 혼자 호병을 당하리라."

한대, 군사들이 모두 눈물을 뿌려 왈,

"소지 등이 비록 우매하오나 오히려 심장이 있으니 어찌 장군의 충의를 감동치 아니하리꼬? 비록 수화水火라도 피치 아니하리이다."

그중 우림 갑사 일인이 칭병 고퇴稱病告退하니[1] 이는 이에 노균의 가동가僮으로 천은을 입어 특별히 우림 장군으로 부리시던 자라. 동초 즉시 발검참두拔劍斬頭[2]하여 군중을 호령하니라.

차시, 선우의 대군이 행궁 수백 보 밖에 이르러 오히려 허실을 몰라 진을 치고 바로 겁박지 못하거늘, 동초 이에 천자의 기치와 의장을 행궁 앞에 의구依舊히 세우고 일천 기騎로써 좌우에 시위하여 북을 울리며 군령軍令을 전하니 위의威儀 엄숙하고 기상이 한아閑雅하여 조금도 요동치 아니하니, 선우 의심하여 왈,

"과인은 들으니 중국 사람이 궤술詭術이 많다 하더니 이는 반드시 정병을 매복하고 우리를 인유引誘함이로다."

하고 반일半日을 관망하여 종시 충돌치 못하니, 원래 차시 노균과 척발랄이 산동에 떨어져 있어 중국의 허실을 아는 자가 없는 연고일러라.

이윽고 일락서산日洛西山하매 동초 행궁의 군기軍器와 화구火具를 내어 창검과 기치를 전후좌우에 무수히 꽂고 기 끝에 촉롱燭籠을 달아 일일이 불을 밝히니 밤빛이 몽롱하고 불빛이 조요한 중 기치창검旗幟槍劍이 틈틈이 벌였으니 바라보는 자 안목이 현황炫煌하여

---

1) 병이 있다고 핑계 대어 물러가겠다고 아뢰니.
2) 검을 빼어 머리를 벰.

그 수를 측량치 못할러라.

　동초 이에 일천 기를 빼내어 열 대隊에 나누어 사람마다 각각 단병短兵과 촉롱을 가지고 행궁을 둘러 십면으로 매복한 후 가만히 약속하되, 만일 행궁 뒤 언덕 위에 외치는 소리 있거든 일시에 내달아 방포 납함放砲吶喊[3]하라 하니, 원래 행궁 북편에 작은 동산이 있더라.

　차시, 동초 군사를 지휘한 후 다만 헛기치를 궁전에 세우고 말게 올라 창을 들고 가만히 언덕에 올라 호병의 동정을 보더니, 야심 후 선우 호장과 상의 왈,

　"명 천자 어찌 이같이 담대하뇨? 기치와 의장이 제제창창濟濟蹌蹌[4]하여 종시 허실을 알 길이 없으나 내 십만 철기鐵騎를 거느리고 무슨 겁할 바 있으리오?"

하고 바야흐로 납함吶喊하며 행궁에 달려들매 한 군사도 없고 다만 적막한 궁전에 헛기치를 꽂았으며 등촉燈燭이 명멸明滅하여 꺼지고자 하는지라. 선우 대경하여 궤술詭術에 빠진 줄 알고 급히 군사를 물리더니, 홀연 북편 언덕 위에서 크게 외쳐 왈,

　"야율 선우는 빨리 항복하라."

하며 사면에 함성과 포향砲響이 천지진동하고 산악이 흔들려 동서남북이 일시 상응하여 그 수를 알 길이 없거늘 호병이 대란大亂하여 항오를 차리지 못하고 달아나니, 동초 매복한 군사를 몰아 쫓아 수리를 물리치매 선우 천식喘息이 미정未定[5]하여 좌우를 보며 왈,

　"명 천자는 어디 갔으며 우리를 쫓아오던 장수는 어떠한 사람이뇨? 이제 그 함성과 포향을 들으니 천자 휘하의 군사가 오히려 많거늘 참정이 말하되 천자 혼자 행궁에 있다 함은 어쩌한 곡절이뇨?"

하고, 호장 일인을 보내어 산동성의 좌현왕 노균을 청하여 중국의 동정을 자세히 묻고자 하니라.

　차시, 동초 선우를 물리친 후 즉시 일천 기를 거두어 돌아오며 소 왈,

　"내 군사는 적고 호병은 많으니 멀리 쫓음은 병법이 아니라."

하고, 행궁에 이르러 고쳐 약속 왈,

　"호병이 종시 중국을 겁하고 허실이 생소하여 한번 속았으니 다시 겁박한즉 방략이 없으니, 만일 선우의 대군이 이곳을 지나간즉 천자의 안위를 십분 측량치 못하리니 이는 내 손으로 적병을 지나 보내어 군부를 곤하게 함이라. 내 이제 죽기로써 막을지니 너희는 능히 사생을 같이할쏘냐?"

　제군이 일시에 고두 웅낙叩頭應諾하니 동초 즉시 북편 언덕과 동서 양방의 수목 사이마다 헛기치를 무수히 꽂고 군사 백 명씩 매복하여 나무를 끌어 티끌을 일으켜 의병疑兵[6]을

---

3) 포를 쏘고 함성을 지름.
4) 위엄 있고 질서 정연함.
5) 숨이 고르지 못함.
6) 적을 속이기 위해 군사가 많은 것처럼 거짓으로 꾸며 놓은 것.

만들고 칠백 기로 행궁 앞에 방진方陣을 치고 기다리라 한 후 동초 채를 들고 필마단기로 선우의 진전陣前에 나아가 도전하니, 호장이 나와 수합을 싸우다가 동초 거짓 패하여 달아나거늘 호장이 쫓고자 하니 선우 쟁을 쳐 거두어 왈,

"이는 반드시 우리를 인유引誘코자 함이로다."

하고 종시 멀리 따르지 아니하거늘, 동초 또한 싸움에 뜻이 없는지라 다만 창을 춤추며 말을 달려 혹 꾸짖고 욕하며 혹 싸우다가 달아나니, 선우 더욱 의심하여 쫓지 아니하더라.

익일 좌현왕 노균이 산동성으로 쫓아오니 선우 그간 성패를 일일이 이르고 방략을 물으니, 노균이 소 왈,

"이는 대왕이 속으심이라. 반드시 대군이 이름을 알고 명 천자는 행궁을 떠나 피화避禍하고 일개 장수를 머물러 궤술로 대왕을 속임이니, 대왕은 이제 대군을 몰아 엄습하소서. 만일 낭패함이 있을진대 군령을 두리다."

선우 반신반의하여 시야是夜에 군사를 함매衛枚[7]하고 다시 행궁을 엄습할새 선우 홀연 군사를 멈추고 노균을 돌아보아 북편 언덕과 좌우를 가리켜 왈,

"좌현왕은 저기를 보라. 어찌 명병明兵의 매복한 바 아니리오?"

노균이 소 왈,

"이는 의병疑兵이라. 기치 요동치 아니하고 무단히 티끌이 일어나니 이는 궤술이라. 빨리 치소서."

선우 그 말을 옳이 여겨 대군을 몰아 행궁을 에워싸니, 동초 이에 사기事機의 급함을 보고 군사를 모아 방진을 친 후 호병의 동정을 기다리더니, 호병이 사면으로 쳐 창검이 빗발치듯 하거늘, 동초 창을 들고 말께 오르며 군사를 보아 왈,

"너희는 죽기를 겁하지 말라. 사생은 천명이라. 마땅히 나라를 위하여 의義 있는 귀신이 되리라."

하고 동東을 충돌하여 일개 호장을 베고 서西를 막아 수개 호장을 무찌르니, 창끝에 찬바람이 돌고 말굽에 벽력이 내리는 듯 소향무적所向無敵[8]하니, 선우 대경 왈,

"이는 명나라 막강한 군사요 무쌍한 명장이로다."

하고 노균을 보고 문 왈,

"저 장수는 어떠한 장수뇨?"

노균이 바라보고 경 왈,

"동, 마 양장이 일찍이 연왕을 따라 운남 적소謫所에 갔더니 어느 때에 돌아오뇨? 만일 연왕이 이같이 왔은즉 어찌 근심되지 않으리오?"

하며, 선우께 고 왈,

---

7) 군사가 행진할 때에 떠들지 못하도록 군졸들의 입에 나무 막대기를 물리는 일.

8) 가는 곳마다 대적할 자가 없음.

"이는 전전장군殿前將軍 동초라. 불과 필부지용匹夫之勇이니 무슨 겁할 바 있으리오?"

선우 차언을 듣고 군사를 호령하여 더욱 급히 치매 일천 기는 이미 절반이나 죽고 동초 또한 흐르는 살을 맞아 창법이 잠깐 혼란하거늘, 노균이 선우와 진상에서 바라보다가 노균이 크게 외쳐 왈,

"동 장군은 별래別來 무양하뇨? 국운이 불행하니 인력으로 할 바 아니라. 자고로 망치 아니한 나라가 없거늘 장군이 홀로 저같이 수고하니 어찌 무익지 않으리오? 이제 한번 항복한즉 부귀공명이 좌장군에 그치지 않으리라."

동초 이 말을 듣고 쳐다보니 이에 노균이라. 흉중의 무명업화無明業火[9] 만장萬丈이나 일어나 칼을 들어 가리키며 크게 꾸짖어 왈,

"이 반적叛敵 노균아, 네 백수지년白首之年에 벼슬이 참지정사參知政事에 이르니 무엇이 부족하여 부모지국父母之國을 배반하고 흉노에게 굴슬屈膝하뇨? 너를 이제 개에게 비할진대 개는 오히려 주인을 아나니 천지신명이 너를 굽어보시거늘 차마 적병을 도와 엊그제 섬기던 군부君父를 겁박하는다? 너 같은 무리와 하늘을 같이 일 뜻이 없으니 차라리 나라를 위하여 금일 쾌히 죽어 더러운 말과 반복反覆한 정태情態를 대하지 아니하리라."

한대, 노균이 면괴面愧[10]하여 고개를 돌리며 호병을 호령하여 더욱 급히 치니, 동초 분기 충천憤氣衝天하여 이를 갈며 창을 들어 새로운 기운이 나는지라. 좌충우돌하여 호장 삼인과 호병 오십 명을 죽이니, 선우 대경 왈,

"이 장수의 용·맹이 절인絶人할 뿐 아니라 위국爲國하여 사생을 돌아보지 아니하니, 만일 급히 치고자 할진대 반드시 상할 자 많을까 하노니 군사를 멈추고 다만 단단히 에워싸라."

한대, 동초 역시 남은 군사 오백여 명을 한곳에 모아 방진方陣을 치고 잠깐 쉬니라.

익일 선우가 호장과 상의 왈,

"명장明將의 기색이 죽기를 판단하니 그저 잡지 못할지라. 제장이 합력하여 핵심에 에워싸고 일시에 쳐 무찌르라."

하니, 호장이 청령聽令하고 크게 외쳐 왈,

"명장은 들으라. 네 잔명殘命이 오늘뿐이니 살고자 한즉 말께 내려 항복하고 죽고자 한즉 목을 늘이어 칼을 받으라."

하며 십여 명 호장이 사면으로 일제히 달아드니, 동초 이에 오백 기를 보아 왈,

"내 너희로 더불어 죽어도 충혼이 되려니 너희는 이심二心을 두지 말라."

언필에 창을 들고 말께 올라 한소리를 지르고 호장 십 인을 대적하니, 호진胡陣의 북소

---

9) 불같이 성내는 마음.
10) 낯을 들고 대하기가 부끄러움.

리 끊기지 아니하고 창검이 서리같이 들어와 동초 두어 곳 창을 맞은지라. 피를 흘려 마전 馬前에 떨어지나 오히려 수개 호장을 찔러 기운이 꺾이지 아니하더니, 홀연 호진 서남각西 南角이 요란하며 일원一員 명장明將이 월도月刀를 춤추어 살같이 충돌하며 꾸짖어 왈,

"호병은 천조天朝 명장을 곤케 말라."

하니, 어떠한 사람인고? 하회를 보라.

제35회 연왕이 격서를 전하여 남방 병사를 모으고 선우가 군사를 물려 진인을 격동하다
燕王馳檄聚南兵 單于退軍激眞人

각설却說, 차시 천자는 마달과 일천 기를 거느리고 남향南向하여 가실새 마달을 보시며 함루含淚 왈,

"동초는 반드시 죽으리로다. 혼자 일천 기를 거느리고 어찌 흉노의 억만 대병을 막으리 오?"

하시며 자주 말고삐를 잡으시고 북향하사 측연惻然 연연한 생각이 천안天顏에 나타나시더 니 멀리 바라보매 진애塵埃가 창천漲天하며 일대 군마가 이르는지라. 천자 놀라사 왈,

"이 어떠한 군사뇨?"

마달 왈,

"그 복색을 보니 호장이 아니라 구원병인가 하나이다."

언미필言未畢에 그 장수 하마下馬하여 노변에 부복 청죄俯伏請罪하거늘, 상이 말을 잡 으시고 문 왈,

"장군은 어떠한 사람이뇨?"

그 장수 왈,

"신은 남해 죄인 소유경蘇裕卿이로소이다. 시운이 불행하와 국가 위태함을 듣잡고 엄명 嚴命을 무릅써 남해 토병을 일으켜 폐하를 호위코자 하여 이름이니, 신이 비록 천은을 입사와 죄명을 사赦하시나 스스로 군사를 일으킨 것이 당돌하오니, 복원伏願 폐하는 먼 저 신의 죄를 다스리사 기강을 세우소서."

상이 좌우를 명하사 붙들어 일으켜 마전馬前에 손을 잡으시고 탄 왈,

"짐이 금일 이 일을 당함은 경의 직언을 듣지 아니한 연고라. 경이 이제 밝지 못한 임금 을 버리지 아니하고 의기를 내어 이같이 구하니, 경의 충성은 하늘이 조림照臨하시려니 와 짐이 어찌 부끄럽지 않으리오?"

하시고, 즉시 마전에 하교하사 소유경으로 병부상서 겸 익성분의정로대장군翊聖奮義征虜

大將軍을 배拜하시니, 소유경이 더욱 황공 돈수頓首하여 청죄함을 마지아니하나 천자 어찌 들으시리오? 부득이 사은謝恩 수명受命한 후, 상이 문 왈,

"남해병이 얼마나 오뇨?"

유경 왈,

"창졸에 조발하여 불과 오천 기騎니이다."

상이 탄 왈,

"환난을 당하여 나를 구하는 자 있거늘 내 또한 저를 구하지 아니하면 의 아니라. 짐이 이미 소 상서를 얻어 위지危地를 벗어났으니 마달은 남해병 이천 기를 거느려 돌아가 동초를 구하라."

마달이 청령聽令하고 즉시 이천 기를 거느리고 행궁을 향하여 올새 풍편에 함성이 대작大作함을 듣고 말을 몰아 바로 호진 서남각을 충돌하니, 남해병 이천 기가 일시에 납함吶喊하여 기세를 도와 호병을 짓친대, 차시 동초 세궁역진勢窮力盡하여 형세 더욱 위급하더니 의외에 마달이 이름을 보고 다시 정신을 가다듬어 두 장수 진력하여 일장一場을 대전對戰하니 호진이 어찌 요란치 않으리오? 자연 에워싼 것이 터지며 동, 마 양장이 진 밖에 난지라. 마달이 동초를 보아 왈,

"우리 이곳에서 빨리 법가法駕를 좇아감이 옳도다."

하고 말을 달려 남으로 가니라.

차시, 천자 소 상서를 데리고 서주성에 오르시니 성이 비록 견고치 못하나 오히려 군량과 군기가 족한지라. 다시 근처의 토병土兵을 조발하여 수성하려 하시더니 동, 마 양장이 또 이르거늘 상이 동초를 가까이 인견하시고 위로 왈,

"짐이 금일 이곳에 무양히 옴은 장군의 공이로다."

하시며 그 전포에 혈흔이 낭자함을 보시고 대경하사 물으신대, 동초 황공 왈,

"신이 무용無勇하와 호진에 에워싸여 수삼 처 창을 맞았사오나 이는 장수된 자 시석풍진矢石風塵의 상사常事라. 성려聖慮[1]를 더으소서."

상이 추연惆然 감동하사 즉시 금창약金瘡藥을 사송賜送[2]하시고 친히 상처를 어루만지시며 동초의 벼슬을 돋우어 표기장군驃騎將軍을 배拜하시다.

차시, 군사 모두 팔천여 기騎요 소유경, 동초, 마달이 좌우에 있으니 천자 비록 고위孤危하신 근심을 진정하시나 날마다 북천을 바라보시며 진남성 소식이 막연함을 초조하시더니 좌우가 홀연 보報 왈,

"진왕秦王이 철기鐵騎 삼천 명을 보내어 천자를 호위하고 표문表文이 이르니이다."

하니, 원래 진왕이 당일 철기를 몰아 바로 황성 수십 리 밖에 이르러 태후 양전이 진남성에

---

1) 임금이 걱정하는 일.
2) 칼에 맞은 상처를 치유하는 약을 임금이 내려 보내 줌.

계신 소식을 듣고 군사를 돌려 진남성에 이르니, 태후 반겨 진왕의 손을 잡으시며 함루含淚 왈,

"노신老身이 살아 다시 경을 대하지 못할까 하였더니 금일이 있으니 어찌 천행이 아니리오마는 다만 천 리 해상에 좌우 심복이 없이 혼자 앉으신 우리 황상을 어찌하리오?"

진왕 왈,

"신이 수하 병兵 삼천 명을 이제 보내고자 하나이다."

하고 즉시 철기 삼천 명과 일장 표문을 주달奏達하니라. 천자 대희하사 표문을 바삐 펴보시니 그 표문에 대강 왈,

진왕 신 화진花珍은 상언上言하노이다. 북호北胡가 창궐하여 도성을 실수失守하니 이는 다 신 등의 불충한 죄라. 신은 나라가 멀고 변출창졸變出倉卒[3]하와 망연히 몰랐삽더니 황태후 남으로 행하시다 하니 이러한 망극지변罔極之變은 천고소무千古所無라. 신이 외람히 자서지열子壻之列에 처하여 한갓 군신지의君臣之義뿐 아니어늘 이같이 멀리 앉아 그 들음으로 인하여 환난을 같이 못하였사오니 사죄死罪, 사죄로소이다.

신이 이제 철기鐵騎 삼천을 거느려 진남성으로 가 태후를 호위하고 또 삼천 명은 시위侍衛에 충수充數할까 하여 성야星夜로 치송治送[4]하오나 신이 몸소 조회치 못하오니 성황성공誠惶誠恐하와 돈수頓首, 돈수하나이다[5].

신이 또 듣자오니 연왕 양창곡은 문무지재文武之才요 동량지신棟樑之臣이라. 신이 오래 입조入朝치 못하옵고 연왕이 밖에 있어 비록 상면치 못하오나 말하는 자 이르되 연왕을 쓰신 후 혼란을 평정하시리라 하오니, 복원伏願 폐하는 그 죄를 사하시고 바삐 부르사 군중사軍中事를 맡기소서.

천자 보시고 대희大喜하사 제신諸臣을 보시며 왈,

"진왕은 문무겸전文武兼全한 자요 태후의 총애하시는 교서嬌壻[6]라. 이제 좌우에 모셨으니 족히 고위孤危하신 심사를 위로하시리로다."

하고, 삼천 명 철기를 특별히 시위하라 하시니라.

차설且說, 선우 동, 마 양장이 에워싼 것을 헤쳐 일시에 도주함을 보고 대로 왈,

"십만 대군이 일개 편장偏將을 생금生擒치 못하니 어찌 중원을 도모하리오?"

하고 대군으로 바로 쫓고자 한대, 좌현왕 노균이 간 왈,

---

3) 변란이 급작스럽게 일어남.
4) 행장을 차려서 길을 떠나보내는 것.
5) 몹시 황공하여 머리를 조아리고 또 조아리나이다.
6) 어여쁜 딸의 남편. 곧 사위.

"큰일을 경영하는 자는 작은 일을 생각지 아니하나니 이제 산동성에 가 척발랄과 태청 진인真人을 청하여 명 천자를 엄습하소서."

선우 왈,

"산동성은 중지重地라. 어찌 지키지 않으리오?"

노균이 소 왈,

"황성이 이에 함몰하고 산동 이북에 일개 장수도 없으니 호장 수인과 군사 수천 기를 주어 산동성을 지킨즉 근심할 바 없사오리이다."

선우 옳이 여겨 호장胡將 삼 인을 보내어 산동성을 지키라 하고 진인과 척발랄을 청하니, 척발랄이 즉시 진인을 데리고 이른대 선우는 장차 명병明兵을 엄습할 계교를 말하고 행군하여 남으로 오니라.

차설, 차시此時 천자 동, 마 양장을 데리시고 서주성을 돌아다니시며 그 지형을 자세히 보니, 성첩城堞이 낮고 성문이 허소虛疎하여 수성守城할 곳이 아니라. 동편에 높은 뫼 있고 뫼 위에 작은 성이 있어 그 형용이 제비 깃들임 같은 고로 이름을 연소성燕巢城이라 하니, 비록 지세와 성첩이 단단하나 군량軍糧이 없고 주회周回가 협착狹窄하여 대군을 용납할 곳이 없거늘 군신이 상대하여 정히 근심하더니, 홀연 야심夜深 후 일진 북풍이 습습하며 풍편風便에 함성이 대작大作하니, 소 상서 대경하여 동, 마 양장과 성에 올라 바라보니 야색이 창망蒼茫한 중 무수한 호병이 들을 덮어 그 다과多寡를 알 길이 없거늘 바야흐로 선우의 대군이 이름을 짐작하고 즉시 성문을 닫고 요해지要害地를 지키더니, 호병이 바로 납함吶喊하며 성을 에워싸고 급히 치니, 소 상서 친히 성상城上에 올라 군사를 동독董督하여 아무리 방비하나 호병이 물밀듯 하며 포향砲響이 진동하고 바위 같은 철환鐵丸이 성첩을 때려 수간數間이 무너진대 소 상서 양장兩將더러 왈,

"사세 이같이 급하니 법가法駕를 먼저 연소성에 모신 후 다시 방략을 상의하리라."

하고 동문을 열고 천자 소 상서와 수천 기를 거느리고 겨우 성외城外에 나서니, 호병이 이미 성을 함몰하고 성중에 돌입하니 동, 마 양장이 또한 제군을 거느려 천자를 좇아 연소성에 올라 문을 닫고 방비할새 호병이 또한 군사를 나누어 이미 연소성을 철통같이 에워쌌더라.

차설, 연왕이 동, 마 양장을 천자께 보낸 후 회보回報를 고대하며 국사를 근심하여 밤마다 잠을 이루지 못하더니, 일일은 월하月下에 난성과 계하階下에 거닐며 천상을 우러러보니 제원 주성帝垣主星[7]이 흑기黑氣에 싸이어 광채 불명不明하거늘 모두 대경하여 정히 염려하더니, 북으로조차 오는 자 호병이 황성皇城을 함몰陷沒함을 전한대 연왕이 차언此言을 듣고 발을 구르며 북향 통곡하고 반상半晌을 혼절하니 난성이 더욱 망조罔措하여 좋은 말씀으로 비록 위로하나 식음食飮을 전폐하고 정하庭下에 거적자리를 깔아 북향 호읍號泣

---

7) 황제의 별이라는 자미원紫微垣을 가리킴.

함을 마지아니하니, 난성이 앞에 나아가 간 왈,

"상공이 위국爲國하사 스스로 존체를 보중하실지니 이같이 풍로風露를 촉모觸冒[8]하시고 식음을 전폐하사 만일 객지에 질병이 침노하신즉 학발 양친鶴髮兩親의 의려지정倚閭之情[9]이 어떠하시며 또한 국사를 어찌코자 하시나니이까?"

연왕이 감개 오열感慨嗚咽 왈,

"황성이 함몰하여 임금과 부모의 안위를 모르니 내 어찌 침식이 평안하리오? 또 죄명이 몸에 있어 자전自專[10]치 못하니 세상에 어찌 이런 망극한 일이 있으리오?"

하더니, 홀연 문밖이 들레며 천사天使 황명을 전하거늘, 연왕이 재배再拜 수명受命한 후 조서를 펴 볼새 눈물이 비 오듯 점점이 향안에 드리며 천사를 향하여 소식을 자세히 묻고 개연히 몸을 일어 왈,

"창곡이 비록 불충하오나 군부의 위태하심을 듣고 어찌 완완緩緩히 행하리오?"

하고, 난성을 불러 일러 왈,

"내 이제 운남 지부知府를 보고 토병을 조발코자 하나니, 창두를 거느려 뒤를 따르라."

말을 마치고 재촉하여 단기單騎로 본현本縣에 이르매, 지부知府 황망히 맞아 왈,

"합하閤下, 어찌 하림下臨하시나니이까?"

연왕이 눈물을 흘려 왈,

"호병이 황성을 범하여 종사宗社의 흥망이 조석에 있거늘 지부는 어찌 모르고 앉았느뇨?"

지부 경악驚愕 왈,

"하관下官의 지방이 황성과 절원絕遠하여 다만 천자의 동순東巡하심을 듣삽고 호병이 작란作亂함을 실로 몰랐사오니, 합하는 장차 어찌코자 하시나니이까?"

연왕 왈,

"내 이제 사명을 입어 바삐 부르시니 잠시를 지체치 못할지라. 지부는 바삐 본현병本縣兵을 조발하라."

하고 친히 일장 격서檄書를 지어 남방 제군에 각각 보내니, 그 격서에 대강 왈,

　　연왕 양창곡은 남방 제군에 격서를 전하노니, 시운이 불행하여 호병이 범궐犯闕하니 도성이 실수失守하고 법가 파천播遷이라. 슬프다! 우리 중원中原은 자고로 예의지방禮義之邦이라. 군친君親이 으뜸이요 의기와 충분忠奮이 있을지니, 차이嗟爾 남방 제군 제군諸郡은[11] 이 격서를 보고 상자방백수령上自方伯守令으로 하지여대백성下至與儓百姓[12]이

---

8) 추위, 더위 따위의 고통을 무릅씀.

9) 늙으신 부모님께서 동구 밖까지 나가서 아들딸이 돌아오기를 기다리는 마음.

10) 자기 마음대로 하는 것.

만일 충의지심忠義之心이 생기지 않을진대 이는 우리 명나라 신민臣民이 아니라.

　금년 금월 모일 모시에 각각 토병을 조발하여 천자 계신 곳으로 기회期會[13]하되, 만일 시각이 넘은즉 기회부진期會不進[14]한 군율을 쓰리라.

연왕이 수부정필手不停筆하고 문불가점文不加點[15]하여 경각간에 다 써서 성야星夜로 달려 제군에 보내고 난성과 말께 올라 가중 창두와 천사天使를 데리고 망망히 북으로 가니라.

　차시此時 남방 제군이 연왕의 격서를 보고 바야흐로 분분 황황하여 백성들이 말하되,

　"연왕은 충신이라. 천자 이에 쓰시니 호병을 어찌 근심하리오? 우리 마땅히 이때를 타 공훈을 세우리라."

하며, 수령은 왈,

　"연왕은 명장이라 군령이 엄숙하니 어기면 죽으리라."

하며, 상하가 물 끓듯 하여 군마를 거느려 시각을 다투어 일제히 떠나가니라.

　차설且說, 차시 천자 연소성에 에워싸인 지 칠 일이라.

　소 상서 왈,

　"선우의 군사는 그 수를 알 길이 없고 또한 영채營寨를 단단히 하여 파破할 길이 없을지니 마땅히 성문을 닫고 굳이 지키어 연왕을 기다림이 옳을까 하나이다."

상이 그 말을 좇으사 접전接戰치 아니하니 선우 날마다 성하城下에 이르러 꾸짖고 욕하되 요동치 않으매 다시 좌현왕 노균을 보내어 싸움을 돋우거늘 마달이 분기憤氣를 참지 못하여 필마단기로 창을 들고 성에 내려 대책大責하며 노균을 취하고자 하니, 노균이 미소하고 말을 빼어 달아난대 마달이 더욱 대로하여 바로 달려 쫓고자 하더니, 호진에 북소리 진동하며 척발랄이 일지군一枝軍을 몰아 에워싸고자 하는지라. 소 상서 즉시 쟁을 쳐 마달을 부르고 다시 출전치 아니하더니 성중의 군량이 진盡하여 군사들이 주리고 마초馬草가 없어 말이 서로 꼬리를 뜯어 먹으며, 어공御供을 궐厥하여[16] 옥색玉色이 초쇠憔衰하고 좌우의 송엽松葉을 먹음을 보시고 가져오라 하사 두어 잎새를 진어進御하시며 소 왈,

　"옛적의 오릉중자於陵仲子[17]는 벌레 먹은 오얏을 먹고 비로소 눈에 뵈는 것이 있고 귀에

---

11) 아! 너희 남쪽 지방 여러 고을들은.

12) 위로 감사나 군수에서 아래로 백성에 이르기까지.

13) 모이기를 약속함.

14) 정한 날짜에 모이지 않음.

15) 잠시도 머뭇거리지 않고 글을 써 내려갔으나 글에 점 하나 더할 것이 없다는 뜻으로, 글이 아주 잘 되어서 흠잡을 것이 조금도 없음을 뜻함.

16) 임금에게 음식을 올리지 못하여.

들리는 것이 있다 하더니 허언虛言이 아니로다. 짐이 아까 정신을 차릴 길이 없더니 송엽을 저작咀嚼[18]하여 침을 삼키매 완연히 요기됨을 깨닫겠도다."

하신대, 좌우 말씀을 듣고 불울함을 이기지 못하여 혹 눈물을 흘리며 동, 마 양장은 방성대곡放聲大哭함을 깨닫지 못하고 상이 또한 추연 불락惆然不樂하시더니, 좌우가 홀연 보報하되,

"남으로조차 일대 병마가 이르러 호병을 상대하여 진을 치나이다."

천자 소 상서와 동, 마 양장을 데리시고 성에 임하사 바라보매 과연 일지병이 살같이 들어와 호진胡陣 남편에 일자로 진을 치고 진전에 두 장수 완연히 나섰거늘, 상이 좌우를 보시며 문 왈,

"이 어떠한 장수뇨?"

동, 마 양장이 바라보고 주 왈,

"이 반드시 연왕의 구병救兵인가 하노이다. 좌편에 오사 홍포烏紗紅袍로 말고삐를 잡고선 이는 연왕이요, 우편에 전포戰袍 쌍검으로 군사를 지휘하는 자는 홍혼탈이로소이다."

하니, 상이 희동안색喜動顔色하사 군신이 서로 치하하여 생로生路를 얻음 같더라.

차설, 연왕이 운남으로 오다가 구강九江 땅을 지날새, 천사를 보아 왈,

"우리 이제 단기單騎로 가 창졸에 무슨 방략이 있으리오? 구강은 자고로 군사가 강건한 곳이라. 마땅히 읍중邑中의 군사를 청하여 감이 옳도다."

하고, 즉시 구강 태수를 보고 휘하의 병兵을 청하니, 구강 태수는 본디 노균의 가인家人이라. 군사를 즐겨 주지 아니하여 왈,

"황명皇命이 없으니 어찌 병정兵丁을 동하리이꼬?"

한대, 연왕이 대로 왈,

"그대 국록國祿을 먹고 군부의 위태하심을 듣고 조금도 동념動念치 아니하니 어찌 신자의 도리며 천사天使 여기 임하여 계시니 또한 어찌 황명이 없다 하리오? 그대 만일 병권兵權으로써 창곡昌曲을 주지 않을진대 스스로 거느려 창곡을 좇으라."

한대, 구강 태수 소 왈,

"백만 호병이 창졸에 이르러 중원 일국을 절반이나 잃었으니 구강병九江兵을 말하지 말고 비록 십강병十江兵이 있으나 어찌하리오?"

한대, 연왕이 대로 왈,

"내 일찍 황명을 받자와 구일舊日 정남도독征南都督으로 벼슬이 오히려 몸에 있으니 어

---

17) 전국 시대 제齊나라 때 떳떳하지 못한 벼슬을 거절하고 오릉 지방에서 머슴살이를 하면서 살았다는 진중자陳仲子를 말한다.
18) 이로 씹거나 베물어 씹음.

찌 군율軍律을 쓰지 못하리오?"

하고 천자의 허리에 찬 환도環刀를 취하여 즉석에서 태수의 머리를 베어 좌우를 호령하고 병부兵符를 앗아 군마軍馬를 급히 조발하니 이에 삼천여 기라. 병고兵庫를 열고 기치창검旗幟槍劍을 내어 친히 거느리고 배일병행倍日幷行[19]하여 서주성 십 리 밖에 이르니 남방 제군의 군사들이 이미 모인 자 칠팔천 기騎러라.

비로소 항오를 차려 행할새 천자 연소성에 에워싸이심을 듣고, 연왕이 경 왈,

"연소성은 지형이 높고 군량이 없으니 오래 머문즉 낭패할지라. 우리 먼저 선우의 대군을 물리친 후 다른 경륜이 있으리라."

하고 호진 남편에 일자로 진 치고 남방 군사 사천 기를 네 떼에 나누어 가만히 약속 왈,

"금야 삼경에 사면으로 매복하였다가 우리 진중에 포향砲響이 나거든 제일대第一隊 일천 기는 납함하고 호진 서편 제일각第一角을 겁박하되 다만 기세를 내어 호병을 요란케 한 후 물러나고, 두 번 포향이 나거든 제이대 일천 기는 납함하고 호병 동편 제이각을 겁박하되 또한 기세를 내어 호병을 요란케 한 후 물러나고, 세 번 포향이 나거든 제삼대 일천 기는 호진 서편 제삼각을 겁박하며, 네 번 포향이 나거든 제사대 일천 기는 호진 동편 제사각을 겁박하되, 다 각각 기세를 내어 적진을 소동하고 구태여 급히 들어가지 말라."

가만히 약속한 후 연왕과 난성이 남은 군사 칠천 기를 거느려 장사진長蛇陣을 쳐 중간을 충돌할새 창검 가진 자는 앞세우고 궁시 포총은 뒤에 세워 북 한 소리에 세 걸음씩 옮기되 만일 뒤를 보는 자는 참하리라 하고 삼령오신三令五申[20]한 후 밤을 기다릴새 군중을 조속操束하여 적연寂然히 지껄여 요동치 못하게 하고 기치창검을 뉘어 잠든 듯하더라.

차시, 선우 연일 연소성을 에워싸고 호장과 상의 왈,

"일편 고성孤城에 양식이 없을지니 내 십 일을 에워싼즉 명 천자 어찌 항번降幡을 꽂지 않으리오?"

하더니, 의외에 구병이 남으로조차 이르러 진세를 베풀고 기색이 완완하여 창검을 뉘고 십분 칠 의사가 없거늘, 선우 소 왈,

"이 또한 유명무실한 구병이로다. 이 반드시 우리를 관망함이니 금야 삼경에 한 북에 무찌르리라."

하더니, 군중 누수漏水가 삼경을 보報하며 명진 중 일성一聲 포향砲響에 함성이 대작大作하며 일지一枝 군마가 진을 겁박하여 서방 제일각을 충살衝殺하니, 선우 대경하여 군사를 친히 지휘하여 구하더니 다시 두 마디 포향에 함성이 대작하여 일지 군마가 동방 제이각을 충살하니, 선우 또 황망히 군사를 지휘할새 그 끝을 이어 세 마디 포향에 일지 군마가 다시 서방 제삼각을 겁박하고 네 마디 포향에 일지 군마가 도로 동방 제사각을 겁박하여, 동을

---

19) 이틀 걸려 갈 수 있는 거리를 밤낮으로 줄곧 달려 곱절을 간다는 말이다.

20) 거듭 영을 내려 당부함.

막은즉 서가 요란하고 서를 진정한즉 동이 요란하니 선우 창황하여 항오를 잃고 미처 진정치 못하더니 다시 일성 포향에 일대 군마가 납함하고 진중을 충돌하여 살같이 들어오니 서리 같은 창검은 빗발치듯 날리고 연속한 북소리는 벽력같이 진동하여 그 빠름이 마치 날랜 뱀이 구렁에 지남 같으니, 차시 선우의 대군이 창황 요란한 중 중간이 끊어져 수미首尾를 거둘 길이 없는지라.

좌현왕 노균이 황망히 선우께 고 왈,

"대왕은 잠깐 군사를 물리소서. 이는 심상한 구병救兵이 아니라 노균이 화광火光 중 잠깐 보매 명진 중 지나가는 자 연왕이로소이다."

언미필言未畢에 연소성 상에 또 포성이 일어나며 두 장수 철기를 거느려 나는 듯이 성에 내려 크게 외쳐 왈,

"야율 선우는 닫지 말라. 나는 연왕의 휘하장 동초, 마달이라. 당할 자 있거든 나오라."

하며 좌우충돌하여 범같이 시살廝殺하니, 원래 동, 마 양장이 연왕 군사의 호진 충돌함을 보고 바야흐로 덮던 기운이 절로 나는지라. 진왕의 보낸바 삼천 기를 거느리고 호진을 충살하여 연왕을 맞음이라. 양군이 합력하여 호병을 짓치니 선우 어찌 저당抵當하리오? 패군敗軍을 거두어 수 리 밖에 물러가니 주검이 뫼 같고 유혈流血이 시내를 이루었도다.

천자 성상에서 보시다가 소 상서를 보사 왈,

"짐의 연왕은 하늘이 주신 바라. 충성과 장략將略이 제갈 무후로도 당치 못할지니, 금일 군신의 저상沮喪한 기운이 한번 연왕의 북소리를 들으매 일시에 활동하여 우물 속의 마른 고기가 물을 얻음 같으니 이는 다 국가의 복력이요 신명의 도우심이라. 짐이 이제 성 외에 나가 친히 맞으리라."

하시고 즉시 성문에 나시니, 연왕의 군사 이미 성하에 이르러 황망히 하마下馬하여 복지 청죄伏地請罪할새 눈물이 샘솟듯 하거늘 상이 좌우를 명하사 연왕을 붙들어 일으켜 친히 그 손을 잡으시고 용포龍袍 소매로 얼굴을 가리사 군신이 서로 울기를 마지아니하시니 좌우 제신이 막불감동莫不感動하여 모두 눈물을 뿌리더라.

상이 양구良久 무어無語하시더니 바야흐로 연왕의 손을 놓으시고 왈,

"짐의 무궁한 심사는 창졸에 다 못할 바라. 성중에 들어가 군신君臣 일석一席에 구일舊日 정회를 다 펴리라."

하시고 연왕과 성에 들으사 군마를 다 안돈安頓한 후 연왕을 탑전에 인견하실새, 소 상서와 동, 마 양장이 좌우에 시립하였더라.

상이 다시 연왕의 손을 잡으시며 왈,

"자고로 혼암昏闇한 임금이 허다하나 어찌 짐 같은 자 있으리오? 경의 충성과 노균의 간악함은 옥석이 현수懸殊하고 흑백이 분명하거늘 하늘이 짐의 총명을 가리시고 조물이 국가를 희롱하여 이 지경을 자취自取하니, 왕사往事를 생각한즉 어느 면목으로 경을 대하며 무슨 말로 경에게 사례하리오?"

연왕이 돈수頓首 왈,

"이는 다 신의 불충한 죄라. 만일 일월지명이 아니신즉 어찌 다시 은총을 입사와 금일이 있으리이꼬?"

상이 소 왈,

"짐이 어찌 노균의 간악함을 몰랐으리오마는 그 말씀의 달고 그 색의 아당阿黨함을 좋이 여겨 마침내 취한 사람이 되었으니 천추만세에 어두운 이름을 도망치 못할 것이요, 지어 至於 경의 향국지성向國之誠은 천하 백성과 가동 주졸街童走卒[21]이 모를 자 없거늘 군신지간에 짐이 어찌 알지 못하리오? 다만 병이 깊은즉 약을 써도 그 유익함을 깨닫지 못함이라. 슬프다! 우리 양인의 일편심을 오직 신명이 조림照臨하니 경은 왕사를 개의치 말고 종금이후로 더욱 직간直諫하여 짐의 불체不逮함을 깁게 하라."

연왕이 눈물을 흘려 왈,

"금일의 하교 이에 미치시니 다시 앙달仰達할 말씀이 없사오나 이는 신 등의 불충 무상 不忠無狀한 죄라. 요순지성堯舜之聖으로도 고요직설皐陶稷契의 찬양함이 있사오니 천자의 일월지명으로 이 같은 환난을 당하심은 조정에 신하 없는 연고라. 복원伏願 폐하는 다만 왕사를 추회追悔치 마시고 내두來頭[22]를 삼가신즉 금일 낭패함이 타일의 징계 되올지니 어찌 국가의 복이 아니리이꼬?"

상이 개용改容 탄식하시며 소 상서를 보사 왈,

"짐이 오래 취몽醉夢이 깊었더니 금일 다시 연왕의 말을 들으매 봉황이 조양朝陽에 우는 듯 돈연頓然히 정신이 돌아옴을 깨달으리로다."

연왕이 다시 주 왈,

"신이 급보를 듣삽고 단기로 오다가 구강 땅에 이르러 군사를 조발코자 하온즉 구강 태수 즐겨 듣지 아니하기에 사세 급박하여 군율로써 참수斬首한 후 휘하 병을 탈취하여 왔사오니, 이 또한 품달稟達[23]치 아니하고 망솔妄率히 한 바라 불승황공不勝惶恐하나이다."

상이 왈,

"경이 전일 정남도독征南都督으로 벼슬을 갈지 아니하였으니 한 번 장수 된즉 군령을 종신토록 씀은 국조國朝의 고사故事라. 하물며 경의 벼슬이 대신이요 짐이 비록 불명不明하나 구강 태수 군부의 위태함을 보고 이같이 태만하니 그 선참후계先斬後啓[24]함이 또한 위국爲國한 정성이라 어찌 족히 사죄謝罪하리오?"

하시고, 좌우를 보사 왈,

---

21) 길거리에서 철없이 노는 아이나 떠돌아다니는 보잘것없는 사람.
22) 앞으로 닥쳐오게 될 일.
23) 여쭈어 아룀.
24) 군율을 범한 사람을 먼저 목을 베고 나중에 임금에게 알리는 것.

"구강 태수는 어떠한 사람이뇨?"

좌우 왈,

"이는 노균의 가인家人이니이다."

상이 탄 왈,

"옛날에 충신은 효자의 문門에 구하라 하였으니, 소인의 문인이 어찌 이심二心을 두지 않으리오?"

하시더라.

연왕이 우주又奏 왈,

"도성이 이미 함몰하고 태후 양전이 진남성에 계시다 하오니 진남성은 성지城池 단단하고 군량이 족한 곳이라. 비록 다른 염려 없사오나 국사의 망극함이 이에 및사오니 이 또한 신 등의 죄로소이다."

상이 함루含淚하시며 왈,

"황태후 일찍 짐을 권면하사 경을 다시 쓰라 하시니 태후의 경을 믿으심이 태산 반석 같으시거늘 짐이 불효하여 면계面戒하심을 봉승奉承치 못하고 이제 일편 고성에 고초를 감수하시게 하니, 이는 짐의 죄라. 다만 경의 대인과 윤 각로, 일지련의 지극한 충성을 힘입어 일심으로 보호하니 경의 부자의 태산 같은 은덕을 어찌 다 갚으리오?"

연왕이 이 말씀을 듣고 놀라 양구히 말이 없으니, 원래 태야 의병을 일으켜 진남성에 있음을 듣지 못함이라. 상이 기색을 아시고 다시 위로 왈,

"태야 비록 쇠경衰境이나 사신의 소전所傳을 들으매 근력이 강건한가 싶으니 경은 과도히 염려치 말라."

연왕이 돈수 왈,

"신의 아비 본디 질병이 많고 기품이 청취淸脆[25]하여 비록 한적히 조양調養하나 불평한 날이 많거늘 이제 시석풍진에 이같이 노고하오니 비록 평일 흉중에 품었던 충심이오나 신이 위로 불충하와 폐하로 이 욕을 당하시게 하고 아래로 불효하여 늙은 부모로 한양閑養[26]치 못하게 하오니 이를 생각한즉 흉중이 억색하여 합연溘然히 모르고자 하나이다."

상이 개용 사례 왈,

"이는 짐의 과실이라. 실로 경을 위로할 말이 없도다."

하시고 홍 난성을 찾으시니, 난성이 탑전에 부복俯伏한대, 상이 위로 왈,

"경의 열협지풍烈俠之風은 짐이 들은 지 오래나 만 리 악지惡地에 가동家僮으로 변복하고 풍진 남북에 이같이 구치驅馳[27]하니 이는 다 불명不明한 임금을 만난 연고라. 짐이

---

25) 기질이 맑으면서도 약하고 무름.

26) 한가롭게 지내면서 몸을 보양하는 것.

27) 어떤 일을 위하여 분주히 힘을 쓰며 돌아다니는 것.

그 얼굴 둘 바를 알지 못하노라."

난성 왈,

"신첩은 아녀자라. 운남에 변복함도 가부家夫를 위함이요 풍진에 구치驅馳함도 가부를 좇음이나 시운이 불행하고 국가가 요란하여 여자 유행女子有行이 규문을 지키지 못하고 천안天顔 지척에 자로 이같이 뵈오니 참괴 당돌慚愧唐突함이 많사오이다."

상이 미소하시며 다시 연왕을 향하사 왈,

"세상에 홍 난성 일인이 있음도 기이한 일이어늘 다시 일지런, 벽성선의 탁월한 충성이 있으니, 이는 천추만세에 희귀한 일이 되리로다."

하시고, 선랑의 풍류로써 간하던 일과 연랑의 태후를 보호하던 말을 일일이 치하하신대, 연왕이 일변 놀라며 돈수 주 왈,

"벽성선은 신의 첩이라. 천성이 유약하오니 무슨 충렬의 포장할 바 있으리꼬? 이는 다 폐하의 일월지명이 스스로 추회하실 기회를 당하심이라. 다만 일지런은 홍혼탈의 데려온 바라. 동시 여자로 지기知己 상종하여 무예의 정묘함과 위인의 기경奇警함이 홍혼탈과 방불하여 거의 우열을 질정質定치 못할지라. 이때를 당하여 태후 양전을 보호함이 범상한 장수로서는 가히 미칠 못할까 하나이다."

상이 재삼 칭찬하시고 인하여 군무를 의논하실새 연왕으로 평로대원수平虜大元帥를 하이시고(하게 하시고) 홍혼탈로 부원수를 삼으시니, 난성이 복지伏地 왈,

"신첩이 향일 남정南征에 황명을 사양치 못하옴은 오히려 종적을 감추어 남자로 자처하옴이나 금일은 본색이 이러하여 불과 일개 여자라. 아무리 조정에 신하가 없고 중국에 인재가 부족하오나 어찌 일개 여자로 장단將壇에 올라 삼군을 호령케 하시리꼬? 이는 다만 제장 군졸의 수치될 뿐 아니라 북로北虜에게 견모見侮함이 불소不少[28]할까 하나이다."

상이 소 왈,

"짐이 연왕을 급히 부름은 정신이 전혀 경에게 있음이라. 이 같은 때를 당하여 한번 수고함을 사양치 말라."

난성이 돈수 왈,

"신첩은 본디 천인賤人이라. 청루靑樓 창기娼妓로 은총을 입사와 백모 황월白旄黃鉞을 좌우에 세우고 제장 삼군을 휘하에 꿇림은 극진한 영광이요 저마다 소원이라, 첩이 어찌 사양하리꼬마는 고서古書에 운하되, '빈계사신牝鷄司晨은 유가지삭惟家之索이라.'[29]

---

28) 모욕이나 업신여김을 당하는 것이 적지 않음.

29) 암탉이 새벽에 울면 집안이 망한다. 《서경書經》에 나오는 말로, 주周 무왕武王이 한 말. 은나라 주왕이 달기에게 빠져 백성을 학대하고 나라를 어지럽힌다며, 신하가 임금을 치는 것의 명분으로 내세운 말이다.

하였으니 암탉이 새벽을 맡음이 길조吉兆가 아니라. 하물며 군중은 중지重地라. 원수는 중임重任이어늘 이제 홍군紅裙을 벗고 갑옷을 입으며 단장을 파하고 기와 북을 잡아 가는 눈썹에 살기를 띠고 공교한 웃음으로 적국을 호령한즉 그 기상이 장차 어떠하리이꼬? 첩은 또 듣사오니 병자兵者는 동물動物이라. 전혀 양기陽氣를 주장하나니 만일 여자로 장수를 삼은즉 이는 음기로 양기를 거느림이니 어찌 기릏할 바 아니리오? 폐하께서 만일 신첩을 총애하사 그 재주를 다시 시험코자 하실진대 첩이 원컨대 가부를 따라 수하 편비偏神 되어 견마지력犬馬之力을 효칙할까 하나이다."

상이 양구 침음良久沈吟하시다가 허하시고, 소유경으로 부원수를 삼으시고 홍혼탈로 표요장군嫖姚將軍을 삼으시니라.

차설, 선우 대군을 수습하여 수리 밖에 물러가 다시 진을 치고 호장 척발랄과 좌현왕 노균을 대하여 왈,

"과연 연왕의 용병用兵함은 명불허득名不虛得이라. 어찌 써 대적하리오?"

노균이 소 왈,

"태청 진인이 아니면 연왕을 당할 자 없으나 만일 격동치 아니한즉 어찌 재주를 다하여 서로 도우리오?"

선우 이에 진인을 보고 꿇고 왈,

"과인이 백만 대군을 거느려 중원을 절반이나 얻었더니 의외에 강적을 만나 대공을 이룰 길이 없이 되니 선생은 획책劃策[30]을 가르치소서."

진인이 문 왈,

"강적은 누구뇨?"

선우 왈,

"과인이 북방에 있을 때에 들으니 연왕 양창곡은 당세 일인이라. 천문 지리와 풍운조화지묘風雲造化之妙를 무불통지無不通知하고 육도삼략과 둔갑변화지술遁甲變化之術을 평생 자부하여 스스로 말하되 천하에 적수가 없다 하더니, 이제 그 용병함을 잠깐 보매 과연 신출귀몰하여 당할 자 없을까 하나이다."

진인이 소 왈,

"대왕이 빈도를 격동코자 하는도다."

선우 앙천仰天하며 어이없어 탄 왈,

"좌현왕의 말이 옳도다."

하거늘 진인이 문 왈,

"옳은 말이 무슨 말이뇨?"

선우 왈,

---

30) 어떤 일을 꾸미거나 꾀함.

"좌현왕이 말하되, '선생은 불과 일개 도사라. 연왕의 통천지재通天之才를 당치 못할지니 자연 돌아감을 생각하리라.' 하더이다."

진인이 냉소 왈,

"빈도 십 년 산중에 용병지술用兵之術을 또한 강마講磨함이 있으니, 대왕은 다만 먼저 접전하여 만일 급한 일이 있은즉 빈도 자연 구할 방략이 있나이다."

선우 대희하여 일어 재배하고 즉시 진인과 군사 절반을 본진에 머물러 영채를 지키게 하고 그 중 정병을 빼어 연소성 하에 이르러 진세를 베푸니, 승부는 어찌 된고? 하회를 보라.

제36회 홍 표요 가만히 굉천포를 묻고
양 원수 좌현왕을 수죄하다
紅嫖姚暗埋轟天砲　楊元帥數罪左賢王

각설, 연왕이 황명을 받자와 남방 군사를 모으니 이에 일만칠천 기라. 연소성 하에 진을 베푸니 선우 역시 대군을 거느려 상대하여 결진結陣한 후 원수 홍혼탈을 데리고 진상에 올라 호병을 바라보며 왈,

"장군은 보건대 남만과 어떠하뇨?"

혼탈 왈,

"인물의 표한慓悍[1]함과 기세의 영특獰慝[2]함은 남만으로 당치 못할 것이요, 진법의 착란함과 항오의 서어鉏鋙함은 남만을 못 당할까 하나이다."

연왕이 점두點頭 왈,

"이 정히 나의 근심하는 바라. 북호北胡는 본디 산금야수山禽野獸와 다름이 없어 그 취산聚散이 무정無定하니 병법으로 요탁度지 못할지라. 다만 형세를 보아 용병하리라."

하고, 군사로 외쳐 왈,

"대명 원수 선우와 수작할 말이 있으니 진전陣前에 나서라."

한대, 아이오 선우 진전에 나서니 좌편에 좌현왕 노균이요 우편에 호장 척발랄이라. 선우의 신장이 팔 척에 지나고 위풍이 늠름하여 우수右手에 장창長槍을 잡고 좌수左手로 말고삐를 잡아 기상이 가장 영특하더라.

양 원수 꾸짖어 왈,

---

1) 성질이 급하고 사나운 것.
2) 성질이 모질고 악하며 간특한 것.

"네 비록 천명을 모르나 무단히 중국을 침노하여 무죄한 생령生靈을 공연히 소동하니 그 죄를 아는다?"

선우 대소 왈,

"과인이 북방에 처하여 소문을 들으매 중국에 지극한 보배 있다 하므로 그를 탈취코자 왔노라."

연왕 왈,

"우리 명국 폐하는 성신문무聖神文武하시고 백성을 사랑하시니 만일 금주보패金珠寶貝로써 도탄 중에 든 백성의 목숨을 바꾸실진대 어찌 아끼시리오?"

선우 머리를 흔들며 다시 웃어 왈,

"과인이 어찌 심상한 보배를 구하리오? 만일 명 천자의 옥새를 준즉 과인이 이제로 돌아 가리라."

연왕이 대로하여 동, 마 양장으로 철기 삼천 명을 거느려 일시에 시살廝殺하니, 선우 웃고 말을 돌려 달아나며 일성 포향砲響에 결진하였던 만여 명 호병이 일제히 흩어져 무리무리 지껄이며 혹 산으로 올라가며 혹 들 가운데로 횡치橫馳하여 인마의 날램이 풍우 같으니 준적準的3)하여 쫓을 곳이 없는지라. 원수 이 거동을 보고 즉시 쟁을 쳐 동, 마 양장을 거둔대, 다시 일성 포향에 흩어졌던 호병이 일시에 모여 의구依舊히 결진하고 선우가 진전에 나서며 소 왈,

"양 원수의 장략이 신통하나 오늘은 쓸 곳이 없을지니 과인의 말 달리는 법을 보라."

하고, 수중에 쌍창을 들고 한번 채를 제기매 범 같은 말이 번개같이 달아나 언덕과 구렁을 평지같이 지나가니 선우 마상馬上에서 춤추어 혹 누우며 혹 일어나서 좌우기거左右起居를 마음대로 하더니 홀연 일개 호장이 또 말을 달려 나오며 선우를 쫓는 체하니 선우 두어 바퀴를 쫓기어 다니다가 홀연 곤두쳐 뒤로 떨어지며 침떠4) 호장胡將을 안고 인하여 호장과 말을 같이 타 두어 바퀴를 달린 후 도로 몸을 곤두쳐 수십 보 밖에 닫는 말게 올라 돌쳐 호장을 쫓거늘, 또 양개 호장이 일시에 말을 달려 나와 네 말이 한데 어우러져 일변 달아나며 서로 말을 바꾸어 타되 그 빠름이 풍우 같더라.

아이오 모든 호병이 일제히 말을 놓아 나오며 혹 마상에 가로누워 닫는 자도 있으며, 혹 빈 말을 채쳐 앞에 놓고 다투어 몸을 솟아 타는 자도 있으며, 혹 곤두쳐 말 다리 사이에 숨는 자도 있으며, 혹 옆의 말을 탈취하여 쌍말을 타는 자도 있어 천태만상으로 일장一場을 장난하니, 양 원수 바라보고 홍 표요를 보아 왈,

"이는 북호의 장기長技라. 무비無非 강병强兵이니 적지 아니한 근심이로다."

홍 표요 소 왈,

---

3) 표적을 겨냥함.
4) 몸을 힘차게 솟구쳐 떠올라.

"소장은 보건대 불과 아이의 희롱이라, 무엇에 쓰리오? 짐승을 쫓아 호표虎豹를 사냥함은 족하오나 만일 적국이 상대하여 병법으로 싸우고자 할진대 도리어 흩어지기 쉬울지라. 소장이 한 묘법이 있어 장계취계將計就計[5]하리라."

양 원수 대회하여 계교를 물으니, 홍 표요 가만히 고 왈,

"첩이 백운도사를 쫓아 일개 파진破陣하는 법을 배우니 이름은 굉천포轟天砲라. 땅을 파고 열두 방위를 응하여 큰 가마를 묻고 화약과 철환鐵丸을 가마에 가득 붓고 뚜껑을 덮고 좌우로 구멍을 통해서 해자垓子[6]를 파 화승火繩[7]을 늘이어 십여 보씩 큰 그릇에 물을 담아 묻나니, 화기火氣가 수기水氣를 얻은즉 꺼지지 아니하고 또한 수기는 능히 화기를 인도함이라. 다시 백여 보 밖에 토굴을 묻고 화승 끝을 해자로 인연하여 토굴로 통한 후 군사 수백 명을 토굴에 매복하였다가 때를 맞추어 불을 다리게 하나니 이 법이 비록 쓸 곳이 적으나 금일 호병이 다시 진을 비고 달아난즉 우리 군사를 옮겨 그곳에 진 치고 계교를 행할까 하오나 다만 화약과 철환이 족한 후에야 되리라."

원수 즉시 성중의 군고軍庫를 열고 보니, 오히려 철환 수십 석과 화약 수천 근이 있더라.

원수 대회하여 동, 마 양장을 불러 각각 삼천 기를 주어 여차여차하라 하고 소 원수와 홍 표요로 더불어 대군을 몰아 다시 호진을 엄살掩殺한대 과연 호병이 접전치 아니하고 일시에 흩어져 달아나는지라. 원수 인하여 호병의 진 쳤던 곳에 진을 치니, 선우 바라보고 소 왈,

"명 원수의 계교 없음을 알리로다. 우리 진을 빼앗음은 장차 멀리 쫓아 다시 오지 못하게 함이라. 마땅히 영채營寨로 들어가 밤을 기다려 가만히 와 겁박하리라."

하고 흩어진 호병을 모아들였거늘, 원수 홍 표요로 더불어 진중에 굉천포를 처처에 묻고 군사를 약속하여 창검을 뉘이고 진지를 떠나 해태解怠[8]한 거동을 보이매, 선우 대희 왈,

"우리 군사가 매일 접전치 아니하니 명병이 자연 방심함이라. 차시를 타 한 북에 무찌르리라."

하고, 정병精兵 칠천 기를 거느리고 두 길로 나누어 시야是夜 삼경에 각각 함매銜枚하고 명진明陣에 달려드니 원수 거짓 접전 수합에 패하여 달아나니 척발랄이 군사를 몰아 쫓고자 하니, 선우 듣지 아니하고 왈,

"중국 사람이 궤술詭術이 난측하니 우리 마땅히 다시 차처此處에 결진結陣하고 사기事機를 보아 하리라."

하더라.

---

5) 상대방의 계략을 미리 알아채고 그것을 역이용함, 또는 그 계책.

6) 성 둘레에 판 못, 또는 웅덩이.

7) 불붙이는 데 쓰는 노끈.

8) 게으름.

차시, 선우 호병을 지휘하여 의구依舊히 진을 치고 명진 동정을 살피더니 시야장반是夜將半에 홀연 일성一聲 포향砲響이 땅으로조차 솟아 한 뭉치 불덩이가 진중에 편만遍滿한 중 그 끝을 이어 무수한 포향이 사면팔방으로 연속부절連續不絶하여 일시에 일어나며 천붕지탁天崩地坼⁹⁾하는 듯 흩어지는 불과 방향 없는 철환이 다닥치는 곳마다 인마가 차례로 엎더지니 칠천 명 호병이 미처 회피치 못하여 겨우 도망한 자 천여 기라. 선우 황망히 말께 올라 진문을 낼새 나는 철환이 말 머리를 부수어 말이 엎더지니 선우 낙마하며 즉시 몸을 솟아 호병의 말을 빼앗아 타고 단기單騎로 도망하더니, 홀로 산모퉁이에 한마디 포향이 나며 일지一枝 군마가 길을 막고 일위一位 장군이 대책大責 왈,

"명국 표기장군 동초가 여기 있어 기다리니 선우는 닫지 말라."

하거늘, 선우 싸울 뜻이 없어 길을 에워(돌아) 달아날새 또 좌편에 함성이 대작大作하여 일지 군마가 길을 막고 일원一員 장군이 대책 왈,

"명군 전전장군殿前將軍 마달이 여기 있으니 야율은 닫지 말라."

하니, 선우 정히 황겁하더니 척발랄이 수백 호병을 거느리고 이르러 선우를 구하니 동, 마 양이 좌우협공하여 일장一場을 짓쳐 다시 백여 명을 무찌르매 선우 겨우 몸을 빼어 영채로 들어가 태청 진인을 대하여 낭패한 곡절을 일일이 말하니, 진인이 소 왈,

"이는 소위 굉천포라. 만일 모르고 계교에 빠지즉 전군이 함몰하나니 다만 그 묻는 법이 비밀하여 방위를 착란하면 불이 꺼지고 공을 이루지 못하거늘 명 원수 어찌 해득하뇨?"

하더라.

선우 꿇어 진인께 고 왈,

"금일 낭패함도 선생이 돕지 아니하신 연고라. 명 원수의 장략將略이 이같이 신통하니 만일 선생이 고념顧念치 않으신즉 차라리 군사를 거두어 일찍 돌아가 어육魚肉 됨을 면할까 하나이다."

진인이 소 왈,

"명일은 빈도가 마땅히 대왕을 좇아 명진 동정을 본 후 힘대로 도울까 하노니 대왕은 번뇌치 마소서."

선우 대희하여 익일 진인과 대군을 거느려 다시 연소성 하에 결진하고 싸움을 돋우니라.

차설, 홍 표요는 굉천포를 시험하여 호병을 무찌르고 군중에 와 다시 선우의 동정을 기다리더니 군중에 새벽 누수漏水가 끊어지고 정신이 곤핍困乏하여 장중帳中의 서안을 의지하여 사몽비몽 중, 일위一位 노인이 갈건葛巾을 쓰고 백우선白羽扇을 들고 장읍長揖하거늘 놀라 보니 이에 백운도사라. 홍랑이 반겨 재배再拜 왈,

"사부 어디로조차 오시나니이까?"

도사 부답不答하고 추연惆然히 홍랑의 손을 잡고 눈물을 흘리며 왈,

---

9) 하늘이 무너지고 땅이 갈라짐.

"삼년 산중의 고정故情을 생각할지어다."

하고 거처가 없거늘, 홍랑이 창연愴然한 중 사부를 부르며 놀라 깨니 동방이 기백旣白하고 심신이 처창悽愴하여 원수를 보고 몽조夢兆를 고한 후 침음 불락沈吟不樂 왈,

"사부 일찍 첩의 꿈에 누차 뵈오나 웃는 얼굴로 서로 반기더니 이제 홀연 처량 함루含淚함을 뵈니 반드시 길조가 아니라. 금일은 진문陣門을 닫고 선우와 접전치 마심이 좋을까 하나이다."

양 원수 웃고 위로하더라.

이윽고 제장이 보報 왈,

"선우 다시 대군을 거느려 도전하나이다."

원수 짐짓 진을 고쳐 무곡진武曲陣을 치고 진문을 닫쳐 요동치 아니하더니 동, 마 양장이 또 보하되,

"선우 수차 호병을 보내어 도전하다가 요동함이 없음을 보고 이제 노균을 보내어 도전하나이다."

원수 차언此言을 듣고 분연奮然히 일어나 왈,

"내 마땅히 반적叛敵의 머리를 먼저 취한 후 흉노를 멸하리라."

하고 친히 진상에 올라 바라보니, 노균이 십여 기 호병을 데리고 진전에 이르러 말을 잡고 외쳐 왈,

"연왕은 내 말을 들어 보라. 옛글에 하였으되, '비조진飛鳥盡에 양궁良弓이 장藏하고 교토사狡兔死에 주구팽走狗烹이라.'[10] 하였으니, 자고로 중국은 규모 액색阨塞한 나라이라. 인재를 용납지 못하거늘 다만 소년 예기銳氣를 믿고 남정북벌南征北伐에 은총을 탐하여 촉루검钃鏤劍이 오자서伍子胥의 머리에 내려짐[11]을 깨닫지 못하니 어찌 한심치 않으리오? 노부 비록 선견지명이 없으나 한나라 이소경李少卿을 효칙效則하여 호중胡中 부귀를 누릴지니 슬프다! 그대 타일 함양咸陽 시상市上에 황견黃犬을 탄식[12]할 때 고인의 말이 충곡衷曲임을 알리라."

원수 대로하여 진전에 나서며 꾸짖어 왈,

"반적 노균아, 네 비록 흉두역장凶肚逆腸[13]으로 면목이 두터우나 천일天日이 조림照臨

---

10) 나는 새가 다 없어지매 좋은 활을 넣어 두고, 약삭빠른 토끼를 잡은 뒤에는 사냥개도 삶아 먹는다. 사마천이 쓴 《사기》에 나오는 말.

11) 오자서가 오왕吳王을 도와 큰 공을 세웠으나, 뒤에 오왕이 참소를 곧이듣고 촉루검을 주어 오자서를 자살하게 했다.

12) 진秦나라 재상 이사李斯가 조고趙高의 참소로 온 가족이 형장으로 끌려가면서 둘째 아들에게, "너와 함께 누런 개를 데리고 토끼 사냥을 하려 했는데 이제는 어렵게 되었구나." 했는데, 조고를 잡으려고 했더니 제가 먼저 잡혔다고 탄식한 말이다. 함양은 진나라 서울.

하시니 어찌 네 죄를 네 모르리오? 네 할아비 노기盧杞는 당나라 소인小人이라. 세세 자손이 종락種落을 전하여 네 몸에 미치니 군자는 배척하고 국가의 버린 바이늘 우리 황제 폐하께서 요순지성堯舜之聖으로 너를 수습하사 벼슬이 참정에 이르게 하니 마땅히 충성을 다하여 천은天恩을 도보圖報하고 명절名節을 닦아 가풍을 썻어 버릴지라.

이제 차마 나라를 그르쳐 군부를 저버리고 흉노에게 굴슬屈膝하여 더러운 가풍을 더욱 더러이니 네 죄 하나이요, 하늘이 사람을 내시매 금수와 다름은 오륜五倫이 있음이라. 군신 부자는 오륜의 으뜸이어늘 네 이제 간사한 말과 반복反覆한 정태情態로 군부를 농락하여 천 리 해상에 외로이 버리고 적진에 투항하여 도리어 겁박하니 어찌 이 차마 할 바리오? 네 죄 두 가지요, 네 부모의 분묘墳墓가 중국에 있거늘 돌아보지 아니하고 호지胡地에 투생偸生하니 우거진 풀과 소슬한 백양白楊을 목수초동牧豎樵童[14]이 서로 가리키며 꾸짖고 욕하여 왈, '이는 역신 노균의 선영先塋이라.' 하고 도채를 메어 나무를 찍으며 우양牛羊을 놓아 분묘를 짓밟아 없이하리니, 한식 청명에 주린 혼령이 추추啾啾히 울며 자손을 생각하여 그 의탁 없음을 슬퍼할 제 네 차마 호중 부귀를 맛 들여 누릴쏘냐? 네 죄 세 가지요, 공명과 부귀는 장차 문호를 빛내고 내 몸을 영화롭게 하고자 함이라. 네 재주를 시기하고 권세를 탐하여 시비를 억제하고 공의公議를 분격奮激[15]하니 중국에 있어 소인의 지목을 도망치 못하며 호지胡地에 간 후 반국지신叛國之臣을 뉘 공경하리오? 이를 모르고 양양자득하니 네 죄 네 가지요, 자고로 소인이 작죄作罪한 자 모르고 범한즉 오히려 용서할 바 있으나 알고 범한 자는 용납지 못할지니 네 일찍 성인의 글을 읽고 성인의 말을 들어 선비의 관을 쓰고 선비의 옷을 입은지라. 어찌한즉 충신이요 어찌한즉 간신이며, 이리하면 나라가 평안하고 저리하면 천하가 위태함을 소연昭然히[16] 알며 짐짓 그르치니 네 죄 다섯 가지라.

네 시종侍從을 자구自求하여 예악을 말하니 과연 동홍의 생황이 선왕지악先王之樂에 가까우며 불시不時에 봉선封禪하심이 선왕지례先王之禮에 합한 줄로 알았다? 속으로 웃으며 겉으로 농락하니 네 죄 여섯 가지요, 의봉정儀鳳亭 상上에 풍류를 들으실 때 간관諫官을 죄주며 대신을 삭출削黜하니 국가 흥망이 조석에 있거늘 네 차마 군부를 격동하여 과거過擧를 도우니 네 죄 일곱 가지요, 동홍은 불과 경박한 자라. 네 노흉老凶한 경륜으로 달래고 공동恐動하여 기화奇貨를 삼아 조정을 탁란濁亂하니, 네 죄 여덟 가지요, 황성이 함몰한 후 천자를 기망하여 양전兩殿 안위를 망연히 모르시게 하니, 네 죄 아홉 가지요, 계교가 궁진窮盡하매 반심叛心을 포장包藏하고 자원 출전하니 네 죄 열 가지요,

---

13) 흉험한 뱃속과 어지러운 마음.
14) 소 먹이는 아이와 나무하는 아이.
15) 급격하게 마음을 떨쳐 일으킴.
16) 밝게.

성명性命을 도망하여 이미 투항한즉 마땅히 자취를 감추어 비록 중심은 즐거우나 일분 참괴지색慙愧之色을 둠이 옳거늘 이제 백수白首를 흩날리고 선우의 신하 되어 호병胡兵을 거느리고 진전陣前에 도전하니 어찌 제장 군졸이 부끄럽지 아니하냐? 네 죄 열한 가지요, 사사 원수私事怨讐로 말함이 녹록하나 내 등과지초登科之初에 탑전榻前 논죄論罪함이 진개眞個 공심公心이며 진개 그름을 봄인다? 불과 재주를 시기하여 은총을 다툼이니 네 죄 열두 가지요, 유가遊街[17]하는 날에 잡심雜心을 두고 누이를 가져 결혼코자 하다가 여의치 못하매 혐원嫌怨을 맺고, 동홍은 천인이라 환복宦福을 탐하여 윤기倫紀를 모르고 남매지의男妹之義를 맺으니 네 죄 열세 가지요, 내 엄교嚴敎를 받자와 운남으로 가니 만 리 악지惡地에 생환生還할 기약이 없는지라. 그만하면 네 마음에 쾌하려던 간인과 자객을 보내어 방헤 곡경傍蹊曲逕[18]으로 살해코자 하니 네 죄 열네 가지요, 내 비록 불충하나 네 말에 요동치 않을 바어늘 간악한 무리로 말을 윤색하여 공동코자 하니 네 죄 열다섯 가지라.

창천蒼天이 재상在上하시고 신명神明이 재방在傍하니 비록 무지 소년이 한 가지 죄를 지어도 췌췌율률惴惴慄慄하여 그 죽을 바를 알지 못하려든, 네 이제 열다섯 가지 미천 대죄彌天大罪[19]를 무릅쓰고 장차 어디로 가려 하는다?

슬프다, 창곡이 여남 수재로 자신전紫宸殿에 대책對策을 올릴새 네 이미 대신지열大臣之列에 참여하여 천자의 예대禮待하심과 후진後進의 흠앙欽仰함이 어떠하더뇨? 금일 진전에 호왕의 명을 받아 저 몰골이 무엇인다? 빨리 돌아가 선우에게 전하라. 준준蠢蠢[20]한 오랑캐 비록 예법을 모르나 북방에도 응당 하늘이 있고 땅이 있으며 임금이 있고 신하 있으며 부모가 있고 자식이 있을지니 노균 같은 자는 난신적자亂臣賊子라. 시각을 두지 말고 참수斬首하여 북방 풍속을 징계할지어다."

원수 꾸짖기를 다하매 노균이 얼굴이 취하고 기운이 막히어 한마디 소리를 지르며 낙마落馬하니, 호병이 구하여 본진에 돌아와 반상半晌을 넋 빠진 사람 같더니 바야흐로 정신을 차려 하늘을 가리켜 맹세 왈,

"내 연왕을 죽이지 못한즉 세상에 있지 않으리라."

하고, 진인과 선우를 대하여 분연 왈,

"양 원수의 무례함이 대왕과 진인을 초개草芥같이 알아 그 하는 말이 무도한 오랑캐와

---

17) 장원급제한 사람이 사흘 동안 거리를 돌며 급제를 자랑하고 위세를 보이도록 하는 일. 또는 과거에 급제한 사람이 풍악을 잡히면서 선배나 친척, 웃어른들을 찾아보는 일.

18) 바른 길을 밟지 않고 굽은 길을 간다는 뜻인데, 일을 순리대로 하지 않고 그릇된 수단으로 억지로 도모함을 가리키는 말.

19) 하늘까지 닿을 법한 큰 죄.

20) 미욱하고 어리석은 것.

요탄妖誕한 도사를 한 칼에 베리라 하니 대왕은 장차 어찌 써 설치雪恥코자 하시나이까?"

진인이 소 왈,

"좌현왕은 번뇌치 마소서. 빈도가 비록 무재無才하나 금일 명 원수와 자웅을 결決하리이다."

하고, 친히 진상에 올라 북을 쳐 진을 변하여 일개 방진方陣을 치고 중앙방에 흑기黑旗를 꽂아 가만히 작법作法하니, 차시 홍 표요 멀리 바라보고 놀라 원수께 고 왈,

"호병이 홀연 진을 변하여 십분 병법에 합하니 이는 반드시 가르치는 자가 있음이라. 또한 진중에 검은 기를 꽂았으니 장차 도술을 부려 우리를 접박코자 함이로소이다."

동초 왈,

"소장이 들으매 노균이 일개 도사를 청하여 천자께 천거하니 그 도호는 청운도사라. 도술이 비상하여 일찍 신선을 청하여 궁중에 강림케 하고 신장 귀졸을 불러 백성의 시비하는 자를 일일이 금제禁制한다 하더니, 금일 반드시 노균을 좇아 선우를 도움인가 하나이다."

홍 표요 차언을 듣고 심중에 대경 왈,

"이 어찌 도동道童 청운이 아니냐? 청운의 천성이 요망하여 사부께서 매양 근심하시더니 만일 이같이 작란한즉 그 죄 큰지라. 장차 어찌 처치하리오?"

하더니, 홀연 호진의 북소리 진동하며 무수 호병이 청기靑旗와 청의靑衣를 입고 쌍쌍이 나오며 수중에 각각 작은 호로병을 들어 일시에 공중을 향하여 한번 흔들매 천만 줄기 푸른 기운이 변하여 낱낱이 창검이 되어 하늘을 덮어 명진을 짓치고자 하거늘, 홍 표요 웃고 급히 북을 쳐 진을 변하여 일개 원진圓陣을 치고 진중에 붉은 기를 꽂고 수중 쌍검을 들어 공중을 한 번 가리키매 한줄기 서리 같은 기운이 칼끝에 일어나 광풍과 창검을 몰아 진중에 떨어지며 낱낱이 화하여 푸른 잎새 되는지라. 홍 표요 미소하고 그 잎새를 집어 오라 하여 자세히 보니 낱낱이 칼 흔적이 있더라. 즉시 봉하여 호진으로 보내니 차시 진인이 도술을 행코자 하다가 이루지 못함을 보고 일변 놀라며 의심하여 왈,

"내 십 년 산중에 사부를 좇아 도술을 배워 횡행천하橫行天下에 당할 자 없거늘 이는 반드시 곡절이 있음이라."

하더니, 홀연 명진에서 일개 봉한 것을 진전陣前에 던지고 가거늘 집어 보니 이에 무수한 풀잎사귀라. 개개이 칼 흔적이 완연함을 보고 진인이 더욱 대경하여 가만히 생각하되,

'이는 범상한 장수의 일이 아니라. 반드시 우리 사부께서 명진에 강림하사 명국 천자를 돕고자 하심이니 내 마땅히 금야수夜에 명진에 가 동정을 본 후 다시 생각하리라.'

하고 선우를 대하여 왈,

"금일은 천존天尊이 입재入齋하시는 날이라. 도가道家의 용병用兵을 기忌하나니 명일 빈도가 다시 경륜하리라."

하더라. 진인이 명진에 가 어찌할꼬? 하회를 보라.

제37회 청운도사 옛 동학으로 돌아가고
야율 선우는 동편 성으로 달아나다
靑雲道士歸故洞　耶律單于走東城

각설却說, 시야是夜 삼경에 진인眞人이 몸을 변하여 한줄기 푸른 기운이 되어 명진에 이르니, 차시 홍 표요 촉촉燭을 밝히고 서안을 의지하여 홀로 앉았더니, 홀연 일진청풍一陣淸風이 장을 걷어치며 촉하燭下에 청기靑氣 살같이 들어오거늘, 홍 표요 손을 들어 서안을 치며 꾸짖어 왈,

"청운아, 네 어찌 나를 속이는다?"

진인이 대경하여 이에 본형本形을 드러내어 일개 도동이 되어 홍랑의 손을 잡고 함루含淚 왈,

"사형師兄이 어찌 차처此處에 계시뇨? 청운이 사형을 떠난 지 이미 팔구 년이라. 주야 일념一念이 사형에게 있으나 천애天涯 남북에 소식이 창망하더니 어찌 금일 차처에 계심을 알았으리오?"

홍랑이 정색 왈,

"사부가 서천으로 가실 제 너를 경계하시며 인간에 망령되이 출각出脚지 말라 하심은 다름이 아니라, 네 천성이 경솔하여 잡술을 좋아함을 염려하심이니 네 이제 요망한 술법으로 천지신명께 큰 죄를 짓고 청정하신 우리 사부의 공덕을 휘지르니 내 어찌 석일昔日 형제지정을 돌아보아 용서하리오? 내 수중에 일쌍 부용검이 있으니 마땅히 네 머리를 베어 사부께 사례하리라."

청운이 울며 꿇어 왈,

"사형아, 청운이 어찌 악업을 짓고자 함이리오? 사형은 식노息怒하고 청운의 말을 들어 보소서. 사형은 만왕蠻王을 따라 하산하시고 사부는 서천으로 가시니 적막한 백운동에 누구와 마음을 붙이리오? 청산에 꽃이 떨어지고 향로에 불이 사라지니 인생 백 년에 무료함을 건디지 못하여 잠깐 천하를 구경코자 하여 동으로 부상扶桑을 보고 서으로 약목若木을 찾아 북방을 편답遍踏하며 중국에 이르니 도무지 취몽醉夢 세계요 가소可笑 인생이라. 출중한 인물과 탁월한 재국才局이 우리 사형 같은 자 없으니 청운이 과연 어린 소견으로 한번 도술을 빛내어 인간을 놀래고 갈까 하였더니, 의외에 사형을 이곳에 만남은 또한 인연과 운수라. 무비無非 하늘이 지도하신 바니 사형은 용서하소서."

홍랑은 본디 다정 인자한 여자라, 바야흐로 청운의 손을 잡고 함루 왈,

"내 평생에 부모형제지정을 모르고 표박漂迫 종적이 산중에 의탁하여 사부를 부父로 알고 너를 동기같이 정을 붙여 비록 풍진 남북에 회합할 기약이 없으나 서천 타일에 인연을 다시 이어 즐길까 하였더니, 네 어찌 사부의 훈계를 생각지 아니하고 이같이 세상을 요란케 하뇨? 내 작야 몽중에 사부를 뵈오매 일언이 없고 다만 비참하사 '삼년 산중의

고정故情을 생각하라.' 하시니, 이는 너를 부탁하심이라. 내 어찌 너를 저버리리오? 빨리 돌아가 산중에 도를 닦아 망념妄念이 없은 후 공부를 이루라."

청운이 소 왈,

"사형이 누구를 좇아 여기 오시뇨?"

홍랑이 소 왈,

"네 사형이 또한 공부를 이루지 못하고 잠깐 진세塵世 인연을 맺어 가군家君을 따라왔노라."

청운 왈,

"가군이 뉘신고?"

홍랑이 미소 왈,

"지금 원수 연왕이시니라."

청운이 다시 소 왈,

"연왕의 장략이 출중하여 천하의 일인이라 하기에 청운이 한번 재주를 겨루어 볼까 하였더니 이제 사형이 가군으로 섬기니 경륜 재국이 응당 사형에 더할지라. 청운이 잠깐 뵈옵고자 하나이다."

언필言畢에 홍랑이 답씀지 못하여 청운이 표연히 일어 변신하여 작은 파리 되어 날아 양 원수 장중으로 가더니 아이오 돌아와 탄 왈,

"사형아 양 원수는 범인이 아니라 이에 천상 문창성군文昌星君이러이다. 서안을 의지하여 무곡병서武曲兵書를 보다가 청운이 날아 서안 머리에 앉으매 원수 한번 눈을 흘려 보시니 양안兩眼에 일월광日月光이 비치어 스스로 마음이 송연하여 오래 보지 못하고 오니이다."

홍랑이 소 왈,

"네 다만 외모를 보고 어찌 일분 췌탁揣度[1]하리오? 태산같이 높으시며 하해같이 깊으시며 문장을 의논한즉 이십팔수二十八宿가 흉중에 벌었고 장략將略을 말씀한즉 백만 갑병甲兵을 복중腹中에 용납하시니 어찌 네 사형의 우러러볼 바리오?"

청운이 탄식하고 다시 고 왈,

"청운이 이제 사형을 위하여 호진胡陣에 가 선우의 머리를 취하여 죄를 속하리다."

홍랑이 소 왈,

"이 또한 불가하니 양 원수 황명을 받자와 백만 대병을 거느리고 어찌 이같이 구차한 일을 행하리오? 선우를 이같이 죽이고자 할진대 네 사형의 쌍검이 족할지니 어찌 네 손을 빌리오? 다만 속히 돌아가 종적을 감추라."

청운 왈,

---

1) 남의 마음을 미루어 헤아림.

"청운이 이 길로 돌아가오니 어느 날 다시 보오리까?"

홍랑이 역시 손을 잡고 창연愴然한 눈물을 금치 못하여 왈,

"네 이제 도를 깨달은즉 타일 옥경玉京 청도에서 사부를 같이 모셔 천상 극락을 길이 누리리라."

청운이 울며 재삼 돌아보고 간데없거늘, 홍랑이 촉하燭下에 홀로 앉아 반상半晌을 초창怊悵하더라.

청운이 호진에 돌아가 가만히 생각하되,

'내 이제 노균과 선우를 작별코자 한즉 또한 인정을 떼칠 길이 없을지니 차라리 고告치 말고 가리라.'

하고 즉시 풀잎새를 뜯어 한번 던지며 진언을 염하니 완연한 일개 가청운假青雲이 되어 용모 거동이 자기와 호발毫髮도 다름이 없거늘 청운이 웃고 몸을 솟아 일진청풍이 되어 백운동으로 가니라.

홍랑이 원수께 뵈옵고 청운의 일을 일일이 고하니, 원수 정색 왈,

"내 백운도사를 물외物外 고인高人으로 알았더니 어찌 이같이 요탄한 제자를 두뇨? 내 만일 알았더면 한 칼로 베어 선우를 호령하였으리로다."

홍랑 왈,

"청운의 천성이 비록 요망하나 술업이 정통하니 다시 정심正心하여 상승지도上乘之道를 깨치려니와 무비無非 국가의 운수니 어찌 청운의 죄리오?"

원수 소 왈,

"청운을 위하여 너무 발명發明치 말라."

하더라.

차설, 익일 청신清晨에 선우 태청 진인을 찾아 이르매 오히려 장帳이 닫히고 동정이 적연寂然하거늘 선우 장을 걷고 보니 진인이 올연 독좌兀然獨坐하여[2] 불언불소不言不笑하니 선우 앞에 나아가 고 왈,

"선생이 야래夜來에 존체 보중하시니이까?"

진인이 적연 부답不答한대, 선우 다시 고 왈,

"금일 싸움에 선생이 장차 어찌 지도코자 하시나니이까?"

진인이 또 부답하거늘 선우 의아하여 양구良久히 앉았다가 나와 노균을 보고 진인이 여차여차함을 말하니 노균이 침음沈吟 왈,

"이는 반드시 곡절이 있음이라."

하고, 즉시 장중帳中에 들어와 재배 문 왈,

"선생이 어찌 불평하신 기색이 계시니이꼬?"

---

2) 홀로 단정하게 앉아.

진인이 또 부답한대 노균이 반상을 앉았다가 다시 고 왈,

"선생이 노균을 찾아 이곳에 강림하시니 만일 심중에 미타하심이 계실진대 어찌 노균을 대하여 충곡衷曲을 아끼시나이까?"

진인이 또 부답하니, 노균이 그 곡절을 깨닫지 못하여 장외에 나와 선우와 상의 왈,

"진인이 십분 노색이 있어 종시 요동치 아니하니 우리 마땅히 같이 들어가 보고 빌리라."

한대 호장 척발랄이 대로 왈,

"요마 도사가 어찌 이같이 거만하뇨? 내 마땅히 들어가 보리라."

하고 칼을 잡고 장중에 들어서며 크게 소리쳐 왈,

"내 들으니 도술이 높은 자는 목을 베도 요동치 아니한다 하니 시험하여 보리라."

하고 칼을 들어 진인을 한번 치매 칼이 쟁연히 떨어지며 진인은 간데없고 다만 한 조각 풀 잎새가 칼에 맞아 두 조각이 되었더라.

선우 이르러 보고 바야흐로 대로하여 좌우를 호령하며 노균을 물리쳐 장하帳下에 꿇리고 책責 왈,

"반국叛國한 늙은 도적놈아, 무슨 뜻으로 풀잎을 가져 과인을 속이뇨? 빨리 내어 베라."

한대, 노균이 애걸 왈,

"도사가 노균을 속임이요, 노균이 대왕을 기망欺罔함이 아니로소이다."

척발랄이 간 왈,

"만일 노균을 죽인즉 이는 항복하는 길을 막음이니 그 죄를 사하소서."

선우 침음 왈,

"그러할진대 과인이 한 방략이 있으니 좌현왕이 능히 과인을 도와 공으로 죄를 속할쏘냐?"

노균이 응낙한대 선우 노균을 장중으로 가만히 불러 왈,

"이제 명 원수의 장략을 보니 힘으로 싸우지 못할지라. 과인은 들으매 명 천자 위로 태후 있어 효성이 근천根天하다 하니 과인이 장차 초패왕의 계교를 효칙하여 높은 도마에 태공을 앉히고 한왕漢王을 호령코자 하노니[3] 어떠하뇨?"

노균이 칭찬 왈,

"차계此計 비록 묘하나 명 태후明太后 진남성鎭南城에 있으니 어찌하리오?"

선우 소 왈,

"장수 되어 궤술詭術이 없은즉 못 쓰나니 일개 가태공假太公을 장속裝束[4]지 못하리오?"

---

3) 항우項羽가 한고조漢高祖의 아버지 태공太公을 잡다가 도마 위에 앉히고 항복하라고 협박했다.

노균의 귀에 닿이고 가만히 말하니, 노균이 대희 왈,

"대왕의 신통하신 계교와 기묘한 경륜은 범인의 미칠 바 아니로소이다."

하고 즉시 태후의 복색과 의장을 만들어 자기 처첩과 사로잡힌 여자를 장속하여 한 곳에 모아 멀리 진중에 세우고 선우 격서를 써 살에 매어 바로 연소성에 쏘니, 그 격서에 왈,

과인이 이미 진남성을 함몰하고 태후 비빈을 생금生擒하여 군중에 이르렀으니 명 천자 항복한즉 즉시 돌려보내려니와 불연不然즉 추회追悔할 일이 있으리라.

천자 보시고 대경 돈족大驚頓足[5]하시며 양 원수를 바삐 인견引見하시니, 원수 주奏 왈,

"이는 흉노의 궤계詭計로소이다. 진남성은 단단한 성지城池라 어찌 이같이 파破하며 진 왕秦王의 장략將略과 일지련의 효용驍勇과 윤 각로의 충성으로 양전兩殿을 보호하여 일 분 소루疏漏[6]함이 없을지니 이는 선우의 흉모 비계凶謀秘計라. 원컨대 대군을 동독董督하여 선우의 머리를 취하여 이 부끄러움을 신설伸雪케 하리다."

상이 눈물을 흘리시며 탄 왈,

"짐이 불효하여 모자 남북에 있어 병진兵塵에 막히어 소식이 창망蒼茫한 중 흉설凶說을 들으매 간담이 최절摧折하는지라. 이제 경언卿言이 십분 유리하나 어찌 정녕히 믿으리오?"

하시고 친히 원수와 좌우를 데리시고 성문에 높이 오르사 호진胡陣을 바라보시니, 십만 호 병이 철통같이 결진한 중 자세히 보매 중국 여자들이 무수히 둔취屯聚하여 앉았으니 그 사로잡히어 옴을 알러라.

그중에 의장 복색이 일광日光에 비치어 완연한 궁중 물색이라. 상이 보시고 옥색玉色이 저상沮喪하시며 좌우의 무언無言함을 보시고 발을 구르시며 연왕의 손을 잡으시고 누수淚水로 용포龍袍를 적시사 왈,

"짐은 이미 종사宗社에 득죄한 몸이라. 어찌 차마 천하를 가져 모자지정母子之情을 바꾸리오?"

하시고 성하지맹城下之盟[7]을 재촉하시니, 양 원수 간 왈,

"신이 비록 불충불효하오나 어찌 일분 의심된 바로써 금일 폐하의 애연藹然하신 효성을 손상케 하리꼬? 옛적 한고조는 태공의 위태함을 목도目睹하나 요동치 않았으니 이를 비록 본받을 바 아니오나 금일지사今日之事는 소연昭然한 간계奸計라. 이미 그 간계를 알

---

4) 가짜 태공을 꾸미는 것. 여기서는 다른 여자들을 데려다가 태후를 사로잡았다고 꾸미는 일.
5) 크게 놀라 발을 구름.
6) 생각이나 행동이 꼼꼼하지 못하여 얼뜨고 거침.
7) 성 밑에서 맺는 맹세. 곧 적에게 항복하는 것을 이르는 말.

고 의신간疑信間에 이같이 동심動心하심은 도리어 선우에게 천심天心을 뵈임이라. 신이 그윽히 소료所料함이 있어 선우의 흉두역장凶肚逆腸을 소연昭然히 아오니, 복원伏願 폐하는 놀라지 마시고 다만 설치雪恥할 방략을 도모하소서."

천자 믿지 아니하시고 실성失聲 오열嗚咽하사 왈,

"한고조는 비록 영걸한 임금이나 짐이 매양 《사기史記》를 보다가 태공太公의 일을 당하여는 책을 덮고 차마 읽지 못한 바라. 부모를 모르는 자 어찌 조상을 알며 조상을 모르거든 어찌 종사를 알리오?"

하시고 법가法駕를 재촉하여 곧 호진으로 가려 하시니, 홀연 일개 소년 장군이 개연慨然히 출반주出班奏 왈,

"신은 호진을 보매 의장 복색이 도시 신비新備한 바라, 정녕히 태후 양전의 평일 시위侍衛가 아니오니, 폐하 이제 지효至孝로 믿지 아니하실진대 수각數刻[8]의 말미를 주신즉 신이 마땅히 단기로 호진에 가 먼저 진위를 탐지하여 만일 양전이 호진에 계실진대 신이 죽기로써 모시고 올 것이요 만일 선우의 기망함인즉 선우의 머리를 베어 금일 군신의 망극한 욕을 설치하리이다."

하거늘, 천자 보시니 이에 홍혼탈이라. 천자 감루感淚를 머금으시며 혼탈의 손을 잡으사 왈,

"경의 충성이 지극하나 불과 일개 여자라. 어찌 홀로 위지危地에 들어가리오?"

혼탈이 개연히 대 왈,

"신첩은 듣자오니 옛글에 하였으되, '주욕신사主辱臣死라.'[9] 하니, 임금이 욕을 당한즉 그 신하의 죽음은 떳떳한 일이라. 신첩의 가부家夫 연왕의 관일지충貫日之忠은 폐하의 아시는 바라. 폐하 이제 성하지맹을 결단하사 법가가 호진으로 향하신즉 연왕의 지극한 충성으로 반드시 일분 생존할 마음을 두지 않을지니, 신첩이 위로 군부君父의 수욕受辱하심을 보고 아래로 가부의 사생이 미판未判함을 당하여, 어찌 한번 위지危地에 들어감을 사양하리꼬? 신첩은 본디 일개 창기라 사생이 초개草芥 같사오니, 복원伏願 폐하는 법가를 멈추시고 수각의 군령을 주소서."

언필에 기색이 열렬烈烈하여 추상같은 기운이 미우眉宇에 오르며 표연히 몸을 일어 천자께 재배하고 진중에 돌아오니, 양 원수 또한 어이없어 같이 진상에 와 문 왈,

"낭이 장차 어찌코자 하느뇨?"

혼탈이 추연惆然 왈,

"첩의 천성은 상공의 아시는 바라. 군신 부부지간에 어찌 다른 말씀이 있으리오? 다만 상공은 대군을 준비하여 급함을 보시거든 서로 구하소서."

---

8) 잠깐 동안.

9) 임금이 욕을 당하면 신하가 죽는 것이 마땅하다. 사마천의 《사기史記》에 나오는 말.

연왕이 만류치 못할 줄 알고 그의 손을 잡아 왈,

"낭은 수천 정병精兵을 거느리고 가라."

홍랑이 소 왈,

"가을 새매 높은 언덕에 내리매 그 나래를 더하지 못할지라. 상공은 근심치 마소서."

하고, 쌍검을 들고 말게 올라 표연히 호진으로 가니라.

차시, 선우 명진에 격서를 보낸 후 호병을 지휘하여 중중첩첩히 진을 치고 동정을 관망하더니 홀연 일개 소년 장군이 단기單騎로 진전陣前에 이르러 말을 잡고 소리쳐 왈,

"나는 명진지장明陣之將이라. 황명을 받자와 양전兩殿 안후安候를 알고자 왔으니 선우에게 고하라."

한대, 호병이 창을 들어 막고자 하거늘, 그 장수 소 왈,

"양국이 대진對陣하여 이같이 단기로 왕래하는 사신을 막는 법이 없나니 빨리 통하라."

선우 차언을 듣고 즉시 진전에 나와 앉아 보매 그 장수 머리에 성관星冠을 쓰고 몸에 전포戰袍를 입고 신장이 오 척에 지나지 못하고 가는 허리와 낭랑한 성음이 심분 용맹치 못하나 별 같은 눈에 정기 돌올突兀하고 빼어난 눈썹에 잠깐 살기를 띠었거늘 선우 노균을 보며 문 왈,

"이는 어떠한 장수뇨?"

노균이 가만히 고 왈,

"이는 전일 정남부원수征南副元帥 홍혼탈이나 명진明陣 중 제일 명장이요 양 원수의 평생 총애하는 가희佳姬라. 만일 이 장수를 없이한즉 명 천자의 어금니를 앗음이요 양 원수의 우익羽翼을 폐함이라. 양 원수 비록 정대正大하나 혼탈이 일시一時 없은즉 식불감미食不甘味하고 침불안석寢不安席하여 성명을 지탱치 못하리다."

선우 대희하여 역사力士 십여 명을 매복하고 모든 호장이 각각 창검을 잡아 전후좌우로 겹겹이 호위한 후 짐짓 진문을 열고 홍혼탈을 인도하매, 혼탈이 일호一毫 겁함이 없어 좌우를 고면顧眄치 아니하고 앙연昻然히 들어가 태후 계신 곳을 물은대 선우 소 왈,

"명 태후 어찌 과인의 군중에 있으리오? 과인이 잠깐 명 천자를 희롱함이니 장군은 무단히 위지危地에 들어왔도다."

홍랑이 냉소 왈,

"내 또한 선우를 농락함이라. 실로 황명을 받자와 선우의 머리를 취하려 왔으니 어찌 무단히 오리오?"

선우 대로하여 좌우를 보며 한번 소리치니 십여 명 매복한 역사들이 일시에 칼을 들고 내달으며 전후좌우의 창검이 빗발치듯 들어오니, 홍랑이 미소하고 박은 듯이 서서 양수兩手의 쌍검을 바람같이 둘러 동으로 방비하여 서로 가리매 다만 한 줄기 푸른 안개 칼끝에 일어나고 습습한 찬 기운이 사람을 엄습하는지라. 모든 호장과 십여 명 역사들이 비록 진력하여 어지러이 치나 돌과 쇠를 찌르는 듯 일호 상함이 없고 다만 병기만 부러지거늘 선우 대로하여,

"철기鐵騎를 풀어 에워싸고 일제히 활로 쏘라"

한대, 홍랑이 웃고 수중 쌍검을 한번 번뜩여 간 곳이 없더니 아이오 진중이 요란하여 창황전도하며 천백 홍혼탈이 동에 가 작란하고 서에 가 충돌하며 북에서 섬홀閃忽하며 남에 가 현형現形하여 동서남북에 뵈는 것이 홍혼탈이요 홀왕홀래하여 무수한 게 쌍검이라. 십만 호병이 안목이 미란迷亂하고 정신이 어지러워 물 끓듯 지껄이며 사면으로 몰리거늘, 선우 바야흐로 대경 왈,

"이 어찌 심상한 장수리오? 괴이한 재변이라. 과인이 백만 대군을 거느려 중국에 나왔다가 이제 일개 잔약한 여장女將을 대적지 못하고 패하여 돌아간즉 하면목何面目으로 북방 사람을 대하리오? 과인이 한번 싸워 사생을 결단하리라."

하고 즉시 좌우를 호령하여 왈,

"과인의 철창과 마필을 가져오라."

하여 창을 들고 말게 오르니, 원래 선우는 일개 철창을 쓰니 그 무게가 일천오백 근이라. 창법이 흉녕凶獰하여 한번 던진즉 능히 수백 보 밖에 섰는 사람을 찔러 한 창에 수십 명을 짓치니 평생 용력을 믿고 작은 위태함을 당한즉 요동치 아니하더니, 차일 홍랑의 검술을 보고 분연히 진상에 나 크게 외쳐 왈,

"저기 가는 저 장수는 무죄한 군사를 어지러이 죽이지 말고 한번 자웅을 결하게 하라."

한대, 홍랑이 즉시 쌍검을 거두고 말을 잡으니, 선우 흉녕한 눈을 부릅뜨고 우레같이 고함하며 철창을 들어 부지불각不知不覺에 홍랑을 향하여 한번 던지니 산악이 무너지고 벽력이 내리는 듯 바로 홍랑의 머리 위에 내려 땅에 삼사 척이 박히며 홍랑은 간데없고 다만 쟁연한 칼 소리 공중에 들리거늘, 선우 더욱 대로하여 말을 달려 철창을 빼어 들고 뒤를 돌아보니, 홍랑이 웃고 좇아오며 낭랑히 소리쳐 왈,

"선우는 부질없이 닫지 말고 목을 늘이어 내 칼을 받으라. 천라지망天羅地網에 첩첩이 싸였으니 어찌 벗어나리오?"

하거늘, 선우 분기충천하여 철창을 다시 던지며 돌처서매 홍랑이 이미 간데없고 쟁연한 칼소리 또 공중에 들리거늘, 선우 크게 한소리를 지르며 다시 철창을 빼어 들고 뒤로 돌아보매 홍랑이 뒤에 있고 앞을 바라보매 홍랑이 앞에 있어 좌편을 보아도 홍랑이요 우편을 보아도 홍랑이라, 선우 철창을 들고 던질 곳을 몰라 동으로 견주매 동에 있는 홍랑이 이미 간데없고 서로 견주매 서에 섰던 홍랑을 또한 보지 못할지라. 다만 백설이 분분하고 운무雲霧가 자욱한 중 쟁연한 칼 소리 사면에 편만하니 이는 이에 홍랑의 검술이라. 전일 만진蠻陣 중에서 소유경을 곤困케 하던 법일러라.

선우 대성통곡하고 철창을 마전馬前에 던지며 왈,

"과인의 창법이 일찍 실수함이 없더니 이는 반드시 요물이 과인을 기롱함이로다."

언미필言未畢에 공중에서 낭랑히 외쳐 왈,

"선우는 이제도 항복지 않을쏘냐?"

하거늘, 선우 홍랑의 소린 줄 알고 고쳐 철창을 집으며 대로 왈,

"과인이 요술에 속음이요 창법의 부족함이 아니라 어찌 항복하리오?"

홍랑이 대소 왈,

"미련한 오랑캐 오히려 창법을 자랑하니 내 또한 칼 쓰는 법으로 대적하리라."

하고, 즉시 쌍검을 거두고 높이 외쳐 왈,

"내 너로 더불어 삼합을 싸워 내 칼이 네 머리에 세 번 지나간즉 이는 네 나를 이기지 못함이요 네 창이 한번 내 몸에 이른즉 내 너를 당치 못함이라."

약속하기를 맞고 창검이 어우러져 대전 삼합에 선우의 흉악함은 맹호가 철망鐵網을 박차는 듯 홍랑의 정묘함은 넘노는 봉황이 죽실竹實을 짓쪼는 듯 한번 물러서며 한번 나아가 삼합에 미치매 선우 홀연 말을 빼어 달아나니 원래 홍랑의 칼이 서너 번 선우의 머리에 이름이라. 홍랑이 말을 달려 쫓고자 하더니, 홀연 함성이 대작하고 양 원수 대군을 몰아오며 크게 외쳐 왈,

"홍 장군은 궁한 도적을 쫓지 말라."

하거늘, 홍랑이 바야흐로 칼을 거두고 말을 달려 원수의 대군으로 더불어 일장一場을 시살厮殺하니 호병의 죽은 자를 헤아릴 길이 없더라.

십여 리를 쫓아 가다가 회군하니 천자 성에 내리사 홍혼탈의 손을 잡으시고 위로 왈,

"경의 검술을 일찍 들었으나 어찌 단기로 십만 호병을 이같이 물리칠 줄 알았으리오? 이는 전혀 충성과 의기가 과인過人하여 사생을 불고不顧함이니 금일 중원이 피발좌임被髮左袵하는 욕을 면함은 경의 공이로다."

혼탈 왈,

"신첩이 무용無勇하와 선우의 머리를 휘하에 바치지 못하오니 군령을 도망치 못할까 하나이다."

상이 소 왈,

"금일 싸움은 선우 비록 머리를 보전하였으나 정신과 넋은 잃은 지 오랠지니 그 공이 어찌 머리를 취함만 못하리오?"

하시더라.

홍랑이 물러와 양 원수를 보고 왈,

"상공이 어찌 대군을 지레 동動하시니이까?"

원수 소 왈,

"섬약한 기질이 오래 접전함을 염려함이니 내 멀리 바라보매 쌍검이 누차 선우 두상에 미쳤거늘 낭이 취치 아니함은 무슨 곡절이뇨?"

홍랑이 탄 왈,

"이 이른바 천명이 다하지 않음이라. 대범大凡 검술이 사람을 경이輕易히 죽이지 아니하나니 반드시 그 기운을 다하고 재주를 궁진窮盡케 한 후 기회를 보아 벨지라. 만일 상공의 대군이 한 시각을 참았던들 선우의 경혼驚魂을 구소 운외九霄雲外[10)]에 찾을 뻔 하니이다."

하더라.

차설且說, 선우 십여 리를 쫓기어 가다가 바야흐로 함성이 그치거늘 말을 내려 길가에 쉬더니 패한 호병과 척발랄, 노균이 차차 모여 군사를 헤어보매 겨우 육칠천 기가 남았더라.

선우 탄 왈,

"과인이 평생 담대함을 자부하였더니 홍혼탈의 검술은 간담이 서늘하여 다시 대적할 방략이 없으니 바로 산동성으로 가 고쳐 성지城池를 지키고 경륜하리라."

하고, 칠천여 기를 수습하여 북으로 행하니라.

차시此時 양 원수 선우의 패하여 달아남을 보고 천자께 고 왈,

"적병이 객지에 들어와 예기銳氣를 한번 꺾인즉 스스로 걷잡지 못하리니 차시를 타 길이 몰아 엄살掩殺함이 옳을까 하나이다."

천자 좇으사 이에 동초, 마달로 선봉을 삼고 원수와 홍 표요로 중군을 삼고 천자 소유경을 데리사 후군이 되어 대군을 거느려 진발進發할새 양 원수 또한 산동 제군에 격서를 보내어 군사를 부르니라.

차시, 선우 군사를 재촉하여 산동성을 향하고 갈새 지나는 곳마다 민가를 노략하여 계견우마鷄犬牛馬를 탈취하며 관부官府를 엄습掩襲하여 군량, 병기를 도적하니 민심이 더욱 소동하여 호병胡兵 소과所過[11]에 풀 한 포기 성함이 없더라.

아이오 산동성에 이르러 성상城上을 바라보매 중국 기치旗幟를 꽂고 일위一位 귀인이 기 아래 나앉아 크게 꾸짖어 왈,

"과인은 진왕이라. 태후의 명을 받자와 산동성을 지킨 지 오래니 쥐 같은 오랑캐 어디로 갈다?"

하거늘, 선우 대경하여 정히 황망慌忙하더니 홀연 또 등 뒤에서 함성이 천지를 흔들며 양 원수의 군이 천자를 모셔 오는지라. 선우가 노균, 척발랄을 보아 왈,

"하늘이 과인을 돕지 아니하사 산동성을 마저 잃었으니 앞에는 진왕이요 뒤에는 연왕이라. 장차 어디로 가리오?"

척발랄 왈,

"사세 이미 위급하니 바삐 북으로 달아나 양 원수의 대군을 피함이 옳을까 하나이다."

선우 그 말을 좇아 망망히 산동성을 버리고 북을 향하여 수리를 가더니, 홀연 일성 포향에 일지一枝 군마가 길을 막고 일위 장군이 대책大責 왈,

"내 여기서 기다린 지 오래니 선우는 닫지 말라."

하거늘, 차시 이미 황혼이 된지라. 선우 한번 눈을 들어 그 장수를 보더니 한마디 소리를

10) 높은 하늘 구름 바깥.

11) 오랑캐 병사들이 지난 곳.

질러 왈,

"슬프다, 과인이 어찌 이곳에서 죽을 줄 알았으리오?"

하고 말에서 떨어지니, 어떠한 곡절이며 그 장수는 누구뇨? 하회를 보라.

제38회 진왕이 가만히 산동성을 취하고
천자 친히 북흉노를 치다
秦王暗取山東城　天子親征北匈奴

각설却說, 차시 선우 명장明將을 보고 놀라 낙마落馬하니 척발랄이 급히 붙들어 왈,

"대왕의 영웅하심으로 어찌 이다지 경동驚動하시나니이까?"

선우 탄 왈,

"과인이 어찌 이곳에 와 저 장수를 만날 줄 알았으리오? 이는 홍혼탈이라."

하거늘, 척발랄이 고 왈,

"대왕은 다시 보소서. 혼탈이 아니로소이다."

하니, 원래 이는 이에 일지련이라. 태후의 명으로 진왕을 좇아 산동성을 회복하고 선우의 달아나는 길을 막음이라. 선우 어둡고 창황한 중 연랑의 모양이 십분 홍랑과 방불하고 또한 쌍창을 쌍검으로 놀람이라. 다시 보고 분하며 참괴慚愧하여 철창을 들어 수합을 싸울새 어찌 연랑을 대적하리오? 연랑이 쌍창을 들어 한번 찌르매 선우 다리를 맞고 말을 빼어 달아나니, 척발랄이 또한 싸울 뜻이 없어 대군을 거느려 길을 에워 달아나거늘 일지련이 군사를 몰아 시살廝殺하여 다시 호병 백여 기騎를 베니라.

차시 천자 산동성에 들으시니 진왕이 문외에 맞아 대군을 안돈安頓한 후 천자 양전의 안후를 물으시고 왈,

"경이 어찌 이곳을 지키뇨?"

진왕 왈,

"호병이 모두 남으로 가고 산동 이북은 근심이 없는 고로 신이 태후께 아뢰고 일지련을 데리고 먼저 산동성을 쳐 회복한 후 장차 산동의 군사를 조발하여 남으로 가 폐하를 호위하려 함이로소이다."

상이 탄 왈,

"짐이 불명不明하여 경 등을 이같이 노고하게 하니 참괴하도다."

하시고, 인하여 연왕을 보사 진왕을 가리키시며 왈,

"이는 짐의 매제妹弟 진왕이라. 경 등의 문무지재文武之才와 위국지성爲國之誠이 동공일체同功一體[1]요, 또 연기年紀 상적相適하니 한훤지례寒暄之禮를 베풀라."

하신대, 연왕이 눈을 들어 진왕을 보니, 옥모 홍안玉貌紅顔에 춘풍이 가득하여 풍류 번화한 기상이 있으며 수미봉안秀眉鳳眼[2]에 정채 어리어 총명 준일聰明俊逸한 인물이라. 진왕이 먼저 흠신 시례欠身施禮[3] 왈,

"합하의 경륜 문장을 등과지초登科之初에 알았으나 진국秦國이 요원하고 성의誠意 천박천박淺薄하여 동조同朝 십 년에 계분契分[4]이 없으니 참괴慙愧하도소이다."

연왕이 공경 답례 왈,

"창곡은 남방 포의布衣라. 천은이 망극하여 외람한 벼슬이 대신지열大臣之列에 미쳤으나 재국才局이 노무魯莽하고 지식이 천단淺短하여 금일 국가가 이에 미치니 대왕을 이곳에서 뵈옴이 어찌 겸연慊然[5]치 않으리오?"

하고 서로 연치年齒를 물으니 또한 동갑이라. 진왕은 연왕의 풍채 탁월함을 공경하고 연왕은 진왕의 풍류 동탕動蕩함을 사랑하여 서로 일면여구一面如舊[6]하더라.

천자 연왕더러 왈,

"일지련은 짐의 은인이라. 이제 친히 보고 치사코자 하노니 바삐 부르라."

하신대, 연랑이 즉시 탑전에 부복俯伏하니, 천자 가까이 인견引見하시고 하고 왈,

"네 조정에 벼슬이 없고 또 혈혈한 아녀자라. 의기를 내어 양전兩殿을 보호하니 금일 짐으로 하여금 천지간 불효를 면케 함은 네 공이라. 짐이 장차 무엇으로 갚으리오?"

일지련이 수삽羞澀 황공하여 감히 답쏩지 못하더니, 진왕이 미소 주奏 왈,

"신이 연 표기의 춘광春光을 보오니 비록 창을 들고 말을 달려 장부도 당치 못할 기상을 가졌으나 가만한 중에 창전窓前에 매화가 떨어지고 언덕 위에 버들 빛이 새롭거니 어찌 맥맥한 봄 근심이 없으리꼬? 폐하는 월로적승月老赤繩[7]을 주장하사 하여금 고문갑제高門甲第의 부귀를 누리게 하신즉 이것이 그 공을 갚으심이 될까 하나이다."

상이 대소하시며 봉안鳳眼을 흘려 연왕을 자로 보시더라.

상이 다시 홍혼탈을 불러 진왕을 보이시며 자랑하사 왈,

"이는 짐의 새로 얻은 장수라. 단기로 십만 호병을 물리쳐 종사의 위태함을 붙든 자니 경은 또한 한훤지례를 베풀라."

진왕이 눈을 들어 혼탈을 자로 보며 왈,

---

1) 공훈이 같음.
2) 아름다운 눈썹과 봉의 눈. 잘생긴 얼굴을 이르는 말.
3) 경의를 나타내기 위해 몸을 굽혀 인사를 드림.
4) 뜻이 맞는 벗 사이의 두터운 정분.
5) 미안쩍어 면목이 없음.
6) 겨우 한 번 만났지만 오래된 것 같음.
7) 월하노인이 가지고 있다는 주머니의 붉은 끈. 이것으로 남녀 인연을 맺어 준다고 한다.

"신이 일찍 듣사오매 연왕이 남정하고 돌아올 때에 일개 총희寵姬를 얻으니 무예 절륜絕倫하다던 이 아니니이까?"

상이 미소 왈,

"경이 어찌 대장부를 아녀자로 보았느뇨? 연왕의 총희가 아니라 짐의 충신이니, 어찌 분대粉黛 군중8)에 이 같은 인물이 있으리오?"

진왕이 양안을 흘려 다시 재삼 보고 대 왈,

"반악潘岳의 부분傅粉함과 장량張良의 부인 같음9)을 고언古言에 들었삽더니, 이는 반드시 하늘이 조화를 자랑하사 기재奇才를 내사 폐하께 드림이로소이다."

상이 웃으시더라.

양 원수 주奏 왈,

"호병이 이미 패귀敗歸하였으나 오히려 월경越境치 못하였고 태후 양전이 밖에 오래 계심이 민망하오니, 폐하는 이제 진왕을 데리사 양전을 모시고 환경還京하신즉 신이 마땅히 대군을 거느려 평정한 후 돌아올까 하나이다."

진왕이 주 왈,

"신의 나라가 호지胡地를 이웃하여 근일 동정을 보매 몽고, 토번, 여진이 수미 상합하여 왕화王化를 모르고 자로 중원을 규시窺視10)하니 이는 국가의 근심이라. 폐하 환궁하사 황성을 정돈하신 후 천병을 다시 조발하사 연왕의 대군을 합하여 북방 제국을 천자 친정親征하심이 좋을까 하나이다."

상이 허락하신 후 진왕을 데리사 진남성으로 가시니, 양 원수는 소 원수, 홍 표요, 일지련, 동초, 마달과 대군을 거느려 선우를 쫓아 북으로 향하니라.

차설且說, 차시 태후 진남성에 계시사 진왕과 일지련을 보내어 산동성을 취하게 하시고 천자의 안후를 몰라 날마다 고대하시더니, 일일은 고각鼓角이 혼천掀天하고 정기旌旗 폐공蔽空하며11) 천자 진왕을 더불어 성외城外에 이르시니, 윤 각로 양 태야로 더불어 성중 군사를 거느려 법가를 지영祗迎12)할새 천자 면면이 위로하시고 특별히 양 태야의 손을 잡으사 왈,

"경은 공명을 사양하고 부귀를 하직하여 인간 진루塵累를 면하고 청한淸閑한 선비로 되었더니 불행히 혼암昏暗한 임금을 만나 금서琴書를 던지고 시석矢石을 무릅쓰며 매학梅鶴을 이별하고13) 풍진風塵에 출각出脚하니 어찌 참괴慙愧치 않으리오? 하물며 가실家

---

8) 분 바르고 눈썹을 그리는 무리. 곧 여자들.

9) 진晉나라의 문장가 반악이 분을 발랐으며, 한漢나라 장량의 모습은 여자 같았다고 함.

10) 엿봄.

11) 북과 나발 소리가 하늘에 떠들썩하고 깃발이 하늘을 뒤덮어 가렸으며.

12) 모든 벼슬아치들이 임금을 공경히 맞이하는 일.

室이 피화避禍하여 창황분주하고 연왕은 출전하여 북으로 행군하니 경의 부자의 위국진충爲國盡忠함은 마땅히 청사죽백青史竹帛에 이름이 빛나려니와 짐의 불명不明함은 실로 경의 대할 낯이 없도다."

태야 황공惶恐 주奏 왈,

"신이 재국才局이 천단하고 충성이 부족하와 북호北胡를 한칼로 베어 망극지은罔極之恩을 도보圖報치 못하고 언연偃然히 성중에 처하여 폐하로 천 리 위지危地에 홀로 욕을 감수하시게 하오니, 신이 그 죽을 바를 알지 못하나이다."

천자 다시 위로하시고 성중에 드사 태후께 뵈옵고 옥루玉淚 용포龍袍를 적시시며 복지청죄伏地請罪 왈,

"소자 불충 불효하와 모후 쇠경衰境에 사해지양四海之養을 안향安享[14]치 못하시고 이 고초를 받게 하시니 장차 하면목何面目으로 슬하에 이유怡柔[15]한 빛을 지어 평일 태교胎教하신 성덕을 위로하리이꼬?"

태후 황망히 상에 내리사 옥수玉手를 잡으시고 실성 오열失聲嗚咽 왈,

"노신老身이 오래 살아 이 같은 괴변을 당하여 창망蒼茫 남북에 천안天顏을 다시 뵈옵지 못할까 하였더니, 하늘이 도우시고 종사宗社 다복하여 금일 모자의 그리던 얼굴을 대하오니, 비록 오늘 합연溘然[16]하나 여한餘恨이 없을까 하나이다."

상이 인하여 모후를 모셔 망운지회望雲之懷[17]와 의려지정倚閭之情을 세세히 베푸시니, 심상尋常한 가인家人 모자와 다름이 없더라.

익일 천자 태후 양전과 비빈 제신諸臣을 데리사 환궁하실새 양 태야 하직 왈,

"신이 병화지여兵禍之餘에 가신家信[18]을 모르오니 돌아가기를 바라나이다."

상이 초창怊悵 허락하신대, 다시 윤 각로 향장鄉庄으로 가니라.

차설且說, 천자 황성에 이르시니 궁궐은 의구依舊하나 여염閭閻이 공허하여 인적人跡이 희소稀疎하고 계견성鷄犬聲을 듣지 못할지라. 방문榜文을 써 백성을 부르시되 성문을 통개洞開하여 오는 자를 위로하시니 분찬奔竄하던 백성이 구름 모이듯 하여 각각 옛집을 찾아 처자를 안돈安頓할새 노소남녀가 성문에 메여 십여 일을 끊이지 아니하더라.

진왕이 이에 천자께 주 왈,

"호병의 작란함이 자고로 많사오나 금번같이 창궐猖獗함은 왕첩소무往牒所無[19]요 전대

---

13) 매화와 학과 함께 지내는 것을 그만두고. 자연에 묻혀 사는 선비를 말한다.
14) 온 나라의 봉양을 편안히 누리는 것.
15) 기쁘고도 부드러움.
16) 갑작스럽게 죽음.
17) 자식이 객지에서 고향에 계신 어버이를 생각하는 마음.
18) 가족의 소식.

미문前代未聞이라. 그 욕되고 부끄러움이 종묘사직에 미쳤사오니 폐하 마땅히 친정親征하사 북호로 하여금 왕화를 알게 하실지라. 이제 성중이 안돈하고 민심이 의구依舊하니, 마땅히 대군을 조발하여 지완遲緩치 못할까 하나이다."

상 왈,

"짐이 어찌 백등지치白登之恥를 잊으리오마는 쇠잔한 백성이 겨우 정돈하였거늘 다시 종군함이 차마 못할 일인 고로 결단치 못하였더니, 이제 경으로써 정로좌제독征虜左提督을 삼노니 군중 대소사를 가음알아 쉬이 행군케 하라. 짐이 장차 친정하리라."

하신대, 진왕이 즉시 다섯 영병營兵을 조발하고 또 연경沿境[20]의 군사를 부르니 이에 십만 여 기騎라. 천자 택일하사 종묘에 고유告由하시고 사직에 제祭하신 후 융복戎服을 갖추사 진왕과 삼군을 거느려 행군하실새 정기는 폐공하고 고각이 흔천掀天하여 엄숙한 군령과 정제한 위의는 천지를 진동하고 일월이 광채를 돕더라.

천자 대군을 거느리사 소과처所過處에 백성을 위로하시며 민간질고民間疾苦를 겸하여 살피시니 백성이 구경하며 서로 탄 왈,

"국가가 불행하여 호병이 범궐犯闕하매 우리 모두 병화에 죽을까 하였더니 이제 다시 천자의 위의를 구경하니 어찌 즐겁지 않으리오?"

하며 단사호장簞食壺醬[21]으로 군사를 맞다라.

태원太原 땅에 이르사 다시 산서 군사를 부르시니 합이 삼만 기라. 천사天使를 보내사 연왕에게 조서詔書하여 안문鴈門 땅에서 기다리라 하시고 마읍馬邑 삭방朔方을 지나실새 곳곳이 전장戰場이요 백골이 여산如山한 중 우는 여우와 짖는 까마귀가 들을 덮었거늘 지방관을 불러 곡절을 물으시니, 지방관 왈,

"선우 이곳에 이르러 구병救兵을 불러 양 원수와 삼일 삼야三日三夜를 싸워 십만 호병이 원수 손에 다 죽고 다만 수백 기가 남아 승야乘夜 도망하나이다."

진왕이 차언을 듣고 원수의 진터를 돌아다니며 보고 탄 왈,

"연왕은 진개眞個 경천위지經天緯地[22]할 재주로다."

하더라.

안문 땅에 이르시니 양 원수 이미 대군을 준비하여 천자를 맞거늘, 천자 두 군사를 합하여 친히 거느리시고 연왕으로 우원수를 삼으시고 진왕으로 좌원수를 삼으시고 홍 표요로 우사마를 삼으시고 소상서로 좌사마를 삼으시고 동초, 마달로 좌우 장군을 삼으신 후 삭방朔方 상군上郡의 군사를 다시 조발하니 모두 오십만 기라. 거기 치중車騎輜重[23]이 이백 리

---

19) 전에 없던 일. 왕첩은 과거의 기록.

20) 근방. 접경.

21) 도시락에 담은 밥과 병에 넣은 장.

22) 온 천하를 다스림.

에 늘어섰고 기치창검旗幟槍劍이 일광을 가리니 호탕한 기세와 엄숙한 호령이 고금에 드물더라.

돈황성燉煌城을 지나실새 홀연 들으매 풍편에 곡성哭聲이 은은하여 풍수효자風樹孝子의 반벽지통攀擗之痛[24]도 아니요 기량지처杞梁之妻의 붕성지곡崩城之哭[25]도 아니라. 강개 분격慷慨憤激하고 울분원억鬱憤冤抑하여 그 소리 십분 홍대弘大하거늘, 천자 수레를 머무시고 지방관을 불러 물으신대 돈황 태수 거전車前에 부복俯伏 주奏 왈,

"이 앞은 이에 현옥玄獄이라. 옥중에 일개 죄수가 있어 이같이 우나이다."

하거늘, 천자 측연하사 옥 앞에 친림親臨하사 시위를 멈추고 바삐 옥문을 깨치고 그 우는 죄인을 잡아내어 보니 과연 일개 죄수의 목에 쇠사슬을 걸고 다리에 자물쇠를 잠갔는데 서리털이 귀밑을 덮고 때 묻은 얼굴에 누흔淚痕이 임리淋漓[26]하여 남루한 의상과 원통한 기색이 일분 인형人形이 없고 십분 귀신의 모양이라. 오히려 한 손에 도채를 들고 거전車前에 엎디어 방성대곡하니 누수淚水 여우如雨한지라. 천자 일변 놀라시며 일변 측연하사 그 성명을 물으시니, 죄인이 왈,

"전임 상장군 뇌천풍이로소이다."

천자 더욱 대경하사 좌우를 보시며 왈,

"자고로 찬배竄配한 죄인이 다 저 같은다?"

태수 황공 주 왈,

"전임 참정 노균이 특별히 황명으로 신칙하여 죄인을 이같이 가두라 하시나이다."

상이 진노震怒 왈,

"조정의 법이 없은 지 오래나 어찌 이 같으리오?"

하시고, 본읍 태수를 베고자 하신대 연왕이 간 왈,

"태수는 미관微官이라. 조령朝令을 좇을 따름이니 복원伏願 폐하는 형상을 살피소서."

상이 즉시 천위天威를 거두시고 뇌천풍의 맨 것을 풀어 의관을 사賜하신 후 탄 왈,

"노장으로 이 고초를 당함은 짐의 탓이라. 짐이 이제 장군을 다시 볼 낯이 없으나 장군의 죄명이 중하지 않거늘 어찌 저 지경에 이를 줄 알았으리오?"

천풍이 눈물을 거두고 왈,

---

23) 수레와 말과 물자들. 병력을 말한다.

24) 어버이를 잃은 효자의 통곡하는 소리. 옛날 진晉나라 문제 때 선비 왕부王裒가 아버지 무덤의 잣나무를 부둥켜 잡고 통곡했는데 나무가 말라 죽었다고 한다. 풍수는 어버이를 여읜 자식을 뜻하는 말이다.

25) 남편의 죽음에 슬피 우는 아내의 통곡. 옛날 제齊나라 병사 기량의 아내가 남편의 시체를 안고 성 밑에서 어찌도 섧게 울었던지 열흘 만에 성이 무너졌다고 한다.

26) 피나 땀이 흘러 흥건한 모양.

"신이 칠십지년七十之年에 이 고초를 겪고 어찌 천일天日을 구경할 줄 알았으리오? 다만 자분自憤한 마음이 죽어 사나운 귀신이 되어 노균의 머리를 베어 우리 성천자聖天子의 일월지명日月之明을 깨우치시게 할까 한 고로 이 도채를 잠시도 놓지 않음이러니, 이제 망극하신 천은을 다시 입사오니 신이 비록 금일 죽사오나 여한이 없을까 하나이다."

상이 위로 왈,

"노균은 이미 짐을 배반하여 흉노에게 항복하고 짐이 이제 대군을 거느려 선우를 친정親征코자 하노니 장군을 다시 쓰려 하나 장군의 모양이 저 같으니 남은 용맹이 없을까 하노라."

천풍이 함루含淚 왈,

"신이 호병의 범궐犯闕함을 듣고 분함을 이기지 못하와 죄를 무릅쓰고 필마 단창匹馬單槍으로 황성을 향하여 사생을 같이하고자 하나 철망에 갇힌 범이 어찌 벗어나리까? 다만 주야 호곡號哭하고 식음을 전폐한 중 노균이 본현에 신칙申飭하여 매일 일기一器의 죽으로써 잔명을 지보支保케 하니, 신이 금일 이 모양 됨은 실로 주림을 인연함이라. 만일 다시 배불리 먹은즉 뇌천풍의 만부부당지용萬夫不當之勇은 하늘이 주신 바라, 어찌 변하리꼬?"

언필言畢에 벽력부를 들어 한 바퀴를 두르며 좌우를 보아 왈,

"노장의 용맹이 이만하면 어찌 흉노와 노적盧敵의 머리를 취하지 못하리오?"

하거늘, 천자 웃으시고 칭찬하사 한 말의 술과 한 다리 제육을 주시니, 천풍이 도채로 찍어 삽시간에 다 먹으니, 상이 소 왈,

"노장이 능히 다시 마실쏘냐?"

천풍 왈,

"신이 비록 늙었으나 번쾌樊噲의 두주斗酒와 염 장군廉將軍의 십근육十筋肉[27]을 사양치 않으리다."

상이 미소하시고 좌우를 명하사 주육酒肉을 다시 더 주라 하신 후 전마戰馬 한 필과 갑주甲胄, 궁시弓矢를 사송賜送하시고, 전부선봉前部先鋒을 삼으시니라.

연왕이 천자께 주 왈,

"이제 들사오니 선우 하란산賀蘭山에 웅거한다 하니 하란산은 험준한 산이라. 동북으로 몽고퇴蒙古堆를 이웃하고 서남으로 토번吐藩과 서역西域을 통하여 북호의 요충지지要衝之地라. 천병天兵을 오래 이곳에 두류逗留치 못할지니 바삐 농서隴西, 노관盧關과 돈황, 금성金城의 군사를 다시 조발하여 하란산을 에워싸고 선우를 잡음이 옳을까 하나이다."

---

27) 번쾌의 한 말 술과 염 장군의 열 근 고기. 번쾌는 한고조 때 장수로 말술을 마셨다고 하며 조趙나라 장군 염파廉頗가 일흔 살에 고기 열 근을 먹을 만큼 근력이 좋았다고 한다.

진왕이 또 주 왈,

"천자 이미 대군을 거느리사 이곳에 이르러 만일 선우를 베지 아니하신즉 어찌 사이팔만 四夷八蠻[28]을 호령하시리오? 복망伏望 폐하는 연왕의 말씀을 좇으사 빨리 치게 하소서."

상이 좇으사 군사를 부르시니 모두 백만여 기騎라.

하란산에 이르러 연왕이 홍혼탈을 데리고 진을 칠새 대군을 삼백육십 떼에 나누어 열두 방위에 매복하고 한 방위 군사를 또 삼십 떼에 나누어 각각 진을 치되 좌우익을 이루어 벌인즉 조익진鳥翼陣[29]이 되고 합한즉 어린진魚鱗陣[30]이 되게 한 후 약속 왈,

"진상陣上에 북을 치거든 일시에 좌우익을 벌여 열두 방위를 연하여 수미 상합하고 진상에 쟁을 치거든 일시에 좌우익을 거두어 각각 제 방위를 지키라."

하니, 이름은 이른바 혼천진渾天陣이라. 다시 남은 군사로써 하란산 아래 중앙방에 무곡진武曲陣을 쳐 천자를 호위하니 멀리서 바라보매 진세陣勢 십분 저어齟齬[31]하나 그 단단함이 철통같더라.

차설, 선우 하란산에 올라 천자의 진을 바라보고 소 왈,

"망망한 들 가운데 군사를 나누어 진을 저같이 널리 치고 어찌 패하지 않으리오?"

하며, 가만히 몽고병蒙古兵을 청하여 시야是夜 삼경에 바로 산에 내려 명진明陣을 겁박하니 십분 방비함이 없더니 홀연 진상에 북소리 진동하며 열두 방위 삼백육십 떼 군사가 일시에 우익을 벌여 조익진을 이루어 수미 상합하니 호병이 이미 진 가운데 들어 중중첩첩히 에워싸였으니, 선우 스스로 깨닫지 못하여 다만 호병을 지휘하여 중앙방 천자 계신 곳을 충돌코자 하나 어찌 용이하리오? 필경 어찌한고? 하회를 보라.

---

28) 사면팔방의 오랑캐들.
29) 새의 날개처럼 벌이는 진.
30) 고기비늘 모양으로 벌이는 진.
31) 익숙지 않아 서름서름함.

제39회 하란산에 원수 개가를 아뢰고
선우대에 호왕이 들어와 조회하다
賀蘭山元帥奏凱 單于臺胡王入覲

각설却說, 차시此時 선우 토병과 몽고병을 합하여 종야終夜 돌아다니며 천자 계신 진을 깨치려 하나 이 진은 이에 천상天上 무곡성武曲星의 제원帝垣을 호위하는 진이라. 축융祝融의 도술로도 오히려 파치 못하였거든 어찌 선우와 호병의 침범할 바리오? 창검이 서리 같고 수레와 방패로 성을 이루었으니 어느 곳이나 착수着手할 방략이 없더라.

아이오 날이 밝으매 선우 바야흐로 에워싸임을 알고 대경하여 이에 몽고의 타호군打虎軍 일천 기旗를 뽑아 진을 뚫고자 하니, 대개 타호군은 몽고 군중의 막강지병莫强之兵이라. 능히 적수공권赤手空拳으로 범을 잡는 고로 이름을 타호군이라 하더라.

홍혼탈이 원수께 고 왈,

"몽고는 천하 강병이라. 먼저 예기銳氣를 꺾은 후에야 선우를 잡을지니 잠깐 진을 변하여 팔문진八門陣을 치소서."

원수 그 말을 옳이 여겨 즉시 무곡진을 변하여 기정팔문진奇正八門陣을 치고 사문四門을 열매 몽고병이 어찌 진법을 알리? 그 허소虛疎한 곳을 보고 타호군 일천 기가 일시에 돌입한대 홀연 진문이 닫히며 갈 곳이 없고 전후좌우에 검극劍戟이 서리 같은 중 진중에 북소리 진동하며 동문이 열리거늘 그리로 충돌한즉 그 문이 닫히고 다시 서문이 열리거늘 그리로 충돌한즉 그 문이 닫히고 다시 북문이 열려 반상半晌을 출입하나 나갈 곳이 없고 정신이 미란迷亂하여 운무雲霧 중에 빠짐 같은지라. 서로 놀라 왈,

"우리 일찍 첩첩산중에 맹호를 쫓아 갈 길이 망연하나 정신을 잃은 때 없더니 이는 반드시 요술이로다."

하고 아무리 할 바를 모르더니, 홀연 진상에서 크게 외쳐 왈,

"몽고병은 들으라. 너희 이미 천라지망天羅地網에 들었으니 비록 두 날개가 있을지라도 도망치 못할지라. 다만 명 천자 잔명殘命을 추연惆然히 보사 일조一條 생로生路를 주시니, 빨리 돌아가 선우의 머리를 베어 바치라."

외치기를 맞고, 남편에 한 문이 열리거늘 타호군 일천 기가 일시에 그 문으로 돌출하니, 이미 진 밖에 났더라.

선우를 보고 고 왈,

"명 원수의 장략將略은 천신天神이 하강함이라. 힘으로 다투지 못할지니 대왕은 빨리 항복하소서."

언미필言未畢에 명진明陣 중에 다시 일성一聲 포향砲響이 일어나며 열두 방 군사가 일시에 에워싼 것을 차차 죄어 사면으로 쳐 들어오거늘 선우, 노균 척발랄을 보아 왈,

"과인이 소루疏漏하여 이제 다시 곤함을 당하니 마땅히 평생 힘을 다하여 한번 죽기로

결決하리라."

하고, 창을 들고 말께 오르며 호병을 약속하여 다만 과인을 따르라 하고 들어오는 명병을 대적코자 하더니, 홀연 등 뒤에서 일개 노장이 벽력부霹靂斧를 두르며 우레같이 소리하여 왈,

"대명 선봉장군 뇌천풍이 여기 있으니 선우는 어디로 가느냐?"

하거늘, 선우 대로하여 말을 돌쳐 서로 맞아 대전 수합에 홀연 일개 호장이 말을 달려 옆으로 지나가며 외쳐 왈,

"대왕은 필부와 용맹을 다투지 마소서. 이 뒤에 홍혼탈이 오나이다."

하거늘, 천풍이 돌아보매 이에 좌현왕 노균이라. 의외에 수인讐人을 만나매 일층 분기憤氣 새로이 더하여 크게 한소리를 지르며 선우를 버리고 노균을 쫓아 대매大罵 왈,

"반적叛敵 노균아! 내 도채를 갈아 기다린 지 오래니 마땅히 네 심통을 쪼개어 소인의 오장육부를 한번 구경하리라."

한대, 노균이 오히려 돌아보며 꾸짖어 왈,

"필부는 어찌 무례하뇨?"

하거늘, 천풍이 눈을 부릅뜨고 도채를 들어 한 번 찍으매 노균의 머리부터 전신을 사무쳐 쪼개어 일개 노균이 두 조각 노균이 되어 마하馬下에 내려지니, 슬프다! 만복잡념滿腹雜念[1]이 경혼驚魂을 따라 경각에 도채 끝에 흩어지니 유유幽幽한 구원九原 야대夜臺에 또한 하소할 곳이 없을지라. 어찌 하늘이 무심하시리오?

천풍이 다시 말을 돌려 선우와 접전코자 하더니 과연 명진에 북소리 요란하고 홍 사마 대군을 몰아 시살廝殺하거늘 선우 황망히 말을 빼어 동북으로 충돌코자 하나 중중첩첩히 에워싼 바를 어찌 헤치리오? 정히 착급着急 중 동초, 마달, 소 사마 등이 또 대군을 세 길로 나누어 시살하니 선우 척발랄을 보며 탄 왈,

"일이 급한지라. 과인이 장군을 돌아볼 길이 없으니 마땅히 단신單身으로 도망하여 결단코 이 원수를 갚을지니 장군은 과인을 원망치 말지어다."

척발랄이 간 왈,

"소장은 들으니, '역천자逆天者는 망亡하고 순천자順天者는 창昌이라.' 하니, 우리 일찍 중국을 침노함이 이름 없는 군사軍師라. 이제 이같이 낭패하되 항복지 아니한즉 이는 역천逆天이니 대왕은 다시 유익지 아니한 망계妄計를 두지 말고 일찍 투항하여 백성의 명을 구하소서."

선우 대로하여 철창을 들어 척발랄을 치고자 한대 척발랄이 피하여 달아나거늘 선우 즉시 한소리를 지르고 철창을 잡아 몸을 솟아 두 번 곤두쳐 에워싼 것을 헤치고 진 밖에 나 바로 하란산으로 올라가니, 이때 척발랄이 앙천仰天 탄식하고 말께 내려 명진에 투항한대,

---

1) 뱃속에 가득한 온갖 생각.

천자 친히 장帳을 거두시고 척발랄을 잡아들여 꾸짖어 왈,

"네 천시天時를 모르고 선우를 도와 대국을 침노하다가 이제 또 무슨 간계奸計를 포장包藏하고 이심二心을 두어 거짓 항복하는다?"

척발랄이 머리를 조아 울며 고 왈,

"신이 비록 우준愚蠢한 오랑캐나 또한 중국의 혈손血孫이니 한나라 채 태사蔡太師의 딸 채문희蔡文姬²⁾의 후예라. 일루 혈속一縷血屬이 면면부절綿綿不絶하여 비록 호지胡地에 품부稟賦³⁾하였사오나 어찌 중국을 저버리리꼬? 일찍 선우를 간하다가 선우 말을 듣지 아니하고 마침내 기병하여 미천 대죄彌天大罪를 범하였사오니, 신이 이제 중국을 침노하여 의 없는 사람이 되고 선우를 배반하여 충성 없는 신하로 되었으니 천지간에 어찌 살기를 바라리꼬?"

천자 그 말을 들으시고 추연惆然 왈,

"네 만일 진개眞個 성심으로 투항할진대 죄를 사하리라."

척발랄이 눈물을 흘리며 하늘을 가리켜 맹세하고 손가락을 깨물어 항서降書를 써 바치니, 상이 양 원수를 보시며 소 왈,

"사람이 진실로 종락種落을 도망치 못하는도다. 척발랄의 말과 기색이 십분 유순하여 호풍胡風이 적으니 기특지 않으리오?"

하시며, 맨 것을 끌러 휘하에 두시니라.

양 원수 천자께 고 왈,

"선우 이제 혈혈단신으로 하란산에 들어가니 이는 그물에 든 고기요 농籠에 든 새 같은지라. 마땅히 대군을 지휘하여 목목이 에워싸고 잡을까 하나이다."

천자 허락하시니, 원수 열두 방 군사를 돌려 하란산 전후좌우로 돌아가며 요해처에 매복하고 대군을 호령하여 불을 놓으며 급히 치니 함성은 천지를 뒤집고 포향砲響은 산곡山谷이 진동하여 하란산 십여 리에 비금주수飛禽走獸도 현영見影치 못하더라.

홀연 중봉中峰에 이르매 광풍이 대작大作하여 나무를 빼며 돌을 굴려 독한 기운과 모진 바람에 군사들이 눈을 뜨지 못하거늘 양 원수 대경大驚하여 홍 사마를 보아 왈,

"이는 반드시 귀물鬼物의 장난이라. 어쩌면 좋으리오?"

홍 사마 왈,

"척발랄을 불러 물어보사이다."

하고 즉시 청하여 힐문한대, 척발랄이 왈,

"소장이 또한 십분 자세치 못하오이다마는 이 산 이름이 하란산賀蘭山이니, 산상에 흉노

---

2) 채 태사는 한나라 때 이름 높은 학자 채옹蔡邕이고, 채문희는 그 딸 채염蔡琰을 말한다. 채염은 후한後漢 말에 흉노에게 잡혀 흉노 좌현왕에게 바쳐졌다.

3) 오랑캐 땅에 태어남.

하란왕賀蘭王의 신묘神廟 있은 지 오래더니 팔구 년 이래로 홀연 수십 개 요귀가 묘중廟中에 웅거雄據하매 그중 한 개 요귀는 안색顔色이 절대絶代하여 자호自號 왈 '소보살小菩薩'이라. 야율이 한 번 보고 대혹大惑하여 연지閼氏[4]를 죽이고 소보살로 연지를 삼아 언청계용言聽計用하나 그 요귀는 종시 하산함이 없고 다만 묘중에 있어 선우를 백반百般으로 호리니 북방의 큰 화근이라. 선우 중국에 나올 때 소보살을 청하여 같이 감을 말하되, 일향一向 산중을 떠나지 아니하더니 반드시 이 요귀의 작란인가 하나이다."

양 원수 홍 사마를 보며 왈,

"이 어찌 홍도국을 요란케 하던 요귀 아니냐? 장군이 부질없이 살려 보낸 탓이로다."

홍 사마 의아하여 왈,

"불법이 광대하여 겁진惻陣이 있나니 무론毋論 초목금수하고 불법을 들은 자는 한번 겁진을 깨친즉 다시 악업惡業을 짓지 아니하나니, 소보살이 일찍 백운동 초당 전에서 불법을 듣고 홍도국 풍진 중에 겁진을 깨쳤거든 어찌 다시 이같이 악업을 지으리오? 소장이 오히려 백운도사의 주던바 보리주菩提珠를 가졌으니 마땅히 요물을 잡아 이번은 용서치 않으리라."

하고, 즉시 부용검을 들고 동초, 마달과 척발랄을 거느려 하란산 중봉에 이르니 과연 광풍이 일며 괴이한 기운이 사람을 침노하는지라. 홍 사마 부용검을 두르며 공중을 향하여 꾸짖으매 광풍이 더욱 대작하며 모래와 흙을 날려 지척을 불분不分하니 홍 사마 더욱 대로하여 부용검을 들어 하늘을 가리켜 두 번 두르고 가만히 입 안으로 진언眞言을 염송하더니, 광풍이 침식하고 수개 요귀 산상에서 나와 수중에 각각 병기를 잡았는데 그중 일개 요귀 오색 옷을 입고 분면 홍장粉面紅粧이 적실한 소보살이라. 홍 사마 대매大罵하며 수합을 싸우다가 쌍검을 들어 한번 치매 소보살이 즉시 화하여 천백 소보살이 되는지라, 홍 사마 대로하여 왈,

"요물이 어찌 내 앞에 이같이 무례하뇨?"

하고, 수중 쌍검을 한번 흔들매 경각간에 천백 부용검이 되어 소보살을 치려 하더니 홀연 공중에서 외쳐 왈,

"홍 장군은 칼을 거두고 수고치 마소서. 제자 사부의 명을 받자와 요물을 잡으러 왔노라."

하거늘 동, 마 양장과 홍 사마가 우러러보니 일개 여자 수중에 작은 호로병葫蘆瓶을 가지고 공중으로 내려 홍 사마를 향하여 재배 왈,

"장군은 별래別來 무양無恙하시니이까?"

하거늘, 자세히 보니 이 또한 소보살이라. 홍 사마 낭중의 보리주를 내어 손에 들고 대매 왈,

---

4) 흉노 왕비를 일컬음.

"요물이 어찌 감히 나를 농락코자 하는다?"

소보살이 소 왈,

"장군의 총명하심으로 어찌 진가眞假를 분변치 못하시니이까? 제자 마땅히 요물을 잡아 장군의 노하심을 위로하리이다."

하고, 한번 곤두쳐 변하여 푸른 여우로 되어 암상에 올라앉았으며 한번 휘파람 하매 일진광풍이 다시 모래를 날리며 수십 개 요귀 일시에 모여 바위 아래 머리를 조아 죽기를 청한대, 소보살이 호령 왈,

"업축業畜[5]은 빨리 본형本形을 드러낼지어다."

하니, 수십 개 요귀 일제히 몸을 곤두쳐 변하여 수십 마리 여우로 되어 다리를 끌고 꼬리를 흔들며 살기를 애걸하니, 소보살이 이에 호로병을 한번 기울이며 대질大叱 왈,

"업축은 빨리 들어갈지어다."

하거늘, 모든 여우 일시에 애애哀哀히 슬피 울며 병 속으로 들어가니, 소보살이 바야흐로 호로를 거두고 홍 사마 앞에 와 꿇어 사례 왈,

"제자 향일 홍도국 싸움에 장군의 자비하심을 입사와 망념妄念을 깨치고 공덕을 닦아 서천에 돌아가 짐승의 모양을 벗고 영영 극락을 누리오니 이는 다 장군의 주신 바라. 어찌 감히 다시 인간에 현형現形하여 악업을 지으리오? 저 수십 개 업축은 전일 제자의 동류同類라. 제자 서천으로 가며 십분 당부하여 동학洞壑을 지키고 작란치 말라 하였더니 제 도리어 제자의 이름을 빌어 차처에 와 야료惹鬧하니 이는 제자의 수치라. 제자 사부의 명을 받아 잡아가오니 장군은 대공을 힘쓰사 인간 공덕을 닦으신 후 서천으로 돌아오신 즉 반드시 뵈올까 하나이다."

언필에 거처去處 없거늘, 동, 마 양장은 당황히 섰고 홍 사마는 미소하더라.

홍 사마 대군을 동동하여 하란산을 에워싸고 더욱 급히 칠새 양 원수 대로 왈,

"일개 궁한 도적이 산간에 들었거늘 백만 대군이 그 머리를 취치 못하니 이는 군령이 엄하지 못함이로다."

하고 친히 진왕과 제장을 데리고 산하에 이르러 북을 치며 기세를 돋우니, 대군이 일제히 납함하여 나무를 베고 돌을 굴려 궁시창검弓矢槍劍은 풍우같이 좇고 뇌고함성擂鼓喊聲은 벽력이 내리는 듯 엄숙한 기세와 웅장한 거동이 족히 하란산을 흔들어 빼일 듯하더라.

차시, 선우 힘이 진하고 계교 궁하매 다만 분독憤毒한 기운과 흉녕한 용맹을 부릴 곳이 없어 철창을 손에 들고 일성 고함을 우레같이 지르며 맹호같이 내달아 외쳐 왈,

"과인이 용력이 부족함이 아니라 하늘이 돕지 않으심이니 원컨대 명국 원수와 한번 싸워 자웅을 결단코자 하노라."

한대, 뇌천풍이 대로하여 꾸짖어 왈,

---

5) 불교에서 주로 쓰는 말로, 살아 있을 때 지은 죄의 갚음으로 이승에는 짐승으로 태어난 것.

"원수 어찌 너 같은 더러운 오랑캐로 접전하시리오? 노야老爺의 노병老病한 도채를 맛
보라."

하고 바로 선우를 향하여 달려드니, 선우 노안을 부릅뜨고 철창을 들어 한번 던진대 천풍
이 선우의 철창 쓰는 법을 해득지 못하고 도채를 돌려 막고자 하더니, 일천 근 장창長槍이
살같이 들어와 도채 대를 경각간에 부러뜨리고 말 머리에 내려져 말이 엎더진대 천풍이 낙
마落馬하며 선우 다시 일성을 지르고 뛰어 들어와 천풍을 안고 주먹으로 서로 두드리니,
선우의 흉녕함은 주린 여우가 범을 다툼 같고 천풍의 용맹함은 사자가 코끼리를 때리는 듯
한 번 밀치고 한 번 뛰놀며 앞으로 달아들고 뒤로 물러서니 두 줄기 분한 기운이 하늘을
깨칠 듯 일장一場을 박전搏戰하니, 차시 연왕이 진왕과 제장으로 더불어 진전에서 바라보
며 만일 천풍이 당치 못하는 기색이 있거든 서로 구하려 하더니 홍 사마 일지련을 보며 왈,

"장군은 소년이라. 눈이 밝을지니 저 거동을 보느냐? 뇌 장군은 노의老矣라. 손에 힘이
없어 선우를 자주 놓치고 선우는 흉녕하여 한번 뇌 장군을 붙든즉 놓지 아니하니 내 마
땅히 선우의 잡은 손을 쏘아 뇌 장군을 도우리라."

진왕이 대경하여 말려 왈,

"과인이 비록 홍 장군의 궁재궁재弓材를 모르나 방금 저같이 싸워 서로 붙들며 서로 두드리
니 분분한 주먹과 마주 잡은 손을 멀리서 바라보고 어찌 분간하여 쏘리오? 만일 그릇 맞
힌즉 낭패할까 하노라."

홍 사마 미소하고 가만히 허리에 찬 살을 빼어 옥수玉手를 한번 번뜩이며 흐르는 살이
별같이 들어가 선우의 천풍을 붙든 손을 맞히매 선우 놀래어 천풍을 놓고 손을 뿌리치며
좌수左手를 들어 살을 빼려 하더니 홍 사마 다시 활을 당기어 시위 소리 나는 곳에 둘째 대
들어가 선우의 왼편 손을 맞히매 진왕과 제장이 일시에 칭찬하며 선우는 두 손에 살을 맞
고 더욱 분기충천하여 뛰놀거늘, 뇌천풍이 차시此時를 타 부러진 도채를 잡아 선우의 뇌문
腦門을 친대 선우 또한 철창을 다시 들고자 하다가 손이 이미 상한지라, 들지 못하고 한 마
디 소리를 지르며 땅에 엎어지니, 양 원수 대군을 몰아 엄살掩殺하고 야율 선우의 머리를
베어 마전馬前에 달고 돌아와 천자께 고한대, 천자 이에 홍포 금갑紅袍金甲에 대우전大羽
箭을 차시고 선우대單于臺에 오르사 야율 선우의 머리를 대상臺上에 달고 북방 제국에 조
서하여 왈,

차이嗟爾[6] 흉노, 토번, 몽고, 여진 왕아! 네 천시天時를 모르고 대국을 모만侮慢하나
짐이 오히려 백만 대군이 있어 여웅여호如熊如虎하고 여휴여비如貅如狒[7]하니 천병天兵
소과所過에 막불진동莫不震動하여 토붕와해土崩瓦解하고 뇌려풍비雷厲風飛라.

---

6) 차嗟는 '아!' 하고 탄식하는 말, 이爾는 '너' 라는 대명사로, "아아, 너희들은." 이라는 말.
7) 곰이나 호랑이 같고, 또 맹수 휴나 비와 같음.

야율 선우의 머리를 베어 이미 선우대에 달았으니 차이嗟爾 제왕諸王은 이심二心을 두어 능히 천병을 항거할 자 있거든 군사를 거느려 승부를 결하고 만일 그렇지 아니한즉 빨리 와 조회하라. 오는 자는 사죄하여 호왕 부귀를 누릴 것이요 항거한즉 장차 대병을 몰아 한 북에 무찔러 선우와 다름이 없으리라.

천자 조서를 내리신대 토번 등 삼국이 조서를 보고 모두 송구하여 일시에 이르러 돈수청죄頓首請罪하되, 홀로 몽고왕이 병들다 하고 오지 아니하니, 진왕이 출반주出班奏 왈,
"몽고는 북방 중 강한 오랑캐라. 이같이 무례하니 만일 그저 둔즉 어찌 써 사이팔만四夷八蠻을 호령하리꼬? 복원伏願 폐하는 신에게 정병精兵 일만 기騎를 주신즉 마땅히 몽고퇴를 깨쳐 북해까지 이르러 호굴胡窟을 소멸하고 돌아올까 하나이다."
연왕이 주 왈,
"진왕의 말씀이 비록 당연하나 보천지하普天之下 막비왕토莫非王土요 솔토지민率土之民이 막비왕신莫非王臣이라.[8] 북방 백성이 역시 폐하의 적자창생赤子蒼生이어늘 다시 병혁兵革을 일삼아 그 어육魚肉 됨을 돌아보지 않으신즉 이 어찌 천지 호생지덕好生之德에 손상치 않으리오? 또한 몽고왕이 선우의 인국隣國으로 일찍 군사를 빌려 천조에 득죄함이 있사오니 조서를 받자와 자겁지심自怯之心이 어찌 없사오리오? 선왕은 덕으로 비추고 군사로 치지 아니하였나니 춘생추살春生秋殺하고 일장일이一張一弛[9]는 원방遠邦을 교화하는 떳떳한 도라. 이미 위엄으로 선우를 베었으니 다시 은덕으로 제국을 감화하사 하여금 은위恩威 병행하게 하실지라. 복원伏願 폐하는 다시 몽고왕에게 조서하사 그 죄를 사하시고 효유曉諭하여 부르신 후 일향一向 항거한즉 대군大軍으로써 더하심이 옳을까 하나이다."
천자 연왕의 말을 좇으사 즉시 조서를 내리와 부르시니 몽고왕이 이에 휘하 병 수천 기를 거느려 진전에 이르러 인끈을 목에 매고 항례降禮로써 청죄請罪하거늘, 천자 위의를 베풀고 왕을 장하帳下에 꿇린 후 양 원수 천자의 명으로 수죄數罪[10]하여 왈,
"네 북방에 처하여 중국의 대접함이 쇠衰치 않거늘 무단히 군사를 빌려 선우를 도와 천하를 요란케 하니 그 죄 하나이요, 천자 호생지덕好生之德으로 대병大兵을 더하지 않으시고 은혜로 부르시거늘 감히 칭병稱病하고 조회치 아니하니 그 죄 둘이라. 이제 야율 선우 베던 칼이 오히려 무디지 아니하거늘 네 장차 어찌 도망코자 하는다?"
양 원수 수죄를 다하매 몽고왕이 삼배 고두三拜叩頭하고 사례 왈,
"신 몽고왕은 북호北胡라. 어찌 대국을 항거하리꼬? 다만 인국지의隣國之誼에 괄연恝

---

8) 온 땅 중에 왕의 땅 아닌 곳이 없고, 온 땅 백성 중에 왕의 백성 아닌 이가 없음.
9) 봄에는 낳게 하고 가을에는 죽이며, 활시위를 죄었다 늦추었다 함.
10) 죄를 하나씩 세면서 낱낱이 꾸짖음.

然[11]치 못하고 또한 선우의 위세를 겁怯하여 군사를 빌렸사오니 어찌 그 죄를 알지 못하리오? 스스로 부월지주斧鉞之誅를 기다리더니 의외에 조서로 부르시니 신이 일변 겁하고 의심하와 감히 조회에 나오지 못함이라. 이제 두 번 천은을 입사와 충곡衷曲으로 부르시니 신이 비록 이적지인夷狄之人이오나 어찌 감동치 아니하리꼬? 만일 대죄를 사하사 북방을 진압하라 하신즉 신이 마땅히 세세생생世世生生이 전자전손子傳孫하여 이 심二心을 두지 않을까 하나이다."

연왕이 다시 천자의 명으로 몽고왕의 죄를 사하고 물러 제왕諸王 처소에 가 명을 기다리라 하니라.

차시, 천자 친정親征하사 선우를 베시고 몽고, 토번, 여진 삼국이 일시에 조회함을 듣고 북방에 멀리 있는 소국이 모두 두렵고 조심하여 성야星夜로 이른 자 무수하니, 그중 이름 아는 나라가 대붕국大鵬國, 적경국赤境國, 대유국大㺯國, 구사국俱沙國, 섭리국攝理國, 광야국廣野國이라. 십여 국 호왕이 각각 우양낙타牛羊駱駝와 토지소산土地所産을 가져 일제히 천자께 조회하니, 천자 다시 융복戎服을 갖추고 선우대에 오르사 제왕을 군례로 보실새 구름 장막은 하늘에 닿았고 기치창검은 일광을 가린 중에 의장 문물이 보탑寶榻을 시위侍衛하여 백모황월白旄黃鉞이 좌우에 벌렸는데 융준일각隆準日角에 용자봉표龍姿鳳表로 하늘같이 앉으신 이는 이에 명국 천자라.

옥면 취훈玉面醉暈에 기상이 동탕動蕩하고 수미봉안秀眉鳳眼에 풍채 발월拔越하여 운소 명월雲霄明月이 광채를 날리며 창해 신룡이 운우雲雨를 일으켜 한 번 성내매 상설霜雪이 만공滿空하고 한 번 울매 춘풍이 동인動人하여 수중에 수기手旗를 들고 산악같이 앉아 천자를 모신 자는 우원수 연왕이요, 옥모 당당하고 풍류 번화하여 길상吉祥한 기운으로 좌편에 앉은 자는 좌원수 진왕이요, 팔자춘산八字春山[12]에 수기秀氣를 띠었으며 도화양협桃花兩頰에 춘광이 무르녹아 별 같은 눈은 맥맥하여 십분 아리땁고 칠분 맹렬한 중 성관 전포星冠戰袍로 쌍검을 차고 천연히 선 자는 우사마 난성후 홍혼탈이요, 호치단순皓齒丹脣으로 아미를 숙이고 수삽羞澀한 태도에 당돌한 기색으로 쌍창을 잡고 선 자는 표기장군 일지련이요, 미목이 청수淸秀하고 풍도 옹용雍容하여 방천극을 들고 엄연히 선 자는 좌사마 병부상서 소유경이요, 팔척장신에 얼굴과 체격이 증릉嶒崚[13]하고 백수白首 풍진風塵에 노당익장老當益壯하여 도채를 비껴들고 범같이 선 자는 전부선봉 뇌천풍이요, 위풍이 늠름하고 거지擧止 효용驍勇하여 창검을 잡고 좌우에 시립한 자는 전전殿前 좌우장군 동초, 마달이라. 기여其餘의 제장이 각각 궁시를 차고 융복을 갖추어 차례로 시위하니 황금 갑옷은 햇빛에 쏘이어 안목이 현황하고 비단 깃발은 풍편에 나부껴 서기 영롱하더라.

---

11) 소홀히 함.
12) 미인의 고운 눈썹을 이르는 말.
13) 산이 아주 높고 험함. 여기서는 생김이 크고 울퉁불퉁하며 험한 것을 말한다.

원수 북을 치며 수기를 둘러 진을 변하여 일개 오방진을 이루니, 남 주작南朱雀 붉은 기는 남방 군사를 거느려 정남방에 진을 치고, 북 현무北玄武 검은 기는 북방 군사를 거느려 정북방에 진을 치고, 좌 청룡左靑龍 푸른 기는 산동 군사를 거느려 정동방에 진을 치고, 우 백호右白虎 흰 기는 산서 군사를 거느려 정서방에 진을 치고, 중앙방 누른 기는 황성 군사를 거느려 천자를 호위한 후 황룡기를 대 앞에 세우고 선우의 머리를 그 위에 달았으니 군령이 엄숙하고 부오部伍 정제하여 지척 원문轅門이 바다같이 깊더라. 이윽고 일성 포향에 진문陣門을 통개洞開하고 십여 국 호왕을 차례로 불러들일새 어찌 들어온고? 하회를 보라.

제40회 명 천자 크게 사냥하여 호왕을 모으고
홍 사마 검술로 악호를 잡다
明天子大獵會胡王　紅司馬劍術捉惡虎

각설, 명 천자 진문陣門을 통개洞開하시고 모든 호왕을 군례로 보실새 특별히 하교 왈,
"아율 선우 천명을 거슬러 스스로 부월지주斧鉞之誅에 나아가니 그 나라를 진압할 자 없는지라. 호장胡將 척발랄拓跋剌이 천조天朝에 귀순하여 충순 공근忠順恭謹하고 인기 재국人器才局이 북방을 진정하리니 척발랄로써 대선우를 삼으라."
하신대, 척발랄이 돈수頓首 사양함을 마지아니하거늘, 천자 더욱 기특히 여겨사 군례를 재촉하시니 대선우 척발랄 이하 몽고왕, 토번왕, 여진왕, 대붕왕, 적경왕, 구사왕, 섭리왕, 대유왕, 광야왕 십여 국 호왕이 차례로 들어와 천자께 군례로 마치고 동서 분좌分坐한 후 군악을 드려 승전곡을 아뢰며 대군이 일시에 개가凱歌를 부르니, 천지 진동하고 산천이 상응하여 청공靑空에 풍우를 이루었고 백일白日에 뇌성이 내림 같은지라.
천자 어탑에 나앉으사 태아검太阿劍을 앞에 놓으시고 천위 엄숙하시며 옥색이 씩씩하사 제국 호왕을 보시며 하교 왈,
"짐이 천명을 받자와 사해 팔역四海八域을 주장하고 억조창생을 교화하니 천무이일天無二日이요 지무이왕地無二王이라. 경 등이 짐을 거스름은 하늘을 역逆함이요 짐에게 순순히 함은 하늘에 순히 함이라. 짐은 다만 천명을 받들어 그 순한 자를 포장襃奬하고 그 역한 자를 벨지니 경 등은 삼갈지어다."
천자 하교를 다하신대, 모든 호왕이 일시에 고두叩頭하며 숙연히 명을 듣고 감히 우러러 보지 못하더라. 인하여 삼군을 호궤犒饋하시고 군례를 파하실새, 천자 다시 하교 왈,
"짐이 오늘은 제왕을 군법으로 봄이라. 명일 다시 하란산 아래 엽장獵場을 닦고 크게 사냥하여 제왕과 한번 놀고자 하노라."

하신대, 모든 호왕이 고두사례叩頭謝禮하더라.

익일翌日, 천자 다시 융복으로 대완마大宛馬를 타시고 하란산 아래 이르시매 양 원수 이미 엽장獵場을 닦고 단壇을 무어 대군을 결진結陣하였더라. 천자 단상壇上에 전좌殿座하시고 제국 호왕을 명하사 단에 올라 좌를 주시며 천안天顏에 화기和氣 융융融融하사 왈,

"짐이 금일은 경 등과 종일 놀아 서로 정의情誼를 통通코자 함이니 경 등은 그리 알라."

하신대, 제왕이 황공 사례하더라.

그중 몽고왕이 몸을 일어 천자께 청 왈,

"신 등이 북방 이적지국夷狄之國에 생장生長하와 대국지풍大國之風을 자로 보지 못한 중 일찍 듣자오매 연왕과 홍 난성은 천하 명장이라. 남만南蠻이 지금까지 홍 원수를 말한즉 낙담상기落膽喪氣한다 하오니 신 등이 비록 당돌하오나 연왕의 진법과 홍 원수의 무예를 한번 구경코자 하나이다."

상이 미소하시고 연왕과 난성을 보시니, 연왕이 호왕을 향하여 흠신欠身 답 왈,

"창곡은 두소지재斗筲之才[1]라. 중국에 창곡 같은 자는 거재두량車載斗量이니, 마침 남방 사람이 다만 창곡과 홍 원수를 보고 중국 인재를 다 보지 못함이라. 방금 성천자聖天子 위에 임하사 인재를 작성作成하시니 조정으로 말할진대 섭리음양攝理陰陽하여 논도경방論道經邦함[2]은 무비 다 고기직설皐夔稷契[3]이요, 백성을 다스리고 풍속을 교화함은 저마다 공황두소龔黃杜召[4]요, 문장은 반마班馬[5]를 압두하고, 말씀은 소장蘇張[6]을 조롱하며, 도학은 공맹孔孟을 사모하고 사업은 한부韓富[7]를 하시下視하며, 장수로 말할진대 손오양저孫吳穰苴[8]의 병법과 주유周瑜, 제갈량諸葛亮의 지혜와 맹분孟賁, 오획烏獲의 용맹과 위청衛靑, 곽거병霍去病, 정불식程不識[9]의 장략將略을 겸한 자 무수하니 창곡은 불과 기를 두르며 북을 쳐 녹록한 용장庸將이라. 어찌 족히 말할 바 있으리오?"

몽고왕이 구연瞿然 왈,

"과인이 중국을 구경할 날이 없사오니 다만 원수의 진법을 한번 보고자 하나이다."

---

1) 거우 말가웃의 재주. 보잘것없는 얕은 재주 또는 그런 재주를 가진 사람을 이르는 말.
2) 도를 논하고 나라를 경영함.
3) 중국 순임금을 섬긴 고요皐陶, 기夔, 후직后稷, 설契.
4) 정사를 잘 한 지방관으로 유명한 한漢나라의 공수龔遂와 황패黃霸, 진晉나라의 장수 두예杜預, 한나라의 소신신召信臣을 말한다.
5) 한나라 때 이름난 역사가인 반고班固와 사마천司馬遷.
6) 전국 시대 때 이름난 변론가인 소진蘇秦과 장의張儀.
7) 송나라 때 정치가인 한기韓琦와 부필富弼.
8) 전국 시대 전략가들인 손무孫武, 오기吳起, 사마양저司馬穰苴.
9) 위청, 곽거병, 정불식은 모두 한나라 때 흉노를 정벌한 장수들.

양 원수 미소하고 홍 사마를 보아 수기帥旗와 신전信箭을 빼어 주며 진을 치라 하니, 홍 사마 즉시 진상陣上에 나아가 일성 포향에 대군을 몰아 북을 치며 수기를 둘러 연하여 일개 방진을 치고 몽고왕을 보며 왈,

"대왕이 이 진을 아나니이까?"

하니, 원래 모든 호왕 중 몽고왕이 약간 병법을 해득한 고로 원수의 소문을 듣고 짐짓 진법을 한번 보고자 함이러니, 이에 소 왈,

"이는 옛날 한나라 장수 위청衛靑의 무강진武强陣이라. 북방의 가동 주졸街童走卒[10]이 다 아나니 과인이 어찌 모르리오?"

홍 사마 미소하고 다시 수기를 두르며 북을 쳐 진세를 변하여 좌우익을 벌여 일자진을 치고 몽고왕을 보며 왈,

"대왕이 이 진을 아나니이까?"

몽고왕이 소 왈,

"병서에서 소위 적진을 시살하는 조익진鳥翼陣이 아나니이까?"

홍 사마 미소하고 다시 수기를 두르며 진세를 변하여 육육 삼십육 여섯 곳 진을 치니, 몽고왕이 이윽히 보고 탄 왈,

"과인이 일찍 이 진의 이름이 육화진六花陣임을 들었으나 진 치는 법을 구경치 못하였더니 진실로 기이한 진이로소이다."

홍 사마 또 미소하고 수기를 두르며 북을 쳐 팔팔 육십사 팔방으로 진을 치니, 몽고왕이 바라보고 정신이 현란하여 양구良久에 왈,

"이는 무슨 진이니이까?"

홍 사마 소 왈,

"이 진의 이름은 기정팔문진奇正八門陣이니 전혀 팔괘八卦 음양지리陰陽之理와 천지조화지묘天地造化之妙를 응하여 기정문奇正門, 동정문動靜門과 음양문, 생사문이 있으니 대왕이 진중을 구경코자 하실진대 다만 저 붉은 기 꽂은 문으로 들어가 푸른 기 꽂은 문으로 나가되 만일 그릇 흑백 기 꽂은 문으로 출입한즉 낭패하리라."

몽고왕이 대희大喜하여 제왕을 보며 같이 가 구경함을 청한대 모두 응낙하고 각각 본국 군사 백여 기騎를 데리고 진전陣前에 이르러 바로 붉은 기를 찾아 진중에 들어 진 친 제도를 보니, 항오가 엄숙하고 기치 정제整齊하여 각각 방위를 응하여 원문을 이루었으나 현묘한 이치를 해득지 못할러라.

보기를 다한 후 푸른 기 꽂은 문을 찾아 일시에 진 밖에 나매 몽고왕이 토번왕을 보며 왈,

"이 진이 비록 정제 엄숙하여 착란치 않으나 별로 십분 신통한 곳을 보지 못할지라. 다시 흑백 기 꽂은 문으로 들어가 봄이 어떠하뇨?"

---

10) 길거리에서 노는 아이들이나 돌아다니는 사람들.

척발랄이 선우를 만류하여 왈,

"홍 사마 말하지 않은 문으로 출입한즉 낭패하리라 하였으니 대왕은 들어가지 마소서."

몽고왕이 웃고 토번왕을 보며 귀에 대고 가만히 가로되,

"중국 사람이 헛포장이 많고 홍 사마를 보매 재기才氣 만면滿面하여 우리를 농락함이니 무슨 낭패함이 있으리오?"

하고 척발랄의 다겁多怯함을 조소하며 제왕諸王이 일제히 흑기 꽂은 문으로 돌입하여 십여 보를 들어가다가 뒤를 돌아보매 진문이 없고 검극이 서리 같은 중 앞을 보니 또한 터진 길이 분명치 아니하여 수레와 방패를 중중첩첩히 막았으니, 기치창검이 햇빛을 가려 습습한 바람과 소슬한 기운이 사면에 자욱하여 운무 중에 싸인 듯 정신이 미란迷亂하고 안목이 현황眩慌하니 갈 바를 모를지라. 동을 향하매 한 문이 열리거늘 그 문으로 들어선즉 그 문이 닫히어 팔팔 육십사 예순네 방위를 돌아 사팔 삼십이 서른두 문을 들어가되 문마다 검극이 서리 같고 들어선즉 나갈 길이 없는지라. 몽고왕이 대로 왈,

"이는 명 원수 궤술詭術로 과인을 속여 죽이고자 함이로다."

하고, 분연히 휘하 군을 돌아보아 향방向方 없이 충돌코자 하나 뚫을 길이 없고 모든 명병明兵이 일시에 병기를 들어 찌르려 하거늘, 몽고왕이 노 왈,

"우리는 천자의 명을 받아 진중을 구경하러 온 사람이라. 어찌 이같이 핍박하는다?"

군문도위 책責 왈,

"군중은 단문장군령但聞將軍令[11]이오니 대왕이 그릇 사지死地에 들었도다. 만일 한 문을 더 들어간즉 백호방白虎方[12]이라. 비록 두 나래 달렸을지라도 살아 돌아가지 못하리라."

한대, 그중 대유왕, 광야왕이 서로 손을 잡고 대성통곡 왈,

"우리는 소국小國 잔왕殘王이라. 객지에 어찌 이같이 죽을 줄 알았으리오?"

하더니, 차시 홍 사마 동, 마 양장을 명하여 왈,

"제국 호왕이 오래 돌아오지 아니하니 반드시 사문死門에 들어 나오지 못함이라. 장군은 가 구하라."

양장이 즉시 말을 달려 바로 생문으로 들어 바라보매 모든 호왕이 백호방에 둔취屯聚하여 아무리 할 길을 모르거늘, 양장이 급히 외쳐 왈,

"호왕은 망령되이 충돌코자 말고 내 수기 두르는 곳을 보아 나오라."

한대, 제왕이 일시에 양장의 수기를 바라보고 앞섬을 다투어 길을 찾아 나올새 다시 팔팔 육십사 방위를 지나 사팔 삼십이 문을 나서니 이미 진 밖에 나왔더라. 모든 호왕이 서로 놀라며 탄식하고 돌아와 양 원수와 홍 사마를 보고 사례 왈,

---

11) 다만 장군의 명령만 들음.
12) 진을 친 곳의 서쪽 방향. 이 방향이 가장 흉악하다고 믿었다.

"과인이 변방 소국에 생장하여 안목 문견이 정저와 井底蛙[13]와 다름이 없삽더니 오늘 원수의 진법을 구경하매 바야흐로 중국이 큰 줄을 알리로소이다."

원수 소 왈,

"이는 심상한 진법이라. 어찌 족히 칭도稱道[14]하리오? 내 또한 들으매 북방 사람이 사냥을 잘한다 하니, 제왕은 각각 본국 군사를 거느려 장기를 다하여 천자의 즐기심을 돕게 하라."

제왕이 혼연 응낙하고 모두 엽장獵場에 내려 사냥할 거조를 차리니, 연왕이 또한 진왕과 단에 내려 군사를 지휘할새 천자 단에 임하사 구경하시더라.

연왕은 홍 난성, 뇌천풍, 일지련, 동초, 마달을 거느려 우림군 삼천 기를 지휘하여 우편에 서고 진왕은 본국 철기 삼천을 거느려 좌편에 서고 제국 호왕은 다 각각 제 군사를 지휘하여 좌우로 갈라선 후 선우 대군을 풀어 하란산 전후 수십 리를 에워싸고 짐승을 몰게 하니, 기치창검이 들에 덮이었고 뇌고함성㵢鼓喊聲이 뫼를 뒤집어 위로 나는 새와 아래로 기는 짐승이 모두 놀라 곳곳이 편만遍滿하더라.

홀연 일 쌍 백조가 운간雲間에 높이 날아 지나가거늘, 동초 호왕을 보며 왈,

"내 들으니 북방 사람의 사조射鳥하는 법이 신통하다 하니 한번 구경코자 하노라."

몽고왕이 웃고 말을 달리며 활을 다리어 한번 쏘매 그 백조가 맞지 아니하고 더욱 높이 날아 뵈지 아니한대 몽고왕이 말을 돌리며 소 왈,

"과인의 궁법弓法이 부족함이 아니라 백조의 날아감이 빠르도다."

하거늘, 홍 사마 일 쌍 추파를 맥맥히 흘려 백운 간을 우러러보고 허리의 백우전을 빼어 한번 옥수를 번뜩이매 일개 백조 반공에 떨어지거늘 호왕과 호병이 서로 보며 놀라 왈,

"우리 비록 사조로 늙었으나 저같이 높이 나는 백조는 생의生意[15]치 못하였더니, 홍 장군의 궁재弓材는 유기由基[16]로도 당치 못하리로다."

하더니, 홍 사마 다시 말을 달려 나가며 공중을 향하여 또 한 대를 쏘니 백조와 살이 도무지 거처가 없는지라. 몽고왕이 소 왈,

"장군의 궁법이 아무리 신통하시나 이번은 허송虛送하시도다."

홍 사마 미소하며 말을 돌려오더니 아이오 일개 군사가 말을 돌려오며 백조를 가져 홍 장군께 드려 왈,

"소지는 짐승 모는 군사라. 홀연 일개 백조가 공중으로 떨어지기에 집어 보매 꼬리 밑에 살이 박히고 그 살을 보니 홍 원수의 신전信箭이라. 감히 바치나이다."

---

13) 우물 안 개구리
14) 칭찬.
15) 생각을 냄. 마음을 먹음.
16) 전국 시대 초나라 양유기養由基. 활을 잘 쏘았다고 한다.

하니, 원래 백조가 살을 맞고 날아가다가 떨어짐이라.

홍 사마 소 왈,

"내 눈이 밝지 못하고 백조 높이 날매 어렴하여 쏘았더니 당처當處를 맞히지 못한 연고라."

호왕과 좌우들이 막불대경莫不大驚하더니, 홀연히 또 보매 일진一陣 해연海鷰[17]이 바람을 따라 공중에 날아 일상일하一上一下하니 몽고왕이 마상에서 바라보고 제왕과 지껄이며 웃더니 홍 사마를 향하여 왈,

"장군의 궁법이 신출귀몰하시니 능히 저 제비를 쏘아 맞히시리까?"

홍 사마 미소하고 우러러보니 과연 육칠 개 제비 풍편에 상하하여 반공에 돌며 흩어지지 아니하는지라. 가만히 허리의 철전을 빼어 쏘고자 한대 몽고왕이 웃으며 소매를 잡고 왈,

"장군은 과인과 내기를 정하사이다. 장군이 만일 저 제비를 쏘아 잡으신즉 과인의 탄 말이 대완大宛 소산所産이라. 장군께 바칠 것이요 만일 잡지 못하신즉 장군의 차신 쌍검을 과인을 주소서."

홍 사마 침음양구沈吟良久에 허락하고 허리에 찬 철궁鐵弓을 끌러 철전鐵箭에 메어 정신을 모아 별 같은 눈을 굴리며 옥수를 한번 번뜩이매 일개 해연이 마전馬前에 떨어지거늘 홍 사마 연하여 일곱 대를 발하매 그 빠름이 풍우 같은지라. 육칠 개 해연이 차례로 떨어지니 몽고왕이 망연히 서서 정신을 잃고 반상半晌을 무언無言타가 탄 왈,

"장군은 신인神人이라. 범상하신 사람이 아니로소이다. 이 제비는 등한한 제비가 아니라 이에 해상海上 석연石鷰[18]이니, 북해가에 연석鷰石이라 하는 돌이 있으니 매양 바람이 일려 한즉 공중에 날아 제비와 방불하니 그 이름이 석연이라. 장군은 집어 보소서."

하거늘, 홍 사마 좌우를 명하여 집어 오라 하여 보매 과연 검은 돌이 단단하기 쇠 같고 개개이 살촉 자국이 완연하더라.

몽고왕이 재삼 차탄 왈,

"한나라 이 장군[19]이 북평北平 땅에 사냥하다가 수풀 속의 바위를 대호大虎로 알고 쏘아 살이 속까지 들어가 그 자국이 지금까지 있고 북방에 상전相傳하여 천고에 무쌍한 궁법이라 하더니, 이제 홍 장군의 재주는 이 장군에 십 배 더하시도다. 수풀 속의 바위는 오히려 깨치려니와 공중에 나는 돌을 어찌 낱낱이 쏘아 뚫을 바리오?"

하고 자기 탄 말을 바치려 하니, 홍 사마 소 왈,

"혼탈이 비록 대왕의 부귀를 당치 못하나 오히려 부중에 십여 필 대완마가 있으니 일시의 희언戲言을 고집지 마소서."

---

17) 한 무리의 바다제비.

18) 바다의 돌제비.

19) 한나라 때 장수 이광李廣.

몽고왕이 하마下馬하여 친히 고삐를 끌러 드려 왈,

"과인이 자금이후自今以後로 장군께 성심으로 항복하노니 이 말이 중함이 아니라 향모向慕하는 정을 표하나이다."

홍 사마 하릴없이 받으니라.

이때 대군을 풀어 짐승을 몰새 일좌一座 하란산을 샅샅이 뒤지나 한 마리 토끼도 없는지라. 몽고왕이 원수께 고 왈,

"이는 반드시 악한 짐승이 산중에 있어 호표지속虎豹之屬이 숨고 현형現形치 못함이니이다."

언미필言未畢에 홀연 하란산 상봉으로 급한 바람이 일며 일성 벽력이 반공에 내림 같더니 제군이 일시에 납함하고 사면으로 흩어지며 일개 대호 전신이 눈빛 같고 두 눈에 금광이 쏘이어 등잔같이 구을며 주홍 같은 입을 벌리고 바로 엽장獵場으로 달아드니 그 형세의 빠름이 풍우 같고 번개 같거늘 십여 국 호병이 일제히 창을 들고 쫓은대, 그 대호 다시 한마디 소리를 지르고 간 곳이 없는지라.

모든 호왕이 서로 보며 송구 왈,

"이 어찌 야율 선우의 철창을 삼키던 흉물이 아니냐? 북방에 일개 화근이 생기니 인력으로 제어치 못할 바라. 하란산 동북에 일좌 흉험한 산이 있어 이름은 음산陰山이요 산중에 일개 악호惡虎가 웅거하여 전설이 사천 년을 묵은 대호大虎라 하니, 야율 선우 용력을 믿고 이 대호를 잡고자 하여 세 번 사냥하여 철창을 던진즉 그 흉물이 천여 근 철창을 초개같이 삼키고 호장胡將, 호병胡兵을 전후에 상한 자 부지기수라. 하릴없어 북방 사람이 서로 공론하고 음산에 단壇을 무어 춘추로 우양牛羊을 잡아 흉물에게 제祭하되 만일 한번 궐궐厥한즉 흉물이 산하에 내려 인명을 상함이 백배 더하니 이미 죽은 자 수천여 명이라. 그 후로 북방의 사냥을 폐하고 비록 다른 범이라도 감히 경솔히 잡지 못하더니 금일 천자 대렵大獵하심을 인연하여 포향 고성砲響鼓聲을 듣고 다시 작란함이로소이다."

홍 사마 소 왈,

"장성 이북에 몇 나라가 있는데 어찌 일개 악호惡虎를 잡지 못하리오?"

몽고왕이 탄 왈,

"이 범은 심상한 흉물이 아니라 소위 비호飛虎니 비록 창으로 찌르나 창이 들지 아니하고 불로 사르나 불이 범치 못하니 바람같이 빠르며 벽력같이 급하여 그 왕래를 알 길이 없나이다."

천자 차언此言을 들으시고 하교 왈,

"북방 백성이 또한 짐의 적자 창생이라. 어찌 무죄히 짐승의 밥 됨을 보고 구원치 아니하리오? 짐이 비록 대군을 머물러 즉시 환국치 못하나 이 대호를 잡아 인명을 구하고 돌아가리라."

하신대, 연왕이 이에 성지를 받자와 제장과 호왕을 대하여 대호 잡을 방략方略을 의논하더니 홀연 대군이 다시 납함하고 사면으로 헤어지며 하란산 중봉에 사석沙石이 날리어 공중

을 덮어 오거늘 몽고왕이 경경驚 왈,

"흉물이 또 작란하는도다."

하더니, 언미필에 수개 호병이 말쩨 간 곳이 없거늘, 홍 사마 일지련을 보아 왈,

"우리 구태여 창법과 검술을 자랑코자 함이 아니라 저 짐승의 기세 십분 흉녕하여 사람을 많이 상할 듯하니 어찌 안연히 앉아 보리오? 내 장군의 창법을 아노니 우리 둘이 동심합력同心合力한즉 어찌 못 잡으리오?"

일지련이 소 왈,

"장군은 스스로 믿는 바 있거니와 첩은 달아나는 토끼만 보아도 놀라는 자라. 어찌 서로 도우리꼬?"

홍 사마 또한 웃고 원수께 고 왈,

"축생畜生의 작란함이 이 같사오니 심상한 방략으로 잡지 못할지라. 대군과 제장을 모아 천자를 호위하시고 엽장에 일인도 없이 하신즉 소장小將이 일지련과 약속함이 있나이다."

연왕이 당황 왈,

"장군이 장차 어찌하려 하는다?"

홍 사마 소 왈,

"요마么麼 노호老虎를 이미 소장의 장중掌中에 넣었으니 근심치 마소서."

하고, 즉시 쟁을 쳐 군사를 한곳에 모아 장을 둘러 중중重重히 호위하게 하고, 연왕과 진왕과 모든 호왕과 동, 마 등 제장으로 다만 단상에 올라 천자를 모시고 망령되이 단에 내리지 말라 하니, 엽장 중에 일인도 없더라.

홍 사마 일지련을 보아 왈,

"장군은 필마 쌍창匹馬雙槍으로 다만 범을 인유引誘하여 엽장에 넣으라."

하고, 홍 사마 또한 단에 올라 자약自若히 섰으니, 차시此時 일지련이 쌍창을 들고 말을 달려 두어 바퀴를 돌아다니다가 홀연 말을 채쳐 바로 하란산을 향하고 표연히 가니, 보는 자 위하여 정신이 송구하고 안색이 저상沮喪하더라.

이윽고 청천에 벽력이 내리는 듯 한마디 흉녕한 소리 하란산을 흔들며 일지련이 쌍창을 끌고 일변 달아오며 일변 돌쳐서 일개 대호를 쌍창으로 어르니 그 대호 눈빛 같은 흰 털을 거사리고 벽력같이 소리치며 두 발을 들고 산악같이 일어서 쌍창을 막으며 범은 연랑을 어르고 연랑은 범을 얼러 범이 물러선즉 연랑이 달아들고 연랑이 물러선즉 범이 달아들어 흉녕한 소리와 당돌한 거동은 모골이 송연하여 차마 볼 길이 없더라. 이미 엽장에 들매 홀연 단상에서 외쳐 왈,

"연 표기는 빨리 물러나라."

하거늘, 연랑이 돌쳐 창을 거두고 단에 오르니 다만 삽삽颯颯한 바람과 분분紛紛한 백설이 엽장을 둘러 사면이 자욱한 중 그 범이 동으로 뛰놀며 서로 달아나고 남으로 포갈咆喝하며 북으로 물러서 한번 침들매 하늘이 무너질 듯 한번 후비매 땅이 꺼질 듯 길길이 뛰며 박

차고 작란하되 종시 엽장을 나지 못하니, 이는 범이 이미 홍랑의 검술에 싸임이라. 반상半晌 晌이 못하여 청기靑氣 엽장을 덮어 오며 쟁연한 칼 소리 점점 급하더니, 그 범이 홀연 한마디 소리를 벽력같이 지르고 앞발로 땅을 두어 길이나 판 후 엽장 가운데 쭈그려 앉아 다시 성각醒覺이 없거늘, 차시 단상단하의 바라보는 자 모두 심담心膽이 떨리고 정신을 차리지 못하여 어찌한 곡절을 모르더니, 홀연 단상에서 외쳐 왈,

"우림군은 빨리 가 저 범을 끌어 오라."

하거늘, 모두 이에 홍랑이 의구依舊히 섰던 자리에 와 섰거늘, 모든 호왕이 막불당황莫不唐惶하여 다투어 홍 사마를 붙들고 문 왈,

"장군이 그사이 어디를 갔다가 오시며 저 범이 어찌 저같이 앉아 요동치 아니하나니이까?"

홍 사마 소 왈,

"혼탈은 잠깐 여측如廁[20]하였다가 왔거니와 저 범은 이미 죽은 지 오랜가 싶으니 끌어 오라 하여 보소서."

호왕이 일변 놀라며 의심하여 호병을 호령하여 메어 오라 하니, 모두 겁하여 감히 가까이 가지 못한대 호왕이 대로하여 빨리 끌어 옴을 재촉하니 수십 명 호병이 일시에 달려들어 운동運動코자 하나 태산같이 무거워 움직이지 못하고 다시 육칠십 명이 끌며 떠들어 단하에 이르니, 호왕과 제장이 일시에 내려가 보매 그 범의 영특함은 말할 바 없으나 터럭이 침 끝 같아 손에 닿은즉 손이 상하여 피 흐르고 허리에 일편 췌육一片贅肉[21]이 달렸으니 모두 말하되 이는 범의 날개니 소위 비호飛虎라. 전신을 찬찬히 살펴보니 칼 흔적이 낭자하여 한 조각 성한 가죽이 없고 골절이 모두 어긋난 것 같거늘, 홍 사마 미소하고 동, 마 양 장을 보며 왈,

"이는 실로 천지간 모진 기운을 품부稟賦하여 생긴 짐승이라. 그 단단함이 금석에 더하니 만일 혼탈의 부용검이 아닌즉 결단코 잡지 못할지라. 장군은 시험하여 창으로 찔러 보라."

몽고왕이 즉시 자기 허리에 찬 환도를 빼어 한번 치매 환도가 쟁연錚然히 부러지고 털끝도 상치 아니하거늘, 모든 호왕이 일시에 창을 들어 어지러이 찌르나 창날이 낱낱이 말리며 흔적도 없더라.

호왕이 일시에 손을 묶어 홍 사마에게 사례 왈,

"장군의 영웅하심은 짐짓 천상天上 신장神將이시라. 감히 말씀하여 칭도할 바 아니오나 악물惡物을 잡아 북방 백성의 화근을 없게 하시니 천추만세에 이러하신 은덕을 어찌 갚으리꼬?"

---

20) 뒷간에 다녀옴.
21) 한 조각 고기 조각.

홍 사마 사양 왈,

"이는 다 황상의 은덕이요 제왕의 복력이라. 혼탈이 무슨 공이 있으리오?"

하더라.

일모 후 천자 전렵을 파하실새 군사를 크게 호궤犒饋하시고 십여 국 호왕을 단상에 오르라 하사 각각 주찬酒饌을 주시며 천안天顔에 화和한 기운이 가득하사 왈,

"경 등이 지금 중국 군사를 보매 북방과 어떠하뇨?"

호왕이 돈수頓首 왈,

"신 등이 변방에 생장하와 천자 위의威儀를 구경치 못하였삽더니 종금이후로 하늘 높음을 알지라. 상설우로霜雪雨露의 춘생추살春生秋殺하심이 무비無非 폐하의 교화로소이다."

천자 이연怡然히 소 왈,

"진시황은 천고의 미련한 임금이라. 부질없이 만리장성을 쌓아 남북을 막으니 풍토風土 현수懸殊하고 정의情誼를 통치 못하여 중국과 북방이 자로 병화를 일으켜 적자 창생으로 그 해를 받게 하니, 이는 짐의 통한痛恨하는 바라. 경 등은 이 마음을 알아 다시 반복反覆지 말고 호왕 부귀를 세세에 누리게 하라."

호왕이 일시에 돈수 사례하고 감루感淚를 뿌리더라.

몽고왕이 다시 천자께 청 왈,

"폐하 이제 북방에 친림親臨하시매 은위恩威 병행並行하사 북방 백성이 자모慈母를 뵈옴 같사오니 신 등이 이제 생사당生祠堂²²⁾을 지어 어용御用을 봉안함은 비록 불감不敢하오나 양 원수와 홍 사마의 소상塑像을 머물러 천추 향화로 빛난 공덕을 기록할까 하나이다."

상이 미소하시고 허락하시니 호왕이 물러와 다시 연왕과 홍 사마를 보고 청하거늘, 연왕이 비록 엄절히 사양하나 어찌 들으리오? 즉시 북방 화사畵師 십여 명을 불러 연왕과 홍 사마의 소상을 모사模寫할새 모든 화사들이 먼저 연왕의 진면眞面을 모출摹出²³⁾한 후 홍 사마의 화상을 낼새 세 번 내어 세 번 같지 아니한지라. 모든 화사들이 붓을 던지고 호왕께 고 왈,

"신 등이 재주 용렬하와 홍 사마의 진면을 모방할 길이 없나이다."

하거늘, 호왕이 대로하여 베려 한대 그중 일개 화사가 고 왈,

"신이 이제 높은 화사를 천거하올지니 이는 천하에 독보獨步하는 재주라. 또한 나이 백여 세에 지나 능히 용모를 보고 수복을 판단하나이다."

몽고왕이 대희하여 바삐 불러 이르니 수미鬚眉 호백皓白²⁴⁾하고 안목이 청수淸秀하여 심

---

22) 살아 있는 사람을 제사 지내는 사당.

23) 사람의 본모습을 그대로 흉내 내어 그림.

24) 수염과 눈썹이 새하얀 것.

상한 화사 아님을 알리라.

홍 사마를 이윽히 바라보고 탄 왈,

"아깝도다! 얼굴이여. 만일 여자로 났으면 부귀 훈업이 천만고千萬古에 덮을 자 없을 것을 불행히 남자로 품수하니 수한壽限이 부족하리로다."

홍 사마 소 왈,

"그대는 화사라. 어찌 상술相術을 아느뇨?"

화사 왈,

"노신은 본디 중국 사람이니 한나라 한연수韓延壽[25]의 후예라. 북방에 사로잡혀 와 돌아가지 못하고 세세자손이 화상 내기로 자생資生하니, 노신의 손으로 진면을 모화摹畵한 자 부지기수라. 자연 사람을 열력閱歷하고 얼굴을 무수히 보매 어찌 궁달 수요窮達壽夭를 짐작지 못하리꼬?"

홍 사마 소 왈,

"연즉 여자로 났으면 수복 궁달이 어떠하며 남자로 났으면 또한 어떻다 하느뇨?"

화사 왈,

"장군의 얼굴로 만일 여자 같을진대 벼슬은 왕후에 미칠 것이요 수한은 구구 세라. 일곱 아들이 슬하에 벌여 각각 공명이 왕후장상에 미칠 것이나 이제 남자로 났으니 공명이 훤혁烜赫하시나 대한大限이 사십을 넘지 못할까 하나이다."

홍 사마 웃고 연왕의 소상을 가져 보인대 화사 몸을 일어 준순 피석逡巡避席[26] 왈,

"이는 인간 얼굴이 아니라 진개 선풍도골仙風道骨이니 그 귀함은 천하의 둘째 될 것이요 수한은 또한 구구 세로소이다."

모두 칭찬하고 동초, 마달, 뇌천풍이 차례로 물은대, 화사 왈,

"이 좌석에 부귀 수복을 겸한 자 이같이 많으뇨?"

하더니, 일지련이 밖으로 들어오니, 화사 이윽히 보고 왈,

"장군은 어떠하신 귀인이관대 체국體局이 홍 장군과 방불하시뇨? 다만 양협의 도화색이 태과太過하니 공명이 홍 장군을 당치 못하시리다."

하더라.

몽고왕이 홍 장군의 소상을 모사하라 한대, 화사가 제 화사諸畵師를 보며 소 왈,

"그대들은 진개 눈 없는 화사로다. 북방에서 생장하여 어찌 저 용모를 모르고 무단히 필묵을 허비하뇨? 홍 장군의 소상은 이미 북방에 있으니 새로 내어 무엇 하리오?"

모두 그 연고를 물은대 그 화사 미미히 웃으며 대답하니, 무엇이라 하뇨? 하회를 보라.

---

25) 한나라 때 문신으로 집안 대대로 직언을 잘 하기로 유명한 사람이다. 나중에 소망蕭望의 탄핵을 받아 저자에서 사형될 때 많은 사람들이 그의 죽음을 슬퍼했다 한다.

26) 뒤로 슬금슬금 물러나 앉음.

제41회 홍랑이 명비묘를 중수하고
위 씨 추자동에서 괴로움을 받다

紅娘重修明妃廟　衛氏受苦楸子洞

각설却說, 차시 화사畵師 모든 호왕을 향하여 왈,

"호왕성胡王城 북편 청초원靑草原에 일개 고묘古廟가 있으니 이름은 명비묘明妃廟[1]라. 한나라 왕소군王昭君의 화상畵像이 있사오니, 이제 홍 장군의 용모 왕소군의 소상과 일 호차착一毫差錯이 없으나 다만 왕소군의 소상은 미간에 잠깐 찡긴 흔적이 있고 두 눈의 돌올突兀한 정채精彩와 양협兩頰의 웃는 빛이 홍 장군을 당치 못하리라."

모두 반신반의하여 소군의 화상을 가져오라 하여 홍 사마와 동서 상대하여 걸고 보니, 두 송이 꽃을 한데 대한 듯 무르녹은 춘광과 아리따운 전형이 조화를 자랑하여 한판에 박 아낸 듯하여 동으로 본즉 팔월 남포南浦에 피어오르는 연꽃이요, 서으로 본즉 십리 서호西湖에 반개半開한 부용이라. 부용이 연꽃이며 연꽃이 부용임을 모르는 자는 혹 부용을 가져 연꽃에 비교하며 연꽃을 가리켜 부용과 평론하나 어찌 우열이 있으리오? 다만 북지北枝는 초췌憔悴하여 상풍霜風을 머금고 남지南枝는 번화繁華하여 춘광春光이 난만爛漫하니 홍 사마는 본디 다정 강개한 자라. 동시 여자로 고금이 요원遙遠하나, 지척 옥안이 말씀을 접 할 듯 그 처지를 측연하여 추연惆然 함루含淚하며 진왕을 향하여 왈,

"내 소군과 비록 남녀가 다르나 동시 중국 사람이라. 저 같은 안색으로 청춘 고국에 단봉 궐丹鳳闕[2]을 하직하고 황혼 청총靑塚이 백룡퇴白龍堆[3]에 매몰하여 천생여질天生麗質[4] 이 지기知己를 못 만나고 천추 원한을 비파로 화답하니 대왕은 저 소상을 보소서. 어찌 아깝지 않으리오?"

진왕이 미소 왈,

"과인은 보건대 소군의 소상은 아깝지 않거니와 홍 사마의 남자 됨이 아깝도다. 만일 여 자로 났다면 연왕이 비록 저같이 정대하나 반드시 황금 옥을 경영하여 장군을 심심장지 深深藏之하고 한수韓壽[5]의 향이 누설할까 저어하리니, 어찌 휘하 편장으로 타인을 대하

---

1) 한漢나라 원제元帝 때 궁녀로 선우에게 시집갔던 왕소군王昭君을 제사 지내는 사당.

2) 임금이 계신 대궐.

3) 중국 신강 천산 남로 부근에 있는 사막.

4) 타고난 아름다운 자질.

5) 진晉나라 때 미남자. 사공司公 가충賈充의 딸이 한수에게 반해서 천자에게 하사받은 서역 의 좋은 향을 몰래 훔쳐서 한수에게 주었는데, 이 향이 사람에게 배면 한 달 동안 향기가 나 므로, 마침내 가충이 알고서 사위로 삼았다고 한다.

게 하리오?"

언필言畢에 대소大笑하니 연왕이 역시 미소하더라. 호왕이 인하여 화사를 명하여 왕소군의 소상을 모본하여 생사당에 공양케 한대 홍 사마 또한 은자銀子와 채단彩緞을 내어 명비묘를 중수重修하라 하니라.

익일, 천자 연연산燕然山에 오르사 돌을 세워 공덕을 기록하시고 환군하실새 모든 호왕이 돈황성까지 이르러 천자를 호송하고 원수와 홍 사마를 작별할새 눈물을 뿌려 차마 떠나지 못하더라. 천자 대군을 재촉하사 진, 연 양왕兩王과 일반 제장을 거느려 환군하실새 제군이 개가凱歌를 부르며 상군上郡 땅에 이르사 북방 군사를 놓으시고 태원太原 땅에 이르사 산서 군사를 놓으시고 곳곳에 백성을 위로하시며 황성에 이르사 남방 군사를 놓으실새 각각 제군諸郡에 조서詔書하여 신역身役과 부세賦稅를 일병一竝 탕감하시니, 비록 병화를 새로 겪었으나 안연晏然하여 성덕을 칭송하는 소리 우레 같더라.

종묘사직에 헌괵 친제獻馘親祭[6]하시고 대사천하大赦天下하신 후 논공행상論功行賞하실새 연왕과 진왕은 작품爵品이 이미 높은 고로 더하지 못하고 식읍食邑 삼만 호戶를 더하고 소유경은 여음후汝陰侯를 봉하고 동초, 마달은 관동후關東侯, 관서후關西侯를 봉하고 손야차는 황금 천일千鎰을 주시고, 일지련은 아직 가부家夫를 정치 못하였으니 여자의 벼슬은 부직夫職을 보아 할지라 표기장군은 태후의 주신 바니 그대로 주고 별로 탕목읍湯沐邑[7] 일만 호와 황성 제택第宅과 가동 백 명과 황금 천일과 채단 천 필을 주고, 전부선봉 뇌천풍은 관내후關內侯를 봉하고 연국 태야太爺 양현楊賢은 백의白衣로 의병을 일으켜 태후를 보호하니 마땅히 관작을 더할 것이로되 천성이 공명을 뜻 두지 아니할 뿐 아니라 이미 일국 태야의 작품이 찼으니 탕목읍 오천 호를 주고, 좌승상 윤형문尹衡文은 원로대신이라 공로를 말할 바 아니로되 모후를 보호하니 짐이 어찌 공을 표함이 없으리오? 탕목읍 일만 호를 더하라 하고, 천자 자신전紫宸殿에 전좌殿座하사 호종공신扈從功臣[8]을 인견引見하실새 단서 철권丹書鐵券[9]에 성명을 기록하고 백마를 잡아 피를 찍어 맹세하사 태산 황하에 전자전손傳子傳孫하여 공훈을 기록하신 후 다시 하교하사 태청궁을 고쳐 풍운경회각風雲慶會閣이라 하사 친필로 제액題額하시고 어용御容과 연왕 이하 제신의 화상을 그려 경회각에 걸어 아름다운 공업功業을 천추千秋에 유전遺傳케 하시니라.

차일此日, 제신을 모아 연석을 배설하시고 법주法酒를 내와 군신이 일시에 잔을 받들고 만세를 부르니, 천자 좌우를 보시며 왈,

"짐이 부덕하여 수백 년 종사宗社가 일조一朝에 끊어지게 되었더니, 금일 경 등의 충성

---

6) 전쟁에서 이겨 적장의 머리를 종묘에 바치며 임금이 직접 제사를 주관함.

7) 나라가 개인에게 주어, 그곳에서 나는 조세를 받아서 쓰라고 하는 땅.

8) 어려울 때 왕을 따라 공을 세운 신하.

9) 붉게 새긴 글씨와 쇠로 만든 표지라는 뜻으로, 공신의 이름을 적어 남기는 책.

을 힘입어 종묘사직이 다시 태산 반석같이 단단하니 빛난 훈업이 족히 주 선왕周宣王, 한 선제漢宣帝의 중흥함을 짝할지라. 이로 보건대 국가 운수는 인력으로 못할 바이늘 우준愚蠢한 오랑캐 천시天時를 모르고 스스로 부월지주斧鉞之誅에 나아가니 어찌 우습지 않으리오?"

하신대, 좌우 일시에 또 만세를 부르며 상표上表 진하進賀하니[10] 연왕이 출반주出班奏 왈,

"고서古書에 하였으되, '천난침사天難忱斯라 불이유왕不易維王이라.'[11] 하니, 천명天命을 믿을 바 아니라, 다만 덕을 닦을지니 국가 치란이 매양 평안한 중에 위태함이 생기며 위태한 중에 평안함이 생기는 고로 고지성왕古之聖王은 안일함을 경계하여 항상 위태함을 잊지 아니하나니, 복원伏願 폐하는 향일向日 연소성燕巢城 중에 계시던 생각을 가지사 금일 자신전紫宸殿 상의 제신諸臣을 대하소서."

상이 개용 왈,

"경의 충언은 짐의 약석지언藥石之言[12]이라. 마땅히 잊지 아니하리라."

여음후 소유경 왈,

"금일 조정이 창업지초創業之初와 다름이 없는 중 간신 노균의 당류黨類 대각臺閣[13]에 벌여 오히려 당론을 주장하니, 공의公議 불울怫鬱한지라. 노균의 당을 일병 조적朝籍에서 삭출削黜함이 옳을까 하나이다."

연왕이 우주又奏 왈,

"왕도王道는 탕탕蕩蕩하여 무편무당無偏無黨이라[14] 하였사오니, 폐하는 다만 착한 자를 쓰시고 불초한 자를 멀리하실지니 어찌 당론으로써 현불초賢不肖를 판단하시리꼬? 대범大凡 임금의 인재 씀이 장인의 재목 씀 같사오니 어진 장인은 버리는 재목이 없는지라. 폐하 어찌 직설稷契의 충성과 공맹孔孟의 도학과 백이伯夷의 청렴과 미생尾生의 신信[15]을 가진 후에야 쓰고자 하시나니이까? 한 가지 능함이 있은즉 그 능함을 취하며 능치 못함을 용서하시고, 한 가지 재주 있은즉 그 재주를 시험하여 각각 쓸 곳을 생각하시

---

10) 표문을 올려 축하하니.

11) 하늘은 믿기 어렵고, 왕 노릇 하기는 쉽지 않다. 《시경》의 '문왕文王'에 나오는 구절.

12) 병을 고치는 온갖 약이나 침과도 같은 말이라는 뜻으로, 잘못된 행동을 일깨워 가르치는 일을 이르는 말.

13) 풍속을 바로잡고 벼슬아치의 비행을 탄핵하는 사헌부와 임금에게 간諫하는 일을 맡은 사간원을 통틀어 이르는 말.

14) 왕도는 공평하여 어느 한쪽으로 치우치지도 어느 누구와 무리를 짓지도 않는다. 《시경》에 나오는 구절이다.

15) 미생이 어떤 여자와 다리 밑에서 만나기를 약속하고 기다리는데 비는 쏟아지고 여자는 오지 않았지만, 미생은 약속대로 그곳에서 기다리다가 다리 기둥을 끌어안고 죽었다고 한다.

면 논도경방論道經邦과 전곡갑병錢穀甲兵의 소임을 그르치지 아니하리이다. 향일 노균이 조권朝權을 잡아 사생 화복이 그 장중掌中에 있으매 약한 자는 그 권세를 겁하고 능한 자는 그 보존함을 꾀하여 궁곤한 자는 그 부귀를 사모하여 혹 뜻을 굽히며 욕됨을 참아 그 문하에 출입하니 또한 인정의 무괴無怪한 일이라 어찌 색목色目을 가져 명절名節로써 천하 사람을 일일이 생각하리꼬. 복원 폐하는 청탁 당론을 묻지 마시고 노균의 친소親疏를 묻지 마소서. 다만 재능을 쓰시며 현부를 살피소서."

상이 칭선稱善하시고 노균의 문하인이 연좌지율連坐之律을 두려워하여 도망한 자 있거든 일병一竝 사赦하라 하시니라.

천자 다시 연왕을 보사 왈,

"경의 소실 선랑의 소식을 들었느냐? 해상海上 행궁行宮에서 짐을 하직하고 표연한 종적이 다시 어찌 됨을 알 길이 없으니, 그 아름다운 충성을 짐이 이때껏 잊지 못하노라."

연왕 왈,

"병화지여兵禍之餘에 사사私事를 겨를치 못하와 생사존몰을 듣지 못하나이다."

상이 차탄 왈,

"선랑의 지조 절개는 족히 한 일로 추탁推度[16]할지라. 위국爲國하여 충의지심忠義之心을 품은 자 어찌 음행淫行과 간사奸詐가 있으리오? 짐이 불명하여 왕세창王世昌의 무근지설無根之說을 신청信聽하고 절개 있는 여자로 하여금 뜻을 얻지 못하여 산수 간에 유락하여 실소失所한 탄식이 있게 하니 어찌 참괴치 않으리오? 짐이 이제 장차 선랑을 위하여 시비를 분석하고 흑백을 밝히어 애매한 지목을 신설伸雪케 하리라."

하시고, 즉시 왕세창을 엄책嚴責하시고 자객을 근포跟捕[17]함을 재촉하신대 세창이 불승황공不勝惶恐하여 위 씨에게 가만히 통하여 장차 대화大禍 있음을 말하니, 위 씨 대경하여 춘월을 다시 불러 책責 왈,

"네 일찍 선랑을 죽이었다 하더니 오히려 세간에 생존하여 사기事機 장차 뒤집히게 되었으니 이를 어찌하리오?"

춘월이 소 왈,

"세간 만사 이루 측량치 못할지라. 죽었던 자도 혹 살아남이 있으니 산 사람을 어찌 다시 죽이지 못하리오?"

하고, 위 씨 귀에 대고 가만히 고 왈,

"천자 이제 자객을 급히 근포跟捕하라 하시니 이 정히 묘한 기회라. 부인이 만일 천금을 다시 허비하신즉 천비 한 계교 있어 마땅히 여차여차할지니, 선랑이 비록 천만 번 살아 입이 열이나 어찌 발명發明하리오?"

---

16) 미루어 헤아림.

17) 쫓아가서 잡음.

위 씨 탄 왈,

"황상이 선랑을 저같이 고호顧護[18]하시니 비록 천금이 있으나 엄령지하嚴令之下에 일을 만일 서어히 도모하다가 혹 탄로함이 있을까 하노라."

춘월 왈,

"대사 누설한즉 앙화殃禍가 먼저 천비에게 미칠지니 천비 어찌 헐후히 생각하리오?"

위 씨 대희하여 즉시 천금을 내어 주니라.

일일은 천자 조회를 받으시더니, 경조윤京兆尹 왕세창이 주奏 왈,

"신이 성지를 받자와 자객을 근포하오나 종적을 탐지할 곳이 없삽더니 작일 자금성 동문 밖 주점에서 일개 수상한 여자를 잡으니 행지行止 모양이 의심 없는 자객이라. 대강 힐문하오나 종시 성명을 노출치 아니하고 또한 선랑의 일을 물은즉 도무지 모르노라 하옵기에 신이 의심하와 증거할 곳이 없어 혹 양민을 포착捕捉한가 하였삽더니, 황부黃府 시비 춘월을 잡아들여 면질面質한즉 정녕히 황부에 왔던 자객이라 하오니, 신이 장차 각별 엄형嚴刑하여 고쳐 힐문할까 하나이다."

상이 진노 왈,

"비록 조정 대사는 아니나 사관풍화事關風化[19]하고 황 씨는 짐의 외척지신外戚之臣이라. 규문지사閨門之事를 법관으로 사핵査覈함이 불가하니 짐이 친히 물어보리라."

하시고, 즉시 기구를 갖추시고 자객을 잡아들여 전정殿庭에서 힐문하실새 형벌을 더하지 아니하여 그 자객이 일일 직초直招 왈,

"소녀의 성은 장이요 명은 오랑五娘이니, 자객으로 장안에 놀다가 연왕 양 승상의 소실 선랑이 천금으로 구하여 황부에 가 위 씨 모녀를 살해하고 오라 하기에 승야乘夜하여 황부에 들어갔다가 시비 춘월에게 들킨 바 되어 도망하였사오니, 소녀 천금을 탐하여 시킨 대로 함이라. 죽어도 다른 말씀은 없나이다."

하거늘, 천자 진노하사 다시 형벌을 내리고자 하시니, 왕세창이 주 왈,

"죄인의 초사招辭도 또한 소전所傳과 일일이 부합하오니 어찌 형벌을 남용하여 인명을 상하는 탄식이 있게 하리꼬?"

언미필言未畢에 홀연 궐문 밖에 신문고 치는 소리 진동하며 수문장이 주 왈,

"일개 노랑老娘이 일개 여자를 잡아 가지고 와 명원鳴冤할 일이 있노라 하나이다."

상이 의아하사 불러들이라 하시니, 과연 백수 노랑이 신장이 오 척에 불과하나 맹렬한 기운이 미眉 위에 가득하여 한 손으로 일개 코 없는 여자를 이끌고 복지伏地 주奏 왈,

"노신은 자객이라. 평생에 의기를 좋아하여 사람을 위하여 불평한 원수를 갚아 도문屠門[20]에 놀더니 황 각로 부인 위 씨 비자婢子 춘월을 변복시켜 천금을 가지고 방혜곡경傍

---

18) 마음을 써서 돌보아 줌.
19) 일이 나라의 풍속 교화와 관련이 있음.

蹊曲逕[21])으로 노신을 구득求得하여 양 승상의 소실 선랑의 머리를 취하여 오라 하기로, 신이 위 씨의 용모를 보고 말씀을 들으매 십분 길인吉人이 아니라 심중에 의아하더니, 양부楊府에 이르러 선랑의 창 밖에 자취를 감추고 가만히 엿보니 풀 자리 베 이불에 남루한 의상과 처초한 거동이 일호一毫 간악한 태도를 보지 못할지라. 칼을 멈추고 자저하더니 홀연 촉하燭下에 선랑이 돌아누우며 해진 나삼 소매 거두치는 곳에 완연한 붉은 점이 팔뚝 위에 있삽기로 신이 의아하여 다시 창 구멍을 크게 뚫고 자세히 보매 이에 분명한 앵혈鶯血이라. 심담心膽이 서늘하여 청춘 홍규青春紅閨의 빙설氷雪 같은 지조를 소연昭然히 알지라. 노신이 불울한 성품을 참지 못하여 그길로 와 위 씨 모녀를 죽이려 한즉 선랑이 강개한 말씀과 삼엄한 의리로 처첩지분妻妾之分을 군신에 비유하여 그 불가함을 책責하오니 슬프다! 노신이 칠십 년 협객으로 천하를 편답하오나 어찌 앵혈 있는 음녀淫女와 의리 있는 간인奸人이 있으리이꼬? 노신이 선랑의 안면을 보아 위 씨의 죄악을 용서하고 다만 춘월을 형벌하여 혹 개과改過함이 있을까 하였삽더니, 이제 들으니 도리어 노신을 인연하여 선랑의 죄목을 더한가 싶으오니 천일지하天日之下에 어찌 이러한 일이 있으리꼬? 노신이 이제 춘월을 실포失捕[22])할까 하여 잡아 왔사오니 일일 국문鞫問하사 옥석을 가리소서."

말을 맞고 장오랑을 보며 왈,

"네 우격虞格의 누이 우이랑虞二娘이 아니냐? 위 씨의 천금을 탐하여 엄령지하에 천청天聽을 기망欺罔코자 하니 어찌 당돌치 않으리오?"

하거늘, 전상 전하殿上殿下의 시위지신侍衛之臣이 막불칭쾌莫不稱快[23])하고, 천자 진노하사 춘월과 오랑을 엄형 국문하시니, 어찌 다시 일호 기망함이 있으리오?

일일 직초直招한대 천자 하교 왈,

"노랑은 비록 자객이나 자현自現하였으니 그 의기 가상嘉尙이라. 공으로써 죄를 족하여 특별히 백방白放하고 우이랑과 춘월은 법부法部에 보내어 다시 국문하여 간섭한 죄인을 일일 사핵査覈하여 다스리라."

하시니, 법관이 황명을 받자와 괴수 춘월과 우격은 십자가에 처참處斬하고 춘성, 우이랑은 절도 정배絶島定配하고 왕세창은 삭관削官 방축放逐하신 후 천자 연왕을 인견引見하시고 옥색이 측연하사 왈,

"고어에 하였으되, '일녀一女 함원含怨에 오월비상五月飛霜이라.'[24]) 하니, 짐이 혼암昏

---

20) 본디 푸줏간이란 말인데, 칼을 쓴다는 의미에서 자객들이 모이는 곳이라는 뜻으로도 쓰임.

21) 일을 순리대로 하지 않고 그릇된 방법으로 하는 것.

22) 죄인을 붙잡지 못하고 놓쳐 버리는 것.

23) 주위의 신하들 중에 시원하게 여기지 않은 이가 없음.

24) 한 여자가 원한을 품으면 오월에도 서리가 내린다.

暗하여 선랑의 지조 절개로 용납할 곳이 없어 산중 도관으로 표박 유리하여 금일 그 사생존몰을 모르게 되었으니, 어찌 감상화기減傷和氣하는 탄식이 없으리오? 하물며 위국진충爲國盡忠하여 매사에 유공有功함이 많거늘 짐이 그 충성을 힘입고 공을 갚지 못하였으니 만일 혈혈 여자로 병화를 만나 불행함이 있을진대 어찌 차악嗟愕지 않으리오?"

하시며, 천안天顔이 불열不悅하사 차석嗟惜함을 마지않으시더라.

연왕이 물러 부중에 돌아와 양친께 고 왈,

"황 씨의 죄악이 스스로 나타나 황상 처분이 명백 통쾌하시니 칠거지율七去之律에서 도망치 못할지라. 이제 내치나이다."

하고, 즉시 황부에 의절義絶하는 기별을 통하니, 소저小姐는 하늘이 무너진 듯 정신이 비월飛越하고 위 부인은 살점을 베는 듯 악심惡心이 배생倍生하여 얼굴이 푸르며 마음이 떨리어 소저를 보고 어이없어 소 왈,

"내 딸이 생과부 되단 말가? 눈 없는 너의 부친이 사위를 그릇 골라 네 신세를 마치니 누구를 한恨하리오?"

하더니, 황 각로 사기를 듣고 창황히 들어오거늘, 위 부인이 소저를 가리켜 왈,

"상공은 여아의 혼처를 구하소서."

각로 당황하여 왈,

"부인은 그 무슨 말이뇨?"

위 부인이 소 왈,

"출부黜婦의 개가改嫁함은 자고로 있는 바라. 상공이 이미 처음을 그릇치니 어찌 그 나중을 생각지 않으리꼬?"

각로 부답不答한대, 위 부인이 방바닥을 두드리며 포악 왈,

"내 딸이 얼굴이 그르니까, 성품이 흐리니까, 문호門戶가 부족하니이까? 일개 천기의 수중에 넣어 평생 소교小嬌의 신세를 마치니 상공의 부귀는 무엇 하며 승상의 권세는 무엇 하리꼬? 차라리 첩과 여아를 한 겁에 죽여 이 욕됨을 모르게 하소서."

황 각로 묵연부답하고 밖으로 나가더라.

위 부인이 분독을 이기지 못하여 머리를 싸고 향벽向壁하여 반상半晌을 누웠더니, 홀연히 일어나며 앙앙하여 왈,

"내 마땅히 태후께 뵈옵고 원통한 소회를 일장 앙달仰達하리라."

하고, 즉시 교자를 타고 궐내로 들어가니라.

차설且說, 차시 천자 선랑의 일을 작처酌處[25]하시고 즉시 연춘전延春殿에 이르사 태후께 고 왈,

"황 씨 모녀의 죄악이 탄로하여 소자 이미 처치함이 있사오나 다만 그 좌우지인左右之人

<hr />

25) 죄의 경중을 헤아려 처리함.

을 죄주고 몸소 범한 자는 묻지 않음이 비록 불가하오나 황 씨 모녀는 비단 대신의 명부命婦 될 뿐 아니라 모후의 애휼愛恤하시는 바라, 소자 실로 다스릴 도리 난편難便한지라. 복원伏願 모후는 엄절히 교훈하사 허물을 징계케 하소서."

태후 심분 불쾌하시더니, 홀연 가 궁인이 고 왈,

"위 부인이 태후 낭랑께 뵈오려 하여 밖에 왔나이다."

하거늘, 태후 더욱 노하사 즉시 불러 계하階下에 꿇리고 친히 수죄數罪하사 왈,

"내 너의 모친을 동기같이 아는 고로 너를 또한 딸같이 고호顧護하였더니 네 이미 나이 많고 명부지열命婦之列에 처하여 부덕婦德을 닦지 아니하고 낭자한 죄악이 내 귀에 미치니 이 무슨 도리뇨? 대범大凡 투기는 여자의 추행醜行이라. 비록 스스로 범하여도 남을 대할 낯이 없으려든 하물며 자식을 도와 칠거지악을 자취케 함이리오?"

태후 수죄를 다하시니, 위 부인이 천연히 대 왈,

"궁중이 심원深遠하와 외간 동정을 듣지 못하심이라. 창천蒼天이 조림照臨하고 백일白日이 소소昭昭하니 신의 모녀는 백옥무하白玉無瑕[26]라. 신첩이 명도기박命途奇薄하와 자모를 일찍 잃고 태후 낭랑을 천지같이 바라더니 이제 무궁지원無窮之冤을 살피지 않으시고 이같이 엄책하시니 신첩이 다시 누구를 의앙依仰하리이꼬?"

언필言畢에 비녀를 빼어 머리를 계전階前에 부딪쳐 누수淚水 영영盈盈하거늘, 태후 더욱 진노하사 왈,

"네 비록 나를 기망하나 어찌 천지신명을 속이며 천지신명을 속이나 어찌 네 몸이 스스로 부끄럽지 않으리오? 오히려 내 너를 모르고 일분 개과改過함을 바랐더니 금일 거동을 보매 더욱 한심하도다. 구원九原 야대夜臺의 마마 씨氏로 하여금 정령精靈이 있을진대 나를 책망하여 너를 지도치 않음을 슬퍼하리라."

하시고, 하교 왈,

"위 씨 모녀를 추자동楸子洞에 가두어 하여금 그 죄를 깨닫게 하라."

하시니, 원래 추자동은 마 씨의 묘소라. 태후 함루含淚하시며 가 궁인을 명하사 위 씨를 빨리 몰아 내치라 하신대, 위 씨 분독憤毒을 이기지 못하여 방성대곡하며 환가還家하매 가 궁인과 궁노들이 태후의 엄지를 받자와 길을 재촉하거늘, 위 씨 하릴없이 소저와 도화를 데리고 수레에 올라 추자동으로 갈새 황성서 오십여 리더라.

차시 황 상서는 모친을 모셔 뒤를 따르고 황 각로는 황축불안惶蹙不安[27]하여 장차 향원鄉園으로 가려 할새, 위씨 모녀의 손을 잡고 탄 왈,

"이는 다 노부의 죄라. 부인과 여아는 천만 자보千萬自保하여 때를 기다리라."

하니, 위 씨 냉소 왈,

---

26) 백옥에 아무런 티나 흠이 없다는 뜻으로, 아무런 흠이나 결점이 없음.

27) 위엄 따위에 눌리어 어찌할 바를 모르고 몸을 움츠려 마음이 편안하지 않음.

"기다리면 무엇 하리오? 첩이 일국 원로의 아내요 당시 상서의 자모로 일개 천기에게 곤욕을 감수하고 원통한 죄수 되어 한번 지옥에 들어간즉 아귀餓鬼밖에 더 되리오?"

하고, 거장車仗을 재촉하여 추자동에 이르러 마 씨 묘에 일장통곡하고 처소를 물으니, 청산은 첩첩하고 송풍은 소슬한데 뫼를 의지하여 일간 토실을 지었으니 사면 토벽에 구멍을 통하여 창호를 이루었으며 가시로 성을 쌓아 천일天日을 볼 길이 없더라. 양개 궁노宮奴가 태후의 명을 받자와 문을 지키고 외인을 통섭通涉지 못하게 하니 황 소저 이 거동을 보고 일쌍 추파秋波에 누수淚水 가득하며 교자에서 내려 모친과 도화로 더불어 방중에 들어가니, 거적자리에 누습漏濕한 기운이 골절을 침노하여 앉을 곳이 없는지라. 노주奴主 삼 인이 손을 서로 잡고 방성통곡하다가 위 씨 오히려 도화를 호령하여 침구를 풀고 비단자리와 수놓은 방석을 첩첩히 포진鋪陳하고 안연히 올라앉았으며 소 왈,

"강상대죄綱常大罪를 짓지 아니하고 대역부도大逆不道에 범함이 없으니 금의옥식錦衣玉食의 호화로 자란 몸이 어찌 일조일석에 이 고초를 감수하리오?"

한대, 황 소저 부답不答하고 다만 누수 영영하며 가만히 비단자리를 밀고 거적 위에 앉거늘, 위 씨 꾸짖어 왈,

"네 저같이 청승스러우니 기상이 평생 생과부를 면치 못하리로다."

하더라.

차설, 선랑이 당일 진왕의 구함을 힘입어 무양無恙히 진국秦國에 득달하니, 진국 공주 그 위인과 자색을 보고 어찌 사랑치 않으리오? 반겨 문 왈,

"낭이 태후궁 시녀라 하니 오래 입조入朝치 못함을 알리로다. 서로 안면을 기억지 못하나 어찌 홀로 적병에게 사로잡힌 바 되었더뇨?"

선랑이 이때를 당하여 어찌 종적을 길이 속이리오?

침음양구沈吟良久에 실상으로 고 왈,

"첩은 진실로 궁인이 아니라 연왕 양 승상의 소실 벽성선이로소이다. 첩이 명도 괴이하여 부중府中에 있지 못하고 산중에 두류逗留하여 다니다가 산화암에 이르렀더니 태후양전이 병화를 피하사 암중菴中에 임하시매 적병이 암중을 에워싸고 사세 위급한지라. 첩이 태후의 몸을 대신하여 적병을 잠깐 속이고 인하여 적진에 갇히어 다시 생환치 못할까 하였더니 하늘이 불쌍히 보사 의외에 진왕 전하의 구활救活하신 은덕을 입사와 다시 천일天日을 보오니, 표박 종적이 타인은 비록 속였사오나 어찌 옥주玉主를 기망欺罔하리꼬."

공주 차언을 듣고 더욱 기이히 여겨 선랑의 손을 잡으며 함루含淚 왈,

"그러할진대 낭은 나의 은인이로다."

하고, 인하여 양전 안후와 가신 곳을 자세히 물은 후 선랑 노주를 각별히 사랑하신대 선랑이 또한 공주의 현숙한 덕과 풍류 번화한 기상을 탄복하여 주객지간에 정의情誼 날로 친숙하매 공주 일일은 조용히 문 왈,

"낭의 기색을 보매 항상 흉중에 무슨 근심이 있는 사람 같으니 그 어쩐 곡절이며 저 같은

자질로 무슨 일을 인연하여 부중에 있지 못하고 산수 간에 두류하여 다니느뇨?"

선랑이 머리를 숙이고 참괴慙愧할 따름이요 종시 심곡心曲을 토설치 아니하더니, 일일은 공주 선랑과 쌍륙을 치다가 사아梱牙²⁸⁾를 다투어 공주 웃으며 선랑의 팔을 잡으니 나삼 소매 걷히며 일점 앵혈鶯血이 드러나는지라. 공주 심중에 더욱 놀라 곡절을 알고자 하여 조용히 소청小蜻을 보고 힐문하니 소청이 기망하지 못하여 전후 환난을 대강 고한대 공주 바야흐로 선랑의 처지를 알고 측연히 여기며 황씨 모녀를 통한하여 하더라.

차시, 천자 이미 북방을 평정하시고 돌아오시매 공주 장차 태후께 입조入朝하려 하실새 선랑과 같이 등정登程하여 황성에 이르매, 선랑이 고 왈,

"첩이 이미 옥주의 총애하심을 입사와 다시 고국에 생환하였사오니 마땅히 이 길로 본부本府로 가고자 하나이다."

공주 소 왈,

"낭이 수년 산중에 부중을 잊고 다니다가 오늘 무슨 그리 급한 일이 있으리오? 태후 만일 낭의 생환한 소식을 들으신즉 바삐 보시고자 하실지니, 낭은 나를 좇아 궐중에 들어가 먼저 태후와 황상께 뵈옵고 돌아감이 옳을까 하노라."

선랑이 하릴없어 공주를 모셔 궁중에 이르매 태후 미처 공주와 정회를 다 못하시고 선랑의 손을 잡으시며 함루 왈,

"가랑佳娘아, 창천蒼天이 무심치 아니하시도다. 노신이 낭을 적진에 보내고 혼자 살아 사해지봉四海之奉을 의구依舊히 누리나 기신紀信의 충성이 면화免禍치 못한가 하였더니, 이제 서로 생존한 얼굴을 대하니 이 어찌 신명의 도움이 아니리오?"

황후 비빈과 가 궁인이 또한 일시에 손을 잡고 반기더니, 천자 공주 옴을 아시고 진왕의 소매를 이끌어 내전으로 들어오시다가 선랑을 보시고 경문驚問 왈,

"저기 선 자 연왕의 소실 선랑이 아니냐?"

공주 소이대笑而對 왈,

"폐하 어찌 재상 규중에 깊이 있는 가인을 아시나이까?"

상이 탄 왈,

"짐의 사직지신社稷之臣이라. 짐이 먼저 알고 현매賢妹가 알았을지니, 어찌 현매를 좇아오나뇨?"

진왕이 이에 길에서 만나 구하여 진국으로 보내던 말씀을 일일 주달奏達하니 천자 기이히 여기사 왈,

"경이 어찌 일찍 말하지 아니하뇨?"

진왕이 소 왈,

"신이 다만 태후궁 시녀인 줄만 알고 연왕 소실임을 몰랐나이다."

---

28) 주사위.

상이 옥안玉顔이 초연愀然하사 공주를 보시며 왈,

"선랑은 우리 남매의 저버리지 못할 은인이라. 무엇으로 갚으리오?"

하시고, 인하여 옥제玉帝를 모셔 행궁에서 꿈꾸시던 말과 풍류로 직간하며 노균을 꾸짖던 말을 일장 고하시니 태후 탄 왈,

"일개 여자의 혈혈 약질이 동서분주하여 우리 모자를 이같이 구하니, 이는 천고 사책史冊에서 듣지 못하던 일이로다."

선랑이 태후께 고 왈,

"신첩이 옥주의 사랑하심을 입사와 바로 부중으로 가지 못하고 당돌히 먼저 궐중에 현알見謁하였사오니 생환生還한 소식을 가부家夫에게 알림이 옳을지라. 물러감을 청하나이다."

진왕이 미미히 웃으며 태후께 고 왈,

"신이 평생 벗이 없삽더니 근일 연왕과 풍진風塵 동고同苦하여 지기知己로 사귀었사오나 자연 국가에 일이 많아 한 번도 조용한 배주盃酒로 정회를 펴지 못한지라. 금일 마침 대사大事가 없고 연왕의 잃었던 총희寵姬를 찾아다가 말없이 줌이 무료하오니, 한번 신이 농락하여 낭랑의 웃으심을 돕고자 하나이다."

태후 대희 왈,

"현서賢壻는 장차 어찌 농락코자 하느뇨?"

진왕이 소 왈,

"낭랑은 다만 선랑을 연부燕府로 보내지 마시고 금야에 연왕을 명소命召하소서."

태후 허락하신대 진왕이 다시 공주를 보아 왈,

"공주는 배주配酒를 판비辦備[29]하고 선랑을 감추어 여차여차하소서."

공주 웃고 유유唯唯하더라.

시야是夜에 황태후 연왕을 편전으로 부르시니, 연왕이 입궐하여 먼저 천자께 뵈온대 천자 미소 왈,

"모후께서 경을 자서지열子婿之列로 아사 매양 사랑하시는 중 금야今夜 진왕과 같이 인견引見코자 하시니 모후의 슬하의 즐김을 돕게 하라."

연왕이 돈수頓首하더라. 아이오 태후궁 시녀 태후의 명으로 연왕을 인도하여 연춘전에 이르니 어찌한고? 하회를 보라.

---

29) 형편에 따라 융통성 있게 준비함.

제42회 황 소저 꿈에 상청궁에 놀고
위 부인이 악한 창자를 바꾸어 회생하다
黃小姐夢遊上淸宮 衛夫人回甦換惡腸

각설, 연왕이 연춘전에 이르니 진왕 이미 태후를 모셔 염외簾外에 시좌侍坐[1]하였더라.
태후 궁녀를 명하사 연왕의 좌석을 가까이 주시고 하교 왈,
"노신이 경을 다른 조신과 달리 아는 고로 매양 이같이 인견코자 하나 체모體貌에 구애
하여 미안함이 많은지라. 다만 향앙向仰하는 마음이 그윽하더니 금일 진왕을 대하여 더
욱 경을 생각함이 간절한 고로 청하였으니 경은 늙은이의 번잡함을 용서하라. 경이 남방
에 적거謫居하고 북방에 출전하여 노고함이 많으니 비록 소년 방장지시方壯之時나 기거
지절起居之節에 손상함이 없느냐?"
연왕이 돈수頓首 왈,
"천은이 망극하와 생성지택生成之澤이 갈수록 바다 같사오니 천신賤身이 무병하니이
다."
진왕이 웃고 연왕을 향하여 왈,
"양 형이 금야今夜 이같이 인견하시는 뜻을 알쏘냐? 형의 소실 선랑이 양전을 위하여 기
신紀信의 충성을 효칙하니 혈혈 여자로 생환치 못함은 당연한 일이라. 이제껏 소식이 없
으므로 태후 염려하사 유아지탄由我之歎으로 형의 소애所愛를 잃었다 하사 특별히 궁녀
중 아름다운 자를 뽑아 선랑을 대신하여 건즐巾櫛을 받들어 태후의 겸연慊然하신 뜻을
풀고자 하심이라. 형의 뜻이 어떠하뇨?"
연왕이 소 왈,
"천은이 극진하시나 봉승奉承치 못할 게 두 가지라. 제 비록 일개 여자나 위국진충爲國
盡忠함을 창곡이 어찌 일분인들 차석지심嗟惜之心을 두리오? 하물며 다른 처첩이 있어
이미 분수에 넘치니 이는 한 가지 봉승치 못할 바요, 병화를 겪은 지 불구不久하여 분찬
奔竄한 백성이 미처 환가還家치 못한 자 많으니 선랑의 사생을 어찌 알리꼬? 만일 천우
신조天佑神助하와 타일 가중에 돌아온즉 제 비록 투심妬心을 품은 자 아니나 창곡이 어
찌 저를 저버린 부끄러움이 없으리오? 이는 봉승치 못할 바의 두 가지니이다."
진왕이 대소 왈,
"형 언릉이 과하도다. 선랑을 위하여 수절코자 하느냐? 화진花珍이 이미 매파媒婆 되어
일개 궁녀를 정하여 두었으니 만일 중지한즉 비상지원飛霜之怨이 되지 않으랴."

---

1) 주렴 밖에 앉음.

연왕이 소 왈,

"형은 짐짓 수단 없는 매파로다. 원치 아니하는 혼인을 이같이 중매하니 어찌 다만 순설脣舌을 허비할 뿐 아니리오?"

진왕이 다시 태후께 주 왈,

"연왕이 비록 겉으로 사양하오나 신이 그 뜻을 보매 반드시 아름답지 못한 미인을 명하실까 자저함이라. 잠깐 내어 그 안색을 보이심이 옳을까 하나이다."

하고, 좌우 궁녀를 돌아보아 그 미인을 부르라 하니, 진국 공주 선랑을 장속裝束하였다가 시녀를 붙들어 염외에 나감을 재촉하니, 선랑이 수삽羞澀하여 태후 앞에 나아가 공순히 시립侍立한대 태후 그 손을 잡으시고 미미히 웃으시며 연왕 보사 왈,

"노신老身이 주장하고 진왕이 중매하며 설마 곱지 않은 가인을 경에게 권하리오? 이는 노신의 딸같이 사랑하는 자라. 경에게 자랑하나 거의 부끄릴 바 없을까 하노라."

연왕이 봉안鳳眼을 흘려 한번 보매 풍진 남북에 종적이 묘연하여 오매寤寐 일념一念에 경경耿耿 불망不忘하던 선랑이라. 연왕이 비록 심중에 신기하나 짐짓 기색을 노출치 아니하고 태연 소 왈,

"화형이 월로적승月老赤繩으로 가희佳姬를 중매한가 하였더니, 이제 보매 성도 파경成都破鏡²⁾으로 구경舊鏡을 찾아 주니 무슨 새로운 공을 나타낼 바 있으리오?"

진왕이 대소하고 좌우를 보아 왈,

"일길신량日吉辰良하여 가기佳期 순성順成³⁾하니, 이 같은 좌석에 어찌 일배주 없으리오?"

하고, 배반杯盤을 재촉한대 진국 공주 궁녀를 명하여 일반 대탁一飯大卓⁴⁾을 받들어 드리니 진왕이 친히 대백大白을 가득 부어 태후께 고 왈,

"연왕이 경각지간頃刻之間에 말씀이 달라 아끼는 엄명을 어기며 괴로이 사양터니 지금은 기색이 대락大樂하여 잃을까 겁하오니 공경하는 도리 아니라, 불가무벌不可無罰이니이다."

하고 연왕을 권하거늘, 연왕이 받자와 마신 후 또 한 잔을 처들고 태후께 주 왈,

"천은이 감축하와 미인을 사송賜送하시거늘 진왕이 무례하여 제 공을 자랑하오니 불가무벌이니이다."

하고 진왕을 권하니, 인하여 배반이 낭자하여 양왕兩王이 모두 취한지라. 아이오 좌우 창황하며 천자 들어오사 흔연히 웃으시며 태후를 모셔 좌에 앉으시매 태후 양왕의 수작을 일

---

2) 성도의 깨어진 거울. 진陳나라 때 서덕언徐德言이란 사람이 전란 중에 거울을 깨뜨려서 안해와 반쪽씩 가지고 헤어졌다가 이것을 신표로 하여 나중에 다시 만났다고 한다.

3) 받은 날이 길하고 때가 좋아 아름다운 약속이 아무 탈 없이 순조롭게 이루어짐.

4) 대접하기 위하여 썩 잘 차린 한 끼 음식상.

일이 고하시며 탄 왈,

"자고이래로 위국爲國한 충신열사가 많으나 어찌 여자 중 선랑 같은 자 있으리오? 바야
흐로 호병胡兵이 사면으로 에워쌀 제 비록 담대한 장부라도 간담이 떨리고 수각手脚이
황망하여 각각 도생圖生할 꾀를 두려든 하물며 잔약한 여자리오? 개연히 한번 죽기를
판단하고 십만 호병을 초개같이 보아 태연히 사지死地에 나아가니 이는 강작强作[5]하여
못할 바라. 고자古者에 한나라 기신이 한왕을 대신하여 충절이 혁혁하나 이는 당당한 장
부요 식군지록食君之祿[6]하여 직책이 몸에 있음이라. 금일 선랑은 직책 없는 아녀자라.
만일 애연한 천성이 충의지심을 품은 자 아닌즉 어찌 창졸에 이 경륜을 판출辦出[7]하리
오? 수연雖然이나 충신을 효자지문孝子之門에 구한다 하니 다만 선랑의 충심이 탁월할
뿐 아니라 평일 연왕의 훈도한 덕인가 하노라."

천자 추연惆然 개용改容하시며 진왕을 보사 왈,

"선랑의 기질이 저같이 청약淸弱하나 거문고를 밀치고 노적虜敵을 꾸짖음에 팔자춘산
八字春山에 상풍霜風이 소슬하니 보는 자로 하여금 없던 충분忠憤이 유연油然히 생길지
라. 의봉정儀鳳亭 전前에 연왕의 충성으로도 돌리지 못하던 혼암昏暗한 임금을 수곡지
금數曲之琴으로 옹용雍容히 풍간諷諫하여 황연晃然히 깨닫게 하니 이는 진실로 고금에
없는 일인가 하노라."

양왕이 돈수頓首하더니 아이오 일모日暮하여 양왕이 퇴출할새 태후 궁녀를 명하여 취함
을 붙들어 천폐天陛[8]에 내림을 보시고 바야흐로 선랑을 부중으로 내어 보낼새 태후 양전
과 공주 비빈이 모두 창연悵然하여 쉬이 다시 들어옴을 말하시며 비록 잠깐이라도 연연한
정회 원별遠別함 같이 하시더라.

연왕이 선랑을 데리고 부중에 이르매 상하가 대경大驚하여 태미太嬚[9]는 손을 잡고 반겨
사자死者가 부생復生함 같고 창두 차환은 강주로 가던 일을 말하며 천도天道의 무심치 않
음을 차탄하더라.

차설, 광음이 훌훌하여 황 소저 추자동에 온 지 이미 일삭이라. 식음을 전폐하고 주야 호
읍號泣하여 월태화용이 날로 쇄삭衰削하고 폐의초석弊衣草席[10]에 누흔淚痕이 마를 때 적
으니, 위 씨 책責 왈,

"구가舅家의 출부黜婦 됨을 설워함이냐, 국가의 죄수 됨을 탄식함이냐? 잔명殘命을 자

---

5) 맘에 없는 일을 억지로 함.
6) 나라의 녹을 받아먹음.
7) 변통하여 마련함.
8) 황제가 있는 궁궐의 섬돌.
9) 어머니를 높여 부르는 말.
10) 해진 옷을 입고 짚자리에 앉음.

절自絶하여 천기賤妓의 소원을 이루어 주고자 하니 차라리 어서 죽어 네 어미 간장을 태우지 말라."

소저 도무지 답함이 없고 더욱 울기를 마지아니하더니, 일일은 추풍이 일며 천기 소슬한 중 적막공산에 슬피 우는 두견성과 점점한 처마 끝에 흐르는 반딧불이 처량한 근심과 비창한 회포를 일배 쟁촉一倍振觸[11]하는지라. 모친과 도화는 이미 잠들었고 홀로 베개를 의지하여 경경耿耿 잔등殘燈을 맥맥히 바라보며 잠을 이루지 못하고 왕사往事를 생각하며 신세를 차탄하더니 홀연 사몽비몽 중에 삼혼三魂이 유유悠悠하고 칠백七魄이 탕탕蕩蕩하여 한 곳에 이르니 일좌 누각이 반공에 솟았는데 문정門庭이 심수深邃하고 장원牆垣이 굉걸宏傑하여 인간 궁궐과 방불한 중 무수한 선녀들이 혹 난조鸞鳥를 타고 혹 봉황을 멍에하여 쌍쌍이 왕래하거늘, 황 소저 앞에 나아가 일개 선녀를 잡고 문 왈,

"이곳은 어떠한 곳이며 저 누각은 뉘 집이뇨?"

선녀 답 왈,

"이곳은 천상 옥경이요 저 누각은 소위 상청궁이니 이 궁중에 상청부인上淸夫人이 계시니라."

소저 우문 왈,

"상청부인은 어떠하신 분이뇨?"

선녀 소 왈,

"그대는 어떠한 여자관데 상청부인을 모르느뇨? 부인은 이에 주周나라 태사太姒시니 상제의 명을 받아 상청궁에 처하여 천상 선녀를 교훈하시나이다."

황 소저 차언을 듣고 심중에 생각하되,

'내 일찍 들으니 태사는 아름다운 덕이 있어 천추 부인의 사표師表라 하니 어떠한 사람인고? 가 보리라.'

하고 문전에 이르러 청알請謁한대 일개 시녀 길을 인도하여 궁중에 들어가니, 열두 난간에 주렴을 높이 걷고 삼천 궁녀들이 명월패明月珮를 울리며 전상殿上에 모셨으니 이상한 향내 정신이 황홀한 중 일위一位 부인이 거지擧止 유한幽閑하고 용모 단정하여 검소한 복색과 유순한 태도로 백옥 교의에 높이 앉았으니 봉선 운번鳳扇雲旛[12]이 시위 엄숙하더라.

황 소저를 인도하여 바로 전상에 오르매 상청부인이 문 왈,

"그대는 어떠한 사람이뇨?"

황 소저 앙연히 답 왈,

"첩은 인간 명국 연왕의 제이 부인 황 씨니이다."

상청부인이 황망히 교의에 내려 답례 왈,

---

11) 감정을 배나 더 일으킴.
12) 봉황 무늬 부채와 구름 모양의 깃발.

"인간 천상이 어찌 다르리오? 부인이 이미 연국 부인이실진대 또한 귀인이라. 어찌 이곳에 이르시뇨?"

하고, 시녀를 명하여 칠보 방석을 베풀고 앉음을 청한대 황 소저 사양치 아니하고 좌坐에 나아가 왈,

"첩이 부인의 현숙하신 덕을 듣고 가르침을 얻을까 하여 왔나이다."

상청부인이 소 왈,

"내 무슨 덕이 있으리오? 부인은 예의지방禮義之邦의 고문대족으로 왕후 부인의 존귀함을 겸하시니 반드시 규범 내칙閨範內則의 듣고 봄이 많을지라. 어찌 이같이 겸양하시느뇨?"

황 소저 왈,

"첩이 다른 말씀을 듣고자 함이 아니라, 부인이 인간에 계실 적에 중첩衆妾이 관저규목지시關雎樛木之詩[13]를 지어 성덕을 칭송하고 일호 투기지심을 두지 않으시니 만일 교식巧飾함이 아니신즉 칠정七情의 다름이 있는가 하나이다."

상청부인이 당황 왈,

"투기란 것이 무엇을 이름이뇨?"

황 소저 왈,

"여자의 평생이 가부家夫에게 달렸거늘 가부가 만일 중첩을 두어 은총을 옮긴즉 어찌 시기지심이 없으리오? 차소위此所謂 투기니이다."

상청부인이 이 말을 듣더니, 발연작색勃然作色하여 몸을 일어 교의에 올라앉으며 좌우를 호령하여 황 소저를 잡아 내리어 계하階下에 꿇리고 대책大責 왈,

"네 어떠한 더러운 물건으로 감히 더러운 말을 가져 내 귀에 들리는다? 내 인간에 구십년을 있어도 일찍 투기란 말을 듣지 못하였더니 네 이제 음란한 마음과 참괴慙愧한 명목名目으로 조결操潔치 않은 말을 구두口頭에 올려 나를 취맥取脈[14]코자 하니, 너 같은 음부淫婦는 옥경 청도에 잠깐이라도 머물지 못할지라. 빨리 돌아가 인간 여자에게 전할지어다. 대범大凡 부인은 유순 단정하여 전일專一할 따름이니 만일 여기 넘친즉 어찌 군자의 떳떳한 행실이리오? 만일 이로써 나를 칭도稱道한즉 내 어찌 감수하리오?"

상청부인이 꾸짖기를 다하고 시녀를 호령하여 황 소저를 몰아 내치니, 황 소저 일변 분하고 일변 참괴慙愧하여 길을 찾아 나오더니, 홀연 한 곳을 바라보매 음습한 기운이 사면에 자욱하고 초초憔憔한 곡성이 은은히 들리더니 앞을 당하여 보니 웅덩이에 불결지물不

---

13)《시경》의 시 '관관저구關關雎鳩'와 '규목樛木'에서 비롯된 말로, '관저'는 군자에게 걸맞은 현숙한 아내를 나타내는 말이고, '규목'은 나무의 그늘이 두터워 칡넝쿨이 거기 기대 번성한다는 뜻으로, 처첩간의 화목함을 이르는 말이다.

14) 남의 동정을 더듬어 살피는 것. 떠보는 것.

潔之物이 가득하여 냄새 촉비觸鼻한 중 무수한 여자 그 속에 빠져 헤어나지 못하여 혹 머리를 내밀며 팔을 휘저어 황 소저를 보고 부르짖어 울거늘, 황 소저 그 냄새를 피하여 감히 가까이 가지 못하고 멀리서 문 왈,

"낭 등은 어떠한 사람이관데 저 지경을 당하뇨?"

일개 여자 울며 고 왈,

"첩은 한나라 여후呂后러니 전생에 투기하여 척부인戚夫人을 살해하고 여의如意를 짐살鴆殺[15]한 죄로 이 고초를 받나이다."

또 일개 여자 울며 고 왈,

"첩은 진나라 왕도王導[16]의 처 마馬 씨러니 전생에 투기하여 중첩을 모함하고 가부를 욕한 죄로 이 고초를 당하나이다."

또 일개 여자 고 왈,

"첩은 가충賈充[17]의 처 왕 씨러니 중첩을 투기하여 자식을 치독置毒한 죄로 이 고초를 받나이다."

그 뒤를 이어 모든 여자 차례로 울며 하소 왈,

"첩 등은 다 주문갑제朱門甲第에 부귀를 누리던 혁혁한 집 여자라. 평생에 다른 죄악이 없으나 다만 투기지심을 두어 가도家道를 탁란濁亂한 죄로 이 고초를 받나이다."

황 소저 이 거동을 보매 마음이 참괴하고 모골毛骨이 송구하여 능히 일언을 답씀지 못하고 소매로 얼굴을 가리며 돌쳐 달아나니, 모든 여자 일제히 소리치며 불러 왈,

"연국 부인은 닫지 말라. 그대 또한 우리 동류同類라. 마땅히 이 고초를 함께 겪으리라."

하고 더러운 물건을 움켜쥐어 던지며 일시에 좇아오거늘, 황 소저 대경하여 크게 소리를 지르고 깨니 꿈이라. 전신에 흐르는 땀에 침요가 다 젖었는데 참분慙憤한 마음을 이기지 못하여 전전불매輾轉不寐하며 스스로 생각하되,

'나는 어떠한 사람이며 상청부인은 어떠한 사람이뇨? 고문갑제의 왕후 부인은 피차일반이요 이목구비와 오장육부는 동시同是 사람이어늘 저는 어찌 저같이 존귀하여 천상여선天上女仙의 으뜸이 되고 나는 어찌하여 이 욕을 당하며 이 부끄럼을 받느뇨? 그중 더욱 분하고 더러운 바는 무수한 여자 불결지물을 무릅쓰고 나더러 동류라 하니, 내 평생을 부귀 문중에 금옥같이 자란 몸으로 어찌 저의 동류 되리오? 내 이제 귀를 씻고 뼈를 갈아 그 더러움을 세척코자 하나 어찌 미치리오?'

---

15) 한고조의 후비 여후가 척부인의 팔과 다리를 끊고 측간에 두었다가 죽이고, 척부인의 아들 여의를 짐독이 든 술을 먹여서 죽인 일.

16) 왕도는 진晉 원제元帝가 세자 때부터 보좌하여 결국 승상의 자리까지 올랐는데, 그의 처 마 씨는 여러 악독한 행실로 악명이 높았다.

17) 진나라 무제 때 상서령尙書令을 지낸 간신.

하더니, 홀연 다시 구연瞿然히 각覺 왈,

'저 웅덩이 가운데 무수한 여자 또한 화당채각畫堂彩閣의 왕후 부인이라. 본디 나만 못함이 없거늘 저 고초를 감수하니, 이는 다름 아니라 반드시 사람의 귀하고 천함이 겉에 있지 아니하고 마음에 달림이라. 고대광실에 높이 앉았으나 마음이 낮은즉 제 몸이 낮아지고 금의옥식에 극귀極貴로 자랐으나 마음이 천한즉 제 몸이 천할지니 상청부인의 저같이 존귀함도 마음이요 무수한 여자의 저같이 더러움도 마음이라. 내 이제 외모의 더러움을 알고 마음의 더러움을 모르고 외모의 존귀함을 흠모하고 마음의 존귀함을 흠모치 아니하니 어찌 혼암昏暗한 일이 아니리오?

슬프다, 내 규중부녀로 죄악이 세상에 낭자하여 마침내 적막공산에 이같이 죄수의 몸이 되었으니, 이것이 뉘 탓이뇨? 하늘이 하신 바라 한즉 허다 세계의 무수한 인생 중 어찌 홀로 나를 미워하시며, 신수身數의 궁참窮慘함[18]이라 한즉 명명明明한 조물이 어찌 홀로 궁참한 명수를 가져 나를 주리오?

내 부모의 은덕으로 부귀 문중에 자라 안하무인眼下無人하고 어려움을 모르다가 구가舅家에 들어간 후 일분 부덕婦德이 없고 다만 교항驕亢한 천성을 나타내어 중첩衆妾을 없이하고 은총을 독향獨享코자 하니 이것이 소위 더럽고 천한 마음이라. 내 본디 잠영세족簪纓世族으로 비록 남자 못 되고 여자 되었으나 차마 구구한 편성으로 녹록한 잡념을 두어 중첩과 은총을 다투리오? 다만 내 몸을 닦고 내 도리를 차려 천지신명께 부끄릴 바 없고 동렬同列 적국敵國에 견모見侮치 아니한즉 군자 비록 죄를 찾고자 하나 어찌 얻으리오? 취몽醉夢이 깊어 스스로 깨닫지 못하니 금일 이 고초를 받음이 실로 자취自取한 바라.

선랑은 진개 티 없는 옥이요 빙설 같은 지조라. 내 일찍 모함하여 별당 월하月下에 춘성으로 놀래고 산화암 중에 우격으로 겁박하며 주년週年 행각行閣에 거적자리 베 이불에 그 고초함이 어떠하리오? 천도가 순환하여 내 오늘 보복을 받음이라. 그중 생각한 중 더욱 모골이 송연한 바는 노랑의 일이라. 흉녕한 몰골로 서리 같은 칼을 옆에 끼고 반야半夜 삼경에 창틈으로 엿볼 적에 선랑의 위태함이 경각에 있었으니 내 장차 그 보복을 받으리라.'

하여 무단히 심사 두렵더니, 홀연 한줄기 서늘한 바람이 창틈으로 들어와 등잔불이 부치며 창외에 인영人影이 섬홀閃忽하거늘, 황 소저 대경하여 급히 한소리를 지르고 인하여 기색氣塞하니, 차시 이미 사오 경에 미쳤고 서산의 지는 달이 나무 그림자를 옮겨 창외에 비춤이라. 위 씨와 도화가 소저의 지르는 소리에 놀라 깨어 소저를 붙들고 곡절을 물은대 소저 반상에 바야흐로 정신을 차려 모친을 부르며 왈,

"모친이여, 노랑老娘이 창외에 왔나이다."

---

18) 신세가 궁하고 비참함.

하거늘, 위 씨 꾸짖어 왈,

"여아는 어찌 황잡한 말을 하느뇨? 노랑이 어떠한 노랑이뇨?"

소저 다시 부답하고 성각이 혼혼沓沓하더니, 아이오 또 소리를 질러 왈,

"모친이여! 선랑은 무죄하니 죽이지 말고 노랑을 물리치소서."

하거늘, 위 씨 이에 촉燭을 들어 가까이 닿이며 불러 왈,

"여아는 잠을 깨어 정신을 차리라. 네 어미 여기 있으니 노랑이 어찌 이곳에 왔으리오?"

한대, 소저 인하여 잠든즉 놀라고 깬즉 울며 형용이 환탈換奪하고 병석에서 일지 못하더니 일일一日은 밤든 후 소저 홀연 모친을 불러 왈,

"소녀의 병이 심상한 소수所崇[19] 아니라. 이제 죽어 아까움이 없사오나 위로 고당학발高堂鶴髮의 쇠로衰老하신 부모를 두고 아래로 구가舅家에 득죄하여 출부지명黜婦之名을 신설伸雪치 못할지라. 복원伏願 모친은 여아를 생각지 마시고 존체를 보중하소서. 소녀 불효하와 살아 슬하의 청덕淸德을 손상하고 죽어 지하에 눈을 못 감을까 하나이다."

언필에 다시 한소리를 지르며 혼절하니, 위 씨 손을 잡고 울며 불러 왈,

"내 너를 만득晩得하여 위인이 기경민첩機警敏捷[20]하매 수복을 누려 영화를 볼까 바랐더니 가부家夫를 그릇 만나 이 지경을 당하니 차라리 먼저 죽어 모르고자 하노라."

소저 눈을 떠 모친을 숙시熟視하며 아미를 찡그려 왈,

"소녀 이제 실 같은 천식이 한번 끊어진즉 유유 만사를 도무지 잊으려니와 다만 두 가지 소회所懷 있사오니, 그 하나는 연왕이 소녀를 저버림이 아니라 소녀가 연왕을 저버림이요 선랑이 소녀를 모해함이 아니라 소녀가 선랑을 모해함이니, 모친은 종금이후로 연왕과 선랑의 말을 구두에 얹지 마시어 소녀의 돌아가는 혼으로 부끄림을 면케 하소서. 그 둘째는 소녀 죽은 후 만일 황 씨 선산에 묻고자 하신즉 출가여자出家女子의 떳떳한 일이 아니요 또한 양 씨 분묘墳墓에 장葬하려 한즉 비록 구고舅姑의 인자하심과 연왕의 관홍寬弘하심으로 소녀의 신세를 측은히 알아 평장平葬하나 소녀의 혼령이 어찌 부끄럽지 않으리오? 소녀 같은 자는 천지간 죄인이라. 혼령 백골이 돌아갈 곳이 없사오니, 복원伏願 모친은 소녀 죽은 후 신체를 화장하여 더러운 뼈를 세상에 머무르지 말게 하소서."

말을 다한 후 허희탄식歔欷歎息하고 다시 한마디 소리를 지르더니 기식氣息이 끊어지고 인하여 엄홀奄忽[21]하니, 가련하다 황 소저의 평생이여! 총명혜힐聰明慧黠이 잠간 조물의 가린 바 되어 낭자한 죄악을 듣고 저마다 죽이고자 하더니 홀연 일조에 티끌을 씻고 백옥의 티를 갈아 두어 마디 말이 천고의 현숙한 부인이 되고 엄홀하니, 만일 그 뒤끝이 없을진대 어찌 천도가 있다 하리오?

---

19) 귀신이 준 재앙.
20) 재빠르고 민첩함.
21) 갑작스럽게 죽음. 갑작스러움.

이때 위 부인이 이 참경을 보고 가슴을 두드리며 울다가 또한 혼절하니 신혼神魂이 산란散亂하여 취중인 듯 몽중인 듯 일위 부인이 이르러 크게 꾸짖어 왈,

"이 불초不肖한 업축業畜은 얼굴을 들어 나를 보라."

하거늘 위 씨 머리를 들어 보니 이에 모친 마 씨라, 놀라며 반겨 문 왈,

"모친이여 이것이 꿈이니이까, 참이니이까?"

눈물이 샘솟듯 하여 왈,

"소녀 슬하를 떠난 지 이미 사십여 년이라. 용광容光이 항상 안중眼中에 암암暗暗하더니 이제 어디로 좇아오시니이꼬?"

마 씨 냉소 왈,

"네 능히 어미를 아는다?"

위 씨 오열 왈,

"생아육아生我育我하시고 고아복아顧我腹我하시며 출입복아出入腹我[22]하시니 어찌 모녀의 천륜을 모르리이꼬?"

마 씨 대로 왈,

"내 전생에 무슨 죄를 지어 일개 혈육이 없고 너를 만득晩得하니 아들같이 믿어 삼 세에 말을 가르치고 사오 세에 침선針線을 교훈하며 십여 세 되매 무위부자無違夫子하고 효양구고孝養舅姑[23]함을 주로 경계함은 다름이 아니라, 타일 출가하여 큰 허물이 없은즉 말하는 자 왈, '마 씨 비록 무자無子하나 딸을 잘 가르쳐 남의 집을 창성하게 하도다.' 한즉, 명명冥冥 야대夜臺에 의탁 없는 혼이라도 즐겁고 영행榮幸할까 하였더니 금일 생각한즉 부질없이 너를 낳아 일개 혈맥血脈을 인간에 던져 두고 생각한즉 눈을 감지 못하고 잊자 한즉 또한 잊을 길이 없으니 슬프다! 네 이제 가풍 문벌이 혁혁한 집 자녀로 비록 규범 내칙의 허물됨이 많으나 어찌 간특한 천성이 자식을 그르쳐 남의 집을 탁란할 줄 알았으리오? 네 만일 모녀지정을 알진대 어찌 어미를 욕 먹이며 천륜지정을 알진대 어찌 자식을 그르치리오?"

위 씨 울며 발명發明코자 하더니, 마 씨 더욱 대로 왈,

"이 불초 무상한 것이 천지신명을 기망하고 이제 다시 제 어미를 속이고자 하는도다."

하고 막대를 들어 수십 장을 치니, 위 씨 아픔을 견디지 못하여 크게 소리하고 깨니, 도화는 옆에 앉아 울고 소저 또한 회생하였더라.

위 씨 정신을 차려 몸을 만져 보니, 장독杖毒이 완연하고 곳곳이 아픔을 이기지 못하여 일변 야속하고 일변 부끄러워 가만히 생각하되,

'이상하다 내 꿈이여! 사십 년 황천 야대에 무슨 정령精靈이 이같이 분명하시며 이미 분

---

22) 나를 낳으시고 나를 기르시며, 돌보시고 보살피시고, 품어 주심.

23) 지아비의 뜻을 어기지 않고 시부모에게 효도하며 봉양함.

명한 정령이 계실진대 어찌 나를 돕지 아니하고 도리어 이렇듯 고초를 더하게 하시리오? 이는 반드시 내 마음이 약하여 몽사가 어지러움이로라.'

하더니, 이윽고 정신이 혼혼昏昏하여 눈을 감으매 마 씨 또 이르러 일개 백의白衣 노인을 데리고 와 위 씨를 가리켜 왈,

"저것은 첩의 불초한 여식이라. 천성이 한악悍惡하여 교훈으로 지도치 못할지니 선생은 그 심장을 고쳐 성품을 변화하게 하여 주소서."

노인이 위 씨를 숙시하더니 낭중囊中으로 일개 단약을 내어 주며 먹기를 재촉하더니, 위 씨 받아 한 번 삼키매 홀연 흉중이 찌르는 듯이 아프고 입으로조차 오장이 쏟아져 유혈이 임리淋漓한지라. 위 씨 놀랍고 아파 애애哀哀히 빌기를 마지아니한대 그 노인이 소매 속으로 붉은 호로병의 감로수甘露水를 쏟아 오장을 일일이 세척하여 의구依舊히 다시 넣고 마 씨를 대하여 왈,

"복부의 악한 병통이 다만 장부에 있을 뿐 아니라 골절에 사무쳤으니 마땅히 뼈를 갈아 독기를 끊게 하리라."

하고 요간腰間으로조차 작은 칼을 내어 위 씨의 살을 헤치고 골절을 긁어 삭삭한 칼 소리 모골이 송연하거늘, 위 씨 모친을 부르며 한소리를 내처 지르고 깨치니 꿈이라. 흉중과 골절이 오히려 아파 정신이 미란迷亂하고 의사意思 황홀하여 운무雲霧 중에 떨어진 사람 같은지라.

차일此日부터 위 씨의 성품이 홀연 변하여 매사를 당한즉 공겁恐怯하고 왕사往事를 생각한즉 아득히 꿈같아서 일개 심약한 여자로 되니, 대범大凡 세간 사람이 어찌 제 허물을 제 모르리오마는 혹 천성이 나약하여 알고도 못 고치며 혹 물욕에 침혹沈惑하여 짐짓 고치지 아니하며 혹 기승氣勝하여 고집하는 자도 있고 혹 공교工巧하여 미봉彌縫하는 자도 있으니, 이러한 자는 반드시 놀라운 일과 액색阨塞[24]한 경계를 당한 후 바야흐로 마음을 돌리나니 어찌 후인의 삼갈 바 아니리오?

차시, 위 씨의 찰찰察察한 천성과 소저의 총혜한 자질로 한번 허물을 깨쳐 덕을 닦으매 도리어 출중한 인물이 되었으나 다만 소녀의 병세 이미 골수에 깊었고 위 씨의 장흔杖痕이 홀연 성성盛盛하여 모녀 양인의 참혹한 정상을 차마 볼 길이 없더라.

태후 이 소문을 들으시고 가 궁인을 가만히 보내사 진위를 탐지하고 오라 하시니, 가 궁인이 즉시 추자동에 이르러 보니 소슬한 산중에 황량한 토실이 풍우를 가리지 못하고 가시울에 산새 깃들이고 짧은 처마에 거미줄이 어리어 산 사람의 거처한 모양이 아니더라.

방중에 들어가매 거적자리 베 이불에 위 씨는 신음하고 소저는 혼혼하여 봉두귀면蓬頭鬼面[25]으로 처초凄楚히 누웠으니, 가 궁인은 본디 천성이 연약한 자라. 함루含淚하여 모녀

---

24) 운수가 막히거나 형편이 궁하여 군색한 것.
25) 쑥대강이 머리에 도깨비 얼굴.

의 두 손을 잡고 탄 왈,

"부인이 오늘 이 고초를 받으심이 무슨 곡절임을 아시나니까?"

위 씨 추연惆然 왈,

"이는 다 노신老身의 자취自取라. 남을 모함코자 하는 자 어찌 그 앙화와 보복을 면하리오? 스스로 왕사를 생각한즉 꿈같이 아득하여 곡절을 해득지 못하오니 그대의 이같이 심방尋訪함과 이같이 물음이 어찌 더욱 참괴치 아니하리오?"

가 궁인이 개용改容 위로 왈,

"부인의 통달하심으로 일시 과실을 이같이 추회追悔하시니 하늘이 마땅히 감동하실지라. 잠깐 고초함을 설워 마소서. 어찌 들으매 부인과 소저의 환후 심상치 아니하다 하오니 무슨 소수所祟며 지금은 어떠하시니이까?"

위 씨 수괴羞愧하여 탄 왈,

"그대는 일실지인一室之人이나 조금도 다름이 없으니 어찌 충곡을 숨기리오?"

하고, 인하여 모녀의 몽사를 일일이 말하며 장흔을 어루만져 눈물이 비 오듯 하거늘 가 궁인이 경 왈,

"범상한 상처는 오래면 나으려니와 귀신의 장흔은 흔적이 가시지 아니하나니 부인은 약을 발라 고치소서."

위 씨 함루 왈,

"신체발부身體髮膚는 부모의 주신 바라. 비록 살을 베며 뼈를 갈아도 은덕을 갚기 어렵거든 하물며 구원九原 야대夜臺에 사십 년 그리던 얼굴을 몽중에 잠깐 보고 한번 깨치매 용용광容光이 묘연渺然하고 성음이 아득한 중 정녕丁寧한 교훈과 애련哀憐한 지정至情이 다만 두어 곳 장흔을 머물러 가르치신 뜻을 생각할지니, 어찌 차마 약을 붙여 빨리 없어짐을 바라리오?"

가 궁인이 차탄불이嗟歎不已하더라.

차시, 황 소저는 도무지 수작이 없고 이불로 얼굴을 싸고 향벽向壁하여 돌아누웠거늘 위 씨 다시 가 궁인을 대하여 왈,

"여아의 병세 실로 비경非輕한 중 몽조 더욱 괴이하여 상서롭지 아니하니 이 근처에 혹 불당 고찰佛堂古刹이 있느냐? 한번 치성 기도하여 일분 재액을 소멸할까 하노라."

가 궁인이 소 왈,

"여기서 북으로 십여 리를 간즉 일개 암자가 있으니 명은 산화암散花菴이라. 암중에 삼불제석三佛帝釋을 공양하고 암 뒤에 시왕전이 있어 십분 영험하니 부인은 생각하여 하소서."

위 씨 대희하여 가 궁인을 보낸 후 향화 지촉香火紙燭과 채단을 갖추어 도화를 산화암에 보내어 치성 기도하니라.

차시此時, 가 궁인이 돌아가 태후께 뵈옵고 위 씨 모녀의 쾌히 개과改過하여 이전 위 부인과 석일 황 소저가 아님을 일일이 주달奏達하며 측연惻然 함루含淚하고 토굴의 고초함

을 재삼 말하여 사죄하고 집으로 보내어 병을 조리하기를 청하니, 태후 소 왈,

"위 씨를 위함이 내 어찌 너만 못하리오? 이제 비록 허물을 깨달았으나 황 소저의 출부黜婦 된 신세를 장차 어찌하리오? 짐짓 고초를 더 겪게 하여 연왕으로 하여금 스스로 감동하게 하고자 함이로다."

가 궁인이 사례하더라. 필경 연왕이 어찌 감동한고? 하회를 보라.

제43회 선 숙인이 산화암에 기도하고
여도사 추자동에 가만히 들어가다
仙淑人祈禱散花菴 女道士潛入楸子洞

각설却說, 선 숙인仙淑人이 죄명을 신설伸雪하고 천총天寵을 입어 부중府中에 돌아오매 상하가 기뻐하고 영귀영귀榮貴함이 극진하나 종시 황 소저의 저리됨을 겸연慊然히 여겨 즐거움이 없고 항상 겸연 불락慊然不樂더니, 일일은 연왕이 정사당政事堂에 나아가 종일 묘무廟務를 결처決處하고 저문 후 집에 돌아와 양친께 뵈옵고 바로 동별당東別堂에 이르러 관복을 벗으며 술을 찾아 난두欄頭의 황혼 월색을 대하여 서로 수배數杯를 마실새, 난성이 초연愀然 무료無聊하여 십분 질탕한 흥치 없거늘 연왕이 곡절을 물은대, 대對 왈,

"다름 아니라 상공을 위하여 잠깐 의아한 일이 있나이다. 상공이 선랑을 소성지열小星之列[1]에 두신 지 몇 해에 그 지조 자색을 사랑하심이 극하시나 종시 비상臂上 홍점紅點[2]을 의구依舊히 두사 부부지정에 흡족함이 적으시니, 만일 다른 곡절이 없은즉 이는 첩의 부끄리는 바로소이다."

연왕이 탄 왈,

"선 숙인이 내 집에 온 이후로 환난을 당하여 그 처지 괴이한 고로 화촉지연華燭之緣을 겪을치 못함은 비단 국가의 일이 많아 한만閑漫 풍정風情을 생각지 못할 뿐 아니라 실로 선랑의 지개志槪를 이루어 주고자 함이러니 금일 마침 조정과 가중家中에 큰일이 없고 내 또한 한가하니 낭의 말을 들어 숙인의 십 년 절개를 파하게 하리라."

난성이 대희하여 연옥을 명하여 상공의 침구를 서별당에 베풀라 하고 즉시 연왕을 모셔 선 숙인 처소에 이르니, 숙인이 맞아 좌정한 후 추연히 얼굴빛을 고쳐 난성을 향하여 탄 왈,

---

1) 《시경》 '소성小星' 에서 나온 말로, 소성은 첩을 달리 이르는 말.
2) 여자의 팔에 꾀꼬리 피로 문신한 자국. 남자와 잠자리를 하면 사라진다 한다. '앵혈' 이라고도 한다.

"옛사람이 붕우를 사귐에 매양 심교心交를 말하니, 무엇을 이른 심교라 함이뇨?"

난성 왈,

"그 마음을 아는 것이 심교인가 하노라."

숙인 왈,

"이미 그러할진대 붕우의 붕우 됨이 다만 일편 마음에 달림이라. 어찌 구태여 손을 잡고 어깨를 치며 다정한 빛과 설만褻慢한 뜻을 뵌 후 붕우라 하리오? 첩은 들으니 부부지의夫婦之義 또한 붕우와 일반이라. 만일 임석 풍정衽席風情으로써 금슬종고琴瑟鐘鼓의 정[3]을 의논한즉 이 또한 참괴慙愧한 일이 아니리오?"

난성이 소 왈,

"숙인의 뜻을 그만하면 짐작할지라. 이는 불과 황 씨의 일을 생각하고 처지 겸연하여 함이나 낭의 뜻을 상공이 아시고 상공의 의향을 낭이 아나니 다시 무엇을 구애하리오? 나는 천성이 방탕하여 장부의 한번 멀리함과 한번 가까이함에 천사만념千思萬念이 스스로 평안치 못하니, 어찌 세존이 보살을 대한 듯 보살이 세존을 모신 듯 서로 만난 지 수년에 이름만 있고 실상 없는 부부로 되리오?"

말을 마치고 낭랑히 웃거늘 연왕이 또한 미소하고 우수右手로 난성을 이끌고 좌수左手로 숙인의 손을 잡아 누에 오르니 이때 동산 가운데 백화만발하여 이상한 향내 풍편에 나부껴 집을 둘렀고 동편 언덕에 밝은 달이 둥근 광휘를 토하매 수풀에 잠든 새는 편편히 놀라 날고 산란한 꽃 그림자 섬돌에 구을거늘(구르거늘), 연왕이 표연히 난간을 의지하였더니 홀연 환패 소리 쟁쟁하며 일진 향기에 윤 부인이 오다가 화림花林 앞에 발을 멈추고 자저하는 기색이 있거늘 난성이 알고 웃으며 당에 내려 맞으니, 윤 부인이 수삽하여 왈,

"내 정히 심심하기에 월색을 띠어 낭을 찾아 동별당에 갔다가 문을 닫고 인적이 적연하기로 인하여 이리로 왔더니 어찌 상공이 임하심을 알았으리오?"

연왕이 소 왈,

"부인이 또한 이러한 흥치 있더니이까? 학생이 바야흐로 화월花月을 대하여 자리 위에 손이 적음을 한하더니 부인이 능히 불속지객不速之客[4]이 되도다."

하고, 삼 인이 정좌하매 청수한 자질에 일점 진애塵埃도 없어 일지 부용一枝芙蓉이 물 위에 솟은 듯 월광을 다투어 통명 혜힐通明慧黠[5]한 자는 윤 부인이요, 천연한 태도와 무르녹은 풍정이 일지 해당화가 이슬에 젖어 화향花香을 시기하여 영롱 최찬璀璨[6]한 자는 홍 난

---

3) '임석 풍정'은 잠자리를 같이하며 쌓는 정이고, '금슬종고'는 거문고와 비파 사이, 종과 북 사이처럼 매우 다정한 부부 사이.

4) 뜻하지 않게 찾아온 손님.

5) 모든 것에 통달하여 지혜가 밝음.

6) 빛이 반짝거려 찬란함.

성이요, 양류楊柳 춘풍春風에 흔들리고 붉은 뺨은 도화가 저녁 비에 반개半開하여 칠분 아리땁고 십분 수삽한 자는 선 숙인이니라.

월광은 조요照耀하여 그 광채를 돕고 화영花影은 산란하여 그 아리따움을 더하거늘 연왕이 미미히 웃음을 띠며 왈,

"자고로 충신이 참소를 만나고 효자의 득죄한 이 많으나 어찌 선랑의 처지 같은 자 있으리오? 내 강주서 선랑을 처음 만나 그 얼음 같은 마음과 백설 같은 지조를 알고 일호 잡념이 없음을 사랑하여 화촉지연華燭之緣을 강박强迫지 아니하니, 이는 제 뜻을 맞추어 십년 청루靑樓의 일편 홍점을 아낌이라. 어찌 오늘 도리어 누명이 귀에 이르러 비상臂上 앵혈이 증참證參[7] 됨을 어찌 기필期必하였으리오?"

난성이 탄식하고 선 숙인의 팔을 다리어 소매를 걷고 홍점을 가리켜 왈,

"이상하다 저 홍점이여! 본디 궁중 풍속으로 지금 아니 찍는 자 없으나 세간에 장부 된 자 한갓 팔 위의 붉은 점을 말하고 마음 위의 붉은 점을 모르니 비록 선 숙인의 탁월한 절개나 만일 이 홍점이 아니런들 우리 상공의 지기지심知己之心으로도 어찌 증모曾母의 투저投杼[8]함을 면하였으리오?"

선 숙인이 부끄려 소매를 내리와 팔을 가리며 사례 왈,

"첩이 몸을 닦아 타인에게 미쁨을 보이지 못하고 구구한 한 조각 앵혈로 군자의 의심하심을 발명코자 하니 가히 부끄러운 일이라 무슨 말할 바 있으리오?"

윤 부인이 개용改容 칭찬하더라.

인하여 배반杯盤을 내와 서로 즐기다가 야심 후 부인과 난성이 각각 돌아가매, 연왕이 화촉을 물리고 보장寶帳을 내려 녹수 원앙이 나래를 연하고 운우 양대陽臺에 취몽이 무르녹아 새벽 북이 동동하고 동방이 기백旣白함을 깨닫지 못하더니, 선 숙인이 먼저 일어 의상을 정돈할새 스스로 팔을 굽어 보매 홍흔紅痕이 간데없거늘 심중에 일변 놀라며 일변 창연悵然하더라.

홀연 창외窓外에 기침 소리 나며 연옥이 한 조각 채전彩箋을 드리거늘 펴 보매 한 수 절구를 썼으니, 그 시에 왈,

> 파사한[9] 벽성산의 달이
> 자옥하에 솟았도다.
> 인간 세상에 적강하니

---

7) 증거.

8) 춘추 시대 공자의 제자인 증삼曾參의 어머니가 아들이 살인했다는 소식을 듣고 처음에는 믿지 않았으나 세 번을 연거푸 들으니 의심이 나서 베 짜다 말고 도망쳤다 함.

9) 가냘프게 부서지는.

인간의 봄이 어떠한고.

婆娑碧城月　湧於紫玉河

謫降人間世　人間春似何

선 숙인 미소하고 즉시 붓을 빼어 화답하니, 그 시에 왈,

하늘 위의 난조에게 많이 사례하노니

오작을 대신하여 은하에 다리 놓았도다.

봄빛을 다만 스스로 알고

구태여 어떻다 말하지 못하리로다.

多謝天上鸞　替鵲轉星河

春光秖自解　不敢語如何

선 숙인이 쓰기를 마치고 붓을 던지는 소리에 연왕이 잠을 깨어 문 왈,

"무엇을 쓰느뇨?"

선 숙인이 수삽羞澁하여 채전을 감추고자 하거늘, 연왕이 웃고 빼앗아 보니 양인의 글이 무비 절창絶唱이라.

연왕이 선 숙인을 보며 조롱하여 왈,

"춘광春光이 어떠하기에 다만 스스로 알고 말하지 못하느뇨?"

선 숙인이 홍훈紅暈이 만면滿面하여 아미를 숙이고 대답지 아니하거늘, 연왕이 또 한 수 시를 지어 그 끝에 쓰니, 그 시에 왈,

어제 밤 교교한 달에

한 하늘의 경경한 은하수로다

이때 누에 올랐던 손이

자고자 하나 잠들지 못하는데 어찌하리오?

前宵皎皎月　一天耿耿河

此時登樓客　欲眠未眠何

차시, 연왕이 쓰기를 마치고 연옥을 주어 보내었더니, 아이오 창밖에 신 끄는 소리 나며 난성이 웃고 들어오거늘 연왕이 짐짓 벽을 향하여 돌아누워 잠든 체하니, 난성이 수중 채전을 내어 선 숙인과 평론하여 왈,

"첩이 비록 시안詩眼이 없으나 세 글을 의논할진대 첩의 글은 연화煙火의 기상이 없어 짐짓 신선의 구기口氣요, 낭의 글은 재사 영롱하고 문장이 최찬하여 짐짓 성당盛唐[10]의 조격調格이 높고, 상공의 글은 첩을 조롱하신 글이나 이는 호방한 남자의 심상한 예담例

談이라. 우리의 항복할 바 없을까 하노라."

하고 낭랑히 웃거늘, 연왕이 흠신欠伸하고 돌아누우며 왈,

"낭 등이 자창자화自唱自話하여 지껄이니, 한가한 사람의 봄 졸음이 달지 못하도다. 연然이나 홍혼탈은 장종將種이라 어찌 시를 의논하리오? 내 마땅히 우열을 정하리라. 난성의 글은 비록 문장이 아름다우나 암상暗傷한 의사가 있어 지분지태脂粉之態를 도망치 못하고[11] 선 숙인의 글은 정묘 기이精妙奇異한 중 욕언미토欲言未吐[12]하여 별반 아리따운 기미가 있고, 지어 내 글은 도량이 넓어 중첩衆妾을 포장包藏할 의사 있으니 어찌 낭 등의 알 바리오?"

하고, 삼 인이 서로 대소하더라.

차시, 연왕이 비록 연소年少 방장지시方壯之時나 만 리 풍진에 남북을 구치驅馳하여 어찌 풍한서습風寒暑濕에 촉상觸傷함이 없으리오? 신기身氣 홀연 불평하여 상석床席에 위독하니 부중 상하의 우민憂悶한 말을 어찌 다 기록하리오?

일일은 일개 노파가 향탁香卓을 메고 입으로 시왕보살을 염하며 권선시주權善施主함을 청하니, 양랑兩娘이 심란히 앉았다가 당에 오름을 명하여 왈,

"파파婆婆의 행색을 보니 반드시 길흉화복을 판단하는 늙은인가 싶으니 나를 위하여 한 쾌를 보라."

노파 이에 산을 던지며 쾌를 내어 왈,

"금년 귀문貴門의 길운吉運이 대통하나 잠깐 살이 있으니 바삐 제살除煞케 하소서."

선랑 왈,

"연즉 살은 어찌 제어하리오?"

노파 쌀을 거두며 왈,

"수명을 빌고 복록을 구함은 칠성 성군七星星君이 으뜸이요, 횡수橫數를 막고 희살[13]을 제어함은 시왕보살이 제일이니 시왕전十王殿에 불공을 하소서."

하거늘, 선랑이 복채를 후히 주어 보낸 후 태미太嬭께 고 왈,

"세간에 믿지 못할 바는 무복巫卜이나 상공의 환후患候 이제 저러하시고 지성은 감천感天이라. 첩의 전일 가 있던 산화암의 부처 가장 영험하여 태후께서 황상을 위하여 연년年年 기도하시는 곳이라. 암중에 친한 이고尼姑[14] 많사오니 첩이 명일 친히 가 상공을 위하여 기도하고 돌아올까 하나이다."

---

10) 당나라 때 문화가 융성하던 시기.

11) 몰래 숨기고 있는 뜻이 있어 여자의 마음에서 벗어날 길 없고.

12) 하고 싶은 말을 다하지 못하였음. 감정이 매우 풍부하고 깊은 것을 이르는 말.

13) 뜻밖의 운수를 막고 희롱하여 훼방 놓음.

14) 비구니.

태미 대희 왈,

"내 아자兒子를 낳을 제 일찍 관음불을 위한 고로 매양 불사를 생각하나 진기振氣[15]치 못하였더니 네 정성이 기특하도다. 속히 가 치성하고 무량한 수복을 발원하라."

익일, 숙인이 소청과 연옥을 데리고 향화 지촉香火紙燭을 갖추어 암중에 이르니 푸른 멧부리와 쇄락灑落한 솔바람이 귀에 익고 눈에 반겨 왕사往事를 생각하고 잠깐 초창하여 하더라. 교자를 암전菴前에 놓으매 모든 이고들이 창황 전도하여 숙인의 손을 잡고 혹 반겨 함루하며 일장一場을 지껄이거늘, 숙인이 면면이 정회를 편 후 목욕재계하고 시왕전에 나아가 향화다탕香火茶湯을 베풀고 축원 기도하기를 마친 후 탑상을 우러러보니, 보개 운번寶蓋雲幡[16]은 꽃비에 젖었고 채화 연탑彩花蓮榻[17]에 향연香煙이 사라지지 않아 도량을 새로 파한 줄 알러라. 다시 관음전에 이르러 공경 예불하고 은근히 심축心祝한 후 탑상을 보매 한 조각 비단이 놓였고 비단 위에 두어 줄 축원하는 글이 있거늘 집어 보니, 축원에 왈,

제자 황 씨는 육근六根[18]이 중탁重濁하고 오욕五慾[19]이 교폐交蔽하여 차생 악업이 뫼 같이 무거우니 비록 공덕을 닦아 연화대蓮花臺 상上에 칠보탑을 무으나 어찌 지은 죄를 사하리오? 장차 진세 인연을 끊고 불전에 돌아와 여생을 바칠까 하오니 제 불보살은 대자대비하소서.

선 숙인이 그 글씨를 보매 십분 눈에 익고 또한 사연이 처창하여 심상한 축원이 아니거늘 재삼 자세히 보며 모든 이고를 보아 왈,

"이는 어떠한 사람의 기도 발원함이뇨?"

모든 이고 일시에 합장하고 함루 왈,

"세간에 불쌍한 사람도 많더이다. 여기서 남으로 수십 리를 간즉 일개 동학이 있으니 이름은 추자동楸子洞이라. 수월 전 황성으로조차 양위 부인이 일개 차환을 데리고 와 산하의 일간 초옥을 의지하고 있으니 경색景色이 참혹하고 신세 처량하여 거적자리와 베 이불에 죄인의 모양이라. 노부인은 요요찰찰了了察察[20]한 중 다정 통달多情通達하고 젊은 부인은 총명 민첩한 중 안색이 절승絶勝하나 병입골수病入骨髓하여 죽기로 자처하니 그 곡절은 모르오나 대강 불공 축원하는 정회를 들은즉 노부인은 말하되, '평생 적악積惡을

---

15) 기운을 냄.

16) 보개는 탑에서 덮개 모양을 한 것. 운번은 구름 모양을 한 깃발.

17) 연꽃무늬로 된 석가여래불이 앉는 자리.

18) 시각, 후각, 미각, 촉각, 청각에다 의근意根, 곧 생각으로 바깥세상을 인식하는 것.

19) 빛, 소리, 냄새, 맛, 닿는 느낌에 집착하여 일으키는 다섯 가지 정욕.

20) 뚜렷하고 분명하고 자세하고 꼼꼼함.

많이 하여 이 지경이 되었으니 불전에 공을 들여 죄를 속할까 하노라.' 하고 젊은 부인은 도무지 말씀이 없고 다만 수항의 글을 써 주며 '불전에 이대로 발원하라.' 하고 누수淚 水 영영盈盈하니 우리 불법은 자비지심으로 불쌍한 중생을 구제할지라. 그러므로 돌아 와 지성으로 축원 기도하나이다."

선 숙인이 이 말을 듣고 심중에 경 왈,

'이 어찌 황 소저 아니냐? 그 필적이 이미 눈에 익고 이고의 소전所傳이 십분 무의無疑 하나 황씨 모녀의 현숙지 못함으로 능히 이같이 개과改過함은 진실로 기필치 못할 바라. 만일 개과하여 이고의 소전과 같을진대 당초의 죄악이 불과 나로 인연함이니 내 만일 구 치 않으면 의 아니로다.'

하고, 돌아와 태미께 불사에 치성함을 고하니 다행히 차일부터 연왕의 병세 점점 차도를 얻으니라. 선 숙인이 자기 침소에 물러와 황 소저의 일을 생각하며 구할 방략을 경영하더 라.

차설, 황 소저 한번 허물을 깨치매 참괴한 마음을 이기지 못하여 더욱 침식을 전폐하고 비록 모친과 도화라도 대하여 수작함이 없으니 형해形骸와 성각醒覺이 점점 재같이 사위 어 일일지간에 여러 번 혼도昏倒하더니 홀연 길이 느끼며 모친을 불러 왈,

"소녀의 실 같은 목숨이 스스로 생각건대 여러 날 지탱치 못할지라. 구구소회區區所懷 는 이미 앙달仰達함이 있사오니 저버리지 마시고 비회悲懷를 관억寬抑하사[21] 백세 향수 百歲享壽하소서."

말을 마치고 홀홀한 풍촉風燭이 엄연히 사라지니[22], 위 씨 어이없어 울음과 누수淚水도 나지 아니하더라.

각로와 상서가 급보를 듣고 와 보니 떨어진 꽃이 남저지(나머지) 향내 사라지고 깨어진 옥을 기울 수 없더라. 위 씨 그 유언을 생각하고 화장코자 하여 도화를 산화암에 보내어 이 고를 조용히 청하니 이고 이 말을 듣고 또한 경악하여 추자동으로 가는 길에 잠깐 선 숙인 을 들어와 보고 황 소저의 악보惡報를 전한대 선 숙인이 악연愕然 함루하고 생각하되,

'황 소저는 총명 다재한 인물이라. 다만 투기의 병이 있으나 만일 벽성선이 없은즉 어찌 오늘이 있으리오? 내 평생에 적악積惡함이 없더니 황 소저로 하여금 나로 말미암아 명 명冥冥 중 원혼이 되게 하니 종금이후로 내 더욱 치신置身할 데 없으리로다. 하물며 마 음을 돌려 왕사를 추회하고 마침내 뒤끝이 없으니 이는 나의 죄악을 나타내고자 함이라. 세간에 어찌 이 같은 참절慘絶한 일이 있으리오.'

하며 다시 별당에서 쌍륙 치던 일과 시시로 심방하여 비록 거짓 정담이나 다정히 수작하던 말과 모양이 안전眼前에 암암하여 함루 애연 중 불쌍한 마음이 앞서니 수년 적국의 기괴하

---

21) 슬픈 마음을 참고 너그럽게 생각하여.
22) 갑작스레 바람 앞에 촛불처럼 가뭇없이 숨이 지니.

던 일이 도리어 일종 정근이 깊은지라. 울고자 한즉 곁의 사람이 그 간사함을 조롱할 것이요 태연코자 한즉 잔인 차악殘忍嗟愕하여 무단한 누수 하염없이 옷깃을 적시더니 홀연 난성이 들어오거늘 숙인이 황 씨의 일을 고하며 함루 왈,

"첩이 황 소저의 죽음을 슬퍼함이 아니라 벽성선의 삶이 구차함을 탄식하나이다. 동시 청춘으로 초로인생이 아미를 시기하여 나는 나비 등잔에 달아드니 희로영욕喜怒榮辱이 일장춘몽이라. 그 하나는 구원 야대에 원한을 품어 처량히 돌아가고 그 하나는 고대광실에 부귀를 누려 여생이 화락할지니, 인비목석人非木石이어니 어찌 우우양량踽踽涼涼23)하고 홀홀불락忽忽不樂하여 겸연한 생각이 없으리오? 금일 첩의 처지 진퇴 무광無光하여 얼굴 둘 곳이 없으니 차라리 장자방張子房을 효칙하여 두문벽곡杜門辟穀24)하고 적송자赤松子를 좇아 진루塵累를 끊고 세념世念을 물리쳐 여생을 보내고자 하노라."

언필에 사기 감개하고 기색이 처량하거늘, 난성이 침음양구沈吟良久에 탄 왈,

"이제 황 소저의 병근病根을 대강 들으니 그 의심된 자 있는지라. 첩이 일찍 백운도사를 좇아 일개 비방을 배우니 소위 태식진결太息眞訣이라. 대개 하늘에 일곱 기운이 있으니 바람과 구름과 비와 이슬과 서리와 눈과 안개요, 사람에게 일곱 성정性情이 있으니 기쁨과 노함과 슬픔과 즐거움과 사랑함과 미워함과 욕심이니, 하늘의 일곱 기운이 상박相迫한즉 재앙이 되어 절서節序가 바뀌고 사람의 일곱 성정이 서로 격한즉 괴질이 되어 호흡을 불통하나니 이제 비록 자세치 못하나 소저의 기색氣塞함이 이 증症인가 하노라."

선랑이 차언을 듣고 난성의 손을 잡아 왈,

"난성아, 사람이 지기를 중히 앎은 그 우락憂樂을 같이 하기 위함이라. 나의 금일 처지 실로 제 먼저 죽느니만 못하니 낭은 재주를 시험하여 한 사람을 살려 두 사람의 신세를 펴게 하라."

난성이 미소 왈,

"이 가장 어렵지 아니하나 나의 행색이 괴이하여 상공이 아신즉 잡됨을 미타未妥히 여기시려니와 사람의 사생이 큰지라. 어찌하리오?"

하니 필경 어찌 가 구한고? 하회를 보라.

---

23) 매우 외롭고 쓸쓸한 것.
24) 문을 닫고 익힌 음식을 먹지 않음.

제44회 선랑이 장신궁에 글을 올리고
소저 매설정에 향을 사르다
仙娘獻書長信宮 小姐焚香梅雪亭

각설却說, 선 숙인이 난성의 말을 듣고 집수執手 함루含淚 왈,

"지아자知我者도 포숙鮑叔이요 애아자愛我者도 포숙鮑叔이라. 금일 만일 황 소저가 불행한즉 첩이 결단코 기산 영수箕山潁水[1]에 종적을 감추어 더러운 지목指目을 벗을지니, 낭은 벽성선의 안면을 보아 일인을 살려 양인의 신세를 펴게 하라."

난성이 쾌락快諾 왈,

"이 어찌 다만 숙인을 위함이리오? 상공이 청춘지년에 전정前程이 만 리 같거늘 황 소저로 명명冥冥 중 원혼冤魂이 되게 한즉 어찌 애처롭지 않으리오? 다만 친히 가 본 후 사생을 짐작하리니 낭은 빨리 산화암의 이고尼姑를 청하여 상약相約하되 여차여차하라."

하더라.

차설, 차시 황 소저 성식性息이 끊어지고 여망餘望이 없은 지 이미 양일兩日이라. 오히려 옥안玉顔이 여상如常하여 잠든 듯하거늘, 위 씨 차마 빈렴지례殯殮之禮[2]를 행치 못하여 주야로 품에 품고 다만 구곡간장이 촌촌이 끊어지더니, 홀연 야심 후 산화암 이고가 와 위 씨를 보고 가만히 고 왈,

"마침 빈도의 암중菴中에 양개 도사가 운우 종적으로 지나다가 머물러 있사온대 술업이 신통하여 말하되 비명으로 죽은 자는 칠일 내에 약을 쓴즉 살린다 하기에 청하여 왔사오니 부인은 시험하여 소저를 잠깐 보이소서."

위 씨 탄 왈,

"사자死者는 불가부생不可復生이라. 어찌 이러한 일이 있으리오마는 선사의 지극한 정성을 감동하여 이제 잠깐 보이리라."

하니, 이고 대희 왈,

"그 도사는 이에 여도사라. 천성이 수삽羞澁하여 비록 시비 차환이라도 잡인雜人을 기롱하나이다."

위 씨 왈,

"이는 가장 어렵지 아니하도다."

하고 즉시 도화를 물러가라 하니, 이고가 밖으로 나가더니 과연 양개 도사를 인도하여 들

---

1) 영수는, 허유許由가, 요임금이 왕위를 물려주려 하자 더러운 말을 들었다며 귀를 씻은 곳. 기산은, 그 더러운 물을 자기 소에게 먹일 수 없다고 한 소부巢父가 살던 곳.
2) 시체를 묶어 관에 넣는 의식.

어오거늘 위 씨 촉하燭下에 그 얼굴을 보매 일개 도사는 미목이 청수하고 거지 단아하여 규중 여자의 태도가 있는 중 안색이 절대絶大하고 일개 도사는 취미홍협翠眉紅頰에 춘광이 무르녹고 일쌍 추파를 별같이 흘려 정신이 돌올突兀하고 풍정이 혜힐하니 짐짓 경국지색傾國之色이요 진세塵世 인물이 아니라. 위 씨 일변 놀라며 일변 사랑하여 도사를 향하여 치사 왈,

"선생이 잔명을 불쌍히 여겨 이제 누추한 곳에 이같이 이르니 감사한 은덕을 어찌 다 갚으리오?"

도사 미소 부답不答하고 그 청수 단아한 도사 먼저 소저의 앞에 나아가 이불을 들고 그 얼굴을 보더니 홀연 기색이 참담하며 일쌍 추파에 누수淚水가 듣거늘, 위 씨 괴이히 여겨 문 왈,

"선생은 어떠한 사람이관데 처량히 죽어 호소무처呼訴無處[3]한 자를 보고 이같이 설워하느뇨?"

그 혜힐한 도사 왈,

"저 도사는 천성이 인약仁弱하여 비록 일면지분一面之分이 없으나 동시 청춘으로 차악嗟愕한 경계를 생각하고 그리하나이다."

언필言畢에 우는 도사를 한옆으로 밀며 앞으로 나앉아 옥수玉手를 들어 소저의 손을 받들고 맥을 이윽히 보더니 다시 이불을 들고 소저 회중懷中에 손을 넣어 전신을 자세히 만져 본 후 추수양안秋水兩眼[4]을 맥맥히 흘려 소저의 얼굴을 재삼 숙시熟視하고 낭중囊中으로 삼 개 환약을 내어 위 씨를 주며 왈,

"빈도 무엇을 알리오마는 저러한 경계를 경험함이 있사오니 이 약을 갈아 입속에 넣고 동정을 보소서."

언필에 몸을 일어 나가거늘 위 씨 반신반의하여 즉시 그 약을 갈아 한번 먹이매 별로 동정이 없더니 두 번 쓰매 명문命門[5]에 온기 돌아오고 세 번 먹이매 홀연 한숨을 길이 쉬며 돌아눕는지라. 위 씨 대경 신통하여 도화를 불러 일러 왈,

"네 이제 산화암에 가 아까 왔던 양위 도사 있거든 소저의 회생지망回生之望이 있음을 고하고 다시 약을 물어 오라."

도화 소笑 왈,

"부인이 속으심이니 그 도사는 진개 도사가 아니로소이다."

위 씨 더욱 대경 왈,

"그러면 무엇이뇨?"

---

3) 처지를 말할 곳이 없음.
4) 가을 물같이 맑고 깨끗한 두 눈.
5) 명치. 가슴 한가운데의 오목하게 들어간 부분.

도화 다시 웃고 왈,

"천비賤婢 거짓 피하는 체하고 숨어 보매 앞 선 도사는 선 숙인이요, 뒤 선 도사는 홍 난성이러이다."

위 씨 당황 무어無語하고 그 곡절을 깨닫지 못하더라.

차시, 난성이 황 소저를 처음 보고 돌아가 장탄 왈,

"내 비록 조감藻鑑이 부족하나 황 소저는 부귀 다복할 부인이라. 일시 겁운劫運을 도망치 못하여 고초를 잠깐 겪으나 종금이후로 현숙한 부인이 될지니 어찌 우리 상공의 복력福力이 아니리오?"

윤 부인이 문 왈,

"그 병세는 어떠하다뇨?"

난성 왈,

"소저의 병은 병이 아니라 소위 환장換腸이니 사람이 천지 음양지기陰陽之氣를 받아 오장육부가 생기니 음기 성盛한 자는 마음이 악하고 양기 성한 자는 마음이 길한 고로 능히 길기吉氣를 가져 악기惡氣를 이기는 자는 복록이 창성하고 대길한 귀인이라. 이제 황 소저 길기를 가져 악기를 제어하되 악기는 진盡하고 길기 미처 돌아오지 못하니 차소위 환장換腸이라. 비록 기운과 혈맥이 잠깐 걷었으나 장부와 골육이 상함이 없는 고로 첩이 이미 삼 개 환혼단還魂丹으로써 선천 정기先天精氣를 돌렸으니 다른 염려는 없을까 하나이다."

윤 부인이 소 왈,

"낭 등이 양개 도사 되어 능히 본색을 탄로치 아니하였느냐?"

난성이 소 왈,

"일개 도사는 심약하여 하마 사기를 누설할 뻔하니이다."

하고 선 숙인의 울던 모양을 일일이 고한대, 숙인이 일변 부끄리며 다시 함루 왈,

"오륙 년 적국敵國 됨도 그 또한 연분이라. 홀연 일조一朝에 음용音容[6]이 적막하여 은원恩怨이 없어지고 옥안玉顔이 처량하여 가련하니 난성은 차경此境을 당하면 능히 일항一行 누수淚水가 없을쏘냐?"

난성이 소 왈,

"나는 본디 우직한 사람이라. 겉으로 눈물을 내어 간사한 태도를 교식矯飾지 않노라."

하니 일좌 대소하더라.

차시, 태야, 태미 황 씨의 악보惡報를 듣고 오열 왈,

"황부黃婦 구가舅家에 들어온 후 구고舅姑에게 불순함이 없고 민첩한 성품과 총혜한 자질을 노신老身이 이때껏 잊지 못하는 중 오히려 일분 개과改過하여 수년 고정故情을 다

---

6) 목소리와 얼굴.

시 이을까 하였더니 세간에 어찌 이같이 참절慘絕한 일이 있으리오?"

하거늘, 연왕이 기색을 고쳐 화안 유성和顏柔聲[7]으로 양친께 고 왈,

"사생은 천명이라. 세간에 이 같은 자 몇인 줄 알리이까? 황 씨를 위하여 생각할진대 그 허물을 깨치고 죽음이 그 허물을 못 깨치고 생존한 데 비치 못할지니 황 씨 만일 진개 개과하고 죽었을진대 비록 돌아가는 혼이라도 즐거울까 하나이다."

언미필에 일위 미인이 계하에 수대繡帶를 끄르고 비녀를 빼고 복지伏地 청죄請罪하거늘 모두 자세히 보니 이에 선 숙인이라. 처연 함루含淚하고 돈수頓首 왈,

"첩이 청루 천인으로 행실이 미쁨이 없어 군자 문중에 환난이 충생層生하니 이는 다 첩의 죄라. 어찌 홀로 황 씨를 책하리오? 하물며 황 씨 이제 덕을 닦은 현숙한 부인이 되었으나 산중 토굴에서 천일天日을 못 보고 처량한 심회와 궁박한 신세 스스로 병이 되어 쇠잔한 명이 조석에 있사오나 마땅히 군자의 수련垂憐[8]하실 바라. 가중 대사를 첩이 어찌 감히 당돌히 말씀하리이꼬마는 만일 첩이 아닌즉 오늘이 없을지라. 가령 황 씨로 개과改過치 못하고 불행하더라도 구원九原 야대夜臺에 유아지탄由我之歎[9]이 있어 첩이 실로 몸 둘 곳을 알지 못하려든 이제 왕사를 추회追悔하여 착한 데 나아간 후 홀로 죄명을 무릅쓰고 명명冥冥 중 원혼이 된즉 첩이 어찌 양양자득揚揚自得하여 중인衆人의 지목指目함을 면하리이꼬? 상공이 만일 황 씨의 죄를 사하지 아니하신즉 첩이 결단코 피발被髮 입산하여 처지의 얼올 궤궤함이 없을까 하나이다."

태야 그 뜻을 기특히 여겨 좌우 시비로 선랑을 붙들어 당에 올리고 탄 왈,

"네 말이 간측懇惻[10]하여 족히 군자지심君子之心을 감동하려니와 황부黃婦 이미 여망餘望이 없으니 어찌하리오?"

숙인이 피석避席 대 왈,

"첩이 비록 고쳐 아니한 죄 많사오나 물에 빠진 아지미를 건지지 않음은 옛 성인의 허하지 아니하신 바라. 사생지간에 권도權道를 피치 아니하고 난성과 상의한 후 여차여차한 일이 있사오니 비록 끊어진 목숨을 잠깐 돌리었사오나 죄명이 무거워 안으로 심회心懷 촉상觸傷하고 밖으로 거처 누추하여 병을 조섭할 길이 없사오니 만일 보호치 아니하신즉 살지 못할까 하나이다."

태야, 태미 이 말을 듣고 개용改容 장탄 왈,

"너희들의 심덕心德이 이 같으니 이는 내 집의 복이로다."

하고, 연왕을 보며 왈,

---

7) 온화한 얼굴과 부드러운 목소리.

8) 불쌍히 여김.

9) 나로 말미암아 일어난 일이라는 탄식.

10) 지극히 간절함.

"개과천선은 고인의 허한 바라. 아자兒子는 자저치 말고 병회病懷를 위로하라."

연왕이 침음沈吟 대對 왈,

"황씨 모녀의 간특姦慝한 천성은 일조일석에 고치지 못할 바니 소자는 종시 믿지 아니하나이다."

태야 정색 왈,

"네 아비 비록 불사不似하나 그른 도리로 가르치지 아니하리라. 연소한 아이 매양 마음을 널리 가져 사람을 포용할지라. 어찌 편협한 말로 화기를 손상케 하느뇨?"

연왕이 유유 수명唯唯受命[11]하고 명일 추자동으로 가려 하니라.

차시, 선 숙인이 침실에 돌아가 생각하되,

'내 이제 비록 상공의 관홍寬弘하신 처분을 얻었으나 황태후의 진노震怒하신 엄교를 장차 뉘 능히 돌리리오?'

하여 반상半晌을 생각하다가 탄 왈,

"내 이미 천총을 입사와 가인家人 자녀와 무간無間히[12] 사랑하오시니 오늘 구구소회를 앙달仰達할 자 나밖에 없으리니 당돌함을 모몰冒沒[13]하고 말씀하여 보리라."

하고, 즉시 일장一張 상서上書를 지어 가 궁인을 인연하여 태후께 주달하니, 그 상서에 왈,

신첩 벽성선은 천총을 믿삽고 외람함을 무릅써 구구 정회를 태후 폐하께 백배 앙달百拜仰達하옵나이다. 첩은 듣사오매 개과천선함은 선왕의 허하신 바라. 첩의 주모主母 황씨 총혜한 천성과 민첩한 자질로 좌우 지인을 그릇 만나 애매한 죄명이 조정에 등철登徹하였사오나 실로 삼강오륜에 범죄함이 없고 일시 과실이 부녀의 편성偏性으로 인연함이라.

유유悠悠 왕사往事를 첩이 또한 감히 말할 바 없사오나 황 씨 이제 새로 덕을 닦아 현숙한 데 나아가고 과실을 추회追悔하니 거의 천지신명의 도움을 얻으려니와 다만 죄명이 지중하고 병입골수病入骨髓하여 산중 토실의 실낱같은 잔명殘命이 조석에 급하오니 복유伏惟 태후는 천지 부모라, 만일 고념顧念치 않으신즉 뉘 다시 돌아보리오?

첩이 본디 청루靑樓 창기娼妓로 부모친척이 없고 혈혈 일신이 표박무의漂泊無依[14]하다가 복록이 분수에 넘치고 부귀는 재앙을 불러 군자 문중에 외람히 탁신託身하오니 비록 일생을 안연晏然히 지내나 노류장화路柳墻花의 참괴慙愧 지목指目[15]이 많으려든 하

---

11) 시키는 대로 하겠다고 공손히 대답하여 명을 받듦.

12) 거리 없이. 허물없이.

13) 염치 없는 줄 알면서도 이를 무릅쓰고 함.

14) 여기저기 떠돌며 의지할 데가 없음.

15) 부끄러운 손가락질.

물며 풍파 환난이 첩으로 말미암아 주모를 내처 구원 야대에 원한을 품게 하고 양양자득하여 처지의 얼올함을 모르온즉 비록 스스로 부끄럽지 아니하나 오늘날 신첩의 구구 정원區區情願은 실로 황 씨를 위함이 아니라 스스로 신세를 설워함이요 또한 신세를 설워할 뿐 아니라 성조聖朝 덕정德政을 잃으사 화기의 감상減傷함이 있을까 함이로소이다.

　신첩이 천신賤身으로 존엄함을 모르옵고 총애하심을 믿사와 세쇄 사정細瑣事情을 이같이 번달煩達[16]하오니 그 당돌한 죄는 만사무석萬死無惜이로소이다.

　태후 남필覽畢에 진국 공주를 보시며 탄 왈,

　"이 어찌 기특지 않으리오? 이를 보매 위씨 모녀의 일이 더욱 통한하니 그 고초를 받음이 당연치 아니할쏘냐?"

　공주 왈,

　"선랑이 진국에 있을 제 소녀와 동침동처同寢同處하와 무간無間함이 극진하나 사색지간四塞之間에도 황 씨를 원망함이 없고 다만 홀홀불락忽忽不樂할 따름이니 이는 법도 있는 가중에 교훈으로 자라난 사족士族 부녀에도 없을까 하나이다."

　태후 재삼 칭찬하시며 다시 가 궁인을 향하사 왈,

　"노신이 어찌 선랑의 청하는 바를 듣지 아니하리오? 네 이 상소를 가지고 추자동에 가 위씨 모녀를 보인 후 내 말을 전하라. 이 같은 숙녀 가인을 모함하여 음녀 투부淫女妬婦를 만들고자 하니 하늘이 오히려 무심하사 너의 모녀를 금일까지 살려 두심이라. 수월數月 토실土室의 사소한 고초를 어찌 감히 원통타 하리오? 태산 같은 죄악을 사할 뜻이 없더니 선 숙인의 안면을 아니 보지 못하여 이제 특별히 집으로 돌아감을 허하노니 내두來頭를 조심하여 전의 허물을 깁게 하라 하여라."

　가 궁인이 수명受命하고 추자동으로 가니라.

　차시, 황 소저 양랑兩娘의 구함을 힘입어 다시 회생하여 차차 정신이 나매, 위 씨 탄 왈,

　"네 금일 어찌하여 살아남을 아느냐? 평생의 수인讐人[17]으로 알던 자가 오늘 도리어 은인 될 줄 알았으리오?"

하고 홍, 선 양랑이 도사로 변복하고 왔던 말을 일일이 전한대 소저 놀라고 부끄러워 도리어 말이 없더니 가 궁인이 또 와 선랑의 상소를 보이고 태후의 성지를 전하니, 위씨 모녀 실성오열失聲嗚咽하여 감루感淚 여우如雨하며 가 궁인의 손을 잡고 탄 왈,

　"우리 모녀의 살점을 베어 허물을 깁고 터럭을 빼어 죄악을 세고자 하나 이루 깁지 못하고 세지 못할지라. 차라리 합연히 죽어 모르고자 하나 어찌 얻으리오?"

하며, 인하여 숙인과 난성이 도사의 모양으로 와서 저를 구하던 일을 말하여 왈,

---

16) 번거롭게 아뢰어 올림.

17) 원수.

"세간에 선 숙인 같은 자는 천성을 어떻게 타고났기에 저러하게 착하며 우리 모녀는 천성을 어떻게 타고났기에 이러하게 악하뇨? 왕사를 생각한즉 절절이 분하고 곳곳이 애달아 배를 가르고 간장을 내어 보고 싶으나 이는 다 신의 죄라. 실로 여아의 본심本習이 아니어늘 어미를 잘못 만나 전정前程이 만 리 같은 여자로 천고 누명을 무릅쓰게 하니 이 무슨 모양이뇨? 그대는 태후 낭랑께 돌아가 앙달仰達하라. 신첩의 모녀는 죽어야 마땅한 목숨이라. 생활生活하신 은덕을 입사와 다시 천일天日을 보고 집에 돌아가오나 실로 보답할 말씀이 없는지라. 다만 여생을 삼가 다시 뉘우치지 말까 하나이다 하라."

언미필言未畢에 밖이 요란하며 각로와 상서가 연왕을 인도하여 오거늘 부인과 소저 창졸에 아무리 할 줄 모르더니 연왕이 방중에 들어서며 좌우를 보매 네 벽에 젖은 흙이 덩이덩이 떨어지고 거적자리 베 이불에 기색이 수참愁慘한 중 위 씨 남루한 의상으로 처초凄楚히 앉았거늘 연왕은 군자라. 수미 봉안秀眉鳳眼에 측연하여 앞에 나아가 인사하니, 위 부인이 저두低頭 함루含淚하며 참괴慙愧 무언無言한지라. 연왕이 추연 왈,

"소서小壻 착하지 못하여 처첩을 감화感化치 못하고 부인께 이우貽憂함이 이에 밎사오니 참괴하도소이다."

위 씨 차언을 들으매 홍로紅爐에 붙는 불을 얼굴에 씌우는 듯 홍훈紅暈이 만면滿面하여 간신히 답 왈,

"천은이 홍대하시고 신명이 용서하사 승상을 다시 이같이 뵈니 무슨 말씀을 하리오?"

연왕이 소 왈,

"유유 왕사는 흩어진 물 같사오니 어찌 족히 생각하리오? 인생 백 년에 고락이 상반相伴[18]이라. 이같이 고초하심이 장차 기쁨을 누릴 장본인가 하나이다. 어찌 듣사오니 소교의 병세 십분 침중하다 하더니 어떠하니이까?"

위 씨 바야흐로 베 이불을 걷으며 가리켜 왈,

"무비無非 자취自取라. 이같이 물으시니 감격하도소이다."

연왕이 눈을 흘려 소저를 보니 월태화용月態花容이 십분 소슬하여 피골이 상련相連하고 천식喘息이 미정未定한 중 정각 없이 누웠거늘 연왕이 가까이 나아가 옥수를 잡고 진맥하여 보니 소저의 일쌍 추파에 소리 없는 눈물이 샘같이 흐르는지라. 연왕이 개연 정색 왈,

"학생이 비록 불민하나 고서를 읽고 고인의 말씀을 들었으니 장부의 흉금이 천착穿鑿지 않을지라. 어찌 왕사往事를 기억하여 새것을 도모치 않으리오? 부인의 밝음으로 이제 허물을 깨치시니 이는 학생의 복이라. 부인이 본가에 부모 계시고 구가에 구고가 계시니 마땅히 관심하여 병을 조섭할지라. 어찌 심회를 초조하여 저 지경에 이르시뇨?"

소저 다만 수루 부답垂淚不答거늘[19], 연왕이 황 상서를 보아 왈,

---

18) 서로 같이 짝을 지어 다님.

19) 눈물만 흘리며 대답하지 못하거늘.

"영매슈妹[20]의 병세 이러한 중 이곳이 누추하여 조섭하기 어려울지니 태후께 이 뜻을 앙달하고 귀가歸家함이 가할까 하노라."

상서 왈,

"아까 태후 성지聖旨를 내리사 환가함을 허하시니 이제 장차 자친慈親과 누이를 데려가려 하나이다."

위 씨 바야흐로 말을 이어 왈,

"이는 다 승상의 주신 바요 선 숙인의 덕이라. 이덕보원以德報怨[21]은 성인도 못하신 바어늘 이제 선 숙인은 은혜로 혐원嫌怨을 갚으며 이미 난성과 같이 와 여아의 잔명을 구하고 다시 태후께 상서하여 사명赦命을 얻으니 노신의 모녀 무엇으로 그 뜻을 갚으리오?"

연왕이 미소 왈,

"선, 홍 양랑이 소저를 구함은 이미 들었으나 태후께 상서上書함은 미처 알지 못한 바라. 다 부인과 소교의 회심 전의回心轉意[22]하신 연고니 어찌 다만 선랑의 공을 칭송하시리오? 대범 사람이 선심善心을 한번 먹은즉 길사吉事가 생기고 길사가 생긴즉 돕는 자 많음은 천지감응지리天地感應之理인가 하나이다."

하더라.

차설, 황 각로 사명赦命을 얻으매 다시 성중 제댁第宅을 쇄소灑掃하고 부인과 여아를 거느려 입성하니, 황 소저 또한 부모를 좇아 본부에 이른 후로 더욱 참괴무면慙愧無面하여 외인外人을 대치 아니하고 황부黃府 후원의 일개 산정山亭을 치우고 있으니, 그 정자 이름은 매설정梅雪亭이라. 경개 유수幽邃[23]하여 외인이 이르지 아니하는 고로 소저 다만 수개 시비를 거느리고 처하여 지분脂粉을 단장치 아니하고 상두床頭에 《열녀전》을 펴놓고 향로에 분향하여 잡념을 물리치고 여생을 보내려 하니 필경 어찌 된고? 하회를 보라.

---

20) 남의 누이동생을 높여 이르는 말.
21) 덕으로 원수에 보답한다는 뜻으로, 원수에게 은덕을 베풂을 이르는 말.
22) 마음을 되돌리고 뜻을 바꿈.
23) 그윽하고 깊음.

제45회 태미 상춘원에서 꽃을 보고
연랑이 비파를 의지하여 만가를 부르다

太饗看花賞春園 蓮娘倚瑟唱蠻歌

각설却說, 연왕이 황 소저의 입성入城함을 듣고 즉시 황부에 이르니, 위 부인이 전도顚倒히 맞아 주찬을 내와 대접하고 두구낌[1]을 말지 아니하거늘 연왕이 또한 그 개과改過함을 탄복하여 술이 수배數杯에 지나매 옥면玉面 춘풍에 취흥을 띠어 왈,

"소서小壻 금일 부중에 이름은 실로 소교小嬌의 병을 묻고자 함이라. 이제 어디 있나니이까?"

위 부인이 새로 수괴羞愧하여 왈,

"여아 병으로 천성이 변하여 사람 보기를 싫어하는 고로 후원의 작은 정자를 수소修掃[2]하고 있나이다."

연왕이 미소하고 즉시 시비로 길을 인도하라 하고 매설정을 찾아갈새 수곡數曲 분장粉墻[3]을 지나 층층석대層層石臺에 화목花木이 성림成林한 중 쌍쌍 백학白鶴이 녹음에 잠들었으니 짐짓 부귀 재상의 후원일러라.

화림 속으로 수보數步를 행하니 취죽 청송翠竹靑松이 울을 이루었고 창태 홍선蒼苔紅蘚[4]에 인적이 희소稀少하여 수풀의 새소리와 대 떨기의 찬바람이 의연히 산림山林 기상이 있어 정신이 청량하고 물욕이 담박하여 짐짓 물외物外의 별경別景이요 홍진세계紅塵世界 아니러라. 죽비竹扉[5]를 두드리니 일개 시비 나와 문을 열거늘 연왕이 바로 정전庭前에 이르러 보매 수간 초당에 노렴蘆簾[6]을 드리웠고 삼층 토계土階에 이끼가 가득한 중 전후좌우로 홍분매紅粉梅 수십 주를 심어 꽃이 난개爛開하여 갖은 향풍香風이 습인襲人[7]하더라.

연왕이 정상亭上에 올라 침문寢門을 열매 황 소저 무심히 앉았다가 놀라 일어 맞거늘 연왕이 방중을 돌아보니 아무것도 없고 다만 서안書案에 일권一卷 서책과 일좌一座 향로가 놓였는데 소저 수척한 얼굴에 운빈雲鬢이 소슬하고 때 묻은 의상에 병색이 초췌하여 도량 보살이 겁진을 벗고 요대瑤臺 선자仙子가 환골탈태換骨奪胎한 듯 팔자춘산八字春山에 풍

---

1) 그지없이 기뻐하고 반가워함.
2) 닦고 쓸고 하여 깨끗이 하는 것.
3) 여러 가지 색깔과 문양으로 꾸민 담장.
4) 푸른 이끼와 붉은 이끼.
5) 대나무로 만든 사립문.
6) 갈대발.
7) 향기 머금은 바람이 사람을 덮더라.

정風情이 사라지고 일쌍 추파에 물욕이 청정하여 돈연히 연화煙火 기상[8])이 없거늘 연왕이 좌에 앉으며 소 왈,

"학생이 병든 황 소저를 문병코자 왔더니 길을 그릇 들어 승당 도관僧堂道觀[9])에 오도다."

하고, 인하여 소저의 옥수玉手를 잡고 탄,

"금일 황 소저 석일의 황 소저 아니니 금일 양창곡이 어찌 석일 양창곡의 심사를 두리오? 이제 소저의 거처함을 보매 소저의 머금은 뜻을 알지니 이 또한 부인 여자의 합당한 도리가 아니라. 신하가 임금을 섬김에 오히려 제 몸을 임의로 못 가지거늘 하물며 여자가 출가하여 사생고락은 여필종부女必從夫하니 어찌 제 뜻을 고집하여 소요逍遙를 임의로 하리오? 소저 이제 왕사往事를 추회追悔하여 스스로 부끄러워 인간 진루塵累를 잊고자 함이나 차소위此所謂 허물을 부끄려 그름을 지음이라. 구가舅家와 가부家夫를 멀리하고 내 몸을 조결操潔코자 함은 승니 도사僧尼道士의 패륜悖倫하는 풍속이라. 소저의 밝음으로 이 뜻을 둠은 반드시 학생을 의심함이 아닌즉 왕사를 혐의하여 구구히 뜻을 굽혀 학생의 가인家人됨을 부끄림이니 어찌 한 허물을 깨닫고 한 허물을 지음이 아니리오?"

황 소저 함루含淚 척연慽然 왈,

"첩이 목석이 아니오니 어찌 상공을 의심하며 왕사를 함감含憾하리이꼬? 다만 골수의 깊은 병이 소완蘇完되기 무기無期하니[10]) 비록 건즐巾櫛을 받들어[11]) 그 직분을 다하고자 하나 실로 강작强作[12])할 방략이 망연하오니, 복망伏望 상공은 첩의 처지를 긍측矜惻히 보사 그 뜻을 용서하시고 그 몸을 허許하사 세사를 잊고 이곳에 이같이 처하여 다시 인류에 참예하는 부끄림이 없게 하소서."

연왕이 정색하고 물러앉아 왈,

"학생이 혼암하여 부인이 개과改過한가 하였더니 이제 보매 구습舊習을 버리지 못하였도다. 부인이 백수양당白首兩堂의 만년 소교晚年小嬌[13])로 교훈을 모르고 사랑으로 자라 교항驕亢한 뜻이 다만 내 몸을 알고 유순한 도리의 일호 조심하는 생각이 없어 진퇴행지進退行止를 뜻대로 하고자 하니 이 무슨 도리뇨?"

---

8) 인간의 모습.

9) 깊은 산속 깨끗한 곳에 중이나 도사가 머무는 곳.

10) 완전히 소생할 날을 기약할 수 없으니.

11) 건즐은 수건과 빗. 건즐을 받든다 함은 낯을 씻고 머리를 빗을 때 옆에서 시중을 든다는 말로, 안해 노릇을 겸손하게 이르는 말.

12) 억지로 기운을 냄.

13) 늙어서 백발이 된 부모가 늦게야 얻은 귀한 딸.

소저 아미를 숙이고 답지 못하거늘, 연왕이 몸을 일며 왈,

"부인이 만일 학생을 가부家夫로 알진대 쉬이 와 구고의 기다리시는 뜻을 위로할지어다."

하더라.

차설, 차시는 모춘가절暮春佳節이라 시화세풍時和歲豐[14]하고 국태민안國泰民安하여 장안 만호에 풍악이 자자하고 남맥 동성南陌東城[15]에 화류花柳가 낭자하여 번화한 물색과 호탕한 풍광이 사람의 마음을 동하니, 일일은 연왕이 조회를 파하고 돌아와 태미께 뵈옵고 소 왈,

"근일 춘기 화창하고 화류 방창方暢하오니 모친은 어찌 후원에 오르사 꽃구경도 아니 하시나니이까?"

태미 흔연 왈,

"내 또한 이 뜻이 있더니 아자兒子의 말이 늙은이의 흥치를 돕는도다. 명일 제부諸婦 제랑諸娘을 데리고 후원에 올라 놀고자 하노니, 황 현부賢婦를 데려오게 하라."

연왕이 즉시 수개 시비와 채교彩轎를 황부에 보내어 명일 후원 놀음에 태미의 부르시는 뜻을 말한대 황 소저 하릴없이 감히 사양치 못하고 담장 검의淡粧儉衣[16]로 구고께 뵈올새 유순한 태도와 공근恭謹한 거동이 어찌 전일 보던 황 소저리오? 태야, 태미의 사랑하고 기꺼함은 이르지 말고 상하 비복이 도리어 놀라고 칭찬함을 마지아니하더라.

태미 집수執手 탄 왈,

"하늘이 우리 고부姑婦를 불쌍히 보사 금일이 있게 하니 신인新人을 대한 듯 화기和氣 만실滿室함을 깨닫지 못하리로다."

태야 왈,

"사람이 허물이 있은 연후에 전정을 힘쓰나니 현부는 종금이후從今以後로 부덕婦德을 가면加勉하라. 대범 부인은 유순정일柔順貞一할 따름이니 다른 무슨 덕이 있으리오?"

황 소저 구고의 명하심을 듣고 물러와 자기 침실에 이르니 난성과 선 숙인이 오거늘 소저 심분 수괴羞愧하여 먼저 선 숙인을 대하여 왈,

"나는 천지간 죄인이라. 낭의 지극한 정성을 힘입어 다시 고문高門에 들어와 서로 이같이 보니 어찌 부끄럽지 않으리오?"

숙인 왈,

"이는 다 첩의 불민한 죄. 부인의 말씀이 이에 미치시니 첩이 더욱 치신置身할 곳을 알지 못하나이다."

---

14) 시절이 화평하고 풍년이 듦.

15) 남쪽 두렁길부터 동쪽 성까지. 온 나라를 말한다.

16) 연한 화장과 수수한 차림.

말이 맞지 못하여 윤 부인이 또 와서 소 왈,

"유유悠悠 왕사往事는 일장춘몽 같거늘 어찌 새로이 말할 바 있으리오? 좌상에 신인新人이 있으니 서로 한훤지례寒喧之禮를 베풀라."

황 소저 소 왈,

"난성의 성명을 우레같이 들었으나 나는 자작지얼自作之孽[17]로 인사를 폐한 사람이라. 이제 봄이 어찌 서어치 않으리오?"

난성 왈,

"첩이 또한 표박 종적이요 풍파 여생이라. 산중 도동道童과 수중 원혼冤魂이 어찌 다시 귀문貴門에 들어와 부인 이하 중첩지열衆妾之列에 참예할 줄 알았으리오?"

황 소저 추파를 흘려 자로 난성을 보며 심중에 차탄 왈,

'이는 바야흐로 소위 경국傾國할 자색이요 출중한 인물이로다.'

하더니, 윤 부인이 미소하고 난성을 가리키며 황 소저를 향하여 왈,

"저 도사는 부인과 숙면이 아니냐?"

황 소저 수괴하여 선 숙인을 보며 왈,

"양위兩位 부질없이 도술을 빛내어 끊어진 목숨을 살리니 고해苦海 인생이 그 감사함을 알지 못하노라."

난성이 낭연琅然 소소笑 왈,

"빈도는 운유雲遊 종적蹤迹이라. 부인과 은원恩怨이 없사오니 다만 술업術業을 자랑코자 함이나 저 인약仁弱한 도사를 데리고 인간 정근情根을 파탈擺脫치 못하여 초창한 기색과 수항數行 누수淚水로 노부인의 의아하심을 도우니 그 종적을 감추노라 빈도의 창황함을 어이 아시리이꼬?"

황 소저 이 말을 듣고 처연悽然 함루含淚함을 깨닫지 못하니, 선 숙인이 또한 처연 개용改容 왈,

"금일 좌석에 우리 양인과 양위 부인이 한뜻으로 모였으니 무슨 정담을 못하여 이 같은 말씀으로 심사를 격동하리오?"

난성이 소 왈,

"이는 천고 미사美事라. 부녀의 투기는 저마다 있는 바나 허물을 깨달음은 사람마다 못할지니 이제 부인이 과도히 겸연慊然[18]하사 기운이 저상沮喪하고 세념世念이 담박하여 이미 추자동 중의 성각醒覺한 세존世尊이 되었거늘 다시 매설정 상의 청정한 마음을 효칙코자 하시니 어찌 과하신 생각이 아니시리이꼬."

하니, 이는 난성이 황 소저를 격동하여 그를 관심寬心하게 함이러라.

---

17) 자신이 저지른 잘못 때문에 스스로 입게 되는 재앙.

18) 미안쩍어 면목이 없는 것.

아이오 연왕이 들어와 양 부인과 양랑을 대하여 명일 태미 후원에 꽃구경하실 의향을 말하고 왈,

"부중 음식이 신신치 아니하니 부인과 제랑은 각각 일기一器씩 별찬別饌으로 흥치를 돕게 하라."

하니, 제랑이 응낙하더라.

차설, 연왕 부중에 일좌 후원이 있으니 이름은 상춘원賞春園이라. 원중園中의 기화이초奇花異草와 진금괴석珍禽怪石이 황성 중 거갑居甲이요 일개 별원別園이 있으니 명名은 중향각衆香閣이라. 난성이 연왕께 청하여 연랑의 처소를 삼았더니 익일 연왕이 제 부인과 양랑으로 모친을 모셔 상춘원 중향각에 연석宴席을 배설한 후 태미 주석에 정좌定座하니 연왕이 단건 홍포單巾紅袍로 슬하에 시좌侍坐하고 윤 부인 황 부인과 홍 난성 선 숙인이 좌우로 시좌하니 연랑은 미가未嫁한 처자라. 석상에 참여함을 수삽羞澀하여 방안에 숨고 나오지 아니하니라. 설파와 손야차, 연옥, 소청, 자연, 도화 모든 시비 또한 좌우에 시립하였더니, 차시 원중의 백화만발하여 일진 춘풍이 화향花香을 불어 자리에 가득하거늘 태미 웃고 제부 제랑을 보며 왈,

"세간의 백화 그 아름답기는 비록 일반이나 그 사랑함은 다 각각이니 제부 제랑은 무슨 꽃을 취하느뇨? 소견대로 말하라."

윤 부인이 침음 대 왈,

"정정한 자질이 십분 천연하여 교식矯飾함이 없사오니 연화를 사랑하나이다."

황 부인 왈,

"모란은 화중왕이라. 부귀 번화한 기상을 띠었으니 모란화를 사랑하나이다."

홍 난성 왈,

"일지 창외에 춘광을 압두하고 황혼에 암향暗香이 담박하여 극히 아리따우니 홍매화를 사랑하나이다."

선 숙인 왈,

"담담淡淡 청향淸香이 속루俗累를 벗어나 일점 홍진이 침범치 못하오니 수선화를 사랑하나이다."

태미 혼연 대소하고 좌우로 연랑을 청하여 오니, 문 왈,

"낭도 또한 뜻대로 말하여 노인의 소견을 돕게 하라. 낭은 무슨 꽃을 좋아하느뇨."

연랑이 수삽羞澀 부답不答한대 태미 재삼 물으니, 연랑이 미소 왈,

"첩은 남방 사람이라. 남방에 도화桃花 많은 고로 도화를 사랑하나이다."

난성이 소 왈,

"《시전詩傳》에 운云하되, '도지요요桃之夭夭여 작작기화灼灼其花로다. 지자우귀之子于歸여 의기실가宜其室家라.' [19] 하였으니, 연랑은 진실로 뜻을 말함이로다."

일좌 대소하니 연랑이 홍훈紅暈이 만면滿面하여 도로 각중閣中으로 들어가더라.

태미 다시 연옥을 보아 왈,

"너는 무슨 꽃이 좋더뇨?"

옥이 소이대소笑而對 왈,

"행화杏花 가장 좋더이다."

태미 왈,

"어찌 이름이뇨?"

옥 왈,

"멀리 바라보매 더욱 분명함이로소이다."

태미 왈,

"네 말이 더욱 활발하니 평생을 번화하리라. 소청은 무슨 꽃을 좋아하느뇨?"

청 왈,

"앵두꽃이 좋더이다."

태미 왈,

"어쩜이뇨?"

청 왈,

"춘광을 함축하여 전혀 정신이 열매에 있음이로소이다."

태미 칭찬 왈,

"네 말이 온자蘊藉하니 후분後分이 무궁하리로다.[20] 자연은 무슨 꽃이 좋더뇨?"

연 왈,

"봉선화가 좋더이다."

태미 소 왈,

"너는 비록 소견이 깊지 못하나 일생이 안온하여 과분함이 없으리로다."

태미 또 도화를 보아 왈,

"너는 무슨 꽃이 좋으뇨?"

화 왈,

"분꽃이 좋더이다."

태미 왈,

"어찌 이름이뇨?"

화 왈,

"한 나무의 각색 꽃이 더욱 좋더이다."

---

19) 복사꽃 아름답구려! 그 꽃이 곱도다. 이 처녀 시집가는구려! 그 집안이 화목하도다. 《시경》주남周南의 '도요桃夭'에 나오는 구절.

20) 온자함은 마음이 너그럽고 온화한 것. 후분은 사람의 평생을 셋으로 나눠 늘그막의 분수나 운수.

태미 왈,

"네 말이 가장 번화하니 후분이 화려하리로다."

태미 또 손삼랑을 향하여 왈,

"삼랑은 무슨 꽃이 좋으뇨?"

삼랑 왈,

"야차는 강남 어부라. 강상의 노화蘆花가 좋더이다."

태미 왈,

"신세 잠깐 청한하나 갈대는 소리 나는 풀이라. 이름이 세상에 나타나리로다."

태미 또 설파더러 왈,

"파파는 무슨 꽃이 좋으뇨?"

설파 몰라 듣고 머리를 흔들며 눈살을 찌푸려 왈,

"좋다니 무엇이 좋으리이꼬? 늙어 갈수록 세상이 귀치 않더이다."

연옥이 웃고 크게 소리쳐 왈,

"세상은 말하지 말고 꽃이나 의논하소서."

설파 소 왈,

"철모르는 소리 말라. 의논이 병이니라. 남을 의논한즉 남도 또한 너를 의논하나니라."

옥이 웃음을 참지 못하여 돌아선대, 설파 소 왈,

"바른말은 듣기 싫어하는도다."

하거늘, 일좌一座 절도絶倒하더라.

태미 다시 연왕을 보아 왈,

"아자는 무슨 꽃이 좋더뇨?"

연왕이 웃고 대 왈,

"소자는 세간 백화가 다 좋으니 원컨대 춘풍 호접春風胡蝶[21]이 되어 이 꽃 저 꽃 다 구경하며 다 사랑할까 하나이다. 수연雖然이나 그중에 우열 장단이 있으니 소자 다시 평론하리이다. 연화는 청약淸弱하여 규중 부인의 본색이요, 모란은 화려하니 부귀 재상의 소교小嬌로 부귀 재상의 아내의 기상이요, 홍매화는 일 년 춘색春色을 독전獨專하여 아리따운 태도와 무르녹은 단장으로 낮은 가지는 창전窓前에 그림자를 희롱하여 주인의 사랑함을 요구하고 높은 가지는 담 머리를 엿보아 바라보는 자로 소혼단장消魂斷腸[22]케 하며 수선화는 청고 개결淸高介潔하여 청향淸香이 방달房闥 밖에 누설되지 아니하니, 소자는 수선화의 담담淡淡함을 사랑하고 홍매화의 요조窈窕함을 미워하나이다."

홍랑이 소 왈,

---

21) 봄바람에 날아다니는 호랑나비.

22) 근심과 설움으로 넋이 나가고 애가 끊어지는 듯함.

"춘풍이 호탕하여 초목을 맹동萌動하니 마땅히 고운 빛을 토하여 천지간 번화지기繁華之氣를 도울지라. 어찌 소슬 담박한 수선화를 효칙하여 방달 간의 풍정으로 군자의 은근히 사랑함을 도우리이까?"

태미 대소 왈,

"아자 아무리 난성을 조롱코자 하나 어찌 전일 말과 이같이 상좌上左하뇨? 우리 일찍 옥련봉 하에 있을 제 아자의 나이 불과 오륙 세라. 집 뒤 언덕에 올라 동무를 모아 꽃싸움하며 하는 말이, '나는 이름난 꽃이 아니면 취치 아니할지니 서호 매화의 담박한 절개로 해당화의 조는 태도를 겸한 후 바야흐로 이름난 꽃이라.' 하더니, 이 어찌 홍매화를 이름이 아니리오? 이로 본즉 아자의 평생 사랑하는 꽃이 홍매화인가 하노라."

연왕과 일좌가 대소하더니, 홀연 난간 아래 지팡이 소리 나며 태야 미미히 웃고 일러 왈,

"부인은 어찌 독락獨樂하느뇨?"

하고 앉아 웃는 곡절을 물은대, 태미 일일이 고하니, 태야 소 왈,

"여러 말이 다 아름다우니 족히 그 기상을 볼지라. 부인은 무슨 꽃을 사랑하느뇨?"

태미 왈,

"첩은 본디 시골 늙은이라 울밑에 호박을 심어 꽃을 보며 열음(열매)을 따 먹으오니 호박꽃을 사랑하나이다."

태야 소 왈,

"용렬한 늙은이의 말이 또한 용렬하나 호박은 넝쿨진 풀이라. 복력이 면원綿遠[23]하리로다."

태미 왈,

"상공은 무슨 꽃을 사랑하시나니이까?"

태야 소 왈,

"우리 두 늙은이 쇠로지년衰老之年에 영화 만전萬全하여 아자와 제부 제랑을 데리고 빛난 일이 안전에 가득하니 이것이 꽃이라. 범상한 인간 백화를 어찌 족히 말할 바리오?"

아이오 제부 제랑이 음식을 드릴새 윤, 황 양 부인은 본부에서 차려 오고 난성은 난성부에서 차려오고 선 숙인은 연왕부에서 차려 올새 무비無非 진수성찬이요 희귀한 상품 음식이더라.

이윽고 날이 저물고 술이 수배에 지나매 태야 먼저 일어나 왈,

"불청지객이 오래 앉아 부인과 제랑의 파흥破興될까 하노라."

하고 나가거늘, 모두 당에 내려 지송祗送하고 다시 좌에 앉아 연왕이 미소하며 양랑을 보아 왈,

"내 들으매 강남 풍속이 음식을 주장하여 천하에 유명한 곳이라 하니, 낭 등은 만일 민첩

---

23) 오랜 시간 동안 이어져 내려옴.

함이 있을진대 어찌 소담한 음식으로 강남 풍미를 빛내어 석양 주석酒席에 미진한 흥치를 다시 돕는 수단이 없으리오?"

하더니, 언미필에 선 숙인이 미소하며 소청이 일개 백옥반에 노어회鱸魚膾를 받들어 석상에 놓거늘 모두 보매 눈빛 같은 생선을 실같이 썰어 낱낱이 참치參差²⁴⁾함이 없으니 수단이 정묘하고 안목이 현황하더라.

연왕이 대회 왈,

"이는 진실로 불시지수不時之需²⁵⁾로다. 이 어찌 강남 은설회銀雪膾 아니냐? 내 일찍 들으매 은설회는 천하에 없는 음식이라. 송강松江 노어와 병주竝州 연엽도蓮葉刀가 아닌즉 만들지 못한다 하더니 선 숙인의 기경 민첩機警敏捷함이 어찌 이에 미칠 줄 알았으리오?"

하거늘, 난성이 홀연 불쾌하여 윤, 황 양 부인을 대하여 탄 왈,

"세간에 믿지 못할 바는 적국지간敵國之姦이로소이다. 첩이 선랑과 동시 청루 천종賤蹤으로 지기知己 상종하여 귀문에 들어온 후 일호 시기지심을 둠이 없더니, 금일 어찌 수단을 자랑하여 상공의 뜻을 맞추어 첩을 무색케 하고자 함을 알았으리오?"

언미필에 노기 발하거늘, 연왕이 미소 왈,

"난성은 성내지 말라. 우연한 일을 어찌 유심히 책망하느뇨?"

선 숙인이 무안하여 발명發明 왈,

"이는 이에 상공이 난성의 거동을 보고자 하사 첩과 약속하신 바니 첩이 어찌 현능顯能²⁶⁾코자 함이리오?"

난성이 더욱 불쾌 왈,

"첩은 본디 불민한 자라. 어찌 상공의 의향을 미리 짐작하리오? 다만 일기一器 추한 떡이 남았으니 낭은 그 역아易牙²⁷⁾의 무재無才함을 웃지 말지어다."

하고, 연옥을 명하여 가져오라 한대 옥이 미소하며 푸른 반盤에 무슨 음식을 받들어 좌상에 놓거늘 모두 보매 청강석 연엽대접에 백여 송이 연꽃을 담았으니 낱낱이 피어오르는 듯하여 기이한 재주와 영롱한 수단을 형용치 못할러라.

윤 부인이 미소하며 태미께 고 왈,

"이는 이에 강남 연자병蓮子餅이로소이다. 전일 부친을 따라 항주에 갔을 제 이 음식을 맛보았사오나 그 제도가 까다로워 강남 사람도 저마다 못한다 하더이다."

태미 청찬하며 난성을 보고 제도를 물은대 난성 왈,

---

24) 길고 짧고 들쭉날쭉함.
25) 제때가 아닌 때에 먹게 된 음식.
26) 능한 것을 드러냄.
27) 중국 춘추 시대 제齊나라 환공桓公 때 이름난 환시宦侍로 음식을 맡은 적아狄牙.

"이는 이에 연실蓮實로 만든 떡이라. 연실을 세말細末하여 사당수砂糖水로 수비水飛하고[28] 석류수石榴水에 반죽한 후 무수히 쪄어 연꽃처럼 빚어 백옥 시루에 백단향白檀香을 피워 쪄되 잘못한즉 열 송이에 한 송이를 건지지 못하나니 성한 송이를 골라 다시 석류수에 쪄고 사탕수에 담가 저같이 만드나이다."

태미 두어 송이를 집어 맛보고 칭찬 왈,

"이는 여자의 먹을 바 아니로다."

하고, 연왕을 주며 태야께 나누어 보내고 두어 송이씩 분배하여 좌우 지인과 윤, 황 양부 시비를 각각 맛 뵈니 모든 시비 한 송이씩 들고 화림 속에 흩어져 지껄이며 서로 구경하고 사랑하니, 의연히 팔월 남포에 오회 월녀吳姬越女가 채련採蓮하는 듯하더라.

윤 부인이 연왕을 보며 왈,

"상공이 부질없이 난성을 조롱코자 하시더니 도리어 난성에게 조롱을 받으시도소이다."

태미 웃고 그 곡절을 물은대 연왕이 웃고 대 왈,

"난성은 당돌하여 호승지심好勝之心[29]이 있고 선랑은 잔약하여 겸양지풍謙讓之風이 과하기로 소자 선랑과 약속하고 난성의 무안하여 하는 거동을 구경코자 하였더니 낭패하니이다."

난성이 소 왈,

"상공이 비록 백만 군중에 장략이 과인하시나 필경은 홍혼탈의 잔꾀를 당치 못하실지니 첩이 어찌 기색을 모르리꼬?"

연왕이 대소하더라.

난성이 선 숙인을 보며 왈,

"금일 차석에 상하 동락同樂하나 홀로 일인이 무료 적막하니 어찌 혐의 아니리오?"

숙인이 웃고 즉시 방중으로 들어가더니 연랑의 손을 끌고 나와 좌에 앉히며 왈,

"낭이 시석풍진에 장수로 횡행하고 만 리 절역絶域에 지기를 좇았으니 반드시 녹록한 장부로도 당치 못할 지견을 품은지라. 어찌 오늘 이같이 수삽하뇨? 낭이 만일 첩을 소대疏待치 않을진대 고인의 일배주를 사양치 않으리라."

연랑이 즉시 연왕의 재좌在座함을 부끄려 잔을 받지 아니하거늘, 숙인이 작색作色 왈,

"이 좌석에 별로 외인이 없거늘 낭이 이같이 수삽하니 이는 첩을 기롱함이라. 첩이 마땅히 피하여 낭으로 서어한 부끄럼이 없게 하리라."

연랑이 소 왈,

"첩이 만 리 타국에 일개 친척이 없으니 외인으로 말한즉 무비無非 외인이라. 어찌 특별히 숙인을 서어히 알리오?"

---

28) 연꽃 열매를 곱게 빻아 설탕물에 넣고 저어 잡물을 가라앉혀 앙금을 내고.
29) 남과 겨루어 이기기를 좋아하는 마음.

선 숙인이 냉소 왈,

"낭의 말이 진정이 아니로다. 낭은 금일 좌석을 둘러보라. 위로 태미 계시나 쇠경衰境에 임하사 심심하시기로 낭 같은 소년으로 무간히 소견消遣코자 하시니 조금도 부끄러울 바 없을 것이요, 그 다음은 양위 부인이 계시나 낭이 이미 이 부중에 머물러 주객지정主客之情이 일실一室과 같으니 또 부끄러울 바 없을 것이요, 난성은 지기 상통하니 더욱 말할 바 아니요, 밖으로 연왕 상공이 좌상에 앉아 계시나 낭이 이미 항장降將으로 장전帳前에 꿇어 일장一場 수치를 겪었으니 무슨 남은 부끄럼이 다시 새로이 있으리오? 오직 선 숙인 일인이 지기 불합하고 천심천심淺深을 몰라 일향一向 충곡衷曲을 노출코자 하지 않음이라. 첩이 어찌 좌상에 앉아 낭에게 고객孤客이 되리오?"

연랑이 웃고 바야흐로 잔을 받아 마시니, 난성이 또 불열不悅 왈,

"고언古言이 그름이 없도다. 백두여신白頭如新하고 경개여구傾蓋如舊라[30] 하니, 낭이 혼탈과 만 리 풍진에 고초를 같이하고 오히려 일분 허심許心함이 없이 일찍 일배주를 먹지 않더니, 어떠한 사람은 일면一面이 여구如舊하여 저같이 다정하뇨?"

연랑이 소 왈,

"낭이 일찍 일배 냉주冷酒를 권함이 없고 다만 아니 먹음을 책하나니이까?"

난성이 웃고 대백大白을 가득 부어 권한대 연랑이 다시 사양함이 없으니 원래 연랑이 과인過人한 주량이 있음이라. 연왕이 미소하며 윤, 황 양 부인더러 왈,

"학생은 종시 외인이라. 체면이 있거니와 부인은 주인이라. 어찌 각각 일배주로써 스스로 온 손을 대접지 않으시느뇨?"

양 부인이 차례로 권하며 연랑이 연음連飮 삼 배에 기상이 활발하여 일쌍 추파에 춘광이 무르녹아 일지 도화가 저녁 비에 젖음 같거늘, 선 숙인이 이윽히 보고 새로이 사랑하여 집수執手 소 왈,

"붕우지간에 지기를 중히 앎은 그 마음을 속이지 않음이라. 낭이 부중에 온 지 오래나 한 번도 배주의 종용함을 이루지 못하니 내 이미 고인故人의 충곡을 모르거든 고인이 어찌 나의 간담을 비추리오?"

연랑이 추연 왈,

"첩이 천성이 졸하여 말씀으로 심곡을 토출吐出치 못할지라. 금일 풍광이 이같이 아름답고 지기 만좌滿座하니 원컨대 한 가지 풍류를 가져 위로 태미의 즐기심을 돕고 아래로 속마음을 대강 하소할까 하나이다."

선 숙인이 일찍 연랑의 풍류지재風流之才 있음을 몰랐더니, 이 말을 듣고 더욱 대희 왈,

"낭이 무슨 풍류를 좋아하는고?"

---

30) 백발이 되도록 오래 사귀어도 서로 마음을 알지 못하면 새로 사귄 친구 같고, 지나가는 길에 만나 가마를 잠시 열고 이야기를 나누어도 오래된 친구마냥 느껴진다.

낭이 소 왈,

"만맥지방蠻貊之邦에 어찌 여러 가지 풍류 있으리오? 야랑夜郎[31] 노강瀘江[32]으로 흐르는 물이 소상瀟湘, 동정洞庭을 통한 고로 상령湘靈 보슬寶瑟[33]이 일파一派를 유전遺傳하여 첩이 일찍 이십오 현의 수곡數曲을 배움이 있사오니 한번 좌상의 웃음을 도울까 하나이다."

숙인이 소청을 명하여 보슬을 가져오라 하여 연랑을 주니 연랑이 취미翠眉를 숙이고 옥수로 줄줄이 골라 만가蠻歌 삼장三章을 아뢰니,

땅에 풀이 아니 남이여,
바다 물결이 날리는도다.
촉룡燭龍[34]이 싸움이여,
불같은 구름이 일어나도다.
하늘가를 의지하여 북두를 바라봄이여,
이에 임금의 시골이로다.
흰 용은 뒤에 있음이여,
붉은 표범이 앞에 있도다.
만왕蠻王을 좇아 들에 사냥함이여,
오랑캐 말이 시끄럽도다.
아미를 찡기어 즐기지 아니함이여,
넋이 사라지고자 하는도다.
가을바람이 일어남이여,
한 기러기 날아가는도다.
그대를 따라 상국에 놂이여,
부모를 생각하여 눈물이 옷을 적시도다.
부모가 아이를 생각함이여,
아이는 누구를 위하여 돌아가기를 잊었는고.
地不毛兮　海波揚
燭龍鬪兮　火雲興

---

31) 지금의 중국 귀주성 서남쪽에 있던 나라 이름.
32) 중국 운남성에 있는 강 이름.
33) 순舜임금이 죽었다는 말을 들은 순임금의 비 아황娥皇과 여영女英이 보슬, 곧 거문고를 타며 눈물을 흘리다 상수湘水에 빠져 죽었다고 한다.
34) 전설에 나오는 용. 얼굴은 사람 같고 몸은 뱀 같다고 한다.

依天涯而望北斗兮　是帝鄉

白龍在後兮　赤豹在前

從蠻王而野獵兮　鳩舌喧

嚬蛾眉而不樂兮　欲消魂

秋風起兮　一雁飛

從之子而遊上國兮　思爺孃而淚沾衣

爺孃兮思兒兮　兒爲誰而忘歸

연랑이 타기를 마치매 그 곡조 애연 감개哀然感慨하며 여원여소如怨如訴하여 족히 듣는 자로 추연 감동하니, 선 숙인이 개연慨然 함루하며 연랑의 손을 잡아 왈,

"운금雲錦은 서촉 비단이요 공작은 남방 새라. 그 땅이 멀므로 본색을 속이지 못하나니 연랑의 아름다운 재질로 감개, 불우한 탄식이 어찌 이에 미치리오?"

하고 즉시 좌우를 명하여 거문고를 가져오라 하여 일곡을 타 화답하니, 이는 종자기의 아양곡峨洋曲이라. 그 소리 질탕 화락하여 듣는 자로 즐거운 빛이 있게 하니, 인간 진루塵累를 거의 잊을 듯하더라. 난성이 흔연히 웃고 석상에 놓인 옥적玉笛을 집어 유선사遊仙詞[35]를 아뢰어 일창일화一唱一和하니, 차시 석양이 서산에 비치고 영롱한 화영花影이 좌상에 산란한 중 연왕과 삼랑이 다 각각 미취微醉하여 풍류를 일시에 아뢰니, 연랑의 옥면 취훈은 춘풍이 일어나고 삼랑의 월태화용은 꽃빛을 시기하여 청아한 옥적과 영롱한 금슬이 질탕 화창和唱하니 삼춘 풍광이 모두 일좌 상춘원에 있더라.

날이 어두워 잔치를 파할새 태미 즐거움을 이기지 못하여 삼랑을 보며 왈,

"노신이 금일 소견消遣을 잘하도다."

하고, 각각 돌아갈새 태미 연양을 보아 왈,

"내 금일 연랑을 자세히 보매 비단 안색이 절대하고 무예 출류出類할 뿐 아니라 지견知見의 민첩함과 기상의 활발함이 심상한 인물이 아니라. 난성과 방불함이 많으니 아자兒子는 장차 어찌 구처區處[36]코자 하느뇨?"

연왕이 웃고 대 왈,

"소자 방탕하와 만 리 절역에서 부질없이 데려왔사오니 어찌 타문他門에 보내리오? 다만 생각건대 이제 삼첩三妾이 너무 과분한 고로 감히 야야께 품달치 못함이로소이다."

태미 소 왈,

"아까 너의 부친께 이 말을 고하니 답하시되, '연소한 아이 중첩을 둠은 비록 부모 된 자의 원할 바 아니나 사기事機 이미 배각排却[37]지 못할까 싶으니 빨리 수습하여 연랑의 억

---

35) 신선 세계를 여행한 이야기를 쓴 글.

36) 변통하여 처리함.

울한 탄식이 없게 하라.' 하시니, 아자는 속히 도모할지어다."

연왕이 유유唯唯하고 물러와 난성 침실에 이르니, 연옥이 고 왈,

"낭자 아까 연랑을 찾아 중향각에 가시니이다."

하거늘, 연왕이 그 길로 선 숙인 침실에 이르니 숙인이 숙취宿醉 미성未醒[38]하여 촉하燭下에 책상을 의지하여 졸거늘 연왕이 소 왈,

"낭은 삼순三巡 배주에 이때껏 깨지 못하뇨?"

숙인이 놀라 맞거늘, 연왕이 왈,

"오늘 놀음이 즐겁더뇨?"

숙인이 개용 왈,

"사람의 마음이 각각이요 처지 다르오니 꽃을 보고 웃는 자도 있으며 통곡하는 자도 있사오니 상공이 어찌 금일 놀음에 중인衆人이 즐겁고 한 사람이 설워함을 모르시나니이까?"

연왕이 놀라 물어 왈,

"그 설워하는 자 누구뇨?"

숙인의 대답이 무엇이라 한고? 하회를 보라.

제46회 중향각에 연왕이 잔치를 주장하고
매화원에 제랑이 의를 맺다
衆香閣燕王主宴 梅花院諸娘結義

각설却說, 차시 선 숙인이 연왕을 대하여 왈,

"저 사람은 나를 아나 나는 저 사람을 모른즉 어떠하리이꼬?"

연왕 왈,

"불가하니라."

우 왈,

"임금이 신하를 문벌로써 택하고 그 재덕을 묻지 아니한즉 어떠하리이꼬?"

연왕 왈,

"불가하니라."

---

37) 물리치거나 밀쳐 냄.

38) 전에 마신 술이 아직 깨지 않음.

숙인이 개연 왈,

"일지런은 무쌍한 인물이요 절대한 자색이라. 만 리 타국에 부모를 떠나 상공을 좇아옴은 풍채를 흠앙하여 지기로 믿음이어늘 이제 부중에 처한 지 수년에 상공이 종시 수습하심을 자저趑趄하시니 이는 반드시 만이지인蠻夷之人을 혐의嫌疑하심이라. 이 어찌 연랑은 상공을 알고 상공은 연랑을 모름이 아니며 임금은 신하를 문벌로 쓰고 그 재덕을 묻지 아니함과 다르리이꼬? 첩은 보건대 금일 연석에 만좌滿座 진취盡醉하여 모두 홍락興樂하나 연랑 일인이 홀로 우량초창踽涼怊悵[1]하여 감개 불우感慨不遇하는 탄식이 있거늘 상공이 어찌 모르시나니이까?"

연왕이 미소 왈,

"연랑이 난성을 남자로 알고 따라옴이니 이 어찌 나를 사모함이리오?"

숙인이 탄 왈,

"세간에 사람 알기가 이같이 어렵도다. 상공의 밝으심으로 연랑을 이다지 모르시나니이까? 연랑의 절인絶人한 총명으로 어찌 남녀를 분별치 못하고 백년지탁百年之托을 경영하리오? 연고로 금일 놀음에 만가蠻歌 삼첩三疊으로써 본심을 하소함이오니 그 초장은 처지를 설워함이요 중장은 흉금을 토출함이요 종장은 불우지탄不遇之歎을 말함이라. 첩이 심사를 위로코자 하여 아양조峨洋調로써 지기 상봉함을 치하하고 난성이 평생을 같이하려 한 고로 유선사로써 우유산회優遊散懷[2]함이니 상공은 다시 생각하사 화기和氣의 감상減傷함이 없게 하소서."

연왕이 미소 부답하더라.

차설且說, 난성이 연랑을 찾아 다시 중향각에 이르니, 차시 일락서산日落西山하고 월출동령月出東嶺하여 은영隱映한 달빛이 화영花影을 옮겨 난두欄頭에 가득한 중 연랑이 봄동산의 잔술의 곤함을 이기지 못하여 월하에 꽃을 보다가 인하여 난간을 의지하여 졸거늘 난성이 가만히 살펴보니, 도화 양협兩頰에 홍훈이 가득하여 춘광이 무르녹고 팔자춘산에 풍정을 노출하여 수심愁心이 어린 중 점점한 누흔淚痕이 마르지 아니하여 지분이 아롱지고 나삼 소매 젖었거늘, 난성이 미소하고 크게 소리하여 왈,

"낭은 아름다운 달을 대하여 졸지 말지어다."

연랑이 놀라 급히 나삼을 거두며 사례하여 왈,

"첩이 연천年淺한 탓으로 제랑의 강권하시는 후의를 저버리지 못하여 이같이 취도醉倒할 지경에 이르니 참괴慙愧하도소이다."

난성이 소 왈,

"인생 백 년이 풀 끝의 이슬 같으니 취치 아니하고 무엇 하리오?"

---

1) 외롭고 쓸쓸하여 마음에 섭섭함.
2) 한가롭고 편안하게 하며 울적한 마음을 풀게 함.

하고, 인하여 같이 난간을 의지하여 달과 꽃을 구경할새 난성이 홀로 웃고 연랑을 보아 왈,

"낭은 저 중천의 둥근달이 돋아 오는 반달과 어떠하며, 이슬 아적[3]의 반개半開한 꽃과 저녁볕에 난개爛開한 꽃에서 어느 꽃을 사랑하느뇨?"

연랑이 미소 왈,

"첩은 반륜월半輪月과 반개화를 사랑하나이다."

난성이 소 왈,

"이는 사람마다 취하는 바나 꽃이 어찌 일생 반개하며 달이 어찌 일생 반월半月로 있으리오? 삼춘행락이 실시失時한즉 홍안백발紅顏白髮이 사람을 속이나니 연랑이 이제 적요寂寥한 후원에 중향각을 지키고 능히 무료한 수심이 없을쏘냐?"

연랑이 부끄러 대답지 아니하거늘, 난성이 이에 연랑의 손을 잡고 탄 왈,

"낭이 만 리 절역에 부모 친척을 버리고 중국에 이름은 내 어찌 그 뜻을 모르리오마는 오늘 밤이 마침 조용하니 충곡을 속이지 말고 한번 쾌히 말하여 백년가기百年佳期를 그르치지 말라."

연랑이 홍훈紅暈이 만면滿面하며 머리를 숙이고 침음양구에 왈,

"낭이 이미 첩의 뜻을 아노라 하시며 다시 첩더러 말하라 하시니, 어찌 이같이 핍박하시나니이까?"

난성이 소 왈,

"그만하면 낭의 의향을 짐작할지라. 첩이 이제 장차 연왕께 천거코자 하노니 낭의 뜻이 어떠하뇨?"

연랑이 더욱 수삽하여 대답지 않거늘, 난성 왈,

"낭이 종시 첩을 서어齟齬[4]히 아는도다. 혼인은 인륜대사라. 여자의 평생 고락이 여기 달렸으니 낭이 이제 부모를 떠나 고할 곳이 없는지라. 어찌 낭의 한마디 말을 듣지 아니하고 임의로 주장하리오?"

연랑이 천연히 왈,

"첩의 뜻인즉 낭의 뜻이라. 첩이 비록 만이지방蠻夷之邦에 생장하였으나 규중처자로 낭을 좇아 여기 이름은 장차 평생을 의탁하여 낭과 더불어 생사고락을 같이하려 함이라. 무슨 별다른 말씀이 있으리오마는 다만 세 가지 약속할 바 있으니, 낭은 알아 하소서. 연왕 상공이 만일 첩의 마음을 모르고 다만 안색을 취한즉 그 불가함이 하나이요, 처지를 불쌍히 여기사 강잉强仍하여[5] 수습하신즉 그 불가함이 두 가지요, 방인傍人의 역권力勸함을 인연하여 민면종지黽勉從之[6]하신즉 그 불가함이 세 가지라. 만일 세 가지에 한 가

3) 전라도, 경상도, 함경도 등에서 두루 쓰는 사투리로, 아침.

4) 서먹서먹함.

5) 마지못하여.

지 불가함이라도 있을진대 첩이 장차 영천수穎川水에 귀를 씻고 노련魯連의 동해를 밟을지언정[7] 세상을 구차 투생苟且偸生[8]치 않으리이다."

난성이 차탄嗟歎하고 바로 윤 부인 침실에 이르니, 연왕과 선 숙인이 다 대좌對坐하였더라.

연왕이 홀연 정색 왈,

"근일 난성의 기색이 분주불가奔走不暇하여 좌불안석하니 무슨 좋은 일이 있느뇨?"

난성 왈,

"첩에게 좋은 일인즉 상공께 좋은 일이라. 어찌 은휘하리이꼬? 보배 구슬이 진토塵土에 묻히고 이름난 꽃이 측중厠中에 떨어짐은 고인의 차석嗟惜하는 바라. 첩이 일지련을 잠깐 보매 짐짓 진주 명화珍珠名花라. 만중蠻中에 허로虛老[9]함을 측연하여 거두어 옴은 상공의 아시는 바니 만 리 타국에 종적이 얼울하여 도리어 첩의 근심이라. 만일 상공이 수습하사 좌우에 두신즉 민첩한 재질로 소성 건즐小星巾櫛에 군자를 받듦이 첩 등으로 당치 못할 곳이 있을까 하나이다."

연왕이 차언을 듣고 윤 부인을 보며 왈,

"여자의 투기함은 진실로 미사美事 아니나 가부家夫를 위하여 여색을 천거함이 또한 온당치 못하니 이 어찌 난성을 믿던 본의本意리오?"

난성이 개연 왈,

"첩이 비록 불민하오나 방탕한 일로써 상공의 청덕淸德을 손상치 않을지니 상공의 말씀이 저 같으실진대 또한 연랑의 소원이 아니로소이다."

연왕이 다시 미소 왈,

"연랑의 소원이 무엇이뇨?"

난성 왈,

"연랑의 말씀이 상공이 마음을 모르시고 다만 자색을 취하신즉 소원이 아니요, 처지를 측연하여 강잉하여 취하신즉 소원이 아니요, 방인의 역권함을 인연하여 민면종지하신즉 소원이 아니라. 만일 이 세 가지에 한 가지라도 있은즉, 차라리 노련의 동해를 밟고 영천수에 귀를 씻을지언정 이 세상에 구차 투생치 않으리라 하더이다."

6) 두꺼비 기어가듯 힘써 따라감. 꾸준히 힘써 노력함을 이르는 말.

7) 전국 시대 제齊나라의 노중련魯仲連이 조나라에 머무는데 진나라가 조나라를 포위하자 조나라를 위기에서 구해 주고는 벼슬을 주겠다는 조나라의 제의를 거부하고 떠나니, 왜 진나라에 포위되었을 때 떠나지 않았느냐고 하자, 진나라처럼 포악한 나라에서 사느니 동해에 빠져 죽는 게 낫다고 했다고 한다.

8) 구차하게 살기를 도모함.

9) 헛되이 늙음.

연왕이 소 왈,

"연랑의 말이 비록 쾌활하나 세간에 마음 아는 자 몇몇이리오? 내 본디 여색 풍정에 담연淡然치 못한 자라. 만 리 풍진에 경국가인傾國佳人을 데려다가 어찌 타문에 보내리오? 이미 존당께 고하고 마음에 정하였으니 난성은 매파라. 월로적승月老赤繩의 가기佳期를 속성速成할지어다."

난성이 초연 부답하고 윤 부인을 향하여 왈,

"세간에 첩같이 불긴한 자 없는가 하나이다. 소첩小妾을 구하여 군자에게 헌충獻忠하고자 하다가 도리어 정 없는 책망을 받사오니 바야흐로 그 번잡함을 추회하나이다."

연왕이 소 왈,

"난성은 헌충함이 어찌 오늘뿐이리오? 좌상에 앉은 부인도 또한 낭의 헌충한 바니, 너무 요공要功[10]치 말고 유시유종有始有終하게 하라."

난성이 소 왈,

"장성한 규수와 노장한 신랑이 가기佳期를 굴지고대屈指苦待하시니 어찌 완완緩緩히 성례하리오?[11] 금월은 모춘 삼월이요 중순은 복덕일福德日이니 차일此日로 초례醮禮하소서."

연왕이 흔연 응낙 왈,

"이는 나의 마지막 혼인이라. 부인과 양랑兩娘은 무엇으로 부조扶助하려느뇨?"

양 부인은 의상을 맡아 희귀한 비단으로 궁사극치窮奢極侈하고 양랑兩娘은 음식을 준비하니라.

차시, 연왕이 연 표기와 성혼成婚하는 소문이 낭자하매 천자와 황태후 각각 채단 잡물을 후히 부조하시고 조정 백관이 연부燕府에 이르러 다투어 치하하더라.

길일을 당하매 중향각에 연석을 배설하고 연왕이 오모 홍포烏帽紅袍로 초례醮禮를 행할 새 연랑이 나삼 화관羅衫花冠으로 단장을 정히 하고 초례석醮禮席에 나아가니, 차시 황성 중 주문갑제朱門甲第의 시비 차환과 여항 부녀들이 상춘원을 덮어 전후좌우의 구경하는 자 물 끓듯 하더라. 가 궁인이 태후의 명으로 십여 인 궁녀와 초례를 구경코자 하여 이르니, 일좌 후원에 주취홍장朱翠紅粧이 꽃밭을 이루었으니 저마다 연왕의 소년 풍채와 연랑의 아리따운 자질을 칭찬 흠앙하는 소리 우레 같더라.

난성이 잔을 받들어 연왕께 권하여 왈,

"오늘 일길 신량日吉辰良하여 신인新人을 맞으시니 상공은 이 잔을 받으사 백년해로하시고 부귀다남하사 신정新情은 여구如舊하고 구정舊情은 여신如新하소서."

연왕이 웃고 마셔 왈,

"난성은 남의 합환合歡[12]을 위하여 자기 합환까지 하는도다."

하니, 일좌 대소하더라.

난성이 다시 잔을 들어 연랑을 권하여 왈,

"낭은 이 잔을 받아 군자를 모시고 백년해로하되 청춘홍안이 평생을 늙지 말아 나같이 소대疏待[13] 받음이 없게 하라."

하니, 일좌 또 대소하더라.

연왕이 초례를 맞고 양랑兩娘을 명하여 연랑을 데리고 양친께 뵈오니 태야, 태미 대소하여 가까이 앉히고 그 총명 혜힐한 자질과 어린 태도를 못내 사랑하며 새로이 두구끼더라.

시야是夜에 연왕이 중향각에 화촉을 밝히고 양랑을 머물러 신인을 위로하라 하고 양친께 혼정昏定[14]하러 가니, 연랑이 양랑을 대하여 홀연 촉하에 함루하며 초연 불락不樂거늘 난성이 문 왈,

"낭이 무엇을 생각하여 이같이 초창하느뇨?"

연랑이 초연 대 왈,

"만향蠻鄕 인물로 상국의 손이 되어 여생을 장차 군자 문중에 의탁할지니 비록 여한이 없사오나 부모 친척을 아득히 떠나 음신音信이 돈절頓絶[15]하고, 혼인은 인륜대사라, 부모께 고하지 못하고 스스로 주장하니 자연 신세를 촉감觸感하여 설워함이로소이다."

난성이 또 추연히 연랑의 손을 잡고 탄 왈,

"나 역시 부생모육父生母育하신 정리를 모르는 자라. 금야 차석에 우리 삼 인이 처지와 신세 십분 방불하여 일인을 섬겨 백년을 기약하니 영고우락榮枯憂樂[16]이 어찌 다를 바 있으리오? 우리 마땅히 남은 술과 남은 달을 가져 서로 평생을 맹세하여 옛적 유劉, 관關, 장張 삼 인의 도원결의桃園結義[17]함을 효칙함이 어떠하뇨?"

모두 일시 응낙하고 즉시 일호주一壺酒를 가지고 후원에 올라 달을 향하여 앉아 각각 수중에 잔을 들어 가만히 발원 왈,

천첩 강남홍은 연年 이십팔 세니 항주 인이요, 천첩 벽성선은 연 이십칠 세니 강주 인이요, 천첩 일지련은 연 이십오 세니 남방 인이라. 일시 합장 분향하여 월광보살月光菩薩께 비나이다. 첩등 삼 인이 비록 각처 각성各姓으로 각각 모였으나 한마음 한뜻으로

---

12) 함께 즐기는 것. 또는 남자와 여자가 같이 자며 즐기는 것.

13) 푸대접.

14) 저녁에 부모의 잠자리를 마련해 드리고 살피며 문안 인사를 드리는 일.

15) 소식이 끊김.

16) 성하고 쇠락하며 근심하고 즐거워함.

17) 유비劉備와 관우關羽와 장비張飛가 도원桃園에서 의형제를 맺은 일.

한사람을 섬겨 사생고락을 한가지로 하오니 이미 맹세한 후에 만일 이심二心을 두는 자 있거든 일편명월이 거울같이 조림照臨하소서.

삼 인이 빌기를 맞고 술을 가져 화림 간에 부으며 일시 합장 재배한 후 서로 손을 잡고 돌아올새 난성이 양랑을 보며 탄 왈,

"우리 만일 인간 진연을 맞고 옥경 청도에 다시 이같이 모일진대 금야 맹세함을 서로 잊지 않으리라."

하고 낭랑히 수작하며 수혜繡鞋를 끌고 배회하더니, 홀연 수풀 뒤에서 웃는 소리 나거늘 난성이 발을 멈추고 가만히 들으니, 소청과 연옥이 화림 간에 앉아 서로 손을 잡고 연옥이 소청을 보며 달을 가리켜 왈,

"소청아, 저 꽃가지에 비치는 달빛을 보라. 춘광을 허송하여 광채 더욱 아름답다. 내 전일은 달을 대한즉 정신이 쾌락하더니 근일은 명월을 본즉 무단히 초창하여 정인을 이별함 같으니 어찌한 곡절이뇨?"

소청이 침음 왈,

"나는 달 밝은 밤이면 공연히 잠이 없어 요요擾擾한 심사를 형용키 어려우니 그 무슨 병이뇨?"

옥이 미소 왈,

"사람이 죽어 후생이 있다 하니 너는 후생에 무엇이 소원이뇨? 주문갑제의 왕후 부인이 소원이냐, 청루의 명기 되어 풍류랑을 제 눈으로 골라 평생에 은총을 잃지 말고 총첩 됨이 소원이냐? 네 뜻대로 말하라."

소청이 소 왈,

"네 먼저 말하라. 나는 연 숙인의 팔자를 부러하노라."

옥이 소 왈,

"네 오늘 연 낭자의 초례함을 구경하고 심중에 흠선欽羨함이라. 나는 우리 낭자만 못한가 하노니 세간에 육례를 갖추어 기구 있게 성혼함은 떳떳한 일이라. 우리 낭자는 상공을 만나실 제 풍정으로 희롱하고 수단으로 엉락하여 압강정 연석에서 노래로 언약하고 월하에 남복男服으로 글을 지어 화답하니 은근한 정근과 무궁한 운치는 족히 듣는 자로 넋이 사라지고 간장이 녹게 하니, 이 어찌 가인재자佳人才子의 소원이 아니리오? 나는 죽어 후생에 우리 낭자 같은 자로 되고자 하노라."

말을 맞고 서로 크게 웃거늘, 난성이 선 숙인을 보며 왈,

"청, 연 양비兩婢의 말은 짐짓 창기의 말이로다. 수연雖然이나 망월望月하는 탄식이 십분 춘광을 재촉하니 어쩌면 좋으리오?"

선 숙인이 웃고 인하여 마달馬達이 자기를 구할 제 소청小蜻을 뜻 두던 말과 동초의 꿩을 쏘아 연옥을 기롱하던 말을 전하니, 난성이 미소하더라.

차시, 연왕이 양당兩堂에 혼정昏定을 맞고 다시 중향각에 이르니, 주박은병珠箔銀屛[18]

을 첩첩이 베풀고 부용장芙蓉帳을 사면에 드리워 향연이 몽롱하고 일지 화촉이 등화燈火를 맺어 송이송이 난만한데 백옥상 위에 원앙금을 펼치고 삼랑은 간 곳이 없거늘 시비더러 물은대, 대 왈,

"양랑이 연 숙인과 후원에 완월하러 갔나이다."

연왕이 웃고 돌쳐 원중園中에 이르니 요조한 월광이 화영花影을 옮겨 땅에 가득한 중 꽃의 향내 촉비觸鼻하고 쟁연한 환패環佩 소리 화림 간에 들리거늘 연왕이 발을 멈추고 은은히 바라보니, 삼랑이 옥수를 서로 잡고 미미한 말소리 그치지 아니하며 수혜나말繡鞋羅襪[19]이 월광을 밟아 오다가 연왕이 화림 간에 섰음을 보고 놀라 잡은 손을 놓고 서로 낭랑히 웃거늘, 연왕이 소 왈,

"금야 월색은 전혀 제랑을 위하여 밝았도다."

난성이 대 왈,

"첩등이 지기 상봉하여 심회를 수작하느라 상공의 화촉이 늦어 감을 생각지 못하나이다."

연왕이 흔연히 제랑과 화림 중에 정좌定座하고 소청, 연옥을 명하여 술을 가져오라 하여 각각 수배를 마실새, 연왕이 이에 연랑을 명하여 행배行盃하라 한대, 난성이 선 숙인을 보고 탄 왈,

"인정 호신人情好新[20]이라. 꽃도 피는 꽃을 곱다 하고 달도 반월을 사랑하나니 우리는 구진久陳한 무리라. 다만 돌아오는 순배를 받아 충복充腹[21]이나 할지니 어찌 다시 술잔을 들어 군자의 특별한 사랑을 받으리오?"

연랑이 불승수삽不勝羞澁하여 잔을 들고 홍훈이 만면하거늘, 연왕이 미미 소 왈,

"난성은 신인新人을 너무 조롱치 말지어다."

하더라.

아이오 야심하고 모두 미취微醉하매 연왕이 몸을 일며 왈,

"신인이 초례를 맞고 어찌 곤뇌困惱치 않으리오? 일쩍 돌아가 다시 화촉을 돋우고 종용 수작하리라."

난성이 고 왈,

"이제 이미 밤이 깊고 술이 또한 족하오니 존체를 보중하사 취침하소서. 첩등은 바로 가나이다."

하고 각각 초연히 흩어지니, 연왕이 연랑의 손을 잡고 중향각에 돌아와 장을 내리고 촛불을

---

18) 구슬로 만든 발과 은으로 장식한 병풍.

19) 수놓은 신발과 비단 버선.

20) 사람은 새로운 것을 좋아하기 마련.

21) 배나 채움.

밝힌 후 가까이 침상에 나아가 옥을 안고 향을 품어 가득한 풍정이 애연靉然 견권繾綣[22]하여 왈,

"낭은 만왕蠻王 소교小嬌요 나는 여남 포의布衣라. 만 리 천애에 평수 인연萍水因緣[23]이 막비천정莫非天定이나 내 오히려 낭의 뜻을 해득解得지 못하는 바 있나니, 낭이 중국에 높은 실로 누구를 위함이뇨?"

연랑이 수삽羞澁 양구良久에 대 왈,

"상공이 충곡으로 물으시니, 첩이 어찌 본심을 은휘하리이꼬? 첩은 이에 축융의 제칠녀라. 부왕이 북해에 사냥하다가 첩의 모 야율씨耶律氏 해상에 완사浣紗[24]함을 보고 안색을 탐하여 한 번 가까이 한 후 척발拓跋 연지關氏의 투기함을 겁하여 다시 찾지 않으매, 첩의 모 야율씨 첩을 낳아 사오 세 되매 회중懷中에 안고 부왕을 찾아가니, 부왕이 정지情地를 측연하여 후궁에 두고자 한데, 첩의 모 사양 왈, '첩은 이미 대왕의 버린 바라. 불행히 일개 혈육을 끼친 고로 천륜을 찾아 주고자 하여 옴이니 어찌 구구히 끊어진 인연을 요구함이리오.' 하고 첩을 궁중에 버린 후 거처를 모르오니, 혹 전설이 산중에 신세를 의탁하여 승니 도사가 되었다 하나 소식을 들을 길이 없고, 첩은 궁중에 길리어 척발 씨의 수중 고초를 비상히 겪다가, 십여 세 되매 모친의 종적을 찾고자 하여 남중 산천을 편답遍踏하되 마침내 만나지 못하고, 일개 신인神人을 만나 쌍창 쓰는 법을 배우니, 첩의 천성이 남달라 어려서부터 만중蠻中에 늙을 뜻이 없고 중국을 한번 구경코자 하던 차에, 의외 홍난성을 진상에서 잠깐 보매 과연 지기知己 허심許心하여 은근히 사모함이 간절하여 창법을 다 못 쓰고 짐짓 생금生擒한 장수 되었삽더니 진중에 이르러 바야흐로 여자임을 깨닫고 비록 추회하나 어찌하리오? 의외에 다시 상공을 뵈오니 바야흐로 평생에 기망期望하던 바라. 수치를 무릅쓰고 만 리 상종하여 부중에 이르렀으나 시속 안목이 다만 사람의 안색을 취하고 마음을 몰라 종자기의 아양곡을 듣고 사마장경의 봉황곡으로 의심하니 종적이 얼올하고 신세의 서어함이 날로 더한지라. 반야半夜 등전燈前에 삼 척尺 상망霜鋩[25]을 여러 번 돌아보아 구차 투생苟且偸生함을 면할까 하였삽더니 상공이 이같이 수습하시니 첩이 또한 의심하는 바는 상공이 첩의 안색을 취하시나이까, 신세를 가긍히 여기시니이까? 혹 일분 심사를 아사 지기 허심하시니이까?"

연왕이 탄 왈,

"세간 남자 어찌 전혀 자질을 탐하지 않으리오마는 내 평생에 마음 모르는 여자를 취하지 아니하나니 홍 난성의 강개慷慨 열협지풍烈俠之風과 선 숙인의 청고 담박한 지조를

---

22) 인정이 두텁고 살뜰하여 서로 떨어질 수 없음.
23) 부평초 같은 인생의 인연.
24) 빨래하는 일, 또는 베나 무명천을 삶거나 빨아서 볕에 바래는 일.
25) 석 자 크기의 서릿발 같은 칼날.

다 각각 알고 취함이라. 어찌 홀로 연랑의 구구 녹록지 않은 심사를 모르리오? 다만 남정南征하고 돌아와 조정에 일이 많고 존당에 미처 고치 못한 고로 동방화촉洞房華燭을 거를치 못함이라. 무슨 다른 뜻이 있으리오?"

연랑이 사례하더라.

차시, 연왕이 삼일 화촉華燭을 맞고 부중府中 처소 협착狹窄하므로 다시 제택第宅을 넓혀 정당 영수각靈壽閣은 태미가 계시게 하고 동으로 백자당百子堂은 윤 부인이 있고 서으로 백화당百花堂은 황 부인이 있고 후원의 취봉루翠鳳樓는 홍 난성이 처하고 그 옆의 벽운루碧雲樓는 선 숙인이 처하고 연랑은 인하여 중향각衆香閣에 있게 하니라.

차설且說, 차시는 춘말하초春末夏初라. 방초芳草는 처처萋萋하고 녹음이 난만하여 오릉五陵 소년이 낙화를 밟아 신풍주사新豐酒肆를 찾으니 관동후關東侯 동초董超와 관서후關西侯 마달馬達이 마침 조회를 파하고 나올새 말 머리를 연하여 행하며 동초가 마달더러 왈,

"우리 본디 강남 청루에 방탕히 다니던 자라. 부귀공명이 사람을 구속하여 청춘 행락이 도리어 무료하니 어찌 우습지 않으리오? 금일 마침 일기 맑고 아름다우며 우리 또한 무사하니 마땅히 주가酒家를 찾아 두어 잔을 먹어 울적한 흉금을 풀리라."

양인이 대소하고 이에 관복을 벗고 준마를 달려 황성 대로의 홍진紅塵을 밟아 일개 주루를 찾아 각각 수배를 마시고 다시 두어 곳 청루에 이르러 가무와 물색을 구경한 후 취흥을 띠어 돌아올새, 동초 탄 왈,

"황성 인물이 비록 번화하나 우리 강남을 당치 못하리로다. 우리는 무부武夫라. 변방이 무사한즉 일생이 이같이 한가할지니 흐르는 세월을 어찌 소슬히 보내리오? 마땅히 일개 소첩을 구하여 소년 행락을 저버리지 아니하리라."

마달이 소 왈,

"우리 어제 청루 물색을 대강 보았으나 십분 출중한 자 없으니 너는 어떠한 소첩을 구하고자 하느뇨?"

동초 소 왈,

"세간에 처첩을 구하는 법이 다 각각 다르니 고문 대족의 가도家道를 위하는 자는 유한 정정유한정정幽閒靜貞한 여중군자를 구할 것이요, 생애 담박하여 치산治産을 경영하는 자는 방적紡績을 능히 하고 정구井臼를 친집親執[26]하여 밤이면 잠 없고 낮이면 병 없는 건강한 지어미를 구할 것이요, 사속嗣續[27]을 위하여 생산을 바라는 자는 천성이 용렬하나 기혈氣血이 풍족하여 곡절 없는 웃음과 별미 적은 말씀이 다만 다복한 가속을 구할지니, 나 같은 자는 청춘소년이요 방탕 호협한 자라, 규범 내칙의 부덕婦德이 겸비한 부녀는 도리

---

26) 물 긷고 절구질하는 일을 남에게 시키지 않고 몸소 함.

27) 대를 잇는 것, 또는 대를 이을 아들.

어 우환이 될지니, 반드시 혜힐한 풍정과 민첩한 성정이 노류장화의 풍정을 띠고 월태화용의 자색이 겸전하여 주루 채각朱樓彩閣에 주렴을 늘이고 백마 금편白馬金鞭에 걸음을 멈추어 가히 바라보고 가히 친할 길이 없는 가희佳姬[28]를 구하노라."

마달이 대소 왈,

"방탕한 무리 요괴로운 첩을 구하는도다. 내 이제 너를 위하여 일개 가인을 지시하리니 네 뜻이 어떠하뇨?"

동초 집수 왈,

"네 안목이 없으니 불과 노변에 주기酒旗를 꽂고 지분脂粉를 무릅써 행인을 속이는 유를 보고 정신이 황홀하여 내게 중매코자 하는다?"

마달이 소 왈,

"네 이미 믿지 아니할진대 그만둘지어다. 나는 이미 이개二個 소첩을 심중에 정하여 두었으니 타일 독락獨樂함을 책망치 말지라."

동초 왈,

"어떠한 여자뇨? 빨리 말하라."

마달 왈,

"돌 속의 숨은 옥이요 찬 이슬에 피지 아니한 꽃이라. 만일 알아보는 자 있어 한번 장발獎拔하여 옥을 닦고 꽃이 핀즉 어찌 절대가인이 되지 아니하리오?"

동초 차언을 듣고 마달의 소매를 잡아 누구임을 묻거늘, 마달이 이에 말하여 왈,

"홍 원수의 수하 차환 연옥과 선 숙인의 심복 시비 소청은 천생여질天生麗質이라. 몸이 미천하므로 알아보는 자 적고 연기年紀 미성하여 자색이 다 피지 못한 꽃 같으니 네 어찌 알리오?"

동초 무릎을 치며 소 왈,

"마달아, 네 능히 이를 알아보느냐? 또한 내 심중에 머금은 지 오래나 원수와 숙인의 의향을 몰라 발설치 못하였더니 네 이제 먼저 말하니 너는 누구를 유의有意하느뇨?"

마달이 인하여 남방의 첩서捷書를 가지고 오다가 선랑 노주奴主를 구하고 소청을 뜻 둔 말을 고하니 동초 소 왈,

"이 흉한 놈아, 네 충심으로 주인을 구함이 아니라 은근히 가희佳姬를 낚음이로다. 나는 마땅히 정대히 취할지니 수단을 보라."

하고, 양인이 마상에서 서로 대소하며 다시 주가를 찾아 삼배를 마신 후 각각 대취한지라.

동초가 마달을 끌며 소 왈,

"대장부 매사를 쾌활히 결단하리니 우리 바로 연부燕府에 가 연왕께 뵈옵고 청하여 보리라."

---

28) 젊고 아리따운 여자.

마달 왈,

"우리 이제 술이 과취過醉하니 사기事機를 보아 함이 묘할까 하노라."

동초 소 왈,

"연왕이 비록 정대 엄위正大嚴威하나 풍류남자요 소년 호걸이라. 주색 풍정을 통투通透[29] 히 아사 허물치 않을 것이요 또한 우리를 사랑하시니 일개 차환을 아끼지 않으리라."

하고, 즉시 준마를 횡치橫馳[30]하여 연부에 이르니, 어찌한고? 하회를 보라.

제47회 동, 마 양장이 쌍으로 소청, 연옥을 장가들고 진, 연 이왕이 같이 연춘전에 헌수獻壽하다
董馬兩將雙娶蜻玉　秦燕二王獻壽延春

각설却說, 차시此時 동, 마 양장兩將이 연부燕府에 이르러 연왕을 청알請謁하니, 연왕이 마침 후원 석대에 올라 삼랑을 데리고 녹음을 구경하더니, 좌우들이 관동후와 관서후의 밖에 옴을 고한대 연왕이 소 왈,

"양장은 풍진에 동고지인同苦之人이요 또한 마달은 선 숙인의 은인이라. 제랑이 구태여 서로 봄을 구애할 바 없으니 후원의 대문을 열고 인도하라."

한대, 동, 마 양장이 후원을 들어 화림 석대 아래 멈추고 통하니, 연왕이 즉시 좌우를 시켜 오름을 명하여 왈,

"이 자리에 앉은 자 무비無非 장군의 고인故人이라. 내 오늘 마침 무료하기로 제랑과 녹음을 따라 앉았더니, 금일 장군도 또한 한인閑人이라. 같이 소창消暢[1]하게 하라."

양장이 황공 사양하고 제랑께 각각 문후한 후 연왕이 다시 소청, 연옥을 명하여 술을 가져오라 하여 수배數盃에 이르매 기색이 활발하여 옥면 취훈에 춘풍이 가득하거늘, 동초 이에 고 왈,

"소장 등이 금일 구구 소회所懷 있사와 권애眷愛[2]하심을 믿삽고 당돌함을 무릅써 청알請謁하나이다."

---

29) 환히 꿰뚫어 앎.

30) 곧게 가지 않고 함부로 달림.

1) 심심하거나 갑갑한 마음을 풀어 시원하게 하는 것.

2) 돌보시고 사랑하심.

연왕이 소 왈,

"소회는 무엇이뇨?"

동초 왈,

"소장 등은 본디 청루에 방탕히 놀던 종적이라. 천은이 망극하시고 상공의 장발奬拔하심을 입사와 남직濫職이 공후지열公侯之列에 및사오니 부귀 극하오나 명리 홍진名利紅塵에 구속한 몸이 되어 화조월석花朝月夕에 적막한 근심이 많사오니 마음 붙일 곳이 없는지라. 구습을 건지지 못하여 천금 준마로 소첩을 바꾸어 무료한 풍정을 위로코자 하오나 분대粉黛 군중群中에 합의한 자 없어 양위 낭자에게 소회를 앙달仰達코 청, 옥 양비兩婢를 천금으로 속신贖身[3]하여 황금 옥을 짓고 부귀 행락을 같이 누리고자 하오니 상공은 그 당돌함을 용서하시리이까?"

연왕이 소 왈,

"장군의 부귀 훈업이 일세에 빛나고 또한 청춘소년이라. 좌우 건즐의 은총을 입고자 바라는 자 무수할지니 어찌 구태여 아름답지 못한 천비賤婢를 수습코자 하느뇨?"

양장이 소 왈,

"식색食色은 성품이라. 고량진미를 마다하고 채갱菜羹을 맛들인 자도 있사오니 청, 옥 양환兩鬟은 정묘한 자질이 하늘이 주신 바라. 필경 비복婢僕으로 늙지 아니하리이다."

연왕이 미소하고 양랑兩娘을 보아 왈,

"주인이 대좌對坐하니 상의하여 라."

한대, 선 숙인이 마달을 향하여 왈,

"내 일찍 장군의 급난지풍急難之風을 힘입어 생활지은生活之恩을 갚을 길이 없더니 이제 신근信謹히 청하심을 어찌 허락지 아니하리오?"

동초 다시 홍 원수를 향하여 왈,

"소장 양인이 문하에 출입하여 진퇴주선進退周旋[4]에 다름이 없사오나 마달은 이미 청비蜻婢로 하사하여 소원을 들으시고 소장이 홀로 뜻을 이루지 못하오니 어찌 향우지탄向隅之歎[5]이 없으리이꼬?"

홍 원수 소 왈,

"관서후는 선 숙인의 보은함이니 말할 바 없거니와 나의 옥비는 총애하는 비자婢子라. 백년지탁百年之托[6]을 어찌 일언에 경솔히 하리오?"

동초 대소 왈,

---

3) 속량贖良. 노비 신분을 가진 사람이 몸값을 물고 양인이 되는 일.

4) 앞으로 나아갔다 뒤로 물러섰다 한 바퀴 도는 것. 몸가짐을 이르는 말.

5) 좋은 기회를 만나지 못함을 한탄함.

6) 백 년, 곧 평생을 맡김.

"소장이 비록 불감不敢하오나 또한 원수께 은공이 없지 아니하니이다. 연왕 상공이 수재秀才로 부거赴擧하시다가 소주 땅에서 녹림객을 만나사 낭패하시니, 만일 소장의 인도함이 없었던들 어찌 원수를 만났으리오? 이로 말할진대 금일 원수의 저리되심은 소장의 공인가 하나이다."

설파說罷에 대소하거늘 홍 원수 또한 미소 왈,

"장군이 저같이 간청하니 어찌 봉승奉承치 않으리오마는 연옥은 부모 친척이 없는 자라. 비록 노주지명奴主之名이 있으나 그 정의를 말할진대 형제 골육에 다름이 없으니 비록 장군이 수습지 않으셔도 장차 속신贖身하여 일개 귀인을 중매하여 영화부귀를 누리게 할까 하였더니, 장군이 이미 좌우에 두고자 한즉 이 어찌 옥비玉婢의 복이 아니리오? 수연雖然이나 내 이제 두 가지 약속이 있어 먼저 장군의 허락을 받은 후에 허許하리다."

동초 왈,

"비록 열 가지 약속이라도 봉행하리다."

원수 소 왈,

"옥이 비록 천한 이름이 있으나 내 이미 쾌히 속신贖身하였으니 장군이 비첩婢妾으로 천대치 못할지라. 택일擇日하여 기구器具를 갖추어 행례行禮함이 한 가지요, 또한 옥을 좌우에 두신 후 다시 다른 소첩을 구하여 옥으로 하여금 백두음白頭吟[7]을 부르지 말게 함이 두 가지 약속이라. 장군은 자량自量[8]하여 하소서."

동초 대소 왈,

"이는 소장의 소원所願이라. 원수 장전帳前에 어찌 두 말씀을 하리이까?"

홍 원수 다시 추연 왈,

"우리 노주奴主는 장군과 동향지인同鄕之人이라. 만사여생萬死餘生이 신의를 잃지 아니하고 끊어진 인연을 다시 이어 그 정리를 말할진대 심상한 노주와 비치 못할지라. 좌와기거坐臥起居[9]와 진퇴주선에 수유須臾 불리不離[10]하여 저도 나를 떠날 뜻이 없고 나도 저를 잊을 길이 없으나 여자 유행有行은 귀천이 없나니 이제 일조에 장군을 위하여 속신함을 허하매 자연 심사 창결悵缺하여 말씀이 장황함을 깨닫지 못하오니, 바라건대 장군은 고단한 신세를 불쌍히 보사 특별히 사랑하소서. 제 천성이 심히 용우庸愚[11]치 아니하니 혹시 장군의 은총을 잃지 않을까 하나이다."

---

7) 한漢나라 때 사마상여司馬相如가 탁문군卓文君과 사랑하다가 다른 여자를 만나므로 탁문군이 이 노래를 지어 불렀다고 한다. 곧 사랑을 잃은 여인이 탄식하는 노래라는 말이다.

8) 스스로 헤아림.

9) 앉고 누우며 움직이는 것, 곧 일상생활을 이르는 말.

10) 잠시도 떨어지지 않음.

11) 변변치 못하고 아둔함.

동초 개연 왈,

"원수의 말씀은 낱낱이 골절에 사무쳐 비록 목석이라도 감동할지라. 옥이 만일 이 뜻을 받지 않은즉 향복享福지 못할 것이요 소장이 이 말씀을 저버린즉 또한 경박한 무리로 될까 하나이다."

인하여 배주를 내와 양장을 대접한 후 양장이 물러감을 고하니, 다시 후원 문을 열고 문외에 나서며 동초가 마달을 보아 왈,

"홍 원수의 의향이 저러하시니 우리 마땅히 기구를 포장하여 원수의 뜻을 저버리지 말리라."

하더라.

익일 난성이 손삼랑을 불러 동, 마 양장의 말을 전하고 길일을 재촉하니, 양장이 이에 기구를 갖추어 잡패 채단雜珮彩緞으로 동일 납채納綵한대 난성이 선 숙인과 더불어 난성부를 수소修掃하고 행례行禮할새 비단 장帳과 수놓은 자리에 비취금 원앙침을 첩첩이 포진鋪陳하고 난성부의 시비 가동을 풀어 녹의홍상으로 향촉을 받들어 쌍쌍이 세웠으니, 비록 주문갑제朱門甲第[12]의 육례를 갖추어 친영親迎하는 혼례라도 이에서 더할 바 없더라. 난성은 연옥을 단장하고 선 숙인은 소청을 장속裝束할새 각각 재주를 다투어 낙매장落梅粧에 신월미新月眉를 그리고 체아계髢兒髻에 나자대羅紫臺를 꾸몄으니 수식패물首飾珮物은 주취朱翠가 어리었고 수요나군垂腰羅裙은 금수錦繡가 휘황하여, 옥랑의 정묘함은 일지一枝 해당海棠이 이슬에 젖었고 청랑의 아담함은 설중雪中 향매香梅가 향풍을 누설漏泄하니 차시 구경하는 자 난성부를 덮어 문전이 열뇨熱鬧[13]하더라.

대장군 뇌천풍이 일대 장신將臣을 거느려 좌객이 되고 풍진에 동고하던 막료제장이 일제히 이르러 골목에 거마는 물 끓듯 하고 오영 군졸이 군악을 아뢰며 문외에 등대等待하니 황성 중의 남녀노소들이 제일방第一坊 동구에 구름 모이듯 하여 구경하며 지껄여 왈,

"이러한 혼인은 고금에 드물다."

하더라.

아이오 동, 마 양장이 각각 융복을 입고 대완마를 타고 거기車騎 추종騶從[14]이 대로를 덮어 난성부 문전에 말을 내려 초석醮席에 나아갈새 홀연 밖이 들레며 수십 명 기녀들이 응장 성식凝粧盛飾[15]으로 열을 지어 들어오니, 원래 동, 마 양장은 청루의 호협한 소년이라, 소첩을 구하여 홍 난성의 수하 차환과 성혼한다는 소문이 자자하매 황성 청루의 모든 기녀들이 구경코자 옴이러라.

---

12) 붉은 대문을 단, 크게 잘 지은 집. 높은 벼슬아치가 사는 집을 이르는 말.

13) 시끄럽고 요란스러움.

14) 말 탄 군사와 뒤따르는 종.

15) 얼굴을 곱게 단장하고 옷차림을 환하게 꾸미는 것.

일제히 연석에 위립圍立하여 청, 옥 양랑의 자색을 보더니 제기諸妓 서로 보며 차탄嗟歎왈,

"이는 가위 천생여질天生麗質이라. 우리는 밋지 못하리로다."

하더라.

난성이 제기 중 양인을 명하여 "한훤지례를 행하라." 하니, 양개 기녀 한 쌍의 큰 잔을 들고 맛있는 술을 가득 부어 공교한 웃음과 빛난 말씀으로 풍정을 보내며 희학戲謔이 난만하니, 양장이 희불자승喜不自勝[16]하여 관동후가 관서후를 보며 왈,

"마달아, 네 청랑은 천성이 다겁多怯하여 너를 보면 떨기를 잘한다 하니 타일 마땅히 가도家道가 엄숙하려니와 우리 옥랑은 너무 괄괄하여 주년 문하週年門下[17]에 한 번도 눈을 거듭 떠 나를 보지 아니하니 도리어 나의 근심하는 바라."

하더라.

청, 옥 양랑이 초례를 맞고 외당에 나아가매 대장군 이하로 모든 좌객이 분분히 지껄이며 동상東床[18] 고례古禮를 토색討索한다 하거늘, 난성이 좌우를 명하여 외당에 연석을 배설하고 주찬酒饌을 보내며 기악妓樂을 드려 일장 질탕하니 구경하는 자 난성의 풍류 수단을 칭송치 않는 이 없더라.

양장이 이에 양랑을 데리고 사제私第로 감을 청하니, 난성이 옥랑을 보내며 친히 계하階下에 내려 교렴轎簾[19]을 내리며 왈,

"내 너로 더불어 동시 미천한 인생이라. 천은이 망극하고 연왕 상공의 수습하신 은덕을 입어 금일 영화 극진하나 너도 부모 없어 한 마디 연연한 교훈을 들을 곳이 없으니 필경 필계必警必戒하여 무위군자無違君子함은 귀천이 일반이라. 네 창가娼家에 자라 배움이 없으나 평생을 조심하여 내 몸에 욕됨이 없게 하라. 우리 양인이 노주지명奴主之名이 오늘뿐이니 또한 고정故情을 저버리지 말라."

연옥이 함루 왈,

"천비의 정종모발頂踵毛髮[20]이 무비無非 낭자의 주신 바라. 죽기 전 은덕을 어찌 잊음이 있으리오?"

하더라.

이날부터 옥랑과 청랑이 비록 공후 귀인의 소실이 되었으나 연부에 이른즉 의상을 걷고

---

16) 기쁨을 스스로 이기지 못함.

17) 일 년이 넘도록 문을 드나들어도.

18) 옛날에 어떤 집의 동쪽 평상에 누워 있는 총각을 사위로 삼았다는 데서 온 말로, 남의 새 사위를 점잖게 이르는 말.

19) 가마에 치는 발.

20) 이마부터 발꿈치까지와 온몸의 터럭.

모든 시비를 좇아 진퇴주선에 일호 태만함이 없으니 연부 상하 모두 칭찬하며 신의를 탄복하여 연옥을 옥랑이라 하고 소청을 청랑이라 부르더라.

연왕이 난성을 보고 왈,

"청, 옥 양비의 혼인을 어찌 그리 요란히 하뇨?"

난성이 소 왈,

"첩은 미천한 종적이요 양비는 미천한 중 더욱 미천한 인생이라. 첩이 평생에 초례醮禮 성혼成婚치 못한 한을 금일 양비에게 신설伸雪하나이다."

연왕이 미소하더라.

차설, 광음이 훌훌하여 중추中秋 기망旣望을 당하니, 이날은 태후 탄신誕辰이라. 천자 대연大宴을 경영하실새 진국 공주 본국 기악妓樂을 별로 뽑아 이르니 원래 황태후 공주를 만득晚得하심으로 편애하시고 공주의 성품이 또한 풍류 호방하여 남자 기상이 있으니 항상 말하되,

"부녀의 투기함은 장부의 기상을 꺾음이라."

하여 진왕을 위하여 비빈 궁첩을 뽑아 좌우에 두게 하니 그중 가무 문장歌舞文章과 궁마지재弓馬之才를 겸전兼全한 자 수십 인이라. 그중 특별한 자 삼 인이니 그 하나는 왈 반 귀비潘貴妃요, 둘째는 왈 괵 귀비虢貴妃요, 셋째는 왈 철 귀비鐵貴妃라. 공주 모후 탄신에 즐기심을 돕고자 하여 본국 기악과 삼 귀비를 부연赴宴케 하니, 천자 소 왈,

"현매賢妹의 구일舊日 풍치風致 오히려 쇠치 아니하도다."

하신대, 공주 왈,

"신이 노래자老萊子의 농추무반弄雛舞斑[21]함을 효칙하여 모후의 한번 웃으심을 돕고자 함이로소이다."

태후 소 왈,

"여아 어려서부터 총명 다재하매 선제 사랑하사 매양 회중懷中에 안고 글자를 가르치시며 혹 궁녀를 따라 후원의 연무鍊武함과 궁중의 풍류함을 구경하고 일일이 모방하여 놀기를 좋아하더니 이제 나이 이미 이십이 되었거늘 오히려 해제孩提[22]의 구습을 고치지 못하도다."

하시니, 공주 소 왈,

"진왕이 황성으로부터 돌아와 연왕의 소실 홍혼탈과 만왕의 딸 일지련의 무예와 자색을 칭찬하니 이는 어떠한 사람이니이까?"

태후 미소 왈,

---

21) 노래자는 초楚나라 때 효자로 이름난 사람으로, 노래자가 백발의 나이에도 어머니를 위해 새 새끼를 놀리고 색동저고리를 입고 어린 아이처럼 춤을 추었다고 한다.

22) 어린 아이.

"이는 여중 호걸이라. 문장 자색과 무예 가무를 무불통지하니 삼 귀비로 당치 못할까 하노라."

하시니, 공주 대회하여 탄일을 굴지屈指하여 기다리더라.

익일 천자 파조罷朝하시고 특별히 연왕과 진왕을 머물러 편전에서 수작酬酌[23]하실새 주찬酒饌을 내와 군신이 미취微醉하매 천안에 화기를 띠사 양왕을 보시며 왈,

"경 등의 연기年紀 스물한 살이라. 짐보다 사 년이 아래 되니 마땅히 아우로 대접할지라. 군신의 의를 파탈하고 가인 형제家人兄弟같이 무간無間케 하라. 짐이 경 등으로 더불어 포의布衣로 만나지 못하고 항상 체모를 돌아보아 총총한 조반朝班에 미진한 흉금을 펴지 못함을 한하노라."

양왕이 황공 돈수頓首하거늘 천자 다시 하고 왈,

"명일은 태후 탄신이라. 짐이 만승지부萬乘之夫로 사해지양四海之養을 뜻같이 못함은 자연 국가 다사하고 태후 자녀 이인二人을 만년에 두시니 짐은 맏이요 진국 공주는 둘째라. 진국이 요원遼遠하고 여자 유행有行이 오래 입조入朝치 못하였더니, 이제 공주 진국 기악을 데리고 와 노래자의 무반舞斑하는 효성을 효칙코자 하니, 명일 장차 종실 부인과 명부命婦 비빈을 궁중에 모아 부연赴宴케 하려니와 외조外朝를 말한즉 진왕은 자서지열子壻之列에 있고 경도 또한 외인이 아니라. 태후 마 씨로 더불어 중표형제中表兄弟[24] 나 정의는 동기에 지나니, 경은 즉 마 씨의 손서孫壻라. 태후 경을 사랑하심이 친서親壻와 다름이 없으시니 명일 진왕과 같이 헌수獻壽하는 데 나아가 모후의 총애하시는 뜻을 저버리지 말라."

연왕이 돈수頓首 응명應命하거늘, 진왕이 미소하며 천자께 주奏 왈,

"신이 듣사오니 연왕부 기악이 황성 중 유명하다 하오니 명일 연석에 청함이 좋을까 하나이다."

상이 소 왈,

"짐이 의봉정을 철파撤罷한 후 일체 풍류를 가까이 아니하므로 교방敎坊 법악法樂이 성양成樣치 못할 뿐 아니라 궁중에 불가불 기녀를 쓸지니 연부 기악을 부연케 하라."

연왕이 명을 받고 물러나 집에 돌아오니 궁인이 가 태후의 명으로 또한 연부에 이르러 태미를 청하여 왈,

"우리는 늙은이라. 허물할 바 없으니 편복으로 궐중에 들어와 정회를 펴게 하라."

하신대, 태미 사양치 못하여 명을 받자오니라.

이때 연왕이 취봉루에 와 난성과 선 숙인을 보고 왈,

"황상이 명일 기악을 청하시니 아니 봉승奉承치 못할지라. 금일 부중 기악이 어떠하

---

23) 술잔을 서로 주고받음.
24) 고종 사촌이나 외사촌 형제.

뇨?"

난성이 소 왈,

"첩이 아까 궁인의 소전所傳을 듣사오니 어매御妹 진국 공주 풍류 호방하사 삼 개 귀비와 일등 기악을 데리고 부연하사 장차 연부 기악과 겨루고자 한다 하니 상공은 어찌하려 하시나니이까?"

연왕이 웃고 인하여 진왕의 앙달仰達하던 말을 전하며 왈,

"이는 낭 등의 일이라. 낭 등은 강남 청루의 이름난 명기로 풍류 문장이 당세當世에 독보獨步함을 듣고 진왕이 한번 비교코자 함이니, 명일 한번 이기지 못함은 낭 등의 수치요, 승전곡도 아룀도 낭 등의 수단일까 하노라."

난성이 웃고 즉시 부기府妓 수십 명을 뽑아 취봉정에서 종야終夜 사습私習할새 선 숙인이 소 왈,

"풍류라 하는 것은 일시 소창消暢할 따름이니 구태여 남을 이기어 무엇 하리오?"

난성이 소 왈,

"낭은 청춘 기상으로 너무 노숙한 체 말라. 첩은 평생에 호승지벽好勝之癖이 없으나 타인에게 양두讓頭할 마음은 없노라."

하고, 친히 단판檀板을 쳐 가곡을 교훈하며 관현을 잡아 풍류를 가르쳐 예기銳氣 등등하니, 연부 제기諸妓 또한 기운을 내어 스스로 태만치 아니하더라.

난성이 다시 난성부에 분부하여 수십 필 채단을 가져 제기의 복색을 신비新備[25]하되 일일이 간검幹檢[26]하여 강남 풍속을 모방하니 그 사치와 번화함이 황성 교방으로 당치 못하러라.

익일 천자 연춘전에 백관을 거느려 진하 헌수進賀獻壽하실새 용준 옥배龍樽玉杯로 헌수하는 자리에 나아가사 만년배萬年杯에 유하주流霞酒를 받들어 만세를 부르시니 모든 궁녀 일시에 아울러 산호山呼하는 소리[27] 풍류와 섞어 운소雲霄에 요량嘹喨하더라. 천자 이에 전상에 오르사 태후를 모셔 동향東向 좌坐하시니 진왕이 또 망포 면복蟒袍冕服으로 머리에 채화를 꽂고 잔을 받들어 만세를 부르니 진국 기녀 일시에 진국 풍류를 아뢰고 연왕이 또 강사포에 통천 서대通天犀帶를 띠고 채화를 머리에 꽂고 잔을 받들어 만세를 부르니 연부 제기諸妓 일시에 연부 풍류를 아뢴 후 진, 연 양왕이 편전에 올라 서향西向 시립侍立한대 문무백관이 또한 일시에 북향 배례拜禮하고 만세를 불러 진하지례進賀之禮를 맞고 차례로 부복俯伏한대, 천자 좌우를 명하사 진찬進饌하시고 어배 법주御盃法酒로 제기를 명하사 행배行杯하고 궁중 법악과 양부 풍류를 일시에 같이 아뢰어 일장을 질탕하고 백관이

---

25) 새로 준비함.

26) 주관하여 점검함.

27) 신하들이 임금이나 왕비의 만수무강을 축원하여 두 손을 치켜들고 만세를 부르는 소리.

퇴출하매 황후 이에 종실 대신의 명부命婦 비빈妃嬪을 거느리사 내반內班을 차려 헌수獻壽하실새 어찌하신고? 하회를 보라.

제48회 벌주를 마셔 양왕이 가만히 풍류진을 싸우고
금련촉을 읊어 제랑이 다투어 칠보시를 드리다
飮罰盃兩王暗鬪風流陣　咏蓮燭諸娘爭呈七步詩

각설, 차시 황후 머리에 칠보주취 궁양계七寶珠翠宮樣髻를 단장하시고 몸에 만화금루홍수적의萬花金縷紅繡翟衣를 입으사 헌수獻壽하는 자리에 나와 동으로 서시며 진국 공주 또한 감금쌍봉 부용관嵌金雙鳳芙蓉冠을 쓰고 녹라금루 족집군綠羅金縷簇蝶裙을 입고 서으로 서시니, 동반은 대신 명부 이하가 차례로 설새 연왕은 왕작이 더한 고로 윤, 황 양 부인이 화관 장복花冠章服으로 입반入班하고 홍 난성, 선 숙인, 연 표기는 취교체아계翠翹髢兒髻에 금루수요의金縷繡腰衣를 입고 뒤를 따르니, 위 부인, 소 부인과 종실 비빈이 일제히 복색을 갖추어 동서반東西班을 나누어 만세를 부르며 잔을 들어 헌수하니, 환패環珮는 쟁쟁하여 풍류 소리에 섞였고 향풍은 분분하여 상서로운 구름을 불러일으키더라.

헌수지례獻壽之禮를 마치매 태후 모든 부인에게 전상殿上에 오름을 명하시더니 가 궁인이 고 왈,

"연국 태미太嬃 아직 등반登班치 못하고 밖에 왔나이다."

하거늘, 태후 반기사 바삐 인견引見함을 재촉하시니, 태미 즉시 탑전 문후한 후 제부인이 좌우에 시좌하더라.

태후 흔연히 웃으시며 연국 태미를 보사 왈,

"우리는 서산에 지는 해 같은 인생이라. 매양 생각이 간절하더니 금일 이같이 봄이 어찌 도리어 서어치 않으리오?"

태미 대 왈,

"신첩은 옥련봉 하에 나물 캐던 촌파村婆라. 천은이 망극하사 외람히 잔치에 참여하오니 치신置身할 곳을 알지 못하나이다."

태후 미소하시며 홍 난성, 선 숙인, 연 표기를 특별히 가까이 오라 하사 집수執手하고 하교 왈,

"선, 연 양랑은 풍진 환난에 숙면熟面이 되었으나 홍 난성은 다만 그 성명을 듣고 얼굴을 이제야 보는도다."

진국 공주 태후께 문 왈,

"어떤 사람이 홍 난성이니이까?"

태후 미소 왈,

"여아 항상 난성을 보지 못함을 한탄하더니 인제 알아낼쏘냐?"

공주 웃고 좌상을 둘러보다가 난성을 가리켜 왈,

"이 어찌 홍혼탈이 아니니이까?"

태후 대소 왈,

"여아의 조감이 탁월하도다. 서로 한훤지례寒暄之禮를 베풀라."

하신대, 난성이 추파를 잠간 흘려 공주를 보매 수미 화안秀眉花顔에 광채 달 같은 중 영발英發한 기상과 출류出類한 자색이 금지옥엽을 불문가지不問可知라. 태후 슬하에 가까이 모셔 앉았거늘 난성이 즉시 몸을 일어 공순 피석恭順避席한대 공주 앉음을 명하시고 소왈,

"내 낭의 성명을 우레같이 들었더니 짐짓 명불허득名不虛得이로다."

하고, 다시 연 표기를 찾아 일일이 인사한 후 삼 귀비를 불러 제랑을 보이며 왈,

"이는 원방遠方 사람이라 삼랑의 풍정을 듣고 원일견지願一見之[1]하는 자니 각각 서로 인사하라."

난성이 삼 귀비를 보매 반, 괵 양비는 월태화용이 십분 아리땁고 그중 철 귀비는 신장이 팔 척이요 기상이 준수하여 헌헌장부의 기상이 있더라. 태후 다시 선 숙인을 보사 소청을 찾으시니 가 궁인이 소 왈,

"소청이 그사이 관서후 마달의 소실이 되어 금일 연부 차환지열叉鬟之列에 있지 아니하니이다."

태후 대소大笑하시며 곡절을 물으신대, 가 궁인이 이에 전후지사前後之事를 일일이 고왈,

"첩이 외간 소문을 듣사오니 당일 난성부에서 초례할 제 난성과 숙인이 양비를 사치롭게 장속裝束하여 기구의 찬란함과 위의의 번화함이 천고에 드물다 하더이다."

태후 더욱 소 왈,

"이는 반드시 난성의 소년 예기로다. 동초, 마달은 국가의 유공한 신하라. 양비 이미 소실이 되었으니 어찌 오늘 연석에 불참不參하리오. 빨리 부르라."

하신대, 아이오 청, 옥 양랑이 즉시 입시하매 태후 자세히 보시고 왈,

"너희 이미 공후의 소실이 되었거늘 어찌 구일舊日 복색을 고치지 아니하느뇨?"

옥이 대 왈,

"태후 낭랑이 위에 임하시고 제위 부인과 공주가 석상에 계시오니 천비 어찌 감히 전일과 다름이 있사오리까?"

하니, 태후 더욱 기특히 여기시더라. 천자 외조外朝 진하進賀[2]를 받으신 후 좌수로 진왕의

---

1) 한번 만나 보기를 바람.

손을 잡으시고 우수로 연왕의 소매를 이끌어 연춘전에 다시 이르사 왈,

"경 등은 일실지인一室之人이라. 같이 모후를 모셔 금일 즐기심을 돕게 하라."

하시고 궁녀를 명하여 태후 침전에 주렴을 드리워 명부 비빈은 염내簾內에서 태후를 모시게 하고 천자는 염외에 전좌하시니 좌편에 진왕과 우편에 연왕이 모셨더라.

천자 연왕을 모시며 왈,

"일가의 칠촌척七寸戚은 멀지 아니한 척분戚分이라. 경이 진국 공주와 못 볼 바 없으나 법문法門 쇄절쇄절節3)이 사가私家와 다른 고로 도리어 서어함이 많도다."

진왕이 번화한 웃음으로 연왕을 대하여 왈,

"공주는 금지옥엽이라. 내 임의로 못하거니와 제弟에게 삼개 소첩이 있으니 양인은 본디 장안 기녀요 일인은 본부의 양가 여자라. 가무 문장歌舞文章과 궁마지재弓馬之才가 있어 족히 형의 가희佳姬를 대적할지니 구경함이 어떠하뇨?"

연왕이 사양한대 진왕이 웃고 천자께 주奏 왈,

"신이 듣사오매 연왕이 십 년을 출장입상出將入相하여 소년 호걸로 풍류 과인하다 하더니, 종시 이같이 졸졸拙拙하오니 장부의 기상이 적음을 알리로소이다."

상이 대소 왈,

"짐이 경 등을 좌우에 두매 조반朝班에 오른즉 동량 주석棟樑柱石이요 사사로 대한즉 붕우 형제라. 금일 풍류진風流陣 전前에 승부를 구경코자 하노니 너무 사양치 말라."

진왕이 이에 삼 귀비를 부르니, 삼 귀비 즉시 염외簾外에 나와 진왕을 따라 시립侍立한대 진왕이 또 연왕을 보아 왈,

"형의 소애小艾를 내 이미 보았으나 풍진시석風塵矢石에 안면顔面이 총총하니 어찌 다시 자랑치 아니하느뇨?"

하고, 궁녀를 명하여 삼랑을 부르니 홍 난성, 선 숙인, 연 숙인이 또한 염외에 나와 연왕을 좇아 시립한대 진왕이 이윽히 보고 소 왈,

"형의 소실이 비록 아름다우나 제弟의 철 귀비의 쾌활함을 당치 못할지니, 이는 진국 가인佳人이라. 평생에 격구擊毬하기와 치마馳馬하기4)를 좋아하니, 형이 장차 누구로써 대적코자 하느뇨?"

연왕이 왈,

"대왕이 포장襃獎을 미리 너무 하시니 그 중정中情이 겁怯하심을 염려하나이다."

하니, 진왕이 대소하더라.

천자 이에 진, 연 양부兩府 제기諸妓를 전상에 오르라 하시고 왈,

---

2) 왕실에 경사가 있을 때 벼슬아치들이 조정에 모여 임금에게 하례를 올리던 일.
3) 궁중의 소소한 예의범절.
4) 말달리기.

"짐이 비록 음률에 총명이 없으나 조박糟粕은 아노니 이제 풍류를 들어 우열을 정하되 승부를 보아 지는 자는 대배大杯로써 양왕을 벌하리라."

양왕이 돈수하니, 천자 즉시 진국 여기女妓를 보사 예상우의무霓裳羽衣舞를 아뢰라 하시니, 진국 여기 일시에 풍류와 춤을 아뢰니 맑은 곡조는 운소雲霄에 솟아나고 완만한 소매는 향풍에 나부껴 청아 담탕淸雅淡蕩하거늘, 천자 칭찬하사 왈,

"진국 기악이 이에 미치니 궁중 법악으로도 당치 못하리로다."

하시고, 또 연부 여기女妓를 명하사 예상우의무를 아뢰라 하시니, 원래 우의무羽衣舞라 하는 풍류는 곡조 완완緩緩하여 춤추기 지리하고 재주를 나타내기 어려운 고로 천자 짐짓 다 같이 하심이라.

연부 여기女妓 의상을 정돈하고 무석舞席에 나아가 소매를 드리우고 동서로 나눠 보허사步虛詞를 아뢰니, 천자 묵연默然히 보시더니, 바야흐로 보허사를 변하여 예상곡을 아뢰며 취수翠袖[5]를 떨쳐 선선히 춤추거늘, 천자 옥수로 서안을 치사 칭선稱善하신대, 제기諸妓의 한아한 거동과 완만한 소매로 배회徘徊 편편翩翩하여 요량嘹喨한 환패環珮는 월궁 항아가 공중에 거니는 듯 표요飄搖한 의상은 광한전의 선녀들이 풍편에 내리는 듯 반상半晌을 표요터니, 제삼장에 이르러 예상곡을 다 마치지 못하고 제기 홀연 주현朱絃을 울려 황성별곡皇城別曲을 아뢰니, 사죽絲竹이 질탕하고 무수舞袖[6]가 영롱하여 번화한 곡조와 화창한 음률이 일장一場을 합작合作하니, 일천 궁녀들이 일시에 격절擊節하며 수무족도手舞足蹈[7]함을 깨닫지 못하더라.

천자 대열大悅하사 연부燕府 제기諸妓를 보시며 문 왈,

"내 아까 우의무를 아뢰라 하였거늘 너희 보허사를 먼저 아룀은 무슨 곡절이뇨?"

제기 왈,

"우의무는 옛적 당명황唐明皇이 중추仲秋 월야月夜에 양태진楊太眞을 데리고 홍교虹橋에 올라 광한전을 구경할새 월중月中 옥녀玉女의 우의무를 보다가 한기寒氣 뼈에 사무치매 다 보지 못하고 돌아와 그 곡조를 의방依倣함이라. 처음 보허사는 홍교에 오를 제 지음이요, 다음 우의무는 광한전에 이름이요, 곡조를 맞지 못함은 추위 오래 보지 못함이요, 황성별곡으로 마침은 궁중에 돌아와 선경仙境이 비록 좋으나 여민동락與民同樂함을 즐거워함이니이다."

천자 개용改容 칭찬 왈,

"풍류와 춤이 아름다울 뿐 아니라 또한 풍간諷諫하는 뜻이 그중에 있으니, 이는 반드시 가르친 자가 있도다."

---

5) 푸른 소매.
6) 춤추는 사람. 혹은 춤추는 사람의 옷소매.
7) 손으로 춤추고 발을 구르는 것. 절로 흥에 겨워 춤을 춤.

하시고, 난성을 보시며 미소하시더라.

즉시 좌우를 명하사 술을 가져오라 하여 대배로써 진왕을 벌하시고 다시 일배를 들어 연왕을 주사 왈,

"벌이 있은즉 상이 없지 못할지니 경은 사양치 못하리라."

하시고, 인하여 주찬을 내와 제량과 제기를 먹이시니 진왕이 소이주笑而奏 왈,

"신의 나라가 북방에 가까워 가동주졸街童走卒이 소융시小戎詩를 노래하고 여항 부녀는 장성곡長城曲을 화답하여 강한한 풍속이 일호 무미한 기미가 없사오니 우의곡은 그 소장所長이 아니라. 바라건대 반, 괵 양비와 홍, 선 제량으로 각각 한 가지 풍류를 가져 소장대로 재주를 비교코자 하나이다."

상이 미소 허락하신대, 진왕이 양비를 보며 왈,

"과인이 열아홉 살에 토번을 쳐 항복받고 평생 장략將略이 남에게 굴슬屈膝[8]함이 없더니, 금일 풍류진風流陣에 대패하여 연왕 앞에 항번降幡을 꽂으니 이는 낭 등의 수치라. 낭 등은 재주를 가다듬어 이 부끄럼을 씻게 하라."

괵 귀비 소 왈,

"첩이 무능하와 다만 낭자군娘子軍 중에 충수充數[9]하오니 채찍을 잡고 기를 둘려 휘하의 지휘하심을 따름이라. 자웅을 결단함과 승부를 다투심은 군사에게 있지 않고 장수에게 달림인가 하나이다."

천자와 진왕이 대소하신대 연왕이 웃으며 진왕을 조롱 왈,

"강한 장수는 약한 군사가 없다 하니 대왕은 너무 분하여 마소서. 분한 군사는 패하는 법이라. 다시 본국에 돌아가 장략을 배우고 재주를 닦아 오소서."

진왕이 대소하더라.

이때 이미 황혼이 되고 중추명월이 동천東天에 솟아 오르니, 만 리 장공長空에 일점 진애塵埃도 없는지라. 천자 후원에 자리를 옮기사 포진鋪陳하시고 청릉 보장靑綾寶帳을 베풀고 태후를 모셔 명부 비빈과 같이 월색을 보시며 풍류를 들으실새 진왕이 친히 석상席上에 놓인 아쟁을 다리어 먼저 일곡을 타니, 그 소리 호방 쾌활하여 좌상座上 흥치를 십분 고동鼓動하거늘, 천자 미소 왈,

"경의 풍류 수단이 비록 번화함은 족하나 수법이 약간 생소하니 짐짓 귀인의 풍류로다."

진왕이 타기를 마친 후 즉시 아쟁을 밀어 연왕을 주며 일곡을 청한대 연왕이 사례 왈,

"복僕은 본디 소졸疏拙한 선비라. 진실로 음률에 무재無才하여 무간無間히 청하심을 봉승奉承치 못할까 하나이다."

진왕이 웃고 좌우를 명하여 술을 가져오라 하여 대배에 가득 부어 들고 천자께 고 왈,

---

8) 무릎을 꿇음.

9) 여자들로 이루어진 군사에 숫자나 채움.

"연왕이 체모를 자중自重하고 재주를 아껴 폐하의 즐기심을 돕지 아니하니 불가무벌不可無罰이라. 벌주를 먹이나이다."

천자 웃고 허락하신대 연왕이 양수로 받아 마시고 다시 일배를 들어 고 왈,

"진왕이 무례하와 호란胡亂한 수단으로 비할 데 없는 풍류를 가져 천청天聽을 요란하게 하오니, 불가무벌이라. 벌주를 먹이나이다."

천자 웃으며 허락하시고 궁녀를 보사 왈,

"양왕兩王이 벌주를 빙자하고 서로 마시며 좌상에 앉은 늙은 형은 일배一杯를 권치 아니하니 불가무벌하리라. 양배주兩杯酒로 양왕을 벌하라."

하신대, 양왕이 일시에 마시니 홍 난성이 옆에 섰다가 나아가 다른 잔을 가져다가 일배를 받들어 탑전에 드리며 고 왈,

"달 기운이 차고 추야秋夜가 서늘하오니 일배를 진어進御하심이 좋을까 하나이다."

천자 흔연히 받으사 왈,

"난성은 가부家夫의 허물을 잘 깁는도다. 양 귀비는 어찌 권치 아니하느뇨?"

곽 귀비 또한 잔을 들어 드린대 인하여 광주교착觥籌交錯[10]하고 배반杯盤이 낭자하여 밝은 달 아래 군신이 미취微醉하매 천자 제랑을 보사 풍류를 재촉하신대 반, 곽 양 귀비 먼저 비파와 보슬을 다리어 일곡을 아뢰니 소현小絃은 절절하고 대현大絃은 영령하여 옥반玉盤에 구슬을 굴리는 듯 삼경三更 창외窓外에 얽힌 비 떨어지고 격창 아녀隔窓兒女[11]의 속마음을 하소하여 번화한 중 애원하고 질탕한 중 강개하여 수단의 정묘함과 음률의 청신함이 제기의 미칠 바 아니라. 천자 격절擊節 칭찬하시며 홍, 선 양왕이 책책嘖嘖 탄복하니, 진왕이 대희하여 연왕을 보며 자랑하는 빛이 미眉 위에 나타나더라.

양 귀비 타기를 마치매 홍, 선 양랑이 이에 일쌍一雙 옥적玉笛을 가져 향월向月하여 알연戛然히 일곡一曲을 아뢰니 하성下聲은 청아하여 좌상에 둘러 있고 상성은 격렬하여 반공半空에 사무치니 단산 채봉丹山彩鳳이 웅창자화雄唱雌和하고 청천 백안靑天白雁이 단속처절斷續悽絶하여[12] 추풍이 소슬하고 월광이 교결皎潔하니 모든 궁녀 일시에 추연 변색惆然變色하며 천자 그 쾌활함을 칭찬하시더니 양랑이 다시 취미翠眉를 쓸고 단순丹脣을 모아 자웅률雌雄律을 합하여 일쌍 옥적이 한 소리로 섞이져 삼장三章에 이르매 맑은 곡조가 요요 부절不絶하여 산천이 상응하고 풍운이 일어나 농옥弄玉의 퉁소는 벽공에 내리는 듯 왕자 진王子晉의 생황은 월하月下에 요량嘹喨하니[13] 원중園中에 잠든 학이 일시에 길

---

10) 술잔과 술잔 수를 세는 산가지가 엇갈려 뒤섞임. 여럿이 술을 마실 때 제 앞에다 산가지를 놓아 가며 잔을 받았다고 하는데, 잔치가 성대함을 말하는 것이다.

11) 창 너머 여인.

12) 단산의 아름다운 봉황새 암수 정답게 지저귀고, 푸른 하늘에 흰 기러기 처절한 울음소리 끊겼다 이어졌다 하여.

이 울며 호의현상縞衣玄裳[14]으로 편편히 내려와 두 나래를 펼쳐 들고 쌍쌍이 배회하며 선선히 춤추거늘 천자 망연茫然 양구良久히 양랑을 보시며 탄 왈,

"짐이 천 리 해상에 부질없이 구선求仙하도다. 양랑의 옥적은 인간의 소리가 아니라. 짐으로 우화등선羽化登仙[15]할 뜻이 있게 하여 금야今夜에 표연히 옥경玉京 요대瑤臺에 앉음 같도다."

하시더니, 양랑이 불기를 맞고 옥적을 놓으매 오히려 남은 소리 공중에 들리어 반상半晌을 그치지 아니하더라.

천자 웃으시며 양왕兩王을 보사 왈,

"양 귀비의 풍류 아름다우나 고서古書에 운云하되, '소소구성簫韶九成에 봉황이 내의來儀라.'[16] 하니 풍류가 신인神人을 감동치 못할진대 어찌 백수百獸의 솔무率舞[17]함이 있으리오? 양랑의 옥적은 짐이 우열을 평론할 바 아니라. 일쌍 백학이 이제 증참證參하였으니 다시 진왕을 벌하라."

하신대, 진왕이 잔을 받자와 손에 들고 주 왈,

"신이 만일 이 자리에서 연왕을 시벌施罰치 못한즉 고국에 돌아갈 뜻이 없사오니 이제 다시 풍류로 다투지 못할지라. 제랑으로 각각 일수 시를 지어 비교코자 하나이다."

천자 허락하신대, 연왕이 주 왈,

"가을달이 서늘하고 밤이 이미 깊었사오니 연석을 다시 전내殿內로 옮김이 좋을까 하나이다."

천자 그 말을 좇으사 고쳐 연춘전에 전좌하시고 시장試場을 배설할새, 차시 진왕은 비록 한번 놀기를 위함이요 승부를 겨루고자 함이 아니나 소년지기少年之氣로 두 번 낭패하매 심중에 분하여 가만히 생각하되,

'홍 난성이 비록 다재多才하나 일찍 장수로 무예를 일삼았을 것이니 시율詩律에 어찌 민첩한 공부 있으리오?'

하여 일계一計를 생각하고 반, 곽 양 귀비와 가만히 약속 왈,

"천자 마땅히 낭 등과 홍, 선 양랑으로 하여금 글을 지으라 하실 것이니, 낭 등은 미리 생

---

13) 농옥은 진秦나라 목공穆公의 누이로 퉁소를 잘 불었다 하고, 왕자 진은 주周나라 영왕靈王의 태자로 생황을 잘 불었다고 한다.

14) 흰 비단저고리와 검은 치마라는 말로, '학'을 가리킴.

15) 날개가 돋아 신선이 되어 하늘에 오름.

16) 소소가 아홉 번 이루어지니 봉황이 와서 춤춘다〔簫韶九成 鳳凰來儀〕. 《서경書經》 '익직편益稷篇'에 나오는 구절로, 소소는 순임금의 음악을 말한다. 곧 순임금이 음악을 베푸니 봉황이 와서 춤추더라는 말.

17) 온갖 동물이 모두 춤을 춤.

각하여 창졸간 초솔草率[18]함이 없게 하라."

양 귀비 소 왈,

"글제를 모르오니 어찌 미리 지으리이꼬?"

진왕이 침음 왈,

"어전御殿의 금련촉金蓮燭을 두고 칠보시七步詩[19]를 지을까 하노라."

약속을 맞고 도로 좌에 앉았더니, 천자 제랑을 부르사 각각 채전 필묵을 주시고 글을 지으라 하시며 양왕더러 글제를 물으신대 진왕이 짐짓 생각하는 체하다가 왈,

"월하月下의 풍류를 그치고 촉하燭下의 시장試場을 다시 배설하였사오니 어전에 놓은 금련촉으로 글제를 명하심이 좋을까 하나이다."

천자 허락하신대, 진왕이 우주又奏 왈,

"시율詩律의 재주를 보고자 할진대 반드시 그 민첩함을 취할지니 칠보시를 명하심이 더욱 좋을까 하나이다."

천자 칭선稱善하시고 일개 기녀로 탑전에 칠보시를 걸으라 하시고 제랑의 흥치를 돕고자 하사 전상殿上에 북을 달고 한번 치매 일개 기녀 칠보시를 걸어 들어가니 채전이 이미 석상에 빗발치듯 떨어지더라.

괵 귀비는 육보六步에 지었으니 왈,

　다섯 밤에 달이 항상 가득하고
　세 봄에 꽃이 쇠잔치 아니하더라.
　몇 번이나 금란전에
　걷어 학사의 반에 보내는고.
　五夜月恒滿　三春花未殘
　幾度金鸞殿　撤送學士班

반 귀비는 칠보에 지었으니 왈,

　구중의 밤이 바다와 같으니
　먼저 촌심의 붉은 것을 토하였더라.
　만기 이제 겨를이 많으니
　오경 찬 데 이르지 아니하였더라.
　九重夜如海　先吐寸心丹

---

18) 보잘것없는 것.

19) 일곱 걸음 걷는 사이에 짓는 시.

萬機수多暇　不到五更寒

홍 난성은 육보에 지었으니 왈,

밤이 깊었는데 붉은 조서를 초하니
남은 빛이 채색 장막에 떨어지더라.
장명하는 실을 꿰어 가져
임금을 위하여 아롱진 옷에 수를 놓더라.
夜深抄丹詔　餘光落紛幃
穿取長命縷　爲君繡斑衣

선 숙인은 칠보에 지었으니 왈,

별이 옮기매 용루는 구을렀고
바람이 이르매 사향 냄새 차더라.
밤마다 군왕께 가까우니
마디만 한 마음이 저렇듯이 붉었더라.
星移蚪漏轉　風到麝薰寒
夜夜君王近　寸心似許丹

각각 이름을 봉하여 드리니 천자 보시매 제랑의 글이 다 아름다우나 그중 한 시 더욱 절
창이라. 심중心中에 뽑으시고 양왕을 주시며 우열을 정하라 하신대, 진왕이 보매 한 글이
재사才思 영롱하고 의취意趣 정밀하여 창졸간 소작所作이 아니라, 또한 육보에 지었거늘
생각하되,
　'이는 반드시 괵 귀비의 미리 지은 바로다.'
하고, 연왕을 보며 왈,
　"과인의 우견愚見은 이 글이 제일 될까 하노라."
　연왕이 다시 보매 과연 재조才操가 아름답고 의사 기이하여 십분 난성의 소작인 듯하거
늘 심중에 생각하되,
　'양랑이 이미 두 번 이겼으니 이번은 양두讓頭함이 좋도다.'
하고, 미소 답 왈,
　"이 글이 비록 아름다우나 금련촉을 덜 지었으니 우견愚見으로 보건대 '몇 번이나 금란
전에 걸어 학사의 반班에 보내는고.' 라 한 글이 심히 착제着題[20]하여 제일이 될까 하노
라."
　진왕이 차언을 듣고 더욱 의심하여 생각하되,

'연왕의 조감으로 어찌 이 글이 제일임을 모르리오? 반드시 양랑의 소작이 아님을 알고 호승지심好勝之心으로 저희沮戲함인가?'

하여 소 왈,

"자고로 시가詩歌는 진담陳談을 기휘하고 청신淸新함을 취取[21]하나니 금련촉 시의 '걸어 학사의 반에 보내는고.' 라 하는 글귀는 노유老儒의 상담常談이라. 무엇이 신기하리오?"

하여 서로 다투기를 말지 아니하거늘, 천자 두 글을 가져오라 하여 이윽히 보시다가 왈,

"진왕의 말이 옳도다. 금야 금련촉에 '아롱진 옷에 수를 놓더라.' 는 것은 짐짓 착제着題라."

하시고, 주필朱筆을 들어 친고親考하시고 제일로 뽑으사 이름을 떼어 보니 이에 홍 난성의 글이라. 진왕이 대소大笑하고 걸어 '학사의 반에 보내는고.' 라 한 글을 떼어 보니 이는 괵 귀비의 글이라.

양왕과 천자 모두 대소하시고 궁녀로 대백大白을 가져 진왕을 벌하시니, 진왕 왈,

"신이 차배此杯를 또 먹으면 더욱 분하오이다."

하고, 괵 귀비와 약속한 말을 고하니 천자 절도絶倒하시더라.

아이오 새벽 누수漏水 끊어지고 북두성이 동으로 기울어 새벽빛이 창창하니, 천자 파연罷宴하실새 진왕이 주奏 왈,

"신이 금야 삼전삼패三戰三敗한 수치를 신설伸雪할 곳이 없사오니, 명일 다시 상림원에 격구장擊毬場을 닦고 제왕과 궁녀를 데려 다시 재주를 겨루어 볼까 하나이다."

천자 흔연히 허락하시고 제랑과 명부 비빈을 궁중에 머물러 유숙하게 하시니, 명일 또 어찌한고? 하회를 보라.

제49회 철 귀비 말을 달려 채구를 치고
홍 난성이 칼을 춤추어 공작을 희롱하다
鐵貴妃馳馬擊彩毬　紅鸞城舞劍戲孔雀

각설却說, 진왕이 소년 예기銳氣로 세 번 패하매 어찌 분함이 없으리오?

이에 태후께 뵈옵고 청 왈,

---

20) 제목과 딱 들어맞음.

21) 시가詩歌는 진부한 것을 꺼리고 새로운 것을 취함.

"신이 금일 풍류 시주詩酒로 제랑의 재주를 겨룸은 실로 승부 귀함이 아니라 경연慶宴의 화기和氣를 돕사와 한번 웃으심을 바람이나 삼전삼부三戰三負함은 어찌 부끄럽지 아니하리까? 명일 다시 후원에서 격구擊毬하여 설치雪恥코자 하오니 궁중 시녀 중 말 잘 타는 자 수십 명을 빌리소서."

태후 소 왈,

"격구하는 수단이 생소할까 하노라."

진왕 왈,

"진국 풍속이 격구를 일삼고 철 귀비는 군중에 유명한 자오니 궁녀를 지휘하여 잠깐 가르친즉 해득解得하리라."

태후 허락하시니, 익일 진왕이 상림원에 격구장을 닦고 천자와 태후 황후를 모셔 대상臺上에 전좌殿坐하시니 보장寶帳과 주렴珠簾을 드리워 명부 비빈이 모두 구경할새 삼천 궁녀 일시에 응장성식凝粧盛飾으로 격구장을 둘러 구름같이 모이니 일좌 후원이 꽃밭을 이루어 취수홍장翠袖紅粧은 조일朝日에 조요照耀하고 환패 소리는 풍편에 요량嘹喨하더라. 제랑이 각각 기계 복색器械服色을 장속裝束하고 격구장에 오르니 철 귀비는 진국 제기와 반, 괵 양 귀비를 거느려 서로 섰고 홍 난성은 연부 제기와 선, 연 양랑을 거느려 동으로 서매, 진국 공주 다시 궁녀 수십 인을 뽑아 철 귀비를 돕게 하니라.

차시 천자 대상에 임하사 연왕을 보시며 왈,

"격구라 하는 놀음이 어느 때에 났으며 무엇을 의방依倣함이뇨?"

연왕 왈,

"남방에 사자라 하는 짐승이 있으니 나면서 목 아래 한 뭉치 털이 달렸으니 그 이름을 구毬라 하니 사자의 새끼 어려서부터 주야로 구를 희롱하여 발로 차며 움키어 짐승 잡는 법을 사습私習하는 고로 짐승 중 사자의 용맹을 말함은 비단 그 힘을 더할 뿐 아니라 발로 차며 움키어 짐승 잡는 법이 출중한 연고라. 후인이 이를 의방하여 격구를 지어 내니 다리로 차는 것이 왈 각구脚毬요 손으로 받는 것은 왈 격구擊毬라. 이를 인하여 창검 쓰는 법을 사습하더니 당나라에 이르러 이 놀음이 성행하여 재상 귀인이 왕왕 이 격구장에 올라 재주를 다투니 비단 실수한즉 면목을 훼상毁傷하여 사망지환死亡之患이 있을 뿐 아니라 체모體貌의 해연駭然함과 거조의 위태함이 정인군자正人君子의 일삼을 바 아닐까 하나이다."

천자 미소하시며 좌우를 명하사 격구하는 제구諸具를 가져오라 하여 보시니, 나무를 둥글게 깎아 수놓은 비단으로 곱게 쌌으니 이는 이에 채구彩毬요 막대를 아로새겨 금벽 단청金碧丹靑으로 찬란히 단장한 후 그 끝에 상모를 달았으니 이는 이에 채봉彩棒이라. 동서로 편을 갈라 채봉으로써 채구를 받아 서로 치다가 막지 못하고 땅에 떨어진즉 승부를 판단하니 점점 공교한 수단이 더하여 치며 받는 법이 신출귀몰하더라.

연 숙인이 난성더러 가만히 문 왈,

"낭의 격구 수단이 어떠하니이꼬?"

난성 왈,

"비록 조박糟粕을 들었으나 거의 생소할까 하노라."

연 숙인이 소 왈,

"격구는 남방 놀음이라. 첩이 일쪽 배움이 없으나 이번은 양두讓頭하여 철 귀비의 수단을 빛내어 줌이 좋을까 하나이다."

난성이 소 왈,

"나도 이 마음이 있으나 매양 일을 당한즉 호승지심이 앞서니 어찌하리오?"

하고 양인이 서로 대소하거늘, 괵 귀비 바라보고 소 왈,

"양랑은 무엇을 웃느뇨?"

난성 왈,

"연 숙인이 격구하는 법을 묻기에 대강 가르쳐도 알아듣지 못하기로 웃나이다."

철 귀비 소 왈,

"쌍창 쓰는 자 어찌 격구할 줄 모르리오? 난성이 타인은 속이려니와 첩은 속이지 못하리라."

아이오 대상에 북을 달고 한 번 치매 제랑과 모든 기녀 말께 올라 동서로 갈라서고 두 번 치매 일제히 나삼을 거두치며 채봉을 번득여 용약踊躍[1]하고 세 번 치매 일개 여기女妓 말을 놓아 나오며 좌수左手의 채구를 들어 공중에 던지고 우수右手의 채봉을 번득여 한 번 친 후 말을 돌려 달아나니 그 속함이 바람 같더라.

채구 공중에 솟아 난성의 머리 위에 떨어지려 하거늘 난성이 웃고 말을 돌려 두어 걸음을 물러서니 연부燕府 제기諸妓 중의 일인이 채봉을 들고 말을 달려 나와 한 번 받아 치매, 철 귀비 소 왈,

"난성의 수단이 이같이 노숙老熟하뇨?"

하거늘, 그 채구 이미 도로 솟아 괵 귀비 두상頭上에 넘어가니 뒤에 섰는 궁녀와 양부兩府 제기諸妓 인하여 서로 받아 반상半晌을 치매 분분한 채봉이 북소리를 응하여 빗발치듯 요란하고 망망한 채구 반공에 표탕하여 별같이 흩날리니, 철 귀비 이윽히 보다가 마음이 가렵고 심신이 활동하여 이에 말을 달려 나오며 진국 제기의 채봉을 탈취하여 양수 쌍봉으로 채구를 받아 우수로 치며 좌수로 받고 좌수로 치며 우수로 받아 일장을 희롱하다가 홀연 양류楊柳 같은 허리를 한번 굽히며 좌우 쌍봉이 번득이는 곳에 채구 반공에 백여 장을 솟으니, 차소위此所謂 곤풍구鯤風毬니 바람같이 일어남을 이름이라.

연 숙인이 또 말을 달려 나오며 수중 채봉을 공중에 던지매 채봉이 반공에 높이 올라 내려오는 채구를 받아 한번 곤두치매 채구 다시 솟아 운간雲間에 묘연하거늘 좌우 제기 일시에 소리쳐 칭찬하니 차소위 유성구流星毬니 흐르는 별 같음을 이름이라.

---

1) 뛰어오름.

철 귀비 이에 노기怒氣를 내어 말을 달려 나오며 양수 쌍봉으로 채구를 받아 동으로 치고 서으로 달리며 서으로 치며 동으로 달리더니 홀연 쌍봉을 쓰르쳐 한번 맹렬히 치매 채구 살같이 건너와 난성의 앞에 떨어지려 하니, 이는 소위 벽력구霹靂毬니 그 급함을 이름이라.

난성이 웃고 말고삐를 거슬러 잡고 요동치 아니하며 채봉을 높이 들어 떠오는 채구를 번개같이 때려 마전馬前에 떨어치매 그 채구 다시 뛰어 두어 길을 솟거늘 난성이 채봉을 들어 한 번 쳐 공중에 망망하니, 차소위 춘풍구春風毬니 봄바람이 땅에서 일어남을 이름이라. 철 귀비 바야흐로 홍 난성, 연 숙인의 수단이 출중함을 보고 가만히 소매 속으로 또 한 개 채구를 내어 공중에 던지고 쌍봉을 들어 공중에 던지매 한 쌍 채구 난성을 향하여 한 개는 옆으로 들어가고 한 개는 높이 솟아 두상을 향하니 난성이 미소하고 즉시 제기의 채봉을 앗아 양수 쌍봉으로 내려지는 채구를 때려 땅에 떨어치며 낭랑히 소 왈,

"약속 없는 채구를 어찌 받으리오?"

하거늘, 철 귀비 또한 대소하고 쌍봉을 거두며 사례 왈,

"난성의 격구 수단은 첩으로 당치 못할지라. 하물며 정묘한 우익이 있으니 어찌 대적하리오? 이제 다시 제랑을 물리치고 다만 우리 양인이 쌍구를 받아 자웅을 결함이 어떠하뇨?"

난성이 허락하고 이에 철 귀비와 쌍수 채봉을 가져 장상場上에 나아가 말을 달리며 평생 배운 바를 다하니 난성의 경첩輕捷함은 날랜 제비 꽃송이를 치는 듯하고 귀비의 쾌활함은 급한 바람이 홀왕홀래하여 한 쌍 채구 해같이 솟으며 달같이 떨어져 반상半晌을 다투나 승부 우열을 불분不分하거늘, 천자와 양왕兩王이 대상臺上에서 바라보사 모두 칭찬불이稱讚不已하더니, 홀연 철 귀비의 쌍봉 쓰는 법이 차차 설어지고 난성의 수단이 더욱 활동하여 스스로 걷잡지 못하니 원래 철 귀비는 격구하는 법을 해득할 따름이요 난성은 검술을 겸하여 쌍검 쓰는 법으로써 쌍봉을 쓰니 철 귀비 어찌 저당抵當하리오?

난성이 이에 수중 쌍봉을 마전馬前에 던지며 소 왈,

"자퇴자불승自退者不勝[2]이라. 첩의 힘이 진盡하고 재주 궁하였으니 귀비의 연숙鍊熟한 수단을 당치 못할까 하나이다."

철 귀비 소 왈,

"난성의 재주는 인력으로 당할 바 아니라. 이에 짐짓 겸양지풍謙讓之風을 빛내사 첩을 위로코자 하시니 첩이 어찌 모르리오?"

하더라.

차시, 진왕이 또한 난성의 양두讓頭하는 뜻을 미미히 웃으며 짐짓 대배에 법주를 가져 연왕을 벌하여 왈,

---

2) 스스로 물러서는 자가 진 것임.

"쾌재快哉, 쾌재로다. 과인이 이제 설치雪恥하였도다."

하거늘, 철 귀비 앞에 나아와 고 왈,

"이는 난성의 거짓 패함이라. 자랑할 게 없을까 하나이다."

진왕이 소 왈,

"거짓 패함도 패함이요 진개眞個 패함도 패함이니 득첩得捷[3]함은 일반이라."

하고, 진국 제기諸妓로 군악軍樂을 아뢰어 승전곡을 울린 후 격구장을 파하니, 진국 공주 다시 제랑을 모아 궁중에 놀새 세 귀비를 보아 왈,

"낭 등이 무용武勇하여 누차 견패見敗하니 내 이제 마땅히 쌍검을 친히 잡아 시석矢石을 무릅쓰고 설치하리라."

하고, 좌우 시녀를 명하여 쌍륙을 가져오라 하여 윤 부인과 편을 갈라 윤 부인은 홍 난성, 선 숙인, 연 숙인을 거느려 한편이 되고 진국 공주는 철 귀비, 반 귀비, 괵 귀비를 거느려 한편이 된 후 공주 윤 부인과 약속 왈,

"만일 부인이 이긴즉 한잔 술로 나를 벌하고 내가 이긴즉 내 또한 일배주로 부인을 벌하리라."

하니, 부인이 미소하고 서로 대국하여 공주 먼저 사아枾牙를 던지매 철 귀비 행마行馬하고 윤 부인이 또 사아를 던지매 난성이 행마하여 삼랑과 삼 귀비 차례로 사아를 던져 국세局勢 번복飜覆하고 승부를 불분不分하더니, 홀연 진국 공주 높은 사아를 얻으매 철 귀비 크게 소리하고 풍우같이 행마하여 기세등등하더니 윤 부인이 또한 높은 사아를 치매 난성이 또한 크게 소리쳐 왈,

"철 귀비는 너무 승승치 말라. 남정북벌南征北伐하시던 양 원수 부인이 어찌 용이容易히 항번降幡을 꽂으리오?"

하고, 일변 소리하며 일변 행마하거늘 좌우에 구경하는 자 모두 대소하더라.

철 귀비 또 사아를 집어 들고 소리하여 왈,

"육국을 통일하던 진나라 철 귀비 여기 있으니 홍 난성은 물러갈지어다."

하고, 사아를 굴리매 과연 높은 사아를 얻은지라. 국세 변하여 윤 부인의 편이 십분 위태하여 승부 한번 사아에 달렸거늘 난성이 추파를 흘려 국세를 둘러보며 소 왈,

"하늘이 홍혼탈을 내사 매양 위급한 사세를 독당獨當케 하시는도다."

하고 옥수를 높이 들어 정신을 모아 한 번 던지며 물러앉거늘, 모두 보니 이미 높은 사아를 얻어 일국을 대첩大捷하였더라.

난성이 낭랑히 웃고 앵무배鸚鵡杯에 포도주를 가득 부어 철 귀비를 주며 왈,

"공주는 금지옥엽이라, 철 귀비 이제 행마를 잘못하여 패하였사오니 시벌施罰하나이다."

---

3) 싸움에서 이김.

하거늘, 공주 대소 왈,

"군중에 희언이 없나니 이 잔을 내 먹으리라."

하고 받아 마시니, 대개 이다음 윤 부인을 권코자 함이러라.

공주 다시 일국을 벌이고 사아를 던져 친히 행마할새 반판이 못 되어 윤 부인의 국세 십분 위태하니 난성이 웃고 사아를 집어 왈,

"내 쌍검과 설화마를 가져오라. 혼탈이 아니면 이 급함을 구치 못하리로다."

하고, 한 번 사아를 던지매 국세 다시 변하여 공주의 편이 급히 몰리어 한 번 던지는 데 달렸거늘 공주 웃으며 소매를 거드치고 반 귀비의 가진 사아를 빼앗으며 왈,

"적세敵勢 급한즉 천자도 북 흉노를 친정親征하시나니 내 마땅히 자장출전自將出戰하여 자웅을 판단하리라."

하고 사아를 높이 던지며 무릎을 치고 낭랑히 웃는 소리에, 좌우 모두 보매 과연 높은 사아를 얻어 대첩하였더라.

공주 대소하고 친히 일배를 들어 윤 부인을 권하니, 윤 부인이 소 왈,

"첩은 실로 주량이 없어 공주의 벌하심을 감당치 못할까 하나이다."

공주 다시 대소 왈,

"벌주를 마시는 자 어찌 주량을 말하리오? 나도 아까 취한 술이 지금까지 깨지 아니하였으니 부인은 부질없이 사양치 마소서."

윤 부인이 하릴없어 미소하며 잠깐 접순接脣한 후 난성을 주니, 난성이 소 왈,

"첩은 유공무죄有功無罪하니 벌주를 맛봄이 원통치 않으리까?"

한대, 공주 또 대소하고 인하여 배반杯盤을 내어 제랑을 권하니 일시 대취한지라.

철 귀비 다시 쌍륙판을 당겨 놓고 난성을 보며 왈,

"첩이 비록 무재하나 낭자와 내기를 정하고 두 판을 쳐 자웅을 결하리라."

한대, 차시 난성이 역시 십분 미취微醉한지라. 발월發越한 기운이 미眉 위에 가득하여 왈,

"귀비는 먼저 내기를 말하소서."

철 귀비 소 왈,

"첩이 만일 지거든 난성이 소청所請을 유명시종唯命是從[4]할 것이요, 난성이 만일 이기지 못한즉 검술을 잠깐 구경코자 하노라."

난성이 소 왈,

"첩은 귀비의 품은 재주를 모르오니 무엇을 청하리오?"

괵 귀비 옆에 앉았다가 미소 왈,

"철 귀비의 장성곡長城曲은 진국에 유명한 바라. 난성은 이를 청하소서."

철 귀비 웃고 허락한 후 양인이 서로 대국하여 철 귀비의 등등한 기세와 난성의 민첩한

---

4) 청하는 것을 명대로 따르겠음.

수단으로 적수敵手 풍진風塵에 초한楚漢[5]이 쟁봉爭鋒하여 반상半晌을 다투니 좌우의 구경하는 자 둘러앉아 도리어 쌍륙에 정신이 없고 다만 철 귀비의 쾌활함과 홍 난성의 다재多才한 거동을 책책 칭찬하더라.

　홀연 난성이 크게 소리치며 사아를 던져 왈,

　"귀비는 장성곡을 빨리 부를지어다."

하거늘, 모두 보니 철 귀비 이미 할 수 없이 되었더라.

　철 귀비 웃고 다시 판을 벌여 왈,

　"장성 일곡은 첩의 흉중에 있으니 다시 한 판을 쳐 난성의 검술을 보고자 하노라."

하고 사아를 굴리며 행마를 재촉할새, 난성의 국세 종시 성한지라. 공주 이하 좌우 궁녀와 모든 구경하는 자 바야흐로 검술을 구경하고자 하여 일제히 철 귀비를 도와 이김을 바라더니 난성이 또 높은 사아를 치매, 반, 괵 양 귀비 일시에 소리치며 옥수를 빨리 들어 쌍륙판을 쳐 왈,

　"난성은 검술을 너무 아끼지 말라."

한대, 그 사아枾牙 다시 굴러 철 귀비 득첩得捷하였거늘 난성이 소 왈,

　"인중승천人衆勝天[6]이라. 선, 연 양랑은 다만 고운 체하고 나를 돕지 아니하는도다."

하거늘 일좌 대소하더라.

　철 귀비 이에 몸을 일어 반, 괵 양귀비를 보며 왈,

　"낭 등이 비록 나의 추한 거동을 조롱코자 하나 본디 지분脂粉을 단장한 대장부라. 어찌 아녀자의 수삽羞澀한 태도를 지으리오?"

하고, 진국 제기를 명하여 큰 북을 전상殿上에 달고 친히 북채를 들고 소매를 떨쳐 한번 들어가며 북을 치고 한번 물러서며 장성곡을 부르니, 북소리는 연연하고 노랫소리는 홍량洪亮하여 십분 쾌활하니, 그 가歌에 왈,

　　　만리장성 쌓은 장사 흙도 지고 돌도 지고
　　　황하수를 메웠으나 봉래 바다 못 메웠다.
　　　동남동녀童男童女 싣고 간 배 가더니 아니 오네.
　　　두어라, 막아도 못 막을 것은 여류세월如流歲月인가 하노라.
　　　삼척검三尺劍 손에 들고 만리장성 올라 보니
　　　만고 영웅의 큰 경륜이 이뿐일까.
　　　장성長城 밑에 집을 짓고
　　　장성 아래 뽕을 따니

---

5) 초나라와 한나라.
6) 사람의 무리가 하늘을 이김.

북방 찬 바람에 얼굴 고운 저 각시야
양도 몰고 돌도 몰고 약대(낙타) 타고 시집갈 제
구태여 왕소군王昭君의 고운 태도 나는 부러워 아니하네.

철 귀비 노래를 마치고 북채를 던지며 대소 왈,

"이는 진나라 계집의 뽕을 따며 서로 화답하여 부르는 노래라. 첩이 또한 여항閭巷에 생장하여 어려서 하던 구습口習을 지금까지 기억하더니, 한번 석상席上에 웃음을 도움이나, 전혀 난성의 검술을 보고자 하여 치졸稚拙함을 사양치 않음이니이다."

난성이 미소하고 그 쾌함을 칭찬하며 좌우더러 부중에 가 부용검을 가져오라 하니, 차시 이미 일락서산日落西山하고 궁중 등촉이 휘황한지라, 난성이 공주께 고 왈,

"금야 명월이 아름다우니 잠깐 후원에 올라 소요 창회逍遙暢懷하심이 좋을까 하나이다."

공주 흔연히 일어 제랑과 모든 궁녀를 데리고 다시 원중園中에 이르니 월색은 만공滿空한대 목엽木葉에 찬 이슬이 분분하여 가을 경개는 흉금이 청량하고 정신이 상연爽然하더라.

아이오 연부燕府 제기諸妓 쌍검을 받들어 드리거늘 모두 구경할새 금옥으로 단장하고 주패珠貝로 꾸몄으니 그 길이 불과 삼척이요 가볍기 풀잎 같더라.

난성이 달을 바라보고 한번 빼어 들매 서리 같은 검광劍光이 월광을 다투어 한 줄기의 서기瑞氣 두우斗牛 간에 쏘이니 안목이 현황하고 습습한 찬 기운이 사람을 엄습하거늘, 공주 개용改容 차탄 왈,

"이것은 지극한 보배라. 하늘이 난성을 주심이니 그 광채 동인動人함은 난성의 재질이요, 그 범치 못할 기상은 난성의 재주로다. 녹태 홍진綠笞紅塵이 추수 정신秋水精神을 가리지 못하여 한 조각 마음이 천추만세에 매몰치 아니하리니 만일 난성이 아닌즉 이 칼이 주인 없는 칼이 될 것이요 이 칼이 아닌즉 난성의 재주를 빛내지 못하리로다."

철 귀비 더욱 사랑하여 재삼 어루만지며 차마 손에서 놓지 못하거늘, 괵 귀비 소 왈,

"쓸 줄 모르는 칼을 저같이 욕심내니 낭이 만일 얻은즉 무엇 하려 하느뇨?"

철 귀비 소 왈,

"내 이 칼을 먼저 얻었던들 남으로 남만을 항복받고 북으로 흉노의 머리를 베어 단서철 권丹書鐵券에 공명이 휘황하여 난성후를 봉할지니, 어찌 구구히 괵 귀비의 동렬이 되어 은총을 다투며 아미의 투기함을 감수하리오?"

하거늘, 모두 절도하더라.

난성이 칼을 받아 들고 달을 바라 배회 주저하더니 홀연 간 곳이 없고 일진청풍一陣淸風이 수풀 끝에 일어나매 쟁연한 칼 소리 이미 반공에 들리거늘 모두 대경하여 월하에 바라보매 몽몽濛濛한 푸른 안개 공중에 일어나며 상림원 나무 끝을 둘렀는데 분분한 목엽이 일시에 떨어져 일장 풍우를 이루었더라. 차시 일쌍 공작이 나무 사이에 잠들었다가 놀라 날

아 편편히 배회하며 동으로 날매 동에도 쟁연한 칼 소리요, 서로로 날매 서에도 쟁연한 칼 소리라.

동서남북에 무수한 부용검이 서리같이 날리며 쟁연한 칼 소리 끊기지 아니하거늘, 그 공작이 형세 급한지라, 비단 날개를 펼치고 갈 바를 몰라 슬피 울며 사람의 앞으로 달려드니 철 귀비 이에 취수翠袖를 들어 공작을 가리매 섬홀閃忽한 칼날이 철 귀비 두상에 둘러 쟁연한 소리에 모골이 송연하거늘 공작을 버리고 황망히 공주 앞에 달아드니, 공주 소 왈,

"귀비의 평일 담대함으로 어찌 놀란 공작의 신세 되뇨?"

한대, 좌우 박장대소하더라.

난성이 쌍검을 들고 표연히 공중으로 내려서니 모두 송구하여 말이 없거늘, 난성이 낭연히 소 왈,

"귀비는 머리 위의 채화를 내려 보소서."

한대, 철 귀비 더욱 놀라 옥수를 들어 채화를 취하여 자세히 보니 꽃 잎새마다 검흔劍痕이 낭자하여 낱낱이 아로새겨 십분 공교한지라.

일좌 대경차탄大驚嗟歎하거늘 난성이 또 웃으며 좌우더러 원중의 낙엽을 보라 하니 잎새마다 검흔을 머물러 낱낱이 갈라졌더라.

철 귀비 바야흐로 난성의 손을 잡아 왈,

"내 낭자를 한갓 경국 가인傾國佳人으로 알았더니 이제 보매 천지조화의 현묘한 수단을 가져 옥경 선아玉京仙娥의 적강謫降함이 아닌즉 남해보살의 후신後身이 출세出世한가 하나이다."

공주 소 왈,

"내 일찍 세간에 검술이 유전함을 들었으나 이같이 목도함은 처음이라. 한 칼로 만인을 대적함은 혹 괴이치 아니하거니와 삽시간에 무수 목엽을 낱낱이 베임은 궁구하여도 깨닫지 못할 바요 육신의 둔탁鈍濁함이 공중에 날아 왕래 섬홀閃忽하고 형영形影을 보지 못함은 만일 환술幻術이 아닌즉 안목을 속임이라. 이 무슨 도리뇨? 원컨대 그 자세함을 듣고자 하노라."

난성이 공주를 대하여 왈,

"고시古詩에 운云하되, '일음일양지위도一陰一陽之謂道요 음양불측지위신陰陽不測之謂神이라.' [7] 하니 신묘지리神妙之理를 구설口說로 형용치 못하오나 대범大凡 세간에 세 가지 도가 있으니, 왈 유儒, 도道, 석釋 삼교三敎라. 유도는 정대正大하여 도리를 주장하고 도, 석은 신묘하여 허황한 데 가까우니, 이제 검술은 도가지류道家之類의 작은 술업術業이라. 만일 사람이 정대한 도리를 닦아 평생이 화길和吉한즉 검술의 신묘함을 무

---

7) 한 번은 음이 되고 한 번은 양이 되는 것을 도道라 하고, 음과 양의 작용을 헤아릴 수 없는 것을 신神이라 한다. 《주역》에 나오는 말이다.

엇에 쓰리꼬? 연고로 정인군자正人君子는 이를 유의치 아니하나니, 첩이 표박漂泊 종적으로 명도命道 괴이하여 총명 정신聰明精神을 잡술雜術에 모손耗損하니 지금 도리어 추회追悔하는 바라. 어찌 족히 들으실 게 있으리꼬?"

공주 개용改容 칭찬하시며 그 말이 정대함을 더욱 탄복하더라.

글쓴이 남영로(南永魯, 1810~1857)

남쪽 학자들은 〈옥루몽〉을 남영로가 썼다고 보고 있다. 북의 학계에서는 확정을 못 내리고 있는 듯하다.
전하는 말에 따르면, 남영로가 과거에 거듭 낙방한 뒤 소설에 관심을 두었는데, 그러던 중 소실 조 씨가 병으로
눕자 위로차 이 소설을 썼다고 한다. 헌데 조 씨가 병이 나은 뒤 본디 한문본이던 것을 국문으로 옮겼다는 말도
전한다. 이 소설이 둘이 함께 쓴 합작품이라는 의견도 있다.

고쳐 쓴 이 리헌환

북의 학자이자 작가. 전설이나 소설 같은 옛이야기를 지금 세대에게 전하는 일을 해 왔다.

겨레고전문학선집 33

옥루몽 3

2008년 1월 25일 1판 1쇄 펴냄 | 2009년 6월 12일 1판 2쇄 펴냄 | **글쓴이** 남영로 | **고쳐 쓴 이** 리헌환 |
편집 김성재, 남우희, 전미경, 하선영 | **디자인** 비마인bemine | **영업** 김지은, 백봉현, 안명선, 이옥
한, 이재영, 조병범, 최정식 | **홍보** 조규성 | **관리** 서정민, 유이분, 전범준 | **제작** 심준엽 | **인쇄** 미
르인쇄 | **제본** (주)상지사 | **펴낸이** 윤구병 | **펴낸곳** (주)도서출판 보리 | **출판 등록** 1991년 8월 6일 제
9-279호 | **주소** 경기도 파주시 교하읍 문발리 파주출판도시 498-11 우편 번호 413-756 | **전화** 영업
(031) 955-3535 홍보 (031) 955-3673 편집 (031) 955-3678 | **전송** (031) 955-3533 | **홈페이지**
www.boribook.com | **전자 우편** classics@boribook.com

ⓒ 보리, 2008 | 이 책의 내용을 쓰고자 할 때는 보리 출판사의 허락을 받아야 합니다. | 잘못
된 책은 바꾸어 드립니다. | 값 22,000원

ISBN 978-89-8428-517-0 04810
ISBN 978-89-8428-185-1 04810(세트)

이 책의 국립중앙도서관 출판시도서목록(CIP)은 e-CIP 홈페이지(http://www.nl.go.kr/cip.php)에서 볼 수 있습니다.
(CIP 제어 번호: CIP2007004124)